J. D. ROBB

Sündiges Spiel

Buch

Bart Minnock, Gründer des Spieleimperiums U-Play, betritt seinen privaten Spieleraum und kann es kaum erwarten, das nächste Level von »Fantastical« zu spielen, dem neuesten Top-Secret-Projekt seiner Firma. Die Illusion ist perfekt, er fühlt sich stark, verwegen und mutig, schwingt sich auf sein Pferd und stürzt sich brüllend in den Kampf …

Am nächsten Morgen stürmt seine Freundin CeeCee wütend in sein Apartment, denn Bart war nicht zu ihrem Date aufgetaucht. Sie findet ihn tot in einer Lache Blut liegend – er wurde geköpft.

Eve und ihr Team müssen das nächste Level erreichen. Denn in einer Welt, in der der Fantasie keine Grenzen gesetzt sind und Imagination zur Wirklichkeit wird, kann es da überhaupt noch Gewinner geben? Was, wenn die Spieler mit ihrem Leben bezahlen müssen?

Autorin

J. D. Robb ist das Pseudonym der international höchst erfolgreichen Autorin Nora Roberts. Nora Roberts wurde 1950 in Maryland geboren und veröffentlichte 1981 ihren ersten Roman. Inzwischen zählt sie zu den meistgelesenen Autorinnen der Welt: Ihre Bücher haben eine weltweite Gesamtauflage von 500 Millionen Exemplaren überschritten. Auch in Deutschland erobern ihre Bücher und Hörbücher regelmäßig die Bestsellerlisten. Nora Roberts hat zwei erwachsene Söhne und lebt mit ihrem Ehemann in Maryland.

Von J.D. Robb bei Blanvalet erschienen (Auswahl)

Das Böse im Herzen · So tödlich wie die Liebe · Geliebt von einem Feind · Der liebevolle Mörder · Im Licht des Todes · Eiskalte Nähe · Sein teuflisches Herz · Der Kuss der schwarzen Witwe

Weitere Bände in Vorbereitung

J. D. Robb

Sündiges Spiel

Roman

Deutsch von Uta Hege

blanvalet

Die Originalausgabe erschien 2010
unter dem Titel »Fantasy in Death« bei G. P. Putnam's Sons, a member
of Penguin Group (USA) Inc., New York.

MIX
Papier | Fördert gute Waldnutzung
FSC® C014496

Penguin Random House Verlagsgruppe FSC® N001967

5. Auflage
Taschenbuchausgabe Juni 2016 by Blanvalet Verlag,
in der Penguin Random House Verlagsgruppe GmbH,
Neumarkter Str. 28, 81673 München

produktsicherheit@penguinrandomhouse.de
(Vorstehende Angaben sind zugleich
Pflichtinformationen nach GPSR.)

Umschlaggestaltung: www.buerosued.de
Umschlagmotiv: Getty Images/Stockfood/Jorn Rynio
Satz: Buch-Werkstatt GmbH, Bad Aibling
Druck und Bindung: GGP Media GmbH, Pößneck
Redaktion: Regine Kirtschig
LH · Herstellung: wag
Printed in Germany
ISBN: 978-3-7341-0201-1

www.blanvalet.de

Was wärst du lieber –
ein Sieger bei den Olympischen Spielen
oder der Rufer, der verkündet, wer die Sieger sind?

– Plutarch

Wohl wahr, ich red' von Träumen,
Kindern eines müß'gen Hirns,
gezeugt von nichts als eitler Phantasie.

– William Shakespeare

I

Während mörderisch zuckende Blitzschwerter auf das vernarbte Schild des Himmels hieben, schlenderte Bart Minnock fröhlich pfeifend heim. Trotz des Unwetters war Bart genauso fröhlich wie die Melodie, die über seine Lippen kam, als er mit einem zackigen Salut für den Portier durch seine Haustür trat.

»Na, Mr Minnock, alles klar?«

»Klarer geht's nicht, Jackie.«

»Hoffentlich klart auch der Himmel bald wieder auf.«

»Ein bisschen Regen ist doch schön.« Seine aufgeweichten Schuhe quatschten, als er lachend in den Fahrstuhl stieg.

Explosionsartiger Donner erschütterte Manhattan, Passanten kauften den geschäftstüchtigen Straßenhändlern schmollend Regenschirme zu horrenden Preisen ab und Maxibusse spuckten schmutzige Fontänen auf die Bürgersteige. In Bart Minnocks Welt hingegen herrschte eitel Sonnenschein.

Denn er hatte ein heißes Date mit der verführerischen CeeCee, was für einen selbsternannten Nerd, der zu seiner Schande gestehen musste, dass er mit 24 Jahren zum ersten Mal bei einer Frau gelandet war, durchaus beachtlich war.

Jetzt, mit 29, wurde er vor allem wegen des Erfolgs von U-Play von den Frauen regelrecht umschwärmt, was wohl an seinem Geld und der Bekanntheit seines Unternehmens lag.

Aber das war ihm egal.

Er wusste, er war nicht besonders attraktiv, und hatte schon vor Jahren akzeptiert, dass er als Romantiker eher unbeholfen war. Außer, wenn es um die heiße CeeCee ging. Von Kunst oder Literatur hatte er keinen blassen Schimmer und die Unterscheidung zwischen einem wirklich guten Wein und einer Flasche Billigfusel fiel ihm schwer. Einzig mit Computern, Spielen und dem Reiz der Technik kannte er sich aus.

Doch mit CeeCee war es etwas anderes, dachte er, als er sein dreigeschossiges Apartment mit dem prächtigen Vier-Sterne-Blick über die Stadt betrat. Sie liebte Computerspiele, während Kunstgalerien oder teure Weine ihr total egal waren.

Aber die Aussicht auf den Abend mit der süßen, anziehenden CeeCee war nicht der Grund für sein vergnügtes Pfeifen und das breite Grinsen in seinem Gesicht, als er die Tür hinter sich schloss.

In seiner Aktentasche hatte er die neueste Version des Megaspiels *Fantastical,* und bis er sie getestet, durchgespielt und offiziell genehmigt hätte, gehörte sie ihm ganz allein.

Aus der Gegensprechanlage des Apartments grüßte ihn ein fröhliches *Willkommen zu Hause, Bart* und seine Hausdroidin, eine ganz speziell für ihn gefertigte Replik von Prinzessin Leia aus dem Klassiker *Krieg der Sterne* – denn vielleicht war er ein Nerd, aber trotzdem auch ein Mann –, trat mit weich schwingenden Hüften auf ihn zu und reichte ihm seine geliebte Orangenlimonade mit zerstoßenem Eis.

»Sie sind heute aber früh zu Hause.«

»Ich habe mir ein bisschen Arbeit mitgebracht.«

»Arbeiten Sie nicht mehr zu viel. Sie müssen in zwei Stunden und zwölf Minuten los, wenn Sie pünktlich bei CeeCee sein wollen. Und unterwegs müssen Sie noch die Blumen abholen. Werden Sie die Nacht bei ihr verbringen?«

»So ist es zumindest mal geplant.«

»Dann wünsche ich Ihnen viel Vergnügen. Ihre Schuhe sind sehr nass. Soll ich Ihnen andere holen?«

»Nein, schon gut. Ich hole mir selbst welche auf dem Weg nach oben in den Holo-Raum.«

»Denken Sie an Ihr Date«, sagte sie mit dem schnellen Leia-Lächeln, das ihm mehr als alles andere an ihr gefiel. »Soll ich Sie später noch einmal daran erinnern?«

Er stellte seine Aktentasche auf dem Boden ab und schüttelte sich die hellbraunen Haare, die ihm immer in die Augen fielen, aus der Stirn. »Nein danke. Ich stelle einfach einen Wecker im Holo-Raum. Du kannst jetzt Feierabend machen.«

»Gut. Aber falls Sie mich noch einmal brauchen, bin ich da.«

Normalerweise hätte er Leia benutzt, um sich ein wenig in Konversation zu üben und von seinen neuesten Projekten zu erzählen, bis die Anspannung des Arbeitstags verflog. Aus seiner Sicht waren Gespräche mit Droiden einfach wunderbar. Denn, wenn man sie nicht extra darauf programmierte, be- und verurteilten sie einen nie.

Aber heute rief *Fantastical* nach ihm. Er klappte seine Aktentasche auf, griff nach der Diskette, küsste sie und wandte sich der Treppe zu.

Er hatte seine Wohnung ganz nach seinen eigenen Wünschen dekoriert, deshalb gab es Spielsachen im Überfluss. Requisiten, Waffen aller Art, Kostüme und Plakate von Filmen und diversen Spielen dienten als Dekor und zur Belustigung, zusätzlich war jeder Raum in jedem Stock mit verschiedenen Computern, Spielkonsolen, DVD-Playern und Bildschirmen bestückt.

Das war für Bart ein wahr gewordener Traum. Er lebte nicht nur bei der Arbeit, sondern auch privat in einem riesengroßen Elektronik-Paradies.

Sein Büro im zweiten Stock war eine maßstabsgetreue Reproduktion der Brücke des galaktischen Kriegsschiffes *The Valiant* aus dem gleichnamigen Film. Seine Arbeit an den entsprechenden Spieldisketten hatte seinem Unternehmen den ersten großen Erfolg beschert.

Ohne noch daran zu denken, seine nassen Schuhe oder sein tropfnasses T-Shirt auszuziehen, lief er direkt in den zweiten Stock hinauf.

Die Security des Holo-Raums verlangte seinen Daumen-, seinen Stimm- und seinen Retina-Abdruck. Was natürlich völlig übertrieben war, aber so fand er es lustiger, und es ging ihm nichts über seinen Spaß. Obwohl er diesen Raum regelmäßig Freunden und Besuchern öffnete, fand er es einfach cool, dass er so gut gesichert war.

Nachdem er den Raum betreten hatte, reaktivierte er die Anlage und schaltete die Gegensprechanlange und sämtliche Telefone aus. Denn in der nächsten Stunde – oder okay, vielleicht auch etwas länger – wollte er nur spielen, ohne dass es dabei auch nur die geringste Störung gab.

Barts Meinung nach ging es beim Spielen darum, dass man vollkommen in der Fantasie, dem Wettstreit oder einfach nur dem Spaß am Spiel versank. Dieses Abtauchen ginge bei *Fantastical* noch wesentlich weiter als bei allen anderen Spielen, die Mitte des Jahres 2060 auf dem Markt erhältlich waren.

Wenn die letzten Veränderungen und Verbesserungen funktionieren, schränkte der Geschäftsmann, der neben dem Spieler in ihm steckte, ein.

»Sie werden funktionieren, und es wird fantastisch sein«, murmelte er nickend, legte die Diskette ein und nutzte seinen Stimmabdruck und danach sein Passwort zum Laden des Spiels. Weil die neue Version topsecret war. Er und seine Partner waren schließlich mehr als weltfremde Computerfreaks. Ihm war durchaus bewusst, wie knallhart die Konkurrenz in seiner Branche war, und er fand Wirtschaftsspionage ziemlich aufregend.

Denn er war ein Spieler, dachte er. Nicht nur, wenn er spielte, sondern auch, wenn es um das *Geschäft* mit Spielen ging. Der Erfolg von U-Play bot inzwischen alles, wovon er und seine Freunde – seine Partnerin und seine Partner – je gesprochen, was sie sich erträumt und wofür sie sich seit Jahren abgerackert hatten.

Fantastical würde die Krönung ihres bisherigen Werks, mit ein bisschen Glück stiegen sie dank dieses Spieles in die erste Liga ihrer Branche auf.

Er hatte sich schon ein Szenarium und einen Level ausgesucht. Er hatte diese Fantasie und ihre Elemente während der Entwicklungsphase unzählige Male durchprobiert, studiert, verfeinert, überarbeitet und machte sich jetzt für das Spiel, dem er den Codenamen K2BK verliehen hatte, bereit. Er würde die Rolle des geschlagenen, zynischen Helden übernehmen, der sich auf dem bedrohten Planeten Gort mit den bösen Kräften des belagerten Königreiches Juno schlug.

Die Spiegelwände seines Holo-Raums warfen sein Bild zurück, als das anfangs helle Licht dämmrig wurde, flackerte und er plötzlich statt in seiner feuchten, zerknitterten Hose, seinem heiß geliebten Captain-Zee-T-Shirt und seinen nassen Schuhen in der Rüstung und den schweren Stiefeln eines kriegführenden Fürsten auf einem grasbewachsenen Hügel stand.

Er spürte den Griff und das Gewicht von einem Breitschwert in der Hand. Und den Rausch, in den es ihn versetzte, in Gestalt des größten Helden seiner Träume in die Schlacht zu ziehen.

Ausgezeichnet, dachte er. *Allererste Sahne.* Er roch und sah den Rauch über dem Schlachtfeld, das bereits vergossene Blut, betastete grinsend seinen dicken Bizeps und spürte das Pochen einer alten Narbe, über die er mit dem Finger fuhr.

Das schmerzliche Ziehen an diversen Stellen seines Körpers sprach von kaum verheilten Wunden und von lebenslangem Kampf.

Doch das Allerbeste war – er fühlte sich stark, verwegen, mutig, *wild.* Die Verwandlung in den kühnen fürstlichen Krieger, der im Begriff stand, sein verwundetes, erschöpftes, dezimiertes Heer in eine letzte große Schlacht zu führen, war perfekt.

Er stieß einen lauten Schlachtruf aus und hörte, wie das Echo dieses Rufs die Luft erbeben ließ.

Wenn das nicht der totale Wahnsinn war.

Ein struppiger Bart bedeckte sein Gesicht, während langes, wild zerzaustes Haar auf seine Schultern fiel.

Er war Tor, der Krieger, rechtmäßiger König Junos und Beschützer seines Volks.

Er benötigte nur zwei Versuche, um sich auf den Rücken seines Schlachtrosses zu schwingen, und stürzte sich brüllend in den Kampf. Unter lärmendem Geschrei von Freund und Feind krachten Schwerter aufeinander, spien Feuerspeere todbringende Flammenzungen aus. Sein geliebtes Juno brannte, und so hackte er sich durch die Linien, während links und rechts das Blut von seinen Feinden spritzte und der Schweiß in dichten Strömen über seinen Körper rann.

Auf den Vorschlag seines Partners Benny hatten sie dem Spiel noch eine optionale Lovestory hinzugefügt. Um zu seiner Liebsten zu gelangen, die als mutige und wunderschöne Kriegerin auf ihrer Burg die Stellung hielt, musste er sich einen Weg nach vorn erzwingen, wo es während eines letzten großen Zweikampfs seinen größten Feind, den elenden Lord Manx, zu schlagen galt.

Er hatte diesen Level während der Entwicklungsphase oft erreicht, aber kaum je erfolgreich abgeschlossen, denn er hatte das Programm an dieser Stelle mit besonders anspruchsvollen Challenges versehen. Man brauchte Beweglichkeit, Geschick und gutes Timing, um den Flammen, die die Speere und die Pfeile spuckten, und den Schwerthieben der Gegner auszuweichen – aber genau darum ging es schließlich auch.

Jeder Treffer brachte einen Punktabzug, und wenn er sich nicht vorsah, musste er sich irgendwann schmählich vor seinem Feind zurückziehen oder starb den Heldentod. Dieses Mal jedoch strebte er nicht nur den Abschluss dieses Levels, sondern eine bisher unerreichte Punktzahl an.

Das Wiehern seines Schlachtrosses klang wie ein lauter Schrei, als er es durch den Rauch und den Gestank über das mit Leichen übersäte Schlachtfeld trieb. Er klammerte sich fest und wappnete sich für den Augenblick, in dem das Pferd auf seine Hinterbeine stieg.

Denn immer, wenn er aus dem Sattel flog, begegnete er Manx zu Fuß, und immer, wenn er Manx zu Fuß begegnete, verlor er Juno, die geliebte Frau, und dadurch auch das Spiel.

Diesmal aber nicht, versprach er sich und brach mit einem neuerlichen lauten Schlachtruf durch den dichten Rauch.

Da stand die Burg, auf der die tapfere Geliebte sich dem Ansturm ihrer Feinde mühsam widersetzte. Und da sah er das düstere und furchtbare Gesicht des elenden Lord Manx, von dessen Schwert das Blut der unschuldigen Opfer troff.

Schmerzlich dachte er daran, was er verloren hatte, als die glücklicheren Jahre seiner Kindheit durch Verrat und Mord besudelt worden waren.

»Ich bin dir nicht in die Falle gegangen«, brüllte Bart.

»Das hätte mich auch enttäuscht.« In Manx' schwarzen Augen schimmerte der Tod, und grinsend fuhr er fort: »Es war schließlich immer schon mein Wunsch, dafür zu sorgen, dass dein Blut den Grund und Boden deiner Ahnen tränkt.«

»Es wird dein Blut sein, das diesen Boden tränkt.«

Beide Männer galoppierten aufeinander zu, und als besonderer Effekt zuckte ein zischender Blitz aus der Spitze seines Schwerts, als Bart sie auf die Klinge seines Gegners sausen ließ.

Ein brennender Schmerz raste durch seinen Arm bis hinauf in die Schulter und Bart machte sich in Gedanken eine Notiz, die Stromstärke etwas herabzusetzen, denn zwar sollte bei dem Spiel alles möglichst realistisch sein, aber die Spieler sollten auch nicht jammern, weil es *zu* heiß war.

Er drehte sich einmal um sich selbst, wehrte den nächsten Schlag des Gegners ab und spürte ein qualvolles Ziehen in Höhe seines Schulterblatts. Um ein Haar hätte er eine Spielpause verlangt, doch bereits im selben Augenblick griff ihn sein Gegner wieder an.

Was soll's, sagte er sich, ließ den Arm mit seinem Schwert nach vorne schießen und hätte sein Gegenüber um ein Haar erwischt. Ein Sieg war schließlich nur ein echter Sieg, wenn man sich dafür anstrengte.

»Gleich wird deine Liebste mir gehören«, knurrte Manx. »Sie wird auf deinem – he!« Seine Waffe glitt ihm aus der Hand und die Klinge seines Feindes schnitt ihm in den Arm. Statt des leichten Stromschlags, der ihm zeigen sollte, dass der andere ihn getroffen hatte, versengte ihm ein glühend heißer Schmerz den Arm. »Was zum Teufel soll das? Pause!«

Aber für Bart Minnock war das Spiel aus.

Lieutenant Eve Dallas stapfte mit gezückter Dienstmarke an dem schockierten Türsteher vorbei. Die Sonne und die schwüle Hitze, die die nächtlichen Gewitter hinterlassen hatten, machten ihr nicht das Geringste aus. Wohingegen ihre Partnerin, Detective Peabody, in der Wärme vor sich hinzuwelken schien.

»Es ist kaum acht Wochen her, da haben Sie gejammert,

weil es zu kalt war. Und jetzt jammern Sie, weil's zu warm ist. Können Sie nicht einfach mal zufrieden sein?«

Peabody, die sich das dunkle Haar zu einem stummeligen Pferdeschwanz gebunden hatte, fuhr mit Jammern fort. »Warum können sie die Temperatur nicht regulieren?«

»Wer, bitte, ist *sie?*«

»Die Meteorologen. Die entsprechende Technologie gibt's doch bestimmt. Warum also können sie nicht dafür sorgen, dass wir wenigstens mal ein paar Wochen lang weder vor Kälte schlottern noch vor Hitze eingehen? Das ist doch sicher nicht zu viel verlangt. Warum fragen Sie nicht Roarke, ob er was machen kann?«

»Na klar. Wenn ich nachher nach Hause komme, werde ich ihm sagen, dass er es für Sie ein bisschen kühler machen soll, wenn er mit dem Kauf der letzten zehn Prozent des Universums fertig ist.« Eve stieg in den Fahrstuhl, wippte auf den Fersen und sah die Kollegin grimmig an. Dem Mann, mit dem sie vor inzwischen fast zwei Jahren den Bund fürs Leben eingegangen war, fiele wahrscheinlich wirklich etwas ein. Trotzdem erklärte sie: »Wenn Sie immer gleichbleibende Temperaturen haben wollen, suchen Sie sich einfach einen Job in einem Büro, in dem es eine Klimaanlage gibt.«

»Im Juni soll es Wiesen voller Gänseblümchen und vor allem milde Brisen geben.« Peabody fächerte sich mit der Hand ein wenig heiße Luft in ihr Gesicht. »Stattdessen kriegen wir Gewitter und eine mörderische Feuchtigkeit.«

»Das Gewitter letzte Nacht fand ich echt schön.«

Peabody kniff ihre dunklen Augen argwöhnisch zusammen und stellte mit Grabesstimme fest: »Wahrscheinlich hatten Sie dabei phänomenalen Sex. Denn Sie sind heute richtiggehend aufgekratzt.«

»Ich und aufgekratzt, haha.«

»Oder zumindest stehen Sie kurz davor.«

»Und Sie stehen kurz vor einem Tritt in Ihren Allerwertesten.«

»So ist es schon besser. Dieser Ton ist mir vertraut.«

Eve musste ein Grinsen unterdrücken, als sie ihren langen, schlanken Körper von der Wand abstieß und aus dem Fahrstuhl stieg.

Sofort nahmen die Beamten, die im Flur auf sie gewartet hatten, Haltung an. »Lieutenant.«

»Officer. Was gibt's?«

»Das Opfer ist Bart Minnock, einer der Chefs von U-Play.«

»Wenn ich jetzt noch wüsste, was das ist ...«

»U-Play, Madam, ist ein Unternehmen, das mit Holo- und Computerspielen ziemlich groß geworden ist. Seine Freundin hat ihn heute früh entdeckt. Sie sagt, er hätte sie gestern Abend versetzt, und sie wäre heute Morgen hergekommen, um dem Kerl die Ohren lang zu ziehen. Die Hausdroidin hat sie reingelassen, und als sie gemerkt hat, dass der Holo-Raum von innen abgeschlossen war, hat ihn die Droidin für sie aufgemacht.« Der Beamte legte eine Pause ein. »Am besten machen Sie sich erst mal selbst ein Bild.«

»Wie heißt die Freundin?«

»CeeCee Rove. Wir haben sie ins Wohnzimmer gesetzt, eine Beamtin passt dort auf sie auf. Die Droidin haben wir in den Stand-by-Modus versetzt.«

»Dann sehen wir uns erst einmal den Fundort an.«

Sie trat durch die Tür und sah sich in der Wohnung um. Die gesamte unterste Etage sah wie die Behausung eines extrem reichen und verwöhnten Jungen aus.

Leuchtende Primärfarben, die der Umgebung weniger Struktur als Behaglichkeit verliehen, und eine Reihe Wandbildschirme, Unmengen von Spielen sowie Spielsachen – vor allem Kriegsspielzeug – ließen diesen Raum nicht wie ein Wohn-, sondern wie ein großes Kinderzimmer aussehen. Was zu dem Beruf, den er gehabt hatte, wahrscheinlich durchaus passte.

»Zweiter Stock, Lieutenant. Da vorne ist ein Lift.«

»Trotzdem nehmen wir die Treppe.«

»Ich komme mir hier vor wie in einem privaten Vergnügungspark«, bemerkte Peabody und fügte in Gedanken an den Mann, mit dem sie zusammenlebte, etwas wehmütig hinzu: »McNab würde bestimmt vor Neid erblassen. Ich muss sagen, diese Wohnung ist echt obermegacool.«

»Vielleicht hat er wie ein Kind gelebt, aber die Security an seiner Wohnungstür kommt mir ausnehmend erwachsen vor.« Eve hielt kurz im ersten Stock und stellte fest, dass auch das Schlaf- und alle Gästezimmer hauptsächlich zur Unterhaltung der Benutzer eingerichtet waren. Das Arbeitszimmer sah wie eine kleine, fantasievoll eingerichtete Kopie von Roarkes Computerraum zu Hause aus.

»Er hat seine Arbeit ernst genommen«, murmelte sie auf dem Weg zurück zur Treppe. »Hat selbst hier nach Feierabend noch dafür gelebt.«

Vor der Tür des Holo-Raums wandte sie sich dem dort stehenden Beamten zu.

»Die Tür war abgesperrt?«

»Nach Aussage der Freundin war sie das, auch die Gegensprechanlange war anscheinend ausgestellt. Was die Droidin uns bestätigt hat. Die so programmiert ist, dass sie sich in einem Notfall Zutritt zu sämtlichen Zimmern der Wohnung verschaffen kann. Dem Protokoll zufolge hat das Opfer diesen Raum gestern um 16.33 Uhr betreten und von innen abgesperrt. Der nächste Zutritt wurde heute früh um 9.18 Uhr registriert.«

»Okay. Rekorder an.« Eve und Peabody griffen nach ihren Untersuchungsbeuteln, sprühten ihre Hände und die Schuhe ein und traten durch die Tür.

Sie war nur selten überrascht. Sie war seit fast zwölf Jahren bei der Polizei, zwar wusste sie, dass sie niemals alles sehen würde, doch sie hatte schon sehr viel gesehen. Trotzdem riss sie ob des Anblicks, der sich in dem Raum bot, kurz die braunen Augen auf. »Aber hallo. So etwas sieht man nicht alle Tage.«

»Mannomann.« Peabody holte zischend Luft.

»Denken Sie am besten nicht mal daran, sich hier zu übergeben.«

Die Kollegin musste hörbar schlucken. »Gegen den Gedanken bin ich machtlos. Aber keine Angst.«

Der Körper lag mit ausgestreckten Gliedmaßen in einer Lache leuchtend roten Bluts, aber der Kopf, in dem man kaum etwas anderes als den aufgerissenen Mund und die weit geöffneten, durch den Tod getrübten Augen sehen konnte, lag ein gutes Stück davon entfernt.

»Todesursache ist offenbar, dass er den Kopf verloren hat. Allein und unbewaffnet in einem abgesperrten Holo-Raum. Interessant. Am besten sehen wir uns erst einmal um.«

Ihre Partnerin schluckte erneut.

»Gucken Sie als Erstes, welches Spiel zuletzt programmiert war«, befahl Eve. »Außerdem will ich sämtliche Überwachungsprotokolle und Disketten aus dem Haus und ganz speziell aus diesem Raum.«

»Wird erledigt.« Peabody floh dankbar in den Flur, und Eve nahm sich den Leichnam vor.

Damit alles seine Ordnung hatte, überprüfte sie anhand der Abdrücke, ob wirklich der Bewohner dieser Wohnung vor ihr lag. »Das Opfer heißt Bart Minnock, wohnte hier und war 29 Jahre alt.« Sie setzte eine Mikro-Brille auf. »Es sieht aus, als hätte man den Kopf mit einem Schlag vom Rumpf getrennt. Die Wunden weisen keine Hack- oder Sägespuren auf.« Sie ignorierte das diskrete Würgen, das aus Richtung Flur an ihre Ohren drang, und fuhr mit ruhiger Stimme fort. »Zusätzlich hat das Opfer eine 15 Zentimeter lange Schnittwunde am linken Unterarm und ein paar Schürfwunden und Hämatome, die aber bestimmt nicht tödlich waren. Die Bestätigung der Todesursache durch einen Pathologen steht jedoch noch aus. Diesen Fall wird Morris lieben«, fügte sie hinzu, stand wieder auf und ging in Richtung Kopf.

»Die Klinge muss richtig groß und scharf gewesen sein, um den Kopf so sauber abzuschneiden. Außerdem hat wahrscheinlich jede Menge Kraft in diesem Hieb gesteckt. Die Schnittwunde am Arm könnte von derselben Waffe stammen. Vielleicht ist sie einmal abgerutscht. Oder Bart hat sich gewehrt. Die Abschürfungen sehen aber ziemlich harmlos aus.«

Während sie dies sagte, hockte sie sich direkt vor den Kopf. »Mit den Sachen, die in diesem Zimmer zur Verfügung stehen, hätte er sich weder absichtlich noch zufällig den Kopf abschneiden lassen können. Hier in diesem Zimmer befindet sich keine Waffe, die zu diesen Wunden passt.«

»Ich kriege das Ding nicht zum Laufen«, meinte Peabody. »Das Programm. Man kriegt die Diskette nicht mal aus dem Laufwerk, wenn man nicht den vorgeschriebenen Code für die Entnahme kennt. Alles, was ich habe, ist die letzte Laufzeit des Programms. Es lief etwas über eine halbe Stunde und endete um 17.11 Uhr.«

»Dann ist er also heimgekommen und beinahe sofort hier in den Holo-Raum gegangen, hat dieses Programm gestartet und bis kurz nach fünf gespielt. Wir brauchen ein paar elektronische Ermittler und die Spurensicherung. Außerdem will ich so schnell wie möglich den toxikologischen Bericht. Vielleicht hat ihm ja heimlich jemand was in sein Getränk gemixt, damit er seine eigene Security umgeht, ohne dass es im Protokoll erscheint. Bestellen Sie die Leute ein und dann übernehmen Sie die Droidin. Ich knöpfe mir erst mal seine Freundin vor.«

Eve fand CeeCee im Medienzimmer in der unteren Etage. Sie war eine hübsche Frau mit wilden, blonden Locken, die mit angezogenen Beinen in einem der breiten Sessel saß. Ihre Hände hatte sie nervös in ihrem Schoß verschränkt und ihren großen, leuchtend blauen Augen, die im Augenblick verquollen, rot und glasig waren, war der Schock noch deutlich anzusehen.

Eve entließ die Polizistin, die bei CeeCee war, mit einem kurzen Nicken und wandte sich an die junge Frau: »Ms Rove?«

»Ja. Es hieß, dass ich hier warten soll. Jemand hat mir mein Handy abgenommen. Dabei sollte ich wahrscheinlich irgendwen darüber informieren, was passiert ist. Auch wenn ich nicht wüsste, wen.«

»Sie werden Ihr Handy zurückbekommen. Ich bin Lieutenant Dallas. Warum erzählen Sie nicht erst einmal mir, was passiert ist?«

»Das habe ich doch schon erzählt.« CeeCee sah sich vage um. »Der Polizistin, die bis eben bei mir war. Ich habe überlegt, ob das vielleicht ein schlechter Scherz ist. So was macht er ab und zu. Spielt den Leuten irgendwelche dummen Streiche. Denkt sich irgendwelche irren Sachen aus. Hat er sich all das vielleicht nur ausgedacht?«

»Nein, das hat er nicht.« Eve nahm CeeCee gegenüber Platz, damit sie auf Augenhöhe mit ihr war. »Sie hätten ihn gestern Abend treffen sollen?«

»Ja. Bei mir. Um acht. Ich hatte extra für uns gekocht. Wir wollten bei mir essen, weil ich gerne koche. Zumindest ab und zu. Aber er tauchte nicht auf.«

»Und was haben Sie dann gemacht?«

»Er kommt öfter später als geplant, wenn er sich in irgendwas verbeißt. Das ist für mich okay, denn ich kann auch nicht immer pünktlich sein. Aber er kam überhaupt nicht, und er ging auch nicht ans Telefon. Also habe ich es im Büro versucht, aber Benny meinte, er wäre schon um kurz nach vier nach Hause gefahren, um dort noch ein bisschen zu arbeiten.«

»Benny?«

»Benny Leman. Er arbeitet mit Bart zusammen und war noch im Büro. Sie arbeiten oft so lange. Das macht ihnen Spaß.«

»Sind Sie gestern noch hierhergekommen, um herauszufinden, was er macht?«

»Nein. Fast wäre ich vorbeigekommen. Wissen Sie, ich war sauer, denn ich hatte mir echt Mühe mit dem Essen gemacht. Ich meine, ich hatte alles selbst gekocht und Wein und Kerzen und das ganze Zeug besorgt.« Sie atmete zitternd ein und wieder aus. »Dann kam er einfach nicht und rief noch nicht mal an, um mir zu sagen, dass es später wird. Ab und zu vergisst er, bei mir anzurufen, aber das ist kein Problem, denn zumindest geht er dann immer ans Telefon oder denkt an unseren Termin, bevor es zu spät wird. Er trägt unsere Verabredungen immer in sein Handy ein, das erinnert ihn rechtzeitig daran. Aber gestern Abend war ich wirklich sauer und vor allem war das Wetter wirklich scheußlich, deshalb entschied ich, dass ich ganz bestimmt nicht extra seinetwegen noch mal vor die Tür gehe. Stattdessen habe ich ein bisschen von dem Wein getrunken, was gegessen und mich irgendwann ins Bett gelegt. Ich dachte noch: Zum Teufel mit dem Kerl.«

Sie warf sich die Hände vors Gesicht und wiegte sich leise schluchzend hin und her, während Eve ihr schweigend gegenübersaß. »Ich dachte, zum Teufel mit dem Kerl, denn ich hatte extra toll für ihn gekocht. Heute Morgen war ich dann wirklich, wirklich sauer, denn er hatte nicht einmal versucht, mich anzurufen, um mir abzusagen, und weil meine Arbeit erst um zehn anfängt, wollte ich noch kurz vorbeikommen, um unseren ersten großen Streit vom Zaun zu brechen, denn so geht man schließlich nicht mit seiner Freundin um, oder?«

»Auf keinen Fall. Wie lange waren Sie mit ihm zusammen?«

»Fast ein halbes Jahr.«

»Und das wäre Ihr erster großer Streit gewesen? Echt?«

Obwohl die Tränen weiter flossen, verzog CeeCee ihren Mund zu einem leichten Lächeln und räumte verlegen ein: »Ich bin manchmal ein bisschen aufbrausend, aber man kann Bart einfach nie lange böse sein. Er ist ein echter Schatz. Aber dieses Mal wollte ich Streit. Leia hat mir aufgemacht.«

»Wer ist Leia?«

»Oh, seine Hausdroidin. Er hatte sie als Kopie der Heldin aus dem Film bestellt. *Krieg der Sterne – die Rückkehr der Jediritter.* Na, Sie wissen schon.«

»Hm.«

»Wie dem auch sei, sie hat gesagt, er wäre im Holo-Raum, hätte von innen abgesperrt und die Gegensprechanlage abgestellt. Dem Protokoll zufolge wäre er schon gestern Nachmittag gegen halb fünf dort reingegangen und seither nicht wieder aufgetaucht. Das hat mir Angst gemacht. Ich dachte, ihm wäre vielleicht schlecht oder er wäre ohnmächtig geworden, deshalb habe ich sie dazu überredet, dass sie mir die Tür aufmacht.«

»Sie haben eine Droidin dazu überredet, etwas für Sie zu tun?«

»Nachdem wir ein paar Monate zusammen waren, hat Bart sie darauf programmiert, auf mich zu hören. Außerdem war er schon länger als zwölf Stunden in dem Raum. Dieses Zeitlimit hat er sich selbst einmal gesetzt. Deshalb hat sie für mich aufgesperrt und …«

Ihre Lippen fingen an zu zittern, und in ihren Augen stiegen neue Tränen auf. »Wie kann so etwas passieren? Im ersten Augenblick dachte ich, es wäre real, und habe laut geschrien. Dann dachte ich, es wäre ein Droide. Dachte, Bart hätte sich wieder einmal einen blöden Scherz mit mir erlaubt, und hätte ihn beinah angebrüllt. Aber dann wurde mir klar, dass er es wirklich war. Es war tatsächlich Bart. Es war einfach grauenhaft.«

»Was haben Sie dann gemacht?«

»Ich glaube, mir wurde schwarz vor Augen. Aber umgefallen bin ich nicht. Ich weiß nicht, einen Augenblick lang hat sich alles um mich gedreht, dann bin ich einfach losgerannt.« Während sie errötete, rann ihr ein neuer dichter Strom von Tränen über das Gesicht. »Ich bin nach unten gerannt. Ich wäre beinahe gestürzt, aber schließlich kam ich unten an und rief die Polizei. Leia hat mir gesagt, ich soll mich setzen, sie hat mir erst mal einen Tee gekocht. Sie hat gesagt, es hätte einen Unfall gegeben, und wir müssten warten, bis die Polizei erscheint. Ich nehme an, auf so was ist sie programmiert. Nur, dass es bestimmt kein Unfall war. Wie sollte einem so was aus Versehen passieren? Was ist bloß passiert?«

»Fällt Ihnen irgendjemand ein, der Bart etwas hätte antun wollen?«

»Wie sollte jemand Bart was antun wollen? Er war doch nichts anderes als ein großes Kind. Ein wirklich schlaues, großes Kind.«

»Hat er noch Verwandte?«

»Seine Eltern leben in North Carolina. Nach seinem Erfolg mit U-Play hat er den beiden ein Haus direkt am Strand gekauft. Davon hatten sie immer schon geträumt. Oh Gott, oh Gott, die Eltern! Jemand muss es ihnen sagen.«

»Das übernehme ich.«

»Okay, okay.« Sie kniff die Augen zu. »Gut. Denn ich glaube nicht, dass ich das könnte. Ich wüsste nicht, wie ich das machen sollte. Ich weiß überhaupt nicht, was ich machen soll.«

»Wie steht es mit Ihnen? Gibt es einen Ex-Freund oder so?«

CeeCee riss die Augen wieder auf. »Meine Güte, nein. Ich meine, ja, ich hatte vor Bart schon eine Reihe anderer Freunde, aber keinen, der ... ich habe mich nie im Streit von jemandem getrennt ... und ich war eine ganze Zeit lang solo, bevor ich mit Bart zusammenkam.«

»Wie sieht's mit seiner Firma aus? Hat er in der letzten Zeit irgendwem gekündigt oder jemanden abgemahnt?«

»Nein, ich glaube nicht.« Sie wischte sich die Tränen fort und runzelte nachdenklich die Stirn. »Er hat nichts dergleichen erwähnt, und das hätte er bestimmt getan. Er ist Konfrontationen aus dem Weg gegangen, außer wenn sie Teil von einem seiner Spiele waren. Wenn es mit jemandem in der Firma Streit gegeben hätte, hätte er mir das auf jeden Fall erzählt. Wissen Sie, er ist ein durch und durch fröhlicher Mensch, der auch andere Menschen fröhlich macht. Wie konnte so etwas passieren? Ich verstehe einfach nicht, wie so was möglich ist. Verstehen Sie's?«

»Noch nicht.«

Sie ließ CeeCee nach Hause bringen und fing mit der Durchsuchung der diversen Räume an. Von denen jeder so gestaltet war, dass sich komfortabel darin spielen ließ. Geräumige Sessel und riesige Sofas in leuchtenden Farben luden zum bequemen Sitzen oder Liegen ein. Gedeckte, langweilige Töne hatte Bart aus seiner näheren Umgebung offenkundig vollkommen verbannt. Die Kühlschränke und AutoChefs waren ganz nach dem Geschmack Heranwachsender gefüllt. Sie enthielten Pizza, Burger, Hot Dogs, Pommes, Süßigkeiten, Limos sowie Softdrinks aller Art.

Wein, Bier, Schnaps oder gar illegale Drogen suchte sie vergeblich, und die einzigen Tabletten waren leichte Schmerzmittel, die es ohne Rezept in jedem Drugstore zu kaufen gab.

Als sie im Schlafzimmer des Toten stand, kam Peabody herein.

»Drogen habe ich bisher noch nirgendwo entdeckt«, erklärte sie der Partnerin. »Auch kein Sexspielzeug, obwohl er ein paar Pornovideos und -spiele besessen hat. Die meisten der Computer in der Wohnung sind mit Passwörtern gesichert, und diejenigen, auf die man freien Zugriff hat, sind ausschließlich für Spiele programmiert.«

»Die Droidin hat alles, was die Freundin den Kollegen, die als Erste hier waren, berichtet hat, bestätigt«, meinte Peabody. »Das Opfer hatte sie nach seiner Rückkehr gestern angewiesen, Feierabend zu machen, und dem Protokoll zufolge hat sie ihre Arbeit eingestellt. Sie hat einen integrierten Wecker, der auf neun Uhr programmiert ist und sie automatisch heute Morgen um die Uhrzeit in Betrieb genommen hat. Sie ist mir ein bisschen unheimlich.«

»Warum?«

»Sie ist geradezu erschreckend effizient. Außerdem sieht sie nicht wie eine Droidin aus und weist keine der verräterischen Macken wie gelegentliches Stottern oder einen starren Blick während der Verarbeitung von Daten auf. Ein echt heißes Gerät. Mir ist klar, dass sie die Trauer und den Schock nicht wirklich empfunden hat, aber trotzdem hat es so gewirkt. Es hat tatsächlich so gewirkt. Sie hat mich gefragt, ob jemand seine Eltern kontaktiert. Das heißt, sie hat aktiv gedacht. So was tun Droiden nicht.«

»Außer, sie sind sorgfältig und gründlich programmiert. Lassen Sie uns mehr über U-Play rausfinden. Ein dreigeschossiges Apartment in dieser Gegend kriegt man schließlich nicht für Kleingeld. Also lassen Sie uns gucken, wer jetzt all das Geld bekommt, und wer den Laden nach dem Ableben des Bosses übernehmen soll. Außerdem müssen wir wissen, womit Minnock sich zuletzt beschäftigt hat. Und ob in seinem Unternehmen noch jemand so gut war wie er selbst.«

Sie sah sich noch einmal in dem Zimmer um. »Jemand ist an der Droidin vorbei erst in das Apartment und dann weiter in den Holo-Raum gekommen, ohne dass er dabei irgendwelche Spuren hinterlassen hat.«

Sie kannte nur einen Menschen, der so etwas schaffen konnte – ihren eigenen Ehemann. Vielleicht kannte ja Roarke noch jemand anderen.

»Als Erstes müssen wir diese Diskette aus dem Holo-Raum aus dem Gerät bekommen, um zu sehen, was sie enthält.«

»Die elektronischen Ermittler und die Kollegen von der Spurensicherung sind unterwegs. Außerdem hat einer der Uniformierten die Disketten aus den Überwachungskameras organisiert, auf denen die letzten 24 Stunden aufgezeichnet sind.«

»Machen Sie mit der Durchsuchung weiter. Ich rufe währenddessen die Verwandten an. Am besten warten wir noch ab, ob uns die elektronischen Ermittler weiterhelfen können, danach sehen wir uns einmal bei diesem U-Play um.«

Nach dem Anruf bei den Eltern brauchte sie einen Moment, bis sie wieder die Alte war. Bis vor einer Stunde hatte sie noch nicht einmal gewusst, dass es diese Menschen gab, und jetzt hatte sie den beiden während eines dreiminütigen Gesprächs einen grauenhaften Schlag versetzt, ging es ihr durch den Kopf, während sie sich auf das Bett des Toten sinken ließ. Nichts im Leben dieser Eltern würde je wieder wie vorher sein.

Durch einen Mord wurde nicht nur ein Mensch getötet, sondern auch die Leben anderer wurden nachhaltig verändert oder sogar dauerhaft zerstört.

Weshalb also hatte jemand dem Leben von Bart ein Ende machen müssen oder wollen? Und weshalb hatte dieser Jemand eine derart grässliche Methode dafür ausgewählt?

Geld. Eifersucht. Neid. Rache. Leidenschaft. Geheimnisse.

Allem Anschein nach hatte er Geld gehabt. Sie ging auf die Schnelle seine Kontenstände durch. Okay, er hatte Geld gehabt, und U-Play war ein starkes, junges Unternehmen. Sie glaubte CeeCee instinktiv, dass es keinen eifersüchtigen Ex-Freund gab. Aber Reichtum führte oft zu Neid. Vielleicht hatte sich auch ein Konkurrent oder ein Angestellter rächen wollen, der den Eindruck hatte, dass er übergangen oder nicht genug gewürdigt worden war. Was die Leidenschaft betraf, hatte das Opfer ganz eindeutig eine Leidenschaft für Spiele jeder Art gehabt. Und ein paar Geheimnisse hatte wahrscheinlich jeder Mensch.

Allerdings hatte der Mörder eine ungewöhnliche Methode angewandt ... Tötung während eines Spiels. Was auf eine kranke Weise irgendwie poetisch war. Bei einer

Enthauptung trennte man den Kopf – das Gehirn – vom Körper und brachte diesen dadurch zu Fall.

Nach ihrer ersten, schnellen Überprüfung sah es aus, als wäre Bart das Gehirn von U-Play gewesen. Würde also jetzt auch U-Play fallen? Oder stand bereits der nächste Kopf, das nächste Gehirn bereit?

Wie auch immer, Minnocks Mörder hatte eine komplizierte und zugleich verwegene Methode angewandt. Es gab weiß Gott auch einfachere Wege, jemanden zu töten. Aber höchstwahrscheinlich war der Mörder ein genauso leidenschaftlicher, geübter Spieler, wie das Opfer es gewesen war.

2

Eve hörte McNab, noch ehe sie ihn sah. Er war ein erwachsener Mann, kreischte aber wie ein hysterisches Mädchen, als er Minnocks Wohnung betrat.

»Wahnsinn! Diese Wohnung ist der totale Hammer!«

»Reg dich ab, Junge. Hier wurde schließlich gerade jemand umgebracht.«

Sie hörte Feeneys Tadel, doch auch ihm war deutlich anzuhören, wie aufgeregt er war. Dabei war ihr alter Partner, der inzwischen Chef der elektronischen Ermittler war, nicht nur ein erwachsener Mann, sondern mehrfacher Großvater.

Manche von den Elektronikfuzzis blieben offenkundig immer jung.

»Danke, lieber Gott, dass du mich so was sehen lässt«, stieß Callendar mit ehrfürchtiger Flüsterstimme aus.

Eve schüttelte den Kopf. Wenigstens von ihr hatte sie eine andere Reaktion erwartet, denn sie war schließlich kein Mann.

Sie trat ans Geländer der Treppe, sah hinunter und kniff schmerzlich ihre Augen zu. Feeney hatte den gewohnten wirren, silbrig-roten Schopf, McNab trug eine grell orangefarbene Cargohose und auf Callendars Top prangte ein Muster wie bei einer Sonnenexplosion.

»Wenn ihr die Münder wieder zu kriegt, könntet ihr vielleicht mal raufkommen. Auch wenn der Tote, der hier liegt, die Freak-Idylle sicher etwas stört.«

Als Feeney seinen Kopf in den Nacken legte, merkte Eve, sie hatte recht gehabt, sein Gesicht, das sie normalerweise an einen betrübten Basset denken ließ, wies hektische rote Flecken auf. McNab grinste bis über beide Ohren, wippte fröhlich auf den Fersen, und sein blonder, weich schimmernder Pferdeschwanz wippte im selben Rhythmus hin und her. Einzig Callendar besaß noch so viel Anstand, ihre Schultern hochzuziehen und ein bisschen verlegen auszusehen.

»Das hier ist wie eine Kathedrale der Spiele- und der Elektronikindustrie«, juchzte McNab.

»Der Tote freut sich sicher riesig darüber, dass Sie derart begeistert sind. Er liegt im Holo-Raum im ersten Stock.«

Sie wandte sich zum Gehen, blieb dann aber noch einmal stehen, als sie bemerkte, dass der Chefpathologe Morris, statt ein Mitglied seines Teams zu schicken, selbst erschienen war.

Er sah gut aus, aber das war bei dem Mann schließlich normal. Sein eleganter, schwarzer Anzug wurde durch die Silberfäden in der Kordel, die den langen

Pferdeschwanz durchwob, und durch das subtile Muster der Krawatte aufgehellt. Er trug als Symbol der Trauer um seine verlorene Geliebte immer noch hauptsächlich Schwarz.

Drei Monate zuvor hatte Eve sein Leben wie gerade eben die Leben von Barts Eltern dadurch aus dem Gleichgewicht gebracht, dass sie ihm offenbart hatte, dass die Frau, die er geliebt hatte, ermordet worden war.

Er hatte ihre Nähe offenbar gespürt, denn obwohl er weiter den kopflosen Körper untersuchte, stellte er mit ruhiger Stimme fest: »So etwas sieht man nicht alle Tage, nicht einmal in unserem Job.«

»Genau dasselbe habe ich vorhin zu Peabody gesagt.«

Jetzt hob er den Kopf, und der Hauch eines Lächelns huschte über sein exotisches Gesicht. »Wobei die Menschen, wenn's um Mord geht, oft den Kopf verlieren. Als die Meldung reinkam, wollte ich mir unser Opfer hier vor Ort selbst ansehen.« Er nickte in Richtung des abgetrennten Kopfs. »Der Blutlache und den Blutspritzern zufolge hat ihn dieser Körperteil abrupt verlassen, ist dann auf dem Boden aufgeklatscht …«

»Ist das ein medizinischer Fachbegriff?«

»Natürlich. Er ist auf dem Boden aufgeklatscht und noch ein Stück gerollt. Wobei es einer der kleinen Scherze des Schicksals ist, dass er mit dem Gesicht nach oben und mit Blick in Richtung Tür liegen geblieben ist. Sieht aus, als ob der arme Kerl gestorben wäre, ohne auch nur mitzukriegen, dass sein Schädel plötzlich fliegen konnte, aber um das sicher rauszufinden, nehmen wir ihn mit und sehen ihn uns genauer an.«

»Man braucht jede Menge Kraft und eine verdammt

scharfe Klinge, wenn man jemanden mit einem derart sauberen Schlag enthaupten will.«

»Das glaube ich auch.«

»Die Freundin ist knapp einen Meter sechzig groß und wiegt vollständig bekleidet höchstens fünfzig Kilo. Sie hat nicht die Kraft für einen solchen Schlag. Bei der Droidin sieht es wahrscheinlich anders aus.«

»Wenn man die Programmierung ändern würde.«

»Bisher deutet nichts auf einen Selbstmord hin, aber unter den gegebenen Umständen ist auch nicht auszuschließen, dass er einen spektakulären Abgang machen wollte und seine Droidin darauf programmiert hat, ihm dabei zu helfen und danach die Waffe zu entsorgen, damit es so aussieht, als wäre er ganz alleine in dem Raum gewesen und hätte die Tür von innen abgesperrt. Klingt total idiotisch, aber auszuschließen ist es nicht.«

»Das menschliche Verhalten ist oft unverständlich. Aber genau das ist es, was den Homo sapiens für mich so faszinierend macht. Hat er zum Zeitpunkt seines Todes irgendwas gespielt?«

»So sieht es aus. Die Diskette ist sehr gut gesichert und befindet sich noch im Gerät.« Sie wies auf das Kontrollpaneel. »Die elektronischen Ermittler sind schon unterwegs. Vielleicht hat auch die Droidin mitgespielt und irgendetwas lief furchtbar falsch.« Sie steckte die Hände in die Taschen ihrer Jeans und schüttelte zweifelnd den Kopf. »Aber dann hätte die Droidin sich danach nicht neu programmiert. Nach Aussage von Peabody ist sie ein wirklich scharfes Teil. Aber so scharfe Droiden gibt es ganz eindeutig nicht. Ohne menschliche Hilfe können selbst die ausgefeiltesten Droiden ihr Programm nicht ändern.«

»Ich kenne mich mit diesem Zeug nicht wirklich aus. Eigentlich sind mir menschliche Droiden immer etwas unheimlich und tun mir gleichzeitig irgendwie leid.«

»Ja.« Sie verschränkte die Arme vor der Brust. »So geht es mir auch.«

»Da ihr Verhalten niemals unverständlich ist, außer, sie wären extra darauf programmiert, interessieren sie mich einfach nicht.« Morris zuckte mit den Schultern und stand auf. »Aber Sie sollten Ihren zivilen Berater fragen. Er kennt sich doch ganz bestimmt mit diesen Dingen aus.«

»Bevor ich damit zu Roarke gehe, warte ich erst einmal ab, ob mir nicht einer unserer Freaks etwas dazu sagen kann.«

»Wow.«

Sie drehte sich um, als das zuvor erwähnte Freak-Trio den Raum betrat.

»Oder eher Doppel-Wow«, korrigierte sich McNab. »Das ist eine verdammte Riesenschande. Bart Minnock, das junge Genie.«

»Er hatte schon immer einen ganz eigenen Kopf.« Callendar zuckte zusammen. »Tut mir leid.«

»War klar, dass so was kommen musste. Aber der da gehört Morris.« Eve wies mit dem Daumen auf die beiden Teile des verstorbenen Genies und dann auf das Kontrollpaneel. »Und das da ist für euch. Sieht aus, als wäre das Opfer hier hereingekommen, um etwas zu spielen oder vielleicht ein neues Programm zu testen. Die Diskette steckt noch drin. Sie ist mit einem Passwort versehen und zusätzlich gesichert, ihr müsst sie mir rausholen, ohne dass sie oder das Gerät dabei zu Schaden kommen. Außerdem guckt bitte jemand nach den Schlössern dieser Tür und der

Wohnungstür. Dem Protokoll zufolge wurde keine dieser Türen mehr geöffnet, nachdem er sich hier drinnen eingeschlossen hatte. Da er sich wohl kaum den Kopf mit seinen bloßen Händen abgerissen hat, stimmen diese Protokolle ganz eindeutig nicht. Peabody und ich fahren gleich in seine Firma. Weil auf euren Schultern lauter kluge Köpfe sitzen – Seht ihr? Man kann selbst in dieser Situation irgendwelche blöden Witze nicht vermeiden –, erwarte ich, dass ihr etwas gefunden habt, bis wir wieder auf der Wache sind.«

Damit trat sie in den Flur hinaus und winkte Peabody zu sich heran.

»Die Kollegen haben mit der Befragung der Nachbarn angefangen«, meinte diese auf dem Weg nach draußen. »Aber da es in den obersten Etagen des Gebäudes außer seiner keine andere Wohnung gibt, hat die Befragung bisher nichts erbracht. Der Portier, der gestern Abend Dienst hatte, kam auf unseren Anruf her. Er hat Minnocks Ankunftszeit bestätigt und geschworen, dass niemand mehr zu ihm wollte, bis die Freundin heute Morgen kam.«

»Ein Computerfreak wie er kennt doch sicher auch noch andere Computerfreaks, arbeitet mit ihnen zusammen oder hat sie bei sich angestellt. Also lassen Sie uns rausfinden, ob unser guter, alter Bart einem von diesen anderen Computerfreaks vielleicht eher unsympathisch war.«

U-Play hatte auf der gesamten Fläche einer umgebauten Lagerhalle Platz. Überall um sie herum herrschte geschäftiges Treiben, die Luft schwirrte vor einer aus Eves Sicht von einem gewissen Wahnsinn herrührenden Energie. Die zahllosen Computer, Monitore, offenen Labore und Büros spuckten eine Vielzahl lärmender Geräusche aus: Das

Knirschen von Metall, wenn irgendwelche Fahrzeuge zusammenkrachten, das Zischen der Waffen, die bei irgendwelchen Weltraumkriegen abgefeuert wurden, irres Lachen, dumpfe Drohungen und laute Jubelschreie, wenn ein Spiel gewonnen worden war.

Lauter kleine Welten, hochkomplexe Fantasien, nicht endende Wettkämpfe. Wie schaffte man es da, nicht völlig abzudrehen, fragte sich Eve.

Unzählige Leute, einige von ihnen sicherlich noch nicht einmal alt genug, um irgendwo ein Bier trinken zu gehen, aber alle in den grellen Farben und im schlabberigen Freizeitlook, der für die Branche typisch war, liefen auf den ersten Blick ziellos durch das offene, viergeschossige Gebäude. Sie faselten in einem wirren Elektronikkauderwelsch in ihre Headsets oder Handcomputer, während sie Kaffee oder irgendwelche Kaltgetränke schlürften, die den grellen Farben nach hochgiftig waren.

Sie erschienen Eve wie lauter Feeneys und McNabs auf Zeus.

»Dies ist die Welt der Nerds«, erklärte Peabody. »Oder die Galaxie der Freaks. Ich kann mich nicht entscheiden, schließlich ist hier alles voll mit Nerds und Freaks.«

»Vielleicht ist es ja die Welt der Nerds in der Galaxie der Freaks. Wie kann auch nur einer dieser Typen noch halbwegs klar denken? Warum macht in diesem Schuppen niemand eine Tür hinter sich zu?«

»Als jemand, der mit einem Freak mit Zügen eines Nerds zusammenlebt, kann ich Ihnen aus Erfahrung sagen, dass diese Leute ernsthaft behaupten, ohne das Getöse, die Bewegung und das allgemeine Chaos kämen sie ganz einfach nicht in Schwung.«

»Eigentlich müssten hier reihenweise Schädel explodieren.« Eve sah Leute, die in alten Lastenaufzügen mit Glaswänden von einem Stockwerk in das andere fuhren, während andere in klobigen Airboots oder ausgelatschten Turnschuhen über die Eisentreppe joggten oder auf bequemen Liegestühlen oder Sofas flätzten und mit glasigen, hochkonzentrierten Blicken auf die Monitore ihrer Handcomputer sahen.

Eve schnappte sich eine junge Frau in einem Overall, der dem Aussehen nach von einem wildgewordenen Kindergartenkind mit Farbe übergossen worden war.

»Wer hat hier das Sagen?«

Die Frau zog eine neben ihrer Nase und den Ohren reichhaltig gepiercte Braue hoch. »Wo?«

»In diesem Laden.« Eve schwenkte den Arm über das Chaos, das sie in dem Raum umgab.

»Oh, Bart. Aber ich glaube, der ist noch nicht da.«

»Und wen gibt's hier sonst noch, der etwas zu sagen hat?«

»Hm.«

»Versuchen wir's mal so.« Eve zückte ihre Dienstmarke und hielt sie der Person vor das Gesicht.

»Oh, verdammt. Aber alles, was wir machen, ist legal. Falls Sie über Lizenzen oder so was reden wollen, gehen Sie am besten zu Cill oder zu Benny oder Var.«

»Und wo finde ich Cill oder Benny oder Var?«

»Hm.« Sie zeigte nach oben. »Wahrscheinlich im zweiten Stock.« Dann drehte sie sich einmal um sich selbst und blickte in den zweiten Stock hinauf. »Da oben ist Benny. Sehen Sie den langen Lulatsch mit den roten Dreadlocks? Also, ich muss jetzt mit meiner Arbeit weitermachen. Ciao.«

Benny Leman war Eves Schätzung nach mindestens zwei Meter groß und hätte nach einem ausgiebigen Bad wahrscheinlich um die neunzig Kilo auf die Waage gebracht. Er war ein langer, dünner Kerl mit einer weich schimmernden Haut wie Ebenholz und einem feuerroten, wirren Lockenkopf.

Bis sie in den zweiten Stock geklettert waren, dröhnten ihre Trommelfelle von dem allgemeinen Lärm, ihre Augen brannten von den grellen Farben und den unzähligen Bildern, die auf all den Monitoren flackerten, sie war zu dem Schluss gekommen, dass U-Play in Wirklichkeit der siebte Kreis der Hölle war.

Typisch Elektronikfreak, tänzelte Benny durch den Raum, brüllte irgendwelche Dinge, die nicht zu verstehen waren, in sein Headset, gab mit einer Hand etwas in seinen Handcomputer ein und tippte mit den Fingern seiner anderen Hand auf einem Monitor herum.

Trotzdem fand er noch die Zeit, sie mit einem strahlenden Lächeln anzusehen, hob zum Zeichen, dass es nicht mehr lange dauern würde, eine Hand, und sie schaltete auf Durchzug, als er weiter über Motherboards, Terabytes, CGIs und Nanocomputer sprach.

Das Link auf seinem übervollen Schreibtisch schrillte, und als plötzlich seine Hosentasche anfing zu vibrieren, nahm sie das als Zeichen dafür, dass er dort ein Handy trug. Jemand trat in die offene Tür, reckte einen Daumen in die Luft und bewegte seine andere Hand schnell hin und her. Benny zuckte mit den Schultern, doch sein kurzes Nicken schien dem anderen als Antwort zu genügen, denn er stürzte eilig wieder los.

»Tut mir leid.« Benny ignorierte das Geklingel und Gepiepse, blickte sie mit einem neuerlichen breiten Lächeln an und fuhr mit seiner angenehmen Stimme, die wie eine leichte Meeresbrise durch das Zimmer wehte, fort. »Bei uns ist es heute Morgen etwas hektisch. Falls Sie wegen dieses Interviews gekommen sind, gehen Sie am besten gleich weiter zu Cill. Ich kann sie gerne…«

»Mr Leman.« Erneut zog Eve ihre Dienstmarke hervor. »Ich bin Lieutenant Dallas von der New Yorker Polizei, und dies ist meine Partnerin, Detective Peabody.«

»Aber hallo.« Er behielt sein Lächeln bei, zog aber gleichzeitig verwirrt die Brauen hoch. »Ist jemand von uns in Schwierigkeiten?«

»Allerdings.« Sie bedeutete Peabody, die Tür zu schließen, denn obwohl sie wie die Wände ganz aus Glas bestand, sperrte sie zumindest einen Teil des Lärmes aus. »Würden Sie bitte Ihren Computer runterfahren?«

»Okay. Bin ich in Schwierigkeiten? Oh, verdammt, hat Mongo etwa wieder mal telefoniert? Ich war gestern Abend nicht zu Hause, aber mein Droide soll sich um ihn kümmern. Ich …«

»Wer ist Mongo?«

»Mein zahmer Papagei. Er ist ein braver Junge, aber ab und zu geht er ans Telefon, drückt irgendwelche Tasten und krächzt irgendwas hinein.«

»Es geht nicht um Ihren Papagei. Wir sind wegen Bart Minnock hier.«

»Wegen Bart? Steckt er in Schwierigkeiten? Das erklärt, warum er nicht erreichbar ist. Aber Bart würde niemals was Illegales tun. Braucht er einen Anwalt? Sollte ich vielleicht …« Wieder huschten ein Ausdruck der Verwirrung und ein Hauch von Angst über sein ansonsten freundliches Gesicht. »Ist er verletzt? Hatte er einen Unfall?«

»Es tut mir leid, Ihnen mitteilen zu müssen, dass Mr Minnock gestern Nachmittag ermordet worden ist.«

»Also bitte!« Jetzt wurde die Angst durch heißen Zorn ersetzt. »Er war gestern Nachmittag noch hier. Das ist wirklich nicht witzig. Ich verstehe durchaus Spaß, aber das geht eindeutig zu weit.«

»Das ist kein schlechter Scherz«, erklärte Peabody ihm sanft. »Mr Minnock wurde gestern Nachmittag in seiner Wohnung umgebracht.«

»Nuhu-hu.« Die kindliche Verneinung wurde durch die Tränen, die mit einem Mal in seinen warmen, braunen Augen blitzten, noch verstärkt. Benny stolperte einen Schritt zurück, bevor er sich einfach auf den Boden gleiten ließ. »Nein. Nicht Bart. Das kann nicht sein.«

Eve ging vor ihm in die Hocke, damit sie auch weiterhin auf Augenhöhe mit ihm war. »Es tut mir sehr leid. Ich weiß, das ist ein Schock für Sie, aber wir müssen Ihnen trotzdem ein paar Fragen stellen.«

»In seiner Wohnung, sagen Sie? Aber die ist doch gesichert. Da kommt niemand so einfach rein. Er ist zu vertrauensselig. Hat er jemanden hereingelassen? Ich verstehe das nicht.« Tränen strömten über seine Wangen, und er sah sie flehend an. »Sind Sie sicher? Sind Sie sicher, dass das nicht ein grauenhafter Irrtum ist?«

»Ja. Wissen Sie von jemandem, der ihm so etwas hätte antun wollen?«

»Nicht Bart.« Er schüttelte den Kopf. »Nicht Bart. Wie? Wie wurde er umgebracht?«

Sie wollte mit den Details noch warten, deshalb fragte

sie zurück: »Wann haben Sie ihn zum letzten Mal gesehen oder wann hatten Sie zum letzten Mal Kontakt zu ihm?«

»Er ist gestern früher weggegangen. Ich bin mir nicht ganz sicher, vielleicht gegen vier. Er hatte ein Date mit CeeCee. Seiner Freundin. Vorher wollte er noch irgendwas zu Hause erledigen. Er war supergut gelaunt.« Plötzlich packte er Eves Hand. »CeeCee? Ist sie verletzt? Geht es ihr gut?«

»Ihr ist nichts passiert. Sie war nicht dort.«

Benny schloss die Augen und atmete leise auf. »Nein, das stimmt. Er wollte zu ihr. Zum Abendessen, hat er mir erzählt.« Er fuhr sich mit den Händen durchs Gesicht und ließ sie dort. »Ich weiß nicht, was ich machen soll.«

»Hatte er Probleme hier? Mit dem Unternehmen oder irgendwelchen Angestellten?«

»Nein. Ganz sicher nicht. Hier läuft alles gut. Sehr gut. Wir verstehen uns alle prima, und die Arbeit macht uns Spaß. Dafür hat Bart immer gesorgt.«

»Wie sieht es mit Konkurrenten aus?«

»Da fällt mir niemand ein. Ab und zu versucht jemand, sich bei uns reinzuhaken oder einen Spitzel einzuschleusen. Aber das ist ganz normal. Es ist wie ein Spiel. Bart ist vorsichtig. Wir sind alle vorsichtig. Unsere Security ist gut, und wir führen regelmäßig Screenings, Virenscannings und Updates durch.«

Als die Tür geöffnet wurde, drehte Eve den Kopf und erblickte eine wunderhübsche Asiatin mit zu einem Pferdeschwanz gebundenem, schwarzem Haar, das ihr bis auf die Hüfte fiel. Sie hatte ein feingemeißeltes Gesicht und sah sie aus leuchtend grünen Katzenaugen fragend an.

»Wo zum Teufel steckst du, Bens? Ich stecke bis zum

Hals in Arbeit, während du ... was ist?« Eilig lief sie durch den Raum und setzte sich neben ihn. »Was ist passiert?«

»Es geht um Bart, Cilly, es geht um Bart. Er ist tot.«

»Ach, red doch keinen Unsinn.« Sie schlug Benny auf den Arm und wollte sich wieder erheben, aber er nahm hastig ihre Hand.

»Es ist wahr, Cilly. Die beiden sind von der Polizei.«

»Was redest du da für ein wirres Zeug?« Sie stand geschmeidig wieder auf. »Zeigen Sie mir Ihre Dienstmarken.«

Entschlossen riss sie Eve die Marke aus der Hand, bevor sie einen Miniscanner aus der Tasche zog. »Okay, vielleicht ist diese Marke echt, aber ...« Sie brach ab und ihre Hand fing an zu zittern, als sie auf den Namen auf der Marke sah. »Dallas«, stieß sie flüsternd aus. »Sie sind Roarkes Cop.«

»Ich bin bei der New Yorker Polizei.« Nach dieser Richtigstellung nahm ihr Eve die Marke wieder ab.

»Roarkes Cop macht niemals irgendwelchen Quatsch.« Cill kniete sich auf den Boden, legte einen Arm um Bennys knochige Schultern und fragte in eindringlichem Ton: »Was ist mit Bart passiert? Oh Gott, verdammt, was ist mit Bart passiert?«

»Können wir vielleicht irgendwo anders als hier auf dem Boden sitzen und ungestört miteinander reden?«, fragte Eve.

»Ah.« Cill fuhr sich mit einer Hand durch das Gesicht. »Im Pausenraum. Der ist im dritten Stock. Den kann ich frei machen. Aber wir brauchen Var. Er muss dabei sein, bevor wir ... bevor wir es den anderen sagen.« Sie drehte sich um und presste ihre Stirn an Bennys Brauen. »Ich mache den Raum frei und hole Var. Geben Sie mir eine

Minute Zeit. Benny bringt Sie währenddessen rauf.« Sie richtete sich wieder auf, atmete tief durch und wandte sich erneut an Eve. »Sie sind Mordermittlerin. Ich weiß, dass Sie das sind. Das heißt, dass Bart ... Haben sie ihm wehgetan? Sagen Sie mir nur, ob er gelitten hat.«

»Ich kann Ihnen versichern, dass es meiner Meinung nach sehr schnell gegangen ist.«

»Okay. Okay. Bring die beiden rauf, Bens, und sag niemandem ein Wort, solange wir nicht wissen, was geschehen ist.« Sie umfasste zärtlich sein Gesicht. »Klapp jetzt bitte nicht zusammen, ja?«

Damit stand sie wieder auf und eilte aus dem Raum.

»Was haben Sie hier für eine Funktion, Benny?«, erkundigte sich Eve. »Sie, Cill und Var. Wie sieht die Hackordnung in Ihrem Unternehmen aus?«

»Oh, äh, auf dem Papier sind wir alle Vizepräsidenten. Aber eigentlich ist Cilly unsere KGB – das heißt die ›Krieg's gebacken‹ – ich bin der GZB, der ›Geh zu Benny‹, und Var unser GB, weil er immer die Geistesblitze hat. Alle unsere Leute wissen, dass sie jederzeit zu jedem von uns kommen können – oder natürlich zu Bart –, falls sie eine Idee haben oder es Probleme gibt.«

»Und wie lautete Barts inoffizieller Titel?«

»SH, das Superhirn.« Sein Lächeln geriet etwas ins Wanken. »Weil er der mit Abstand Schlauste von uns ist. Ich schätze, wir gehen jetzt besser erst mal rauf.«

Als sie oben ankamen, waren die Wandbildschirme schwarz, die Computer ruhig und die im Raum verteilten Stühle leer. Cill stand vor einem der diversen Automaten, an denen man ausgefallene Kaffeemixgetränke, alle je erdachten Softdrinks und diverse Snacks bekam. Eve ging davon aus, dass die AutoChefs bei U-Play ähnlich gut bestückt wie die Geräte in Barts Wohnung waren, und bildete sich beinahe ein, dass sie den Duft von Pizza roch.

»Ich dachte, ich wollte einen Energiedrink, weil ich den immer will«, murmelte Cill. »Aber jetzt habe ich keinen Durst.« Müde drehte sie sich zu den anderen um. »Var ist auf dem Weg. Ich habe ihm nicht gesagt, worum es geht. Ich dachte ... ach egal, möchten Sie vielleicht was trinken? Ich hole Ihnen gern etwas.«

»Nein, danke«, antwortete Eve.

»Setz dich, Benny.« Cill schob ihren Pass durch den Schlitz des Automaten, wählte eine Flasche Wasser und drückte sie ihm in die Hand. »Trink erst mal etwas.«

Sie umsorgte ihn. Wie eine große Schwester, dachte Eve.

Cill trat nochmals vor den Automaten und zog einen Becher dampfenden Kaffees heraus. »Var trinkt immer Kaffee«, klärte sie die anderen auf.

Noch während sie dies sagte, kam ein etwas untersetzter Mann von vielleicht dreißig in den Raum gestürmt. Er hatte kurz geschnittenes, braunes Haar, ein etwas pausbäckiges, freundliches Gesicht und trug eine schlabberige Cargohose, wie McNab sie liebte, allerdings in einem augenfreundlicheren Khakibraun. Seine ausgetretenen Turnschuhe jedoch wiesen dasselbe grelle Rot wie sein ausgefranstes T-Shirt auf.

»Verflucht, Cill, habe ich nicht gesagt, dass ich vor lauter Arbeit kaum noch weiß, wohin? Eine Pause kann ich mir nicht leisten. Und da Bart noch immer nicht erreichbar ist, muss ich erst mal jede Menge Mist wegschaufeln, bis ich ...«

»Var.« Cill drückte ihm den Kaffeebecher in die Hand. »Setz dich bitte hin.«

»Ich muss sofort wieder los. Wirklich. Also sag mir einfach schnell, worum es geht und ...« Jetzt erst bemerkte er die beiden fremden Frauen im Pausenraum. »Oh, Verzeihung.« Durch das Lächeln wurde sein Gesicht noch etwas freundlicher. »Ich wusste nicht, dass wir Besuch haben. Sind Sie die Leute von *Gameland?* Ich hatte Sie erst heute Nachmittag erwartet. Bis dahin hätte ich den Kram auf meinem Schreibtisch sicher etwas besser organisiert gehabt.«

»Das sind Lieutenant Dallas und ...«

»Detective Peabody.«

»Ja.« Cill atmete tief durch und schloss die Tür des Raums. »Es geht um Bart.«

»Um Bart?«, fragte er mit einem ungläubigen Lachen. »Was hat er gemacht? Hat er zu viel getrunken und bei Rot die Straße überquert? Müssen wir jetzt eine Kaution stellen?«

»Bitte setz dich, Var«, murmelte Cill.

»Warum? Was ist los?« Seine Belustigung verflog. »Oh verdammt, oh Mist, wurde er überfallen oder so? Ist er verletzt? Geht es ihm gut?«

»Wir sind von der Mordkommission«, erklärte Eve. »Bart Minnock wurde umgebracht.«

Der Kaffeebecher glitt ihm aus der Hand, und sein Inhalt spritzte auf die roten Schuhe. »Was soll das heißen, umgebracht? Was wollen Sie damit sagen?«

»Setz dich, Var.« Cill zog ihn zu der Couch, auf der schon Benny saß. »Setz dich bitte endlich hin. Den Kaffee wischen wir später auf.«

»Aber das ist doch total verrückt. Bart kann unmöglich ... Wann? Wie?«

»Gestern Nachmittag zwischen halb fünf und fünf, in seiner Wohnung, nur ein paar Blocks von hier entfernt. Seine Leiche wurde heute früh von CeeCee Rove in seinem Holo-Raum entdeckt. Man hat ihn enthauptet.«

Benny stieß ein ersticktes Keuchen aus, dann aber war es völlig still. Cill wurde leichenblass, streckte hilfesuchend einen ihrer Arme aus, und Var nahm ihre Hand.

»Bart wurde geköpft?« Sie fing an zu zittern, Benny legte einen Arm um sie, und wie die drei gemeinsam auf dem Sofa saßen, stellten sie eine geschlossene Einheit dar. »Jemand hat Bart *geköpft?*«

»Ja. Anscheinend war er zum Zeitpunkt des Angriffs in seinem Holo-Raum und hatte kurz zuvor ein Spiel von einer Diskette aufgerufen. Die elektronischen Ermittler sind gerade dabei, die Diskette aus dem Hologerät zu holen, um sie sich genauer anzusehen. Ich müsste bitte wissen, wo Sie drei gestern bis 18 Uhr gewesen sind.«

»Hier«, erklärte Cill ihr prompt. »Wir waren alle hier. Das heißt, ich bin um kurz vor sechs gegangen, weil mein Yogakurs um sechs beginnt. Ein Stück die Straße runter bei *Blossom.* Benny und Var waren noch hier, als ich gegangen bin.«

»Ich glaube, ich war bis gegen halb sieben hier.« Var räusperte sich leise. »Ich bin von hier aus direkt heimgegangen und habe von ungefähr sieben bis zehn *Warlord* im Netz gespielt. Benny war noch hier, als ich gegangen bin, und als ich heute Morgen gegen halb neun kam, war er schon wieder da.«

»Ich habe lange gearbeitet und deshalb hier gepennt.

Ein paar von unseren Leuten sind erst gegen sieben oder acht gegangen. Ich weiß nicht mehr genau, wann sie verschwunden sind, aber wir können gerne nachsehen. Danach habe ich abgesperrt, bis gegen eins weitergemacht und mich dann aufs Ohr gehauen. Keiner von uns hätte Bart jemals auch nur ein Haar gekrümmt. Wir sind wie eine Familie. Eine Familie.«

»Sie müssen diese Dinge fragen.« Cill legte kurz den Kopf auf seiner Schulter ab. »Das ist ein notwendiger Schritt. Sie müssen diese Schritte gehen, um den nächsten Level zu erreichen. Falls Bart jemanden in den Holo-Raum gelassen hat, hat er ihm entweder vertraut oder …«

»Oder?«, fragte Eve.

»Oder er wollte angeben«, Vars Stimme brach, und wieder räusperte er sich.

»Womit hätte er denn angeben wollen? Woran hat er gearbeitet? Was hätte er mit nach Hause nehmen wollen, um damit zu spielen oder anzugeben?«

»Wir entwickeln gerade jede Menge Sachen«, antwortete Var. »Eine Menge Sachen, die bereits so gut wie fertig sind, und ein paar andere, an denen es noch ein paar Kleinigkeiten zu verbessern gibt. Bart hat oft Disketten mitgenommen, um die Spiele zu testen und zu gucken, wo es hakt und wie man diese Fehler korrigieren kann. Das machen wir alle so.«

»Sie geben sicher immer an, wenn Sie eine Diskette mit nach Hause nehmen«, meinte Eve.

»Das entspricht der normalen Vorgehensweise, ja.« Var brauchte einen Augenblick, bis er verstand. »Oh, ich könnte nachsehen. Ich kann gerne nachsehen.«

»Warten Sie, ich komme mit. Peabody.« Eve nickte der

Kollegin zu, und die führte die Vernehmung weiter, während sie den Raum verließ.

Var belegte einen Fahrstuhl mit Beschlag, während sie nach unten fuhren, fing eine seiner Taschen an zu schrillen, zu klingeln und zu surren. Sie sah, dass er instinktiv nach seinem Handy greifen wollte, ehe er die Hand mit einem Seufzer wieder sinken ließ.

»Sie wissen, dass etwas nicht in Ordnung ist«, sagte er zu Eve. »Was sollen wir ihnen sagen? Ich weiß nicht, was ich den Leuten sagen soll.«

»Wir werden mit ihnen allen sprechen müssen. Wie viele Angestellte haben Sie?«

»Hier im Haus? So um die 70. Aber wir haben auch noch ungefähr zwei Dutzend Leute außer Haus – als Tester, im Verkauf und so.« Er winkte sie in ein Büro, das wie die Brücke eines Raumschiffes gestaltet war.

»Das hier ist Barts Büro. Es ist, äh, eine Kopie der Gefechtsinformationszentrale der Galactica. Bart kann ... konnte am besten arbeiten, wenn die Arbeit mit Spaß verbunden war.«

»Okay. Wir werden uns hier alles ansehen und seine Computer und die Telefone mitnehmen.«

»Brauchen Sie dafür nicht eine richterliche Erlaubnis oder so?«

Sie bedachte ihn mit einem kühlen Blick. »Soll ich eine besorgen?«

»Nein. Tut mir leid.« Er raufte sich die Haare, bis die kurzen Enden wie winzige Stachel aussahen. »Nein. Es ist nur ... das hier ist sein Zeug. All das hier ist sein Zeug. Wenn er etwas mitgenommen hätte, hätte er das hier in seinem Computer vermerkt. In der Inventarliste. Wir haben alle vier dasselbe Passwort für dieses Gerät, damit wir gucken können, ob jemand was mitgenommen hat. Dazu haben wir jeder noch ein zweites Passwort für unsere eigenen Geräte. Damit es kein Durcheinander gibt.«

»Okay.«

Er wandte Eve den Rücken zu, tippte schnell das Passwort ein, nannte seinen Namen und hielt seinen Ausweis vor den Scanner.

Zugriff erlaubt, erklärte der Computer.

»Welche Disketten hat Bart am 23. Juni ausgeloggt?«

»Dehnen Sie den Zeitraum auf die letzte Woche aus.«

»Oh. Korrigiere. Welche Disketten hat Bart zwischen dem 17. und 23. Juni ausgeloggt?«

Einen Augenblick, bitte. Wie geht es Ihnen, Var?

»Es ging mir schon besser.«

Tut mir leid zu hören. Hier ist Ihre Liste. Kann ich sonst noch etwas für Sie tun?

»Im Augenblick nicht, danke. Für gestern gibt es keine Eintragung.« Er wies auf den Monitor. »Im Verlauf der Woche hat er ein paar Spiele, die noch in der Entwicklung sind, mit heimgenommen, aber auch wieder zurückgebracht. Für gestern steht hier nichts.«

»Geben Sie mir eine Kopie der Liste und Kopien sämtlicher Programme, die er letzte Woche mitgenommen hat.«

»Oh, wow, verdammt. Das kann ich nicht. Ich meine, ich kann Ihnen wirklich nicht einfach Kopien von Sachen geben, die in der Entwicklung sind.« Sein Gesicht drückte erst Schock, dann Schmerz und schließlich Sorge aus. »Das ist ... Wie soll ich sagen? Streng geheim. Niemand außer uns vieren darf so etwas mit aus dem Gebäude nehmen. Benny tut noch nicht mal das, solange die Entwicklung nicht so gut wie abgeschlossen ist. Deshalb legt er so häufig Nachtschichten hier ein. Der Gedanke, irgendetwas, was noch nicht fertig ist, mit aus dem Haus zu nehmen, macht ihn irgendwie nervös.«

»Dann besorge ich mir eben doch den Durchsuchungsbefehl.«

»Oh, Mann. Ich weiß nicht, was ich machen soll. Ich kann einfach nicht klar denken.« Ehe er sich abwandte, stiegen in seinen Augen Tränen auf. »Ich muss die Firma schützen, aber ich will auch nichts tun, was Ihre Arbeit unnötig erschwert. Ich weiß nicht mal, ob ich das allein entscheiden kann. Wir sollten darüber abstimmen. Wir drei. Wir müssen zusammen überlegen, was wir jetzt am besten tun. Können wir uns erst beraten?«

»Meinetwegen, aber bitte möglichst schnell. Wie lange haben Sie Bart gekannt?«

»Seit dem College. Er, Cill und Benny waren damals schon eine Clique. Sie kannten sich seit der Grundschule, und dann haben wir vier ... gucken Sie sich unser Logo an.« Er wies auf das U-Play-Logo auf dem Monitor. »Er hatte sich noch viel schickere, echt coole Sachen einfallen lassen, aber dann wollte er das hier. Unseren Firmennamen in einem Quadrat. Er meinte, wir wären das Quadrat, denn nur zu viert hätten wir es so weit gebracht. Würden Sie mich wohl kurz entschuldigen? Bitte. Nur einen Augenblick.«

»Nun gehen Sie schon.«

Kaum hatte er den Raum verlassen, klingelte Eves Handy, sie klappte es mit einem Seufzer auf. »Dallas.«

»Ich habe eine gute und eine schlechte Nachricht«, meinte Feeney.

»Erst die gute, denn bisher war es ein echt ätzender Vormittag.«

»Wir haben es geschafft, ein paar Sachen über das Programm auf dem Gerät herauszufinden. Das Spiel heißt *Fantastical* und hat das Kürzel IE.12. Das heißt wahrscheinlich, dass es die zwölfte Version der Entwicklungsphase ist. Es hat das U-Play-Copyright und wurde zum letzten Mal vor zwei Tagen überarbeitet.«

»Hat er allein oder mit jemand anderem gespielt?«

»Das Gerät war auf einen Spieler eingestellt, aber das ist Teil der schlechten Nachricht. Die Diskette kann es uns nicht mehr verraten, und wir können auch nicht sagen, was in aller Welt *Fantastical* überhaupt ist, denn das blöde Ding hat sich, nachdem die letzte Sicherung geknackt war, selbst zerstört.«

»Verdammt.«

»Es würde an ein Wunder grenzen, wenn sich auf dem Teil noch irgendetwas finden ließe, denn es ist inzwischen nur noch Schrott. Aber sie haben in der Firma sicher noch eine Diskette mit dem Spiel. Das hier kann unmöglich die einzige Kopie gewesen sein.«

»Ich werde sehen, ob ich eine kriegen kann. Außerdem schick mir bitte zwei Leute, um die Geräte des Opfers aus seinem Büro holen zu lassen. Allerdings kann ich nur hoffen, dass euch dieses Zeug nicht auch noch um die Ohren fliegt.«

»Wie kannst du nur so gemein sein?«

»Warum soll der Tag nur für mich so ätzend sein?«, fragte Eve zurück und gab sofort nach Ende des Gesprächs die Nummer der Kollegin ein. »Kommen Sie bitte ins Büro des Opfers, fangen mit der Durchsuchung an und verhindern, dass vor Eintreffen der elektronischen Ermittler irgendwer den Raum betritt. Ich gehe währenddessen noch mal in den Pausenraum.«

»Okay. Ich habe inzwischen die Daten von den dreien und werde sie nachher überprüfen. Wie sieht es mit der Vernehmung von den Angestellten aus?«

»Bringen wir sie hinter uns. Allerdings werden wir erst einmal nur fragen, wo die Leute gestern um die Uhrzeit waren, und noch einmal mit ihnen sprechen, wenn wir mit der Überprüfung ihrer Namen fertig sind.«

»Das sind über 70 Leute.«

Eve stieß einen Seufzer aus. »Rufen Sie noch einmal bei Feeney an. Er, McNab und Callendar sollen rüberkommen. Schließlich sprechen sie die Sprache von den Leuten hier.«

»Okay. McNab wird sich vor Freude in die Hose machen, wenn er diesen Laden sieht.«

»Darauf freue ich mich schon. Und jetzt tauschen wir die Plätze, ja?«

Auf dem Weg zurück nach oben in den Pausenraum ließ Eve sich Zeit. Var hatte recht gehabt, die Leute wussten, dass etwas nicht in Ordnung war. Köpfe drehten sich in ihre Richtung, Flüsterstimmen folgten ihr, und der gesamte Raum verströmte den Geruch von Schuld, Angst und einem Hauch von Aufregung.

Was ist passiert, was haben sie getan? Sind wir in Schwierigkeiten?

Sie entdeckte Var, der aus der anderen Richtung kam. Er sah vollkommen fertig aus, und das bisher verstohlene Flüstern schwoll zu einem Raunen an.

Sie ließ ihm den Vortritt und schloss hinter sich die Tür. »Was ist *Fantastical?*«

Schockierte Stille senkte sich über den Raum.

3

»Ich werde mir einen Durchsuchungsbefehl besorgen.« Auf der Suche nach dem schwächsten Glied sah Eve die drei durchdringend an. »Und die elektronischen Ermittler sehen sich jedes Byte jeder Datei auf jeder Kiste an. Was Wochen dauern kann. Solange machen wir den Laden dicht.«

»Aber das können Sie nicht tun. Sie können unseren Laden doch nicht einfach schließen«, protestierte Benny. »Hier arbeiten mehr als 70 Leute und auch all die anderen, die online für uns arbeiten, hängen von uns ab. Genau wie die Verteiler, die Buchprüfer und alles, was gerade in der Entwicklung ist.«

»Ja, das ist wirklich schade. Nur, dass Mord das alles übertrumpft.«

»Sie haben finanzielle Verpflichtungen, haben Familien«, begann Cill.

»Und wir haben den zweigeteilten Bart.«

»Das war gemein«, murmelte Var. »Das war echt gemein.«

»Genau wie Mord. Aber Sie haben die Wahl.« Sie hielt ihr Handy hoch.

»Wir können unsere Anwälte verständigen.« Cill sah die beiden Männer fragend an. »Nur …«

»Nur, dass Mord auch deren Karten übertrumpft«, erklärte Eve. »Ich werde meinen Durchsuchungsbefehl und die Antworten auf meine Fragen kriegen. Das wird natürlich ein bisschen länger dauern. Während Ihr Freund im Leichenschauhaus liegt. Aber vielleicht ist Ihnen ein Spiel ja wichtiger als dieser tote Freund.«

»Es ist nicht nur ein Spiel«, erklärte Benny voller Leidenschaft. »Es ist das Nonplusultra für Bart, für uns, für U-Play. Aber es ist noch topsecret und wir alle haben einen Eid geschworen, niemandem, der nicht direkt etwas damit zu tun hat, auch nur ein Sterbenswörtchen davon zu verraten. Selbst die Personen, die etwas damit zu tun haben, kriegen nur so viel davon erzählt, wie für ihre Arbeit nötig ist.«

»Ich muss alles wissen. Denn als er ermordet wurde, hat er dieses Spiel gespielt.«

»Aber ... das kann nicht sein.« Cill sah sie fragend an. »Sie sagen, er wurde zu Hause umgebracht.«

»Das stimmt. Und während er ermordet wurde, steckte in seinem Hologerät eine *Fantastical*-Kopie.«

»Das muss ein Irrtum sein.« Var wurde blass und schüttelte den Kopf. »Er hätte niemals eine solche Kopie mit heimgenommen, ohne uns etwas davon zu sagen oder einen entsprechenden Vermerk zu machen. Weil das schließlich Vorschrift ist.«

»Er hatte die Diskette zu Hause? Hatte sie mit heimgenommen, ohne einem von uns etwas davon zu sagen?« Bennys Miene verriet Schock und das Gefühl, dass er von seinem toten Freund verraten worden war.

»Sie versucht nur, uns dazu zu bringen, ihr zu sagen ...«

»Um Himmels willen, Var, benutz deinen Verstand«,

schnauzte Cill ihn an. »Wenn sie die Diskette nicht bei Bart gefunden hätten, wüsste diese Polizistin nichts davon.« Sie presste sich die Finger vor die Augen, und ein halbes Dutzend Ringe glitzerten im Licht. »Er war total euphorisch, denn wir hatten's fast geschafft. Es hat nicht mehr viel gefehlt. Ich verstehe nicht, warum er die Diskette mitgenommen hat, ohne uns etwas davon zu sagen oder wenigstens einen Vermerk zu machen. Er hat immer darauf bestanden, dass nichts ohne Vermerk das Haus verlässt, aber wie gesagt, er war einfach völlig aus dem Häuschen, weil wir endlich so weit waren.«

»Was ist das für ein Spiel?«

»Ein interaktives Holo-Fantasiespiel. Multifunktional«, fuhr Benny fort. »Der oder die Spieler wählen einen Handlungsort, einen Level, eine Story, eine Welt und eine Ära aus oder kreieren selbst etwas. Das Spiel liest dann die Wahl, die Aktionen, Reaktionen und Bewegungen des oder der Spieler ein und passt das Szenarium daran an. Es ist fast unmöglich, ein Szenarium zweimal auf genau die gleiche Weise durchzuspielen. Der Spieler wird immer vor eine neue Herausforderung gestellt und in eine neue Richtung geführt.«

»Okay, klingt durchaus amüsant und ziemlich teuer, aber etwas wirklich Neues ist das ja wohl nicht.«

»Die sensorische Funktion ist einfach phänomenal«, erklärte Var. »Es wirkt alles total real, und der Spieler hat die Möglichkeit, noch während des Spiels weitere Funktionen aufzurufen. Wie zum Beispiel Belohnungen und Strafen.«

»Strafen?«, wiederholte Eve.

»Sagen wir, Sie suchen einen Schatz«, übernahm jetzt wieder Cill. »Je nach Level und Szenarium sammeln Sie Hinweise, Juwelen oder Kunstwerke. Aber wenn Sie es vermasseln, verlieren Sie nicht nur Punkte, sondern werden vor eine zusätzliche Herausforderung gestellt. Vielleicht werden Sie von Gegnern angegriffen, stürzen und brechen sich den Knöchel oder verlieren Ihre Ausrüstung in einem tosenden Fluss. Wenn Sie's dann noch einmal vermasseln, ist das Spiel vorbei und Sie müssen den Level ganz von vorn durchspielen.«

»Das Programm liest Sie«, fuhr Benny fort. »Ihren Pulsschlag, Ihren Blutdruck, Ihre Körpertemperatur. Wie ein medizinisches Gerät. Dann passt es die Aufgaben, die Sie erfüllen müssen, daran an. Es kombiniert die Empfindungen, die man bei teuren Virtual-Reality-Programmen hat, mit den auf der Realität basierenden Bildern einer qualitativ hochwertigen Holographie. Wenn Sie zum Beispiel gegen einen Drachen kämpfen, um die Prinzessin zu retten, spüren Sie die Hitze der Flammen, die er spuckt, und das Gewicht des Schwerts. Und wenn Sie den Drachen besiegen, zeigt Ihnen die Prinzessin ihre Dankbarkeit. Was man, nun ja, ebenfalls sehr deutlich spürt. Das Spiel spricht alle Sinne an.«

»Und wenn der Drache gewinnt?«

»Bekommen Sie einen Schlag. Der tut nicht wirklich weh, nur ein leichtes Kribbeln, und wie Cill schon sagte, ist das Spiel an diesem Punkt vorbei. Dann können Sie noch einmal von vorn beginnen, an derselben Stelle weitermachen oder beliebige Faktoren ändern. Aber das Programm bleibt sowieso nicht völlig gleich. Es stellt eigenhändig Berechnungen an und nimmt Veränderungen vor.« Es war nicht zu überhören, wie begeistert Benny von dem Thema war. »Die Charaktere der verschiedenen Programme werden mit derselben Technik verbessert, mit der auch Droiden eingerichtet werden. Aber eins bleibt immer gleich – ob Gegner oder Freund, sind sie alle darauf programmiert, dass sie nicht weniger versessen auf den Sieg sind als der Spieler selbst.«

»Es ist ein Riesensprung«, erklärte Cill. »Eine bisher nie da gewesene Verschmelzung verschiedener Technologien. Wir brauchen nur noch ein paar winzig kleine Fehler zu beheben, wenn alles glattläuft, bringen wir das Spiel noch rechtzeitig vor Weihnachten heraus. Dann werden die Aktien unseres Unternehmens in den Himmel schießen. Wobei Bart das Spiel noch ein bisschen benutzerfreundlicher gestalten wollte und es ihm auch wichtig war, dass es erschwinglich bleibt. Deshalb arbeiten wir an verschiedenen Versionen für zu Hause und für Automaten, aber das ist ziemlich kompliziert.«

»Wir haben viel in die Technologie, die Anwendungssoftware, die Programmierung und die Simulationen investiert. Falls irgendwas von diesem Spiel nach außen dringt, bevor die Entwicklung völlig abgeschlossen ist ...« Var presste die Lippen aufeinander und blickte die beiden anderen an.

»... wäre das wahrscheinlich unser Untergang«, beendete Cill den Satz. »Bei dem Spiel geht es für uns um alles oder nichts.«

»Bei einem Erfolg würden wir wahrscheinlich spätestens in einem Jahr auf einer Stufe mit SimUlate stehen. Wir wären weltweit und wahrscheinlich auch extraterrestrisch im Geschäft«, erklärte Benny Eve. »Nicht mehr einfach irgendwelche Newcomer mit einem einmaligen Erfolg, nicht mehr einfach die Wunderkinder unserer Branche. Wir wären die Branche selbst. Aber ohne Bart ...«

»Ich weiß nicht, ob wir das ohne ihn noch hinbekommen«, meinte Cill. »Ich habe keine Ahnung, wie das gehen soll.«

»Wir müssen es ganz einfach schaffen.« Var nahm ihre Hand. »Wir müssen diese Sache durchziehen. Bart hat sie begonnen, und wir müssen sie zu Ende führen. Sie dürfen das Spiel niemandem zeigen«, sagte er zu Eve. »Wirklich niemandem. Falls jemand die Diskette in die Hand bekommt …«

»Sie hat sich selbst zerstört, als die elektronischen Ermittler versucht haben, sie aus dem Gerät zu ziehen.«

»Wirklich?« Benny blinzelte verwirrt. »Wahnsinn. Tut mir leid«, fügte er umgehend hinzu. »Tut mir leid. Es ist nur … Diese Sicherungsfunktion hat wahrscheinlich Bart hinzugefügt. Deshalb ist er Bart.«

»Wie viele Kopien gibt es von dem Spiel?«

»Es gab insgesamt vier. Eine für jeden von uns. Ich habe gestern Abend noch mit meiner Diskette gearbeitet. Mit der Simulationsfunktion. Ich war der Administrator und habe als Spieler einen Droiden eingesetzt. Wir arbeiten meist erst an dem Spiel, wenn alle anderen gegangen sind.«

»Dann wussten also nur Sie vier über das Spiel Bescheid?«

»Nicht ganz. Hier wissen alle, dass wir momentan an einer großen Sache sitzen. Schließlich haben wir hier jede Menge kluger Köpfe, und die nutzen wir natürlich gern«, bemerkte Cill. »Aber niemand weiß genau, worum es geht. Die Leute, die was davon wissen, kennen jeweils nur Details. Aber ja, ein paar von diesen Leuten sind wahrscheinlich schlau genug, um sich mithilfe der Details ein ziemlich gutes Bild zu machen. Deshalb haben wir genau darauf geachtet, dass niemand zu viel erfährt. Weil undichte Stellen in unserer Branche tödlich sind.«

Mit einem Mal wurde ihr klar, was sie gesagt hatte, und sie erschauderte. »Glauben Sie, dass jemand etwas über dieses Spiel herausgefunden hat und …«

»Das wäre eine Möglichkeit. Ich brauche eine Kopie von diesem Spiel.«

Alle drei starrten sie unglücklich an.

»Hören Sie, wenn dieses Spiel so toll ist, wie Sie sagen, und von meiner Seite aus was durchsickert, habe ich mindestens ein so großes Problem wie Sie. Denn dann werden Sie die Polizei, die Stadt und sicher auch mich selbst auf Schadenersatz verklagen, ich werde gefeuert und verliere obendrein noch meinen guten Ruf. Dabei sind mir diese beiden Dinge mindestens so wichtig wie Ihnen dieses Spiel. Trotzdem muss ich wissen, welche Rolle das Spiel gespielt hat, als Ihr Kompagnon ermordet worden ist.«

»Sie ist Roarkes Cop«, erklärte Cill den beiden anderen.

»Was? Verdammt.«

Cill bedachte Var mit einem bitterbösen Blick. »Roarke wird uns nicht bestehlen. Er würde Bart auch nicht nach seinem Tod bestehlen.« Wieder brachen sich die Tränen Bahn. »Er hat uns geholfen, diesen Laden aufzuziehen. Er hat Bart *gemocht.*«

»Roarke hat Bart gekannt?«, erkundigte sich Eve und hatte plötzlich einen Kloß im Hals.

»Er wollte uns bei sich anstellen.« Cill wischte sich mit ihren Handrücken die Tränen von den Wangen und sah sie aus grün schimmernden Augen an. »Vor allem Bart. Aber wir wollten etwas Eigenes. Also hat er uns geholfen, hat uns jede Menge guter Tipps gegeben und sich unsere

Ideen angehört. Außerdem hat er gesagt, wir könnten jederzeit zu Roarke Industries, SimUlate oder einer seiner anderen Firmen wechseln, wenn uns die Idee von einem eigenen Unternehmen doch nicht mehr gefällt. Er würde uns niemals beklauen. Wenn jemand eine Kopie des Spiels von uns bekommen muss, bin ich nur froh, wenn dieser Jemand Roarke oder seine Polizistin ist. Er wird dafür sorgen, dass sie sicher ist. Das wird er allein schon Bart zuliebe tun.«

Sie stand auf und wischte sich erneut die Tränen fort. »Trotzdem müssen wir vorher mit unseren Anwälten reden. So weit müssen wir uns absichern, vielleicht sollten wir auch ganz genau dokumentieren, wie die Kopie für Sie gezogen wird. Wir haben die Datei auf mehreren Ebenen gesichert und vor allem ist sie riesengroß, weshalb das sowieso ein bisschen dauern wird. Vielleicht einen Tag, bis alles fertig ist. Ich werde mich darum kümmern, dass es schnellstmöglich erledigt wird. Bart ist tot«, erklärte sie, bevor einer ihrer Freunde etwas sagen konnte. »Und niemand wird der Polizei Steine in den Weg legen, wenn sie nach seinem Mörder sucht. Nicht einmal wir.«

»Es tut mir leid«, wandte sich Var an Eve, nachdem Cill den Raum verlassen hatte. »Die Bemerkung über Roarke war nicht negativ gemeint.«

»Schon gut.« Eves Handy zeigte an, dass die elektronischen Ermittler angekommen waren. »Unsere Leute sind jetzt hier. Vielleicht sollten Sie allmählich Ihren Leuten sagen, was geschehen ist.«

Sie schickte Var und Benny los und winkte Peabody herein. »Ich habe ein paar Sachen über dieses Spiel herausgefunden, das das Opfer kurz vor seinem Tod geladen hatte, aber darüber reden wir später. Erst mal möchte ich, dass Sie die Leute auf uns fünf verteilen. Suchen Sie fünf Räume, holen Sie sich eine Liste aller Angestellten und teilen die Leute, die im Haus sind, in fünf Gruppen auf. Die Angestellten, die nicht da sind, nehmen wir uns später vor. Wir brauchen ihre Aussagen, ihre persönlichen Daten, ihre Eindrücke und ihre Alibis. Wir werden all diese Personen, ihre Familien, Freundinnen und Freunde und ihre Finanzen überprüfen. Vielleicht stoßen wir ja auf jemanden, der für ein bisschen Extrageld Informationen an die Konkurrenz weitergegeben hat.«

»Sie denken, es geht um das Spiel?«

»Es ist nicht nur ein Spiel, sondern ein Riesenabenteuer«, klärte Eve die Partnerin mit einem schmalen Lächeln auf. »Ich muss noch was erledigen. Aber wenn Sie so weit sind, schicken Sie mir einfach meinen Teil der Leute rauf.«

»Sie haben den kühlsten Raum im ganzen Haus.«

»Schön. Und jetzt schwingen Sie die Hufe.«

Sie hatte keine andere Wahl, sagte sich Eve. Vor allem hätte sie ihm, wenn sie sich nachher zu Hause träfen, sowieso alles erzählt. Es würde sicher auch nicht mehr lange dauern, bis die Meldung von dem Mord im Fernsehen käme. Und das würde er auf alle Fälle mitbekommen, da er die Berichte über in der Stadt begangene Kapitalverbrechen regelmäßig sah. Einfach, weil er gerne wusste, was sie tat.

Hätte sie sich besser damit ausgekannt, hätte sie wahrscheinlich ihrerseits die Berichte von der Börse und die Wirtschaftsnachrichten verfolgt. Er hatte wirklich Glück, dass sie keinen blassen Schimmer davon hatte, was er tat.

Da sie davon ausging, dass er zu beschäftigt war, um

an den Apparat zu gehen, und sie einfach eine Nachricht für ihn hinterlassen wollte, rief sie ihn auf dem privaten Handy an.

Doch zu ihrer Überraschung tauchte bereits nach dem ersten Klingeln sein Gesicht auf ihrem Bildschirm auf, und er sah sie durchdringend aus seinen leuchtend blauen Augen an. »Lieutenant, schön, von dir zu hören.«

Eine weniger robuste Frau wäre beim Anblick dieser Augen und beim Klang der melodiösen Stimme, die sie an die grünen Hügel und die sanften Täler Irlands denken ließ, wahrscheinlich ohnmächtig geworden. Selbst bei Eve setzte vorübergehend der Herzschlag aus.

»Tut mir leid, dass ich dich bei was auch immer störe.«

»Ich bin gerade auf dem Rückweg von einem Arbeitsessen, du hast mich also in einem günstigen Augenblick erwischt.«

Sie sah ihn aus zusammengekniffenen Augen an. »Wo hat dieses Essen stattgefunden?«

»In Florenz. Die Pasta war einfach phänomenal. Was kann ich für dich tun?«

»Ich habe einen neuen Fall.«

»Du kriegst doch öfter neue Fälle rein.«

Am besten machst du schnell, sagte sie sich. Weil das aus irgendeinem Grund weniger schmerzlich war. »Der Tote ist Bart Minnock.«

Sein Gesicht machte eine abrupte Wandlung durch. Statt eines flirtbereiten Lächelns lag mit einem Mal ein Ausdruck kalten Zorns auf seinen Zügen, er sah zwar immer noch verführerisch, aber zugleich auch ausnehmend gefährlich aus.

»Was ist mit ihm passiert?«

»Ich kann dir jetzt nicht alle Einzelheiten erzählen, aber wie ich hörte, hast du ihn gekannt, und ich wollte nicht, dass du aus den Nachrichten von seinem Tod erfährst.«

»Ging es dabei um seinen Job oder war es eine persönliche Angelegenheit?«

»Es ist noch zu früh, um das eindeutig zu sagen, aber seine Arbeit hatte sicher was damit zu tun.«

»Wo bist du gerade?«

»Bei U-Play.«

»Ich bin in einer guten halben Stunde da.«

»Roarke …«

»Wenn es um seine Arbeit ging, kann ich euch sicher helfen. Und wenn nicht … nun, warten wir es ab. Er war ein netter Junge, Eve. Ein netter, harmloser, brillanter junger Mann, und ich möchte alles in meiner Macht Stehende für ihn tun.«

Genau das hatte sie erwartet. »Wenn du ankommst, wende dich an Feeney. Tut mir leid, Roarke.«

»Mir auch. Wie ist er gestorben?« Als sie schwieg, verhüllte ein Ausdruck der Trauer sein Gesicht. »So schlimm?«

»Ich werde mit dir reden, wenn du hier bist. Es ist eine komplizierte Angelegenheit.«

»Also gut. Ich bin so schnell wie möglich da. Gut, dass er jetzt dich hat«, meinte er und legte auf.

Eve atmete tief durch und starrte auf den schwarzen Monitor. Er wäre ihnen sicher eine große Hilfe, denn im Gegensatz zu Feeney und den anderen elektronischen Ermittlern kannte er sich nicht nur mit Computern, sondern auch mit den geschäftlichen Aspekten von Computerfirmen aus.

Sie sah auf ihre Uhr und rief bei Morris an.

»Dallas.«

»Geben Sie mir alles, was Sie bisher haben«, bat sie ihn. »Ich weiß nicht, wann ich bei Ihnen vorbeikommen kann.«

»Mein Haus steht Ihnen immer offen. Aber ich kann Ihnen schon mal sagen, dass der Alkohol- und Drogentest negativ ausgefallen ist. Ihr Opfer war ein kerngesunder Mann von 29 Jahren, trotz seiner offensichtlichen Vorliebe für quietschsüße Orangenlimo und für Käse-Zwiebel-Sojachips. Die Schnittwunde am Arm und ein paar leichte Abschürfungen wurden ihm kurz vor Eintreten des Todes zugefügt, der Kopf wurde ihm mit einem schnellen Schlag mit einer breiten, scharfen Klinge abgetrennt.« Morris schlug sich mit der flachen Hand gegen den Hals, um zu demonstrieren, wie es abgelaufen war.

»Zum Beispiel mit einer Axt?«

»Das glaube ich eher weniger. Äxte haben eine leichte Keilform und laufen nach unten spitz zu. Ich würde eher sagen, es war ein Schwert – ein sehr großes und sehr starkes Schwert, das mit großer Kraft von schräg oben geschwungen worden ist. Denn es ist ein sauberer Schnitt.« Jetzt ballte er die Fäuste, als hielte er den Griff, und holte schwungvoll aus, bevor er die imaginäre Waffe schräg nach unten sausen ließ. »Was ungewöhnlich ist …«

»Abgesehen davon, dass jemand einem Mann den Kopf mit einem Schwert abgeschlagen hat?«

»Ja, davon abgesehen. Sämtliche Wunden weisen leichte Verbrennungsspuren auf. Ich habe sie noch nicht genauer untersucht, aber mein Gefühl sagt mir, dass es Folgen elektrischer Schläge sind. Selbst die Abschürfungen weisen diese Spuren auf.«

»Ein unter Strom stehendes Schwert?«

Ein belustigtes Blitzen wärmte seinen Blick. »Unsere Arbeit wird nie langweilig, nicht wahr? Ich werde mich noch eine Weile um ihn kümmern, denn er ist ein wirklich interessanter junger Mann.«

»Auf jeden Fall. Ich werde mich wieder bei Ihnen melden.«

Damit steckte sie ihr Handy wieder ein und stapfte in dem Zimmer auf und ab.

Ein Mann allein in seinem eigenen, abgesperrten Holo-Raum, von einem möglicherweise unter Strom stehenden Schwert geköpft.

Das ergab nicht den geringsten Sinn.

Er konnte unmöglich allein gewesen sein, weil es in einem solchen Fall bestimmt kein Opfer ohne Täter gab. Irgendjemand also hatte die Security des Raumes außer Kraft gesetzt. Oder er hatte eine Spielpause gemacht und seinen Mörder selbst hereingelassen. Jemanden, dem er vertraut hatte, weil er in sein großes Geheimnis eingeweiht gewesen war.

Weshalb ihre Hauptverdächtigen die beiden besten Freunde und die beste Freundin waren. Die alle Alibis aufweisen konnten, doch für Elektronikfreaks wie sie war es bestimmt nicht weiter schwer, die Security der eigenen Firma auszutricksen, ein paar Häuserblocks zu laufen, die Security der Wohnung ihres guten Kumpels Bart zu überlisten und ihn dazu zu bewegen, sie in seinen Holo-Raum zu lassen, während er mit ihrem geheimen Projekt beschäftigt war.

Das erklärte nicht, wie es gelungen war, die Waffe in den Raum zu schmuggeln, doch auch das war möglich.

Weil es schließlich irgendjemandem gelungen war.

Danach hatte der Täter aufgeräumt und war an seinen Arbeitsplatz zurückgekehrt.

Innerhalb von weniger als einer Stunde, einschließlich der Zeit für das Verwischen aller Spuren.

Es musste also irgendwer von U-Play oder irgendwer von außerhalb gewesen sein, dem Bart vertraut hatte.

Vielleicht hatte er ja neben CeeCee heimlich auch noch andere Frauen gehabt. Vielleicht hatte er seine Droidin auf Stand-by herunterfahren lassen und die Frau dann selbst hereingeholt. Vielleicht um vor ihr anzugeben. Männer gaben, wenn's um Sex ging, schließlich immer gerne an.

Es war bei diesem Mord eindeutig nicht um Sex gegangen, aber vielleicht hatte Sex doch irgendwie dazugehört.

Als es leise an der Glastür klopfte, lenkte sie ihre Gedanken auf die eintretende, junge Frau. Ein Durchschnittsmädchen mit roten, verheulten Augen, dachte sie.

»Sie haben gesagt, ich müsste mit Ihnen reden, weil irgendwer Bart ermordet hat. Aber ich will nach Hause.«

»Ja, ich auch. Und jetzt setzen Sie sich hin.«

Nach der Hälfte der Gespräche hatte Eve zum ersten Mal den Eindruck, dass mit der Person, mit der sie sprach, irgendetwas nicht in Ordnung war.

Roland Chadwick schaffte es nicht, still auf seinem Stuhl zu sitzen, und der Blick aus seinen feuchten, braunen Augen huschte hektisch durch den Raum. Natürlich waren Eletronikfuzzis bereits von Natur aus nervtötende, zappelige Wesen ohne merkliche soziale Kompetenz.

Doch die wenigsten verströmten einen derart penetranten Angstgeruch, sobald jemand mit ihnen sprach.

»Wie lange arbeiten Sie hier schon, Roland?«, fragte Eve den 23-Jährigen.

Er kratzte sich die lange, schmale Nase und wippte nervös mit seinen Knien. »Tja, ich habe während meiner Zeit am College zweimal in den Sommerferien hier gejobbt, und gleich nach meinem Abschluss haben sie mich angestellt. Also, ich bin seit einem Jahr hier angestellt, und vorher war ich zweimal in den Sommerferien da.«

»Und was für eine Arbeit machen Sie genau?«

»Hauptsächlich Recherche, wie Benny. Das heißt, ich gucke, was es alles gibt, und überlege mir, wie man das Zeug verändern und verbessern kann. Oder, falls jemand hier eine Idee hat, höre ich mich um, bevor wir die Sache in Angriff nehmen, weil wir sichergehen müssen, dass so etwas nicht bereits woanders in Entwicklung ist.«

»Dann sehen Sie also alles, was hier entwickelt wird oder entwickelt werden soll.«

»Die meisten Sachen, ja.« Er wackelte mit den Schultern und trommelte mit den Füßen auf den Boden. »Zumindest irgendwelche Bits und Bytes oder, tja, zumindest eine kurze Übersicht. Außerdem muss man die Titel, die Orts- und Charakternamen und den ganzen Krempel überprüfen, weil schließlich Wiederholungen und Überschneidungen vermieden werden sollen. Außer natürlich, na, Sie wissen schon, bei einer Hommage, einer Serie oder einer Fortsetzung.«

»Wo waren Sie gestern?«

»Gestern? Hier. Von neun Uhr drei bis gegen fünf. Oder vielleicht halb sechs? Denn ich habe nach meiner Schicht noch ein bisschen mit Jingle gequatscht.«

»Haben Sie das Gebäude irgendwann einmal während

der Schicht verlassen? Um ein bisschen frische Luft zu schnappen oder was essen zu gehen?«

»Gestern nicht. Ich hatte alle Hände voll zu tun. Am besten hätte ich sogar noch eine dritte Hand gehabt.«

»Aber Pausen haben Sie doch wohl gemacht, und zu Mittag gegessen haben Sie doch sicher auch.«

»Ja, sicher. Klar. Weil man schließlich bei Kräften bleiben muss. Na klar.«

»Und, haben Sie irgendwen gefragt, ob er mit Ihnen in die Pause gehen will?«

»Äh ...« Sein Blick huschte nach links. »Das weiß ich nicht mehr.«

»Natürlich wissen Sie das noch. Und wenn Sie es mir nicht sagen, finden wir das bei der Überprüfung Ihres Links und Ihres Computers raus.«

»Vielleicht habe ich Milt ein-, zweimal gesimst.«

»Und wer ist Milt?«

»Milt ist mein ... Sie wissen schon.«

»Okay. Und hat Milt-Sie-Wissen-schon auch einen Nachnamen?«

»Dubrosky. Er heißt Milton Dubrosky. Aber das ist keine große Sache.« Auf seiner Oberlippe bildeten sich kleine Schweißtropfen, und gleichzeitig zog er die Schultern an die Ohren. »Privatgespräche sind bei uns erlaubt.«

»Uh-huh.« Sie zog ihren Handcomputer aus der Tasche und tippte den Namen seines Freundes ein. »Leben Sie und Milt zusammen?«

»So in etwa. Ich meine, er hat auch noch eine eigene Wohnung, aber meistens sind wir bei mir.«

»Und was macht Milt beruflich?«

»Er ist Schauspieler. Er ist echt gut. Er arbeitet an seinem großen Durchbruch.«

»Dabei helfen Sie ihm doch bestimmt. Ich meine, beim Textlernen und so.«

»Na klar.« Wieder zuckten seine Schultern und die Füße wippten auf dem Fußboden. »Das macht echt Spaß. Wie wenn man sich ein Spiel ausdenkt.«

»Als Schauspieler hat er doch sicher auch ein paar gute Ideen. Hilft er Ihnen auch bei Ihrem Job?«

»Kann sein.«

»Wie lange sind Sie schon zusammen?«

»Neun Monate. Fast zehn.«

»Und wie viel haben Sie ihm von *Fanstastical* erzählt?«

Jetzt wich auch noch der letzte Rest von Farbe aus seinem Gesicht, und einen Augenblick saß er vollkommen reglos da. »Was?«

»Wie viel, Roland? Die kleinen Bits und Bytes, die Sie offiziell wissen dürfen, oder mehr als das?«

»Ich weiß nicht, wovon Sie reden.«

»Von dem neuen Projekt. Dem, das noch topsecret ist. Ich glaube, Sie wissen was davon. Weil Sie schließlich in der Recherche-Abteilung sind.«

»Ich weiß nur das, was sie mir sagen. Aber wir dürfen nicht darüber reden. Wir mussten uns schriftlich zu absolutem Stillschweigen verpflichten.«

Obwohl ihr Herz anfing zu hämmern, blickte Eve ihn weiterhin mit einem netten Lächeln an. »Aber Sie und Milt sind, na, Sie wissen schon, und Sie helfen sich gegenseitig aus. Er interessiert sich doch für Ihren Job, nicht wahr?«

»Sicher, aber ...«

»Und ein riesiges Projekt wie dieses hier ist schließlich

furchtbar aufregend. Da ist es ja wohl vollkommen normal, wenn man seinem Partner was davon erzählt.«

»Er hat keine Ahnung von Computern.«

»Ach, tatsächlich? Das ist seltsam, weil er schließlich bereits zweimal wegen Datenklaus gesessen hat.«

»Das hat er nicht.«

»Entweder Sie sind ein Trottel, Roland, oder er ist ausnehmend geschickt.« Sie legte ihren Kopf ein wenig schräg und bedachte ihn mit einem nachdenklichen Blick. »Ich nehme an, dass Sie einfach ein Trottel sind.«

Roland brach in Tränen aus, doch obwohl er lautstark protestierte, ließ sie ihn von zwei Kollegen auf die Wache bringen und befahl zwei weiteren Beamten, Milt Dubrosky abzuholen.

Bisher war er nie wegen Gewaltverbrechen aufgefallen, aber schließlich tat man alles irgendwann zum ersten Mal.

Sie führte in Ruhe ihre restlichen Gespräche, denn auf diese Art bekäme Roland Zeit, um sich ein wenig zu beruhigen, während Milt Dubrosky hoffentlich der Schweiß ausbrach.

Zwei weitere Personen gaben zu, dass sie mit ihrem Ehepartner oder Freund über das Projekt gesprochen hatten, aber die Verbindung zwischen Chadwick und Dubrosky war die bisher beste Spur.

Sie genehmigte sich eine Dose Pepsi, sprach mit den Kollegen von der Spurensicherung und schrieb sich ein paar Dinge auf, als plötzlich die Tür geöffnet wurde und ihr Ehemann den Raum betrat.

Er veränderte den Raum bereits durch seine bloße Gegenwart, erkannte sie. Wegen seiner schlanken und geschmeidigen Statur, seines dichten, schwarzen Haars und seiner blauen Laseraugen, in denen ein Feuer lodern konnte, wenn ihr Blick nicht gerade kälter als die Arktis war, vor allem aber wegen seiner Kraft und Souveränität.

Obwohl sein prächtiges Gesicht die Trauer um den toten, jungen Mann verriet, verlor er nichts von seinem Charisma.

»Sie haben gesagt, du wärst mit deinem Teil der Leute durch. Hast du jetzt vielleicht kurz Zeit für mich?«

Diese Frage hätte er ihr früher nicht gestellt. Genauso wenig wäre sie auf die Idee gekommen, aufzustehen, auf ihn zuzugehen und einfach für ihn da zu sein.

»Tut mir leid«, erklärte sie und nahm ihn tröstend in den Arm. »Er war schließlich dein Freund.«

Da man sie von außen sehen konnte, zog sie ihre Arme schnell wieder zurück. Aber nicht so schnell, dass sie nicht spürte, dass die Geste ihm ein echter Trost gewesen war.

»Ich kannte ihn nicht wirklich gut, und wir waren auch keine echten Freunde, obwohl mir der Junge ausnehmend sympathisch war. Es ist eine verdammte Vergeudung.«

Er marschierte Richtung Wand und blickte durch das Glas. »Er und seine Freunde waren dabei, sich hier etwas wirklich Tolles aufzubauen. Natürlich ist noch nicht alles perfekt, aber trotzdem haben sie ihre Sache bisher wirklich gut gemacht. Sie sind intelligent, kreativ und jung genug, um alles für diese Idee zu geben.«

»Und was war noch nicht perfekt?«

Lächelnd drehte er sich zu ihr um. »Hätte ich mir denken können, dass du wieder einmal nur das Negative hörst. Aber ich nehme an, obwohl Computertechnik keine deiner größten Stärken ist, ist dir inzwischen aufgefallen, dass die Security in diesem Laden ziemlich löchrig ist.«

»Wenn mehrere Leute ein Geheimnis kennen, ist es kein Geheimnis mehr.«

»Genau. Obwohl die Elektronik wirklich gut gesichert ist. Es wird noch einiges an Arbeit kosten, alles durchzugehen, und mir wurde erzählt, dass ihr bereits ein wichtiges Beweismittel verloren habt.«

»Die Diskette hat sich selbst zerstört, aber sie haben noch genug darauf gefunden, um zu wissen, was wahrscheinlich drauf gewesen ist. Wie viel weißt du über ein Spiel namens *Fantastical?*«

»Eine Kombination aus Virtual-Reality- und Holographie-Programm. Ein Fantasie-Rollenspiel, bei dem der Spieler mehrere Szenarien zur Auswahl hat. Erhöhte sensorische Funktionen, die sich am Nervensystem und den Hirnwellen des Spielers orientieren.«

So viel dazu, wie geheim dieses Projekt anscheinend war. »Und wann hast du all das erfahren?«

»Oh, bereits vor einer ganzen Weile. Was eins der Probleme ist. Es wussten einfach zu viele Leute zu viel über dieses Spiel, und die wenigsten können tatsächlich dichthalten.«

»Kennst du einen Milt Dubrosky?«

»Nein. Sollte ich ihn kennen?«

»Nein. Dadurch bleibt uns eine mögliche Komplikation erspart. Wenn die Technologie, die sie für dieses Spiel entwickelt haben, derart superduper ist, warum hast du sie dann nicht?«

»Wir entwickeln gerade etwas, von dem ich denke, dass es ziemlich ähnlich ist.« Er trat vor den Snack- und Getränkeautomaten, überflog die angebotenen Waren und wandte sich wieder ab. »Aber meine Leute reden nicht.«

»Weil du sie sehr gut bezahlst und zugleich als Boss echt furchteinflößend bist.«

»Ja. Bart hat seine Leute sicher ebenfalls sehr gut bezahlt, aber sie haben offensichtlich keine Angst vor ihm gehabt.« Er wanderte weiter durch den Raum und strich mit seinen Fingerspitzen über ihren Arm. »Ich gehe davon aus, dass sie ihn sehr gern hatten und er einer von ihnen war. Aber es ist ein Fehler, wenn man allzu sehr dazugehört, denn dann sehen einen die Leute nie wirklich als den Boss.«

»Wann hast du Bart zum letzten Mal gesehen oder mit ihm gesprochen?«

»Oh, das war vor vier oder fünf Monaten. Ich hatte einen Termin hier in der Gegend, da lief er mir zufällig über den Weg. Ich habe ihm ein Bier spendiert, und wir haben ein bisschen gequatscht.«

Er war ungewöhnlich rastlos, merkte Eve. Normalerweise stapfte sie so unruhig auf und ab. Dann aber stieß er einen Seufzer aus und atmete tief durch.

»Einer meiner Scouts hatte mich auf ihn aufmerksam gemacht, als er noch am College war. Nachdem ich den Bericht gelesen und mich selbst ein wenig informiert hatte, habe ich ein Treffen mit ihm arrangiert. Ich glaube, er war damals um die zwanzig. Gott. Er war noch so jung und nahm seine Sache trotzdem wirklich ernst. Ich habe ihm ein bezahltes Praktikum in einer meiner Firmen angeboten, und nach seinem College-Abschluss hätte er umgehend einen Fulltime-Job bei mir gehabt.«

»Ein super Angebot«, bemerkte Eve.

»Er war ja auch ein super Mann. Aber er hat mir erklärt, er wollte ein eigenes Unternehmen mit drei Freunden gründen, hat mir sein Geschäftsmodell erläutert und mich anschließend um Rat gefragt.« Roarke deutete ein Lächeln an, indem er seinen wundervoll geformten Mund fast unmerklich verzog. »Ich muss zugeben, er hat mich fasziniert. Am Ende habe ich die vier ein paarmal getroffen und ihnen geholfen, die bei der Gründung eines Unternehmens üblichen Fehler zu vermeiden. Ich kann mir nicht vorstellen, dass irgendwer von uns so etwas vorhergesehen hat.«

»Wenn er dir gegenüber sofort derart offen war, hat er vielleicht anderen genauso viel erzählt.«

»Das kann natürlich sein, obwohl das einer der Fehler gewesen wäre, vor denen ich die vier gewarnt habe. Er – sie alle – wollten etwas Eigenes, und ich kenne das Gefühl, wenn man etwas so sehr will und braucht. Das und die Tatsache, dass mir der Junge wie gesagt von Anfang an sympathisch war, haben es mir leicht gemacht, ihnen ein bisschen Starthilfe zu geben.«

»Auch finanzieller Art?«

»Nein.« Doch mit einem gleichmütigen Schulterzucken gab er zu: »Wenn sie mich darum gebeten hätten, hätten sie bestimmt auch Geld von mir gekriegt. Aber sie hatten das Startkapital zusammen, und vor allem strengt man sich mehr an, wenn eine Sache nicht zu einfach ist. Allerdings hatte ich genau das richtige Gebäude ...«

»Das hier? Das hier ist dein Haus?«

»Entspann dich, es gehört mir schon seit Längerem nicht mehr«, erklärte er mit einer Spur von Ungeduld. »Ich habe mit dem Unternehmen nichts zu tun. Eine Zeitlang hatten sie das Haus von mir gemietet, aber als der Laden lief, hat mich Bart gefragt, ob ich es ihnen nicht verkaufen kann. Wie gesagt, ich mochte ihn, also habe ich ihm diesen Wunsch erfüllt. Ich habe was daran verdient, und sie haben jetzt etwas Eigenes. Das Geschäft hat sich also für mich und auch für sie gelohnt.«

»Dieses Unternehmen ist inzwischen sehr viel wert.«

»Wie man's nimmt.«

»Natürlich nehmen sich die vier im Vergleich zu dir wie Nissen neben einem Grizzlybären aus, aber vielleicht ging es trotzdem nicht nur um das neue Spiel, sondern auch um Geld. Können sie U-Play auch ohne Bart am Laufen halten?«

»Niemand ist unersetzlich. Außer du für mich.«

»Haha.« Sie rollte mit den Augen, und er lachte leise auf. »Jetzt brauchen sie nur noch durch drei zu teilen statt durch vier.«

»Und fahren durch das Ausscheiden von Bart wahrscheinlich ziemliche Verluste ein. Geschäftlich gesehen macht die Eliminierung dieses Mannes keinen Sinn. Weil er der Weichensteller war«, erklärte Roarke. »Das Gesicht, das jeder kannte, der, der immer das Gesamtbild sah. Darin war er wirklich gut.«

»Diese Art von Mord? Sie ist sensationell und hat mit dem Geschäft zu tun. Denn sie spielt dem Unternehmen jede Menge Presse ein. Gratiswerbung, aufgrund derer sich das Zeug von U-Play plötzlich wie von selbst verkaufen wird. Weil die Leute schon aus reiner Neugier sehen wollen, was es mit den Spielen dieses Ladens auf sich hat.«

»Da hast du natürlich recht.« Er dachte kurz darüber nach. »Aber der Hype wird nicht von Dauer sein, deshalb ist die Tat auf lange Sicht eher schlecht für das Geschäft. Davon abgesehen kann ich mir, wenn die Dynamik zwischen ihnen sich nicht grundlegend verändert hat, kaum vorstellen, dass einer der drei anderen Bart jemals etwas hätte antun wollen.«

»Menschen tun manchmal die fürchterlichsten Dinge«, meinte Eve. »Aber ich muss noch einer anderen Spur nachgehen. Feeney gibt dir sicher gerne was zu tun, falls du ihm helfen willst. Ich brauche eine Kopie von diesem Spiel. Sie werden sie mir geben, aber da sie dir vertrauen, könntest du sie vielleicht dazu bringen, dass es etwas schneller geht.«

»Ich werde sehen, was ich tun kann.«

»Ich bin unterwegs.«

Er nahm ihre Hand und brachte sie zur Tür. »Pass auf meine Frau auf.«

»Das bekommt sie selber hin.«

»Wenn sie es nicht vergisst.«

Sie verließ den Raum, blickte aber auf dem Weg zur Treppe nochmals über ihre Schulter auf den Mann, der mit beiden Händen in den Taschen abermals hinter der Glaswand stand. Die Trauer, die vielleicht nur sie ihm ansah, warf einen Schatten auf sein prachtvolles Gesicht.

4

Eve bahnte sich einen Weg durch das Gewimmel auf der Wache in das Nebenzimmer des Verhörraums, in dem Roland Chadwick saß. Durch die von außen durchsichtige

Spiegelwand des Raums verfolgte sie, wie der schwitzende Kerl den Blick seiner verquollenen Augen unruhig durch das Zimmer schweifen ließ, als tauche jeden Augenblick ein fürchterliches, mordlüsternes Monster in einer der Ecken auf.

Perfekt.

»Erst mal gehen wir zusammen rein«, sagte sie zu Peabody. »Ich als der böse Cop. Denn das erwartet er nach dem Gespräch vorhin von mir.«

»Dabei würden Sie ihm viel lieber ein Flauschkissen für seinen Stuhl mitbringen und ihm einen Kräutertee servieren.«

»Das machen vielleicht besser Sie, denn ich werde ihn nach einer Weile wüst beschimpfen, aufstehen und aus dem Zimmer stapfen.«

»Und dann soll ich ihn bedauern und verhätscheln, bis er mir sein Herz ausschüttet.«

»Ja, genau.«

Eve verfolgte durch den Spiegel, wie Roland erschöpft den Kopf auf die Tischplatte sinken ließ, und hatte den Eindruck, es hätte nicht mehr viel gefehlt, und er hätte sich auch noch den Daumen in den Mund gesteckt.

»Während Sie ihn befragen, knöpfe ich mir seinen Freund Dubrosky vor. Er hatte schon mehrfach mit der Polizei zu tun und muss wissen, dass sein Kumpel hier ein Weichei ist. Weshalb er mir bestimmt alles brühwarm selbst erzählen wird.«

Peabody lächelte, als Roland sein Gesicht auf die auf der Tischplatte gekreuzten Arme bettete. »Wetten, dass mein Mann zuerst den Mund aufmacht?«

»Das wollen wir doch mal sehen.«

Sie marschierten durch die Tür, und Roland schreckte hoch, während er gleichzeitig auf seinem Stuhl zu schrumpfen schien. Das Erscheinen dieser ungeduldigen, knallharten Frau, die für ihn offenbar noch schlimmer als ein fürchterliches, mordlüsternes Monster war, brachte ihn vollends aus dem Gleichgewicht.

»Rekorder an. Vernehmung von Roland Chadwick in der Mordsache Bart Minnock durch Lieutenant Eve Dallas und Detective Delia Peabody. Roland Chadwick«, sprach sie ihn mit seinem vollen Namen an, weil das noch einschüchternder war. »Wurden Sie über Ihre Rechte aufgeklärt?«

»Ja, aber …«

»Verstehen Sie, welche Rechte und Pflichten Sie bei dieser Vernehmung haben?«

»Ja, okay, aber …«

Wütend knallte sie ihren Ordner vor ihm auf den Tisch, und sofort hielt er den Mund.

»Sie haben für Bart Minnock gearbeitet, richtig?«

»Ja, Ma'am, ich habe Ihnen doch schon gesagt …«

»Können Sie uns sagen, wo Sie gestern waren?«

»Zu Hause, ich meine, bei der Arbeit und danach …«

»Also, was nun?«, schnauzte sie ihn an und beugte sich drohend über den Tisch. »Zu Hause oder bei der Arbeit? Die Frage ist ja wohl einfach zu beantworten, Roland.«

»I-i-ich habe gestern den ganzen Tag gearbeitet, bevor ich nach Hause gegangen bin.« Passend zu seinem Stottern flackerten in seinem kreidigen Gesicht hektische rote Flecken auf. »Ich habe mich ordnungsgemäß abgemeldet und alles. Es war schon nach fünf. Das können Sie überprüfen. Dafür gibt es einen Beleg.«

»Und Sie melden sich jedes Mal ordnungsgemäß ab, wenn Sie das Gebäude verlassen, Roland? Wirklich jedes Mal?«

»Fast jedes Mal. Auf jeden Fall am Ende jedes Arbeitstags. Dann auf jeden Fall. Ich habe nichts getan. Ich verstehe nicht, weswegen Sie so wütend auf mich sind.« Seine Stimme wurde derart schrill, dass sie für das menschliche Ohr kaum noch zu hören war. »Ich habe nichts getan.«

»Ach nein? Vielleicht würde Bart das anders sehen. Vielleicht hätte er etwas dazu zu sagen. Wenn er noch am Leben wäre.« Zornig klappte sie den Ordner auf und schob ihm die Aufnahmen vom Tatort hin. »Aber es ist ein bisschen schwierig, noch etwas zu sagen, wenn der Kopf fast zwei Meter entfernt vom Rest des Körpers auf dem Boden liegt.«

Roland wurde grün, als er die Fotos sah, er sagte laut und deutlich: *»Gah«*, verdrehte seine Augen und glitt ohnmächtig von seinem Stuhl.

»Ach, verdammt.« Eve stemmte die Hände in die Hüften und atmete zischend aus. »Sie holen ihm besser einen Becher Wasser, Peabody.«

»Ich finde, er ist ziemlich elegant von seinem Stuhl gerutscht.« Während Peabody das Wasser holte, hockte Eve sich neben Roland, tätschelte ihm vorsichtig die Wangen und knurrte erbost: »Er ist echt hinüber. Das ist nicht gespielt. Okay, Roland, jetzt mach die Augen wieder auf. Vielleicht sollten wir einen Sanitäter holen, falls er … warten Sie, ich glaube, er kommt wieder zu sich. Roland!«, meinte sie mit lauter Stimme, als er zaghaft blinzelte, und winkte Peabody heran, damit die die Rolle einer fürsorglichen Krankenschwester übernahm.

»Alles in Ordnung, Mr Chadwick?« Peabody kniete sich auf den Boden und zog seinen Kopf in ihren Schoß. »Trinken Sie erst mal ein bisschen Wasser. Einen kleinen Schluck, so ist es gut. Und jetzt atmen Sie tief durch. Brauchen Sie einen Arzt?«

»Ich ... was ist passiert?«

»Sie sind ohnmächtig geworden. Soll ich einen Sanitäter holen?«

»Nein. Nein, ich glaube, nicht ... ich muss nur ...« Mit einem Mal riss er die Augen auf und klammerte sich wie ein Ertrinkender an ihren Arm. »Zwingen Sie mich nicht noch einmal, mir diese Bilder anzusehen. Zwingen Sie mich nicht dazu.«

»Dann ist es also härter, sich die Bilder anzusehen, als daran beteiligt gewesen zu sein, dass er derart geendet hat?«, fragte Eve ihn kalt.

»Ich habe nichts damit zu tun. Das schwöre ich.« Er kroch Peabody praktisch in den Schoß, und Eve erkannte, dass ihre Arbeit getan war. »Das *schwöre* ich! Zwingen Sie mich nicht, mir die Bilder noch mal anzusehen.«

»Schon gut, schon gut. Sie brauchen sie sich nicht noch einmal anzusehen. Trinken Sie noch etwas Wasser. Wir werden warten, bis es Ihnen wieder besser geht.«

»Na wunderbar.« Eve schob die Bilder wieder in den Ordner und klappte ihn wütend zu. »Wenn Sie den Kerl bemuttern wollen, können Sie das auch alleine tun. Ich ertrage es nicht mehr, im selben Raum zu sein wie er. Lieutenant Eve Dallas verlässt den Vernehmungsraum.«

Während Roland Peabody noch atemlos für seine Rettung dankte, knallte Eve die Tür hinter sich zu.

Teil A des Plans war gut gelaufen, jetzt konnte sie nur hoffen, dass sie mit Teil B nicht weniger erfolgreich war.

Milt Dubrosky hatte das geschniegelte, polierte Aussehen eines ausgemachten Wellness-Fans. Sicher brachte er den Großteil seiner Zeit in Fitness-Studios, Spas und Schönheitssalons zu. Sein Haar war zu perfekt gesträhnt, um noch natürlich auszusehen, und lag dezent gewellt um ein glattes, feingemeißeltes Gesicht. Lange, dunkle Wimpern rahmten sanft schimmernde, blaue Augen, und als Eve den Raum betrat, umspielte ein strahlendes Lächeln seinen wohlgeformten Mund.

»Ich verstehe wirklich nicht, weshalb ich hier bin, Officer, aber zumindest hat sich dieser trübe Raum soeben deutlich aufgehellt.«

»Lieutenant.«

Mit immer noch strahlendem Lächeln und blitzenden Augen vollführte er einen zackigen Salut. »Ma'am, zu Befehl, Ma'am.«

»Rekorder an. Vernehmung von Milton Dubrosky in der Mordsache Bart Minnock durch Lieutenant Eve Dallas.«

»Was?« Er riss die Augen auf und atmete hörbar ein. »Bart wurde ermordet? Wann? Was ist passiert?«

»Sie wurden schon des Öfteren vernommen, Dubrosky.« Sie klopfte auf den Ordner, in dem auch sein Strafregister lag. »Deshalb wissen Sie, dass ich es bin, die hier die Fragen stellt, und dass Sie es sind, der sie beantwortet. Wurden Sie über Ihre Rechte aufgeklärt?«

»Ja, durch die Cops, von denen ich hierher verfrachtet worden bin. Aber sie haben nicht gesagt, worum es geht.«

»Wo waren Sie gestern zwischen drei Uhr nachmittags und acht Uhr abends?«

»Einen Augenblick. Bis gegen halb vier war ich bei *Urban Meadows,* das ist mein Frisör, dann habe ich eine Freundin auf einen Kaffee getroffen, ein paar Einkäufe mit ihr zusammen gemacht und so gegen halb sechs einen anderen Freund besucht. Roland, Roland Chadwick. Er arbeitet in Barts Firma U-Play. Er kam kurz nach mir in seiner Wohnung an, dann blieben wir den ganzen Abend und die ganze Nacht bei ihm. Das kann er bestätigen.«

»Name und Adresse Ihres Kaffee-Dates.«

»Kein Problem. Britt Casey.« Dazu gab er noch eine Handynummer und eine Adresse in der Upper West Side an. »Wir machen zusammen bei einem Workshop mit. Einem Schauspiel-Workshop. Deshalb treffen wir uns ab und zu und tauschen uns darüber aus.«

Er war nicht schlecht, bemerkte Eve, aber auch nicht wirklich gut. Armer Roland, dachte sie, wie oft hatte dieser Kerl ihn wohl bereits gelinkt? »Und wann haben Sie und Ihre Schauspielfreundin sich wieder getrennt?«

»Ich nehme an, das war so gegen fünf.«

»Sie sagen, Sie hätten zusammen Kaffee getrunken und danach noch ein paar Einkäufe gemacht. Wo haben Sie Kaffee getrunken, wo haben Sie eingekauft, und haben Sie vielleicht noch irgendwelche Quittungen?«

»An den Namen des Cafés kann ich mich nicht mehr erinnern, und wir haben auch nicht wirklich etwas eingekauft, sondern eher einen Schaufensterbummel gemacht.«

Eve starrte ihn einfach reglos an.

»In Ordnung, hören Sie. Ich war bei meinem Frisör, wie ich gesagt habe. Der Name meiner Frisörin ist Nanette. Sie können sie fragen. Und ich habe danach auch Britt getroffen, nur eben nicht auf einen Kaffee, wenn Sie wissen, was ich damit sagen will.« Abermals probierte er sein Lächeln aus, das besagen sollte: *Also gut, ich bin ein Schuft, aber trotzdem liebenswert.* »Wir waren im Oaks Hotel. Sehen Sie, die Sache ist die, sie ist verheiratet, und ich lebe praktisch mit jemandem zusammen.«

»Roland Chadwick?«

»Äh, nein. Aber diese andere Person und Britt wissen nichts voneinander, und ich wäre Ihnen wirklich dankbar, wenn es auch so bleiben könnte.«

»Und wie heißt diese andere Person?«

»Chelsea Saxton.«

Eve zog ihre Brauen hoch. »Und wo genau hat da noch Roland Chadwick Platz?«

Dubrosky zog die Schultern hoch und ließ sie mit einem etwas schiefen Grinsen wieder fallen. »Vielleicht könnte man sagen, dass ich hälftig auch mit ihm irgendwie zusammenlebe.«

»Ohne, dass er etwas von den beiden Frauen weiß, und ohne dass die beiden Frauen wissen, dass es auch noch einen Mann in Ihrem Leben gibt?«

»Was soll ich sagen? Ich bin einfach nicht gern allein.«

»Da müssen Sie aber ganz schön viel jonglieren. Und ein Mann, der so was hinbekommt, findet doch bestimmt auch noch die Zeit für einen kurzen Abstecher in die Wohnung von Bart.«

»Da war ich noch nie.« Er winkte lächelnd ab. »Dazu gab es keinen Grund. Ich kannte ihn vom Sehen, na klar, denn schließlich war er Rolands Boss. Erschien mir wie ein netter Kerl. Ro hat ihn total vergöttert. Mir fällt wirklich niemand ein, der diesem armen Schwein hätte an den Kragen gehen wollen.«

»Sie kennen sich auch gut mit Elektronik und Computern aus.«

»Das ist für mich nur ein Hobby. Die Schauspielerei ist meine wahre Leidenschaft.«

»Und indem Sie Ihre Leidenschaft mit Ihrem Hobby kombinieren und Insiderinformationen an interessierte Käufer verhökern, verdienen Sie sich regelmäßig was dazu. Vor allem, wenn Sie einen liebeskranken Trottel ohne jegliches Gespür dafür, wenn ihn jemand verarscht, an der Angel haben.«

»Also bitte, Roland ist ein wirklich lieber Kerl. Vielleicht etwas naiv, wenn es um etwas anderes als Spiele oder Technik geht, aber ein wirklich lieber Kerl. Und ich? Ich gebe zu, ich brauche es, dass andere mich bewundern. Und Roland bewundert mich auf jeden Fall.« Aber offenkundig war er selbst sein allergrößter Fan, denn während er dies sagte, breitete er selbstgefällig seine Arme aus.

»Genug, um Informationen über *Fantastical* an Sie weiterzugeben.«

Sein gespielt verständnisloser Blick war nicht wirklich überzeugend. »Sorry, aber davon habe ich noch nie etwas gehört.«

»Ersparen Sie mir diesen Mist. Ich habe nämlich ein sehr gutes Gespür dafür, wenn mich jemand verarschen will. Ihr Bewunderer Roland hat uns sowieso schon alles ganz genau erzählt.« Sie lehnte sich auf ihrem Stuhl zurück. »Dass er Sie bewundert, heißt nämlich noch lange nicht, dass er sich auch zu Ihrem Prügelknaben machen lässt. Er ist anscheinend nicht so dämlich, wie Sie denken.«

»Ro ist alles andere als dämlich«, griff Dubrosky mühelos den Faden auf. »Nur ist es einfach so, dass er mit der Realität ab und zu ein paar Probleme hat. Er lebt ausschließlich für seine Spiele, lebt in einer Seifenblase, und was außerhalb passiert, bekommt er oft nicht wirklich mit.«

»Wie zum Beispiel, dass Sie neben ihm auch noch zwei Frauen haben und schon zweimal wegen Datenklaus verurteilt worden sind.«

»Es ist nicht verboten, mehrere Geliebte zu haben. Sie können mir glauben, ich mache sie alle glücklich.« Er schlang lässig einen Arm um die Rückenlehne seines Stuhls. »Also, was soll's?«

»Es zeigt mir, dass Sie keine Skrupel haben, andere zu betrügen, zu bestehlen und zu belügen. Und von da zu einem Mord ist es nur noch ein kleiner Schritt.«

»Also bitte, Schätzchen. Ich verführe Menschen, aber ich bringe sie bestimmt nicht um.«

»Nennen Sie mich noch einmal Schätzchen.« Sie beugte sich vor und sah ihn reglos an. »Los, reden Sie weiter.«

»Ich wollte Ihnen nicht zu nahe treten«, meinte er und hob beschwichtigend die Arme. »Ich leugne nicht, dass ich mit meinem Hobby ab und zu etwas zu weit gegangen bin. Ich war einfach wie in einem Rausch. Aber wenn Sie mein Vorstrafenregister kennen, wissen Sie, dass ich noch nie gewalttätig geworden bin. Es ist ganz einfach so, Schätz... Lieutenant«, korrigierte er sich eilig, »dass das gar nicht nötig ist. Und, ja sicher, Ro hat mir etwas von dem großen Geheimprojekt erzählt. Er ist deshalb völlig aus dem Häuschen, und er redet einfach gern. Teil einer guten Verführung ist, dem anderen zuzuhören. Und ich bin ein guter Zuhörer. Was kein Verbrechen ist.«

»Dann hören Sie mir jetzt mal zu«, schlug Eve ihm vor. »Wissen Sie, was außer Ihrem Vorstrafenregister noch in dieser Mappe liegt? Ihre Kontoauszüge. Und die sind wirklich interessant. Denn es gibt dort jede Menge netter Einzahlungen, die es Ihnen möglich machen, regelmäßig zum Frisör zu gehen. Sie sind vor allem deshalb interessant, weil Sie seit fast einem Jahr arbeitslos gemeldet sind.«

»Es macht den Menschen einfach Spaß, mir Geld zu schenken. Als Zeichen ihrer Bewunderung.«

»Ich gehe jede Wette ein, dass Bart Sie nicht bewundert hat. Und genauso wette ich, dass er Ihnen mit einer Anzeige gedroht hat, als Sie bei ihm waren und Geld dafür verlangt haben, dass Sie für sich behalten, was der Trottel Roland ausgeplaudert hat.«

»Ich halte nichts von Erpressung.« Er blickte gelangweilt auf die Nägel seiner linken Hand. »Das ist ein zu schmutziges Geschäft.«

»Ich werde Ihnen etwas zeigen, was echt schmutzig ist.« Abermals zog sie die Tatortaufnahmen hervor.

Dubrosky wurde weder ohnmächtig noch grün, aber zumindest kreidebleich. »Oh, mein Gott. Grundgütiger Himmel. Jemand hat ihn geköpft.«

»Ich wette, dass Sie sich bei Ihren Workshops auch im Schwertkampf üben. Weil man das schließlich für Actionrollen oder Rollen in Historiendramen braucht.« Eve legte ihren Kopf ein wenig schräg und unterzog ihn einer kühlen Musterung. »Sie sind körperlich in Form. Deshalb kommen Sie mit einem schweren Schwert wahrscheinlich mühelos zurecht.«

»Hören Sie. Hören Sie mir zu.« Seine weltmännische Arroganz wich echter Angst. »Ich verdiene meinen Lebensunterhalt, indem ich mit Leuten schlafe, die es sich problemlos leisten können, mir ein bisschen Geld zu überlassen oder mich mit hübschen Dingen zu verwöhnen, außerdem verkaufe ich gelegentlich Informationen, wenn sich die Gelegenheit dazu ergibt. Ich tue keinem Menschen weh. Vor allem bringe ich ganz sicher keinen Menschen um. Natürlich, Roland war ein leichtes Ziel. Aber bei ihm ist kaum noch was zu holen, deshalb habe ich mich in der Zwischenzeit an Britt herangemacht. Sie hat einen reichen Mann, der ihre Schauspielkurse finanziert und kein Problem hat, wenn sie jede Menge Geld für schwachsinniges Zeug ausgibt. Er ist Finanzberater und häufig geschäftlich unterwegs. Ich nehme an, dass ich erst einmal eine Zeitlang von ihr leben und vielleicht sogar mal in ihr Haus gelangen kann, um mich auf den Computern dieses Typen umzusehen. Ich bahne die Beziehung gerade an, weshalb also sollte ich mir jetzt alles kaputt machen und einen Mord begehen? Ich bringe keine Menschen um. Ich habe diesen Mann nicht umgebracht.«

»Wem haben Sie die Information über *Fantastical* verkauft?«

»Ah verdammt.« Dass er sich die Haare raufte und dadurch die Perfektion seiner Frisur zerstörte, verriet Eve, dass er wirklich verängstigt war. »Aber Sie müssen mir auch entgegenkommen, wenn ich Ihnen das verraten soll.«

»Ich muss überhaupt nichts. Denn ich habe Ihr Geständnis wegen Industriespionage schon auf Band. Und ich werde Ihnen noch was sagen, Milt. Ich bewundere Sie keineswegs. Ich will Namen hören. Und zwar jetzt.«

Er lehnte sich auf seinem Stuhl zurück, klappte seine sanft schimmernden Augen zu und legte los.

Sie ließ den Kerl in eine Zelle bringen, als sie mit ihm fertig war. Sie würde alles dafür tun, damit er ein paar Jahre lang die Gastlichkeit eines New Yorker Knasts genießen könnte. Und sie hoffte inbrünstig, dass es dem guten Milt zu schaffen machen würde, dass jetzt erst mal Schluss mit den teuren Friseurbesuchen war.

»Meiner hat geredet wie ein Wasserfall«, erklärte Peabody in Eves Büro.

»Dann steht es eins zu eins.« Eve genehmigte sich einen Kaffee und wies auf den AutoChef, damit Peabody sich selber einen Kaffee holen ging.

»Ich habe nicht einmal die Hälfte von dem Zeug verstanden, was der Typ geredet hat. Je aufgeregter er wurde, umso mehr hat er gebrabbelt, und zwar irgendwelches wirres Technikkauderwelsch. Am besten frage ich McNab, ob er sich das Gespräch mal anhören und übersetzen kann, aber …« Peabody blies sanft in ihren Kaffeebecher und nahm dann den ersten, vorsichtigen Schluck. »Aber nach allem, was ich verstanden habe, hat er Dubrosky die Ergebnisse seiner Recherchen und seiner gesamten Arbeit für *Fantastical* sowie alles andere, was er über seine Firma wusste, immer brühwarm erzählt. Dieser Chadwick ist ein echtes Plappermaul. Sie überprüfen ihre Mitarbeiter offensichtlich nicht so sorgfältig, wie sie sich einbilden.«

»Es gibt also undichte Stellen in dem Betrieb«, murmelte Eve, trat vor ihr schmales Fenster und blickte sinnierend einem Pendelflieger hinterher. »Mein Typ ist so schleimig, dass man seine Schuhe, wenn man auf ihn drauftritt, besser nicht nur abwischt, sondern gleich verbrennt. Er lebt davon, dass er mit dem, was er als Charme bezeichnet, andere in die Kiste lockt und dann manipuliert. Angeblich hatte er gerade Sex mit einer neuen Zielperson, als Bart den Kopf verloren hat. Und zwar im Oaks Hotel.«

»Was für einen Sexbetrüger ein erstaunlich teurer Laden ist.«

»Diese Zielperson hat einen reichen Ehemann. Natürlich werden wir seine Geschichte überprüfen, aber meiner Meinung nach stimmt sie. Außerdem lebt er mit einer dritten Zielperson zusammen, wenn er nicht gerade das Plappermaul bespringt. Diese drei bestreiten seinen Lebensunterhalt und versorgen ihn, wahrscheinlich ohne es zu wissen, mit Informationen, die er anschließend verkauft. Den Käufer der Informationen über U-Play hat er mir genannt.«

Sie trank einen Schluck Kaffee und dachte an den jungen, dummen Roland und den jungen und naiven Bart. »Ich glaube nicht, dass sich Dubrosky bei Bart eingeschlichen und ihm dann den Schädel abgeschlagen hat. Denn dabei hätte er sich einen Fingernagel abbrechen oder seine hübschen Strähnchen ruinieren können. Aber für den Verkauf der Firmengeheimnisse fährt er auf alle Fälle ein. Und falls der Käufer Bart ermordet hat, kriegen wir ihn vielleicht auch noch wegen Beihilfe oder Vertuschung einer Straftat dran. Auf alle Fälle hat er es verdient, sich ein paar Jahre lang die Welt durch möglichst dicke Gitterstäbe hindurch anzusehen.«

»Er war Ihnen anscheinend nicht sympathisch.«

»Nein, das war er nicht. Aber die Sache ist die – hätte er den liebeskranken Roland nicht benutzt, hätte vielleicht niemand Bart in zwei Teile zerlegt. Übernehmen Sie die beiden Frauen, mit denen er zeitgleich mit Roland in der Kiste war. Ich besorge mir erst mal ein paar Informationen über diesen Lane DuVaugne von Synch Entertainment, bevor wir mit ihm reden.«

Peabody blickte in ihren Kaffeebecher. »Die beiden Frauen werden sicher ganz schön sauer sein.«

»Auf jeden Fall. Aber ich gönne Ihnen diesen Spaß.« Sie nannte Peabody die Namen und Adressen beider Frauen. »Seien Sie diskret«, fügte sie hinzu. »Britt Casey ist verheiratet. Wahrscheinlich hat sie einen Tritt in ihren Allerwertesten verdient, aber wenn sie so dumm wie Roland ist, sollten wir versuchen, sie zu schonen, weil es für sie sicher bereits hart genug wird, auch wenn ihr Mann nichts davon erfährt.«

»Ich werde ihm gegenüber schweigen wie ein Grab. Falls dieser Kerl mit drei Personen gleichzeitig zusammen war, wie hatte er da überhaupt noch Zeit für irgendetwas anderes?«

»Scheint alles eine Frage guter Zeiteinteilung zu sein.«

»Was für Mittel nimmt der Mann wohl ein, oder macht er vielleicht eine besondere Diät?«

»Ich werde ihn danach fragen, wenn ich nochmal mit ihm spreche. Und jetzt hauen Sie endlich ab.«

Eve nahm hinter ihrem Schreibtisch Platz, rief Informationen über Lane DuVaugne und dessen Unternehmen ab, und während die Daten auf dem Monitor erschienen, folgte sie ihrem Instinkt.

Abermals kam Roarke umgehend an den Apparat. »Lieutenant.«

»Bist du hier im Haus?«

»Ja. Bei den elektronischen Ermittlern.«

»Was fällt dir spontan zu einem gewissen Lane

DuVaugne und zu einem Unternehmen namens Synch Entertainment ein?«

»Ich komme zu dir runter.«

»Du brauchst nicht extra …« Doch er hatte bereits aufgelegt.

»Also gut, dann bis gleich.«

Sie fing mit DuVaugne an. Er war 59 Jahre alt, Vizepräsident von seinem Unternehmen und hatte die zweite Ehefrau, die – welche Überraschung – 28 Jahr jünger und vor ihrer Hochzeit vor drei Jahren ein erfolgreiches Dessous-Model gewesen war. Sie lebten in einem Stadthaus in der Upper East Side, hielten sich aber genauso gern in ihren Häusern in Belize und an der italienischen Riviera auf.

Männer waren wirklich schlicht.

Er hatte seine Position bei Synch seit 16 Jahre inne und strich satte 22 Millionen sowie einen dicken Bonus jährlich ein.

Die Polizei hatte sich bisher nie mit ihm befasst.

»Aber das wird sich jetzt ändern«, murmelte Eve vor sich hin.

Möchten Sie den Arbeitsauftrag ändern, fragte ihr Computer nach.

»Nein. Könnte ich vielleicht einfach mit mir selber sprechen, ohne dass es irgendwelche blöden Fragen oder Kommentare gibt?«

Eilig nahm sie sich die Firma vor. Sie hatte kurz nach ihrem Vizepräsidenten das Licht der Welt erblickt und sich einen Namen als Entwickler, Produzent und Vertreiber von Computerspielen und Konsolen einen Namen gemacht. Ihre Werke und Büros waren auf der ganzen Welt verteilt. Eve runzelte die Stirn, als sie all die Städtenamen las, zurück bis zu den Anfängen des Unternehmens ging und versuchte, irgendetwas von den offiziellen Zahlen zu verstehen.

Obwohl sie es nur ungern zugab, war sie regelrecht erleichtert, als ihr Mann den Raum betrat. Und die Tür hinter sich schloss.

»Uh-oh.«

»Es ist mir einfach lieber, wenn nicht alle Welt etwas von meinen Geschäften mitbekommt.«

»Dann hast du also geschäftlich mit diesem Laden zu tun?«

»Augenblicklich nicht. Wo ist dein Schokozeug?«

»Was für ein Schokozeug?«

Er bedachte sie mit einem durchdringenden Blick. »Ich weiß ganz genau, dass du irgendwelche Schokoriegel hier versteckst. Ich brauche dringend Energie. Also rück gefälligst eins von diesen Dingern raus.«

Ihr Stirnrunzeln verstärkte sich und sie lenkte ihren Blick in Richtung Tür. »Pass auf, dass niemand reinkommt. Das Versteck ist nämlich wirklich gut.«

»Du könntest doch auch einfach eine Kamera hier installieren. Dann würde der fiese Schokoriegeldieb beim nächsten Mal auf frischer Tat ertappt.«

»Früher oder später werde ich den Kerl erwischen, aber nicht mit irgendwelcher Technik, sondern mit Intelligenz und Witz. Das ist eine Frage des Stolzes und vor allem des Prinzips.«

Sie nahm einen Schraubenzieher aus der Schublade des Schreibtischs, hockte sich vor den Recycler, schraubte die Verkleidung ab und zog einen Plastikbeutel dahinter hervor.

»Dein Intelligenz- und Witzwettstreit bringt dich dazu, dass du deine Schokoriegel zusammen mit deinem Müll in deinem Recycler aufbewahrst?«

»Die Tüte ist versiegelt.« Wie das leise Plopp und anschließende Zischen bewiesen, mit dem sie das Siegel brach. Dann nahm sie einen der drei Riegel aus dem Beutel, warf ihn ihrem Gatten zu, versiegelte die Tüte neu, schob sie zurück in ihr Versteck, wandte sich abermals an Roarke und sah, dass er die Süßigkeit argwöhnisch beäugte.

»Wenn du dich so anstellst, gib mir das Ding einfach zurück.«

»Es gab mal eine Zeit, da habe ich in Mülleimern nach etwas Essbarem gesucht und mir nicht das Mindeste dabei gedacht. Die Zeiten ändern sich.« Er wickelte den Riegel aus und biss vorsichtig hinein. »Aber anscheinend nicht grundlegend.«

Sie legte den Schraubenzieher in die Schublade zurück, stemmte die Hände in die Hüften und untersuchte den Recycler auf irgendeinen Hinweis darauf, dass er aufgebrochen und wieder verschlossen worden war. »Okay. Sieht noch wie vorher aus.«

»Wenn das nicht ein Zeichen wahrer Liebe ist.« Er strich mit einer Hand über ihr zerzaustes, braunes Haar, klopfte leicht mit einem Finger auf das Grübchen in der Mitte ihres Kinns und küsste sie zärtlich auf den Mund. »Noch besser als die Schokolade selbst.«

Der Schatten auf seinem Gesicht hatte sich gelichtet. Es tat ihm gut, dass er beschäftigt war, dadurch wurden das Bedauern und die Trauer in den richtigen Kanal gelenkt. »Synch Entertainment.«

»Ja. Vor vielleicht einem Jahr hatte ich überlegt, ob ich das Unternehmen kaufen soll.«

»Natürlich. Wenn ein Unternehmen existiert, willst du es auch haben.«

»Ganz im Gegenteil.« Er setzte sich auf ihren klapprigen Besucherstuhl. »Nach ein paar Recherchen kam ich zu dem Schluss, dass ich es nicht haben wollte, zumindest damals nicht.«

»Weil?«

»Es in Schwierigkeiten steckt. Der Art von Schwierigkeiten, die ich weder brauchen kann noch haben will. Deshalb hielt ich es für besser abzuwarten, bis der Laden noch ein bisschen schlechter läuft und günstiger zu haben ist, oder bis sie die Probleme in den Griff bekommen und dann einen anständigen Preis zu bieten, weil das Unternehmen wieder auf gesunden Beinen steht.«

»Und was für Probleme hatten sie? Abgesehen davon, dass sie in den letzten sechzehn Monaten außerhalb der USA zwei kleine Werke dichtgemacht haben? Extraterrestrisch haben sie keine Werke und Büros. Es sieht also so aus, als wäre ihnen dieser Markt egal oder als wären die Kosten der Vermarktung ihrer Produkte dort zu hoch.«

Er zog überrascht die Brauen hoch. »Aber hallo, ich bin wirklich stolz auf dich. Du hättest eine ausgezeichnete Geschäftsfrau abgegeben.«

»Wenn du weiter solchen Blödsinn quatschst, kannst du den Schokoriegel wieder hergeben.«

»Warum kommst du nicht und versuchst, ihn dir zu holen?« Lächelnd klopfte er auf seine Knie.

Er war wirklich wieder ganz der Alte, dachte sie erfreut.

»Ich habe keine Ahnung von der Spiele-Branche. Ich

weiß nur, dass man auf diesem Markt praktisch nicht verlieren kann. Weil die Menschheit ständig spielen will. In Spielhallen, zu Hause, auf Partys, im Büro. Wie kann es also sein, dass ein Unternehmen, das seit über 50 Jahren auf diesem Sektor tätig ist, urplötzlich Probleme hat?«

»Sie haben, zumindest in den letzten Jahren, mehr ins Marketing und die Geschäftsführung als in kreative Köpfe und neue Technologien investiert und den extraterrestrischen Markt vollkommen ignoriert, weil er ihrer Meinung nach zu klein und nur mit großem Aufwand zu erreichen ist.« Achselzuckend biss er abermals in seinen Riegel. »Sie sind gedanklich noch der alten Zeit verhaftet, und solange das so ist, hinken sie den anderen Unternehmen hinterher.«

»Okay, dann zahlen sie ihren Anzugträgern also zu viel Geld und denken, was vor ein paar Jahren gut war, reicht auch jetzt noch aus.«

»So könnte man zusammenfassend sagen. Die beiden Männer, die das Unternehmen Anfang des Jahrhunderts zusammen gegründet haben, haben es verkauft, als es ein Marktführer war. Seither ging es wie mit vielen Unternehmen regelmäßig auf und ab. Inzwischen aber geht's nur noch bergab.«

»Etwas wie U-Plays *Fantastical* brächte den Laden doch bestimmt wieder in Schwung.«

»Wenn es fertig entwickelt und vor allem gut vermarktet würde, ganz bestimmt. Ist das dein mögliches Motiv?«

»Könnte sein. DuVaugne, einer der Vizepräsidenten von dem Laden, hat bisher fast 150 000 Dollar für Informationen über das Programm auf den Tisch gelegt.«

»Er ist für die Entwicklung zuständig«, erklärte Roarke.

»Ich habe auf dem Weg hierher ein bisschen recherchiert. Wenn er dem Unternehmen die Idee zu diesem Spiel und die Möglichkeit, es herzustellen, brächte, wäre er ein Held. Ich nehme an, dass es in seinem Vertrag mit Synch eine Bonusklausel gibt. Er hätte also eine geringe Summe investiert, bekäme dafür aber eine Riesensumme ausbezahlt.«

»Das wäre ein sehr hübsches Motiv für einen Mord oder dafür, noch mal einen überschaubaren Betrag zu investieren, damit jemand anderes diesen Mord begeht. Außerdem hat er eine noch ziemlich neue und vor allem junge zweite Frau, die sicher Spaß an Luxus hat.«

Er sah sie lächelnd an. »Den haben die meisten Frauen.«

»Uh-huh. Aber wenn du in 20 Jahren beschließt, mich gegen etwas Frisches auszutauschen, solltest du dran denken, dass ich selten unbewaffnet bin.«

»Das vergesse ich niemals. Denn genau deshalb bin ich schließlich so stolz auf dich.«

»Na gut. Jetzt muss ich mich erst einmal mit diesem DuVaugne unterhalten.«

»Das würde ich auch gern tun.«

»Oh nein. Auf keinen Fall.« Sie schüttelte den Kopf. »Du bist ein Konkurrent, und wenn du dabei bist, macht der Kerl den Mund bestimmt nicht auf. Oder wenn, dann nur sehr zögerlich.«

»Da hast du wahrscheinlich recht.«

»Außerdem muss ich noch kurz zu Morris, und danach will ich mich noch einmal am Tatort umsehen. Gib mir bitte Bescheid, falls es Neuigkeiten von den elektronischen Ermittlern gibt.«

»Auf jeden Fall, aber in Barts Wohnung will ich mit.«

Sie wollte automatisch widersprechen, überlegte es sich

aber anders und erklärte: »Vielleicht kannst du mir dort wirklich nützlich sein.«

»Ich werde mich bemühen.« Er knüllte das Schokoladenpapier zusammen, warf es zielgenau in den Recycler und stand auf. »Danke für den Riegel.«

Eve sah ihn mit einem leichten Lächeln an. »Ich weiß wirklich nicht, wovon du sprichst.«

5

»Glauben Sie, der Penis wird je müde?«

Eve löste ihren Blick kurz von der Straße, schob sich ihre Sonnenbrille, die sie sonst immer vergaß, auf die Nasenspitze und sah Peabody über den Rand der Brille hinweg an. »Wessen Penis?«

»Der Penis im Allgemeinen. Ich meine, alle Penisse. Glauben Sie, dass der normale Penis jemals denkt: ›Um Himmels willen, Kumpel, gib doch endlich einmal Ruhe.‹ Oder denkt er vielleicht eher: ›Super! Jetzt geht's endlich wieder los!‹«

»Hat diese Frage was mit unserem Fall zu tun oder ist das einfach blöde, mädchenhafte Laberei?«

»Unser Fall hat mich darauf gebracht. Ich habe über diesen Arsch Dubrosky nachgedacht. Gestern Nachmittag hat er Britt Casey flachgelegt. Ihr zufolge nicht nur einmal, sondern gleich dreimal. Auf dem Fußboden, im Bett und dann noch an der Tür«, zählte sie an ihren Fingern ab. »Danach hat er am Abend Roland bei einem Fantasie-Rollenspiel gefickt. *Piratenkapitän und Schiffsjunge.*«

»Hören Sie auf.«

»Warten Sie. Und heute Morgen schieben er und Chelsea Saxton nach dem Kaffee einen Quickie ein, bevor er sich unter der Dusche noch einen von ihr blasen lässt.«

»Meine Güte, Peabody.«

»Nun, ich habe nicht nach schmutzigen Details *gefragt*. Alle drei sind einfach damit herausgeplatzt, nachdem sie von den jeweils anderen erfahren haben. Ich glaube, die meisten Ginnies würden sagen: ›He! Denk am besten gar nicht dran, mir in der nächsten Zeit irgendetwas reinzuschieben.‹«

»Ginnies?«

»Eine hübsche Bezeichnung für die Vagina. Ich glaube wirklich, eine durchschnittliche Ginnie würde nach zwei Runden feststellen: ›Okay, das reicht erst mal.‹ Aber sucht der Penis vielleicht immer weiter nach der nächsten Öffnung? Ich habe keinen Penis, also weiß ich auch nicht, was ein Penis denkt.«

»Nur zu Ihrer Information: Ich habe auch keinen.«

»Ich weiß. Denn ich habe Sie schließlich schon nackt gesehen. Aber ich glaube, selbst der standhafteste und vitalste Penis würde irgendwann mal sagen: ›So, jetzt reicht's für heute. Ich bin wunderbar entspannt und mache erst mal Ferien. Oder wenigstens ein kurzes Nickerchen.‹«

»Jetzt habe ich das Bild von einem Schwanz im Kopf, der mit Sonnenbrille irgendwo an einer Poolbar sitzt und einen dieser blöden Cocktails mit pappsüßem Obst und Papiersonnenschirmchen schlürft.«

»Ah, das ist wirklich süß.«

»Das ist alles andere als süß. Das ist ein bisschen furchteinflößend. Oder widerlich. Was von beidem, weiß ich nicht genau. Wahrscheinlich beides.« Eve atmete müde aus. »Ja, ich glaube beides.«

»Er sollte auch einen kleinen Strohhut aufhaben. Aber wie dem auch sei, glaube ich nicht, dass es Dubroskys Penis wirklich um den Sex gegangen ist.«

»Ich kann Ihnen gar nicht sagen, wie wenig ich an diesen Penis denken will.«

»Ich denke, es ist eine Sucht«, fuhr die Kollegin unbekümmert fort. »Ich wette, Mira würde das genauso sehen«, bezog sie sich auf die Psychologin, die häufig als Profilerin für sie tätig war. »Er setzt seinen eigenen Wert mit dem von seinem Penis gleich und setzt ihn gleichzeitig als Waffe ein.«

»Okay, jetzt sehe ich das Ding mit einer dicken, goldenen Kette und mit einer Wumme in der Hand. Hören Sie auf.«

Peabody sah sie freudestrahlend an. »Sie haben eine wirklich tolle Fantasie. Deshalb sind Sie so ein guter Cop. Dieses dämliche Gewäsch, dass er bewundert werden muss. Damit hat er wahrscheinlich sein Aussehen und sein Auftreten gemeint, obwohl er unbewusst von seinem Schwanz gesprochen hat.«

»In Ordnung, wenn ich Ihnen zustimme – was ich tatsächlich tue –, hören Sie dann endlich auf?«

»Ich finde es einfach interessant. Und jetzt nehmen Sie diesen DuVaugne …«

Eve biss die Zähne aufeinander und stieß knurrend aus: »Fangen Sie bloß nicht noch von dessen Penis an.«

»Ein Mann lässt seine Ehefrau nach 20 Jahren fallen und tauscht sie gegen eine Frau mit einem tollen Vorbau und mit einer frischen, jungen Ginnie aus.«

»Oh mein Gott.«

»Das tut er wahrscheinlich, weil ihm langsam klar wird, dass er sterblich ist, was ihm keineswegs gefällt. Er braucht also diesen tollen Vorbau und die frische, junge Ginnie, damit er aller Welt beweisen kann, dass sein Penis immer noch an einen derart tollen Ort gelangen kann, weil er immer noch vital und männlich ist. So schließt sich der Kreis, weil auch in diesem Fall der Penis nach Bewunderung verlangt. Wir könnten uns ja mal bei Charles erkundigen, ob meine These stimmt.«

Eve hielt vor dem Leichenschauhaus an und legte ihren Kopf ermattet auf dem Lenkrad ab. »Wir brauchen keinen Ex-Callboy und Sexualberater, damit er uns beim Lösen dieses Falles hilft. Außerdem haben Sie offenbar vergessen, dass er und Louise gerade auf Hochzeitsreise sind.«

»Aber sie kommen in ein paar Tagen zurück. Ich glaube wirklich, dass es uns bei den Ermittlungen in dieser Sache helfen würde, zu verstehen, wie der Penis tickt.«

»Meinetwegen, sprechen Sie mit Charles. Und schreiben Sie vor allem den verdammten Bericht. Denn ich will das Wort *Penis* erst mal nicht mehr hören, klar?«

»Es gibt wirklich kein nettes Wort für dieses ... Ding«, erklärte Peabody, als sie das Haus betraten. »Irgendwie klingt alles entweder zu hart – haha – oder einfach schwachsinnig. Aber wenn man darüber nachdenkt, ist es schließlich irgendwie auch schwachsinnig, dass dieses Teil einfach dort unten rumbaumelt. Deshalb ...«

»Wenn Sie nicht sofort die Klappe halten, bringe ich Sie um. Es würde den Steuerzahlern jede Menge Geld ersparen, wenn es gleich hier in der Pathologie passieren würde, wäre also wirklich effizient.«

Eve nutzte die kühle Luft und die weißen Wände, um die Bilder zu verdrängen, die sie dank der Theorien der Kollegin sah, und lief auf Morris zu, der in dem fensterlosen Gang mit einem Techniker in einem weißen Kittel sprach.

»Ich komme in ein paar Minuten rüber, um mir alles anzusehen«, erklärte er dem Mann und wandte sich an Eve. »Ich hatte mich schon gefragt, ob Sie es noch hierher schaffen würden.«

»Und ich hatte gehofft, dass ich Sie noch erwische, bevor Sie nach Hause fahren.«

»Ich wollte gerade in mein Büro, um Ihnen den Bericht zu schicken. Aber vielleicht sehen wir ihn uns erst noch einmal an.«

Er setzte sich mit ihr zusammen in Bewegung, und sie sah ihn fragend an.

»Erzählen Sie mir von den Verbrennungen.«

»Sie sind nicht besonders ausgeprägt, sind aber an sämtlichen Verletzungen und selbst den Hautabschürfungen zu sehen.« Er öffnete die Tür des Autopsieraums und Eve sah, dass Minnocks Körper auf dem Stahltisch und der Kopf auf einem kleineren Tablett daneben lag.

Morris hielt den beiden Frauen Mikro-Brillen hin. »Sie werden sehen, dass die Verbrennungsspuren immer stärker werden. An der abgeschürften Haut an seinem linken Unterarm und hier unten am Knöchel sind sie derart leicht, dass er wahrscheinlich kaum was davon mitbekommen hat. Aber hier, an der Schulter, wo die Abschürfungen etwas stärker und entzündet sind, hat er sicher einen ziemlich harten Schlag bekommen, weshalb die Verbrennungen auch deutlicher zu sehen sind.«

»Je schlimmer also die Verletzung, umso stärker die Verbrennung?«

»Nein, obwohl ich das anfangs auch dachte. Aber die Abschürfung am Schienbein ist erheblich schlimmer als die Abschürfungen in Höhe des Knöchels und am Unterarm, während die Verbrennung dort kaum zu sehen ist. Wohingegen die Verbrennungen an Arm und Hals praktisch identisch sind. Obwohl die Halswunde, wie man unschwer erkennt, erheblich schlimmer ist.«

»Dann haben sich die Schläge, oder was auch immer die Verbrennungen verursacht hat, im Verlauf des Spiels verstärkt. Je länger er gespielt hat, umso stärker war der Schlag, den er bekommen hat, wenn er getroffen wurde.«

»So sieht's aus.«

»Die Challenges bei einem Spiel werden normalerweise immer größer«, meinte Peabody. »Und zwar innerhalb des jeweiligen Levels und von Level zu Level sowieso.«

»Okay.« Eve dachte kurz darüber nach. »Dann wurde vielleicht die Stromstärke erhöht. Roarke hat dieses Virtual-Reality-Spiel, bei dem man echte Waffen hat. Wenn der Schurke dich erwischt, spürst du einen leichten Schlag, damit du merkst, wann du wo getroffen wirst. Stark genug, um es zu merken, ohne wirklich wehzutun. Anscheinend hat jemand die Regeln bei Barts Spiel geändert. Was aber die inneren Verbrennungen noch nicht erklärt. Die Brandspuren auf seiner Haut sind einfach zu erklären, aber die Schnittwunden am Arm und vor allem am Hals weisen Brandspuren auch innen auf. Die Waffe selbst muss also geladen gewesen sein. Aber was macht das für einen Sinn? Ist ein großes, scharfes Schwert nicht bereits tödlich genug?«

»Dieses war es auf jeden Fall.«

Sie trat vor den Kopf und betrachtete den Hals. »Und die Wunden passen zueinander?«

»Haargenau.«

»Vielleicht wurde der Schlag ja durch die elektrische Aufladung verstärkt. Dann hätte der Killer gar nicht so stark sein müssen und sich nur darauf zu konzentrieren brauchen, dass er möglichst schnell zuschlägt.« Sie nahm ihre Brille wieder ab. »Stand er seinem Opfer direkt gegenüber?«

»So sieht's aus«, bestätigte Morris ihr.

»Es muss sehr schnell gegangen sein, nicht wahr? Wahnsinnig schnell. Er war nicht betäubt und nicht gefesselt und der andere hatte ein riesengroßes Schwert. Da hätte er versuchen müssen wegzurennen, doch dann hätte ihn der Schwerthieb nicht von vorn erwischt. Aber ich will verdammt sein, wenn er einfach da gestanden und gewartet hat, bis irgendjemand ihm den Kopf abschlägt. Vor allem, da er durch die Armwunde schon eine kleine Kostprobe der Schärfe dieses Schwerts bekommen hat. Der andere wollte seine Reaktion sehen, wollte ihn schockieren, bevor er ihn mit einem einzigen, sauberen Schnitt enthauptet hat.«

Sie schüttelte den Kopf. »Ich sehe mich noch einmal am Tatort um.«

Aber vorher fuhr sie zu DuVaugne. Auf ihr Geheiß rief Peabody in seiner Firma an, wo ihr bestätigt wurde, dass er schon gegangen war. Offenbar unterschied sich nicht nur die Entlohnung, sondern auch die Arbeitszeit von Managern deutlich von der ihren.

Sie neidete ihm diese Unterschiede nicht, hätte sich aber einfach gern den Weg zu seinem Haus in einem schicken Vorort und von dort zurück in Richtung Innenstadt erspart.

»Wissen Sie«, begann ihre Kollegin, doch Eve stieß ein lautes Knurren aus.

»Falls Sie noch mal irgendeinen Körperteil von irgendwem erwähnen, schubse ich Sie durch das Fenster vor den nächsten Bus, der uns entgegenkommt.«

»Ich wollte etwas ganz anderes sagen, aber jetzt habe ich wieder dieses Bild im Kopf. Trotzdem ging es mir nicht darum, sondern um das Schwert. Nicht um das des Mannes, sondern um die Mordwaffe. Ich war letztes Jahr mit McNab auf einer Con.«

»Was, bitte, ist eine Con?«

»Ein Treffen von Leuten, die auf Rollenspiele abfahren. Also, wir waren bei diesem Treffen im New Yorker Konferenzzentrum, das wirklich total witzig war. Denn da laufen lauter Irre rum.«

»Klingt nach dem totalen Albtraum.«

»Keineswegs. Die Leute verkleiden sich dort wie die Charaktere aus den Spielen und den Videos, die Schauspieler, die in den Filmen diese Charaktere spielen, treten auf und geben Autogramme, außerdem wird dort ein Haufen irres Zeug verkauft oder versteigert. Wobei es zum Teil um wahnsinnige Summen geht. Dann finden dort noch Partys, Wettbewerbe, Seminare und interaktive Kurse statt, und wenn man bereit ist, sich ein bis zwei Stunden anzustellen, kann man die allerneuesten Spiele ausprobieren. Ich weiß noch, dass auch U-Play einen Riesenstand dort hatte. He, wahrscheinlich habe ich den armen Bart also schon mal gesehen. Aber wie dem auch sei, haben wir drei wirklich irre Tage dort verbracht.«

»Warum war ich nur nicht dabei?«

»Was ich sagen will, ist, dass es dort auch Waffen gibt. Requisiten, Spielzeugwaffen und virtuelle Waffen. Schließlich geht es bei den meisten Spielen um eine Art von Krieg.«

»Die Leute kriegen anscheinend nie genug davon, einander umzubringen.« Trotzdem war der Ansatz gar nicht schlecht. »Ein Elektro-Schwert müsste dort doch ein echter Renner sein.«

»Darauf können Sie Ihren Arsch verwetten«, stimmte Peabody ihr zu. »Wir haben uns eine der Auktionen angesehen, dort wurde ein Nicht-Elektro-Schwert von Elda, der Kriegerkönigin, für fünf Millionen angeboten.«

»Dollar?«

»Was denn sonst? Schließlich war es das Schwert, mit dem Elda in dem Film ihren Thron und so verteidigt hat. Die Spiele sind einfach der Hit. McNab und ich spielen sie die ganze Zeit.«

»Und wer von Ihnen beiden ist die Königin?«

»Haha. Es gibt Elda auch als Holo-Spiel, aber da wir keinen Holo-Raum in unserer Wohnung haben, spielen wir nur das Computerspiel. Auf diesen Cons findet man jedenfalls haufenweise Waffen, die Verkäufer und die Sammler machen dort echt gute Geschäfte. Es gibt Schusswaffen und Zauberstäbe, Feuerlanzen, Lichtschwerter und Desintegratoren. Aber nach allem, was ich gesehen habe, fahren die Leute dort vor allem auf Schwerter ab. Weil sie einfach sexy sind.«

Ein interessanter Ansatz, dachte Eve zum zweiten Mal.

Eine interessante Spur. »Ich wette, Bart fand es nicht wirklich sexy, als man ihm mit einem Schwert den Kopf vom Hals geschnitten hat. Sammler, Verkäufer, Cons. Der Spur sollten wir wirklich nachgehen. Aber vielleicht haben wir ja Glück und DuVaugne zückt gleich sein Zauberschwert, wir knallen ihn in Notwehr ab und haben den Fall noch vor dem Abendbrot gelöst.«

»Sie brauchen gar nicht so zu tun, als hätten Sie mit diesem Zauberschwert nicht auch das Wort mit P gemeint.«

Eve hielt im Parkverbot am Straßenrand und schaltete das Blaulicht ein. »Falls er irgendetwas zückt, nehmen wir ihn wortlos fest.«

Peabody stieg lachend aus und blickte auf das Haus. »Nette Hütte.«

Falls einem ein scharfkantiger Klotz aus Stahl und Glas gefiel. Eve war froh über die dunkle Brille, die sie trug, denn der goldene Ton der verspiegelten Fensterscheiben warf das grelle Sonnenlicht zurück. Sie fragte sich, wie viele Menschen wohl bereits erblindet waren, nur, weil sie an diesem dreistöckigen Monstrum, das nach Meinung irgendeines doppelt postmodernen Architekten offenbar urbanem Schick entsprach, vorbeigegangen waren. Sicher hatte dieses Ungetüm aus goldfarbenem Glas und gebürstetem Stahl ein ehrwürdiges Sandsteinhaus oder ein ordentliches Backsteinhaus ersetzt, das während der innerstädtischen Revolten eingestürzt oder zerschossen worden war.

Vielleicht kamen die Bewohner dieses Glaskastens sich irgendwie erhaben vor oder freuten sich über den freien Ausblick auf die Straße und die Stadt.

Eve hätte sich dort entblößt und ungeschützt gefühlt.

Aber jedem das Seine, dachte sie.

Statt einer Treppe führte eine sanft geschwungene Rampe bis zur Tür. Sofort fing ein Bewegungsmelder an zu piepen und zwei Kameras nahmen die beiden Frauen auf.

»Das Ding ist ganz schön gut gesichert.«

Stimmerkennung fehlgeschlagen. Betteln und hausieren ist auf diesem Grundstück nicht erlaubt. Lieferungen müssen vorher angemeldet werden. Gäste werden augenblicklich nicht erwartet. Bitte weisen Sie sich aus, und nennen Sie den Grund Ihres Besuchs. Danke.

Peabody zog ihre Dienstmarke hervor. »Wenn es so nett *bitte* und *danke* sagt …«

»Ja, echt höflich. Trotzdem tauchen hier bestimmt nicht gerade häufig einfach irgendwelche Nachbarn oder Nachbarinnen auf ein Tässchen Kaffee auf.«

Weisen Sie sich innerhalb von zehn Sekunden aus. Bei Nichtbefolgen dieser Anweisung wird umgehend die Polizei verständigt.

»Das klingt schon nicht mehr ganz so höflich«, meinte Eve, hielt aber trotzdem ihre Marke vor die Kamera. »Lieutenant Eve Dallas von der New Yorker Polizei. Wir möchten zu Lane DuVaugne.«

Im Kalender ist kein Termin vermerkt.

»Überprüf die Marke, und sag Mr DuVaugne, dass die Polizei ihn sprechen will. Bei Nichtbefolgen dieser Anweisung wird innerhalb der nächsten halben Stunde eine ganze Horde Cops mit einem Dursuchungsbefehl für diese Bude auftauchen.«

Bitte legen Sie die Marke auf den Scanner. Danke.

»Geht doch«, meinte Eve und legte ihre Marke auf dem Scanner ab.

Überprüfung abgeschlossen, Lieutenant Eve Dallas von der New Yorker Polizei. Mr DuVaugne wird über Ihr Erscheinen informiert. Einen Augenblick bitte.

Es dauerte mehr als einen Augenblick, aber schließlich wurde ihnen aufgemacht, und Eve musste ein Schnauben unterdrücken, denn der dürre, würdevolle Hausdienerdroide in dem strengen, schwarzen Anzug kam ihr praktisch wie der Doppelgänger ihres hauseigenen Quälgeists vor. Sogar der herablassende Blick, mit dem er ihr entgegentrat, war eine Kopie von Summersets Gesichtsausdruck, wenn sie nach Hause kam.

»He, der Typ sieht aus wie …«

»… die größte Nervensäge, die ich kenne«, beendete Eve den Satz und setzte im Gedanken an Roarkes Majordomus ein grimmiges Lächeln auf. »Hast du auch einen Namen, Kumpel, oder einfach eine Nummer?«

»Ich bin Derby«, stellte er sich näselnd vor. Denn natürlich hatte er denselben fein geschliffenen, britischen Akzent wie der nervtötende Summerset. »Wenn Sie mir den Grund Ihres Erscheinens nennen, werde ich Mr DuVaugne davon in Kenntnis setzen. Aber vorher müsste sich auch Ihre Begleiterin noch ausweisen.«

»Detective Delia Peabody.« Peabody hielt ihm ihre Marke hin.

»Nachdem wir uns alle beide so hübsch ausgewiesen haben, richtest du Mr DuVaugne ja vielleicht endlich aus, dass die New Yorker Polizei kurz mit ihm plaudern möchte. Und zwar entweder in seinem eigenen Haus oder, wenn ihm das lieber ist, auf dem Revier. Allerdings wäre es dort erheblich ungemütlicher für ihn und vor allem wären wir nicht so herrlich ungestört. Was genau wir von ihm wollen, geht dich einen feuchten Kehricht an.«

»Ich werde Mr DuVaugne Bescheid geben. Warten Sie im Vorzimmer. Die internen Überwachungskameras sind aktiviert und werden Ihre Bewegungen und Ihre Gespräche aufzeichnen.«

»Dann werden wir zur Abwechslung mal nicht genüsslich in der Nase bohren.«

Naserümpfend kehrte der Droide ihr den Rücken zu und führte sie durch die offene Eingangshalle an einem Becken voller venusblauem Wasser vorbei, neben dem die Metallskulptur einer fast nackten Frau mitten in einem Kopfsprung innehielt.

Das Vorzimmer war rundherum verglast. Passend zu den beiden Gelsofas mit silbrig glitzernden Bezügen und leuchtend roten Kissen wies der Chintzbezug der Sessel ein schwindelerregendes Gemisch der beiden Farben auf. In den durchsichtigen Glascontainern, die als Tische dienten, waren irgendwelche fremdartigen Blumen angepflanzt, die Kronleuchter unter der Decke bestanden aus einem kunstvollen Stahl-Glas-Geflecht, und der Boden wies denselben kalten Farbton und dieselbe Härte wie die stählerne Fassade des Gebäudes auf.

Eve empfand den hochmodernen Raum als Inbegriff der Ungemütlichkeit.

»Warten Sie hier«, wies Derby die Besucherinnen an und wandte sich zum Gehen.

Eve trat vor eine breite Glasscheibe, durch die man auf die Straße sah.

Und fühlte sich entblößt und ungeschützt.

»Ich kann einfach nicht verstehen, wie es irgendwem genügen kann, wenn ihn vom Rest der Welt nur eine dünne Scheibe trennt.« Obwohl sie innerlich erschauderte, wandte sie sich schulterzuckend wieder ab. »Wie ist Ihr erster Eindruck?«

Peabody versuchte, Eve mit einem leichten Augenrollen daran zu erinnern, dass die Unterhaltung aufgenommen wurde, und gab vorsichtig zurück: »Hm. Es ist alles blitzsauber. Und man hört nicht den geringsten Lärm.« Sie zeigte auf das Fenster. »Wie in einem Film, wenn man den Ton abstellt.«

»Oder wie in einer parallelen Welt, um die herum es keinerlei Geräusche gibt. Irgendwie unheimlich.«

»In Ordnung, es ist unheimlich.« Und mit einem neuerlichen Augenrollen fügte Peabody hinzu: »Aber sauberer geht es wirklich nicht.«

Eve blickte Richtung Tür, denn draußen wurden Männerschritte und das Klappern hochhackiger Frauenschuhe laut.

Zuerst sah sie die Frau, die offenbar für die grässliche Skulptur Modell gestanden hatte, an der sie im Foyer vorbeigelaufen waren. Zumindest war sie jetzt nicht nackt, sondern trug ein kurzes Sommerkleid, das ihre blauen Augen betonte, und die augenblicklich angesagten Schuhe, die die nackten Fußrücken vorteilhaft zur Geltung kommen ließen. Ihre Zehen waren in verschiedenen Pastelltönen lackiert und der volle Schmollmund griff das Rot der goldfarben gesträhnten Mähne auf.

Der Mann trug einen nüchternen Geschäftsanzug, sein Gesicht war faltenlos, die glänzenden, braunen Augen passten zu der Woge dichten, braunen Haars, und sein leicht verrutschter Schlips und das Leuchten in den Augen seiner Frau verrieten deutlich, wobei sie durch Eves Erscheinen unterbrochen worden waren.

»Lieutenant Dallas und Detective Peabody, nicht wahr?« DuVaugne trat auf sie zu und nahm sie mit kräftigem Händeschütteln in Empfang. »Was kann ich für Sie tun?«

»Wir ermitteln in dem Mord an Bart Minnock.«

»Ah.« Er nickte weise mit dem Kopf und stieß einen mitfühlenden Seufzer aus. »Ja, davon habe ich gehört. Aber Einzelheiten wurden in den Nachrichten bisher noch nicht genannt.«

»Sie kannten Mr Minnock?«

»Nicht persönlich, nein. Natürlich weiß ich, wer er war, weil wir schließlich in derselben Branche tätig waren.«

»Meine Güte, Schatz, du solltest die beiden erst einmal bitten, Platz zu nehmen. Tss.«

Sie sagte wirklich »Tss«, wobei ihr schwerer Bronx-Akzent trotz der affektierten Sprechweise, die sie anscheinend bei ihrem Droiden abgekupfert hatte, nicht zu überhören war.

»Ich bin übrigens Taija. Mrs Lane DuVaugne. Bitte nehmen Sie doch Platz.« Sie wies auf eins der Sofas, genau wie eine der hübschen, jungen Frauen im Fernsehen, die auf die Preise zeigten, die es bei den Quizsendungen zu gewinnen gab. »Ich bestelle gern ein paar Erfrischungen für Sie.«

»Danke.« Die Einladung, sich zu setzen, aber nahm Eve an. »Wir möchten nichts. Dann sind Sie Bart Minnock also nie begegnet?«

»Oh, vielleicht ein- oder zweimal.« DuVaugne nahm neben seiner Frau auf dem anderen Silbersofa Platz. »Bei irgendwelchen Tagungen oder Events. Er schien ein aufgeweckter, umgänglicher, junger Mann zu sein.«

»Warum hat ihn dann jemand umgebracht?«, mischte sich Taija ein.

»Das ist eine gute Frage«, meinte Eve, und Taija strahlte wie ein Schulmädchen nach einem Lob von seinem Lieblingslehrer.

»Man lernt nur etwas, wenn man Fragen stellt.«

»Genau. Deshalb frage ich jetzt Sie, Mr DuVaugne, wo Sie gestern Nachmittag gewesen sind.«

»Ich? Wollen Sie etwa andeuten, ich hätte irgendwas mit diesem Mord zu tun?« Statt verwundert gab er sich empört. Was eindeutig verdächtig war. »Ich habe diesen Mann doch kaum gekannt.«

»Meine Güte, Lane kann keiner Fliege etwas zuleide tun. Er ist sanft wie ein Lamm.«

»Diese Frage ist reine Routine. Wie Sie selbst gesagt haben, Mr DuVaugne, waren Sie und Mr Minnock in derselben Branche tätig.«

»Aber das ist ja wohl kaum ein Mordmotiv! Allein in dieser Stadt sind unzählige Menschen in der Spielebranche tätig. Suchen Sie die etwa alle auf, um sie zu fragen, wo sie gestern Nachmittag gewesen sind?«

»Also bitte, Schätzchen.« Taija streichelte ihm sanft den

Arm. »Du darfst dich nicht so aufregen. Du weißt, das ist nicht gut für dich. Und sie ist wirklich höflich. Du sagst immer, dass jeder seine Arbeit machen muss. Vor allem die Beamten. Sie beide sind Beamte, oder nicht?«, wandte sie sich an Eve.

»Das ist richtig.«

»Außerdem kannst du die Frage doch ganz leicht beantworten, Schätzchen. Weil du schließlich bis kurz vor vier in deiner Firma warst. Er arbeitet entsetzlich hart«, fügte sie an Eve gewandt hinzu. »Von der Arbeit bist du heimgekommen, und wir haben uns noch etwas hingelegt, bevor wir uns für die Dinnerparty bei Rob und Sasha umgezogen haben. Die Essen bei den beiden sind immer sehr nett.«

»Das ist eine Frage des Prinzips, Taija.«

»Tss, tss.« Wieder streichelte sie seinen Arm. »Reg dich bitte nicht so auf.«

DuVaugne holte hörbar Luft. »Taija, ich glaube, ich hätte jetzt gern meinen Martini.«

»Sicher, Schatz. Ich werde Derby sagen, dass er ihn dir mixen soll. 'tschul... ich meine, bitte entschuldigen Sie mich einen Moment.«

Nachdem sie mit klappernden Absätzen hinausgegangen war, wandte sich DuVaugne an Eve. »Meine Frau ist manchmal ein bisschen naiv.«

Das mochte sein, sagte sich Eve, aber zugleich kam sie ihr völlig ehrlich und absurd sympathisch vor.

»Naiv genug, um nicht zu wissen, dass Sie bei der harten Arbeit, die Sie leisten, jemanden dafür bezahlen, dass er Ihnen vertrauliche Informationen über die Projekte Ihrer Konkurrenz beschafft? Wir haben Dubrosky festgenommen«, meinte Eve, bevor er etwas sagen konnte. »Er hat geredet wie ein Wasserfall.«

»Ich weiß nicht, wovon Sie reden. Diesen Namen habe ich noch nie gehört. Vielleicht sollten Sie allmählich wieder gehen …«

»Peabody, klären Sie Mr DuVaugne über seine Rechte auf.«

Er plusterte sich auf, doch Eves Kollegin betete die Sätze teilnahmslos herunter und wollte am Ende von ihm wissen: »Haben Sie alles verstanden?«

»Das ist einfach unglaublich!« Mit zornrotem Gesicht sprang er von der Couch. »Jetzt rufe ich zuerst meinen Anwalt an.«

»Meinetwegen. Sagen Sie ihm, dass er auf die Wache kommen soll.« Vollkommen gelassen erhob sich auch Eve von ihrem Platz. »Sie werden wir dort erst einmal in eine Zelle setzen, wo Sie sich beruhigen können, bevor es im Beisein Ihres Anwalts weitergeht. Sagen Sie ihm am besten gleich, dass es um eine große Sache geht, nämlich um Wirtschaftsspionage und um Mord.«

»Einen Moment, verdammt noch mal, einen Moment. Ich war gestern nicht mal in der Nähe seiner Wohnung. Weil ich überhaupt noch nie in seiner Wohnung war.«

»Sie wollten einen Anwalt haben«, rief ihm Eve mit ruhiger Stimme in Erinnerung. »Jetzt dürfen wir erst wieder eine Aussage von Ihnen entgegennehmen und dieses Gespräch fortsetzen, wenn er zugegen ist. Solange und bis zu Ihrer Überführung in die Untersuchungshaft nehmen wir Sie mit auf das Revier.«

»Sie wollen mich verhaften? Mich? Halt. Warten Sie.« Obwohl er nicht wie Roland schwitzte, war das Zittern seiner Hand, als er sich die weich schimmernden Haare raufte, nicht zu übersehen. »Der Anwalt kann noch warten. Führen wir die Unterhaltung erst einmal fort.«

»Wie Sie wollen.«

»Hier kommen die Martinis!«, verkündete Taija in fröhlichem Singsang, während sie vor Derby durch die Tür des Zimmers trat. »Am besten setzen wir uns alle wieder hin und genießen unsere Drinks. Oh, Schatz, sieh dich nur an. Du hast ein ganz rotes Gesicht.« Sie trat vor ihren Mann und tätschelte ihm mütterlich die Wange. »Derby, schenken Sie uns allen ein. Mr DuVaugne braucht erst mal eine kleine Stärkung.«

»Na, nun gib schon her!« DuVaugne schnappte sich den großen Shaker, füllte eins der Gläser bis zum Rand und leerte es in einem Zug.

»Huch! Du hast ja gar keine Oliven in dein Glas getan. Derby, schenken Sie unseren Gästen ein.«

»Wir dürfen im Dienst nichts trinken, Mrs DuVaugne, aber trotzdem vielen Dank.«

Taija verzog mitfühlend das Gesicht. »Das ist aber nicht gerecht.«

»Geh nach oben, Taija. Ich habe hier noch etwas zu besprechen.«

»Oh.« Nach einem verletzten Blick auf ihren Mann wandte sie sich an die beiden Frauen. »War nett, Sie kennen zu lernen.«

»Das finden wir andersherum auch.«

»Lassen Sie uns allein, Derby.« DuVaugne ließ sich in einen Sessel sinken und rieb sich die Augen. »Mit diesem Mord habe ich nichts zu tun. Ich war bis vier in meiner Firma, direkt von dort aus hat mein Fahrer mich hierher gebracht, dann war ich bis gegen sieben hier. Das können Sie alles überprüfen.«

»Das werden wir auch tun. Aber wenn ein Mann einen anderen dafür bezahlt, für ihn Wirtschaftsspionage zu betreiben, könnte er auch jemanden dafür bezahlen, dass er einen Mord begeht.«

DuVaugne ließ die Hände sinken. »Ich weiß nicht, was dieser Dubrosky Ihnen über mich erzählt hat. Aber er ist ein Lügner und ein Dieb, dem man nicht trauen kann.«

»Trotzdem haben Sie ihm 150000 Dollar anvertraut«, rief Eve ihm in Erinnerung.

»Dabei ging's ausschließlich ums Geschäft.« Er winkte ab, bevor er seine Hände auf die Knie sinken ließ. »Außerdem kam er zu mir. Erst hat er mir erzählt, er wollte ein neues Spiel mit einer neuen Technologie entwickeln und bräuchte dabei finanzielle Unterstützung. Für gewöhnlich wimmele ich solche Leute immer ab, aber er war wirklich überzeugend und seine Idee war wirklich interessant, deshalb habe ich ihm ein paar Tausend Dollar vorgestreckt, damit er weitermachen kann. Und dann noch mal ein bisschen mehr, weil ich von der Idee einfach begeistert war. Natürlich hätte ich erkennen müssen, dass Dubrosky ein Betrüger ist, aber schlechte Menschenkenntnis ist ja wohl nicht strafbar. Ich habe also jede Menge Zeit und Geld in dieses Unterfangen investiert, und dann hat er plötzlich erzählt, er hätte die Idee nicht selbst gehabt, sondern bei unserer Konkurrenz geklaut.«

DuVaugne holte hörbar Luft und schenkte sich den nächsten doppelten Martini diesmal mit Oliven ein. »Ich war schockiert, empört und habe ihm damit gedroht, ihn anzuzeigen, aber er hat mich erpresst. Denn ich hatte ihn bezahlt, deshalb würde er behaupten, ich hätte ihn angeheuert, damit er die Daten für mich klaut. Also habe ich die Zahlungen an ihn auch weiter fortgesetzt. Ich hatte einfach keine andere Wahl.«

Eve sah die Kollegin fragend an. »Kaufen Sie ihm die Geschichte ab?«

»Nein, Ma'am. Ich glaube ihm kein Wort.«

Er ließ das Glas mit dem Martini sinken und stellte betroffen fest: »Dann glauben Sie also einem gewöhnlichen Ganoven mehr als mir?«

Eve überlegte kurz und nickte dann. »Auf jeden Fall. Denn im Gegensatz zu Ihrer wirklich netten Frau sind Sie alles andere als naiv, DuVaugne. Und Sie würden ganz bestimmt irgendeinem kleinen Programmierer nicht einen solchen Haufen Geld aus Ihrer eigenen Tasche zahlen, damit er ein Spiel entwickeln kann. Sie haben Dubrosky angeheuert und dafür bezahlt, dass er sich an einen armen Kerl heranmacht, der ihm die Informationen, die Sie brauchten, liefern kann. Denn wenn Sie Ihrem Unternehmen dieses Spiel mitsamt der Technik liefern könnten, wären Sie der Held. Dann wäre Ihre Firma wieder auf dem aufsteigenden Ast und Ihre Investition hätte sich hundertfach gelohnt. Wobei Sie nur noch einer daran hätte hindern können, diese Sache durchzuziehen. Bart Minnock, doch der ist jetzt tot.«

»Ich habe ihn nicht umgebracht!« DuVaugne nahm einen großen Schluck aus seinem Glas und stellte es dann krachend vor sich auf den Tisch. »Falls Dubrosky diesen Mann getötet hat, hat er das allein getan. Ich habe nichts damit zu tun.«

»Sie haben ihn also einfach nur dafür bezahlt, dass er Informationen für Sie stiehlt?«

»Dabei ging es ums Geschäft«, behauptete er abermals. »Dabei ging es einfach ums Geschäft. Es stimmt, dass unser Unternehmen momentan in Schwierigkeiten steckt. Wir brauchen ein paar frische Ideen, damit es wieder aufwärtsgeht. Wenn ich an Informationen kommen kann, dann nutze ich die Möglichkeit. Weil das in unserer Branche einfach üblich ist. Denn die Konkurrenz auf dem Markt ist hart.«

»Wenn man jemanden dafür bezahlt, dass er geheime Informationen klaut, nennt man das Anstiftung zum Diebstahl. Und wissen Sie was? Für so was geht man in den Kahn. Falls es in Zusammenhang mit diesem Diebstahl noch zu einem Mord gekommen ist, kriegen wir Sie deshalb auch noch dran.«

»Das ist vollkommener Wahnsinn. Ich bin ein Geschäftsmann, und ich habe einfach meinen Job gemacht. Ich habe in meinem ganzen Leben keinem Menschen je auch nur ein Haar gekrümmt oder jemand anderen dazu veranlasst, das zu tun.«

»Es tut einem Menschen durchaus weh, wenn man ihn um die Früchte seiner Arbeit bringt, und bisher ist nicht mal sicher, ob das wirklich alles war. Sie können Ihren Anwalt auf dem Weg zur Wache anrufen. Lane DuVaugne, ich nehme Sie wegen Anstiftung zum Diebstahl, der Entgegennahme geheimer Informationen und wegen der Verabredung zur Wirtschaftsspionage fest. Legen Sie ihm Handschellen an, Peabody.«

»Nein, bitte, bitte. Meine Frau. Sie müssen mir erlauben, ihr das alles zu erklären. Lassen Sie mich sagen, dass ich Sie begleite, um Ihnen … bei Ihren Ermittlungen zu helfen. Bitte, ich möchte sie nicht aufregen.«

»Rufen Sie sie runter, und erzählen Sie ihr, was Sie wollen. Sie wird sowieso herausfinden, worum es geht, wenn Sie sie bitten müssen, die Kaution für Sie zu stellen, falls man Sie noch einmal auf Kaution aus dem Gefängnis lässt.«

Das hatte sie nicht für ihn getan, sagte sich Eve, während sie den Mann von Peabody hinunter zu den Zellen bringen ließ. Sie hatte es getan, damit seine arme Frau noch etwas Zeit bekäme, ehe sie erführe, dass ihr Mann im besten Fall ein Dieb und im schlimmsten Fall der Auftraggeber eines Mörders war. Selbst wenn DuVaugne sofort mit seinem Anwalt spräche und versuchte, sich herauszureden, fände frühestens morgen früh die Kautionsverhandlung statt.

Vielleicht bekäme sie nach einer Nacht in einer Zelle ja noch ewas mehr aus ihm heraus.

In ihrem Büro gab sie kurz Roarke Bescheid, dass sie wieder auf der Wache war, schrieb ihren Bericht und stellte wie zu Anfang jeder Mordermittlung eine große Tafel mit den Namen und den Bildern aller an dem Fall beteiligten Personen auf.

Als sie damit fertig war, nahm sie wieder hinter ihrem Schreibtisch Platz, legte ihre Füße auf der Platte ab, nippte vorsichtig an ihrem dampfend heißen Kaffee und sah sich die Tafel an.

Sie hatte ein Bild von Minnocks freundlichem Gesicht mit dem leicht schiefen Grinsen neben den grässlichen Aufnahmen vom Tatort, aus dem Leichenschauhaus und den Fotos einer Reihe anderer Leute aufgehängt.

Fotos seiner Freundin, seiner Partner aus der Firma, des Idioten Roland, Milt Dubroskys und DuVaugnes.

Neben diesen Fotos hatte sie die Angestelltenliste und die Bücher seines Unternehmens, den zeitlichen Ablauf sowie den Bericht der Spurensicherung aufgehängt.

Konkurrenz, ging es ihr durch den Kopf, Business und Ego, Geld, Geld, Geld, Leidenschaft, Naivität, Sicherheit. Und Spiele.

Spiele waren ein ganz großes Geschäft. Dafür brauchte man ein großes Ego, großes Geld, große Leidenschaft und jede Menge Sicherheit.

Doch irgendwo hatte die Sicherheit versagt, und eins der anderen Elemente war der Grund für die Ermordung dieses jungen Kerls.

»Ich habe gehört, ihr hättet jemanden verhaftet«, stellte plötzlich Roarke in ihrem Rücken fest.

»Leider nicht den Mörder, obwohl ich mir vorstellen kann, dass es da eine Verbindung gibt. U-Play wird dieses Projekt auch ohne ihn durchziehen. Nicht nur, weil das ihr Job ist, sondern weil sie anders das Gefühl hätten, sie ließen ihn im Stich.«

»Ja, es wird ein bisschen schwerer werden als geplant, und vielleicht geht's auch nicht ganz so schnell, aber früher oder später bringen sie das Spiel auf jeden Fall heraus.«

»Was nützt es dann, ihn umzubringen?« Kopfschüttelnd stellte sie die Füße wieder auf dem Boden ab. »Komm, wir sehen uns den Tatort noch mal an.«

6

Da sie Roarke das Steuer überließ, konnte sie während der Fahrt zu Minnocks Wohnung noch einmal ihre Notizen durchgehen, um zu sehen, welche der bereits vernommenen Personen sie noch einmal sprechen müsste und welche der Leute auf der Liste bisher überhaupt noch nicht vernommen worden waren.

»Seine Anwältin bricht wegen der Geschichte extra ihren Urlaub ab und trifft sich morgen früh mit mir. Weil sie eine enge Freundin von ihm war«, fügte Eve hinzu. »Offenbar will sie mir alles geben, was ich brauche, und hat mir bereits am Telefon etwas von seinem Vertrag mit seinen Partnern und von seinem Testament erzählt. Der Großteil seines Erbes wird an seine Eltern gehen, aber sein Anteil an U-Play wird zu gleichen Teilen unter den verbliebenen Partnern aufgeteilt. Und der ist einiges wert.«

»Denkst du, einer von den dreien hätte beschlossen, ihn aus dem Verkehr zu ziehen, damit er ein größeres Stück des Kuchens kriegt?«

»Ausgeschlossen ist das nicht. Aber manchmal geht's nicht nur um Geld.« Geld war oft das einfachste, doch beinah nie das einzige Motiv. »Und manchmal geht's um etwas völlig anderes. Aber wie gesagt, ausgeschlossen ist es nicht. Du hast gesagt, jetzt würde es wahrscheinlich etwas länger dauern, bis das neue Spiel ganz fertig ist, aber dieser Mord bringt ihnen viel Publicity, deshalb wird das Spiel bestimmt reißenden Absatz finden, wenn es auf den Markt geworfen wird. Oder was meinst du?«

»Das wird es auf jeden Fall. Obwohl wir kurz davor

stehen, ein ähnliches Spiel mit einem ähnlichen System herauszubringen, war bisher noch nie ein Spiel mit einer solchen Technik auf dem Markt. Und der Tod von Bart und vor allem die Art, in der man ihn ermordet hat, bringen ihnen jede Menge kostenloser Werbung ein. Was aber nur ein kurzfristiger Vorteil ist. Denn langfristig wird es für sie von Nachteil sein, dass einer der Köpfe ihres Unternehmens fehlt.«

»Ja, aber manche Menschen denken eher kurzfristig. Und falls es ein Konkurrent gewesen ist, hat er vielleicht gedacht, er bräuchte nur – im wörtlichen und übertragenen Sinn – den Kopf des Unternehmens abzuschlagen, um die Markteinführung dieses Spiels lange genug zu verzögern, bis sein eigenes Unternehmen etwas Ähnliches entwickelt hat. Denn die drei verbliebenen Partner und andere Spieleentwickler haben ebenfalls Potential, obwohl Bart der außergewöhnlich kreative Kopf von U-Play war. So kommt es mir zumindest vor.«

»Das glaube ich auch. Falls es ums Geschäft gegangen ist, denke ich eher an einen Konkurrenten als daran, dass einer seiner Partner heiß auf Gratiswerbung war. Das kann ich mir einfach nicht vorstellen, Eve.«

Vielleicht nicht, trotzdem wird durch den Mord jede Menge Gratiswerbung für das Unternehmen und das Spiel gemacht. »Was weißt du über Spielzeugwaffen, die Dinger, die man zum Spielen oder als Requisiten beim Film benutzt, über Sammlerstücke und Kopien?«

»Sie können faszinierend sein und bringen, vor allem auf Auktionen, manchmal geradezu erstaunliche Beträge ein.«

»Du sammelst Waffen.« Sie wandte sich ihm zu und studierte sein Profil. »Aber die meisten davon sind echt.«

»Ja. Trotzdem sind auch andere Waffen für den Spieler interessant. Weil es von der einfachen bis hin zur technisch ausgefeilten jede Art von Spielzeugwaffe gibt, man sie mit Händen greifen kann und das Spiel dadurch unmittelbar und realistisch wird.«

Er sah sie an. »Du bist selbst eine Waffennärrin.«

»Mir ist einfach wichtig, dass ich in meinem Job nicht unbewaffnet bin. Und dass meine Waffe, wenn ich sie mal brauche, funktioniert.«

»Du spielst auch ab und zu mit mir. Wobei du immer unbedingt gewinnen willst.«

»Weshalb sollte man spielen, wenn man nicht gewinnen will?«

»Das frage ich mich auch.«

»Trotzdem ist ein Spiel ein Spiel«, stellte sie richtig fest. »Und ein Spielzeug ist ein Spielzeug, ich kann beim besten Willen nicht verstehen, weshalb man unbedingt in einer Fantasiewelt leben will. Oder weshalb man sein Büro wie die Kommandobrücke eines fiktionalen Raumschiffs einrichtet.«

»Vielleicht einfach, weil es Spaß macht, der Realität auf diese Weise zu entfliehen, auch wenn das zweifelsohne etwas übertrieben ist. Wir sollten mal eine Auktion besuchen, damit du siehst, wie so was ist. Die Welt der Spiele und das Sammeln von Dingen, die dazugehören, sind wirklich interessant.«

»Ich mag Spielzeug«, räumte sie schulterzuckend ein. »Was ich nicht verstehe, ist, weswegen irgendwer Millionen für ein Spielzeugschwert hinlegt, das irgendeiner Kriegerin in einem Film oder einem Computerspiel gehört.«

»Manche würden vielleicht sagen, dabei geht's um Kunst. Es kommt eben immer darauf an, wofür sich jemand interessiert. Auf alle Fälle wurden einige der Stücke, die für Sammler von Interesse sind, in Filmen oder Spielen benutzt oder zur Schau gestellt. Je nachdem, wie einfach man herankommt, wie alt die Stücke sind und wo sie verwendet wurden, können sie für Sammler ziemlich wertvoll sein. Genau aus diesem Grund bringen wir routinemäßig spezielle, limitierte Auflagen bestimmter Waffen oder anderer Spiele-Accessoires heraus.«

»Auch ein elektrisch aufgeladenes Schwert?«

Er hielt an einer roten Ampel und sah Eve mit einem leisen Lächeln an. »Es gibt ein Feuerschwert, ein Schwert, das von Blitzen aufgeladen wird, ein Stunner-Schwert und so weiter. Die Dinger leuchten und machen die passenden Geräusche – zischen, vibrieren oder Ähnliches –, aber kein Spielzeugschwert würde beim Gegenspieler mehr als ein leichtes Kribbeln verursachen. Sie sind alle völlig harmlos.«

»Könnte man ein solches Schwert manipulieren?«

»Das könnte man, aber dann hätte es auf dem offiziellen Markt kaum noch einen Wert. Denn die Sicherheitsvorschriften sind sehr streng, und ein Spielzeugschwert, aus dem man eine echte Waffe macht, würde bei der Kontrolle sofort aussortiert. Es war keine Requisite, mit der Bart ermordet worden ist.«

»Dann vielleicht eine Kopie, die extra zu dem Zweck gefertigt worden ist. Eine mörderische Klinge, die so stark unter Strom gestanden hat, dass sie Verbrennungen verursacht hat.«

Die Ampel sprang auf Grün, und schweigend fuhr er

weiter, bis er vor dem Haus von Minnock hielt. »Mit einem solchen Schwert wurde er umgebracht?«

»So sieht's zumindest aus.« Sie stieg aus dem Wagen aus. »Das zeigt mir, dass es nicht gereicht hat, ihn zu töten. Weil es gleichzeitig auch um das Spiel gegangen ist. Der Mörder wollte seinen Spaß oder ein gewisses Maß an Aufregung. Wer auch immer ihn ermordet hat, muss Teil des Spiels gewesen sein. Und er wollte unbedingt gewinnen. Jetzt muss ich noch rausfinden, was er als Preis mit heimgenommen hat.«

»Lieutenant.« Der Portier kam ihr entgegen. »Haben Sie schon etwas rausgefunden? Wissen Sie, wer Bart – Mr Minnock – ermordet hat?«

»Die Ermittlungen sind noch im Gang. Wir gehen allen Hinweisen nach. Hat jemand versucht, sich Zutritt zu der Wohnung zu verschaffen?«

»Nein. Nach Ihren Leuten war dort niemand mehr. Er war ein netter Kerl. Kaum älter als mein Sohn.«

»Sie hatten gestern Dienst, als er nach Hause kam.« Natürlich hatte sie ihm alle diese Fragen schon gestellt, aber manchmal fiel den Menschen bei der Wiederholung der Befragung noch etwas ein. »Wie war er da gelaunt?«

»Er hat gepfiffen. Und gegrinst. Unweigerlich habe auch ich gegrinst. Denn er sah so unglaublich glücklich aus.«

»Und Sie haben weder vor noch nach ihm jemanden gesehen, der vielleicht Zutritt zu der Wohnung hat?«

»Nein, niemanden. Gestern war ein ruhiger Tag. Wissen Sie noch, wie das Wetter war? Es hat derart geschüttet, dass kaum jemand vor die Tür gegangen ist. Die paar Leute, die an mir vorbeigekommen sind, habe ich alle persönlich gekannt.«

»Hatte er mit irgendwem im Haus Probleme? Gab es je Beschwerden über ihn?«

»Er war ein freundlicher, wenn auch vielleicht etwas zu ruhiger und zurückhaltender Typ. Ich habe nie gehört, dass er sich über irgendwen beschwert hat oder dass es andersrum Beschwerden über ihn gegeben hat.«

Sie versuchte es auf einem anderen Weg. »Gab es irgendwelche Leute hier im Haus, zu denen er besonders freundlich war?«

»Na klar, die Kids.«

Das hatte sie bisher noch nicht gehört. »Was für Kids?«

»Die Kinder der Familie Sing und der kleine Trevor. Wir haben kaum Kinder hier im Haus. Noch zwei Mädchen im Teenageralter, aber die haben mit Computerspielen nichts am Hut. Aber die kleinen Jungen waren Riesenfans von Bart.«

»Ach ja?«

»Auf jeden Fall. Ab und zu hat er sie zu sich eingeladen. Meinte, dass er mit ihnen Marktforschung betreibt. Hat ihnen manchmal irgendwelche Demo-DVDs geschenkt oder sie irgendwelche neuen Spiele spielen lassen, bevor sie auf den Markt gekommen sind.«

»Waren die Eltern damit einverstanden?«

»Sicher. Sonst hätte er das nicht gemacht. Tatsächlich hat Dr. Sing sogar manchmal mitgespielt. Wobei er lieber Strategiespiele als die Actiongames spielt, auf die die Kids abfahren. Die Jungen nehmen sich den Tod von Mr Minnock sehr zu Herzen. Wenigstens die beiden kleinen Sings. Die Trevors sind im Urlaub, deshalb weiß ich nicht, ob sie schon wissen, was geschehen ist.«

»Wo ist die Wohnung dieser Sings?«

»Oben die 510. Ein hübsches, zweigeschossiges Apartment. Die ganze Familie ist gerade da, falls Sie sie sprechen wollen. Ich kann oben anrufen und Sie kurz anmelden.«

»Tun Sie das. Und danach sehen wir uns noch einmal Mr Minnocks Wohnung an.«

»Gut, dass Sie am Ball bleiben. Das ist wirklich gut. Wer auch immer diesen jungen Mann …« Er presste die Lippen aufeinander und wandte sich kurz ab. »Am besten sage ich nicht laut, was ich diesem Typen wünsche. Weil man für eine solche Ausdrucksweise hier gefeuert wird.«

Sie stiegen in den Lift und Roarke tippte etwas in seinen Handcomputer ein. »Dr. David Sing, Neurologe. Seine Frau Susan ist Kinderchirurgin. Beide haben in Harvard studiert und arbeiten am Mount Sinai. Keine Vorstrafen. Seit zwölf Jahren verheiratet. Zwei Söhne, Steven und Michael, zehn und acht.«

»Seit wann kannst du mit diesem Ding Vorstrafen abrufen?«

»Seit ich der Berater meiner liebreizenden Gattin bin.« Roarke steckte den Computer wieder ein.

»Ich habe gestern einen Typen festgenommen, weil er sich unbefugt geheime Informationen angeeignet hat.«

Lächelnd streckte Roarke die Hände aus. »Willst du mich verhaften, Schatz?«

Ehe sie etwas erwidern konnte, glitt die Tür des Fahrstuhls auf. »Ich will sie nur kurz sehen und ein Gefühl für sie bekommen. Weil das Ganze ja vielleicht einfach ein fürchterlicher Unfall war. Sie haben gespielt, sich amüsiert, bevor mit einem Mal ein Kopf quer durch den Raum geflogen ist.«

»Und danach haben die beiden Kinder aufgeräumt, die

Security der Wohnung wieder eingeschaltet und eine Droidin so umprogrammiert, dass sie niemandem verraten kann, dass sie zur Zeit des Unfalls in der Wohnung waren?«

»Nein, aber sie haben wirklich schlaue Eltern. Weil man schließlich schlau sein muss, wenn man in Harvard Medizin studiert. Es ist nicht wahrscheinlich, aber …«

»… ausgeschlossen ist es auch nicht«, beendete Roarke den Satz und drückte auf den Klingelknopf neben der Tür.

»Versuch, wie Peabody zu gucken.«

»Wie bitte?«

»Seriös und offiziell, aber trotzdem nahbar.«

»Du vergisst bezaubernd.«

»Peabody ist nicht bezaubernd.«

»Meiner Meinung nach doch. Davon abgesehen habe ich mich gemeint.«

Mühsam unterdrückte sie ein Lachen, denn in diesem Augenblick wurde die Tür der Wohnung aufgemacht.

David Sing trug eine Jeans und ein blütenweißes Hemd. Der Blick aus seinen müden Augen wanderte von Roarke zu Eve, die in ihren Stiefeln ein paar Zentimeter größer war als er. Seine sorgfältige Aussprache verriet, dass Englisch zwar nicht seine Muttersprache war, er sie aber flüssig sprach.

»Sie sind von der Polizei. Ich bin David Sing. Bitte kommen Sie herein.«

Die hübschen Farben einer Sammlung handgeschnitzter Drachen und die Muster auf den Seidenüberwürfen, die über den Sesseln ausgebreitet waren, verliehen der Wohnung einen asiatischen Hauch. Er führte sie zu einem leuchtend blauen Sofa, dem die unbekümmerte Benutzung durch zwei kleine Jungen deutlich anzusehen war.

»Das Kindermädchen meiner Söhne kocht uns gerade einen Tee«, erklärte er. »Sie ist heute länger hier, weil die Kinder wegen dem, was unserem Freund passiert ist, völlig durcheinander sind. Bitte nehmen Sie doch Platz. Sagen Sie mir, wie ich Ihnen helfen kann.«

Obwohl er keinen Ausweis hatte sehen wollen, hielt Eve ihm ihre Marke hin. »Ich bin Lieutenant Dallas. Ich leite die Ermittlungen im Mordfall Bart Minnock.«

»Das hat Jackie mir bereits erklärt, als er Sie angemeldet hat. Außerdem habe ich Sie erkannt. Sie beide. Wir haben heute Nachmittag von Barts Tod erfahren und sofort frei genommen. Denn wir wollten nicht, dass unsere Söhne etwas davon hören, bevor wir mit ihnen sprechen und sie darauf vorbereiten können. Ah, da kommt der Tee. Min, dies sind Lieutenant Dallas und Roarke.«

Die winzig kleine Frau, die den Servierwagen ins Zimmer rollte, musste deutlich über 70 sein. Sie deutete eine Verbeugung an und flüsterte etwas in einer Sprache, die Eve nicht einmal annähernd verstand. Dann legte sie die Hand auf eine Weise auf der Schulter ihres Arbeitgebers ab, die von einer langen, innigen Verbindung zwischen ihnen sprach.

»Ich werde uns selbst einschenken, Min.« Er drückte sanft die Hand, die immer noch auf seiner Schulter lag. »Geh und leg die Füße etwas hoch.« Dann sagte er noch irgendetwas in seiner Muttersprache, und die Frau küsste ihn zärtlich auf den Kopf, bevor sie ging.

»Min war auch schon meine Kinderfrau, als ich ein kleiner Junge war. Und jetzt hilft sie uns mit unseren Jungs.« Er schenkte den blassgoldenen Tee in zarte, henkellose Tassen. »Meine Frau ist oben bei den Kindern. Wir können also frei sprechen.«

»Es würde mir helfen, wenn ich auch mit Ihrer Frau und Ihren Söhnen sprechen könnte.«

»Sie werden gleich herunterkommen, aber ich dachte, falls Sie irgendwelche Einzelheiten nennen müssten, könnten Sie die unseren Kindern ja vielleicht ersparen. Sie sind noch sehr jung, und sie hatten Bart sehr gern.«

Eve wünschte sich, sie hätte Peabody dabei. Denn sie konnte mit Kindern einfach besser umgehen. Aber das konnte im Grunde jeder besser als sie selbst, dachte sie und warf einen hoffnungsvollen Blick auf Roarke.

»Wir werden Ihren Kindern gegenüber möglichst große Rücksicht walten lassen, Dr. Sing.«

»Sie wissen, dass wir Menschen sterblich sind. Weil ihre Eltern schließlich Ärzte sind. Aber trotzdem fällt es ihnen und auch uns Erwachsenen schwer zu verstehen, dass ihr Freund nicht mehr am Leben ist. Können Sie mir sagen, ob es Pläne für eine Gedenkfeier oder etwas in der Richtung gibt? Das würde meinen Söhnen sicher helfen, denn dann könnten sie sich ordentlich von ihm verabschieden.«

»Bisher weiß ich noch nichts davon, doch sobald ich was erfahre, gebe ich Ihnen Bescheid.«

»Danke. Und jetzt werde ich meine Familie holen. Denn mir ist klar, Sie haben alle Hände voll zu tun.«

Nachdem er den Raum verlassen hatte, stellte Eve mit leiser Stimme fest: »Ich denke, dass am besten du die Kinder übernimmst.«

»Das denke ich nicht.«

»Es sind Jungs. Zu dir bekommen sie wahrscheinlich schneller einen Draht.«

Lächelnd nippte er an seinem Tee. »Feigling.«

»Ja. Aber ich habe trotzdem recht. Vor allem leite ich

diese Ermittlungen, und deshalb lege ich auch fest, wer welche Arbeit übernimmt.«

Er behielt sein Lächeln bei. »Ich bin nur ein normaler Zivilist.«

»Seit wann denn das?«

»Koste mal den Tee. Er schmeckt sehr gut.«

»Ich werde dir zeigen, was du damit machen kannst.« Doch bevor sie ihrem Gatten demonstrieren konnte, was sie meinte, betrat die Familie Sing den Raum.

Mit ihrer dunklen Haut, den scharf geschliffenen Wangenknochen und der königlichen Haltung sah die Frau wie eine afrikanische Prinzessin aus. Sie war über einen Meter achtzig groß und hervorragend gebaut. Sie und ihr Mann flankierten ihre Söhne, hatten jeweils eine Hand auf einer Jungenschulter abgelegt und bildeten eine geeinte Front.

Eve kannte sich nicht sonderlich mit Kindern aus, aber zwei so schöne Exemplare hatte sie noch nie gesehen. Sie hatten die schwarzen, mandelförmigen Augen ihres Dads, die phänomenalen Wangenknochen ihrer Mum und einen strahlend goldfarbenen Teint, der die perfekte Mischung aus den Hautfarben der Eltern war.

Sie hielten einander an den Händen. Eine Geste, die Roarke leise seufzen ließ, während sich Eves Herz schmerzlich zusammenzog.

Zwei so junge, hübsche Wesen sollten gar nicht wissen, dass es sinnlose Gewaltakte wie Mord und Totschlag gab.

»Meine Frau Susan und unsere Söhne Steven und Michael«, stellte David die Familie vor.

»Lieutenant, Sir. Sie sind hier, um Bart zu helfen«, meinte seine Frau, während sie mit einer Hand über den Rücken ihres großen Sohnes glitt.

»Ja. Danke, dass Sie sich die Zeit nehmen, mit uns zu sprechen.« Eve atmete tief durch und sah die Kinder an. »Es tut mir furchtbar leid, dass ihr euren Freund verloren habt.«

»Die Polizei findet die schlechten Menschen«, stellte der Jüngere der beiden, Michael, fest. »Und sie verhaftet sie. Dann müssen sie ins Gefängnis gehen.«

Irgendjemand, dachte Eve, hatte diesen beiden Kids die Grundzüge der Polizeiarbeit erklärt.

»Genau.«

»Und manchmal finden sie sie nicht.« Stevens Gesicht spannte sich merklich an. »Manchmal finden sie sie nicht und nehmen sie nicht fest. Und manchmal nehmen sie sie fest, ohne dass sie ins Gefängnis gehen.«

Und über die raue Wirklichkeit des Jobs.

»Auch das ist richtig«, gab sie unumwunden zu.

»Lieutenant Dallas findet die schlechten Menschen immer«, klärte Roarke den Jungen auf. »Denn sie gibt die Suche niemals auf. Sie gibt sie niemals auf, weil Bart, obwohl sie ihn vorher nicht kannte, jetzt auch ihr Freund ist.«

»Wie kann er ihr Freund sein, wenn sie ihn gar nicht gekannt hat?«

»Weil sie, nachdem er gestorben war, zu ihm gegangen ist, ihn sich angesehen und ihm versprochen hat, dass sie ihm hilft. So was machen Freunde. Sie helfen sich gegenseitig, ganz egal, worum es geht.«

»Er hat mir geholfen, wenn ich mit den Informatik-Hausaufgaben für die Schule nicht zurechtgekommen bin«, warf Michael ein. »Und er hat uns seine Spiele spielen und Orangenlimo trinken lassen …« Ängstlich sah er seine Mutter an, doch lächelnd meinte sie: »Schon gut.«

»Wir sollen nicht so viel Limonade trinken«, führte Michael aus. »Denn sie ist nicht gut für uns. Wie fangen Sie die schlechten Menschen? Sie verstecken sich doch ganz bestimmt oder laufen weg.«

In Ordnung, dachte Eve, damit kam sie zurecht. »Auf jeden Fall versuchen sie's. Aber ihr könnt mir vielleicht helfen, sie zu finden.«

»Sie brauchen Hinweise.«

»Genau. Und die bekomme ich manchmal, indem ich mit den Leuten rede. Warum erzählt ihr mir nicht kurz, wann ihr Bart zum letzten Mal gesehen habt?«

»Gestern und vorgestern waren wir nicht bei ihm. Aber am Tag davor.« Michael blickte seinen Bruder fragend an.

»Es hat ganz doll geregnet, deshalb konnten wir nach der Musikstunde nicht in den Park gehen. Also sind wir rauf zu Bart und haben ein neues Spiel mit ihm getestet.«

»Was war das für ein Spiel?«

»Bases Loaded«, meinte Steven. »Die neue Version, die man noch gar nicht kaufen kann. Es ist der totale Hit und fast so toll, wie wenn man draußen Baseball spielt.«

»War sonst noch jemand dort?«

»Nur wir, bis Min uns holen kam. Aber Bart hat sie noch dazu überredet, eine Partie Scrabble mit ihm zu spielen, bevor wir gegangen sind. Sie hat gewonnen. Weil sie beim Scrabble einfach jedes Mal gewinnt.«

»Vielleicht hat er ja mit irgendwem telefoniert.«

»Nein, Ma'am, das hat er nicht. Oh, aber Leia war noch da. Die hatte ich ganz vergessen.«

»Die Droidin.«

»Sie hat ein paar Snacks für uns gemacht. Gesunde

Snacks«, fügte Michael mit einem erneuten Blick auf seine Mum hinzu. »Ziemlich gesund.«

»Hat er euch noch irgendwelche anderen neuen Spiele ausprobieren lassen? Irgendetwas anderes, was man noch nicht kaufen kann?«

»An dem Tag nicht.«

»Was ist mit *Fantastical?*«

Die beiden Jungen legten ihre Köpfe schief. »Was ist denn das?«, wollte Steven wissen. »Klingt nach einem Zauberspiel. Die spielt Linc besonders gern.«

»Linc Trevor«, klärte Sing Eve auf. »Er ist ein Freund der Jungen und lebt ebenfalls im Haus. Er und seine Familie sind gerade im Urlaub.«

»Sie sind schon *ewig* weg«, beschwerte sich der jüngste Sohn.

»Nicht einmal zwei Wochen«, schränkte seine Mutter ein und fügte an Eve gewandt hinzu: »Sie sind insgesamt vier Wochen unterwegs.«

»Wenn er zurückkommt, feiern wir vor Schulbeginn ein großes Fest. Falls das in Ordnung ist«, fügte Steven einschränkend hinzu. »Bart meinte, dann würden wir uns alle treffen: Wir, Linc und seine Freunde von der Arbeit, und dann bekämen wir ein neues Spiel von ihm gezeigt. Das beste Spiel, das je entwickelt worden ist. Wir werden es alle zusammen spielen und … aber das geht nicht mehr. Das werden wir nicht tun. Weil Bart gestorben ist. Das hatte ich vergessen. Bart ist tot.«

»Und ihr helft mir, ihm zu helfen«, meinte Eve, als sie den feuchten Glanz in seinen Augen sah.

»Wie sollen wir das machen?«

»Indem ihr mit mir sprecht. Hat er euch irgendwas von

diesem neuen Spiel erzählt? Vom besten Spiel, das je entwickelt worden ist?«

»Er hat gesagt, dass man bei diesem Spiel jeder oder alles sein kann, was man will. Dass man eine eigene Wirklichkeit erschaffen kann. Das hat er gesagt. Das weiß ich noch, weil ich darüber lachen musste. Weil das einfach witzig klang.«

»Dann konnte also nicht einmal Bart der Versuchung widerstehen, ein bisschen aus dem Nähkästchen zu plaudern«, meinte Eve, während sie das Polizeisiegel an Minnocks Wohnungstür aufbrach. »Zwar sind die beiden kleine Jungs, zu denen nur die Worte ›Neues Spiel‹ und ›Partie‹ wirklich durchgedrungen sind, aber wenn er ihnen was erzählt hat, hat er ja vielleicht auch jemand anderem etwas erzählt, bei dem deutlich mehr hängen geblieben ist.«

»Nur hat sein Mörder dieses Spiel nicht in seinen Besitz gebracht«, rief Roarke ihr in Erinnerung.

»Da können wir nicht sicher sein. Vielleicht hat er seinem Mörder ja genug davon erzählt. Dubrosky hat Sex benutzt, um an Informationen zu gelangen. Vielleicht hat Barts Mörder das ebenfalls gemacht oder ihn auf irgendeine andere Art verführt. Mit Lob, Interesse oder Geld. Es geht auf alle Fälle um das Spiel.« Sie betrat die Wohnung und sperrte die Tür wieder hinter sich ab. »So muss es einfach sein.«

Sie blieb einen Moment lang stehen und versuchte, das Apartment mit den Augen des Ermordeten zu sehen. »Vielleicht war er hochintelligent, aber trotzdem hatte er einen eher einfachen Geschmack. Die Farben überall in dieser

Wohnung. Stimulierend, sicher, aber trotzdem schlicht. Lauter Primärfarben. Die einzigen Kunstwerke, die man hier sieht, sind Spiel- und Filmplakate. Er hat nur aufgehängt, was ihm wirklich gefallen hat. Sämtliche Räume sind zum Spielen eingerichtet.«

»Außerdem ist er loyal, aber auch da hat er es sich eher leicht gemacht. Er hat Freundschaften geschlossen und bewahrt. Hat seine Spielgefährten zu Arbeitskollegen gemacht, weil er sie kannte und verstand. Auch die Beziehung zwischen ihm und seiner aktuellen Freundin war anscheinend alles andere als kompliziert. Ohne jegliche Dramatik, ohne jede Perversion. Einfach ein nettes Mädchen, das mit einem netten, jungen Mann zusammen war. Die einzigen, eher neuen Freunde waren die Kinder aus dem Haus. Mit denen es genauso einfach lief. Kinder spielen, solange man sie spielen lässt. Er hat die Kinder zu sich eingeladen, weil er selber noch sehr kindlich war. Was auch die Tatsache beweist, dass es in seinem AutoChef statt Kaviar Pizza und statt Schampus Limo gab.«

»Bisher bin ich völlig deiner Meinung.« Roarke verfolgte, wie sie durch das Zimmer lief.

»Auch wenn es bei uns beiden nicht so war, sind die meisten Kinder sehr vertrauensselig. Obwohl er kein Idiot und seine Wohnung deshalb gut gesichert war, hat er eine Diskette mit dem neuen Spiel mit heimgebracht, ohne sie auch nur in der Firma auszuloggen. Ihr größtes Projekt, und er trägt die Diskette einfach heim. In Ordnung, seine Wohnung ist sehr gut gesichert, aber was, wenn man ihn auf der Straße überfallen hätte, wenn ein Bus ihn überfahren oder ein Taschendieb ihn ausgenommen hätte? Daran hat er nicht gedacht, denn das wäre zu kompliziert, und vor allem will er dieses Spiel unbedingt zu Hause spielen. Sein eigenes Spiel in seiner eigenen Wohnung. Also …«

Sie ging zurück zur Tür. »Er kommt etwas früher als gewöhnlich heim. Weil er es nicht erwarten kann. Wenn uns der Portier nicht angelogen hat – und das hat er ganz sicher nicht –, war er allein. Die elektronischen Ermittler haben festgestellt, dass seine Droidin darauf programmiert gewesen ist, ihm als Erstes eine Limo zu servieren, wenn er von der Arbeit kommt, und ihn daran zu erinnern, falls er noch Termine hatte. Das Memory-Protokoll bestätigt, dass sie das getan hat und im Anschluss abgeschaltet worden ist. Er trinkt also seine Limo, und das Timing des Abschaltens und des Holographie-Log-ins lassen vermuten, dass er quasi sofort nach Betreten seiner Wohnung in den Holo-Raum gegangen ist. Dem Protokoll nach hat ihm die Droidin vorgeschlagen, andere Schuhe anzuziehen. Weil seine infolge des Regens nass gewesen sind. Aber das hat er nicht gemacht. Auf den Bildern aus der Überwachungskamera am Eingang hatte er dieselben Schuhe an wie die, in denen er gestorben ist.«

»Er war jung«, bemerkte Roarke. »Und er wollte spielen. Da waren seine feuchten Schuhe ihm bestimmt total egal.«

»Ja.« Kopfschüttelnd ging sie in den ersten Stock hinauf. »Vielleicht war ja schon jemand hier. Oder vielleicht hat er jemanden reingelassen, nachdem er die Droidin ausgeschaltet hat und bevor er raufgegangen ist.«

»Jemanden, den er kannte und dem er vertraut hat«, fügte Roarke hinzu.

»Es gibt keine Spuren eines Kampfs, keine Abwehrverletzungen außer vielleicht dem Schnitt am Arm, keine Spuren von Chemikalien in seinem Blut, keinen Hinweis darauf, dass er gefesselt war. Vielleicht wurde er hypnotisiert, aber wenn nicht, muss er freiwillig zusammen mit seinem Mörder in den Raum gegangen sein.«

»Einem Mitspieler.«

»Einem großen, starken Kerl. Weshalb keins der beiden Sing-Kinder infrage kommt.«

»Dann kannst du die beiden also ausschließen.«

»Wenn sie hier gewesen wären und es zu einem Unfall gekommen wäre, hätten sie mir das erzählt.« Wieder kamen ihr die großen, feucht glänzenden Kinderaugen in den Sinn. Die naive Unschuld, die auf den Gesichtern dieser beiden Jungen lag. »Schließlich hat der Jüngere sich auch verplappert, als es um die Limo ging. Man könnte sagen, Himmel, das war süß, aber vor allem hat es mir gezeigt, dass er grundehrlich ist. Trotzdem ist nicht ausgeschlossen, dass es mit irgendwem, der nicht so ehrlich und naiv wie diese beiden kleinen Jungen ist, zu einem Unfall kam.«

»Sie sind eine ganz reizende Familie.«

Auf dem Weg zum Holo-Raum sah sie sich suchend danach um, ob irgendetwas verkehrt aussah oder von ihr übersehen worden war. »Ich weiß nicht, warum mich so was immer derart überrascht. Vielleicht, weil ich für gewöhnlich nur sehr selten mit reizenden Familien zu tun habe. Familien, in denen alles stimmt. Ich habe den Eindruck, dass auch Barts Familie sehr stabil gewesen ist. Was vielleicht nicht nur von Vorteil war.«

»Weshalb sagst du das?«

»Weil man dann vielleicht allzu naiv und vertrauensselig wird.« Sie sah ihn von der Seite an. »Das Problem haben wir zwei ganz sicher nicht.«

»Du meinst, weil du ein Cop geworden bist und ich selbst erst mal auf Abwege geraten bin?« Er streichelte ihr sanft den Rücken. »Auch in diesen beiden Branchen sind wahrscheinlich jede Menge Leute aus ausnehmend reizenden Familien tätig. Hast du deshalb Angst davor, eine eigene Familie zu gründen, Eve? Noch wäre nicht der rechte Zeitpunkt«, schränkte er belustigt ein, als er die nackte Panik in den Augen der beinharten Polizistin sah. »Aber wenn es so weit ist, fürchtest du dich dann davor, dass wir unsere Kids zu Bullen, Kriminellen oder vertrauensseligen Naivlingen erziehen?«

»Ich weiß es nicht. Aber wer würde zum Beispiel daran denken, unseren Kids zu sagen, dass sie keine Limo trinken sollen? Was wäre, wenn ich selber eine wollte? Oder dass es abends keine Pizza gibt, obwohl das doch im Grunde völlig schnuppe ist. Das ist eine endlose Reihe neuer Regeln, die ich lernen müsste, obwohl ich mit den Regeln für die Ehe längst noch nicht am Ende bin.«

»Und trotzdem bist du meine Frau.« Er neigte seinen Kopf und gab ihr einen weichen Kuss. »Ich glaube, dass man die Erziehung von Kindern im Verlauf ihrer Erziehung lernt.«

»Das wäre gut und schön, wenn es um einen Erwachsenen ginge, der mit diesem Vorgehen einverstanden wäre, aber wenn es um so kleine Würmchen wie die zappelige Bella geht, sollte man doch wissen, was man tut. Aber wie dem auch sei …« Sie hatte sich ablenken lassen, doch das hatte Bart eindeutig nicht verdient.

»Er geht entweder allein oder mit einem Mitspieler in seinen Holo-Raum. Allein ergäbe keinen Sinn. Sein Handy hatte er dabei, aber das hat er sofort nach Betreten dieses Raumes abgestellt. Denn ein Anruf hätte ihn vom Spielen abgelenkt. Oder vielleicht hat jemand anderes es für ihn ausgestellt. Aber wenn er allein hereingekommen wäre, müsste jemand anderes nach ihm hereingekommen sein. Und diese Person müsste die Security nicht nur des Gebäudes, sondern auch der Wohnung und des Raums umgangen haben, denn sonst hätten wir sie irgendwo auf einem Bild gesehen.«

Sie atmete vernehmlich aus und schüttelte den Kopf. »Das wäre zu viel Arbeit und zu umständlich. Wenn man derart gut ist, geht man solche Risiken nicht ein.«

»Sondern kommt mit ihm zusammen rein.«

»Er kann hier drinnen nicht allein gewesen sein. Vielleicht hatte er es so geplant, obwohl nichts auf seinen Links oder Computern darauf hinweist, dass er hier mit jemandem verabredet gewesen ist. Vielleicht war es ein spontanes Treffen. Mit jemandem von der Arbeit, aus dem Haus, jemandem, den er auf dem Weg hierher getroffen hat. Trotzdem hätte ein Fremder am Portier vorbei gemusst, außer er wäre früher angekommen oder hätte einen anderen Weg ins Haus gewählt. Durch den Lieferanteneingang, übers Dach, durch eine leer stehende Wohnung. Wir wissen von mindestens einem leer stehenden Apartment, weil die Trevors momentan im Urlaub sind. Wie wahrscheinlich andere auch, vielleicht stehen auch manche Wohnungen einfach bis abends leer, weil die Bewohner bei der Arbeit sind.«

»Dann müsste die Person gewusst haben, dass Bart um diese Zeit nach Hause kommt, damit sie ihn abpassen kann.«

»Ja, genau. So eine Person kann nur jemand von U-Play

sein. Denn sie hätte nur zu gucken brauchen, wann er das Büro verlässt, und dann dafür sorgen müssen, dass sie irgendwo mit ihm zusammenstößt, oder sie hätte einfach bei ihm angeklopft, kurz nachdem er heimgekommen ist. Nachdem er die Droidin abgeschaltet hat, damit er in Ruhe spielen kann. ›Hi, wie geht's? Ich war gerade in der Nähe und habe gesehen, dass du heimgekommen bist.‹ Bart pfeift fröhlich vor sich hin. Er steht kurz davor, sein Spiel zu starten, um zu sehen, was vielleicht noch verändert werden muss. Und da kommt jemand, den er kennt. Ein anderer Spiele-Freak. So muss es gewesen sein, denn warum hätte er ihn sonst in die Wohnung lassen sollen?«

Sie stapfte durch den Raum, blieb stehen und stemmte ihre Hände in die Hüften. »Das gefällt mir nicht. Weil es mir zu vage ist und noch zu viele Fragen offenlässt.« Sie klappte kurz die Augen zu und versuchte, das Geschehen aus einem anderen Blickwinkel zu sehen. »Er nimmt die Diskette mit, loggt sie aber nicht aus. Weshalb es bei diesem Mord auf jeden Fall um seine Arbeit geht. Jemand aus der Firma, jemand, der mit dem Projekt zu tun hat und von dem er vielleicht will, dass er ihm bei irgendwelchen Einzelheiten hilft. Aber ohne dass es jemand merkt. Sie kommen nicht zusammen her, also hat der Killer ja vielleicht dafür gesorgt, dass ihn niemand sieht. Vielleicht hat er gesagt: ›Ich komme sofort nach.‹ Oder ist auf irgendeine andere Art hier reingekommen, bevor Bart das Büro verlassen hat. ›Ich muss noch was erledigen, also treffen wir uns bei dir.‹ Dann ist er heimlich reingekommen, damit niemand etwas davon mitbekommt. Die Diskette ist nicht ausgeloggt, und bis zu Barts Wohnung ist es nur ein kurzer Fußweg vom U-Play-Gebäude. Dort ist sowieso immer der Teufel los. Deshalb fällt bestimmt niemandem auf, wenn jemand mal für eine Stunde fehlt.«

»So könnte es gewesen sein.« Immer noch entsetzlich kompliziert, aber auf alle Fälle machbar. Spieler hatten es doch oft gerne kompliziert. »Du bist in der Wohnung und die einzige Person, die etwas davon weiß, wird nicht lange genug leben, um es einem Menschen zu erzählen.«

»Und die Waffe?«, fragte Roarke.

»Sieht wie ein glänzendes Spielzeug aus. ›Sieh mal, was ich habe. Das musste ich dir einfach zeigen.‹ Die Diskette ist schon eingelegt, und sie fangen an zu spielen, weil das einfach dazugehört. Der Wettstreit und das Spiel. Es war kein gottverdammter Unfall. Das war sorgfältig geplant. Sonst hätte der Andere nicht vermeiden müssen, dass ihn irgendjemand sieht. Und sonst hätte er den Zeitpunkt ihres Treffens nicht so sorgfältig gewählt. Ein bisschen Fantasiekrieg, Kampf und Sport – etwas, was die leichteren Verletzungen erklärt. Der Schwertkampf deutet darauf hin, dass sie verdammte Ritter in schimmernden Rüstungen oder Warlords oder sonst was waren, was Jungen nun mal gerne sind.«

Sie umrundete den Raum und stellte sich die Szene bildlich vor. »Vielleicht hat Bart die Oberhand und kassiert die ganzen Punkte ein. Was dich derart auf die Palme bringt, dass du ihm schließlich an die Gurgel gehst. Vielleicht ist der Schnitt in seinem Arm ein erster kleiner Vorgeschmack, oder vielleicht war der auch einfach ein Versehen. Auf alle Fälle fängt die Armwunde zu bluten an. Du siehst sein schockiertes Gesicht und riechst das Blut. Hast den metallischen Geschmack im Mund. Dann schlägst du einmal kraftvoll zu, und es ist vorbei. Das Spiel ist aus.

Aber das Blut ist echt und der metallische Geschmack wird dir mit einem Mal zu stark. Deshalb machst du sauber, ziehst dich um, steckst deine blutverschmierten Sachen ein und verschwindest auf demselben Weg, auf dem du auch gekommen bist.«

»Und die Diskette mit dem Spiel lässt du einfach hier?«

»Wenn der Killer Bart so gut gekannt hat, dass er wusste, wie er in die Wohnung kommt, kannte er auch die Security. Und wenn jemand versucht, die Diskette ohne die passenden Codes aus dem Gerät zu ziehen, zerstört sie sich. Außerdem ist es ja nur eine Kopie. Es geht also nicht um die Diskette, sondern um das Ganze: um das Spiel, die Firma und den Mann. Denn um das zu tun, was hier geschehen ist, musst du sehr, sehr wütend sein. Leidenschaft«, murmelte sie. »Ich glaube, dass es weniger um Geld als um Leidenschaft und Ego geht. Wobei das Geld natürlich durchaus eine Rolle spielt. Das tut es fast immer, aber es ist sicher nicht das Hauptmotiv.«

Sie hob eine Hand, als ihr ein weiterer Gedanke kam. »Von der Firma bis hierher läuft man fünf Minuten. Trotzdem hat er die Diskette mit hierher gebracht. Ganz sicher nicht zum ersten Mal. Haben die elektronischen Ermittler das gesamte Protokoll des Computers ausgedruckt?«

»Das aktuelle Protokoll fängt Anfang dieses Jahres an. Das, was vorher war, ist archiviert. Ich habe nur einen kurzen Blick darauf geworfen, denn wir haben gerade versucht, in den Computer reinzukommen, um zu gucken, ob sich von dieser Diskette noch was retten lässt. Aber mach dir lieber keine allzu großen Hoffnungen. Weil das Ding praktisch zu Staub verfallen ist.«

»Aber vielleicht zeigt uns das Protokoll irgendein Muster. Das, die Disketten aus den Überwachungskameras, die Computerprotokolle aus der Firma und die Bilder aus den Überwachungskameras im Haus.«

»Es wird sicher eine lange Nacht«, sagte Roarke vorher.

7

Auf dem Weg nach Hause sprach sie mit den Mitgliedern des Teams, aktualisierte den Bericht, schickte eine Kopie an den Commander und machte für den nächsten Tag einen Termin mit Mira aus.

»Zwei Verhaftungen am ersten Tag«, stellte sie in Gedanken an DuVaugne und Dubrosky fest. »Beide haben es verdient, wenn sie hinter Gittern landen, aber keiner von den beiden hat mein Opfer umgebracht. Das war jemand, der ihm deutlich näher stand. Jemand Witziges.«

Sie dachte an Peabodys Idee. »Diese Cons, auf denen die Leute sich seltsam verkleiden, Spiele spielen, Wettbewerbe abhalten, an Seminaren teilnehmen. Ich wette, dass man dort jede Menge witziger Leute trifft, wenn man Spaß an so was hat.«

»Das heißt, dass du nach jemand Gleichgesinntem suchst, der dieselben Interessen hatte wie Bart.«

»Und dann ist da noch die Waffe. Irgend so ein tolles Zauberschwert. Vielleicht war es eine Art Bestechung, Bezahlung oder so. Wenn ich mal das neue Spiel spielen darf – zum Zweck der Marktforschung, so wie die Kinder aus dem Haus –, schenke ich dir das Schwert.«

»Bei den meisten Auktionen und in den meisten Läden

werden solche Verkäufe registriert. Ich kann versuchen herauszufinden, wo es etwas in der Richtung gab.« Roarke überholte einen Maxibus und fädelte sich in die kleine Lücke hinter einem Taxi ein, denn der Berufsverkehr bot einen permanenten Wechsel zwischen kurzen Sprints und langen Staus. »Falls es ein Privatverkauf gewesen ist, ist der natürlich nirgends registriert.«

»Den Versuch ist es auf alle Fälle wert. Denn ich bin der festen Überzeugung, dass jemand von U-Play dieses Schwert erstanden hat. Vielleicht irgendwer, den er auf einer Con getroffen und dort angeheuert hat. Als Angestellten oder als Berater. Jemanden, mit dem er auch schon vorher manchmal Marktforschung betrieben hat.« Die anhaltende Wärme hatte eine Flut Touristen auf die Gehwege geschwemmt, aber Eve sah nicht die dichte Menschenmasse, sondern einen abgeschlossenen Holo-Raum, in dem ihr Opfer in vom Regen nassen Schuhen gestorben war.

»Er kannte seinen Mörder«, stellte sie mit ruhiger Stimme fest. »Oder den, der ihn ermorden lassen hat.«

Als sie durch die Tore ihres Grundstücks fuhren, dachte sie noch einmal an DuVaugne. Nicht, weil sie ihn für den Mörder hielt, sondern wegen seines grässlichen Geschmacks. Der Kasten aus Stahl und Glas, in dem er lebte, wirkte furchtbar kalt, hart und geradezu verzweifelt trendy. Völlig anders als Roarkes zeitlos elegantes, warmes, einladendes Haus mit den hübschen Türmen und Rondellen, das inmitten eines Meers von bunten Blumen lag.

Nachdem sein Leben wie das ihre lange kalt und hart gewesen war, hatte er ein Heim gewählt, das ihn – und jetzt auch sie – wie ein warmer, schützender Kokon umgab.

»Wir sollten erst mal etwas essen.«

Er bedachte sie mit einem überraschten Blick. »Jetzt hast du mir meinen Text geklaut.«

»Du könntest mit der Suche nach der Waffe anfangen, und ich suche uns etwas zu essen aus.«

»Ach ja?«

Sie konnte es ihm nicht verdenken, dass er skeptisch war. »Etwas anderes als Pizza.«

Er stieg aus dem Wagen, wartete auf sie und nahm ihre Hand. »Und was ist der Grund für dieses großzügige Angebot?«

»Dass du einen guten Geschmack bei Häusern hast.«

»Ich habe auch in anderen Dingen einen ausgezeichneten Geschmack. Vor allem in Bezug auf Ehefrauen.« Er hob ihre Hand an seine Lippen und zog sie über die Treppe in sein schönes Haus.

Wo Summerset wie jedes Mal, wenn sie nach Hause kam, mit Leichenbittermiene in der Eingangshalle stand, während Galahad wie ein tierischer Buddha neben seinen Füßen saß.

»Ich habe heute Ihren bösen Zwillingsbruder kennen gelernt«, erklärte Eve. »Nein, warten Sie, der böse Zwillingsbruder sind ja Sie. Ich glaube, dass der Kerl sogar denselben Schneider hat wie Sie. I.B. Totengräber.«

»Das war wirklich gut«, stellte Roarke ironisch fest, kniff sie in die eben erst geküsste Hand und fügte an Summerset gewandt hinzu: »Wir nehmen unser Abendessen heute oben ein.«

»Was ja wohl nichts Neues ist. Es gäbe köstlichen, gegrillten Schwertfisch, falls Sie beide wie Erwachsene essen wollen.«

»Schwertfisch«, überlegte Eve. »Vielleicht haben Sie Glück. Du hättest mich nicht kneifen müssen«, sagte sie zu Roarke, während der Kater, der wahrscheinlich ebenfalls noch etwas essen wollte, vor ihnen nach oben lief. »Denn ich habe heute wirklich seinen Doppelgänger kennen gelernt. Frag Peabody. Auch wenn der ein Droide war und mit einem furchtbar aufgesetzten britischen Akzent gesprochen hat. Aber davon abgesehen war die Ähnlichkeit einfach verblüffend. Du würdest ihn wahrscheinlich günstig kriegen, falls du unseren Sauertopf jemals ersetzen wolltest.«

»Soll ich dich noch einmal kneifen?«, fragte Roarke.

»Aber mir wäre es lieber, wenn du Summerset behalten würdest«, fuhr sie fort. »Denn obwohl ich es nur ungern zugebe, ist der Droide wahrscheinlich noch schlimmer als der Mann. Hat Summerset dir je gesagt, dass du nicht so viel Limo trinken sollst?«

»Kann sein. Wahrscheinlich«, meinte Roarke, während er ihr Schlafzimmer betrat. »Ich will nur schnell aus diesem Anzug raus.«

»Und gleichzeitig hat er dir beigebracht, wie man sein Geld als Dieb verdient.«

»Das konnte ich schon, bevor ich zu ihm kam. Er hat mir dabei nur den letzten Schliff verpasst. Doch jetzt zurück zu unserem Essen«, sagte er, während sie ihre eigene Jacke in einen der Sessel fallen ließ. »Wenn wir den Schwertfisch essen, hol am besten auch noch eine Flasche von dem 57er Lautrec. Weil der am besten dazu passt.«

»Gib mir bitte keine Tipps«, bat sie und tauschte ihre Stiefel gegen ein Paar ausgelatschter Turnschuhe aus Leinen aus. »Sonst bringst du mich um meinen Punkt fürs Essen.«

Immer noch mit ihrem Waffenhalfter um die Schulter, ging sie aus dem Raum. Roarke nahm an, dass sie das Ding einfach vergessen hatte, weil es ebenso zu ihr gehörte wie das kleine Grübchen in der Mitte ihres Kinns.

Er selbst zog Jeans und ein bequemes T-Shirt an, bevor er die Telefongespräche führte, zu denen er bisher nicht gekommen war. Denn während des gesamten Tages hatten allzu viele Augen und auch Ohren auf ihm geruht. Die Augen und die Ohren ungezählter Cops. Denn obwohl sie Eves und seine Freunde waren, ließen sich bestimmte Dinge einfacher erledigen, wenn dabei nicht die Argusaugen des Rechts auf ihm ruhten.

Das Recht, das seiner Frau so wichtig war, lastete manchmal besonders schwer auf ihm. Deshalb gab er auf dem Weg in sein Büro, das direkt neben ihrem Arbeitszimmer lag, per Fernbedienung ein paar Suchaufträge in seinen Computer ein.

Er konnte hören, wie sie mit dem Kater sprach, eine Reihe von Wahrscheinlichkeitsberechnungen in Auftrag gab und durch ihr Zimmer lief.

Wahrscheinlich stellte sie die Tafel zu dem aktuellen Mordfall auf, während er seinen Computer nach dem Schwert, das vielleicht gar nicht existierte, suchen ließ.

Ein typischer Abend für sie beide. Der für ihn völlig in Ordnung war. Nachdem seine eigene Arbeit heute durch Eves Arbeit unterbrochen worden war, müsste er während der nächsten Tage einen Teil von seiner Freizeit seinen eigenen Geschäften opfern. Aber da er seine Arbeit liebte, brächte er dies Opfer gern.

Außerdem hatte er sich freiwillig erboten, ihr bei den Ermittlungen in diesem Fall zu helfen.

Denn der Junge hatte ihn zu seinen Lebzeiten durch seine unbekümmerte Entdeckerfreude und durch seinen grenzenlosen Enthusiasmus berührt, und im selben Maß jetzt am Schluss durch seinen Tod, der eine schreckliche und grausame Vergeudung war.

Mit seiner Erfahrung und mit seinen Mitteln hätte Roarke als Konkurrent sein junges Unternehmen mühelos zerstören können, trotzdem hatte Bart ihm blind vertraut. Vielleicht erklärte das, weshalb er sich verpflichtet fühlte, den Menschen zu finden, von dem nicht unbedingt das Unternehmen, doch der Junge selbst vernichtet worden war.

Eve hatte Bart als einfach tituliert. So hätte Roarke ihn eher nicht genannt, obwohl der Junge alles andere als kompliziert gewesen war. Offen, eifrig, ehrlich und brillant. Im Rahmen seiner Arbeit, die er liebte, hatte er mit Menschen, die er liebte, etwas Großes aufgebaut.

So unkompliziert sollten die Leben aller Menschen sein, fand Roarke.

Vielleicht hatte Bart ihn nicht wegen der Ähnlichkeiten, sondern eher wegen der Unterschiede zwischen ihnen so berührt. Von Roarke hätte kein Mensch jemals behauptet, dass er übertrieben offen oder ehrlich war. Und nie im Leben, nicht einmal als Kind, hatte er denselben frischen Eifer und dieselbe lässige Brillanz wie Bart besessen.

Trotzdem hatte er der Welt bereits vor Jahren seinen Stempel aufgedrückt, und Bart hatte vor seinem allzu frühen Tod gerade einmal an der Oberfläche seines Potenzials gekratzt.

Er ließ seinen Computer automatisch nach der Waffe suchen, ging durch die Verbindungstür in Eves Büro und sah, dass ihre Tafel fertig war. Wie so häufig nähmen sie ihr Abendessen also in Gesellschaft eines Toten ein.

Der Kater hatte sich wie eine dicke Felldecke in ihren Schlafsessel gelegt, um ihr bei der Arbeit zuzusehen. Als Roarke neben den Sessel trat, streckte er lässig alle vier Pfoten aus, und als sein Herrchen mit der Hand erst über seinen Kopf und dann noch über seinen Rücken strich, fing er an, leise zu schnurren.

»Da es bei dir etwas gedauert hat, dachte ich, ich stelle währenddessen schon mal meine Tafel auf. Den Kater habe ich bereits gefüttert. Lass dir ja nichts anderes von ihm erzählen.«

Roarke griff nach der Flasche 57er Lautrec, die auf dem Tisch neben dem Fenster stand, und schenkte ihnen beiden ein. »Ich habe die Suche nach dem Schwert gestartet.« Vorsichtig hob er die Glocke, unter der sein Teller stand. Neben Schwertfisch hatte seine Liebste frischen Spargel und Pommes frites gewählt.

»Die Pommes sind ein Kompromiss. Dafür esse ich schließlich Fisch.« Sie wandte sich von ihrer Tafel ab und nahm ihr Weinglas in die Hand. »Ich habe kurz überlegt, ob du statt Pommes Reis bekommen sollst, auch wenn ich beim besten Willen nicht verstehe, weshalb dieses Zeug dir schmeckt. Aber schließlich sind wir nicht in einem Restaurant. Und zu Hause isst man, was man vorgesetzt bekommt.«

»Manchmal habe ich Mühe, dir zu folgen«, meinte er. Doch die für Eve typische Art, die Dinge anzugehen, hatte einen Teil der Schatten, die auf seiner Seele lasteten, verscheucht, deshalb stieß er dankbar mit ihr an. »Sieht gut aus.«

»Das kann ich nur hoffen. Schließlich habe ich mich mit der Zubereitung dieses Essens volle fünf Minuten abgeplagt.« Sie setzte sich und sah ihn lächelnd an. »Was macht ein Fisch mit einem Schwert?«

»Ist das ein Rätsel?«

»Nein, eine ganz normale Frage. Macht er damit *en garde, touché* und all das Zeug, oder schwimmt er einfach durch das Meer und pikst damit andere Fische auf?«

»Vielleicht liefert er sich manchmal eine Schlacht mit einem Hammerkopf.«

»Ein Schwert ist länger als ein Hammer, aber wenn der Hammer es richtig erwischen würde, bräche es wahrscheinlich in der Mitte durch. Einen solchen Kampf würde ich gern mal sehen, obwohl ein Hammer einem Schwert natürlich deutlich unterlegen ist. Aber wenn der andere Fisch nichts anderes hat …«

»Benutzt er die Waffe, die er hat, oder etwas anderes, was sich irgendwie als Waffe nutzen lässt.«

»Ja. Aber wenn *Fantastical* auf Schwertkampf programmiert war, hatte Bart doch sicher selber nicht nur einen Hammer in der Hand.«

Es war deutlich leichter, über die Details des Todes nachzudenken als über das Drumherum, erkannte Roarke. »Je nach Spiel, Level und Programm musste er sich seine Waffen ja vielleicht verdienen. Oder vielleicht hat er seine Waffe auch verloren, sie ist kaputtgegangen oder seine Munition hat nicht gereicht.«

»Hast du je mit ihm gespielt?«

»Ab und zu. Allerdings nie in einem Holo-Raum, denn dafür haben uns die Zeit und die Räumlichkeit gefehlt. Wir haben nur verschiedene Virtual-Reality- und ein paar Computerspiele ausprobiert. Er war wirklich gut, hatte fantastische Reflexe, und die unnötigen Risiken, die er oft eingegangen ist, hat er durch seinen Enthusiasmus mehr als wettgemacht. Aber wenn wir uns getroffen haben, ging es meistens nicht ums Spielen, sondern um Gespräche über Technik, Business und Marketing. Überhaupt haben wir uns in den letzten zwei, drei Jahren nur fünf-, sechsmal gesehen.«

»War er jemals hier?«

»Nein. Ich bin ein eher misstrauischer Mensch, und es hat einfach keinen Grund gegeben, aus dem er mich hier hätte besuchen sollen. Wir hatten privat keinen wirklichen Kontakt, und abgesehen von dem einen, gemeinsamen Interesse keine wirkliche Gemeinsamkeit. Er war in verschiedener Hinsicht noch sehr jung und wie viele Leute in den 20ern hat er Leute in den 30ern als andere Generation gesehen.«

»Jamie ist sogar noch jünger«, erinnerte ihn Eve an das Computergenie, das ein Patenkind von Feeney war. »Trotzdem ist er ständig hier, arbeitet mit dir zusammen und geht sogar mir gelegentlich zur Hand.«

»Bart war nicht wie Jamie. Jamie ist gewitzt, hat einen unglaublichen Schneid und will seine beachtlichen Fähigkeiten in den Dienst der guten Sache stellen. Weshalb Jamie für mich fast so etwas wie Familie ist.«

Roarke trank einen Schluck von seinem Wein. »Ist es nach diesem Gespräch aus deiner Sicht gerechtfertigt, wenn ich dich bei den Ermittlungen berate, obwohl ich ein Konkurrent des Opfers war?«

»Dafür brauche ich keine Rechtfertigung, aber trotzdem ist es gut, eine zu haben, weil sich die Geschäftsinteressen eurer Unternehmen schließlich überschnitten haben und du momentan ein ähnliches Projekt wie er am Laufen hast.«

»Es ist immer angenehm, nicht unter Verdacht zu stehen.« Er fragte sich, weshalb er ausgerechnet diesen Knopf bei seiner Liebsten hatte drücken müssen, als sie das Gesicht verzog.

»Hör zu, du hättest U-Play mühelos zerstören können, noch bevor es überhaupt zum Laufen kam. Weil dir das Unternehmen nie wirklich gefährlich war. Verdammt, du hast den Hammer und das Schwert und dazu noch ein paar Bomben sowie eine Handvoll Knarren. Aber wenn du eine Firma oder deren Kopf aus dem Verkehr ziehen willst, benutzt du ganz bestimmt kein Zauberschwert, sondern Geld und eine kluge Strategie.«

Sie pikste ein Stück Fisch mit ihrer Gabel auf. »Außerdem siehst du das Opfer aus einem anderen Blickwinkel als ich. Er war kein Partner und kein echter Freund, aber auch kein Feind und höchstens im technischen Sinn ein Konkurrent für dich. Indem du mir erzählst, was die Grundlage eurer Beziehung war und wie weit diese Beziehung ging, hilfst du mir, das Opfer, das ich nicht persönlich kannte, besser zu verstehen.«

»Das ist aber eine sehr ausführliche Erklärung«, stellte er mit ruhiger Stimme fest.

»Kann sein.«

»Also sollte ich vielleicht genauso offen sein und dir ebenfalls etwas erklären. Ich habe eine eingehende Überprüfung aller meiner Leute angeordnet, die auf irgendeine Art an unserem Holo-Spiel-Projekt beteiligt sind. Ich will wissen, was sie für Kontakte haben, was für E-Mails sie verschicken, mit wem sie telefonieren und wie es um ihre Finanzen steht.«

»Das ist nicht deine Aufgabe.«

»Oh doch. Denn schließlich sind es meine Leute, und ich will vollkommen sicher sein, dass keiner meiner Angestellten auch nur ansatzweise in den Fall verwickelt ist.«

»Die Gesetze zum Datenschutz …«

»… sind mir in diesem Fall total egal.« Der heiße Zorn, den er mit einem Mal empfand, fühlte sich erheblich besser an als die vage Trauer, von der er nach dem Tod von Bart befallen worden war. »Jeder, der bei mir beschäftigt ist oder beschäftigt werden will, unterschreibt, dass er mit einer Routineüberprüfung einverstanden ist.«

»Aber eine so eingehende Überprüfung ohne ausreichenden Grund darf nur die Polizei oder die Regierung durchführen.«

»Aus meiner Sicht ist Mord ein ausreichender Grund.« Seine Stimme klang so kühl wie der Weißwein, den er gerade trank.

»Du bewegst dich da in einer Grauzone.«

»Wobei deine Grauzone erheblich breiter und vor allem dunkler als meine ist. Bei einem Projekt wie diesem werden meinen Leuten bei Erfolg sehr hohe Boni ausgezahlt.« Er brach ab und legte seinen Kopf ein wenig schräg. »Was du bereits weißt, weil du meine Leute ebenfalls durchleuchtet hast.«

»Das ist Teil von meinem Job.«

»Du hättest es mir trotzdem sagen können. Hättest mir genug vertrauen können, um zu wissen, dass du diese Infos auch von mir bekommen kannst.«

»Und du hättest mir erzählen können, dass du deine Leute überprüfen lässt«, gab sie zurück. »Oder mir genug vertrauen können, um zu wissen, dass ich diese Leute überprüfen lassen würde. Weil das Teil von meiner Arbeit ist. Verdammt. Ich habe es dir nicht erzählt, weil du eine persönliche Beziehung zu dem Opfer hattest, und ich dachte, dass es dich noch mehr aufregen würde, wenn du auch noch deine eigenen Leute in Zusammenhang mit diesem Fall unter die Lupe nehmen sollst. Und was für eine Entschuldigung hast du?«

»Keine. Weil ich keine brauche. Weil es meine Leute sind. Doch sobald ich die Informationen habe, werde ich sie an dich weitergeben, damit du je nach Resultat die Liste der Verdächtigen erweitern oder kürzen kannst.«

»Du hättest es mir nur zu sagen brauchen.«

»Du mir auch. Deshalb reg dich bloß nicht auf.«

»Ich rege mich nicht auf. Ich bin ... bestürzt.«

»Du bist bestürzt? Überleg mal, wie bestürzt ich selbst wahrscheinlich bin, falls sich herausstellt, dass ein Mensch, dem ich vertraut habe und dem ich jeden Monat Geld aufs Konto überweise, irgendwie in diesen Fall verwickelt ist.«

»Du bist nicht für jeden Einzelnen, der sein Gehalt von dir bezieht, verantwortlich.« Hilflos warf sie ihre Hände in die Luft. »Verdammt noch mal, das ist die halbe Welt.«

Wieder wogte heißer Zorn in seinem Innern auf. »Oh doch, ich bin für jeden Einzelnen verantwortlich, und das hat nichts mit Zahlen, sondern einzig etwas damit zu tun, dass ich der Boss von diesem Unternehmen bin. So geht's dir mit den Cops aus deiner Abteilung schließlich auch.«

Sie wollte widersprechen, doch er hatte recht. »Die Ergebnisse von deiner Überprüfung müssen mit den Resultaten meiner Überprüfung übereinstimmen und offiziell von mir kommen; egal, ob alle diese Leute eine weiße Weste haben oder irgendwer verdächtig ist.«

»Ich weiß, wie diese Dinge laufen, Lieutenant. Also fahre ich am besten umgehend mit meiner Arbeit fort, damit du dir die Ergebnisse so schnell es geht auf deine Fahne schreiben kannst.«

»Das war gemein«, murmelte sie, als er den Raum verließ.

»Vielleicht.«

Sie blickte grüblerisch in ihren Wein. Sie wusste nicht genau, weswegen sie gestritten hatten. Weil sie sich im Grunde schließlich völlig einig waren.

Im Grunde.

Trotzdem hätte er sie ihre Arbeit machen lassen oder warten sollen, bis sie ihm den Auftrag gäbe, sie für sie zu tun. Wahrscheinlich war sie deshalb so gereizt. Weil sie der Lieutenant war, die Ermittlungen in diesem Mordfall leitete und die Befehle gab.

Und jetzt war sie betroffen und erbost.

Dabei hatte sie doch nur versucht, ihn ein bisschen abzuschirmen. Denn das war schließlich Teil von ihrem Job als seine Frau. Weshalb also stritten sie, obwohl sie doch nur ihre Arbeit tat?

Jetzt müsste sie auch noch die verdammten Teller in die Spülmaschine räumen, obwohl sie bereits das Essen aus dem AutoChef geholt und deshalb diesen Teil der Arbeit ihrem Gatten hatte überlassen wollen.

Sie sammelte die Teller ein und blickte stirnrunzelnd auf die geschlossene Verbindungstür zwischen den beiden Arbeitszimmern und das rote Licht, das ein Betreten seines Raums verbot.

So machte er es immer, dachte sie, als sie die Teller in die Küche trug. Wenn er richtig sauer war, ließ er sie einfach stehen und sperrte sich in seinem Arbeitszimmer ein. Was sicher besser war, denn sonst wäre der Streit wahrscheinlich eskaliert. Trotzdem war sie ... bestürzt.

Sie fragte sich, wie sich zwei Menschen, die sich derart innig liebten, so häufig streiten konnten wie sie zwei.

Aber jetzt war keine Zeit, um dieser Frage auf den Grund zu gehen. Denn sie hatte schließlich alle Hände voll zu tun.

Sie räumte ihre Teller in die Spülmaschine, nahm sich einen Kaffee aus dem AutoChef und kehrte in ihr Büro zurück.

Da er seine Leute überprüfte, obwohl sie ihn nicht darum gebeten hatte, würde sie sich diese Arbeit erst einmal ersparen. Weil es schließlich auch noch jede Menge anderer offener Fragen gab.

Als Erstes rief sie die Ergebnisse der Wahrscheinlichkeitsberechnungen auf dem Computer auf.

Mit einer Wahrscheinlichkeit von über 92 Prozent hatte Bart Minnock seinen Mörder persönlich gekannt. Die Chance, dass der Mord geplant gewesen war, betrug etwas weniger als 60 Prozent, wobei der Killer praktisch sicher in der Spielbranche tätig und zu 75 Prozent irgendwer von U-Play war.

»Wenn er die Tat nicht geplant hat, wie in aller Welt hat er es dann geschafft, derart gründlich aufzuräumen und die Wohnung zu verlassen, ohne dass jemandem das Blut auf seinen Kleidern aufgefallen ist? Verdammt.«

Hatte sich der Mörder vielleicht irgendwelches Zeug von Bart geschnappt? Schließlich hätte Bart ihn nicht mehr daran hindern können, einfach ungeniert an seinen Schrank zu gehen. Dadurch wurde die Wahrscheinlichkeit größer, dass er bei einem Unfall oder aus einem Impuls heraus getötet worden war.

»Ich brauche die verfluchte Waffe. Muss diese verdammte Waffe und vor allem den Besitzer identifizieren.«

Noch einmal rief sie Barts Finanzen auf, durchsuchte sie nach einem Hinweis darauf, dass er Kunde bei einer Privatperson oder einem Geschäft für Spielzeugwaffen gewesen war, und glich sie mit dem Inventar der Waffen, Spielzeuge und Requisiten aus seinem Büro und seiner Wohnung ab.

»Ein Lichtsäbel. Das ist doch eine Art elektrifiziertes Schwert. Auch wenn er vorne eher ein Rohr als eine breite Klinge hat. Er kann also nicht die Mordwaffe gewesen sein.«

Schließlich rief sie noch die Buchhaltung von U-Play auf. Den Großteil des nicht unbeträchtlichen Gewinns, den der Laden zwischenzeitlich abwarf, hatten Bart und seine Partner sofort wieder investiert. Also hatten sie die Partnerschaft auf Dauer angelegt.

Alle vier besuchten regelmäßig irgendwelche Cons allein oder als Gruppe, oder sie schickten Angestellte ihres Unternehmens hin. Dann bezahlten sie die Fahrtkosten, die oft beinah unverschämten Standgebühren und sponserten Wettbewerbe oder andere Events.

All das kostete enorm viel Geld. War dieses Geld klug angelegt? Sie warf einen Blick auf die geschlossene Verbindungstür. Diese Frage müsste sie ihrem Berater stellen, wenn er wieder besserer Laune war.

Sie nahm die Aufnahmen vom Tatort, den Bericht von Morris und den von der Spurensicherung und spielte das Geschehen am Computer nach. Mit zusammengekniffenen Augen sah sie auf die zwei Gestalten, die sich auf dem Bildschirm gegenüberstanden, und verfolgte, wie das Schwert nach unten sauste, mit der Spitze in den Unterarm des Opfers stieß, wieder hochgerissen wurde und mit einem neuerlichen Schlag den Kopf des Gegenübers durch das Zimmer fliegen ließ.

»Dieser erste Schnitt hat sicher ziemlich wehgetan. Hat ziemlich wehgetan und Bart zutiefst schockiert. Was tut jemand, wenn ihm etwas wehtut, wenn er sich geschnitten hat und blutet? Er presst eine Hand auf seine Wunde. Warum hast du nicht die Hand auf den Schnitt an deinem Arm gepresst?«, fragte sie den Toten laut. »An deiner Handfläche war nicht der allerkleinste Tropfen Blut. Die Wunde hat gebrannt und fürchterlich geblutet, aber du hast nicht versucht, die Blutung zu stillen oder wenigstens zu fühlen, wie tief der Schnitt ist. Dabei macht man so was instinktiv. Vielleicht konntest du die Wunde nicht betasten, weil du etwas in der Hand gehalten hast. Wie den Griff von einem Schwert. Konntest deine Wunde nicht befühlen, weil du dich verteidigt hast oder der tödliche Schlag zu schnell gekommen ist.«

Sie veränderte ein paar Details, spielte die Szene noch einmal durch und raufte sich die Haare. »Was zum Teufel war das für ein Spiel? Warum hast du mit einem Spielzeugschwert gespielt, obwohl das Schwert von deinem Gegner echt gewesen ist?«

»Weil du es nicht wusstest. Aber, verdammt noch mal, weshalb hast du das nicht gewusst?«

Sie stand auf, stapfte durch ihr Büro, gab der Versuchung nach und klopfte vernehmlich an die immer noch geschlossene Verbindungstür.

Es dauerte einen Moment.

Machte er das wohl mit Absicht? Wollte er sie warten lassen? Schließlich aber leuchtete das grüne Licht, und die Tür ging auf.

»Ich muss in den Holo-Raum«, erklärte sie. »Ich brauche ein Spiel, das dem Spiel, das Bart zuletzt gespielt hat, möglichst ähnlich ist. Du musst es für mich hochfahren und mit mir zusammen durchgehen.«

»Also gut. Dann treffen wir uns dort.«

»Du hast wahrscheinlich nicht zwei Schwerter, die nicht tödlich sind?«

»Die Waffen in meinem Waffenraum sind alle Originale, also nein. Etwas anderes als die Holo-Waffen kann ich dir nicht bieten.«

»Macht nichts.« Mehr fiel ihr nicht ein, deshalb wandte sie sich schulterzuckend ab und ging in Richtung Holo-Raum.

Der erheblich größer als der Holo-Raum in Barts Apartment war. Doch das war nicht wirklich überraschend. Denn wahrscheinlich hatte Roarke die Größe dieses Raums an die Anforderungen seines Unternehmens angepasst.

Der Mord war im Rahmen eines Holo-Spiels geschehen. Deshalb könnte sie ihn vielleicht besser nachvollziehen, wenn sie ihn in einem Holo-Raum erneut inszenierte. Denn oft führte die Vorgehensweise zum Motiv, und aus dem Motiv erschloss sich häufig der Täter.

Sie lief durch den großen, leeren Raum, in dem außer

dem Echo ihrer eigenen Schritte nichts zu hören war. Im Grunde spielte sie nicht gern. Doch für Trainingszwecke bot der Raum sich durchaus an.

Roarke hatte ihn schon des Öfteren benutzt, um sie an phänomenale Orte zu entführen – auf ein endlos weites, menschenleeres Meer, auf dem er in einem Boot mit ihr dahingetrieben wurde, oder nach Paris, wo er mit ihr im Regen einen Boulevard hinabgeschlendert war. Auch für Romantik und zum Zwecke der Verführung bot der Holo-Raum sich an, obwohl im Augenblick wahrscheinlich weder sie noch Roarke in der Stimmung für Romantik waren.

Als er durch die Tür trat, hatte er eine Diskette in der Hand. »Du hast noch dein Waffenhalfter an.«

Sie zog es wortlos aus und legte es zusammen mit der Waffe auf dem Boden ab.

»Du wolltest etwas Ähnliches wie U-Plays *Fantastical*. Das bisschen, was wir von dem Spiel gerettet haben, haben ich und Feeney uns vorhin zusammen angesehen, aber ich habe die Daten und die Komponenten nicht mit heimgebracht. Ich dachte, dass ich mich vielleicht in einer … Grauzone bewege, wenn ich diese Dinge einfach mitnehme, um sie noch einmal in Ruhe durchzugehen.«

»Da hattest du vollkommen recht.«

»Aber ich habe die neueste Version von unserem Spiel. Ohne Titel, weil ein Titel schnell durchsickern kann. Wir nennen es HC84-K.«

»Du hast das Spiel zu Hause? Ist das nicht riskant?«

»Erst mal müsste jemand wissen, dass ich es mit heimgenommen habe, und dann müsste er noch die Security des Hauses überwinden, sich Zutritt zu meinem Arbeitszimmer und dem Safe verschaffen, den irgendwie knacken und dann noch die Passwörter herausfinden, mit denen die Diskette selbst gesichert ist. Wenn jemand all das schaffen würde, könnte er wahrscheinlich einfach selbst ein solches Spiel entwickeln. Denn das wäre nicht so kompliziert.«

Er schob die Diskette in den Schlitz eines Geräts und wies sich mit seinem Handabdruck, seiner Stimme, seiner Retina und der manuellen Eingabe verschiedener Kürzel aus.

»Auf alle Fälle«, fuhr er fort, »habe ich selbst dem Spiel den letzten Schliff verpasst, und das habe ich lieber hier als im Büro gemacht. Also ...«

Er trat einen Schritt zurück und sah sie forschend an. »Du willst einen Schwertkampf, doch die Ära, die Umgebung und das Ziel des Kampfes kennst du nicht. Barts Diskette hatte diese Infos ausnahmslos gelöscht. Also such dir einfach etwas aus.«

»Keine Ahnung. Gib mir erst einmal ein Schwert. Kein Florett, sondern ein Schwert mit einer harten, breiten, geraden Klinge«, fügte sie hinzu.

»Du willst also ein Breitschwert.« Roarke legte den Kopf ein wenig schräg und sah sie mit einem leisen Lächeln an.

»Steck mich bloß nicht in so ein idiotisches Kostüm.« Sie pikste ihm mit ihrem Zeigefinger auf die Brust. »Ich meine es ernst. Ich springe sicher nicht halb nackt vor dir herum, nur damit du elender Perversling deinen Spaß hast.«

»Schade, aber meinetwegen. Lass uns ein Szenarium ausprobieren.« Er gab den entsprechenden Befehl über die Tasten ein.

Die Luft fing an zu flirren, und nach einem Augenblick stand sie in einem Wald. Sie trug irgendein altes, asiatisches Gewand mit weichen Stiefeln und hielt ein mächtiges Schwert in ihrer rechten Hand.

»Wann und wo …«

Sie brach ab und riss die Augen auf. Weil sie zwar englisch dachte, was sie sagte, aber wie Japanisch klang.

»Wie zum Teufel …«

»Übersetzungsfunktion«, meinte Roarke. »Dadurch wirkt es einfach realistischer«, klärte er sie in derselben Sprache auf. »Es läuft noch nicht ganz synchron. Aber das bekommen wir bestimmt noch hin.«

»Ich … nein, das ist mir unheimlich. Ich will englisch sprechen wie sonst auch.«

»Also gut, probieren wir etwas anderes.«

Urplötzlich stand sie auf einem grünen Hügel, trug ihr langes Haar in einem Pferdeschwanz und genau wie Roarke ein Lederoberteil, das ihr bis auf die Schenkel reichte, über einer eng sitzenden Hose, die in hohen Stiefeln steckte. Sie wollte etwas sagen, brach dann aber ab. »Okay, wo sind wir … Gälisch. Das ist Gälisch, nicht? Ich erkenne den Akzent.«

»Wir sind in Irland, in der Tudorzeit.«

»Es … riecht grün, nach Erde und nach Rauch.«

»Wegen der Torffeuer. Die sensorischen Funktionen sind bei diesem Spiel sehr ausgeprägt. Für die Szenarien der echten Welt wurden die Sprache, die Syntax, die Kleidung sowie alle anderen Details eingehend erforscht, damit es möglichst realistisch ist. Es gibt auch eine Reihe Fantasy-Optionen oder, wenn der Spieler will, kann er ein eigenes Szenarium kreieren, entweder mithilfe des Options-

Menüs oder durch manuelle Eingabe. Die Auswahl ist unbegrenzt.«

»Okay, das ist echt cool. Denn ich verarbeite auf Englisch, wie du Gälisch sprichst. Gibt es das auch bei *Fantastical?*«

»Aufgrund der Daten, die wir haben, und aufgrund der Dinge, die ich beim Besuch von U-Play mitbekommen habe, glaube ich das eher nicht. Wir bringen auch eine günstige Version ohne Übersetzer auf den Markt, aber ich gehe davon aus, dass gerade die Funktion der Renner wird. Weil man dadurch nicht nur Spaß hat, sondern gleichzeitig auch etwas lernt.«

»Natürlich. Weil man gleichzeitig was lernt.« Sie legte ihren Kopf ein wenig schräg. »Ich höre ...« Sie blickte sich suchend um und riss die Augen auf. Am Fuß des Hügels tobte eine wilde Schlacht. Hunderte von Kriegern, Pferden, Feuern waren dort zu sehen, wenn sie sich nicht irrte, plünderte die Horde gerade eine Burg.

»Ein so großes Bild habe ich bisher noch nie in einem Holo-Raum gesehen. Es ist, als wäre man in einem Film. Einem wirklich gut gemachten Film.«

»Er wird nur durch deine Fähigkeiten und durch deine Fantasie begrenzt. Denn das Programm passt sich an deine Strategie und an dein Vorgehen an.«

»Und wie hält man es an?«

»Einfach, indem man ›Halt‹, ›Pause‹ oder ›Wechsel‹ sagt. Was einen jedoch Punkte kosten kann, wenn man mit anderen zusammen spielt.«

»Ach ja?« Sie wandte sich ihm wieder zu und mit dem windzerzausten, schwarzen Haar, in dem abgewetzten Leder und mit einem hell glänzenden Schwert in seiner Hand sah er einfach fantastisch aus. »Ich sage ganz bestimmt nicht halt.« Herausfordernd hob sie ihr Schwert. »Los, fang an.«

8

Sie stemmte ihre Füße in den Boden und hörte das laute Klirren, mit dem ihre Klinge auf die Klinge seiner Waffe traf.

Die Wucht des Schlags ließ ihren Arm erbeben, doch sie sah ihn reglos über die gekreuzten Schwerter hinweg an.

»Du hast also beschlossen, dass wir Gegner sind.«

»So ist es witziger«, erklärte sie, drehte sich einmal um sich selbst und verpasste ihm den nächsten Hieb.

Er parierte ihren Schlag und trieb sie ein paar Schritte zurück. »Kommt drauf an.« Er täuschte an und schlug zweimal von rechts und dann einmal von links gegen die Klinge ihres Schwerts. Sie wehrte seine Schläge ab, ging zum Gegenangriff über und zwang ihn ein Stück zurück.

Er stieß von unten zu, doch sie tänzelte zur Seite, wirbelte herum und stieß schnell und kraftvoll zu.

»Du hast geübt«, bemerkte er, während ihre Klingen surrend aufeinandertrafen.

»Du anscheinend auch.«

»Das gehört zu meinem Job.« Blitzend traf die Klinge seiner Waffe auf die Spitze ihres Schwerts. »Wogegen man Cops nicht gerade oft beim Schwertkampf sieht.«

»Schließlich weiß man nie.«

Sie kannte ihn und wusste, dass er noch nicht alles gab. Wusste, dass das Spiel ihn amüsierte, was für sie ein Vorteil war.

Lächelnd nutzte sie den Vorteil aus. »Das Schwert ist ganz schön schwer.« Sie umfasste seinen Griff mit beiden Händen, wie um das Gewicht zu testen, und als er sein Schwert ein wenig sinken ließ, stieß sie blitzschnell zu.

Sie erwischte seine Schulter, ehe er die Klinge ihres Schwerts zur Seite schlug.

Und sah, wie leuchtend rotes Blut aus einer Wunde quoll.

»Oh Gott. Verdammt. Ich habe dich verletzt. Wie …«

»Das ist nicht echt.« Ehe sie in seine Richtung stürzen konnte, hob er abwehrend die Hand. Sie beide wussten, dass er sie in diesem Augenblick des Schocks mühelos hätte bezwingen können, doch er nickte einfach mit dem Kopf. »Das ist Teil des Programms. Der Punkt geht an dich, Lieutenant.«

»So oder so ähnlich könnte es passiert sein. Los.« Sie winkte ihn herausfordernd zu sich heran. »Es ist noch lange nicht vorbei. Greif mich noch mal an.«

»Wie du möchtest. Aber meiner Meinung nach sind wir jetzt beide ausreichend aufgewärmt.«

Er trieb sie gnadenlos ein Stückchen vor sich her. Sie hätte fast das Gleichgewicht verloren und spürte einen kalten Luftzug, als die Klinge seines Schwerts dicht an ihrem Ohr vorüberschoss.

Dieses Mal umfasste sie den Griff des Schwertes beidhändig, um genügend Kraft zur Abwehr seines Angriffes zu bekommen.

Dann spürte sie in Höhe ihrer Hüfte einen Stich und hätte schwören können, dass ihr der Geruch von ihrem eigenen Blut entgegenschlug.

»Punkt für dich«, räumte sie ein.

Während sie einander argwöhnisch umkreisten, tobte rund um sie herum die Schlacht. Vom Gewicht des Schwerts schmerzte ihr Arm, ihre verletzte Hüfte pochte, und sie spürte, wie der Schweiß in Strömen über ihren Rücken rann. Sie atmete keuchend ein und aus, blickte auf das Blut, das durch den Riss im Leder an Roarkes Schulter floss … und hatte einen Heidenspaß.

Sie hob das Schwert hoch über ihren Kopf, wies damit auf ihren Gegner, stemmte abermals die Füße in den Boden und verkündete: »Dies wird mein letzter Schlag.«

Lächelnd winkte er jetzt sie zu sich heran, doch sie kniff ihre Augen argwöhnisch zusammen, fiel nicht auf ihn herein, sondern drehte eine Pirouette, ließ das Schwert nach unten sausen, riss es wieder hoch und verpasste nur um Haaresbreite sein Gesicht.

Die Sonne, die sich durch die Wolken schob, ließ die todbringenden Klingen blitzen. Beide Schwerter surrten durch die Luft, droschen aufeinander ein, prallten klirrend voneinander ab. Eves Herz schlug einen kämpferischen Trommelwirbel, als der Wind und seine eigene Schnelligkeit Roarkes dunkles Haar um seine schweißglänzenden Wangen fliegen ließ. Seine Augen leuchteten noch stärker als die Klinge seines Schwerts, ohne jede Gnade schlug er weiter auf sie ein. Doch sie hätte auch nichts anderes gewollt.

Er machte einen Ausfallschritt, ließ sein Schwert nach vorn schießen, griff an. Sie machte einen Ausfallschritt, stieß ihm ihr Schwert entgegen und wehrte seinen Angriff ab. Sie passten ihre Kraft, Geschwindigkeit und Strategie an die des jeweils anderen an, und Eve spürte, wie der Kampf mit einem Gegner, der ihr ebenbürtig war, sie erregte.

Wieder kreuzten sie die Klingen, hielten inne und starrten einander reglos an.

»Zur Hölle mit dem Spiel«, erklärte er.

»Genau.«

Sie warfen ihre Schwerter fort, stürzten aufeinander zu, rollten über das dichte, raue Gras und Eve ließ ihren Mund auf seine Lippen prallen wie zuvor die Klinge ihrer Waffe auf sein Schwert. Atemlos vergrub sie ihre Hände tief in seinem Haar, während sie ihm in die Zungenspitze biss und an seiner Lederjacke riss.

»Wie zum Teufel zieht man so was aus?«

»Woher in aller Welt soll ich das wissen?«

»Es ist dein Spiel.«

»Ach, verdammt.« Er rollte sie herum, drückte sie mit dem Gesicht ins Gras und riss die Schnürbänder in ihrem Rücken auf. »Der Knoten ist zu fest.« Kurzerhand riss er den Dolch aus seinem Gürtel, hieb das Leder durch, rammte die Waffe mit der Spitze in die Erde, schob sich über ihren schlanken, nackten Rücken und genoss das Spiel der Muskeln unter ihrer heißen, weichen Haut.

Bis sie zusammenzuckte, als er mit der Hand über den Schnitt in ihrer Hüfte glitt.

»Wie geht es deiner Leiste?«

»Sie tut weh, aber nur gerade stark genug, um mich daran zu erinnern, dass du mich getroffen hast.« Sie rollte sich herum und schnappte sich den Dolch. »Und was macht deine Schulter?«

»Auszuhalten.«

Lächelnd warnte sie: »Halt lieber still, denn sonst erwische ich dich noch einmal.« Sie glitt mit dem Dolch über seine Ledertunika und sah ihm reglos ins Gesicht. »Vertraust du mir?«

»Nein.« Er schnappte sich ihr Handgelenk und zog an ihrem Arm, bis sie die Waffe fallen ließ.

Lachend zog sie ihn erneut auf sich herab.

Während er sie zärtlich biss und seine Zunge über ihre Zähne gleiten ließ, wanden ihre schweiß- und blutbedeckten Leiber sich im harten Gras.

Der Lärm der nicht endenden Schlacht und dichte Rauchsäulen stiegen vom Fuß des Hügels auf. Passend, dachte Eve. Denn egal, wie sehr sie zwei in Einklang waren, hinter der Ruhe lauerte immer schon der nächste Sturm.

Genau wie das Bedürfnis, ihn zu nehmen, ihn zu konsumieren, ihn zu haben, ganz mit ihm vereint zu sein. Selbst jetzt, inmitten einer so gewalttätigen Fantasie, wollte sie nichts mehr, als dass er sie berührte und mit ihr verschmolz.

Sie rollte sich erneut mit ihm herum und nahm rittlings auf ihm Platz. Besitzergreifend legte er die Hände über ihre Brüste und küsste sie gierig auf den Mund.

Sie schmeckte nach dem Kampf – heiß, feucht, ein wenig nach Leder –, doch er wusste, dass das wilde Klopfen ihres Herzens und das Zittern ihres starken Körpers keine Folge der Erschöpfung, sondern des Verlangens war. Nach ihm. Was für ihn der allergrößte Schatz, das allergrößte Wunder war.

»Mein Herz.«

Dann empfand er ein ganz neues Glück, als er ihre Antwort in der Sprache seines Bluts vernahm, und verspürte ein ganz neues, ungemein verführerisches Ziehen, als er seine Hände in ihrem urplötzlich langen, wild zerzausten Haar vergrub.

Er richtete sich auf, presste sie, den Kopf zwischen den gekreuzten Schwertern, rücklings auf das Gras, und als er diesmal zustieß und sie schrie, drückte dieser Laut nicht Schmerzen, sondern reine Freude aus.

Jetzt tobte ein völlig neuer Kampf, doch wieder passten er und Eve ihre Kräfte und ihr Tempo aneinander an. Sie zog ihn inmitten der Gewalt an einen Ort des vollkommenen Friedens, als sie ihm erschaudernd ihre Beine um die Hüften schlang.

Der Wind wehte ihr ins Gesicht und durch die geschlossenen Lider ihrer Augen nahm sie das Pulsieren der Sonnenstrahlen wahr. Von den dichten Büscheln rauen Grases juckte ihr die Haut, aber trotzdem rührte sie sich nicht vom Fleck. Vor allem, da Roarke in fast genau derselben Position wie sie an ihrer Seite lag.

Vom Fuß der Anhöhe drang immer noch der Lärm der Schlacht zu ihnen herauf. Doch das Klopfen ihres Herzens hatte sich verlangsamt und hoch oben auf dem Hügel war inzwischen Frieden eingekehrt.

»Wer hat gewonnen?«, fragte sie.

»Einigen wir uns auf unentschieden.«

Das erschien ihr fair. »Ich nehme an, dass wir noch immer etwas sauer aufeinander sind.«

»Ich dachte, du wärst bestürzt.«

»Das ist ja wohl dasselbe. Aber durch den Schwertkampf und den Sex ist der Großteil meines Zorns verraucht.«

»Dann steht's auch dabei unentschieden«, stellte er durchaus nicht unzufrieden fest.

Dabei sollten sie es wohl belassen. Denn sonst fingen sie bestimmt wieder von vorne an. Ohne dass sich ändern ließe, wer sie beide waren und wie sie in der Sache vorgegangen waren.

Die Verbindung zwischen ihrem Job und ihrer Ehe war ein Drahtseilakt. Obwohl das Seil mitunter schwankte, waren sie bisher nie abgestürzt.

»Es ist ein gutes Spiel«, erklärte sie. »Es ist realistisch, faszinierend und zieht einen gleich in seinen Bann.«

»Obwohl du bisher nur kurz reingeschnuppert hast.«

»Das hier.« Sie berührte ihre Hüfte und betrachtete den Fleck auf ihrer Hand. Er sah aus, fühlte sich an und roch wie Blut.

»Alles Illusion. Deine körperliche Fitness, deine Bewegungen und Reaktionen werden eingelesen und deine Empfindungen werden verstärkt.«

»Was, wenn ich einen Arm, ein Bein oder den Kopf verlieren würde?«

»Dann wäre das Spiel vorbei. Wenn mehrere Leute spielen, wäre es für den Spieler vorbei, der ein Gliedmaß oder den Kopf verloren hat.«

»Ich meine, würde man fühlen und sehen, wie man diesen Körperteil verliert?«

»Die menschlichen Spieler nicht. Wenn du gegen den Computer, gegen eine Fantasiegestalt antreten und sie derart treffen würdest, würdest du das sehen.«

»Und was wäre mit einem Droiden?«

»Nun, man könnte auch gegen einen Droiden spielen. Dabei würde der Droide von dem Spiel als Mensch gesehen. Aber die Waffen sind nicht echt. Sie können niemanden verletzen.«

»Das hat Bart bestimmt auch gedacht, ob er nun gegen eine Fantasiegestalt, einen Droiden oder einen Menschen angetreten ist. Er dachte, es wäre nur ein Spiel. Aber das war es nicht.« Sie blickte noch immer auf das Blut an ihrer Hand. »Es hat sich wie ein Treffer angefühlt – nicht wie ein echter Schnitt, nicht, als hätte mich ein Schwert erwischt …«

»Dann hätte ich wohl kaum mit dir gespielt.«

»Aber ich habe einen Schlag bekommen. Einen Stromschlag. Nicht besonders stark, aber stark genug, um zu erkennen, dass du mich getroffen hast. Und es hat gepocht, als wir weitergekämpft haben. So, als hätte ich verletzt weitergekämpft.«

»So sollte es auch sein.«

»Verstehe. Klar. Aber Bart hatte diese Verbrennungen. Wenn man die Voltzahl erhöht, führt das bei einem Treffer zu Verbrennungen.«

»Nein. Weil du gar nicht direkt getroffen wirst. Das Spiel registriert einfach den virtuellen Treffer und leitet an dich weiter, dass dein Gegner dich getroffen hat.«

»Okay, aber wenn jemand das Spiel umprogrammiert und eine echte Waffe benutzt hätte …« Sie richtete sich auf, schob sich eine Strähne aus der Stirn – und geriet ein wenig aus dem Gleichgewicht, als sie bemerkte, dass ihr Haar deutlich länger als gewöhnlich war.

»Dein Haar ist anders.« Er strich ihr über den Kopf. »Interessant.«

»Vor allem ist es mir im Weg.«

Als er lächelte, zog sie an einer langen, losen Strähne und

stellte verwundert fest: »Fühlt sich echt an. Und obwohl es nicht echt ist, kann ich spüren, wenn ich daran ziehe. Dagegen kann ich meine Waffe momentan nicht sehen, trotzdem ist sie da. Trotzdem ist sie echt. Falls also Barts Mörder seine Waffe so wie ich einfach mit reingebracht und irgendwo versteckt hat, brauchte er sich nur zu merken, wo sie ist, um sie sich vor dem Spiel zu holen. Aber weshalb hätte er sich diese Mühe machen sollen? Und weshalb hätte er erst noch spielen sollen, wenn es ihm um etwas völlig anderes ging?«

»Vielleicht aus Spaß?«

»Vielleicht. Kann sein. Die Schnitte und Verbrennungen. Wenn der Mörder das Spiel schon im Vorfeld sabotiert und die Level erhöht hat, hatte Bart nicht die geringste Chance. Und wenn er einen Droiden verwendet hat, brauchte er selber gar nicht dort zu sein. Vielleicht hat er Bart ja dazu überredet, das Spiel zu Hause mit einem Droiden durchzuspielen. Dann wären die Alibis aller Verdächtigen bedeutungslos.«

»Aber dann hätte er auch den Droiden sabotieren müssen. Und die Waffe hätte das Programm als echt erkannt. Also hätte er erst das Programm verändern müssen, damit es die Waffe nicht erkennt oder trotz ihrer Gefährlichkeit zulässt. Dann hätte er alle Spuren beseitigen und die Überwachungsanlage zurückstellen müssen. Aber dafür hätte er einen Computer gebraucht, und das hätte die Computerüberwachung alarmiert.«

»Du hättest es geschafft, ohne dass dir die Computerüberwachung auf die Schliche kommt.«

»Ja, ich hätte es geschafft. Aber schließlich habe ich hier auch ein paar Geräte, von denen aus ich diese Dinge hätte machen können, ohne dass es jemand merkt. Die Spurensicherung hat sich bei U-Play und in Barts Apartment gründlich umgesehen. Dort sind sämtliche Computer registriert.«

»Also hatte vielleicht noch jemand eine Kopie des Spiels und hat sie woanders manipuliert. Irgendein Angeber, der demonstrieren wollte, wie gewieft er ist.« Sie rappelte sich auf.

Und erinnerte sich daran, dass sie nichts als virtuelle, blutverschmierte und zerrissene Kleider trug. »Ah, lass uns das Spiel beenden.«

»Wenn es sein muss«, meinte er und drückte einen Knopf.

Als der Hügel und das Blut auf ihrer Hand verblichen und der Kriegslärm leiser wurde, bückte sie sich nach ihrem zerrissenen Hemd.

»Ich hatte keinen echten Dolch«, erklärte Roarke. »Deshalb habe ich dein echtes Hemd zerrissen, um dir deine unechten Klamotten auszuziehen.«

»Ein anderer Grund, ein anderes Vorgehen, doch dasselbe Resultat. Damit haben wir es auch bei diesem Fall zu tun. Mit einer Mischung aus Illusion und Wirklichkeit, mit der jemand ermordet worden ist.« Sie zeigte ihm ihr ruiniertes Hemd. »Genau dasselbe hat jemand Bart Minnock angetan.«

Eve sah keinen Grund, am nächsten Morgen nicht die Resultate ihrer und Roarkes Überprüfung seiner Angestellten zu vergleichen, um zu sehen, was dabei herausgekommen war.

»Ich sehe nichts, was in Zusammenhang mit diesem Fall verdächtig ist.«

»Nein«, stimmte er zu, während er weiter auf die Daten auf dem Bildschirm sah.

»Siehst du etwas, was ich nicht sehe?«

»Nein. Offenbar hat keiner meiner Leute etwas mit diesem Fall zu tun. Wobei ich mich nicht entscheiden kann, ob ich deshalb frustriert oder erleichtert bin.«

»Nun, es wäre einfacher gewesen, wenn die Überprüfung deiner oder der Leute von U-Play etwas ergeben hätte. Abgesehen von DuVaugne, der bei Synch die große Nummer, doch in Wahrheit nur ein Blender war.«

Sie trank den nächsten Schluck Kaffee. »Wer auch immer dies getan hat, ist erheblich kreativer und vor allem technisch viel versierter als DuVaugne. Nach allem, was wir über Minnock wissen, muss der Täter wirklich ausnehmend gerissen sein, damit er auf ihn hereingefallen ist. Ich treffe mich heute mit seiner Anwältin und Mira. Vielleicht kommt dabei ja irgendwas heraus.«

»Ich habe selbst verschiedene Termine. Aber ich werde versuchen, trotzdem noch bei Feeney reinzuschauen.«

»Und ich suche erst mal weiter nach dem Schwert. Oder setze Peabody und Ian darauf an, denn als Normalo und als Freak sind sie ein super Team. In Ost-Washington wird gerade eine Mini-Con veranstaltet. Da schicke ich die beiden hin, damit sie sich ein bisschen umsehen. McNab kann die Gespräche mit den Händlern führen, denn so spielesüchtig, wie er ist, geht er bestimmt als Sammler durch.«

»Wir haben auf der Messe einen Stand. Wenn du möchtest, bringe ich die zwei dort für dich rein.«

»Sehr gut. Das nimmt mir Arbeit ab.« Sie trat vor die Tafel mit den Aufnahmen des toten Bart und ging einmal darum herum. »Ich werde heute mit seinen drei Partnern reden. Dieses Mal mit jedem einzeln.«

»Jahrelange Freunde, die sich plötzlich gegenseitig an die Gurgel gehen?«

Sie sah ihn an. »Es kommt vor, dass man über das Verhalten eines Freundes bestürzt ist.«

Roarke zog eine Braue hoch. »Muss ich jetzt Angst haben, dass ich den Kopf verliere?«

»Nein, wahrscheinlich nicht. Wir lassen den Dampf rechtzeitig durch lauten Streit und Brüllen ab, deshalb setzt sich unsere Bestürzung oder unser Ärger niemals richtig fest. Aber manche Leute fressen ihren Ärger jahrelang in sich hinein, sodass er in ihrem Innern weitergärt. Vielleicht hat es ja in einem von den dreien schon seit Längerem gegärt. Alle drei hätten das technische Knowhow und die Kreativität für diesen Mord gehabt. Außerdem hat Bart ihnen vertraut, und sie kamen mühelos in seine Wohnung und in sein Büro. Als Motiv käme in Frage, dass Bart ihnen seinen Anteil an dem Unternehmen hinterlässt. Und die Gelegenheit zu dieser Tat hätten sie wie jeder andere gehabt.«

»Sie haben sich geliebt.«

»Das ist ein weiteres Motiv. Wie viele Frauen und Kinder sind im Augenblick in irgendwelchen Frauenhäusern, weil jemand sie liebt?«

»Das ist keine Liebe.«

»Die meisten Kerle, die Frauen und Kinder schlagen, denken, dass sie das aus Liebe tun. Es ist eine Illusion, aber es fühlt sich wirklich an. Liebe kann zu vielen abscheulichen Dingen führen, wenn man sie nicht richtig pflegt. Zu Eifersucht, zu Misstrauen, zu Verachtung oder blankem Hass.«

»Das ist eine zynische und leider zutreffende Einschätzung. Ich liebe dich.«

Sie stieß ein etwas schrilles Lachen aus. »Dein Timing ist nicht unbedingt perfekt.«

Er trat vor sie und umrahmte mit den Händen ihr Gesicht. »Ich liebe dich. Wie viele Fehler wir auch machen, ich glaube, dass wir uns alle Mühe geben, diese Liebe so zu pflegen, dass sie immer weiter blühen wird.«

Sie berührte seine Handrücken. »Ich weiß. Und immer, wenn was Hässliches dazwischenkommt, machen wir unserem Ärger lautstark Luft, bevor er in uns Wurzeln schlagen kann.«

»Ich war gestern gar nicht wirklich wütend auf dich. Inzwischen ist mir klar, dass ich gehofft hatte, dass meine Überprüfung irgendetwas ergibt, selbst wenn das bedeutet hätte, dass es einer meiner Leute war. Denn dann hätten wir endlich etwas Konkretes in der Hand.«

Er blickte auf das Bild des toten Bart. »Ich weiß selber nicht genau, weshalb sein Tod mir so zu schaffen macht. Oder was mich daran derart berührt.«

»Du siehst dich selbst in ihm.«

Er schüttelte den Kopf, und mit eindringlicher Stimme wiederholte sie: »Du siehst dich selbst in ihm. Ihr zwei wart euch sehr ähnlich, nur dass deine Kindheit völlig anders war. Du hast zum Teil dich selbst in ihm gesehen. Vielleicht war das der Grund, weshalb wir zwei die Sache gestern Abend erst einmal jeder für sich alleine angegangen sind.«

»Und weshalb wir so … bestürzt waren, als uns das aufgefallen ist?« Er glitt mit seinen Händen über ihre Arme und blickte ihr reglos ins Gesicht. »Das würde zu uns passen.«

»Ja, das würde zu uns passen. Aber jetzt sind wir wieder okay.«

Er lehnte seine Stirn an ihre Braue an. »Ja, jetzt sind wir wieder okay.«

»Weißt du, was du machen musst?« Sie schob ihn ein Stückchen von sich fort und sah ihn an. »Du musst aufhören, dich zu fragen, ob du irgendetwas hättest machen oder sagen sollen, damit Bart zu dir kommt, statt mit seinen Freunden eine eigene Firma aufzubauen. Weil er vielleicht deswegen gestorben ist. Aber das Leben ist nun einmal kein Computerspiel, bei dem man alles planen oder, wenn es schiefläuft, noch einmal von vorn beginnen kann.«

»Ich habe mir gar keine Vorwürfe gemacht. Oder zumindest nur ein bisschen«, schränkte er ein. »Ich hätte tatsächlich ein paar Dinge anders machen und ihn sicher überreden können, dass er zu mir kommt. Nur hat mir der Gedanke gefallen, dass er etwas Eigenes aufziehen, dass er seinen eigenen Weg gehen will. Deshalb habe ich das nicht getan. Ich weiß genau, dass ich nichts für all das kann, und inzwischen bin ich auch relativ sicher, dass nicht einer meiner Leute Bart ermordet hat. Ich habe also kein konkretes Ziel für meinen Zorn, aber zumindest habe ich inzwischen wieder einen halbwegs klaren Kopf.«

»Okay. Und da ich weiß, dass du, wenn du ein bisschen Zeit hast, weiter nach der Waffe suchen wirst, gib mir bitte Bescheid, falls deine Suche irgendwas ergibt.«

»Das mache ich.«

»Jetzt muss ich allmählich los. Zu einer Rechtsverdreherin, einer Seelenklempnerin und ein paar Verdächtigen.«

»Oje.«

Sie runzelte verständnislos die Stirn, lachend zog er sie an seine Brust und gab ihr einen gut gelaunten Kuss. »Dann zieh mal los, mein braver Cop. Ich gebe dir Bescheid, ob und wann ich Feeney heute noch ein bisschen helfen kann.«

Das könnte er auf jeden Fall. Denn das hatte er bisher noch jedes Mal getan.

Sie traf ihre Partnerin in Lowenstiens Kanzlei. Die heiße, junge Frau, die hinter einem kleinen, aber praktischen Empfangstisch saß, hatte sich mit ihrem kurzen Silberhaar, dem schwarzen Kostüm und der großen, roten Stoffrose im Knopfloch an die mindestens genauso heiße, ebenfalls in Silber, Schwarz und Rot gehaltene Umgebung angepasst.

Sie führte sie umstandslos an einem kleinen Raum, der wie eine ordentliche Bibliothek aussah, und einer geschlossenen Tür vorbei, klopfte an der Tür des nächsten Raums und schob sie auf.

»Lieutenant Dallas und Detective Peabody.«

Felicity Lowenstien stand hinter ihrem Schreibtisch auf. Goldene Strähnchen funkelten in ihrem sorgfältig zu einem glatten Knoten aufgerollten, schimmernd braunen Haar, und als sie Eve entgegenkam, bemerkte die, dass die höchstens einen Meter fünfzig große Frau mörderische High Heels zu dem schwarzen Anzug und der weißen Spitzenbluse trug.

Sie begrüßte Eve und Peabody mit einem festen Händedruck und bot ihnen zwei Stühle an.

»Danke, dass Sie hergekommen sind. Ich glaube, ich habe alles, was Sie brauchen.« Sie legte eine kurze Pause ein und atmete vernehmlich aus. »Vielleicht interessiert Sie auch der persönliche Hintergrund unserer Bekanntschaft. Ich habe Bart am College über Cill kennen gelernt. Cill und ich waren befreundet, und sie dachte, dass sie uns verkuppeln kann.«

»Als Paar?«

»So hatte sie es sich auf alle Fälle vorgestellt. Daraus wurde nichts, aber seither war Bart ein guter Freund, und nach Gründung unsrer jeweiligen Unternehmen wurde ich seine Anwältin. Ich habe sein Vermögen verwaltet und den Vertrag mit seinen Partnern ausgearbeitet. Ich mache kein Strafrecht, aber es gibt da einen Staatsanwalt, mit dem ich eine Zeitlang ausgegangen bin«, erklärte sie, wobei ihr wehmütiges Lächeln zeigte, dass auch daraus nichts geworden war. »Ich weiß, dass Sie mir kaum was sagen können oder wollen, aber trotzdem muss ich fragen. Gibt es bereits irgendeine Spur?«

»Wir gehen momentan verschiedenen Spuren nach.«

»Ich hatte mir bereits gedacht, dass Sie das sagen würden.« Seufzend sah sie aus dem Fenster. »In den letzten Jahren haben wir uns nicht mehr allzu oft gesehen. Cill und ich, Bart und die anderen. Wir hatten uns in verschiedene Richtungen entwickelt, hatten arbeitsmäßig alle Hände voll zu tun und so. Aber er war ein netter Kerl. Ein wirklich netter Kerl.«

»Wann hatten Sie zum letzten Mal Kontakt mit ihm?«

»Erst vor ein paar Tagen. Er – oder sein Unternehmen – wollte ein Stipendium für die High School, an der er, Cill und Benny waren, ausschreiben. Wir haben einen Termin für nächste Woche ausgemacht, die vier, ich und der Finanzberater. Danach haben wir uns noch ein bisschen unterhalten. Denn unser letztes Treffen war schon ewig her. Er hat mir erzählt, er hätte eine feste Freundin. Er sah wirklich glücklich aus.«

»Hat er Ihnen auch von irgendwelchen Projekten von U-Play erzählt?«

»Nein. Ich bin nicht unbedingt ein Elektronik-Freak und habe keinen blassen Schimmer von den Dingen, die sie machen. Aber ich hatte den Eindruck, dass dort gerade irgendeine große Sache läuft. Denn er war furchtbar aufgeregt.«

»Waren die anderen mit diesem Stipendium einverstanden?«

»Ja, natürlich. Wenigstens, soweit ich weiß«, schränkte sie ein. »Sie haben nie etwas gemacht, mit dem nicht alle einverstanden waren.«

»Dann gab es also nichts und niemanden, weswegen oder wegen dem er irgendwie in Sorge war?«

»Ganz im Gegenteil. Er hat sich rundum wohl gefühlt.«

»Er hat sich also rundum wohl gefühlt«, wiederholte Eve, als sie wieder hinter dem Steuer ihres Wagens saß. »War völlig unbeschwert. Klingt nicht nach einem Typ, der am Schluss im Leichenschauhaus landet, wo sein Kopf auf einem Tablett neben dem Stahltisch liegt.«

»Er hatte Geld, war relativ erfolgreich und zufrieden, und er hatte einen Job, in dem die Konkurrenz echt heftig ist«, bemerkte Peabody. »Das ist ein guter Nährboden für Eifersucht und Neid.«

»Das stimmt.« Als ihr Handy schrillte, klappte sie es auf und las eine SMS von Roarke. »Wir teilen uns auf. Ich möchte, dass Sie und McNab nach Ost-Washington fliegen. Im Potomac Hotel wird gerade eine Mini-Con veranstaltet.«

»Wir machen einen Ausflug!« Peabody reckte die Fäuste in die Luft.

»Bevor Sie die Soja-Chips und Thermosbecher rausholen – Sie beide treten dort als Sammler auf, die sich vor allem für Schwerter interessieren.«

»Ein Undercover-Ausflug!« Peabody sprang gut gelaunt auf ihrem Sitz herum.

»Meine Güte, Peabody, das ist ja wohl echt würdelos.«

»Ich muss sofort nach Hause und mich umziehen. Ich sehe viel zu sehr nach Bulle aus.«

Eve warf einen Blick auf ihre bunte Sommerhose und die grell gestreiften Turnschuhe. »Ach ja?«

»Ich habe genau das Richtige für eine Con«, erklärte ihre Partnerin. »Ich brauche viel mehr Glitzer und vor allem viel mehr Farben.«

»Meinetwegen ziehen Sie sich noch mehr Farben und vor allem irgendwelchen Glitzer an, aber dann schnappen Sie sich McNab und nehmen den ersten Shuttle nach Ost-Washington.«

»Eine von Roarkes schicken Maschinen?«, fragte Peabody in hoffnungsvollem Ton.

»Nein, einen normalen Flieger, wie es bei normalen Leuten wie zwei Cops auf einem Undercover-Ausflug üblich ist.«

Das breite Strahlen ihrer Partnerin verflog. »Oh.«

»Ich will wissen, was man sich auf dieser Con über U-Play erzählt, was vielleicht über das neue Spiel nach außen durchgesickert ist, und möglichst viele Infos über dieses Schwert oder die Art von Schwert. Und vor allem halten Sie sich auf der Con aus Schwierigkeiten raus.«

»Bis eben klang der Ausflug noch nach echtem Spaß.«

»Wenn Sie Spaß haben wollen, gehen Sie in den Zirkus. Aber erst holen Sie McNab und fliegen los. Ihre Eintrittskarten kriegen Sie an der Information. Sie wurden dort auf Ihre Namen hinterlegt. Und ich möchte keine Spiele und kein Spielzeug auf der Spesenrechnung sehen.«

»Und was ist, wenn wir was kaufen müssen, damit unsere Tarnung nicht auffliegt?«

»Sehen Sie zu, dass das nicht nötig wird.«

»Dann bleibt uns nicht mal mehr das allerkleinste bisschen Spaß. Dürfen wir denn wenigstens in ein Hotel gehen, falls wir auf irgendeiner heißen Fährte sind?«

Eve sah sie aus zusammengekniffenen Augen an. »Ich kann nur hoffen, dass die Fährte wirklich heiß und das Hotel nicht teuer ist, sonst zahlen Sie die Übernachtung selbst.«

»Falls es irgendwelche Gerüchte, Andeutungen oder harte Fakten über dieses Schwert gibt, findet man sie garantiert auf einer Con.«

»Wenn ich das nicht auch glauben würde, flögen Sie nicht hin.« Vor Peabodys Wohnung hielt sie an. »Holen Sie Ihren Elektronik-Freak, melden Sie sich, wenn Sie dort sind, und vermasseln Sie es nicht.«

»Ihr Vertrauen treibt mir fast die Tränen in die Augen.«

»Ich werde Ihnen einen echten Grund zum Weinen geben, wenn Sie es verbocken«, warnte Eve. Sie wartete, bis ihre Partnerin beleidigt ausgestiegen war, und fuhr dann zurück auf das Revier.

Wo sie auf direktem Weg in ihre eigene Abteilung ging. Da Peabody McNab bestimmt inzwischen angerufen hätte, bräuchte sie nicht sofort bei den elektronischen Ermittlern reinzuschauen. Erst würde sie bei ihren eigenen Leuten nach dem Rechten sehen und die Akten überprüfen, die sie von der Anwältin bekommen hatte, danach führe sie zu Feeney rauf.

Als sie durch die Tür ihrer Abteilung trat, wäre sie beinah mit dem Commander kollidiert. »Sir.«

Whitney nickte und zeigte auf ihr Büro. »Hätten Sie kurz Zeit für mich, Lieutenant?«

Er war ein großer, durchtrainierter Mann, dem trotz der Jahre hinter einem Schreibtisch immer noch der Bulle anzusehen war. Die Verantwortung, an der er trug, hatte sein dunkles, breitflächiges Gesicht mit einem Netz von Falten überzogen und dem kurz geschnittenen Haar einen leichten Grauschimmer verliehen.

Sie folgte ihm in ihr Büro und machte die Tür hinter sich zu.

»Könnten Sie wohl eine Tasse Ihres köstlichen Kaffees für mich erübrigen?«

»Natürlich, Sir.« Sie trat vor ihren AutoChef. »Ich habe gleich einen Termin mit Dr. Mira in Zusammenhang mit den Ermittlungen im Minnock-Fall.«

»Das habe ich bereits Ihrem Bericht entnommen. Sie kommen gerade von der Anwältin des Opfers.«

»Ja, Sir. Die, genau wie seine Partner, eine College-Freundin war. Sie ist sehr kooperativ. Ich habe eine Aufstellung seines Vermögens, den Vertrag mit seinen Partnern und sein Testament dabei. Wirkt alles völlig unkompliziert.«

Wieder nickte er und nahm auf dem Besucherstuhl vor ihrem Schreibtisch Platz, während sie selber stehen blieb.

»Die Umstände dieses Mordes sind … *bizarr«,* setzte er

an und trank den ersten Schluck Kaffee, als wäre es ein teurer Wein. »Und diese Umstände sickern allmählich an die Medien durch. Weil allzu viele Leute allzu viele Einzelheiten wissen, und weil die Geschichte wegen der besonderen Umstände ein echter Quotenbringer ist.«

Sie blickte auf ihr Link, dessen hektisch blinkendes Licht ihr zeigte, dass seit gestern unzählige Mitteilungen für sie eingegangen waren. »Meiner Meinung nach sollten wir der Presse zunächst nur verraten, was sie sowieso schon weiß. Weil es außer der bizarren Todesart noch eine Reihe anderer Faktoren zu berücksichtigen gilt. Dass er geköpft wurde, können wir nicht bestreiten, aber davon abgesehen, sollten die Medien zum jetzigen Zeitpunkt nichts erfahren.«

»Das denke ich auch. Denn wenn publik wird, dass man ihn mit Hilfe eines Spiels getötet hat, bricht wahrscheinlich eine Massenpanik aus. Weil schließlich praktisch jeder in der Stadt irgendeine Spielkonsole besitzt.«

»Ich konzentriere mich erst einmal auf die Waffe oder schicke vielmehr Peabody und McNab nach Ost-Washington, um sich dort auf einer Spielemesse danach umzusehen.«

»Sie haben bereits zwei Verhaftungen vorgenommen. Damit lassen sich die Medien sicher erst mal ruhigstellen. Außerdem war ich bei Captain Feeney. Sie können in vollem Umfang auf die elektronischen Ermittler und, wenn nötig, zivile Berater zurückgreifen.« Er legte eine Pause ein und trank den nächsten Schluck Kaffee. »Roarke hat mir erklärt, dass er das Opfer kannte und dass seine Firma ein ähnliches Spiel wie das entwickelt, das in Minnocks Holo-Raum gefunden worden ist.«

»Ja, Sir. Ich habe sämtliche Angestellten seines Unternehmens, die mit diesem Spiel zu tun haben, eingehend überprüft. Ohne dass dabei etwas herausgekommen ist.«

»Dokumentieren Sie diese Dinge bitte sorgfältig, und sorgen Sie dafür, dass Roarke genau dokumentiert, wo und wann er dieses Spiel entwickeln lassen hat.«

»Zu Befehl.«

Nach einem letzten Schluck Kaffee stellte er den Becher auf den Tisch. »Ich bin nicht hier, um Ihnen vorzuschreiben, wie Sie Ihre Arbeit machen sollen.« Er stand entschlossen wieder auf. »Aber seien Sie bitte vorsichtig und sorgen für größtmögliche Transparenz, wenn es zu einer Überlappung zwischen Ihrer Arbeit und Ihrem Privatleben kommt.«

»Selbstverständlich. Wenn Sie möchten, kann ich Roarke um alle Unterlagen zur Entwicklung dieses Spieles bitten, damit sie in unseren Akten sind.«

»Die hat er bereits Feeney zugeschickt.« Whitney neigte seinen Kopf. »Er berät in diesem Fall hauptsächlich die elektronischen Ermittler, stimmt's?«

»Ja, Sir. Deshalb ist es korrekt, dass er die Unterlagen Feeney überlassen hat.«

»Dann werde ich Sie jetzt wieder Ihrer Arbeit überlassen«, meinte der Commander und verließ den Raum.

Eve kochte innerlich. Vielleicht war es korrekt, dass Roarke die Unterlagen Feeney überlassen hatte, doch er hätte ihr zumindest etwas davon *sagen* können. Allerdings hatte sie ihn auch nicht danach gefragt. Oder vielleicht hatte er ja einfach angenommen, dass sie wusste, dass er Feeney diese Unterlagen überlassen würde oder … ach, verdammt.

Es hatte keinen Sinn, noch länger hier herumzustehen und zu versuchen, die Gedankengänge ihres Mannes zu ergründen, während gleichzeitig in ihrem eigenen Kopf ein derartiges Durcheinander war.

Seufzend machte sie sich wieder auf den Weg und suchte Dr. Mira auf.

9

Eves Gespräche mit der Psychologin folgten immer einem ganz bestimmten Ritual. Als Erstes bot Mira ihr süß duftenden Tee aus einer durchscheinenden Tasse an, den sie aus Höflichkeit tatsächlich trank. Beide Frauen wussten, dass ihr Kaffee lieber wäre, doch genauso wussten beide, dass der Tee Sinnbild der Ruhe und Entspannung war. An der Mira zumindest zu Anfang ihrer Treffen sehr viel lag.

Als sich Eve in einen blauen Schalensessel setzte, fiel ihr wieder einmal auf, wie feminin und zugleich praktisch Miras Sprechzimmer gestaltet war. Genau wie Mira selbst. Es schien sie nicht im Mindesten zu stören, sich mit der Besucherin über die Gedankengänge von Verbrechern und die grauenhaften Leiden ihrer Opfer auszutauschen und sich gleichzeitig die Fotos ihres Ehemanns und ihrer Kinder anzusehen.

Vielleicht hatte sie die gedeckten Farben dieses Raums und der Garderobe, die sie trug, als Gegenmittel gegen dieses Grauen ausgewählt, und vielleicht hatte sie die Aufnahmen ihrer Familie als Erinnerung an eine andere, glückliche Realität an den Wänden aufgehängt.

Eve selbst hingegen hatte weder in ihrem Büro zu Hause noch auf dem Revier private Fotos aufgehängt. Denn womöglich hätten sie sie von der Arbeit abgelenkt oder vielleicht hätte sie es irgendwie beunruhigt, sähe Roarke ihr ständig bei der Arbeit zu oder …

Ach, egal, sagte sie sich. Für derartige Analysen war nicht sie, sondern die Psychologin zuständig.

Sie war allein des Killers wegen hier, musste sich in ihn hineinversetzen – und vor allem kam sie mit dem anspruchslosen Nippes-freien Stil ihres Büros hervorragend zurecht.

Sie dachte an die Arbeitskleidung, die sie trug. Wie gewöhnlich hatte sie sich morgens einfach das geschnappt, was gerade am nächsten lag. Eine dünne Sommerjacke über einem ärmellosen Top, eine leichte Hose, Stiefel. Hatte ihre Kleidung an das Wetter und die Arbeit angepasst, sonst nichts.

Wohingegen Mira ein Kostüm in einem kühlen Pfefferminzton trug. Ihre Bluse war weiß mit winzig kleinen, bonbonrosa Sprenkeln, passend zu dem hochhackigen, pinkfarbenen Schuhwerk, das ihre perfekt geformten Beine vorteilhaft zur Geltung kommen ließ. Ihr schimmernd braunes Haar fiel in schmeichelhaften Wellen um ein weiches, freundliches Gesicht, und die Ohrringe, die Kette sowie eine hübsche Damenarmbanduhr verliehen ihrem Outfit noch zusätzlichen Glanz.

Kein Detail war übertrieben, alles passte ausgezeichnet zueinander und vor allem wirkte dieser Stil genau wie die Umgebung irgendwie beruhigend, dachte Eve.

»Sie sind heute Morgen ziemlich still.« Mira reichte ihr die rituelle Tasse Tee.

»Tut mir leid. Ich habe gerade über Kleidung nachgedacht.«

Überrascht und amüsiert riss Mira ihre sanften, hübschen, blauen Augen auf. »Ach ja?«

»Daran, dass sie zur Persönlichkeit, dem Job und den Hobbys ihres Trägers passen muss. Ach, ich weiß nicht.« Siehst du, sagte sie sich. Du brauchst nur an solchen Kram zu denken, und schon bist du von der Arbeit abgelenkt.

»Peabody und McNab fliegen nach Ost-Washington zu einem kurzen Undercover-Job auf einer Spielemesse«, fuhr sie fort. »Und sie meinte, dass sie vorher unbedingt noch schnell nach Hause muss, um das Zeug, in dem sie ihrer Meinung nach zu sehr wie eine Polizistin wirkt, gegen irgendwelche Klamotten zu tauschen, in denen sie auf diese Messe passt. Meiner Meinung nach wird sie auch mit dem anderen Outfit wie sie selbst aussehen, denn schließlich kommt alles aus ihrem Schrank, und sie hat es selbst dort reingehängt.«

»Das stimmt. Aber jeder von uns spielt verschiedene Rollen, was sich unter anderem in der Auswahl unserer Kleidung für eine besondere Tätigkeit oder einen speziellen Anlass zeigt. Beispielsweise würden Sie die Kleider, die Sie heute tragen, nicht anziehen, um Roarke zu irgendeiner offiziellen Gala zu begleiten.«

»Wenn ich in großer Eile wäre, würde ich das durchaus tun. Aber ich verstehe, was Sie meinen«, räumte Eve mit einem gleichmütigen Achselzucken ein. »Trotzdem wäre es erheblich einfacher, wenn man, egal, wohin man geht, immer anziehen könnte, was man will.«

»Und das von einer Frau, die großen Respekt vor Regeln hat. Die Gesellschaft und die Mode haben eben eigene

Regeln aufgestellt. Außerdem kann unsere Kleidung uns in die richtige Stimmung für die jeweilige Aufgabe versetzen«, fügte Mira noch hinzu.

Eve dachte an das Kostüm, das von dem Spielprogramm für sie entworfen worden war, und musste zugeben, dass sie bereits durch ihre Aufmachung in Kampfstimmung geraten und dass ihr das Schwert in ihrer Hand seltsam vertraut erschienen war.

»Barts Garderobe war nicht gerade vielseitig. Er hatte ein paar formelle Sachen und traditionelle Anzüge, aber das meiste Zeug war eher leger. Cargohosen, Jeans, T-Shirts, Sweatshirts, die fast ausnahmslos mit Logos oder Aufdrucken von irgendwelchen Spielen oder Videos verunziert waren. Weil sein Job sein Leben war.«

»Was Sie sehr gut verstehen.«

»Dass sein Job für ihn ein Teil vom Leben war? Auf jeden Fall. Alles, was ich bisher über ihn herausgefunden habe, zeigt, dass er von seiner Arbeit vollkommen begeistert war. Überall in seiner Wohnung waren irgendwelche Spielzeuge und Souvenirs, Spiele und Spielkonsolen verteilt.«

»Er muss ein glücklicher Mensch gewesen sein, wenn er eine Arbeit machen konnte, von der er nicht nur begeistert, sondern bei der er obendrein ein wahrer Meister war. Wenn er seinen Lebensunterhalt zusammen mit alten Freunden im Rahmen einer Tätigkeit verdienen konnte, mit der er anscheinend rundum glücklich war.«

»Die Leute, die ihn kannten, beschreiben ihn als fröhlichen, normalen, netten Kerl.«

»Das passt. Wie es aussieht, war sein Leben schön, gesund und vollkommen normal. Er hatte eine Beziehung, die ihm wichtig war, innigen Kontakt zu seinen Eltern, enge Freundschaften und genau das rechte Maß an Ehrgeiz, um dafür zu sorgen, dass sein Unternehmen stetig wuchs, ohne eine Gefahr für seine Beziehungen und Freundschaften zu sein.«

Sie trank einen Schluck von ihrem Tee, weil sie dadurch die Gelegenheit zum Nachdenken bekam.

»Ich habe Ihrem Bericht entnommen, dass er gern die Kinder irgendwelcher Nachbarn zu sich eingeladen hat und auch mit deren Eltern bestens ausgekommen ist. Er hat also nicht nur für seinen Job gelebt.«

»Aber wie schafft es ein gesunder und zufriedener junger Mann, sich in seinem eigenen, gesicherten Holo-Raum den Kopf abschlagen zu lassen? Diese Frage stelle ich nicht wirklich Ihnen«, fügte Eve hinzu. »Das müssen die elektronischen Ermittler und ich selbst herausfinden. Aber warum wurde er überhaupt geköpft? Die Methode spielt wahrscheinlich eine Rolle, denn der Mord war ungewöhnlich kompliziert und arbeitsintensiv.«

»Und lenkt Sie möglicherweise vom Motiv des Mörders ab.«

»Könnte sein, dass es ihm unter anderem darum ging. Wir grübeln über das Wie und das Warum und achten deswegen vielleicht nicht auf das Wer. Was für ein Mensch würde eine solche Methode anwenden und einen anderen unter solchen Umständen ums Leben bringen?«

»Durch eine Enthauptung wird ein Mensch verstümmelt. Vielleicht wollte oder musste der Täter ihn entehren oder vollständig besiegen.« Mira schüttelte den Kopf, und die pinkfarbenen Tropfen, die an ihren Ohren baumelten, vollführten einen kleinen Tanz. »Aber das Ausmaß der anderen Verletzungen und die Vorsicht, die der Täter beim Betreten und Verlassen von Barts Wohnung walten lassen hat, sprechen dafür, dass er bei der Planung und der Durchführung dieses Verbrechens größte Sorgfalt walten lassen hat. Vielleicht ist die Enthauptung wie die Waffe als Symbol gedacht. Vielleicht war es für ihn ein Spiel. Denn sein Opfer war ein begeisterter Spieler und hat seinen Kopf benutzt und mit seiner Begeisterung für Spiele jede Menge Geld gemacht.«

»Das wiese auf einen Konkurrenten hin oder auf einen Irren, der vielleicht mit seinem Punktestand bei irgendeinem seiner Spiele unzufrieden war. Ich könnte mir gut vorstellen, dass es ein Irrer war, weil es deutlich einfachere und vor allem weniger spektakuläre Wege gäbe, um sich eines Rivalen zu entledigen. Und auch noch verrücktere, falls der Täter ein Spielehasser war. Aber ganz egal, wie irre unser Täter vielleicht ist, muss er sich mit Elektronik auskennen, sonst wäre er nicht unerkannt in Barts Apartment und wieder hinausgelangt. Außer er würde selbst in dem Gebäude leben. Nur, dass uns bisher niemand dort aufgefallen ist.«

»Die Leute, die im Unternehmen Ihres Opfers arbeiten, kennen sich doch sicher gut mit Elektronik aus.«

»Ja. Außerdem muss unser Täter Bart gekannt und gewusst haben, dass er an jenem Nachmittag zu Hause war und spielen wollte. Die Diskette selbst hätte für einen Konkurrenten einen unglaublichen Wert gehabt. Deswegen hätte er Bart doch sicher umgebracht, bevor er die Diskette in den Schlitz seines Geräts geschoben hat. Denn dann hätte er einen Rivalen aus dem Weg geräumt und noch die Diskette mit dem nächsten großen Spiel in seinen Besitz gebracht. Aber er hat sie zurückgelassen, hat sie also nicht gebraucht oder gewollt, oder dieser ganze Mord hatte von vornherein nichts mit dem Spiel zu tun. Was ich mir nicht vorstellen kann. Ich glaube eher, der Täter hat diese Diskette nicht gebraucht.«

»Sie gehen also davon aus, dass es einer seiner Partner oder Angestellten war.«

»Sie stehen momentan ganz oben auf der Liste«, bestätigte Eve. »Denn er hätte dieses Spiel niemals mit irgendwem gespielt, der nichts davon wusste und von dem er sich nicht hätte sicher sein können, dass er die Klappe hält. Manchmal hat er mit den Kindern aus dem Haus neue Spiele ausprobiert, so wie es aussieht, hat er einfach gerne mit den dreien gespielt. Aber dieses Spiel hätte er ihnen ganz bestimmt noch nicht gezeigt.«

»Denn es war noch kein fertiges Spiel, sondern ein wichtiges Projekt.«

»Genau. Er hat ihnen nur erzählt, bald brächten sie ein tolles, neues Spiel heraus, und ein paar vage Andeutungen gemacht. Meiner Meinung nach war er einfach zu aufgeregt, um vollkommenes Stillschweigen darüber zu bewahren. Aber in den Büros von U-Play haben sie routinemäßig alle Spiele in sämtlichen Phasen der Entwicklung ausprobiert.«

»Wo er nicht nur vage Andeutungen gemacht hat, weshalb sicher einige der Leute in der Firma wissen mussten, worum es bei dem Vorhaben ging.«

»Dem Computerprotokoll zufolge hat das Opfer dieses Spiel sehr oft gespielt, mal allein, mal mit anderen. Die elektronischen Ermittler graben noch danach, welche Fantasie-Szenarien er eventuell des Öfteren gespielt hat, und wer dabei vielleicht seine Gegner waren. Ich werde etwas Druck machen, damit mir endlich einer seiner Partner die Kopie dieser Diskette überlässt. Bisher waren sie alle drei durchaus kooperativ, aber bei dieser Diskette zieren sie sich.«

Nickend nippte Mira abermals an ihrem Tee. »Ihr Killer ist organisiert, detailversessen, kennt sich gut mit Elektronik aus, und das Opfer kannte ihn und hat ihm umfänglich vertraut. Trotzdem hat er ihn auf ausnehmend brutale Art, schnell und effizient mit der Waffe eines Kriegers umgebracht. Vielleicht gehört diese Waffe in das Reich der Fantasie, aber die Methode ist uralt. Außerdem ist die Enthauptung eine kriegerische Art der Tötung, durch sie wird der Gegner vernichtend geschlagen und der Kopf vom Leib getrennt. Eine Art der Hinrichtung, für die man zielstrebig, geübt und stark sein muss.«

»Also kein normaler Elektronik-Freak.«

»Ganz sicher nicht. Die Pathologie des Täters weicht entschieden davon ab. Vielleicht haben Sie es ja mit zwei Menschen zu tun.«

»Das ging mir auch schon durch den Kopf. Vielleicht hat einer diese Tat geplant, und ein anderer hat sie ausgeführt. Ich habe sogar schon an einen Droiden gedacht. Und an jemanden, der ihn neu programmiert, die Computerüberwachung ausgetrickst und das Opfer dazu überredet hat, gegen einen Droiden anzutreten. Aber wie und wann hat er diesen Droiden und die Waffe in den Holo-Raum hinein und wieder heraus geschafft?«

»Ein Droide? Interessant.« Mira lehnte sich auf ihrem Stuhl zurück, schlug ihre wohlgeformten Beine bequem übereinander und stellte mit nachdenklicher Stimme fest:

»Er hätte auf jeden Fall die Schnelligkeit, die Effizienz und die erforderliche Kraft gehabt. Wenn er als Schwertkämpfer und Krieger programmiert war, hätte Bart nicht die geringste Chance gegen ihn gehabt. Das würde zur Pathologie des Mörders passen. Dass er sein Elektronik-Können nutzt. Dadurch hätte er sich selbst mit dem Opfer gemessen, ihn mit Hilfe eines Stellvertreters bei dem Spiel besiegt und dabei eine Methode angewandt, die das Augenmerk auf seine Fähigkeiten lenkt. Droiden wurden auch schon früher als Kämpfer oder Mörder eingesetzt, deshalb sind ja die Gesetze zu ihrer Verwendung zwischenzeitlich derart streng. Vielleicht hat der Täter es ja als Herausforderung angesehen, diese Gesetze zu umgehen. Und seinen Spaß dabei gehabt.«

»Wir sollten uns die Droidin unseres Opfers noch einmal genauer ansehen. Die elektronischen Ermittler haben sie flüchtig untersucht und keine Spuren von Manipulation daran entdeckt. Aber sie war schon in der Wohnung, Bart hat ihr vertraut, und zwischen dem Mord und dem Auffinden der Leiche war genügend Zeit, um sie neu zu programmieren, die Waffe zu entsorgen und es aussehen zu lassen, als hätte die Droidin nichts mit alledem zu tun. Oder … vielleicht wurde sie ja vorher gegen eine Kopie getauscht.«

Dadurch würde alles noch verkompliziert, unbewusst trank Eve ein Schlückchen Tee. »Unser Täter ist auf jeden Fall detailversessen und organisiert. Zugleich ist er ein Angeber, der durch sein Vorgehen ein unnötiges Wagnis eingegangen ist. Wenn Bart nicht ganz genau getan hätte, was er getan hat, hätte dieser komplizierte Plan nicht funktioniert. Wenn er an dem Nachmittag nicht früher heimgegangen, die Diskette mitgenommen und die Zeit gefunden hätte, dieses Spiel in jenem Augenblick an jenem Ort zu spielen, hätte es nicht funktioniert.«

»Es war ein kalkuliertes Risiko. Aber so was gehen die meisten Spieler und die meisten Mörder ein.«

»Vor allem, wenn sie die Gewohnheiten der Gegenspieler kennen.« Der Mörder hat Barts Gewohnheiten auf jeden Fall gekannt. Und genauso sicher hatte Bart ihm vertraut. »Wenn man diese Spiele ernst nimmt, geht es einem dabei auch ums eigene Ego. Niemand verliert gern. Deshalb üben manche Leute wie besessen, schummeln oder schmollen, wenn's nicht richtig läuft – und irgendwann wird das Verlangen, zu gewinnen, zur Besessenheit.«

»Je ernster man das Spiel nimmt und je realistischer es ist, umso frustrierender kann eine Niederlage sein.«

Eve nickte zustimmend. »In den Spielhallen brechen regelmäßig Schlägereien aus. Unser Opfer wurde nicht aus Leidenschaft oder aus einem wütenden Impuls heraus getötet. Aber vielleicht war das ja die Wurzel allen Übels, vielleicht hat sich ja der Zorn des Täters über irgendetwas, was in einem Fantasiespiel vorgefallen ist, bis in die Wirklichkeit erstreckt.«

»Manchen Menschen fällt es schwer, Spiel und Wirklichkeit zu trennen. Die meisten lassen einfach Dampf beim Spielen ab und nehmen nur vorübergehend die Rolle des Helden oder auch des Schurken ein. Doch bei manchen werden durch das Spielen gewalttätige Neigungen, die sie bis dahin unterdrücken konnten, ausgelöst.«

»Das würden sie wahrscheinlich früher oder später auch durch irgendetwas anderes. Aber ja, ich denke auch, dass für unseren Täter die Grenze zwischen Fantasie und Wirklichkeit verschwommen ist. Dass er sie übertreten hat.

Vielleicht hat ihm dieser eine Sieg gereicht. Aber meistens überquert man diese Grenze mehrmals, wenn man sie erst einmal überschritten hat.«

»Gewinnen kann süchtig machen«, stimmte Mira zu.

»Genau wie Mord.«

Als Eve von Mira zu den elektronischen Ermittlern ging, kam sie sich vor, als wechsle sie nach einer ruhigen, intellektuellen Diskussion in einem eleganten Haus in einen von Teenagern im Zuckerrausch verwalteten Vergnügungspark.

Der Kulturschock blieb ihr einzig deswegen erspart, weil sie schon oft genug in diesem Irrenhaus gewesen war. Trotzdem fingen ihre Ohren und die Augen an zu pochen, als sie durch die Glastür der Abteilung sah.

Die Leute waren derart schrill gekleidet, dass man zu erblinden drohte, wenn man sie genauer ansah, und verglichen mit der Sprache, in der sie sich unterhielten, kam einem Chinesisch leicht verständlich vor. Am befremdlichsten jedoch fand Eve, dass in der Abteilung ständig alle in Bewegung waren. Die Techniker, die Officer und die Detectives stapften, tänzelten und sprangen zu verschiedenen Melodien, die nur sie alleine hörten, hektisch durch den Raum, und selbst die wenigen, die kurz am Schreibtisch saßen, wippten, zappelten, trommelten und pfiffen fröhlich vor sich hin. Feeney liebte seinen Job als Chef einer Abteilung von Verrückten, führte sie mit ruhiger Hand und kam Eve, wenn er in Knitterhemd und Schlabberhose hinter seinem Schreibtisch saß, wie der sprichwörtliche, starke Fels inmitten einer wild tosenden Brandung vor.

Als sie sein Büro betrat, stand er mit gewohnt zerzaustem Haar stirnrunzelnd vor einem Monitor und schob irgendwelche fremdartigen Buchstaben- und Zahlenblöcke hin und her.

»Hast du eine Minute Zeit?«

»Du hast mir meinen Jungen abspenstig gemacht.«

Da er alle seine Untergebenen ungeachtet des Geschlechts als seine Jungs bezeichnete, verstand sie nicht sofort. Dann aber meinte sie: »McNab? Ich hatte dich vorher gefragt.«

»Da war ich noch nicht richtig wach. Ich bin eindeutig im Nachteil, wenn du mich zu nachtschlafender Zeit nach solchen Dingen fragst.«

»Es war bereits nach sechs.«

»Da ich bis zwei am Schreibtisch saß, war das für mich noch mitten in der Nacht. Jetzt darf ich seine Arbeit auch noch machen«, brummte er.

Sie vergrub die Hände in den Taschen ihrer Jeans. »Trotzdem habe ich gefragt«, murmelte sie und nickte Richtung Monitor.

»Bruchstücke von dem, was noch auf der Diskette ist, und das ist nicht gerade viel. Wir lassen sie durch den Computer laufen, aber ich dachte, ich versuche es auch noch auf die altmodische Art.«

»Und, hattest du Glück?«

Er sah sie müde an. »Sehe ich so aus?«

»Vielleicht solltest du mal eine kurze Pause machen«, schlug sie vor, während sie einen verpackten Lolli aus der Hosentasche zog. »Hier. Ich habe was für dich.«

Er unterzog den Lolli einer argwöhnischen Musterung, bevor er ihn schulterzuckend nahm. »Wie lange hast du den schon in der Tasche?«

»Allzu lange kann es nicht gewesen sein. Summerset macht immer einen Riesenwirbel, wenn nicht alle Taschen leer sind, wenn er meine Sachen waschen will. Dabei sind es ja wohl meine Taschen. Und vor allem ist das Ding in Folie verpackt.« Er wickelte es aus und steckte es sich in den Mund.

»Ich habe ein paar neue Spuren, denen ich nachgehen will. Unter anderem möchte ich mir die Droidin aus der Wohnung noch einmal genauer ansehen.«

»Die ist sauber.«

»Ja, ich weiß, aber es gibt zwei Möglichkeiten. Entweder, der Killer hat sie programmiert, für den Mord benutzt und dann wieder in den Normalzustand zurückversetzt, oder er hat sie abgeschaltet und eine Kopie von ihr ins Haus geschafft.«

»Du denkst, ein Droide hat den armen Kerl geköpft?«

»Ich gehe nur alle Möglichkeiten durch. Die Planung und die Durchführung der Tat sind zwei verschiedenen Typen zuzuschreiben. Das denkt Mira auch.«

Während er an seinem Lolli lutschte, erzählte ihm Eve von dem Gespräch mit der Psychiaterin.

»Und wie soll er die Droidinnen vertauscht haben?«

»Eins nach dem anderen, Feeney. Außerdem kann ich nicht sicher sagen, dass sie ausgewechselt worden sind. Es wäre nur eine Möglichkeit. Wenn du die Droidin mit Blick auf die beiden Möglichkeiten noch einmal genauer überprüfen könntest, könnten wir ja vielleicht sagen, ob es so gewesen ist.«

»Wenn jemand das Programm eines Droiden ändern wollte, ohne dass man sofort etwas davon merkt, bräuchte er Zeit, einen Ort, an dem er ungestört ist, und vor allem die nötigen Gerätschaften.«

»Die es doch bestimmt bei U-Play gibt. Außerdem arbeiten dort jede Menge Leute zu den unmöglichsten Zeiten. Deshalb hätte man dort die erforderliche Zeit und wäre, wenn man warten würde, bis die anderen nach Hause gehen, vollkommen ungestört.«

Er kratzte sich am Kinn. »Kann sein.«

»Außerdem müsstet ihr bitte die Spieleprotokolle durchgehen, um herauszufinden, ob es bei den Spielen des Opfers ein bestimmtes Muster gab. Welches seine Lieblingsversion war, mit wem er gespielt, wer normalerweise gegen ihn verloren hat und in welcher Version er am besten war.«

»Denkst du etwa, jemand hätte ihn geköpft, weil er beim Spielen verloren hat?«

»Wäre eine Möglichkeit. Wäre durchaus vorstellbar. Warum ist er bei einem Spiel ermordet worden, wenn das Spiel dabei egal ist? Der Mörder ist ein Angeber, findest du nicht auch? Ein fürchterlicher Angeber. ›Guckt nur, wie gut ich bin. Ich habe Wirklichkeit aus diesem Spiel gemacht. Und gewonnen.‹«

»Nur, dass er das niemandem erzählen, dass er nicht mit seiner Leistung glänzen kann«, warf Feeney ein. »Du spielst einfach nicht oft genug. Ein ernsthafter Spieler will, dass sein Name im Ranking erscheint. Er will die Anerkennung, den Applaus, den Ruhm.«

»Okay, okay, verstehe.« Sie stapfte vor Feeney auf und ab. »Vielleicht kriegt er ja die Anerkennung, den Applaus, den Ruhm auf anderem Weg. Wie Leute, die Kunstwerke stehlen oder stehlen lassen, um sie dann in einen Safe zu legen, wo niemand sie sehen kann. Sie gehören ihnen ganz allein. Auch das ist eine Art von Ruhm. Das große

Geheimnis, der Besitz. Dafür braucht man Selbstbeherrschung, Willenskraft und ein Riesenego. All das hat der Mörder auch für diese Tat gebraucht. Für diesen Mord war Präzision, Brutalität und nackte Gewalt erforderlich. Das bringt mich darauf zurück, dass der Kerl möglicherweise nicht alleine war. Vielleicht waren es zwei Menschen, vielleicht ein Mensch und ein Droide, oder vielleicht eine multiple Persönlichkeit, was meiner Meinung nach eher unwahrscheinlich ist.«

Er lutschte an seinem Lolli und kratzte sich erneut am Kinn. »Auf der Droidin ist ein Copyright, weil sie eine Replik eines Filmcharakters ist, für die es Vermarktungsrechte und den ganzen Krempel gibt. Außerdem muss man einen Droiden registrieren lassen. Was man unter Umständen umgehen kann, wenn man ihn auf dem Schwarzmarkt kauft, aber die Droidin, die in dieser Wohnung stand, war echt. Wir haben die Registrierung auf den Namen unseres Opfers und das Echtheitszertifikat. Wenn sie manipuliert wurde, dann so, dass es bei einer normalen Überprüfung nicht herausgekommen ist. Trotzdem können wir sie uns natürlich noch einmal genauer ansehen. Vielleicht kommt dabei ja etwas raus. Und was die Möglichkeit einer Kopie angeht – dieses Modell ist ausnehmend beliebt. Es ist nicht ohne Grund ein echter Klassiker. Aber du kannst ja die Besitzer überprüfen. Vielleicht kommt dabei etwas heraus.«

»Außer, wenn der Täter sie vom Schwarzmarkt hat.«

»Bei einer Wahrscheinlichkeitsberechnung käme meiner Meinung nach heraus, dass das Opfer eine Fälschung umgehend erkannt hätte. Um ihn zu täuschen, hätte unser Täter also ebenfalls ein Original gebraucht. Ich will nicht behaupten, dass es nicht auch Originale auf dem

Schwarzmarkt gibt, aber weshalb hätte er sich dort eine Droidin holen sollen, wenn es kein Verbrechen ist, sich offiziell bei einem zugelassenen Händler so ein Exemplar zu besorgen? Das wäre deutlich weniger riskant, oder nicht? Auf alle Fälle sehen wir uns die Droidin aus der Wohnung noch mal an.«

Er führte sie zur Asservatenkammer und wies sich mit seinem Zugangscode und seinem Daumenabdruck aus.

Zutritt gestattet, Captain Ryan Feeney, stellte eine schnarrende Computerstimme fest, und er öffnete die Tür zu einer regelrechten Elektronikschatzkammer. Computer, Telefone, Monitore, Kommunikations- und Überwachungsapparate waren sorgfältig beschriftet und in meterhohen Regalen abgelegt. Auch Droiden waren gut vertreten. Mechanisch aussehende Haushalts- oder Gartenhilfen, billige Mini-Droiden sowie eine Reihe menschlicher Repliken standen wie Verdächtige nebeneinander aufgereiht.

Eve sah sich die Droidin ihres Opfers an. »Sie trägt kein Kampf-Outfit.«

»Dies ist die Sklavinnen-Version aus Folge sechs. Aber auch in dieser Rolle kann sie sich durchaus behaupten. Weil sie einfach die geborene Rebellin ist und durchaus ihren Teil zum Kampf gegen das Imperium beigetragen hat.«

»Meine Güte, Feeney. Das hier ist eine Droidin – die Kopie eines fiktiven Charakters aus einer Weltraum-Seifenoper.«

»Ich meine ja nur«, murmelte er. »Dieses Modell ist erste Sahne. Sie sieht genauso wie die echte Leia aus und die Programmierungsoptionen sind einfach erstklassig.«

»Hat er mit ihr gespielt?«

»Meine Güte, Dallas«, reagierte er nicht weniger empört als zuvor sie.

»Nicht auf diese Art. Igitt. Ich meine im Rahmen seiner Spiele. Hat er sie als Gegnerin benutzt?«

»Sie ist auf die Teilnahme an Spielen programmiert. Sie kann sich ins Spielprogramm einklinken und das Szenarium und die Regeln hochladen. Sie wäre sicher eine harte Gegnerin.«

So hart sah sie in diesem Outfit gar nicht aus, fand Eve. Doch Feeney wusste ganz bestimmt, wovon er sprach.

»Käme sie mit einem Schwert zurecht?«

»Auf jeden Fall.«

Trotzdem schüttelte Eve den Kopf. »Das Opfer war erheblich größer, und der Schlag hat ihn von schräg oben erwischt. Natürlich könnte sie auf irgendwas gestanden haben oder so.«

»Wenn sie oder eine andere Leia darauf programmiert wurde, so was zu tun, landet diese Serie auf dem Schrotthaufen. Was wirklich schade wäre. Weil sie eine echte Schönheit ist.«

Abermals war Eve versucht, Feeney darauf hinzuweisen, dass die echte Schönheit nur eine Maschine war, doch dann besann sie sich, mit wem sie sprach, und meinte nur: »Guckt sie euch noch einmal an. Ich stelle währenddessen ein paar Recherchen zu diesem Droidenmodell an.«

»Ich werde sie persönlich überprüfen. Auf die Spielszenarien und die Spieler setze ich Callendar an.«

»Danke. Ich bin erst mal unterwegs und gucke mich bei U-Play um.«

»Toller Laden«, stellte Feeney anerkennend fest. »Weshalb diese Sache mit dem Jungen umso schlimmer ist.«

Die Stimmung in dem Unternehmen war deutlich gedämpfter als am Tag zuvor. Obwohl der Lärmpegel noch immer hoch war, hatten die leuchtenden Augen und der etwas irre Blick der Leute, die an den Computern saßen, ernsten Mienen Platz gemacht.

Ein Großteil der Personen, die am Vortag durch das Lagerhaus gehastet waren, hatte heute offenkundig frei genommen, und von denen, die erschienen waren, hatten viele als Zeichen der Trauer schwarze Armbinden zu ihren bunten Kleidern angelegt.

»Lieutenant.« Als Barts Partner Var über die Treppe aus der oberen Etage kam, zeigten Eve die dunklen Ringe unter seinen Augen und sein kreidiges Gesicht, dass er vollkommen erledigt war. »Haben Sie schon was herausgefunden?«

»Wir gehen verschiedenen Spuren nach. Wo sind alle Ihre Angestellten hin?«

»Nachdem wir … die Sache bekannt gegeben hatten, haben wir den Leuten freigestellt, heute zu kommen oder nicht. Eigentlich wollten wir aus Respekt vor Bart ein paar Tage ganz zumachen. Aber dann haben wir uns gesagt, dass es für uns alle leichter ist, solange wir beschäftigt sind. Auch wenn das nicht wirklich hilft.« Er fuhr sich mit den Händen durchs Gesicht. »Ich weiß nicht, vielleicht ist es sogar schlimmer, hier zu sein. Denn hier erinnert uns alles an Bart. Wenn ich irgendetwas mache oder mir was einfällt, will ich zu ihm gehen, um ihn zu fragen, was er davon hält. Dann erinnere ich mich daran, dass ich nie wieder zu ihm gehen kann. Wir haben mit seinen Eltern telefoniert. Gott. Gott. Das war entsetzlich hart. Das war einfach grauenhaft. Morgen Nachmittag veranstalten wir hier eine Gedenkfeier für ihn, weil ... er hier am liebsten war. Glauben Sie, das ist okay? Ich meine, dies ist keine Kirche und auch kein Bestattungsunternehmen, aber ...«

»Meiner Meinung nach tun Sie genau das Richtige.«

»Okay. Tja, das dachten wir auch, also ... okay.«

»Sind Cill und Benny heute da?«

»Ja. Müssen Sie auch mit den beiden reden? Ich kann ...«

»Später«, meinte Eve. »Da Sie schon einmal hier sind, reden vielleicht erst einmal wir zwei. Vielleicht in Ihrem Büro?«

»Ich ... sicher ...« Der Gedanke, dass er ganz alleine mit ihr sprechen sollte, brachte ihn ein wenig aus dem Gleichgewicht, aber trotzdem führte er sie in die obere Etage in einen mit Glaswänden versehenen Raum.

»Wollen Sie niemals Ihre Ruhe haben?«, fragte sie.

»Hm.« Überrascht sah er sich um.

»Egal.« Auch sie blickte sich um und entdeckte einen vollen Schreibtisch, mehrere Computer, jede Menge Spielzeug sowie einen Barhocker, der aussah wie ein mehrarmiger Alien. »Mir ist nicht ganz klar, wer von Ihnen welche Aufgabe in diesem Unternehmen hat. Sie vier waren Partner, aber trotzdem hat doch sicher jeder von Ihnen bestimmte Pflichten oder Aufgaben.«

»Nun, wir arbeiten alle in der Entwicklung. Je nachdem, wessen Konzept es ist, haben wir die verschiedenen Entwicklungsphasen aufgeteilt.«

Er setzte sich und schaltete sein Headset aus. »Benny ist hauptsächlich für Recherche zuständig, Cill fungiert als Organisatorin und als eine Art Mutter für das Personal, und ich kümmere mich um das Marketing. Aber unsere Aufgabenbereiche überlappen sich. Die Aufgaben sind eher locker verteilt. Weil uns das so gefällt.«

»Und was hat Bart gemacht?«

»Spiele entwickelt, was wohl sonst? Er hat aus egal welchem Konzept immer das Beste rausgeholt. Vielleicht könnte man sagen, dass er auch den geschäftlichen Aspekt des Unternehmens besser als wir anderen verstanden hat. Buchführung, Kundenmanagement und Finanzen. Die Gewinnmargen, Entwicklungskosten, all das Zeug. Wir kennen uns alle halbwegs damit aus, aber er hatte den Großteil dieser Sachen einfach hier oben drin.« Er tippte sich gegen die Stirn. »Vor allem war er das Gesicht von U-Play.«

»Er stand also im Rampenlicht.«

»Er ist eben gerne rausgegangen, hat sich unters Volk gemischt und Small Talk geführt.« Seufzend fuhr er sich mit einer Hand über das kurze Haar. »Benny wird immer total nervös, wenn er mit Fremden reden soll, und Cill wird unsicher und lässt sich deutlich anmerken, dass sie sich unwohl fühlt.«

»Und Sie?«

»Ich habe lieber meine Ruhe.« Lächelnd fügte er hinzu: »Sie wissen schon, ich halte mich lieber im Hintergrund, kümmere mich um die internen Angelegenheiten, regele die Dinge hier im Haus. Computerfreaks sind allgemein nicht unbedingt gesellig. Bart war eine Ausnahme. Möchten Sie was trinken? Eine Limo oder so?«

»Nein, danke. Und wer wird U-Play jetzt nach außen hin vertreten?«

»Ich ... ich weiß es nicht. Darüber haben wir noch nicht gesprochen. Daran haben wir bisher noch gar nicht gedacht.« Er ließ den Kopf nach vorn sinken und starrte seine Knie an. »Wir müssen erst einmal versuchen, diesen Tag, den nächsten und den übernächsten irgendwie zu überstehen.«

»Vielleicht holen Sie ja einen neuen Partner mit ins Boot.«

»Nein«, erklärte er entschieden und sah eilig wieder auf. »Dies ist unser Laden, und wir finden einen Weg, ihn so weiterzuführen wie bisher.«

»Und wann bringen Sie jetzt *Fantastical* heraus?«

»Wir werden den Zeitplan einhalten. Weil dieses Spiel Barts Baby war.«

»Ich brauche eine Kopie dieser Diskette, Var.«

»Sie ist fast fertig, und wir werden sie Captain Feeney persönlich überbringen lassen. Hm. Aber vorher müssen Sie noch ein paar Dinge unterschreiben. Eine Vertraulichkeitserklärung und das ganze Zeug.«

»Okay. Bart hat ziemlich viel an dem Programm gearbeitet. Hat es öfter ausprobiert und verschiedene Szenarien und Level durchgespielt.«

»Sicher. Das haben wir alle. Das ist schließlich Teil von unserem Job.« Seine Miene wurde wieder ernst. »Weshalb sollte jemand anderes Spaß an dem Spiel haben, wenn es uns nicht selbst gefällt? Man kann nichts vermarkten, woran man nicht auch glaubt. Oder auf jeden Fall nicht gut.«

»Da haben Sie natürlich recht. Also, hatte er ein Szenarium besonders gern gespielt?«

»Er hat die Szenarien gern vermischt. Das ist einer der Vorzüge von diesem Spiel. Je nach Stimmung kann man damit machen, was man will.«

»Und welches Szenarium haben Sie zwei am häufigsten gespielt?«

»Himmel, wir sitzen seit Monaten an diesem Spiel. Da haben wir alle möglichen Szenarien ausprobiert. Wilder Westen, altes Rom, paralleles Universum, Schatzsuche, Geiselbefreiung, Gangsterkrieg. Wahrscheinlich haben wir im Lauf der Zeit sämtliche Szenarien durchgespielt.«

»Und wer von Ihnen hat gewonnen?«

Var lachte kurz auf. »Bart zu schlagen, war nicht leicht, aber trotzdem habe ich im Lauf der Zeit ein paar Punkte kassiert.« Dann wurde seine Stimme wieder ernst. »Es ist wirklich seltsam, dass er nie mehr mit mir spielen wird. Dass er, wenn *Fantastical* herauskommt, nicht dabei sein wird.«

»Da haben Sie recht. Spielen Sie jemals mit Droiden?«

»Mit Droiden?« Blinzelnd kehrte Var in die Gegenwart zurück. »Sicher. In verschiedenen Phasen der Entwicklung werden sie für Testzwecke benutzt. Weil kein Mensch so gut dichthalten kann. Aber in den letzten Phasen müssen Menschen unsere Spiele ausprobieren. Weil schließlich auch unsere Kunden Menschen sind.«

»Entschuldigung«, bat Cill aus Richtung Tür. »Ich habe Sie hier drin gesehen, Lieutenant. Haben Sie was … gibt es irgendwelche Neuigkeiten?«

»Leider nein. Ich bin nur hier, weil ich mir einen genaueren Eindruck von der ganzen Angelegenheit verschaffen will. Danke, dass Sie sich die Zeit für ein Gespräch genommen haben«, sagte sie zu Var und wandte sich erneut an Cill. »Warum gehen wir nicht in Ihr Büro? Ich werde versuchen, nicht allzu viel von Ihrer Zeit zu beanspruchen.«

»Schon gut. Beanspruchen Sie so viel Zeit, wie Sie benötigen. Var, wenn der Lieutenant mit mir fertig ist, werde ich nach Hause fahren. Ich habe alles vermasselt, was ich heute angefangen habe, es hat wahrscheinlich keinen Sinn, noch länger hier herumzusitzen, weil ich einfach vollkommen neben der Kappe bin.«

»Soll einer von uns mitkommen?«

»Nein. Nein. Ich glaube, ich muss einfach erst einmal alleine sein. Ich brauche noch ein bisschen Zeit. Wenn du Benny vor mir siehst, kannst du ihm ausrichten, dass ich nach Hause gehe. Aber morgen bin ich wieder da. Morgen wird's mir sicher besser gehen.«

»Ich rufe nachher bei dir an, um zu sehen, ob du in Ordnung bist.« Er trat auf sie zu und nahm sie etwas unbeholfen in den Arm. »Versuch, dich etwas auszuruhen, okay?«

»Ja. Du auch.« Ihre hellen Augen wurden feucht und eilig wandte sie sich ab. »Zu meinem Büro geht's hier entlang, Lieutenant.«

Auf dem Weg sah Eve sich noch einmal um. Var stand hinter der Glaswand seines eigenen Büros und sah ihnen mit unglücklicher Miene hinterher.

»Möchten Sie was trinken?«, fragte Cill. »Ich habe Energiedrinks, Softdrinks, Limo, ohne Zucker oder mit.«

»Nein, aber holen Sie sich ruhig etwas.«

»Ich habe weder Durst noch Appetit.« Cill stopfte ihre Hände in die Hosentaschen, zog sie wieder heraus und verschränkte ihre Finger. »Sie machen so was ständig. Ich meine, Sie reden praktisch jeden Tag mit Menschen, die jemanden verloren haben. Und ich frage mich, ob Sie mir sagen können, wie lange es dauert, bis man vergisst, dass man jemanden verloren hat, bis man nicht mehr ständig damit rechnet, denjenigen zu sehen.«

»Es ist nicht leicht«, erklärte Eve.

»Ich weiß nicht, ob es nicht noch schlimmer ist, wenn

man nicht mehr damit rechnet, den Menschen zu sehen. Ob es nicht noch schlimmer ist, wenn mir die ganze Zeit bewusst ist, dass er nicht mehr lebt. Es ist wie wenn Sie auf Ihre Hände sehen, ohne bewusst daran zu denken, dass sie da sind. Weil es vollkommen normal ist, sie zu sehen. Und wenn Sie sie verloren hätten, würden Sie doch sicher trotzdem weiter damit rechnen, sie zu sehen.«

»Wahrscheinlich. Vielleicht sollten Sie zu einer Trauerberatung gehen. Ich kann Ihnen ein paar Leute nennen, mit denen Sie reden und die Ihnen vielleicht helfen können.«

»Ja, vielleicht.« Sie schob ihr dunkles Haar hinter die Schultern. »Ich war bisher noch nie bei einem Psychologen oder so. Aber vielleicht sollte ich jetzt wirklich zu einem gehen.«

»Sie haben Bart sehr lange gekannt. Sie haben doch sicher oft gemeinsam programmiert oder Spiele ausprobiert.«

»Und ob. Außerdem sitzen wir oft zusammen, bestellen Pizza oder so und denken uns irgendwelche neuen Sachen aus. Danach überlegen wir, wie man die in ein Programm umschreiben kann. Wobei Benny meistens die Recherche übernimmt. Denn wenn man das Spiel von jemand anderem kopiert, vergeudet man dadurch jede Menge Zeit und Geld.«

»Sie haben also Ideen ausgebrütet.«

»So könnte man sagen, ja. Wir haben unsere Ideen einander vorgestellt und sie dann zusammen weiterentwickelt, bis ein Spiel daraus geworden ist.«

»Und wer kam auf *Fantastical?*«

»Ah … verflixt.« Sie setzte sich und runzelte die Stirn. »Ich bin mir nicht ganz sicher. Bei dem gemeinsamen

Brainstorming kommen immer jede Menge Sachen raus. Ich glaube, Var hatte diese Idee zu einem Fantasiespiel, bei dem der Benutzer die Szenarien selbst entwickeln kann. Und dann glaube ich … ja, dann habe ich gesagt, dass es das schon haufenweise gibt. Deshalb müssten wir einen Schritt weiter gehen. Die Bildqualität verfeinern und die Verzögerungseffekte aufheben.«

Sie wandte sich ab, starrte durch die Glaswand des Büros auf die Leute, die daran vorüberliefen, und fuhr fort. »Wenn ich mich recht entsinne, meinte Benny dann, dass es auch solche Holo-Spiele und Programme haufenweise gäbe, und dass die Bildqualität der Spiele von Roarkes Firma unmöglich zu toppen wäre. Wir müssten also *noch* einen Schritt weiter gehen.«

»Und Bart hat nichts zu alledem gesagt?«

»Oh, er hält sich oft erst mal zurück und entwickelt währenddessen in Gedanken eine eigene Idee.« Sie stand auf, trat mit flüssigen Bewegungen vor ihren Kühlschrank und nahm einen Energiedrink aus dem Fach.

Offenbar machte sie regelmäßig Yoga, dachte Eve. Weil ihre Art sich zu bewegen kraftvoll und geschmeidig war.

»Wollen Sie vielleicht doch etwas?«

»Nein danke«, wiederholte Eve.

Cill öffnete die Dose, hob sie an den Mund, trank einen kleinen Schluck und stellte sie auf ihrem Schreibtisch ab. »Sieht aus, als wollte auch ich nicht wirklich was. Jetzt weiß ich nicht mehr, wo ich war. Ach ja, wir haben also weiter überlegt, und dann meinte Bart mit einem Mal, wir müssten nicht nur die Qualität der Bilder, sondern die gesamte Technologie ausbauen. Wir bräuchten die intelligente Technologie, wie sie das Militär für Trainingszwecke nutzt. Die müssten wir auf unser neues Spiel anwenden, zusammen mit den sensorischen Funktionen und der verbesserten Bildtechnik ergäbe das ein völlig neues Spielgefühl.«

Sie griff erneut nach ihrer Dose, hielt sie aber, statt zu trinken, einfach fest. »Die Entwicklung eines solchen Spiels kostet jede Menge Zeit, Energie und Geld, aber er hat uns überzeugt. Meinte: ›Wir bieten nicht nur eine Auswahl vorgegebener Szenarien an, sondern geben den Leuten die Möglichkeit, selbst zu entscheiden, was sie spielen wollen. Geben ihnen die Möglichkeit, ihre eigenen Fantasien zu programmieren oder mit Elementen vorgegebener Szenarien zu mischen – wie sie wollen.‹ Den Vorschlag haben wir weiter ausgesponnen und am Ende stand das Grundkonzept des neuen Spieles fest. Danach haben wir die Ärmel hochgekrempelt und uns überlegt, wie zum Teufel uns die Umsetzung dieser Idee gelingen soll.«

Mit dem Anflug eines Lächelns fügte sie hinzu: »Wir haben es geschafft. Ein so heißes Spiel gab es noch nie.«

»Sie haben es ausprobiert und mehrere Szenarien durchgespielt.«

»Verdammt, natürlich. Meistens, nachdem alle anderen gegangen waren. Weil eine so große Sache nicht verfrüht nach außen dringen darf. Deshalb wollen wir auch, dass Felicity Sie die Verschwiegenheitserklärung unterschreiben lässt, bevor die Polizei eine Kopie des Spiels von uns bekommt.«

»Was durchaus verständlich ist. Welches war Barts Lieblingsszenarium?«

»Oh, er hat die Szenarien oft vermischt. Aber ganz egal, was er gespielt hat, war er stets der Held. Wer ist nicht gern der Held? Er hat Szenarien geliebt, in denen es um eine gute Sache, eine Frau, um seine Seele – oder besser noch, alles zusammen – ging.«

»Das Programm versetzt einen also in die gewählte Szene, und dann muss man arbeiten, wenn man etwas erreichen will.«

»Anders würde es keinen Spaß machen.«

»War er ein guter Kämpfer?«

»Besser als wir anderen. Bart sieht gerne Filme über Kämpfe mit Schwertern, Messern oder Schusswaffen. Er hat Lehrfilme dazu studiert und sich mit Soldaten, Cops und anderen Fachleuten ausgetauscht. Weil man, wenn man programmiert, die Bewegungen und Strategien beim Kämpfen kennen muss, damit man sie den Spielern anbieten kann.«

Geistesabwesend trank sie den nächsten Schluck aus ihrer Dose und starrte erneut durch die gläserne Wand ihres Büros. »Ich nehme an, die meisten Programmierer sind eher unsportliche Typen, aber Bart hat praktisch jeden Tag trainiert. Denn er will gewinnen und vor allem spielt er wirklich gern. Weshalb er einfach ein super Spieler ist. War«, verbesserte sie sich und fuhr mit rauer Stimme fort: »Er war für mich der beste Freund der Welt. Ich weiß einfach nicht, was ich jetzt machen soll. Ich weiß nicht, was wir alle jetzt machen sollen.«

Eve zog eine Karte aus der Tasche und schrieb ein paar Namen und Adressen auf. »Rufen Sie eine dieser Personen an. Manchmal hilft es, wenn man einfach jemandem sein Herz ausschütten kann.«

»Ja, okay. Ich nehme an, Sie haben recht. Ist es für Sie in Ordnung, wenn ich jetzt nach Hause gehe?«

»Ja. Nur eine Frage noch. Kennen Sie eine Familie Sing?«

»Na klar. Die beiden Jungs sind total süß.«

»Var hat mir etwas von einer Gedenkfeier für Bart erzählt. Die Familie würde gerne kommen. Vielleicht könnten Sie sie anrufen und ihnen sagen, dass sie dazu eingeladen sind?«

»Das mache ich. Sie stehen sowieso bereits auf meiner Liste, aber wenn Sie wollen, rufe ich die Sings als Erste an. Von meiner Wohnung aus. Ich möchte bei diesem Gespräch lieber zu Hause sein.«

»Okay. Wo kann ich Benny finden?«

»Ich habe ihn vorhin an seinem Schreitisch sitzen sehen. Wir sitzen heute praktisch alle drei nur sinnlos hier herum und versuchen, irgendwie den Tag zu überstehen. Deshalb nehme ich an, er sitzt noch immer dort.«

10

Als sie Bennys Büro betrat, war er nicht dort. Doch die offene Tür und die gläsernen Wände luden praktisch dazu sein, sich trotzdem darin umzusehen. Wie in allen anderen Büros fanden sich auch hier ein Kühlschrank und ein AutoChef, eine Reihe von Computern, jede Menge Spielzeug und die Spielesammlung, die für jemanden aus dieser Branche offensichtlich unerlässlich war.

Die Zahl der Akten und das Durcheinander waren größer als bei Var, aber kleiner als bei Cill, bemerkte Eve. Auf dem Schreibtisch stapelten sich Memowürfel, neben denen noch ein riesiger Diskettenhaufen lag. In einem Regal waren noch mehr Disketten ordentlich nach Nummern aufgereiht, und wie Mira hatte Benny ein paar Fotos in seinem Büro verteilt.

Eve studierte Benny, Cill und Bart als Kinder. Alle wirkten frisch, grinsten ein wenig schief, und auf dem Kopf von Benny, der schon damals groß und dürr gewesen war und die beiden anderen um Haupteslänge überragte, explodierte eine dichte Masse leuchtend roten Haars. Zwischen ihm und Cill, deren wache, leuchtend grüne Augen blitzten, stand der todgeweihte Bart. Auf einem anderen Foto sah man sie als Teenager an einem Strand in Jersey. Alle hatten dicke Sonnenbrillen auf den Nasen, bunt bedruckte T-Shirts, windzerzaustes Haar und nahmen extra für den Fotografen wilde Gangsterposen ein. Auf einem dritten Bild trugen die drei Kostüme. Cill trug eine Fantasieperücke mit zu dicken Schnecken aufgedrehten Haaren, unter denen ihre Ohren nicht zu sehen waren, ein weißes, weich fließendes Kleid und hielt eine dicke Knarre in der Hand. Benny, der wie ein Weltraumsoldat gekleidet war, grinste über beide Ohren und zielte wie Cill mit einem furchteinflößenden Gewehr in Richtung Kamera. Bart trug eine weiße Tunika und hielt ein schmales Leuchtschwert in der Hand.

Einen Lichtsäbel, verbesserte sich Eve. Denselben Säbel wie die *Krieg-der-Sterne*-Jedi-Ritter, mit dem auch seine Droidin in den Filmen ausgerüstet war.

Eve sah sich den Lichtsäbel genauer an und schüttelte den Kopf. Die Mordwaffe hatte eindeutig eine andere Form gehabt.

Auf anderen Aufnahmen, auf denen die Freunde schon etwas älter und zusammen auf dem College waren, entdeckte sie auch Var. Er hatte wild zerzaustes Haar, war nachlässig gekleidet und sah immer irgendwie verschlafen aus. Dann standen die vier inmitten grauer Schneeflecken vor ihrer Lagerhalle. Alle hatten U-Play-T-Shirts an und prosteten dem Fotografen grinsend mit Champagnergläsern zu.

Alle diese Einzelheiten prägte Eve sich ein, bevor sie das Büro wieder verließ. Sie blickte auf die gläsernen Kabuffs, die offenen Treppen und die Schreibtische. Obwohl es in der Firma nicht so hektisch wie am Vortag war, liefen immer noch genügend Leute zwischen den verschiedenen Arbeitsplätzen hin und her.

Sie runzelte die Stirn, als sie bemerkte, wie die Sonne blitzend durch die unzähligen Scheiben fiel, weshalb nur ein geringer Teil der Räumlichkeiten je im Schatten lag.

Interessant. Denn zu bestimmten Tageszeiten konnte man bestimmte Ecken der Büros aufgrund des grellen Sonnenlichts kaum sehen.

Sie hielt einen Kerl auf einem Luftbrett an, der sein Haar in ungefähr 500 000 winzig kleinen Zöpfen trug. »Wissen Sie, wo Benny ist?«

»Hm. In seinem Büro?«

»Nein.«

»Hm. Vielleicht ist er heimgegangen. Ist schließlich ein Scheißtag. He, Jessie? Benny?«

»Hm. Ich glaube, Labor drei. Vielleicht.«

»Labor drei«, wiederholte der Zöpfchenträger hilfsbereit. »Vielleicht.«

»Und wo ist das?«

»Hm. Im zweiten Stock.« Er wies nach Osten. »Da entlang.«

»Danke«, meinte Eve, während sie sich fragte, wie oft dieser Kerl an einem Tag wohl »Hm« ausstieß.

Um sich noch ein wenig umzusehen, begab sie sich auf Umwegen in Richtung des Labors. Niemand hielt sie auf, fragte, wer sie war und was sie in der Firma tat. Alle kümmerten sich nur um ihre eigenen Angelegenheiten oder standen unglücklich in kleinen Grüppchen irgendwo zusammen, und die schwarzen Armbinden hoben sich wie Verletzungen von ihren bunten Kleidern ab.

Ab und zu bemerkte Eve, wie jemand wirklich eine Ausweiskarte nutzte, um die Tür zu irgendeinem Raum zu öffnen, doch die meisten Türen standen auf.

Sie entdeckte Benny durch die Glasscheibe eines Labors, an dessen Außenwand sie eine Reihe von Computern und diverse Monitore stehen sah. Er übte gerade irgendeinen Kampfsport aus. Eve sah, dass er grimmig das Gesicht verzog, seine Augen aber waren hinter einer Virtual-Reality-Brille versteckt.

Trotz seiner Strichmännchen-Figur bewegte er sich kontrolliert, geschmeidig, schnell.

Er saß eindeutig nicht den ganzen Tag vor dem Computer, wo er sich nur als Kämpfer ausgab.

Die Daumen in den Gesäßtaschen von ihrer Jeans wartete sie reglos ab, bis sich Benny vor dem virtuellen Gegner abschließend verbeugte, klopfte dann aber entschlossen an.

Er zuckte zusammen, und als er die Brille abnahm, hatte er den glasigen, verhangenen Blick, der ihr verriet, dass er noch immer in der virtuellen Welt des Spiels gefangen war.

Nachdem er sich zuerst vertippt hatte, gab er den richtigen Code des Schlosses ein und öffnete die Tür.

»Lieutenant Dallas. Tut mir leid, ich wusste nicht, dass Sie im Haus sind.«

»Kein Problem. Sie sind echt gut in Form. Welchen Gürtel haben Sie?«

»Oh, keinen.« Im Vergleich zu seinen flüssigen Bewegungen während des Spiels kam ihr sein Achselzucken überraschend unbeholfen vor. »Oder zumindest nicht in Wirklichkeit. Virtuell oder im Holo-Raum bin ich der Held, aber im wahren Leben habe ich nie irgendeinen Kampfsport ausgeübt.«

»Aber das sollten Sie.«

»Nun ...« Wieder hob er ruckartig die Schultern an. »Gibt es irgendwelche Neuigkeiten? Wissen Sie, wer Bart ermordet hat?«

»Wir arbeiten daran. Haben Sie gerade ein neues Spiel getestet?«

»Nein. Nicht wirklich. Wir bauen in unsere VR-Trainingsprogramme immer wieder mal neue Funktionen oder Schwierigkeitsgrade ein. Aber eigentlich musste ich kurz weg von alldem. Wir hätten den Laden heute schließen sollen.« Er sah an Eve vorbei. »Wahrscheinlich hätten wir schließen sollen. Aber Var dachte, dass es uns allen besser gehen würde, wenn wir hier zusammen sind und etwas tun. Sicher hat er recht. Ich weiß nicht, was ich zu Hause machen würde.« Er zuckte zum dritten Mal mit seinen Achseln. »Wahrscheinlich dasselbe wie hier, nehme ich an. Tut mir leid. Möchten Sie vielleicht reinkommen? Oder sollen wir in den Pausenraum gehen? Oder sonst wo hin?«

»Ich komme einfach rein.« Sie trat an ihm vorbei. »Führen Sie hier drin auch Tests oder Entwicklungsschritte durch?«

»Sicher. Die meisten Virtual-Reality- und interaktiven Bildschirme sind in diesem Labor. Dann gibt's hier noch Monitore für die normalen Computer- oder Taschenspiele, für die Trainingsprogramme und Holographien. Außerdem stelle ich hier manchmal Recherchen an und vergleiche das Zeug, das auf dem Markt ist, mit Sachen, an denen wir arbeiten.«

»Macht sicher Spaß.«

»Ja, meistens. Bart … er hat von Anfang an dafür gesorgt, dass jeder spielt. Das gehört bei uns zum Job. Jeder, der hier arbeitet, muss eine bestimmte Stundenzahl hier spielen. Weil Bart der Ansicht war, dass man keine Spiele entwickeln kann, wenn man nicht selber Spiele spielt.«

»Dann kann also jeder, der hier arbeitet, die Dinge ausprobieren, die noch in der Entwicklung sind?«

»Nein. Das hängt von seiner Position hier in der Firma und von seiner Beteiligung an den verschiedenen Projekten ab. Aber wir haben unseren Angestellten alle unsere Spiele, die schon auf dem Markt sind, und jede Menge Spiele unserer Konkurrenz zur Verfügung gestellt. Wollen Sie mal eins ausprobieren?«

»Wie wäre es mit *Fantastical?*«

Er zuckte zusammen. »Tut mir leid, aber das geht nicht. Dieses Spiel probieren wir noch nicht mit Angestellten aus. Meistens sitzen wir an den Wochenenden und nach Feierabend dran. Noch ein paar Wochen und wir müssten so weit sein. Bart überlegt bereits, wie wir es auf dem Markt einführen sollen … ich meine … Gott. Verdammt.«

Er lehnte sich gegen seinen Schreibtisch, als trügen seine langen Beine ihn mit einem Mal nicht mehr. »Es will mir einfach nicht in den Kopf. Ich begreife es einfach noch immer nicht. Er ist nicht mehr da. Er ist wirklich nicht mehr da.«

»Bart hatte also große Pläne für das neue Spiel.«

»Auf jeden Fall. Er hatte das Talent, immer das große Ganze zu sehen, und hatte für den Fall der Fälle immer schon Ersatzpläne parat.«

»Sie kennen sich schon lange. Ich habe Sie eben in Ihrem Büro gesucht und die Aufnahmen gesehen.«

»Ja. Ich kann mich kaum an eine Zeit erinnern, in der Cill und Bart nicht ständig in der Nähe waren. Später kam noch Var dazu.« Er malte mit dem Zeigefinger ein gleichmäßiges Viereck in die Luft. »Wir waren wie die vier Eckpfeiler eines Quadrats. Oh Gott.«

»Es ist bestimmt nicht leicht für Sie. Weil er schließlich Ihr Freund und Partner war. Sie hatten anscheinend sehr vieles gemein. Das Bild mit den Kostümen. *Krieg der Sterne,* oder?«

»Ja. *Eine neue Hoffnung*. Episode vier.« Er stieß einen Seufzer aus, presste sich die Handballen gegen die Augen und ließ sie müde wieder sinken. »Leia, Luke und Han. Das war im Sommer, bevor wir auf dem College angefangen haben, auf einer Welt-Con.«

»Bart muss ein Riesen-*Krieg-der-Sterne*-Fan gewesen sein. Das Kostüm und die Droidin in der Wohnung …«

»Vielleicht kann man sogar sagen, dass er erst durch *Krieg der Sterne* ein derartiger Spielefan geworden ist. Das CGI, das Luke entwickelt hat …« Der Hauch von einem Lächeln huschte über sein Gesicht. »Ich fange besser gar nicht davon an.«

»Dann hat er doch sicher ziemlich oft *Krieg der Sterne* auch als Spiel gespielt. Vielleicht hat er ja auch ein paar von seinen Lieblingsszenen für das neue Spiel verwandt.«

»Nicht unbedingt. Ich meine, er hat nicht wirklich *Krieg-der-Sterne*-Szenen für das neue Spiel benutzt. Weil es schon jede Menge *Krieg-der-Sterne*- oder Jedi-Spiele gibt.«

»Aber er wusste, wie man einen Lichtsäbel benutzt.«

»Auf jeden Fall. Virtuell oder im Holo-Raum konnte er auch jedes Raumschiff fliegen. Wenn Bart anfängt zu spielen, trainiert er immer so lange, bis er den höchsten Level mühelos erreicht.«

»Und welches Szenarium hat er bei dem neuen Spiel am liebsten oder häufigsten gespielt?«

»Himmel, da haben wir fast jeden Tag was anderes ausprobiert. Weil man das in der Entwicklungsphase muss.« Doch die Frage und das Nachdenken darüber schienen Benny zu beruhigen, deshalb fuhr er fort. »Er liebt die Schlachtszenen. In denen man ein Mädchen, eine Stadt oder einen ganzen Planeten retten muss. Mit Hilfe von Zauberei, indem man den Drachen tötet oder sich dem Schwarzen Ritter stellt. Das Tolle an dem neuen Spiel ist, dass man alles ausprobieren kann. Dass man eine eigene Welt und die dazugehörige Mythologie kreieren kann.«

Es war ihm deutlich anzusehen, wie aufregend das für ihn war. »Bart ist der unbestrittene Champion im Aufbau verschiedener Welten. Er hat die ersten Entwürfe gemacht und sich dafür sogar die Drehbücher der Filmversionen von *Charrah* und *Third Star* angesehen. Bart ist selbst ein wirklich guter Drehbuchautor, und weil er auch super programmieren kann, kriegt er immer fantastische Szenarien hin.«

Abermals stieß Benny einen Seufzer aus wie ein Ballon, aus dem die Luft entwich. »Ich kriege es einfach nicht in den Kopf, dass er tatsächlich nicht mehr da sein soll. Es ist, als ob mein Hirn diesen Gedanken im Minutentakt verdrängt. Ich weiß nicht, was wir machen sollen. Wird es besser, wenn Sie rausfinden, wer das getan hat, wenn sein Mörder hinter Gittern sitzt? Glauben Sie, dass es dann besser wird?«

»Das weiß ich nicht. Aber zumindest wären dann das Wer und das Warum geklärt und vor allem geht es dabei um Gerechtigkeit.«

»Das ist wichtig«, pflichtete ihr Benny nickend bei. »Weil Gerechtigkeit Bart wichtig war. Ich schätze, deshalb hat er so gerne den Helden gespielt. Aber auch Gerechtigkeit bringt ihn uns nicht zurück.«

»Nein, das tut sie nicht.«

Damit ließ sie ihn stehen, wandte sich der Treppe zu, und als sie auf dem Weg nach unten über ihre Schulter sah, hatte er sich seine Brille wieder ins Gesicht geschoben und ballte die Hände beim Eröffnungsgruß.

Er tauchte also noch einmal eine Weile ab.

Nach der schwülen Hitze, die den Menschen auf den Straßen von Ost-Washington entgegenschlug, fühlte sich die kühle Luft der Eingangshalle des Hotels einfach fantastisch an.

Noch besser war, dass Peabody sich in der pflaumenblauen und purpurroten Hose, deren unzählige Reißverschlüsse ihrer Meinung nach ihr Hinterteil erheblich kleiner wirken ließen, superschick vorkam. Dazu trug sie kniehohe Lackstiefel und ein tief ausgeschnittenes, ärmelloses Hemd, in dem ihr wohlgeformter Busen vorteilhaft zur Geltung kam.

Auf einer ihrer wohlgeformten Brüste prangte eine aufgeklebte Tätowierung eines Flügeldrachen, der im Innern eines Herzens hockte, ihre Augen waren grell geschminkt, ihre Haare wild gelockt und ihre Arme dick mit Armreifen behangen.

Sie sah ganz sicher nicht wie eine Polizistin aus.

Dass ihr Outfit funktionierte, hatte auch McNab ihr deutlich zu verstehen gegeben, denn mit einem schmeichelhaften *Aber hallo* hatte er begeistert an ihr pralles Hinterteil gelangt.

Sie hatten sich, wie es bei einem Undercover-Job empfohlen war, hervorragend an die Umgebung angepasst. Sie in Pflaumenblau und Bonbonrosa und McNab in einer leuchtend grünen Cargohose und dem Son-Of-Zark-T-Shirt, auf das bestimmt die Hälfte aller Con-Besucher höllisch neidisch war.

Als sie Hand in Hand durch das Foyer in Richtung Kasse glitten, hatten sie in ihren unzähligen Hosentaschen Waffen, die von der Security diskret getestet worden waren, Handschellen, Handys, Smartphones sowie ihre Dienstmarken versteckt. Denn schließlich mussten sie für eine Auseinandersetzung gewappnet sein, obwohl nicht damit zu rechnen war.

Sie holten ihre Eintrittskarten, zwei Go-Cups mit den aufgedruckten Hauptfiguren eines neuen Spiels, ein paar Rabattgutscheine, Navi-Discs und Gratis-Downloads ab und traten an den ersten Tisch.

»Das setzt dem Ganzen noch das Sahnehäubchen auf«, verkündete McNab. »Das hier ist echt der Hit. Hast du gesehen, dass sie den ganzen Tag VR-Demos der Spiele laufen lassen und, oh Mann, da drüben steht das neue tragbare 3-Z. Es hat sogar Holo-Funktion. Kostet ein Vermögen und ist noch nicht wirklich ausgefeilt, aber man braucht keinen Holo-Raum mehr, wenn man Holos spielen will.«

Peabody blieb lange genug stehen, um sich die Demo anzusehen. »Die Figuren sehen wie Gespenster aus. Flache, wabbernde Gespenster.«

»Wie gesagt, es ist noch nicht ganz ausgefeilt. Gib ihnen noch ein paar Jahre Zeit. Dann beherrscht diese Technologie die ganze Welt, Baby.«

Die Luft in der Halle surrte, brodelte und zischte, und sie schlenderten an Aliens, Kriegern, Schurken, Helden, Freaks vorbei.

Vor den Demo-Ständen und den Tischen, an denen man Spielfiguren oder Filmschauspieler traf, hatten sich die Leute in endlose Schlangen eingereiht, und auf großen Monitoren tobten Weltraumkriege, Schlachten, jagten irgendwelche Flieger schnellen Flitzern auf den Straßen hinterher, fochten Magier wilde Kämpfe miteinander aus.

»Da drüben ist der Stand von U-Play«, meinte Peabody nach einer Weile. »Vielleicht sollten wir uns dort ein bisschen rumdrücken und zuhören, was man sich erzählt.«

»Ja. Ja.« McNab verrenkte sich den Kopf, um noch kurz auf einen Monitor zu sehen. »Das könnte ich besser. Das habe ich schon besser hingekriegt. Vielleicht sollte ich 'ne Runde spielen. Dann wäre meine Tarnung rundherum perfekt.«

»Später. Wenn mich Dallas anruft, während du dich hier vergnügst, kriegt sie mich dafür mit am Arsch. Erst mal nehmen wir Kontakt zu ein paar Händlern auf, verschaffen uns einen ersten Eindruck und gucken, was es hier an Waffen gibt. *Danach* kannst du beweisen, dass du der *Wormhole*-König bist.«

»Ach She-Body.« Er nahm sie zärtlich in den Arm. »Wie kann ein Mensch nur derart praktisch sein? Eine Etage tiefer haben sie auch Spiele für Erwachsene.«

Sie sah ihn unter ihren pflaumenblau getönten Wimpern hervor an. »Ach ja?«

»Ich habe mir die Karte angesehen.«

»Tja ... würde durchaus zu unserer Tarnung passen. Und wenn es dabei um die gute Sache geht ...«

»Auf jeden Fall. Wenn wir hier herumlaufen und nicht zumindest ein paar Spiele spielen, schöpft bestimmt jemand Verdacht.«

»Dann arbeiten wir uns eben gleich in die untere Etage vor.« Sie knabberte an seinem dicht beringten Ohr. »Du wirst schon sehen, was du davon hast.«

»Das nenne ich wahren Kampfgeist.« Hochzufrieden kniff er ihr ins Hinterteil.

Die Besucherschar am U-Play-Stand hob sich leuchtend bunt vor dem Hintergrund aus schwarzen Tüchern ab. An der Wand hinter dem Tisch prangte ein Poster von Bart Minnock, der auf einem Bildschirm einen Vortrag über Spiele hielt.

Einige Besucher schluchzten leise vor sich hin, andere kauften Souvenirs, Action-Figuren, Spiele oder Spielkonsolen, auf die es im Gedenken an den toten Firmengründer einen einmaligen Nachlass gab.

Peabody schob sich entschlossen durch die Menge und starrte die Frau hinter dem Tisch mit großen Augen an. »Ist er wirklich tot? Ich habe gehört, die Nachricht wäre nur ein Werbegag.«

»Er ist wirklich tot.« Die bereits verquollenen Augen der PR-Frau wurden feucht. »Wir sind alle am Boden zerstört.«

»Haben Sie ihn gekannt?«, fragte McNab. »Ich meine, persönlich?«

»Nein, nicht wirklich. Ich arbeite hier in Ost-Washington. Mache hauptsächlich das Marketing für diese Region. Aber ich bin ihm des Öfteren begegnet. Ein unglaublich netter Kerl.«

»Also bitte«, mischte sich auch Peabody wieder in das Gespräch. »Es kann ja wohl unmöglich so gewesen sein, wie sie behaupten. Dass man ihm in einem Holo-Raum den Kopf abgeschlagen hat. Das klingt für mich nach einem Spiel.«

Die tränennassen Augen ihres Gegenübers wurden kalt. »Er wurde ermordet. Das war ganz bestimmt kein Spiel.«

»Meine Güte, tut mir leid. Aber das klingt total irreal. Ich meine, wer würde so was tun?«

»Ich hoffe, das finden sie bald heraus, damit der Kerl dafür bezahlt. Weil die Spiel-Branche mit Bart einen wirklich hellen Stern verloren hat. Wir von U-Play ... uns kommt es so vor, als ob das Herz des Unternehmens nicht mehr schlägt.«

»Es ist wirklich traurig«, meinte Peabody und tätschelte der anderen Frau den Arm. »Mein Freund hier ist ein großer Fan von ihm. Wir haben extra unsere Arbeit sausen lassen, um hierherzukommen, als wir davon hörten.«

»Ich habe dir doch gesagt, dass er ermordet worden ist«, stellte McNab halb tadelnd und halb traurig fest. »Ich hatte einen ganz besonderen Bezug zu Bart. Denn er war das Gesicht meiner Spieler-Generation. Ich habe mir U-Plays erste Playstation gekauft und es keinen Augenblick bereut. Letztes Jahr zu Weihnachten habe ich den PS-5 mitsamt der Substation gekriegt. Der ist echt der Hit.«

»Wir sind auch sehr stolz auf ihn. Haben Sie schon *Excursion* ausprobiert?«

»Nein, noch nicht.«

»Dann lassen Sie mich Ihnen eine Demo-CD schenken, zur Erinnerung an Bart.«

»Super. Ich meine, vielen Dank. Ich wollte nicht …«

»Verstehe.« Die Frau hielt ihm die Diskette hin. »Damit können Sie zehnmal spielen, bevor sie sich automatisch löscht. Ich hoffe, Sie haben Spaß damit.«

»Auf jeden Fall. Wissen Sie, welches meine Lieblingsspiele sind?« Mühelos ratterte McNab eine Liste von Spielen herunter, bei denen es um Kriege und um Waffen ging. »Alle paar Monate veranstalten wir bei uns daheim ein *Dead-of-Knight*-Turnier.«

»Er wollte sogar eine Mail an U-Play schicken und Bart dazu einladen«, fügte Peabody hinzu.

»Oh, das hätten Sie machen sollen! Er wäre vielleicht wirklich aufgetaucht.«

»Ich habe überlegt, ob ich vielleicht nächsten Monat ein Turnier – vollständig mit Kostümen, Requisiten und dem ganzen Kram – veranstalten soll. Als eine Art Tribut.«

»Wenn Sie das machen, geben Sie Bescheid.« Die Frau hielt ihm eine Visitenkarte hin. »Vielleicht kann ich ein bisschen Werbung für Sie machen oder dafür sorgen, dass die Firma Ihnen ein paar Werbegeschenke überlässt.«

»Das wäre echt der Hit. Ich habe jede Menge über Barts Sammlung gehört. Weil er auch in der Hinsicht mein großes Vorbild war.«

»Und ob. Mein Schätzchen hier liebt Waffen, vor allem, wenn sie phallisch sind«, schmückte Peabody seine Geschichte augenzwinkernd aus. »Unser Spielzimmer quillt praktisch davon über, aber trotzdem sind wir weiter ständig auf der Suche nach Neuem, und es wäre wirklich super, wenn wir etwas finden würden, was er noch nicht hat.«

»Eine Etage höher haben sie eine Reihe wirklich toller Waffen ausgestellt.«

»Ja, wir waren gerade auf dem Weg dorthin.«

»Fragen Sie nach Razor und zeigen ihm meine Karte. Ich kenne mich nicht wirklich gut mit Waffen aus, aber er weiß alles, was man über dieses Zeug nur wissen kann. Falls eine Waffe existiert, egal in welcher Form, kann er sie für einen finden und besorgen.«

»Super. Razor.« Abermals blickte McNab auf das Poster von Bart. »Ich hoffe nur, sie finden den, der ihn auf dem Gewissen hat.«

»Das hoffen wir alle.«

Während sie den Stand verließen, zerrte Peabody ihr Handy aus einer der vielen Taschen ihrer Hose, blickte kurz auf das Display und schaltete die Lautsprecherfunktion auf stumm. »Hi, Mom!«

»Wie süß«, antwortete Eve. »Ich ... was zum Teufel haben Sie da im Gesicht? Und Ihre Haare sind total zerzaust.«

»Falls Sie sich erinnern, wir sind undercover unterwegs«, murmelte Peabody. »Ich passe mich einfach an die Umgebung an.«

»Laufen etwa auch die anderen Computerfuzzi-Tussen so herum?«

Peabody bedachte sie mit einem bitterbösen Blick. »Sie

haben doch keinen blassen Schimmer, was eine Computerfuzzi-Tussi auch nur ist. Und genau deshalb bin ich an Ihrer Stelle hier.«

»Das stimmt. Ich bin gerade auf dem Rückweg zum Revier. Also, Detective Tussi, erstatten Sie Bericht.«

Peabody schnaubte. »Hahaha. Wir sind noch nicht lange hier, versuchen also, ein Gefühl dafür zu kriegen, was hier läuft. Aber wir haben schon echt nett mit einer Frau am U-Play-Stand gequatscht. Sie haben ihn schwarz verkleidet und ein riesengroßes Bild von Bart dahinter aufgehängt. Die Sachen, die sie dort verkaufen, gehen weg wie warme Semmeln, denn wegen des Todesfalles gibt's auf sämtliche Produkte zehn Prozent Rabatt.«

»Ein Todesausverkauf? Interessant. Ich frage mich, wessen Idee das war.«

»Wir sind gerade auf dem Weg nach oben, wo's die Waffen gibt. Die Frau an dem Stand hat uns dort eine Kontaktperson genannt.«

»Gut. Falls Sie etwas finden, geben Sie Bescheid. Und wie oft haben Sie bisher pausiert und irgendwelche Spiele ausprobiert?«

»Kein einziges Mal. Das schwöre ich.«

»Dann fangen Sie endlich damit an. Denn schließlich laufen Sie als Spieler auf der Messe rum. Ihr Tussi-Outfit reicht als Tarnung sicherlich nicht aus.«

»Am besten nehme ich die Tussi wohl als Kompliment. Und wenn Sie darauf bestehen, probieren wir natürlich gerne auch noch ein paar Spiele aus.«

»Vor allem kommen Sie, so schnell es geht, zurück. Feeney hat nämlich schon rumgemotzt, weil sein Junge einfach abgehauen ist.«

»Wir …« Ehe Peabody den Satz beenden konnte, hatte Eve schon aufgelegt. »Findest du, ich sehe wie die Tussi eines Nerds oder wie eine nerdige Tussi aus?«

»Weder noch«, erwiderte McNab. »Du siehst wie meine wunderbare She-Body und einfach rundherum fantastisch aus.«

»Das war eine gute Antwort.« Sie nahm seine Hand und zog ihn in den zweiten Stock hinauf. »Wie dem auch sei, sollen wir die Waffe finden, ein paar Spiele spielen und so schnell wie möglich heimfliegen.«

Statt etwas zu erwidern, drehte sich McNab mit großen Augen einmal um sich selbst.

In unzähilgen, abgeschlossenen Vitrinen waren Streitäxte, MGs, Revolver, Schwerter, Säbel, Leuchtpistolen sowie unzählige andere Waffen ausgestellt. Während sie um die Wette glänzten, schimmerten und glühten, schnipste Peabody mit ihren Fingern vor der Nase ihres Liebsten, und er kehrte grinsend in die Gegenwart zurück. »Es gehört einfach zu meiner Rolle, dass mich diese Dinge faszinieren.«

»Meinetwegen. Aber kannst du mir mal sagen, was an Gegenständen, die nichts anderes tun, als Menschen zu verstümmeln, zu zerhacken und ins Jenseits zu befördern, derart faszinierend ist?«

»Ich persönlich mag am liebsten die Dinger, die knallen.« Grinsend ahmte er das Krachen der Gewehre nach, fügte dann pflichtbewusst hinzu: »Aber heute suche ich nach einem Schwert. Also, lass uns diesen Razor finden.«

Wofür sie fast eine Stunde brauchten, doch zumindest wirkte er auf diese Art tatsächlich wie ein Waffennarr und vergaß bei den Gesprächen mit Besuchern, Sammlern und

Verkäufern keinen Augenblick, dass er momentan kein Fan von Schusswaffen, sondern von Schwertern war.

Peabody verließ ihn kurz, und als sie wenig später mit zwei Dosen Limo wiederkam, hielt er eine Waffe mit drei Klingen in der Hand. Als er sie bewegte, zuckten rote Blitze aus den Spitzen, und er rief begeistert: »Guck dir das mal an, Baby! Das ist das Dreischwert des Meisters aus *Edge of Doom.* Eins der Originale aus dem Film.«

»Ich dachte, das hast du schon.«

»Nein, nein, das ist das Dreischwert aus *Poseidon's Rage.*«

»Meinetwegen.« Gleichmütig drückte sie ihm eine der Dosen in die Hand.

»Darf ich vorstellen?«, wandte sich McNab an einen untersetzten Kerl mit einem kahl rasierten, prächtig tätowierten Kopf. »Mein Augenstern.« An Peabody gewandt fügte er hinzu: »Dies ist Razor.«

»Angenehm. Die Frau am U-Play-Stand meinte, Sie wären unser Mann.«

»Waffen beherrschen die Welt, und ich bin der, der über diese Waffen herrscht«, erklärte er pompös, als er auf das Dreischwert zeigte, sah es aus, als schöbe sich die Schlangentätowierung, die von seinen Knöcheln bis zu seinem Ellenbogen reichte, lautlos seinen Arm hinauf. »Dieses Ding wurde nur viermal hergestellt und zwei sind schon verkauft. Natürlich gibt es zahlreiche Kopien, aber das hier ist das Original. Mit Echtheitszertifikat.«

»Das Ding ist echt der Hammer.« Grinsend nahm McNab eine Kriegerpose ein. »Wirklich oberaffengeil. Aber eigentlich will ich ein Schwert mit einer Klinge. Ein elektronisches Breitschwert. Eins, mit dem man wirklich was bewirken kann.« Er legte das Dreischwert wieder auf den Tisch. »Ich habe eine Lizenz dafür. Ich bin nämlich gerade dabei, mir eine Sammlung aufzubauen. Spielzeugschwerter, Requisiten, echte Waffen. Wobei es mir heute hauptsächlich um echte Waffen geht.«

»Meinetwegen. Aber Elektronikschwerter gibt es nur als Spielzeug oder Requisite. Entweder aus *Doom*, aus *Gezzo* oder aus *Lord Wolf*. Ich könnte Ihnen auch eine Kopie besorgen, die nicht ganz so teuer wäre. Aber echte Elektronikschwerter gibt es nicht.«

»Da habe ich aber etwas anderes gehört.«

»Ach ja?« Als Razor verächtlich lachte, schimmerte der Silberring, den er in seiner Nase trug. »Und wer setzt solchen Schwachsinn in die Welt?«

»Ich habe gehört, die Waffe gäbe es in einem neuen Spiel, und für die Entwicklung des Programms hätten sie echte Elektronikschwerter hergestellt.« Er beugte sich ein wenig vor. »Ich habe einen Freund, der einen Freund bei U-Play hat, und der hat ihm erzählt, bald käme etwas Heißes auf den Markt, bei dem diese Waffe eine Rolle spielt.«

Razor blickte sich verstohlen um. »Es kommt wirklich etwas Heißes auf den Markt. Das weiß ich ebenfalls vom Freund von einem Freund. Der hat mir auch erzählt, dass es bei diesem neuen Spiel vielleicht auch eine völlig neue Waffenserie gibt. Aber wenn es echte Elektronikschwerter gäbe, wäre ich der Erste, der was davon hört. Ganz egal, zu wem Sie in der Branche gehen, werden Sie für solche Dinge garantiert zu mir geschickt.«

McNab spitzte die Lippen, während er die linke Hand in eine seiner vielen Taschen schob. »Ich weiß nicht, warum man mich hätte derart verarschen sollen. Dieses neue Spiel soll echt *fantastisch* sein.«

Razor hob begütigend die Hand. »Nicht so laut. Ja, das habe ich auch gehört. Aber Waffen sind mein Ding, und von der Waffe, von der Sie reden, habe ich bisher kein Wort gehört. Natürlich habe ich gehört, dass es bei diesem neuen Spiel zahlreiche tolle, neue Requisiten geben soll, aber echte Waffen sind ganz sicher nicht dabei. Es ist schließlich alles Fantasie.«

McNab verzog enttäuscht und zweifelnd das Gesicht. »Und wie nah kommen diese Requisiten an echte Waffen heran?«

»Ich kann Ihnen ein paar Requisiten zeigen, von denen Sie schwören würden, dass man damit seinen Gegner problemlos in zwei Hälften schneiden und die beiden Hälften rauchend auf dem Boden liegen lassen kann.«

Eine gute Viertelstunde lang probierten sie verschiedene Schwerter aus, doch obwohl sie alle tödlich aussahen, hätte keins von ihnen einem Menschen jemals mehr als einen kleinen Kratzer zufügen können.

Am Schluss erstand McNab eine Spielzeugkopie des Dreischwerts – angeblich für seinen Neffen, der wahrscheinlich »völlig aus dem Häuschen wäre«, wenn er eine derart coole Waffe überreicht bekäme – und erklärte Razor, wie er über E-Mail zu erreichen war. »Lassen Sie mich wissen, falls Sie doch noch etwas von der Sache hören, nach der ich Sie gefragt habe.«

»Okay, aber Sie jagen da einer Legende hinterher, mein Freund.«

Wieder schoben sich McNab und Peabody durch das Gedränge, wobei Ian meinte: »Wie es aussieht, gibt es eine solche Waffe wirklich nicht. Denn sonst hätte Razor längst etwas davon gehört.«

»Das glaube ich auch. Er dachte, du wärst wirklich heiß auf dieses Schwert und hättest auch das Geld. Deshalb hätte er den Deal auf alle Fälle eingefädelt, wenn es eine solche Waffe gäbe. Und vor allem hätte er dir garantiert erzählt, wenn er wüsste, dass es so was irgendwo zu kaufen gibt. Weil es dabei schließlich um sein Ego geht. Falls es also wirklich eine solche Waffe gibt, weiß bisher noch niemand was davon.«

»Vielleicht hat ja das Militär ein solches Ding entwickelt, weshalb es topsecret ist.«

»Die Armee braucht doch ganz sicher keine Schwerter. Ganz egal, wie toll sie sind.«

»Wahrscheinlich hast du recht. Am besten geben wir die Suche auf. Ich glaube nicht, dass hier noch irgendjemand etwas über echte Elektronikschwerter weiß.«

»Also gibt's für uns nichts mehr zu tun. Außer, um die Tarnung aufrechtzuerhalten, ins Untergeschoss zu gehen und ein paar Erwachsenenspiele zu probieren«, schlug Peabody mit einem vielsagenden Wackeln ihrer Augenbrauen vor.

»Ach, She-Body, ich liebe dich.«

»Was du mir gleich beweisen kannst.«

Währenddessen aktualisierte Eve ihren Bericht und stellte eine neue Reihe von Wahrscheinlichkeitsberechnungen mit ihrem ächzenden Computer an. Spekulationen, Eindrücke und Bauchgefühl waren genauso Teil der Polizeiarbeit wie harte Fakten, dachte sie.

Studierte die Ergebnisse ihrer Berechnungen, stieß einen Seufzer aus, legte ihre Stiefel auf der Schreibtischplatte ab, klappte ihre Augen zu und dachte nach.

»Sie haben einen wirklich angenehmen Job.«

Eve ersparte sich die Mühe, ihre Augen wieder aufzumachen. Denn das gleichmäßige, schnelle Klappern hoher Absätze hatte ihr längst verraten, dass Nadine Furst, die Starreporterin des Channel 75 und Moderatorin der beliebten Talkshow *Now*, durch ihre Tür getreten war.

»Ich rieche keine Doughnuts.«

»Es ist mitten am Nachmittag. Deswegen habe ich diesmal Cookies mitgebracht.« Sie schüttelte die kleine Schachtel, die sie in den Händen hielt. »Ich habe extra welche für Sie aufgehoben, was nicht gerade einfach war.«

»Was für Cookies?«

»Triple Chocolate. Schließlich kenne ich Sie gut genug.«

»… um zu wissen, dass es während laufender Ermittlungen keine Informationen von mir gibt.«

»Ich hätte natürlich nichts dagegen, wenn Sie mir etwas erzählen würden, aber deswegen bin ich nicht hier.« Sie stellte die Schachtel auf dem Schreibtisch ab. »Bart Minnock war ein paarmal Gast in meiner Show. Er war ein wirklich netter Junge, und die Eier seines Mörders landen hoffentlich schon bald auf irgendeinem Grill.«

Jetzt schlug Eve die Augen auf und sah der telegenen Journalistin ins Gesicht. Ihre intelligenten, grünen Augen waren ungewöhnlich ernst.

»Wir arbeiten daran.«

Nadine wies auf die Tafel an der Wand. »Das sehe ich.«

»Scheiße.« Eilig stellte Eve die Füße auf dem Boden ab. »Das ist nicht für die Öffentlichkeit bestimmt.«

»Wir lange sind wir zwei schon befreundet?«

»So lange noch nicht«, erklärte Eve und zauberte dadurch ein Lächeln auf Nadines Gesicht.

»Gott, Sie sind ein wirklich harter Brocken. Aber vielleicht finde ich Sie gerade deswegen so nett. Ich bin nur vorbeigekommen, weil ich Sie daran erinnern wollte, dass Sie morgen Abend zu der Party zur Veröffentlichung meines Buches eingeladen sind.« Als Eve die Stirn in Falten legte, wackelte sie vielsagend mit ihren fein geschwungenen Brauen. »Ich erwarte nicht, dass Sie sich tatsächlich daran erinnern, aber Roarke vergisst es sicher nicht. Übermorgen kommt es raus. Das Buch. Deshalb …« Sie fuhr sich mit den Fingern durch ihr makellos frisiertes, blond gesträhntes Haar – was ein eindeutiges Zeichen der Erregung war. »Gott. Ich bin total nervös. Oder eher panisch.«

»Und warum?«

»Warum? *Warum?* Was, wenn es ein Reinfall wird?«

»Warum sollte es ein Reinfall werden?«

»Ach, verdammt, vielleicht, weil's einfach ätzend ist.«

»Es ist bestimmt nicht ätzend«, widersprach ihr Eve. »Sie haben mich gezwu… gebeten, es zu lesen.« Sicher gab es irgendeine Freundschaftsregel, der zufolge man einander um Gefälligkeiten bat und niemals zwang. »Um zu überprüfen, ob die Fakten alle stimmen, weil die Sache Icove schließlich mein Fall war. Und das habe ich getan. Das Buch ist nicht ätzend, und Sie haben alles völlig richtig dargestellt.«

»Na toll, es ist also nicht ätzend.« Unglücklich warf die Reporterin die Hände in die Luft. »Na wunderbar. Ich frage mich, ob ich meinen Verlag dazu bewegen kann, Sie zu Werbezwecken zu zitieren. ›Lieutenant Eve Dallas sagt, dass dieses Buch nicht ätzend ist‹.«

»Brauchen Sie dazu meine schriftliche Genehmigung?«

Nadine warf sich auf den Besucherstuhl.

»Ja genau, machen Sie es sich erst einmal bequem. Dass ich gerade mitten in einer Mordermittlung stecke, ist Ihnen anscheinend vollkommen egal.«

»Und dass ich gerade einen Nervenzusammenbruch erleide, ist anscheinend Ihnen vollkommen egal.«

»In Ordnung«, da Nadine normalerweise nicht so barsch und fahrig war, stand Eve auf und trat vor ihren AutoChef. »Trinken Sie einen Kaffee, reißen sich zusammen, und hauen Sie wieder ab.«

»Na, vielen Dank.«

»Hören Sie zu, ich habe Ihnen schon gesagt, dass mir das Buch gefällt, als Sie mich gezwu…«, verdammt, »gebeten haben, es zu lesen.« Eve schob ihr den Kaffeebecher hin. »Die Kritiker haben es auch über den grünen Klee gelobt.«

Nadine blinzelte verwirrt. »Sie haben die Kritiken gelesen?«

»Vielleicht habe ich zufällig die eine oder andere irgendwo gesehen. Die Sache ist die, Sie haben eine grundsolide Arbeit hingelegt. Und vor allem, auch wenn meine Meinung sicher keine allzu große Rolle spielt, haben Sie die Dinge nicht rührselig, aber menschlich dargestellt, haben die Fakten richtig wiedergegeben und beschrieben, wie es wirklich war. Was wahrscheinlich mindestens so wichtig wie Ihr Schreibstil ist. Also stellen Sie sich nicht so an.«

»Mir war klar, dass ich mich besser fühlen würde, wenn ich Sie besuchen komme. Weil Ihr Gemecker besser hilft als jedes Mitgefühl.« Sie ergriff Eves Hand und hielt sie fest. »Ich würde mich wirklich freuen, Sie morgen Abend auf dem Fest zu sehen, selbst wenn Sie nicht lange bleiben können. Denn es könnte durchaus sein, dass ich dann nochmal einen Menschen brauche, der mir kräftig in den Hintern tritt.«

»Dazu sind Freunde schließlich da. Hören Sie zu, ich werde es versuchen. Ich werde es auf jeden Fall versuchen, aber falls bezüglich dieses Falls etwas dazwischenkommt …«

»Vergessen Sie nicht, mit wem Sie reden. Mir ist klar, wie wichtig Ihre Arbeit ist. Falls Sie mir also nicht in den Hintern treten und keinen Champagner mit mir trinken können, weil Sie in der Zeit die Eier von Barts Mörder grillen, kann ich das durchaus verstehen.« Sie blieb noch kurz sitzen, doch nachdem sie ihren Kaffee ausgetrunken hatte, stand sie auf. »Also gut. Okay. Das dürfte mich über die nächsten Stunden bringen.«

»Falls die Wirkung meiner Predigt nachlässt, gehen Sie einfach jemand anderem auf den Keks.«

»Keine Angst, ich habe auch noch andere Freunde, denen ich mit meiner Panik auf die Nerven gehen kann.« Mit einem neuerlichen Blick in Richtung Tafel fügte sie hinzu: »Erwischen Sie das Schwein.«

Eve nahm wieder hinter ihrem Schreibtisch Platz, öffnete die Schachtel, griff nach einem Cookie, sah ihn sich von allen Seiten an, biss vorsichtig hinein, seufzte wohlig auf …

… und dachte über den Begriff der Freundschaft nach.

11

In Gedanken immer noch bei den Überlegungen über Freundschaft, trat sie aus ihrem Büro und blickte auf die Cops, die vor Telefonen und Computern saßen, Spuren nachgingen und die Papierarbeit erledigten, die nie ein Ende nahm.

Das vertraute Durcheinander an Geräuschen – Tastenklappern, Piepsen, Stimmen und Reinekes immer etwas schiefes Pfeifen – schwirrte durch die Luft.

Auch zwischen den Kollegen waren Freundschaften entstanden, wusste Eve. Sie wurden durch den Job und manchmal durch gemeinsame Interessen oder die besondere Persönlichkeit der Einzelnen genährt. Es gab auch Konkurrenz, die aber aus ihrer Sicht ein gutes, produktives und gesundes Element der Gruppe war. Das Letzte, was sie wollte, war ein Haufen unbeschwerter, gleichmütiger Cops.

Die Reibung, die es hin und wieder zwischen ihren Leuten gab, sah sie als natürliches Produkt der langen Arbeitstage und des jobbedingten Stresses an. Nur Droiden kamen ohne jede Reibung miteinander aus, doch sie zog die Männer und die Frauen, die schwitzten, bluteten und sich mitunter furchtbar auf die Nerven gingen, vor.

In ihrem Dezernat lief meistens alles glatt, und das nicht nur, weil sie darauf bestand, sondern auch oder vor allem, weil sie ihren Leuten traute und sie ihre Arbeit machen ließ, ohne ihnen dabei andauernd über die Schulter zu sehen.

Sie alle hatten Tag für Tag mit Mordfällen zu tun, und

man brauchte sie nicht daran zu erinnern, welche Arbeit für sie als Chefin, für die Polizeibehörde und das Opfer selbst zu leisten war.

Einige der Leute waren Partner, was zum Teil noch wichtiger als Freundschaft und eine intimere und intensivere Beziehung als die zu einem geliebten Menschen war. Denn ein Partner hielt dem anderen den Rücken frei, teilte die Gefahren und die Anstrengung des Jobs, sprach dieselbe Sprache, wusste, was man dachte, und plauderte niemals ein Geheimnis aus.

Ein Cop vertraute seinem Partner täglich stundenlang sein Leben an und gab umgekehrt auf dessen Leben acht.

Vertrauen war das Fundament und Netz in jeder Partnerschaft.

Zum zweiten Mal an diesem Tag steuerte sie jetzt die elektronischen Ermittler an. Bereits ein Besuch pro Tag war eigentlich mehr, als sie ertrug, aber sie hatte keine andere Wahl. Ehe sie jedoch die Tür erreichte, winkte Reineke, der Pfeifer, sie an seinen Tisch.

»He, Boss.« Er hievte sich von seinem Stuhl und schlurfte auf sie zu. »Wir arbeiten an diesem Pizza-Mord.«

»Der Raubmord an der Ecke Green Street.« Dass sie ihren Leuten bei der Arbeit nicht über die Schulter sah, hieß schließlich nicht, dass sie nicht wusste, wer mit welchem Fall beschäftigt war.

»Ja. Der Typ läuft los, um eine Veggie-Pizza abzuholen, bekommt eine Eisenstange auf den Kopf geknallt, und der Angreifer nimmt ihm die Brieftasche und obendrein die Pizza ab.«

»Es hätte schließlich keinen Sinn gehabt, sie umkommen zu lassen.«

»Ja, genau. Währenddessen sitzt die Frau zuhause und wartet vergeblich auf ihr Abendbrot. Sie wird etwas nervös, als ihr Mann nach einer Stunde immer noch nicht wieder auf der Matte steht. Deshalb ruft sie ihn auf seinem Handy an, aber da er bereits tot ist, geht der Mann nicht dran. Also ruft sie in der Pizzeria an, die aber bereits geschlossen ist, und nachdem ihr Mann, egal wie oft sie auch die Nummer seines Handys wählt, nicht zu erreichen ist, wendet sie sich an die Polizei. Die Kollegen, die auf ihren Anruf hin losgefahren sind, haben ihn drei Blocks von seinem Haus entfernt vor einer Kellertür entdeckt.«

»Okay. Worauf wollen Sie hinaus?«

»Auf der Eisenstange, die in seiner Nähe lag, sind keine Abdrücke, und niemand hat den Überfall bemerkt. Der erste Treffer hat ihn mitten im Gesicht erwischt und der zweite mitten auf dem Kopf. Dann hat sich der Kerl die Brieftasche gekrallt, ihn die Treppe hinuntergestoßen und sich aus dem Staub gemacht. Aber warum hat er eine Zwanzig-Dollar-Pizza mitgehen lassen, während er die Rohrzange für fünfundsiebzig Dollar einfach liegen lassen hat? Und warum hat der Mann die Pizza so spät abends abgeholt, obwohl der Laden einen Lieferservice hat? Die ganze Sache stinkt zum Himmel«, fügte er hinzu.

Was Eve genauso sah. »Ihrer Meinung nach war es die Frau.«

»Ja. Die Nachbarn haben ausgesagt, dass es zwischen den beiden niemals irgendeinen Streit gegeben hätte. Wirklich nie.« Er schüttelte den Kopf und stellte mit dem Polizisten eigenen Zynismus fest: »Das ist einfach nicht normal. Rein zufällig rief ungefähr fünf Minuten vor dem ersten Anruf bei dem toten Ehemann jemand auf ihrem

Festnetz an. Der Anrufer hat sich entschuldigt und gesagt, er hätte sich verwählt, doch die Rufnummer war unterdrückt, weshalb man diesen Anruf nicht zurückverfolgen kann.«

»Weshalb die Sache wirklich bis zum Himmel stinkt. Gibt es eine Versicherung?«

»Die hatte er gerade ein halbes Jahr zuvor erhöht. Deshalb bekommt die Witwe, wenn auch nicht gerade mehrere Millionen, so auf jeden Fall ein hübsches Sümmchen ausbezahlt. Außerdem geht sie seit einem knappen Jahr zweimal in der Woche abends aus. Zu einem Töpferkurs.«

»Sie klatscht also irgendwelches Glibberzeug auf ein solches Ding«, Eve bildete mit ihren Händen einen Kreis.

»Ja, sie formt auf einer Töpferscheibe irgendwelchen Quatsch aus diesem Glibberzeug, das dann in den Ofen kommt. Ich verstehe wirklich nicht, wie jemand so was machen kann, obwohl es Vasen und den ganzen Kram überall zu kaufen gibt.«

»Feeneys Frau hat einmal einen Töpferkurs gemacht. Vielleicht ist sie sogar immer noch dabei. Auf alle Fälle hat sie immer irgendwelchen Nippkram produziert und dann verschenkt. Was ich wirklich seltsam finde.«

»Ja, aber schließlich gibt's für jeden Blödsinn irgendwelche Kurse, und die Frau hat wirklich einen solchen Töpferkurs belegt. Und war auch immer dort. Allerdings dauert dieser Kurs nur jeweils eine Stunde, doch ein paar der Nachbarn haben ausgesagt, dass sie immer schon losgegangen war, bevor ihr Mann nach Hause kam, und frühestens um zehn wieder zu Hause war. Sie hatte das Haus also bereits vor sechs verlassen und war frühestens um zehn zurück, obwohl der Kurs um sieben anfing und bereits um acht wieder zu Ende war. Da fragt man sich unweigerlich, wie sich die Frau bei fünf Minuten Fußweg bis zum Töpferstudio die restlichen drei Stunden Zeit vertrieben hat. Der Lehrer wohnt in seinem Studio, was wirklich praktisch ist.«

»Klingt, als hätten sie dort nicht nur Vasen hergestellt. Irgendwelche Vorstrafen?«

»Beide waren bis jetzt blitzsauber.«

»Wie gehen Sie die Sache an?«

»Wir versuchen herauszufinden, ob einer der beiden irgendwo die Rohrzange erstanden hat, außerdem könnten wir beide vorladen und in die Mangel nehmen, sicher gehen die beiden zwischenzeitlich davon aus, dass sie mit der Sache durchgekommen sind. Doch nachdem sie bisher zweimal in der Woche an der Töpferscheibe saß, könnte ich mir vorstellen, dass sie langsam Entzugserscheinungen bekommt und endlich wieder Glibber in die Hand bekommen will. Heute Abend finden in dem Studio keine Kurse statt. Wäre also der perfekte Zeitpunkt für eine Privatstunde, falls Sie verstehen, was ich damit sagen will.«

»Ich habe Ihren komplizierten Code entziffert, Reineke. Also gucken Sie, ob sie sich heute Abend wieder auf die Töpferscheibe stürzen will. Und selbst wenn nicht, holen Sie sie und diesen Lehrer morgen aufs Revier und nehmen sie in die Mangel.«

»Alles klar.«

Sie wandte sich erneut zum Gehen und blieb noch einmal stehen. »Wenn er bisher sauber war und für die Frau getötet hat, wird er schwerer zu knacken sein. Sie war daheim und hat für die Zeit, in der der Kerl die Drecksarbeit erledigt hat, ein Alibi. Trotzdem wird er sie beschützen wollen. Wohingegen sie schon ihren Mann betrogen hat. Deshalb packt sie sicher schneller aus als er.«

Die Ehe war ein Minenfeld, ging es ihr durch den Kopf, während sie mit dem Gleitband zu den elektronischen Ermittlern fuhr.

In der Hoffnung, dass das Chaos der Abteilung sich auf diese Art umgehen ließ, ging sie zuerst ins Labor. Sie fragte sich, weshalb die elektronischen Ermittler niemals in geschlossenen Räumen, sondern höchstens in gläsernen Kästen ihre Arbeit taten. Waren sie vielleicht alle klaustrophobisch oder Exhibitionisten, oder hatten sie das angeborene Bedürfnis, stets gesehen zu werden oder immer selbst alles zu sehen?

Aus welchem Grund auch immer saßen Feeney und sein Team hinter einer breiten Glasfront an ihren Computern, weshalb ihre Stimmen nicht zu hören, aber sämtliche Bewegungen zu sehen waren. Es war ein bisschen so, wie wenn man fremdartige Tiere in ihrer natürlichen Umgebung sah.

Feeney, dessen grau meliertes, rotes Haar in wirren Büscheln in die Luft ragte, stopfte sich gerade wieder eine kandierte Mandel in den Mund. Callendar marschierte hüftwackelnd und fingerschnippend vor einem der Monitore auf und ab, über den in dichter Folge Buchstaben- und Zahlenreihen liefen, die für Eve so fremd wie Hieroglyphen waren. Ein junger Kerl, den sie nicht kannte, der aber wie alle anderen Elektronikfuzzis mit der weiten Schlabberhose und dem knappen, leuchtend roten Tanktop mit orangefarbenen Flecken ein erschreckend grelles Outfit trug, rollte auf einem Hocker vor einem der Tische hin und her, während er die dicht beringten Finger über die Kontrollpaneele fliegen ließ.

Direkt neben diesem jungen Kerl saß Roarke.

Er hatte seine Anzugjacke abgelegt, die Ärmel seines schwarzen Hemds bis zu den Ellenbogen hochgerollt, und sein mit einem Lederband zu einem Pferdeschwanz gebundenes, rabenschwarzes Haar machte ihr deutlich, dass auch er in vollem Arbeitsmodus war. Er saß ebenfalls auf einem Hocker, aber anders als der junge Mann zu seiner Rechten, saß er beinahe unnatürlich still, während er die Finger noch schneller als sein Nachbar über irgendwelche Knöpfe fliegen ließ.

Sie wusste, er war ganz auf seine Arbeit konzentriert. Falls sie ihm Probleme machen würde, dächte er in seiner Muttersprache Gälisch, aber da sie ihn im Augenblick keine gälischen Flüche murmeln hörte, kam er offenkundig gut voran.

Den Gedanken an die Arbeit, die er tagsüber geleistet hatte und die er vielleicht am Abend oder morgen noch zu leisten hätte, hatte er vorübergehend vollkommen verdrängt. Obwohl ihm diese Arbeit durchaus wichtig war. Und das tat er nicht nur für Bart – den er gemocht hatte und der aus seiner Sicht noch fast ein Kind gewesen war – oder des Vergnügens wegen, das mit seiner jetzigen Beschäftigung verbunden war. Sondern hauptsächlich für sie.

Obwohl sie nicht immer einer Meinung waren, wenn es darum ging, wie bei der Arbeit vorzugehen war, wurde die Grauzone, in der sie sich auf diesem Feld bewegten, durch die Tatsache erhellt, dass er es für sie tat. Weil sie nie zuvor für einen anderen Menschen wichtiger als alles andere gewesen war.

Da sie ihn kannte, wusste sie genau, in welchem Augenblick er spürte, dass sie durch die Tür getreten war. Seine Finger hielten in der Arbeit inne, er sah über seine Schulter und sah sie so durchdringend aus seinen leuchtend blauen Augen an wie das erste Mal, als sie sich auf der Beerdigung von einem anderen Mordopfer begegnet waren.

Ihr Herz ging auf und plötzlich fühlte sie sich schwerelos und völlig frei.

Oh ja, die Ehe war ein Minenfeld, doch für einen Augenblick wie diesen würde sie die schweißtreibenden, atemlosen Schritte, die sie bis hierher geführt hatten, sofort noch einmal gehen.

Er stand auf, wich dem rot-orangefarbenen Top und Callendars wildem Hüftschwung aus, trat auf sie zu, legte die Hand unter ihr Kinn und presste seine Lippen sanft auf ihren Mund.

»Du hast eben so traurig ausgesehen, *a ghrá.*«

»Das bin ich aber nicht. Ich habe über Menschen nachgedacht. Freunde, Geliebte, Partner. Du bist alles drei für mich.«

Er verschränkte sanft die Finger ihrer Hände. »Und, zu welchem Resultat bist du gekommen?«

»Manchmal hat man einfach Glück mit denen, die man in sein Leben lässt. Und manchmal nicht. Ich für meinen Teil habe ein Riesenglück.«

Während er mit einem leichten Lächeln abermals den Mund auf ihre Lippen presste, drehte Feeney sich zu ihnen um. »Wenn das alles ist, woran ihr zwei jetzt denken könnt, sucht euch ein Bett und bringt es hinter euch. Denn wir anderen haben alle Hände voll zu tun.«

Zum Glück wurde sie niemals rot, doch ihre angezogenen Schultern machten deutlich, dass sie es als fürchterliche Peinlichkeit empfand, dass jemand Zeuge dieser Zärtlichkeit geworden war.

Roarke hingegen stellte lachend fest: »Eine kurze Pause wäre jetzt nicht schlecht.«

»Wenn du könntest, würdest du wahrscheinlich ständig derartige Pausen machen«, raunte sie ihm zu. »Nur ist dies ganz eindeutig nicht der rechte Ort für Schnulzigkeit.«

»Du hast damit angefangen.«

Da sie ihm nicht widersprechen konnte, trat sie schweigend durch die Tür des Glaskastens, in dem ihr alter Freund und Mentor saß, und fragte ihn mit rauer Stimme: »Habt ihr irgendwelche Fortschritte erzielt?«

»Wir lösen die verschiedenen Schutzschichten von Minnocks Holo-System ab«, erklärte Feeney ihr im selben rauen Ton. »Wir suchen nach irgendwelchen Schatten, Echos oder anderen Zeichen dafür, dass sich irgendwer daran zu schaffen gemacht hat. Bisher sieht alles sauber aus. Bei der Droidin auch. Es gibt keinen Hinweis auf die allerkleinste Manipulation, keine zeitlichen Unterbrechungen und keine Änderung ihres Programms.«

»Die Security des Holo-Raums sieht ebenfalls vollkommen sauber aus«, erklärte Roarke. »Natürlich nehmen wir sie stückchenweise auseinander, aber nichts weist darauf hin, dass irgendwer nach Bart in diesen Raum gegangen oder rausgekommen ist, bevor die Droidin ihn am nächsten Vormittag geöffnet hat.«

»Wenn ich es nicht besser wüsste, würde ich behaupten, dass der Junge sich auf wundersame Weise selbst enthauptet hat.« Feeney blies die Backen auf. »Ich habe heute früh ein Team rübergeschickt. Sie haben jeden Zentimeter dieses Raums persönlich und auch noch mit Scannern abgesucht, um zu gucken, ob es vielleicht einen zweiten Zugang gibt. Aber den gibt es ganz eindeutig nicht.«

»Ich habe etwas rausgefunden«, meinte Callendar. »Ich habe die Protokolle aus den Holo-Räumen in der Firma und in seiner Wohnung überprüft. Er hat fast pausenlos gespielt. Hat oft den ganzen Tag und ab und zu auch noch die ganze Nacht mit irgendwelchen Spielen zugebracht. Entweder allein oder mit verschiedenen Mitspielern.«

Sie hob eine Dose mit Orangenlimonade an den Mund. Von deren bloßem Anblick Eve schon Zahnschmerzen bekam.

»In den letzten Monaten hat er viel Zeit mit diesem neuen Spiel verbracht. Meist allein und in der Firma, aber manchmal hat er die Diskette auch mit heimgenommen und dort weitergespielt.«

»Ach ja? Hatte er sie immer ausgeloggt?«

»Oh ja. Vor dem letzten Abend hatte er sie ungefähr ein halbes Dutzend Mal mit heimgenommen. Die Überprüfung des Geräts in seiner Wohnung hat ergeben, dass er jedes Mal als Solospieler angetreten ist. Dabei hat er immer andere Szenarien und Versionen des Spiels ausprobiert.«

»Um zu gucken, was er noch verbessern muss«, schloss Eve. »Er hat die Diskette mitgekommen, um zu gucken, wo das Spiel noch hakt und wo er noch etwas verbessern kann.«

»So sieht es aus. Anfangs haben sie das Spiel Projekt Super X genannt.«

»Sie machen Witze.«

»Nein, im Ernst. Projekt Super X oder einfach PSX. An

Wochentagen wurde meist ab siebzehn oder achtzehn Uhr und an den Wochenenden öfter fast den ganzen Tag gespielt. Jeder, der damit zu tun hatte, musste das Passwort dafür kennen und bekam einen persönlichen Benutzercode. Die vier Benutzercodes mit vollem Zugang wurden den vier Partnern zugeteilt, aber jeder, der mit einem Teil des Spiels beschäftigt war und sich mit Leuten unterhalten hat, die für andere Teile zuständig gewesen sind, hat praktisch ebenfalls das ganze Spiel gekannt.«

»Und hätte es kopieren können.«

»Fast.« Abermals hob Callendar die grell orangefarbene Dose an den Mund. »Es wäre sehr zeit- und arbeitsintensiv gewesen, und man hätte nicht nur selber ganz besondere Fähigkeiten, sondern ebenfalls fähige Mitarbeiter haben müssen, aber eine brauchbare Kopie hätte man sicher hingekriegt.«

»Welches Szenarium hatte er zum Zeitpunkt seines Todes eingestellt?«

»Danach fragen Sie am besten Roarke.«

»Aus Sicherheitsgründen wurden die Benutzercodes und -namen nach ein paar Runden regelmäßig verändert.«

»Als zusätzliches Hindernis für jemanden, der sich von außen in das Spiel einklinken will.«

»Theoretisch«, stimmte Roarke ihr zu. »Aber selbst mit all den Firewalls hätte man nur einmal einen Treffer landen müssen und dann hätte man's geschafft. Ich habe ein paar Hacking-Versuche von außen und ein paar Versuche, Viren einzuschleusen, ausgemacht, die aber alle fehlgeschlagen sind. Die Versuche, sich von innen in das Spiel zu hacken, stimmen mit den ganz normalen Sicherheitschecks innerhalb des Unternehmens überein. Um das Spiel in Holo-Form zu spielen, müsste der Spieler seinen aktuellen Code und Namen eingeben und sich zusätzlich mit seinem Fingerabdruck und der Stimme ausweisen. Was man natürlich auch umgehen kann.«

Eve bedachte ihn mit einem kühlen Blick. »Und weiter?«

»Sie hatten noch ein zusätzliches Sicherheitssystem, und das hätte sofort Alarm geschlagen, wenn jemand versucht hätte, sich in das Spiel zu hacken. Das sich aber ebenfalls umgehen lässt. Doch die Disketten selbst, oder zumindest die, die Bart mit heimgenommen hatte, und auch die Kopie, die man uns ausgehändigt hat, starten nicht, falls einer dieser Schritte ausgelassen wird oder die Identifizierung des Benutzers nicht gelingt, und zerstören sich von selbst, wie wir gesehen haben, wenn ein Unbefugter sie aus dem Gerät ziehen will.«

»Das alles weiß ich schon.«

»Trotzdem wollte ich noch einmal darlegen, wie vorsichtig, wie clever und wie wachsam sie bei U-Play sind. Natürlich gibt es auch in diesem Fall keine hundertprozentige Sicherheit, aber die getroffenen Sicherheitsvorkehrungen machen es schwer zu sagen, wer zu welcher Zeit welches Spielszenarium durchgegangen ist. Das lässt sich nur aus anderen Dingen schlussfolgern.«

»Was ja wohl nichts anderes heißt, als dass ihr raten müsst.«

»Wir müssen vernünftige Schlüsse aufgrund der Wahrscheinlichkeiten ziehen. Bart hat eine Reihe von Benutzercodes und -namen im Büro und auch daheim verwendet, aber wie die meisten Menschen ist er dabei nach einem bestimmten Muster vorgegangen und hat manchmal Codes und Namen wiederholt. Um die Sache zu vereinfachen, habe ich den Computer angewiesen, alle seine Zugriffe an beiden Orten durchzugehen und ihn dabei immer als Benutzer 1 zu titulieren.«

Er rief die Daten auf dem Bildschirm auf. »Hier siehst du die Daten und die Zeiten, zu denen er sich im Büro oder zu Hause in das PSX geloggt hat, und ob er dabei allein war oder nicht. Diese Informationen haben wir mit den Zugriffen der anderen Spieler abgeglichen, wobei wir bei der Benennung seiner Partner alphabetisch vorgegangen sind. Cill Allen ist demnach Benutzer Nummer 2, Var Hoyt Benutzer Nummer 3 und Benny Leman Nummer 4. Außerdem haben wir auch die Zugriffe sämtlicher Angestellten überprüft und uns notiert, wann, wie lange und in welcher Funktion sie mit dem Spiel beschäftig waren. Weil du das wahrscheinlich auch analysieren willst.«

»Wer mit wem besonders dicke ist, wer mit wem ins Bett springt, wie lange die verschiedenen Leute schon zusammenarbeiten. Das ist für mich Routinekram.«

Roarke sah sie lächelnd an. »Wir haben dafür deshalb so lange gebraucht, weil es unzählige Zugriffe auf dieses Spiel gegeben hat und weil allein die vier mehrere Dutzend Benutzercodes und -namen hatten. Aber das war nicht das einzige Problem.«

»Ach nein?«

»Außerdem gibt es bei diesem Spiel unzählige Szenarien, die man einstellen kann. Sie alle haben oft mit den vorgegebenen Szenarien gespielt, aber noch öfter selbst welche gewählt. Ein paar dieser Szenarien wurden abgespeichert, um sie noch einmal mit genau denselben Elementen durchzuspielen, andere wurden gelöscht, wieder andere gespeichert, aber leicht verändert noch einmal gespielt, und ab und zu wurden auch einfach zwei verschiedene Szenarien vermischt.«

»Werden denn die Punkte nirgendwo gespeichert? Was macht es für einen Sinn zu spielen, wenn man hinterher die Punkte nicht vergleichen kann?«

»Natürlich werden sie gespeichert, und zwar auf der Festplatte des Holographen. Aber das Problem ist, dass die Daten von Barts letztem Spiel nicht mit den bisherigen Szenarien-Codes und Namen übereinstimmen.«

»Dann hat er das Szenarium also zum ersten Mal gespielt?«

»So sieht es aus. Es heißt KGSR-BM.«

»Wobei BM wahrscheinlich für Bart Minnock steht«, schloss Eve. »War es vielleicht sein ureigenes Spiel? Oder weisen die Szenarien, die sie spielen, immer die Initialen der Benutzer auf?«

»Nein, das tun sie nicht. Und auf der Kopie des Spiels, die wir heute geschickt bekommen haben, taucht die Abkürzung nicht auf. Was heißt, dass das Szenarium nicht unter diesem Code dort abgespeichert ist. Auf seinem Holographen gibt es keinen Hinweis darauf, dass Bart dieses Szenarium an seinem Todes- oder an irgendeinem anderen Tag entworfen hat. Er hat die Diskette, die zerstört ist und die wir versuchen wiederaufzubauen, in den Schlitz geschoben, das Spiel aufgerufen und bei Level vier begonnen.«

»Aber wenn man irgendwas zum ersten Mal spielt, fängt man doch wohl eher ganz von vorne an.«

»Die Wahrscheinlichkeit ist groß.«

»Dann hat er das Szenarium also schon mal gespielt, aber auf der Diskette, die er an dem Tag benutzt hat, hatte das Szenarium einen anderen Namen als bisher.« Nachdenklich lief sie vor ihrem Gatten auf und ab. »Er hatte ein Date und deswegen die Spielzeit sicherlich begrenzt. Deshalb wollte er das bisschen Zeit nicht für die ersten Spielphasen verschwenden, sondern sofort die Stelle aufrufen, die zu verbessern war, die ihm besonders gut gefallen hat oder die für ihn besonders schwierig war. Auf alle Fälle hatte er das Szenarium schon einmal gespielt. Und am Abend seines Todes hat er eindeutig allein gespielt?«

»Auf jeden Fall«, erklärte Callendar.

»Vielleicht hat ja der Killer das Spiel angefangen und als Solo-Spiel gespeichert, um es aussehen zu lassen, als ob Bart allein gewesen wäre.«

»Dann hätte ihn das Protokoll als Beobachter vermerkt. Aber in dem Raum war nur ein Spieler und sonst niemand registriert. Falls also sonst noch jemand dort war, muss die Registrierung irgendwie von ihm umgangen worden sein.«

»Für einen Mord werden mindestens zwei Spieler gebraucht«, murmelte Eve. »Er fängt an zu spielen, bekommt ein paar blaue Flecken und renkt sich die Schulter aus. Wie macht er das?« Benny hatte seine Katas elegant und ausnehmend geschmeidig ausgeführt. »Er ist ein guter Kämpfer, und er weiß auch, wie man sich verteidigt. Nimmt das Spielen ernst und hat sich deshalb eingehend mit Kampftechnik befasst und jahrelang trainiert, aber trotzdem gibt es keinen Hinweis darauf, dass es tatsächlich zu einem Kampf gekommen ist. Weil der Killer nicht die allerkleinste Spur, nicht einen Tropfen Blut und nicht mal irgendeine Faser in dem Raum zurückgelassen hat. Außerdem sagt mir die Rekonstruktion des Tathergangs, dass Bart vollkommen reglos dagestanden hat, als ihn das Schwert getroffen hat.« Eve hielt inne.

»Es war das Szenarium von jemand anderem«, überlegte sie weiter. »Der Killer hat die Diskette hergestellt, Vorgaben, Elemente oder Eröffnungen hinzugefügt und das Szenarium dann umbenannt. Dabei hat er einen Weg gefunden, das System so lange auszuschalten, bis die Sache durchgezogen war. Das ist doch der Job von diesen Leuten, oder? Dass sie neue Wege finden. Neue Arten, dieses Spiel zu spielen. Was hat Bart am häufigsten gespielt?«

»Er hatte vier Lieblingsszenarien«, erklärte Roarke. »Manchmal hat er sie vermischt und ein paar Elemente abgeändert, aber für gewöhnlich blieben die Geschichte und die Charaktere immer gleich. Er hat die vier Szenarien Quest-1, der Usurpator, Kreuzritter und Showdown genannt.«

»Sind sie auf der Diskette abgespeichert?«

»Ja.«

»Und die Statistiken?«

»Die ziehen wir gerade raus und gleichen sie miteinander ab.«

»Gut. Wenn ihr die Spiele überprüft, guckt am besten ganz genau, wo überall ein Schwert vorkommt. Es ist wie mit der Pizza und der Rohrzange.«

»Was zum Teufel soll das heißen?«, fragte Feeney sie verwirrt. »Ich verstehe nicht.«

»Es hätte keinen Sinn, eine leckere Pizza zu vergeuden. Und es hätte keinen Sinn, wenn man mit einem Schwert zu einem Schusswechsel erscheint. Denn schließlich will man nutzen, was man hat, und nimmt mit, was einem nützlich ist. Er hat das Schwert genommen, aber die Diskette dort gelassen. Weil sich die Diskette selbst zerstört hat und uns deshalb nichts mehr nützt, ihn aber belastet hätte, hätten wir sie irgendwann bei ihm entdeckt.«

Nickend steckte sie die linke Hand in eine Tasche ihrer Jeans. »Genau. Eine Frau, die ihren Mann loswerden will, erklärt: *He, Schatz, ich hätte Lust auf Pizza. Sei bitte so lieb und hol uns eine, ja?* Wahrscheinlich sagt er darauf: *Warum lassen wir sie uns nicht einfach liefern?* Aber daraufhin meint sie: *Oh, die brauchen immer ewig, aber wenn ich nicht jetzt gleich was kriege, komme ich vor Hunger um. Bitte, Schätzchen. Ich mache in der Zeit schon mal den Wein auf, ziehe mir mein hübsches Nachthemd an, und dann machen wir es uns gemütlich, wenn du mit der Pizza kommst.*«

»Was zum Teufel hat das alles mit dem Fall zu tun?«

Sie blickte Feeney an. So zynisch und so kantig er mitunter wirkte, stieg ihm anders als ihr selbst schnell eine verlegene Röte ins Gesicht. »Mir wird einfach gerade etwas klar. Der Typ zieht also los, weil er sich auf den Nachtisch freut. Nur, dass der Geliebte seiner Frau schon auf der Lauer liegt und ihn mit einer Rohrzange erschlägt. Krach, bumm. Das erspart der Frau den Ärger einer Scheidung, sichert ihr das Geld von der Lebensversicherung und bringt noch eine leckere, frische Pizza ein. Denn zwar ist es ein bisschen gemein, aber auch durchaus effizient und praktisch, dass der Täter zwar die Rohrzange neben dem Toten liegen, aber die viel billigere Pizza mitgehen lässt.«

»Lass die Waffe! Nimm die Cannoli!«, meinte Roarke, und Feeney grinste, weil er ebenfalls ein großer Fan des Films *Der Pate* war.

»In Ordnung, das verstehe ich.«

»Das war ebenfalls etwas gemein«, zitierte Roarke die Gattin, »aber gleichzeitig auch effizient und praktisch, Bart bei einem Spiel zu ermorden, an dem er Freude hatte, noch dazu mit einer Waffe, die ein Teil von einer seiner eigenen Fantasien war. Und es war nicht weniger gemein, aber auch genauso praktisch, dass er ihn im Rahmen eines zusätzlichen Spiels in seinem eigenen Heim ermordet hat. Denn wie sollen die Cops ihm jemals auf die Schliche kommen? Sicher hat der Killer das Szenarium immer wieder durchgespielt und jedes Element getestet, bis er sicher wusste, dass er nicht zu schlagen ist.«

»Da gehe ich jede Wette ein«, stimmte Eve ihm unumwunden zu.

»Nur, dass es bei einem wirklich guten Spiel auch immer eine große Unbekannte gibt. Und die bist diesmal du.«

»So groß ist sie gar nicht«, grinste Feeney, und nach einem säuerlichen Blick in seine Richtung meinte Eve: »Kopiert mir die Diskette, damit ich sie mir daheim ansehen kann. Mit dem bisschen, was wir bisher haben, kriegen wir bestimmt nicht die Erlaubnis, uns die Wohnungen der anderen anzusehen. Sie haben alle drei ein Alibi, kein eindeutiges Motiv, und es gibt keinerlei Beweise gegen sie. Die paar Indizien, die wir bisher haben, reichen ganz einfach nicht aus.«

»Vom wem sprechen Sie?«, erkundigte sich Callendar.

»Eine Partnerschaft ist etwas Ähnliches wie eine Ehe. Ein verdammtes Minenfeld. Und einer von Barts Partnern hat die Rohrzange gegen die Pizza eingetauscht.«

Sie ging in ihr Büro zurück, denn es war allerhöchste Zeit, sich die verbliebenen Geschäftsführer von U-Play ein bisschen genauer anzusehen.

Sie brauchte etwas, irgendwas, um den Richter dazu zu bewegen, dass er sie die Wohnungen der drei durchsuchen ließ.

Selbstverständlich wären die Privatcomputer ihres Killers längst gesäubert. Denn er war ganz sicher kein Idiot. Aber auch die elektronischen Ermittler und der Zivilist, der sie beriet, waren alles andere als dumm.

Während ihr Computer seine Arbeit machte, hängte sie die Bilder an der Tafel um, studierte sie und ordnete sie neu.

Sie bildete sich ein, dass sie den Grund für diesen Mord zumindest teilweise verstand. Es war ein ausnehmend banales, oberflächliches Motiv, aber Menschen hatten sich bereits aus nichtigeren Gründen umgebracht. Ohne Reinekes Instinkt hätten sie die hinterhältige Ermordung eines Mannes unter Umständen als schlichten Raubmord wegen etwas Geldes sowie einer Pizza abgetan.

Und auch in ihrem Fall war es wahrscheinlich so, dass sich hinter einem augenscheinlich eher banalen, oberflächlichen Motiv in Wahrheit eine hoch komplexe, tief reichende Animosität verbarg.

»Ich bin wieder da! Haben Sie mich vermisst?« Peabody kam durch die Tür gesprungen und warf sich auf den Besucherstuhl. »Meine Güte, wissen Sie, wie es um diese Tageszeit im Shuttle-Flieger ist? Mit all den Gerüchen und den Leuten, die sich aufführen wie wilde Tiere, fühlt man sich dort wie im Zoo. Nachdem auch noch die Klimaanlage kurz nach dem Start gestreikt hat, war die Luft in der Kabine irgendwann zum Schneiden dick. Weshalb ich mindestens zwei Stunden duschen muss.«

»Sie hatten Sex.«

»Wie bitte? Was? In einem Shuttle kann man keinen Sex haben! Sofort nach der Landung würde man verhaftet, wenn man nicht schon unterwegs an einem Hitzschlag stirbt.«

»Sie hatten Sex, bevor Sie in den Flieger eingestiegen sind. Ich kann nur hoffen, dass nicht morgen früh die Rechnung irgendeiner Absteige auf meinem Schreibtisch liegt.«

»Wir waren in keiner Absteige. Wir …« Als Eve ihr einfach reglos in die Augen sah, stieß Peabody ein eindeutig verlegenes Räuspern aus: »… haben nur ein Spiel gespielt. Auf Ihre Anweisung.«

»Erzählen Sie mir lieber nicht, was das für ein Spiel gewesen ist.«

»Ein wirklich tolles Spiel. Bei dem man jede Menge Kondition und ausgezeichnete Reflexe braucht.« Breit grinsend fügte sie hinzu: »Ab jetzt fangen wir an zu sparen und schenken uns zu Weihnachten die Spielekonsole, die man dafür braucht.«

»Ist das etwa Ihr Bericht?«

»Nein, das ist nur wirres Zeug, das meinem auf dem Flug verkochten Hirn entsprungen ist. Puh.«

»Was haben Sie da auf der Brust? Was zum Teufel soll das sein?«

»Oh.« Peabody neigte den Kopf und sah an sich herab. »Das ist mein Liebesdrachen. Aber der geht wieder ab.«

»Ein Liebesdrachen? Sie tragen einen Liebesdrachen auf der Brust, die der Fetzen, den Sie tragen, nur zu einem winzig kleinen Teil bedeckt?«

»Das ist ein besonderer Look, der durchaus funktioniert. Trueheart hat nur noch mit Mühe Luft bekommen, als ich eben reingekommen bin.« Peabody stieß einen Seufzer aus. »Ich finde das Tattoo echt hübsch.«

»Ich habe gesagt, dass Sie verdeckt ermitteln sollen. Von *unbedeckt* war nie die Rede. Aber wie dem auch sei, will ich diesen Liebesdrachen morgen nicht mehr sehen. Falls Sie sich jetzt weit genug von den Anstrengungen Ihrer Arbeit erholt haben, hätte ich gern Ihren Bericht.«

»Na klar. Unser Kontaktmann Razor, der nach eigener Aussage der König aller Waffen ist, hat von einem Schwert, wie wir es suchen, nichts gehört. Elektronikschwerter gibt es nur als Spielzeug oder Requisiten, die bestimmt nicht tödlich sind und mit denen man ganz sicher niemanden verbrennen oder gar enthaupten kann.«

»Vielleicht wurde dieses Schwert ja extra für den Täter hergestellt.«

»Der Gedanke ist uns ebenfalls – nach einer kurzen Spielpause – gekommen. Also sind wir noch einmal zu ihm zurückgegangen, haben ihn danach gefragt, und dank unserer Überredungskünste hat er uns gesagt, wer für einen solchen Job vielleicht in Frage kommt. Wobei derart spezielle Waffen alles andere als billig sind. Einer von den Leuten, die er uns genannt hat, wäre unter Umständen bereit, eine solche Waffe herzustellen und sie nicht zu registrieren. Aber nur, wenn man den bereits unverschämt hohen Preis verdoppeln würde. Nicht einer von den Leuten, deren Konten wir uns bisher angesehen haben, hat im letzten Jahr derart viel Kohle abgezwackt.«

»Ich sehe mir die Konten gerade noch etwas genauer an. Vielleicht kommt dabei ja etwas raus. Manche Leute spielen um Geld«, sinnierte Eve. »Manche auch um Geld, das nirgends in den Büchern steht. Vielleicht haben wir es also mit jemandem zu tun, der auf diese Art zu Geld gekommen ist, dann könnten wir die Bücher lange durchsuchen.«

»Wir haben uns auf dem Rückflug schon ein bisschen auf den Underground-Spiel-Seiten umgesehen. Auch Razor streckt für uns die Fühler aus. Wir haben so getan, als wären wir bereit, jeden Betrag zu zahlen, falls er irgendwo ein solches Schwert auftreiben kann. Deshalb hat er sich auf die Suche gemacht, und während er sucht, beobachten wir ihn. McNab lässt ihn nicht aus den Augen, falls er was findet, finden wir es auch.«

»Gute Idee. Und jetzt fahren Sie heim und duschen. Weil ich Sie von hier aus riechen kann.«

»Das ist nicht meine Schuld. Vor allem hoffe ich, dass ich infolge des Versuchs, während des Fluges möglichst nicht zu atmen, und durch das fürchterliche Schwitzen vielleicht ein, zwei Kilo leichter bin.« Seufzend stand sie wieder auf. »Oh, fast hätte ich's vergessen. Wir haben Ihnen etwas mitgebracht.«

»Warum denn das?«

»Nur so.« Sie zog den Reißverschluss einer der vielen Taschen ihrer Hose auf und zog eine winzig kleine Schusswaffe hervor.

»Und was ist das?«

»Eine Spielzeug-Derringer – Sie wissen schon, wie sie die Falschspieler und Cowgirls in den Western tragen. Stecken Sie sie einfach als Reservewaffe ein.«

»Hm.«

»Aber vorher muss ich Ihnen noch zeigen, was sie alles kann.« Peabody hielt die Waffe etwas schräg und aus dem Lauf wies eine schwüle Frauenstimme einen unsichtbaren Gegner an: *»Halt die Hände so, dass ich sie sehen kann, Cowboy.«*

»Sie hat auch noch verschiedene andere männliche und weibliche Audio-Streams. Ich dachte, dass Ihnen die Frauenstimme lieber ist. Und außerdem ...«

Sie richtete den Lauf der Derringer auf Eve und drückte trotz eines protestierenden »Also bitte!« ab.

Nach einem leisen Knall ertönte abermals die Stimme: *»Nächstes Mal ziele ich tiefer, damit du bis an das Ende deines elendigen Lebens niemals wieder eine Frau mit deinem lächerlichen kleinen Ding anpiksen kannst.«*

»Ist das nicht süß? Sie könnten zu Hause das Saloon-Girl spielen, Roarke den Pokerspieler und ... na ja, der Rest geht mich nichts an«, schränkte Peabody mit einem breiten Grinsen ein.

»Sie haben recht. Das Ding ist süß, und alles andere geht Sie einen feuchten Kehricht an.« Eve nahm ihr die Waffe ab und hielt sie schief: *»Du solltest zusehen, dass du Land gewinnst, denn sonst mach ich dir Feuer unterm Arsch.«*

»Die Texte sind nicht perfekt, treffen aber ins Schwarze. Und jetzt sehen Sie selbst zu, dass Sie Land gewinnen.«

»Zu Befehl.«

»Peabody?«, rief Eve ihr hinterher und fügte ein knappes »Danke« hinzu.

Dann betrachtete sie ihre neue Waffe, schüttelte den Kopf, gab aber trotzdem der Verschung nach, zielte auf ihren Computer und den AutoChef und musste einfach grinsen, weil die Sätze, die in beiden Fällen aus dem Lauf der Waffe drangen, allzu harmlos waren.

Auch das zeugte von einer guten Partnerschaft, erkannte sie. Dass der Partner manchmal besser als man selber wusste, wie man sich zum Lachen bringen ließ.

12

Es hatte einmal eine Zeit gegeben, dachte Roarke, in der er jedem Polizeirevier nach Kräften aus dem Weg gegangen war. Inzwischen aber brachte er so viele Stunden darin zu, dass er wusste, welche der Getränkeautomaten funktionierten, welche Gleitbänder eher leer und welche ständig dicht bevölkert waren und dass es keinen ekelhafteren Geschmack als den des von Cops gebrauten Kaffees gab.

Denn sein Leben hatte sich in dem Augenblick seltsam und grundlegend verändert, als er einem ganz bestimmten Cop zum ersten Mal begegnet war. Der in einem schlecht sitzenden Mantel und einem monströsen grauen Anzug von einer Beerdigung gekommen war.

Er betastete einen der Knöpfe dieses Anzugs, den er aus Sentimentalität und als Talisman seither stets bei sich trug.

So etwas wie mit ihr hatte er nie zuvor erlebt. Dabei hatte er zu jener Zeit geglaubt, dass er alles, was zu tun sich lohnte, bereits getan hätte. Hatte er sich deswegen gelangweilt, überlegte er, während er auf ein Gleitband stieg. Nein, gelangweilt nicht. Aber vielleicht hatte er eine leichte Unruhe und eine gewisse Unzufriedenheit verspürt.

Dann war sie plötzlich in seinem Leben aufgetaucht und alles hatte sich verändert, hatte an Kontur gewonnen, und obwohl er keine Ahnung hatte, wie es dazu gekommen war, hatten sich die Teile seines Lebenspuzzles so verschoben, dass das vollständige Bild inzwischen deutlich zu erahnen war. Das Zusammensein mit Eve war durchaus kompliziert, aber trotzdem war sein Leben erst durch sie komplett. Zwar mussten sie beide einigen Teilen ihrer jeweiligen Lebenspuzzles eine neue Form verleihen und auch weiterhin müssten sie daran arbeiten, doch am Ende wäre ein stimmiges Bild zu sehen.

Während er nach unten fuhr, fuhren zwei Uniformierte auf dem anderen Band hinauf. Der klapperdürre Kerl, den sie flankierten, protestierte laut.

»Die Brieftasche hat irgendwer mir heimlich zugesteckt. Ich habe jede Menge Feinde, und ich bin nur abgehauen, weil ich einen Bus bekommen musste. Sehe ich vielleicht aus wie ein Taschendieb? He? He?«

Allerdings, bemerkte Roarke, und wenn du zu blöd bist, eine Brieftasche zu klauen, ohne dass es jemand merkt, hast du die drei Monate im Kahn verdient.

Das würde Eve natürlich anders sehen. Ihrer Meinung nach hätte der Kerl die Haftstrafe nicht deswegen verdient, weil er sich hatte erwischen lassen, sondern weil Taschendiebstahl an sich verwerflich war. Meistens war Roarke durchaus ihrer Meinung, und seit er sie kannte, war er selbst ein durchaus rechtschaffener Mann. Aber ab und zu die Finger lang machen, war das so verwerflich? Schließlich musste jeder Mensch von irgendetwas leben. Selbst ein Straßendieb.

Das hatte seine eigene Erfahrung ihn gelehrt.

Er marschierte durch den Flur in Richtung der Abteilung, deren Klänge, Anblick und Gerüche ihm inzwischen so vertraut wie die in seinem eigenen Firmenhauptsitz waren.

Detective Baxter hatte sich von seinem Schreibtischstuhl

erhoben, rückte sorgfältig seine Krawatte glatt, klopfte zur Begrüßung mit dem Finger gegen seine Schläfe und erklärte: »Dallas thront mal wieder in ihrem Büro. Aber schließlich ist sie auch das Ober*haupt.*«

Roarke zog die Braue hoch. »Sie hatten den ganzen Tag Zeit nachzudenken. Und da fällt Ihnen keine bessere Bemerkung ein?«

»Die ganz guten Witze sind bereits verbraucht. Außerdem ist meine Schicht bereits seit einer Stunde um. Weshalb mir vor Erschöpfung fast der Kopf abfällt.«

»Unwesentlich besser. Und wo ist Ihr Junge?«

»Den habe ich heimgeschickt. Ich bin nur noch hier, weil schließlich jemand den Papierkram fertig machen muss. Und er hatte ein Date.«

»Ach ja?«

»Ach ja. Endlich hat er sich getraut, den hübschen, kleinen Rotschopf aus dem Archiv zum Essen einzuladen. Bis vor Kurzem hatte er es noch auf eine andere abgesehen, doch die Sache ist im Sand verlaufen. Die meisten Zivilisten haben ein Problem mit Partnern von der Polizei. Wovon Sie natürlich ausgenommen sind.«

»Auf jeden Fall.«

»Wie dem auch sei, er lädt den Rotschopf erst zum Abendessen und danach ins Kino ein, und am Ende gibt er ihr wahrscheinlich nett die Hand. Als Verführer ist der Junge eindeutig ein hoffnungsloser Fall. Obwohl er in allen anderen Bereichen ausnehmend gelehrig ist.«

»Dann ergänzen Sie sich ja sehr gut.«

»Ja, wer hätte das gedacht? So, und jetzt haue ich ab. Ich habe nämlich ebenfalls ein Date, und zwar mit einer Frau, der ich mehr als nur die Flosse schütteln will.«

»Viel Glück.«

»Glück hat damit nichts zu tun, mein Freund.« Er salutierte abermals vor Roarke und schlenderte davon.

Amüsiert und in Gedanken bei den unterschiedlichen Betrachtungsweisen eines Dates ging Roarke in Eves Büro.

Sie stand vor ihrer Tafel, stemmte ihre Hände in die Hüften und wies den Computer an: »Speichern und kopieren aller Daten auf mein heimisches Gerät.«

»Perfektes Timing«, meinte er.

»Ich brauche Zeit zum Nachdenken.«

»Hier ist deine Kopie. Versiegelt und protokolliert.«

Sie nahm ihm die Diskette ab. »Du bist heute aber förmlich.«

»Na, ich hoffe nicht zu sehr. Du kannst unterwegs nachdenken.«

»Ich muss noch ein paar Sachen …«

»Die können ganz sicher warten«, fiel er ihr ins Wort. »Weil ich endlich ein Abendessen will.«

Sie zog eine Derringer aus ihrer Tasche und zum Zeichen, dass er sich ergab, hob er die Hände in die Luft. »Nicht schießen. Ich bin unbewaffnet.«

»Ich wette, dass das gelogen ist.«

»Du kannst mich ja nachher durchsuchen«, bot er lächelnd an. »Ein hübsches kleines Ding. Woher hast du das?«

»Das haben mir McNab und Peabody von ihrem Undercover-Einsatz mitgebracht.« Sie hielt die Waffe etwas schräg: *»Sie ist klein, aber gemein. Genau wie ich.«*

Lachend trat er auf sie zu, um sich das Spielzeug aus der Nähe anzusehen. »Es gab mal diese Fernsehserie, in der es um den so genannten Wilden Westen ging. Ich weiß nicht mehr, wie sie hieß. Aber auf alle Fälle spielte sie im Westen und der Held – ein Söldner – lief ständig mit einer solchen Waffe rum.«

»Dann kann ich nur hoffen, dass sie günstig war.«

»Er hatte auch noch eine andere, ordentliche Waffe, aber dies war sein …«

»Reservestück.«

»Genau. Wenn wir mal wieder frei haben, sollten wir uns ein paar Folgen dieser Serie ansehen. Und jetzt, Lieutenant, wie Baxter sagen würde, lass uns abhauen.«

»Okay, okay.« Sie sammelte noch ein paar Akten ein. »Du fährst, ich denke nach.«

»Du denkst, dass es einer seiner Freunde, seiner Partner war«, erklärte Roarke, als sie in die Garage fuhren.

»Sie hätten am leichtesten Zugang zu der Wohnung gehabt, hatten durch diesen Mord am meisten zu gewinnen und waren mit der Routine, den Gewohnheiten des Opfers, dem Geschäft und dem Spiel, um das es gerade geht, bestens vertraut.«

»Du hast schon einen ganz bestimmten Partner im Visier.« In gemeinsamem Bedauern und geteilter grimmiger Ergebenheit quetschten sie sich in einen überfüllten Lift. »Mehr als die anderen«, fuhr er mit gepresster Stimme fort. Denn der Geruch nach Schweiß und Zwiebeln in der winzigen Kabine machte ihm das Atmen schwer.

»Bisher ist es nur eine Theorie. Und vor allem läuft das Spiel so nicht.« Unten angekommen, schob sie sich durch das Gedränge aus dem Lift. »Welchen der drei würdest du nehmen?«

»Es fällt mir schwer, mir vorzustellen, dass überhaupt einer von den dreien zu so was in der Lage ist. Ich kenne sie nicht wirklich gut, aber das, was ich von ihnen weiß, nimmt mich durchaus für sie ein.«

»Und warum?«

»Vielleicht zum Teil wegen der Art, wie sie die Firma gegründet haben. Weil sie langjährige Freunde waren.«

»Die hattest du in Dublin auch«, bemerkte Eve.

»Das stimmt, und auch wenn wir alle kein Problem damit gehabt hätten, uns gegenseitig spielerisch über den Tisch zu ziehen, hätten wir einander niemals wirklich wehgetan.«

»Was eins der Dinge ist, über die ich heute nachgegrübelt habe. Lang- und kurzfristige Freundschaften, weshalb es zwischen manchen Leuten klick macht, weshalb manche Freundschaften sich im Verlauf der Jahre immer mehr vertiefen, während es bei anderen im Verlauf der Zeit unter der Oberfläche brodelt, bis die Freundschaft früher oder später in die Brüche geht. Wobei die Suppe, wenn es obendrein auch noch um Kohle, Sex oder das Ego geht, auch überkochen kann.«

»Ich bin wohl kaum einer, der diese Dinge durch eine rosarote Brille sieht, und ich zweifle auch nicht an deinem Instinkt.« Ihrer beider Schritte hallten laut auf dem Garagenboden, als er neben ihr zu ihrem Wagen ging. »Trotzdem habe ich die vier zusammen beobachtet, ihnen zugehört und auch gehört, wenn Bart für sie alle gesprochen hat.«

»Ich wette, als die Pizza-Frau mit dem Typen zusammenkam, den sie jetzt ermorden lassen hat, hat auch sie viel Nettes über ihn gesagt.«

Er schüttelte halb belustigt und halb resigniert den Kopf. »Fängst du jetzt schon wieder damit an?«

»Ich will damit nur sagen, dass Beziehungen und Menschen sich verändern oder manchmal ein Ereignis, irgendeine Handlung oder eine Reihe von Ereignissen und Handlungen einem von den beiden furchtbar auf den Keks gehen.« Sie glitt auf den Beifahrersitz und wartete, bis er hinter dem Steuer saß. »Los, spielen wir ein Spiel. Nennen wir es *Schlüsse ziehen.* Wenn du dich entscheiden müsstest, wer der drei den Freund und Partner entweder ermordet oder töten lassen hat, welchen würdest du dann nehmen? Und warum?«

»Also gut.« Wenn schon nichts anderes, erreichte er durch dieses Spiel vielleicht ein Minimum an Objektivität. »Erstens: Falls einer von den dreien ihn ermordet hat, hätte Cill eindeutig nicht die Kraft dafür gehabt.«

»Vielleicht irrst du dich. Denn sie ist wie die anderen kampfsport- und straßenkampferprobt und kennt sich mit Waffen aus. Sie hat sogar einen schwarzen Gürtel in Karate und bald auch in Taekwondo.«

»Tja, nun. Es macht sich eben nie bezahlt, wenn man kleine Menschen unterschätzt.«

»Sicher ist sie wendig, schnell und stärker, als sie aussieht. Vielleicht konnte die schwere Waffe selbst Cills Schlag noch die erforderliche Wucht verleihen. Sie scheidet also nicht aus, nur weil sie eine Frau und eher klein und zierlich ist.«

»Der Schlag kam von oben, aber sie könnte irgendwo draufgestanden haben, oder vielleicht hat sie einfach einen Satz gemacht und der hat ihr die erforderliche Größe und Schlagkraft verliehen.«

»Jetzt denkst du endlich richtig nach.«

Er bedachte sie mit einem nachsichtigen Blick. »Ich kann

es mir zwar immer noch nicht vorstellen, aber ich gebe zu, dass sie nicht automatisch ausgeschlossen werden kann. Var. Er ist körperlich zu dieser Tat genauso wie die anderen fähig, nehme ich an.«

»Korrekt.«

»Davon abgesehen kamen mir als Außenstehendem Var und Bart immer wie zwei Teile eines Ganzen vor.«

»Manche Menschen haben irgendwann die Nase voll davon, ein Teil von was zu sein, und wollen das Ganze.«

»Du siehst immer alles aus der Sicht des Cops«, murmelte er. »Sie hatten beide Spaß daran, sich in den geschäftlichen Aspekt des Unternehmens zu vertiefen, und haben sich genauso gern mit dem Verkauf, Vertrieb und Marketing wie mit der kreativen Seite ihres Jobs befasst. Sie haben sich gerne gegenseitig kontrolliert und den Konzepten des jeweils anderen zu Werbung, Unternehmensausbau oder so immer noch den letzten Schliff verpasst. Bart hat mir einmal erzählt, als sie Var getroffen haben, wäre der das letzte Teil gewesen, das zu ihrem Puzzle noch gefehlt hat. Das konnte ich sehr gut verstehen.«

Eve streckte ihre Beine aus und genoss, dass sie bei dem entsetzlichen Verkehr nicht selbst hinter dem Lenkrad saß. »Und wenn sie mal verschiedener Meinung waren?«

»Ich kann dir nicht sagen, was sie dann gemacht haben, denn ich hatte mit ihren Geschäften nichts zu tun. Aber ich habe nie gehört, dass Bart deswegen frustriert gewesen wäre oder so.«

»Wir sind also einer Meinung, dass das Opfer mit dem Status quo durchaus zufrieden war. Aber das heißt nicht, dass auch die anderen damit zufrieden waren. Oder sind.«

»Es gibt deutlich einfachere Wege, wenn man eine

Partnerschaft beenden oder irgendwas daran verändern will.«

Sie sah ihn mit einem schiefen Grinsen an. »Es gibt auch einfachere Wege, sich des eigenen Ehemannes zu entledigen, als dass man ihm mit einer Rohrzange den Kopf einschlagen lässt.«

»Am besten sorge ich dafür, dass die Werkzeuge bei uns im Haus zukünftig unter Verschluss gehalten werden. Aber jetzt zu Benny«, fuhr Roarke fort. »Meiner Meinung nach hat er von allen vieren den größten Intellekt. Er bringt gerne Stunden mit Recherchen, mit dem Sichten von Details oder mit der Überlegung zu, was ein Spiel bedeutet oder weshalb man es gerne spielt. Er recherchiert Mythen, wirkliche Verbrechen, historische Figuren, Kriege, Schlachten, Strategien, damit die Spiele, die sie rausbringen, so realistisch und so interessant wie möglich sind.«

»Er ist also detailversessen, ein guter Stratege und kennt sich mit Kampfsport aus.«

»Du glaubst doch wohl nicht ernsthaft ...«

»Oh, ich zähle lediglich die Fakten auf.« Sie zog ihren Handcomputer aus der Tasche und tippte dort eilig etwas ein. »Aber wenn es nur um die Fakten geht, muss ich feststellen, dass sie alle die Mittel, ein Motiv und die Gelegenheit zu diesem Mord gehabt hätten. Vielleicht haben sie ihn ja alle drei, oder zumindest zwei von ihnen, zusammen geplant.«

»Und zu welchem Zweck?«, erkundigte sich Roarke. »Die menschliche Neugier und der allgemeine Hunger nach Skandalen werden sicher dazu führen, dass die Verkaufszahlen von U-Play erst mal in die Höhe schnellen. Aber ohne Bart stehen sie alle unter Schock. Weil aus der Sicht des Unternehmens er der Klebstoff war, der die vier Teile zu einem produktiven Ganzen verbunden hat.«

Nickend tippte sie noch irgendetwas in ihren Handcomputer ein. »Da gebe ich dir recht. Aber das hat mit dem Ego und mit diesem inbrünstigen, tiefen Zorn, den nur Menschen, die einander sehr vertraut sind, aufeinander haben können, nichts zu tun. Und diese vier waren einander ausnehmend vertraut.«

»Wie eine Familie.«

»Ja, genau. Und in Familien werden mehr Menschen als sonst wo umgebracht.«

»Am besten lasse ich das Werkzeug nicht nur wegsperren, sondern aus dem Haus schaffen.« Plötzlich hielt Roarke am Straßenrand, und sie runzelte die Stirn.

»Was soll denn das? Ich dachte, dass wir auf dem Heimweg sind.«

»Zur Abwechslung warst du mal derart in ein Spiel vertieft, dass du nicht auf die Umgebung achtgegeben hast. Ich habe nicht gesagt, dass ich nach Hause, sondern dass ich etwas essen will.«

»Ich habe meinen Bericht noch nicht geschrieben und die Ergebnisse meiner Wahrscheinlichkeitsberechnungen noch nicht analysiert. Außerdem muss ich …«

Da er einfach ausstieg und die Tür hinter sich zuwarf, hörte er den Rest ihres Protests nicht mehr. Er umrundete den Wagen, öffnete die Tür auf ihrer Seite und blickte sie lächelnd an »Los, Lieutenant, mach eine Stunde Pause. Es ist so ein schöner Abend. Lass uns ein bisschen spazieren gehen und etwas essen.«

»Siehst du?« Sie stieg aus und pikste ihm mit einem Finger in die Brust. »Deshalb schlagen Menschen in intimen Beziehungen einander so oft die Köpfe ein.«

Er nahm ihre Hand und küsste sie. »Eine Stunde bringt uns ganz bestimmt nicht um.«

»Ich muss mir die Spielszenarien auf der Diskette ansehen.«

»Zwei Szenarien habe ich schon ausgeschlossen, weil man dafür keine Schwerter, sondern hochmoderne Waffen braucht. Bleiben also nur noch Quest-1 und der Usurpator.«

»Trotzdem …« Plötzlich brach sie ab und verzog den Mund zu einem überraschten und erfreuten Lächeln, als sie merkte, wo sie war.

»Polumbi's«, meinte sie, als sie die winzig kleine Pizzeria sah. »Hier war ich schon seit einer Ewigkeit nicht mehr. Aber es sieht noch genau wie früher aus.«

»Es ist schön, wenn manche Dinge immer gleich bleiben, nicht wahr? Du hast mir einmal erzählt, dass du an deinem ersten Tag in New York hier warst. Dass du hier dein erstes Stück New-York-Pizza gegessen und die Leute auf der Straße beobachtet hast. Und dass du frei und glücklich warst.«

»Als ich an dem Tresen neben dem Fenster saß, hatte ich das Gefühl, als finge in dem Augenblick endlich mein Leben an. Niemand kannte mich oder hat sich auch nur ansatzweise für mich interessiert. Ich hatte keine Freunde, keinen Liebhaber, war ganz allein. Was einfach unglaublich war.«

Sie sah ihn aus warmen, goldenen Augen an, und während eines Augenblicks kam es ihm vor, als liefe außer ihnen kein Mensch auf dem Bürgersteig, als atme niemand außer ihnen beiden diese Luft.

»Inzwischen ist es anders. Was mich total freut. Aber trotzdem ist es gut, dass diese Pizzeria noch genau wie damals ist.« Sie nahm seine Hand und drückte sie. »Lass uns Pizza essen, ja?«

Statt am Tresen nahmen sie an einem kleinen Tisch für zwei Personen Platz. Obwohl die Hocker hart und ungemütlich waren.

Er hätte einen anderen Ort zum Essen wählen können, dachte Eve. Hätte nur mit seinen Fingern schnipsen müssen, und schon hätte man im besten Restaurant der Stadt einen Tisch für zwei Personen reserviert. Einem Restaurant, in dem das Personal herablassend, der Wein erlesen und der Küchenchef ein Künstler war.

Doch er hatte eine überfüllte, laute Beize für sie ausgewählt, in der die Tische so dicht beieinander standen, dass die Ellbogen der Gäste sich berührten, und in dem einem ein Mischmasch aus Gewürzen, Zwiebeln und billigem Wein aus eckigen Karaffen in die Nase stieg.

Weil dieser Ort für sie mit einer herrlichen Erinnerung verbunden war.

Während sie bestellten, stützte sie ihr Kinn auf einer ihrer Hände ab. Ja, ihr Leben hatte sich verändert, gab sie unumwunden zu. Und es war ihr nur ein bisschen peinlich, dass sie in den Mann ihr gegenüber hoffnungslos verschossen war. »Hast du dieses Lokal gekauft?«

»Nein. Manche Dinge sollte man so lassen, wie sie sind. Aber wir behalten den Laden im Auge, denn vielleicht wollen die Besitzer irgendwann einmal in Rente gehen.«

Damit das Polumbi's unverändert bliebe, auch wenn sie vielleicht erst in zehn Jahren wiederkäme, dachte sie.

»Heute scheint ein Tag zu sein, an dem mir jeder etwas schenkt. Aber ich habe auch etwas für dich.«

»Ach ja? Und was?«

»Ich habe noch einen Cookie in der Tasche, einen wirklich feinen Cookie, auf dem zufällig dein Name steht.«

»Was für einen Cookie?«

»Triple Chocolate. Von Nadine. Sie war vorhin auf dem Revier. Es ist ihre eigene Schuld, dass meine Leute erwarten, dass sie sie mit Backwaren besticht, aber zumindest kommt sie damit immer durch.«

»Wollte sie Informationen über den Fall?«

»Erstaunlicherweise nicht.« Als die Kellnerin mit den Getränken kam, genehmigte sich Eve den ersten Schluck von ihrem Bier. Es war sicherer, in diesem Laden Bier statt Wein zu trinken, da das Bier in Flaschen kam. »Sie hat gesagt, sie hätte Bart mehrmals als Gast in ihrer Show gehabt, und wenn sie nicht so aufgeregt gewesen wäre, hätte sie mich sicher nach dem Fall gefragt.«

»Ihr Buch kommt diese Woche raus.«

»Genau. Und wann hättest du mich daran erinnert, dass ich morgen auf diese bekloppte Party muss?«

»Morgen.« Lächelnd nippte er an seinem Bier. »Dann hättest du weniger Zeit gehabt, um dich darüber aufzuregen, dass du feiern gehen sollst, obwohl du wieder einmal bis zum Hals in Arbeit steckst.«

»Ich rege mich nicht auf.«

»Du regst dich manchmal sogar furchtbar auf, was uns aber diesen schönen Abend nicht vermiesen soll.«

Sie trank den nächsten Schluck von ihrem Bier und sah

ihn böse an. Weil oder obwohl er mit dem Satz direkt ins Schwarze traf. »Ich nehme an, du hast bereits entschieden, was ich auf der Party anziehen soll.«

»Die passende Garderobe wird für dich bereitgelegt, obwohl du natürlich selbst bestimmen kannst, was du dort tragen willst.« Er strich sanft über ihren Handrücken. »Du könntest heute Abend deine Sachen durchsehen und gucken, was du anziehen willst.«

»Haha. Es reicht mir schon, dass ich auf diesem Fest erscheinen muss. Falls es keinen Durchbruch bei den Ermittlungen gibt und ich nicht irgendwen verhaften muss.«

»Falls es einen Durchbruch gibt und du damit recht hast, dass es einer seiner Partner war, ist nicht davon auszugehen, dass du bei der Verhaftung um dein Leben kämpfen musst. Denn im Grunde ihrer Herzen sind die drei nichts anderes als Computerfreaks.«

»Von denen mindestens einer einen anderen Computerfreak auf äußerst kreative und hässliche Art ermordet hat«, rief sie ihm in Erinnerung. »Aber ja, ich gehe davon aus, dass ich mit ihm, mit ihr oder mit ihnen fertig werde, ohne dass ich dabei um mein Leben kämpfen muss.«

»Und warum denkst du, dass du auf die Party morgen Abend gehen musst? Schließlich ist es ziemlich ungewöhnlich, dass du dich zur Teilnahme an einem Fest verpflichtet fühlst.«

Sie atmete vernehmlich aus, als die Bedienung mit der Pizza kam. »Weil Nadine vorhin vollkommen fertig war. Sie schiebt die totale Panik, dass das Buch ein Reinfall wird. Dabei hat es ihr an Selbstvertrauen bisher nie gefehlt.«

»Sie hat ziemlich viel in das Buch investiert und bewegt sich damit auf einem für sie völlig neuen Gebiet.«

»Genau.« Eve trank schulterzuckend einen Schluck von ihrem Bier. »Deshalb muss ich mich auf jeden Fall kurz blicken lassen, als moralische Unterstützung oder so. Weil es, auch wenn es nervig ist, zur Freundschaft offenbar dazugehört.«

»Wie recht du hast.«

Lachend nahm sie ein Stück Pizza, biss hinein und klappte die Augen zu. Weil sie sich selber plötzlich deutlich vor sich sah, wie sie den allerersten Bissen ihrer allerersten Pizza in New York gegessen und von ihrem Platz am Fenster zugesehen hatte, wie die Stadt mit allen ihren Möglichkeiten drängelnd, hektisch, keifend dicht an ihr vorüberzog.

Sie schlug die Augen wieder auf und sah ihren Freund, Geliebten, Partner lächelnd an. »Die Pizza ist noch immer superlecker.«

Roarke hatte tatsächlich recht gehabt, erkannte sie, als sie wieder auf die Straße trat. Dank der kurzen Pause war sie innerlich wieder im Gleichgewicht, hatte einen klaren Kopf und neuen Schwung.

»Ich will noch kurz zu U-Play, bevor wir nach Hause fahren.«

»Um diese Uhrzeit ist die Firma zu.« Fröhlich nahm er ihre Hand. »Aber falls du Lust auf einen kleinen Einbruch hast, ist das natürlich kein Problem.«

»Niemand wird dort einbrechen. Denn ich will gar nicht in den Laden rein.«

»Ach nein?«

»Natürlich ist der Laden so spät abends geschlossen, aber ich frage mich, ob vielleicht trotzdem irgendwer dort ist.«

Er tat ihr den Gefallen und kämpfte sich durch den Verkehr noch weiter in die Innenstadt. Das goldene Sommerlicht verlängerte den Tag, doch die größte Hitze war verebbt.

Die Touristen und die Einwohner der Stadt nutzten die milde, abendliche Brise aus, stellten auf den Straßen und den Bürgersteigen ihre nackten Gliedmaßen zur Schau, und Eve sah eine junge Frau, die auf mörderischen Absätzen mit wehendem, blondiertem Haar blitzschnell über den Gehweg lief.

»Wie machen sie das nur?« Sie zeigte auf die Frau. »Wie stellen Frauen und talentierte Transen das an? Wie schaffen sie es bloß, auf solchen Absätzen zu laufen und dabei noch wie Gazellen auszusehen?«

»Ich nehme an, dass sie dafür viel üben, wie die Gazellen wahrscheinlich auch.«

»Und wenn sie es einfach lassen würden? Wenn die Frauen und Transen auf der ganzen Welt rebellieren und erklären würden, leckt uns doch am Arsch, wir laufen ab jetzt nicht mehr in diesen Knöchelbrechern rum, müssten die Sadisten, die diese Dinger produzieren, doch wohl das Handtuch werfen, oder nicht?«

»Auch wenn ich das nur ungern sage, werden Frauen und Transvestiten niemals wegen High Heels rebellieren. Denn anscheinend finden viele Frauen und Transvestiten diesen Stil und die Größe, die sie dadurch plötzlich haben, einfach toll.«

»Du findest sie nur deshalb toll, weil man mit dem Hintern wackelt, wenn man solche Dinger trägt.«

»Ich bekenne mich schuldig.«

»Männer beherrschen leider immer noch die Welt.

Auch wenn ich das beim besten Willen nicht verstehen kann.«

»Dazu sage ich am besten nichts. Aber mit der anderen Sache hattest du eindeutig recht«, erklärte er, als er am Rand des Parkplatzes von U-Play hielt. »Der Laden ist geschlossen, aber nicht menschenleer.«

Sie betrachtete das Licht, das durch die Fenster strömte, und sinnierte kurz darüber nach, in welchem Winkel wohl die Sonne derart spät am Tag durch die großen Scheiben fiel und welche Schatten sie um diese Uhrzeit auf die Räumlichkeiten warf. Das künstlich anmutende Licht gefiele ihnen sicher. Weil es tröstlich und vor allem praktisch war.

Außerdem wollten sie bestimmt an diesem Ort zusammen sein. Auch weil es tröstlich und praktisch war.

»Bildest du dir allen Ernstes ein, sie würden jetzt dort sitzen und darüber sprechen, wie sie Bart ermordet haben und wie es jetzt weitergehen soll?«

»Könnte durchaus sein.« Sie legte ihren Kopf ein wenig schräg und sah ihn von der Seite an. »Dir gefällt dieser Gedanke nicht, weil dir die drei sympathisch sind und weil du in allen vieren etwas von dir selbst gesehen hast. Irgendeinen winzig kleinen Teil. Und weil du selbst niemals einfach, weil es praktisch wäre, einen unschuldigen Menschen oder einen Freund ermorden würdest, willst du nicht, dass es einer von ihnen war.«

»Vielleicht. Aber du und ich, wir beide haben schon getötet, und wir wissen, dass es ganz bestimmt kein Spiel ist, wenn man jemandem das Leben nimmt. So was kann nur ein Verrückter denken. Hältst du einen von den dreien für verrückt?«

»Nein. Ich denke, sie sind geistig vollkommen gesund. Aber ich suche auch nicht nach einem verrückten Wissenschaftler oder irgendeinem Freak auf einem Psychotrip. Hier geht es um was anderes.« Sie verfolgte, wie ein Schatten durch die Firma lief. »Wer auch immer Bart auf dem Gewissen hat, bedauert seine Tat vielleicht inzwischen, denkt, dass sie ein fürchterlicher Fehler war, vielleicht lebt er seither in einem nicht endenden Alptraum. Vielleicht kann ich den Killer mit seinen Schuldgefühlen und mit seinem Grauen knacken, wenn es so weit ist.«

Sie verfolgte stumm die Lichter und die Schatten, die man durch die großen Fenster sah.

»Allerdings verhärtet man auch manchmal, wenn man jemanden getötet hat, manchmal stumpft das eigene Gewissen ab. Mancher Killer sagt sich, der andere hätte den Tod verdient und man hätte einfach seine Pflicht getan. Oder schlimmer noch, man kommt auf den Geschmack. Hat eine Tür in seinem Innersten geöffnet, die so gut versteckt, so klein und sorgfältig verriegelt war, dass man selber sie erst durch die Tat entdeckt. Und sich darüber freut. *Guck, was ich getan habe! Wie mächtig und wie stark ich bin!*«

Bereits bei dem Gedanken wogte Übelkeit in ihrem Innern auf.

»Das ist der Typ, für den es kein Zurück mehr gibt«, erklärte sie in ruhigem Ton, starrte dabei aber reglos geradeaus. »Der immer wieder morden muss, weil es ihn ein ums andere Mal nach diesem Machtgefühl verlangt. Manche Seelenklempner halten es für eine Art von Wahn, wenn jemand diese Aufregung, dieses Gefühl der Macht immer wieder neu erleben muss. Aber das ist kein Wahnsinn, sondern schlicht und einfach Gier.«

Sie wandte sich Roarke wieder zu. »Das weiß ich ganz genau. Denn als ich meinen Vater getötet habe, habe ich dieselbe Aufregung und Macht verspürt.«

»Das war Notwehr und kein Mord. Du warst damals ein Kind und hast gegen ein Monster um dein Leben gekämpft.«

»Vielleicht habe ich ihn nicht ermordet, aber getötet habe ich den Kerl auf jeden Fall. Ich habe sein Leben beendet, und sein Blut hat an meinen Händen geklebt.«

Er nahm die Hand, die sie ihm zeigte, schüttelte den Kopf und küsste sie.

»Ich kenne dieses Machtgefühl, diese kranke Aufregung, die grauenhaften Schuldgefühle und das Verhärten der Seele und des Herzens, denn all das habe ich selbst verspürt. Obwohl mein Vorgehen damals vielleicht Notwehr war, weiß ich aus Erfahrung, was für ein Gefühl es sein kann, wenn man einen Mord begeht. Was mir bei der Suche nach Barts Mördern hilft. Weil dieses Wissen wie ein Werkzeug für mich ist.«

Sie berührte seine Wange, denn sie wusste, der Gedanke an all das, was sie bis zu der Nacht, als sie acht Jahre alt gewesen war, hatte ertragen müssen, schmerzte ihn nicht weniger als sie. Vielleicht sogar noch mehr, erkannte sie. Vielleicht sogar noch mehr.

»Ich war dreiundzwanzig, als ich noch einmal einen Menschen töten musste«, fuhr sie fort. »Fünfzehn Jahre später. Damals waren ich und Feeney hinter einem Typen her, der zwei Menschen vor Zeugen totgeschlagen und vor allem jede Menge DNA und anderer Spuren am Tatort zurückgelassen hatte. Seine Schuld stand ohne jeden Zweifel fest, es ging nur noch darum, ihn zu finden und bis an sein Lebensende wegzusperren. Dabei sind wir einer Spur bis in diese Absteige gefolgt. In einen Stripclub, in dem seine Freundin tätig war. Wir dachten, wenn wir ihr erzählen, was er verbrochen hat, würde sie uns vielleicht sagen, wo er ist. Nur, dass er zufällig zur gleichen Zeit wie wir in dieser Beize war und seine blöde Freundin losgeschrien hat, dass er verschwinden soll, und selbst mit abgehauen ist. Er hat die Leute reihenweise umgemäht, die er nicht erwischt hat, sind vollkommen panisch Richtung Tür gestürzt. Trotzdem haben wir ihn bis aufs Dach verfolgt, wo er plötzlich seiner blöden Freundin ein fast dreißig Zentimeter langes Messer an den Hals gehalten hat.« Sie stockte.

»Es war Sommer.« Was sie selbst nach all den Jahren noch deutlich spürte, roch und sah. »Brütend heiß. Der Schweiß rann uns in Strömen über die Gesichter, während er uns angeschrien hat, dass er dem blöden Weib den Hals aufschlitzt, wenn auch nur einer von uns näher kommt. Um seinen Worten Nachdruck zu verleihen, pikst er ihr die Messerspitze so fest in den Hals, dass plötzlich neben Schweiß auch Blut auf ihre Kleider tropft. Er benutzt sie als menschlichen Schutzschild und Feeney kommt von seiner Position aus nicht an ihn heran.«

»Aber du kommst an ihn ran«, murmelte Roarke.

»Ja, ich komme an ihn ran. Nur knapp, aber es reicht. Wir versuchen, ihn zum Aufgeben zu überreden, aber darauf geht der Kerl nicht ein. Stattdessen rammt er ihr noch einmal die Messerspitze in den Hals. Also redet Feeney immer weiter auf ihn ein, zieht die Aufmerksamkeit des Kerls auf sich und gibt mir das Signal zum Schießen.«

Roarke konnte es deutlich vor sich sehen. Weil das Geschehen in ihren Augen lag.

»Ich betäube ihn mit einem sauberen Schuss, sein Körper fängt an zu zucken, sie stolpert nach vorn, rammt ihm dabei den Ellenbogen in die Brust, und der verdammte Hurensohn fällt kopfüber vom Dach. Schwung, Schwerkraft oder Pech – auf jeden Fall stürzt er vom Dach und kommt acht Stockwerke tiefer auf dem Gehweg auf.« Wieder hielt sie inne.

»Ich war nicht aufgeregt, als ich ihn dort liegen sah. Und habe mich auch nicht schuldig gefühlt, obwohl ich natürlich etwas zittrig war. Gott, ich hatte ihn sauber betäubt und einfach nicht damit gerechnet, dass der Kerl hintüber fällt. Ich musste deshalb nicht einmal zum Psychologen. Wir hatten zu Beginn der Jagd unsere Rekorder eingeschaltet, deshalb hatten wir den Augenblick, in dem die Freundin losstolperte und er das Gleichgewicht verlor, auf Band. Er hatte einfach Pech, sonst nichts.«

Sie atmete vernehmlich aus. »Aber ich habe auf ihn gezielt und abgedrückt. Fünfzehn Jahre, nachdem ich mit einem Messer auf meinen besoffenen Vater losgegangen war. Und erst danach wusste ich, dass die Aufregung, die Schuldgefühle und die innere Verhärtung, die ich mit acht Jahren empfunden hatte, eine einmalige Angelegenheit gewesen waren.«

Sie blickte zurück in Richtung Haus. »Vielleicht fragt sich zumindest einer dieser drei in diesem Augenblick, ob er diese überwältigenden Gefühle wieder spüren würde. Vielleicht will einer dieser drei sie sogar noch einmal spüren.«

»Ich hoffe sehr, dass du dich irrst.«

Diesmal sah sie ihn aus kalten, braunen Augen an. »Ich irre mich ganz sicher nicht.«

»Das fürchte ich auch.«

13

Sie verbrachte Stunden mit der Durchsicht und der Analyse jedes noch so winzigen Details in den Leben dieser drei Menschen. Ging den jeweiligen familiären Hintergrund, die Ausbildung, die sie genossen hatten, die Finanzen und Kontakte durch.

Dann verglich sie die Ergebnisse mit dem von der Psychologin angefertigten Profil des Täters und stimmte gedanklich der Wahrscheinlichkeitsberechnung des Computers zu, dem zufolge jeder Expartner von Bart für diesen Mord in Frage kam.

Der Täter war organisiert, detailorientiert, hatte ein ausgeprägtes Konkurrenzdenken, kannte sich hervorragend mit Elektronik aus, und das Opfer hatte ihn gekannt und ihm vertraut.

Was mit der direkten Gewaltanwendung und der Grausamkeit der Tat nur schwer vereinbar war.

Trotzdem fand sie nirgends einen Hinweis oder gar Beweis dafür, dass Barts Ermordung auf das Konto eines Auftragskillers ging.

Außer Geld gab es noch andere Währungen, ging es ihr durch den Kopf. Sex, eine Gefälligkeit, Informationen. Damit konnte man genauso gut bezahlen, ohne dass es je in den Bilanzen stand. Nur hatte Bart Minnock seinen Mörder eindeutig gekannt. Denn es gab einfach keinen Grund zu glauben, dass er einen Fremden erst in seine Wohnung und dann noch zu seinem neuen Spiel in seinen Holo-Raum gelassen hätte.

Einmal noch, dachte sie, stand auf und sah sich eingehend die Fotos an der Tafel an.

Fröhlich pfeifend kommt das Opfer heim. Dem Portier und auch den Aufnahmen der Überwachungskameras zufolge wird er von niemandem begleitet. Die Überprüfung aller Schlösser durch die elektronischen Ermittler hat gezeigt, dass vor seiner Heimkehr niemand unbefugt in seine Wohnung eingedrungen ist.

Trotzdem, überlegte sie, haben wir es hier mit drei hochtalentierten und intelligenten Elektronikfreaks zu tun. Falls es also einen Weg gegeben hat, um unbemerkt in diese Wohnung einzudringen, hätten sie ihn zweifellos entdeckt.

Oder, was viel einfacher gewesen wäre, einer von den dreien oder jemand anderes hatte vor der Wohnungstür auf Bart gewartet, damit er von ihm eingeladen wurde.

Allerdings hatte seine Droidin angegeben, dass er ganz allein hereingekommen war, und die elektronischen Ermittlungen hatten ergeben, dass an Leia nicht herumgefingert worden war.

Eve klappte die Augen zu.

»Vielleicht hat er ja die Tür nicht gleich gesichert. Weil er aufgeregt und glücklich war. Als seine Droidin mit der Limo kam, hat er zu ihr gesagt, dass er sie nicht mehr braucht. Vielleicht ist der Killer ja in das Apartment eingedrungen, nachdem die Droidin auf Stand-by geschaltet hatte und bevor die Tür wieder gesichert war. Das wäre eine Möglichkeit.«

Er tritt lächelnd vor Bart. *Die Versuchung war einfach zu groß. Ich will das Spiel mit ausprobieren oder dir zumindest dabei zusehen.* Einer seiner Partner, dachte Eve erneut. *Spiel du das Spiel, und ich dokumentiere, wie es läuft.*

Und es gab noch eine andere Möglichkeit. *Warum sollen wir noch warten? Schließlich ist das Spiel fast fertig. Also lass es uns ausprobieren.* Vielleicht hatte ja der Killer die Diskette mitgebracht, was eine Erklärung dafür wäre, dass das Opfer sie nicht wie gewöhnlich ausgeloggt hatte, als er ging. Vielleicht hatte ihm der Killer ja erzählt, er hätte sie für ihn ausgeloggt.

Die Waffe könnte schon vor Ort gewesen sein, oder vielleicht hatte der Killer sie mitgebracht.

Dann begann das Spiel. Dem Gerät zufolge hatte nur ein Spieler gespielt. Wahrscheinlich Bart. Während ihm sein Mörder zugesehen hatte. Das wäre logisch und vor allem effizient.

Doch an irgendeiner Stelle hatte der Mörder nicht mehr einfach zugeschaut. Die blauen Flecken und die ausgerenkte Schulter deuteten darauf hin, dass es ein Handgemenge gab.

Und genau das war verkehrt.

Wenn die Waffe da war und der Mordplan stand, was hatte dann die Rauferei gesollt? Bart war ungewöhnlich fit für einen Computerfreak und hatte Kampftechniken eingehend studiert. Weshalb also hätte es der Killer wagen sollen, sich auf einen Kampf mit seinem Opfer einzulassen? Denn vielleicht hätte ihm Bart dabei auch den einen oder anderen Hieb verpasst.

War es vielleicht irgendwie zu einem Streit gekommen?

Hatte irgendwer Bart Minnock einfach in der Hitze des Gefechts geköpft? Nein, nein, *verdammt,* dies war kein impulsiver Tötungsakt gewesen. Denn in einem solchen Fall hätte der Mörder seine Spuren niemals derart sorgfältig verwischt.

Ego? Sie sah sich die drei Gesichter an der Tafel an.

Oh ja, es war bestimmt ein Ego-Ding gewesen. Mit dem jemand Bart hatte beweisen wollen, dass er noch erheblich besser war als er. Jemand, der die Nase davon voll gehabt hatte, als stets loyaler Freund und Partner immer nur im Hintergrund zu stehen. *Jetzt werde ich dir zeigen, wer der Beste von uns ist.*

Sie betrachtete die Autopsieaufnahmen, ging erneut die Daten durch und wippte auf den Fersen.

Ehe sie nachdenklich in den Fahrstuhl stieg und in Roarkes Waffenkammer fuhr. Sie legte ihre Hand unter den Scanner, tippte ihren Zugangscode in die Kontrollpaneele ein und trat durch die Tür des Raumes, der das reinste Kampfmuseum war. In unzähligen Schaukästen waren die grauenhaften Dinge ausgestellt, mit denen die Menschheit während der vergangenen Jahrhunderte übereinander hergefallen war. Aus Mordlust, zur Verteidigung, im Kampf um Land, um Geld, um Liebe, für diverse Götter oder für das so genannte Vaterland. Offenbar fanden die Menschen immer wieder neue Wege, um einander aus dem Weg zu räumen, und genauso viele Gründe, es auch tatsächlich zu tun.

Eve sah alte, sorgfältig geschliffene Messer, Silberschwerter mit juwelenbesetzten Griffen, primitive, kunstlose Musketen, die man mühselig mit Pulver hatte füllen müssen, ehe eine Kugel auf das Fleisch des Gegners hatte abgefeuert werden können, und die schlanken, perfekt austarierten Automatikwaffen, deren Träger nur die Finger krümmen mussten, damit ein tödlicher Kugelhagel auf die Reihen ihrer Feinde niederging. Auch die Lanzen, Morgensterne, die wie Eisenkugeln voller Drachenzähne aussahen, die weitreichenden Geschütze aus der Zeit der Innerstädtischen Revolten, die Stilett-Messer mit ihren extradünnen Klingen und die Doppelkopf-Streitäxte zeugten davon, dass die Menschen stets gewaltbereit gewesen waren und dass auch in Zukunft nicht mit der Befriedung dieser Spezies zu rechnen war.

Eve erkannte, dass sie der Anblick derart vieler todbringender Waffen gleichermaßen faszinierte wie verstörte.

Entschlossen öffnete sie eine der Vitrinen und streckte die Hand nach dem dort ausgestellten Breitschwert aus. Es war schwer, doch durchaus griffig, zufrieden trat sie in den Flur und sperrte die Tür der Kammer ab.

»Gibt es irgendein Problem?« Plötzlich tauchte wie aus dem Nichts Roarkes Majordomus vor ihr auf.

Eve gab sich die volle Punktzahl, weil sie nicht zusammenzuckte, sondern auf das Schwert gestützt mit gleichmütiger Stimme von ihm wissen wollte: »Warum fragen Sie?«

»Die Waffen dürfen die Kammer nicht verlassen.«

»Tja, dann rufen Sie am besten umgehend die Polizei.«

Der durchdringende, kalte Blick, mit dem er sie bedachte, kam ihr so verächtlich wie ein Schnauben vor. »Das, was Sie da in der Hand haben, ist äußerst wertvoll.«

»Deshalb ramme ich es Ihnen auch nicht in den Bauch. Denn wenn ich damit auf den Stock träfe, der dauerhaft in Ihrem Hintern steckt, bräche womöglich die Spitze ab.

Keine Bange. Nicht ich werde mit dieser Waffe kämpfen, sondern Roarke.«

»Ich erwarte, dass das Schwert, wenn Sie es zurückbringen, in genau demselben Zustand ist wie jetzt.«

»Ja, ja, bla, bla.« Sie stieg wieder in den Lift und tippte sich sarkastisch mit der Klinge ihres Schwerts gegen die Stirn.

»Ich kann nur hoffen, dass ich heute Abend niemanden zusammenflicken muss«, murmelte Summerset, als sich die Tür des Fahrstuhls schloss.

Eve fuhr zurück in ihr Büro und trat durch die Verbindungstür ins Arbeitszimmer ihres Mannes. »Hi.«

Er summte leise vor sich hin und setzte seine Arbeit am Computer fort.

»Könntest du vielleicht mal rüberkommen?«

»Fünf Minuten«, antwortete er, und sie verkürzte sich die Wartezeit, indem sie abermals vor ihren eigenen Computer trat und ihn dreimal den Mord durchspielen ließ, wobei Barts Mörder seiner Größe, dem Gewicht und der Länge seiner Arme nach erst Cill, dann Benny und am Ende Var entsprach.

»Was kann ich für dich tun?«, erkundigte sich Roarke. »Und warum hast du dieses Schwert dabei?«

»Ich versuche rauszufinden, wie es abgelaufen ist.« Grinsend stellte sie sich Summersets entsetzte Miene vor, als sie die Waffe in Roarkes Richtung warf. »Greif mich bitte an.«

»Ich soll dich mit einem Breitschwert attackieren?«

»Mit der Version fangen wir an.«

»Oh nein.«

»Und warum nicht?«

»Ich gehe ganz bestimmt nicht mit einem verdammten Breitschwert auf dich los.«

»Um Himmels willen, ich will doch nicht, dass du mich damit abschlachtest. Ich will nicht mal, dass du mich richtig damit berührst. Ich möchte nur was ausprobieren.« Sie wies erst auf ihn und dann auf sich. »Du bist der Killer. Ich bin Bart. Du hast dieses große, scharfe, blank polierte Schwert, und ich habe nur eine Holo-Waffe, also würdest du …«

Sie brach ab, denn er trat eilig einen Schritt nach vorn und zeigte mit der flachen Schwertseite auf ihren Hals.

»… genau das tun. Und meine instinktive Reaktion auf diesen Angriff wäre diese.« Langsam hob sie ihre Hand und schob die Schwertklinge ein Stückchen von sich fort. »Nur hatte er die Schnittwunde in seinem anderen Arm. Bart war Rechtshänder, deshalb wäre es logisch, dass er seine Holo-Waffe in der rechten Hand gehalten hat. Schließlich hatte er sich auch die rechte Schulter ausgerenkt, was nach Morris die Folge einer Überdehnung war.«

»Vielleicht hat ihn der Angriff ja so überrascht, dass er unwillkürlich beide Arme hochgerissen hat.«

»Ja, aber selbst wenn es so gewesen wäre, wäre diese Schnittverletzung trotzdem falsch.« Wieder ahmte sie in Zeitlupe Barts Abwehrbewegung nach. »Denn logischerweise hätte ihn das Schwert dabei nicht von oben nach unten, sondern quer über den Arm erwischt. Und vor allem hättest du mich, wenn du im Gegensatz zu mir ein breites, langes Schwert besessen hättest, sicher einfach damit aufgespießt. Gegen jemanden mit deiner Reichweite hätte ich keine Chance gehabt.«

»Ja, das hätte ich. Ich hätte es so schnell wie möglich hinter mich gebracht.«

»Aber das hat der Täter nicht getan. Darauf weisen die blauen Flecken an Barts Armen und Beinen hin. Also leg das Schwert kurz weg, und lass uns ausprobieren, wie es abgelaufen ist.« Er legte das Schwert auf ihrem Schreibtisch ab, und sie winkte ihn zu sich heran. »Jetzt greif mich an.«

Sie blockte seinen Angriff ab, drehte eine Pirouette, und er wehrte ihren Sidekick ab.

»Siehst du, wir sind ungefähr gleich stark, und wenn wir ernsthaft miteinander kämpfen würden, bekämen wir wahrscheinlich beide ein paar blaue Flecke ab. Wobei du mich mit dem Arm, der das große Schwert festhält, nicht abwehren kannst.«

Sie hob eine Hand zum Zeichen dafür, dass der Kampf beendet war. »Ich habe die Szene mehrmals nachgespielt. Aber irgendwie ergibt das alles keinen Sinn.«

»Vielleicht geraten wir in Streit und der artet plötzlich aus«, schlug er ihr vor. »Ich verliere den Kopf, schnappe mir das Schwert und schlage dir die Rübe ab.«

»Falls es so gelaufen ist, warum war das Schwert dann überhaupt im Raum?« Sie stapfte durch den Raum und sah sich stirnrunzelnd die Bilder auf der Tafel an. »Falls es so gelaufen ist, warum wurde dann die Diskette nicht ordnungsgemäß bei U-Play ausgeloggt? Warum hat der Killer sein Erscheinen so getimt, dass die Droidin abgeschaltet war? Und warum hat der Killer sorgfältig darauf geachtet, dass er bei Betreten des Gebäudes nicht gesehen oder aufgenommen wird?«

»Vielleicht war das ein Zufall.«

»Eine dieser Sachen könnte Zufall sein.« Sie stemmte ihre Hände in die Hüften und wandte sich ihm wieder zu. »Aber das alles zusammen sieht für mich nach einem Muster aus.«

»Da hast du leider recht. Wir haben also gekämpft. Und was hast du gemacht, als ich nach dem Schwert gegriffen habe?«

»Ich habe gesagt, verdammt, was machst du da?«

»Oder etwas in der Art«, stimmte Roarke ihr zu. »Und als ich auf dich zugekommen bin?«

»Bin ich vor dir weggerannt, oder habe auf jeden Fall versucht, irgendwohin zu kommen, wo mich diese wirklich scharfe Spitze nicht erreichen kann.«

»Meiner Meinung nach in Richtung Tür.«

»Falls das Spiel noch lief, war er vielleicht ein bisschen desorientiert.«

»Kann sein.« Roarke versuchte, sich genauso in den Killer zu versetzen wie sein Cop in Bart. »Hättetst du dann nicht entweder das Spiel genutzt und wärst hinter irgendwelchen Holo-Features abgetaucht, oder hättest das Spiel beendet und wärst danach in Richtung Tür gerannt?«

»Ja. Aber die Leiche lag mitten im Raum und hätte das Gesicht – wenn sie noch einen Kopf besessen hätte – von der Tür abgewandt.« Sie atmete zischend aus. »Es ist alles total unlogisch. Ich kann es einfach nicht vor mir sehen. Kann die Schritte des Mörders nicht nachvollziehen. Vielleicht waren sie ja zu zweit. Mira denkt, dass sie vielleicht zu zweit gewesen sind.«

Sie blickte auf den Monitor, auf dem das Bild des Kampfs zu sehen war. Vielleicht fügte sie versuchsweise noch eine Figur hinzu. »Der Killer und der Planer. Trotzdem müsste

Bart die beiden gut genug gekannt und ihnen weit genug vertraut haben, um sie während eines Spiels hereinzulassen. Weil ihm dieses Spiel zu wichtig war, um es jemandem zu zeigen, den er nicht gekannt hatte und der nicht an dem Projekt beteiligt war.«

»Auch wenn ich das nur ungern sage, waren es ja vielleicht alle drei.«

»Kann sein.« Sie dachte kurz darüber nach. »Ich kann mir nicht vorstellen, weshalb alle drei ihn hätten töten wollen, aber ausgeschlossen ist es nicht. Dann hätten zwei die Tat vollbracht und einer hätte sich im Hintergrund gehalten und die Spuren verwischt.«

Sie wandte sich wieder von dem Bildschirm ab. »Ich finde einfach nichts, was darauf hinweist, dass es Ärger zwischen ihnen gab, dass er vielleicht damit gedroht hat, aus dem Unternehmen auszusteigen, oder irgendetwas anderes in Bezug auf U-Play unternommen hat, was den anderen einen Grund gegeben hätte, ihn aus dem Verkehr zu ziehen.«

»Dann war es also eine persönliche Angelegenheit.«

»Ich glaube, ja.« Weil etwas anderes einfach nicht in Frage kam. »Trotzdem hatte es vielleicht was mit der Partnerschaft zu tun. Denn sie haben praktisch zusammen in dem Laden gelebt. Haben zusammen gearbeitet, miteinander gespielt, Bart hatte als Einziger von ihnen auch noch eine halbwegs ernsthafte Beziehung außerhalb des Viererbunds. Ich muss noch einmal mit ihr reden. Mit der Freundin«, fügte Eve hinzu und wandte sich wieder an Roarke. »Lust auf ein Spielchen?«

»Brauche ich dazu mein Schwert?«

»Ha. Und das da bringst du bitte auch mit«, fügte sie

mit einem Blick auf das auf ihrem Tisch liegende Schwert hinzu.

»Haha.«

»Ich will die beiden Szenarien, die aus deiner Sicht in Frage kommen, durchgehen.« Eve drückte auf einen Knopf, und ihr Computer spuckte die Diskette aus. »Und zwar von dem Level an, mit dem er angefangen hat.« Sie traten durch die Tür des Lifts. »Solospiel«, erklärte sie auf dem Weg in Richtung Holo-Raum. »Lass uns dabei möglichst genauso vorgehen, wie er wahrscheinlich vorgegangen ist.«

»Frage. Warum ist es wichtig, was er in dem Augenblick seines Todes gespielt hat?«

»Weil ich es nicht sehen kann.« Was ihr, wie sie sich eingestehen musste, furchtbar auf die Nerven ging. »Weil ich es nicht sehen kann, egal wie oft ich das Szenarium bisher durchgegangen bin. Die Verletzung, das Timing, die Art, in der der Killer in der Wohnung aufgetaucht und wieder von dort verschwunden ist. Immer, wenn ich einen dieser Teile vor mir sehen kann, entgleitet mir ein anderer. Weil irgendetwas fehlt. Natürlich könnte ich die drei auch vorladen«, erklärte sie, während sie aus dem Fahrstuhl stieg. »Könnte sie unter Druck setzen, gegeneinander ausspielen oder so. Vielleicht könnte ich sie auf die Weise knacken. Aber vielleicht würde ich dadurch auch nur dem Täter helfen, weil mir irgendetwas fehlt, was ich nicht gegen ihn verwenden kann. Das weiß, wer auch immer Bart ermordet hat, genau. Im Augenblick denkt er, dass ich ihm nichts beweisen kann, vielleicht entspannt er sich deshalb und macht irgendeinen Fehler. Wobei dieser Fehler sicher eher mir selber unterläuft, wenn ich ihn bedränge, weil ich nicht sehen kann, wie es abgelaufen ist.«

»Übernimm beim ersten Spiel am besten du den Part von Bart.«

»Okay.«

»Vielleicht bleibt es nicht bei diesem einen Mord.«

Er sah sie über seine Schulter an. »Wie kommst du denn auf die Idee? Wenn es speziell um Bart gegangen ist, weshalb sollte unser Täter dann noch einen Mord begehen?«

»Weil er beim ersten Mal erfolgreich war. Weil das Spielen einen süchtig machen kann. Und weil unser Killer so wie alle bei dem Unternehmen auf die eine oder andere Art fast ständig spielt. Sie brauchen das Spielen wie die Luft zum Atmen, weil es sie erregt, ihnen einen Grund zum Leben gibt und ihnen Freude macht. Sicher sieht der Killer diesen Mord als neuen Level an. Manche Spieler überspringen die ersten Level, wenn sie sie einmal geschafft haben. Weil sie danach etwas öde sind.«

»Das stimmt.«

»Und es macht einfach keinen Spaß, sich wieder mit den leichten Sachen zu beschäftigen, wenn man bewiesen hat, dass man sie mühelos beherrscht. Unserem Killer ging es nicht nur um den Mord, sondern auch oder vor allem um die Challenge, die damit verbunden war und ist. Denn wenn er einer von den vieren ist und jetzt auch weiter Tag und Nacht mit den anderen zusammensteckt, würde ein kleiner Ausrutscher genügen, um den anderen zu verraten, dass er Bart auf dem Gewissen hat. Das ist ein guter Grund, um noch mal zuzuschlagen. Weil er sich auf diese Weise schützt.«

»Durch den Mord an einem zweiten Partner würde doch das Augenmerk noch viel stärker auf die beiden Überlebenden gelenkt«, warf Roarke durchaus richtig ein.

»Echte Spieler brauchen die Gefahr. Brauchen den Nervenkitzel, der damit verbunden ist, nicht wahr?«

»Du glaubst, der Killer spielt jetzt gegen dich.«

»Zumindest auf einer Ebene. Und sein Ego sagt ihm, dass er besser ist als ich.«

»Was ein grober Irrtum ist«, bemerkte Roarke.

Sie steckte die Daumen in die Vordertaschen ihrer Jeans, während er die Diskette in den Holographen schob. »Da ich das Gefühl habe, als drehte ich mich immer nur im Kreis, ist es nett, dass du das sagst.«

»Du drehst dich ganz sicher nicht im Kreis. Noch vor einem Tag hätte ich nicht geglaubt, dass einer oder vielleicht sogar alle seine Freunde ihn hätten ermorden wollen. Aber du hast diesen Mord so gründlich analysiert, dass ich mir jetzt nicht mehr sicher bin. Weshalb du gegenüber seinem Mörder meiner Meinung nach inzwischen einen Riesenvorsprung hast.«

»Ich wünschte, ich würde mich irren.«

»Meinetwegen oder wegen Bart?«

»Beides.«

»Wünsch dir lieber nichts«, bat er, »sondern sieh einfach zu, dass du das Spiel gewinnst.«

Er rief Barts letzten Durchlauf von Quest-1 auf dem Holographen auf.

»Ich nehme das Schwert«, erklärte Eve und legte es dicht neben sich, als sie mit einem Mal auf einer sonnenhellen Lichtung zwischen hohen, dicht belaubten Bäumen stand.

Genauso plötzlich hatte Roarke eine braune Tunika, eine grob gewebte Hose und kniehohe Stiefel an. Sein Schwert steckte in seiner Scheide, und auf dem Rücken trug er einen Köcher voller Pfeile mit silbernen Spitzen sowie einen goldenen Bogen.

Eve hätte nicht sagen können, weshalb diese Kostümierung ihm so ausgezeichnet stand, doch auf alle Fälle sah er heldenhaft und ausnehmend gefährlich aus.

Aus den Schatten des Waldes trat mit einem Mal ein weißer Hirsch ins goldene Sonnenlicht.

»Was ist das für ein Spiel?«, erkundigte sie sich.

»Eine böse Hexe hat den König und seine wunderschöne, leidenschaftliche Tochter gefangen genommen und die Welt mit ihrem bösen Bann belegt.«

Während er dies sagte, trat er einen Schritt unter die schützenden Bäume, blieb zu dem Hirsch aber weiter auf Distanz.

»Ich bin der Lehrling des Zauberers, den sie getötet hat, um die Herrschaft zu erlangen. Bevor er gestorben ist, hat er mir erklärt, dass ich sieben Prüfungen bestehen und sieben Schätze finden muss. Denn erst dann könnte ich mich der Hexe stellen und den König und seine Tochter befreien.«

Er blickte dorthin, wo Eve als Beobachterin stand.

»Der weiße Hirsch als klassisches Symbol des Guten leitet mich im Namen meines Herren, des Zauberers, bei meiner Suche an.«

»Okay.«

Der Hirsch setzte sich in Bewegung und Roarke folgte ihm durch den Wald.

Eve verfolgte, wie sich eine Wand aus schwarzen Wolken vor die Sonne schob und feuerroter Regen auf die Erde trommelte, wo er zischend verdampfte.

Die gelben Augen, die inmitten dieses Sturzbachs funkelten, gehörten zu einem Rudel schwarzer Wölfe, das immer engere Kreise um den Zauberlehrling zog.

Das Schwert zischte vernehmlich, als er es aus seiner Scheide riss, und jedes Mal, wenn er auf eine Schnauze oder Klaue traf, erklang ein heller Pfiff.

Nachdem genügend Blut vergossen war, steckte er die Waffe wieder ein, und Eve riss überrascht die Augen auf, denn plötzlich schoss ein Flammenmeer aus seiner rechten Hand.

»Wahnsinn«, murmelte sie, als das Rudel Wölfe rauchend auf der Erde lag.

»Mit jedem Level, den man schafft, bekommt man zusätzliche Zauberkraft verliehen«, erklärte er.

Im selben Augenblick surrte ein Pfeil an seinem Kopf vorbei, und mit einem vernehmlichen »Verdammt« tauchte er ab.

Nach vierzig Minuten hatte er den Level abgeschlossen und wurde in Level fünf dazu herausgefordert, eine abgrundtiefe Schlucht zu überqueren, hinter der ein Feuerdrache vor dem Eingang einer Höhle saß.

»Okay, es reicht.«

»Ich habe doch gerade erst angefangen«, protestierte Roarke.

»Den Drachen tötest du einfach beim nächsten Mal. So lange hat Bart nämlich nicht gespielt.«

Mit einem sehnsüchtigen Blick in Richtung Höhle beendete Roarke das Spiel.

»Keine Schwertkämpfe«, bemerkte sie.

»Und wie nennst du die Stelle mit den Wölfen?«

»Mann gegen Hund. Diese Feuerbälle waren echt interessant. Feuer brennt. Bart hatte Verbrennungen, aber gucken wir uns erst einmal das andere Szenarium an. Der Usurpator, richtig? Worum geht es da?«

»Du bist der rechtmäßige König oder in deinem Fall die Königin von Juno. Als du noch ein Kind warst, wurde deine Familie auf Betreiben deines Onkels, der den Thron besteigen wollte, und seines Gefolgsmannes Lord Manx grausam abgeschlachtet, und als einzig Überlebende dieses Gemetzels wurdest du von Gefolgsleuten des Königs irgendwo in Sicherheit gebracht. Du wurdest in der Kriegskunst ausgebildet und hast praktisch dein Leben lang gekämpft. Um deine Familie zu rächen und weil der, der sie ermorden lassen hat, die Menschen unterdrückt und das Land seit zwanzig Jahren ausbeutet. In Level vier hast du die Burg zurückerobert, aber leider erst, nachdem dem feigen Hund die Flucht gelungen ist. Jetzt wird die Burg belagert, und der Mann, dem deine ganze Liebe gilt, hält den Belagerern nur noch mit Mühe stand. Um zu ihm zu gelangen, musst du dir den Weg freikämpfen und dich dem bösen Manx im Zweikampf stellen.«

»Wir sind natürlich in der Unterzahl.«

»Und natürlich hast du deine St.-Crispin-Rede schon gehalten.«

»Meine was?«

»Heinrich V.«, meinte Roarke. »Von dem ich dir nachher noch ein bisschen mehr erzählen werde. Weil er dir wahrscheinlich gut gefallen wird. Bist du bereit?«

»Auf jeden Fall.«

Sie trug eine leichte Rüstung, schwere Stiefel und – Gott steh ihr bei – war hoch zu Ross.

»Sollte ich nicht reiten können, um auf diesem Ding zu sitzen?«

Roarke sah sie mit einem breiten Grinsen an. »Du wirst schon wissen, was du machen musst.«

»Du hast gut reden. Himmel, ist das groß. Aber okay, ich bin also die rachedurstige Kriegerkönigin.«

Sie versuchte, die Umgebung so wie Bart zu sehen. Hügel, Täler, Wälder, Flüsse und die Truppen, die erschöpft und kampfesmüde waren. Einige der Männer wiesen frische Wunden auf. Doch sie als ihre Anführerin war die Heldin dieses Spiels.

Bart hatte gern den Part des Helden übernommen und auch gern den Anführer gespielt. Den guten Menschen, stets den guten Menschen, der für eine hehre Sache in den Krieg gezogen war.

Sicher würde es nicht gerade leicht. Sie hörte das Knarzen des Sattels unter sich, das Trommeln der Pferdehufe auf dem harten Untergrund, sah, dass sich im Westen dunkle Sturmwolken zusammenbrauten.

Und hörte den Lärm der Schlacht.

Auch die Burg trug bereits Narben, und die Menschen auf den Zinnen schossen brennende Pfeile auf die anstürmenden Truppen ab. Andere kämpften sich mit Äxten und mit Schwertern einen Weg über die verbrannte Erde, die die Burg umgab.

Sicher hatte er an sein Zuhause und an die geliebte Frau gedacht, sagte sich Eve. Daran, wie sich das erlittene Unrecht rächen ließ.

Sie selbst dachte: *Verdammt, ich hoffe nur, ich falle nicht von diesem Ding,* während sie dem Pferd die Fersen in die Flanken stieß.

Gleichzeitig zückte sie ihr Schwert und klammerte sich mit den Knien und den Oberschenkeln fest, während ihr ein kalter Wind entgegenschlug. Die Geschwindigkeit und Kraft des Pferdes zündeten das Feuer der Erregung in ihr an.

Dann hörte sie auf zu denken und stürzte sich in den Kampf, der blutig und erbittert war.

Sie *spürte,* wie ihr Schwert durch Fleisch und Knochen drang. Roch Blut und Rauch und zuckte leicht zusammen, als ein Hieb sie streifte und das Pferd nervös zur Seite sprang.

Dann sah sie Manx, wie er in schwarzer, blutbefleckter Rüstung auf dem Rücken eines riesengroßen, schwarzen Pferdes saß. Er hatte *ihre* Burg im Rücken, sie nahm den Lärm der Schlacht nur noch am Rande wahr und ritt entschlossen auf ihn zu.

»Treffen wir uns also endlich. Auch wenn unsere Bekanntschaft leider nur sehr kurz sein wird.«

»Bringen wir es einfach hinter uns«, erwiderte sie barsch.

»Heute wird mein Schwert mit deinem Blut und dem Blut des Mannes, den du liebst, getränkt.«

Eve riss den Mund zu einem weiten Gähnen auf.

»Sehnst du dich nach dem Tod? Dann komm.«

Die Programmierer, stellte sie bereits nach wenigen Sekunden fest, hatten Manx sehr groß und stark gemacht. Bereits von der Abwehr seiner Hiebe taten ihr die Arme und die Schultern weh.

Dabei hat sich Bart also die Schulter ausgerenkt.

Dichter Schweiß rann über ihr Gesicht und brannte ihr derart in den Augen, dass sie kaum noch etwas sah. So würde sie ihn niemals schlagen, wurde ihr bewusst. Dafür war sie weder geschickt noch stark genug.

Als er ihre Abwehr überwand und einen Treffer landete, sah sie Blut und spürte einen leichten Schlag.

Daher die Wunde am Arm.

Abermals holte er aus, und als das dunkle Licht des Todes in den Augen ihres Gegners blitzte, duckte sich Eve kurzerhand und rammte die Spitze ihres Schwerts in die Flanke des Tiers, auf dem er saß.

Als es mit einem lauten Schrei, der geradezu gespenstisch menschlich klang, zusammenbrach, stieß sie Manx die Spitze ihrer Waffe in die Seite und es fehlte noch ein letzter, todbringender Hieb, um ihn …

»Spielpause. Speichern. Stopp.«

Keuchend drehte sie sich um und blickte durch den wieder leeren Holo-Raum auf Roarke. »Warum lässt du mich den Schurken nicht erledigen?«

»Weil du die Spielzeit von Bart um knapp eine Minute überschritten hast. Interessante Strategie, dass du zuerst das Pferd getötet hast.«

»Auf alle Fälle hat sie funktioniert. Sie haben diesen Bastard wirklich stark gemacht. Wenn ich nichts unternommen hätte, hätte mich der Kerl …« Sie fuhr sich mit der Hand über den Hals.

»Auf jeden Fall. Und wenn er den Treffer gelandet hätte, hättest du den Level so oft wiederholen müssen, bis du ihn besiegst.«

»Dieses Spiel hat er vor seinem Tod gespielt. Es passt haargenau. Die blauen Flecken von dem Kampf, die ausgerenkte Schulter, die Schnittwunde am Arm und der letzte Hieb von Manx, mit dem er ihn enthauptet hat. KGSR. König gegen Schwarzer Ritter.«

»Darauf bin ich ebenfalls gekommen, als Manx auf der Bildfläche erschien.«

»Natürlich haben keine echten Pferde und auch keine

echten toten Männer den Boden übersät, aber der Killer hat das Spiel rekonstruiert und eine echte Waffe eingesetzt. Sich in den Holo-Raum geschlichen, sich als Schwarzer Ritter ausgegeben und die echte Waffe eingesetzt. So muss es gewesen sein.«

»Das glaube ich auch. Aber das erklärt noch immer nicht, wie er in den Raum gekommen ist, und wie er es geschafft hat, jeglichen Beweis dafür zu löschen, dass Bart nicht alleine war.«

Zum Teufel mit der Logik, dachte sie. Weil die Realität manchmal einfach nicht logisch war. »Der Schwarze Ritter hatte auch vorher irgendwann einmal den König umgebracht. Bart hat genau dieses Szenarium schon mal gespielt und auf der Diskette abgespeichert. Nur hat er nicht das Pferd getötet, weshalb er verloren hat. Dieses Mal wäre er sicher anders vorgegangen, um nicht noch einmal oder wenigstens nicht auf genau dieselbe Weise zu verlieren, aber ...«

»Als die Waffe seines Gegners ihn wirklich verwundet hat, haben der reale Schmerz, der Schock, das Blut ihn so betäubt, dass er zu keiner Reaktion mehr fähig war«, ergänzte Roarke.

»Weshalb das Spiel beim zweiten Mal wirklich so geendet hat wie beim ersten Mal in der Fiktion. So muss es gewesen sein. Deshalb muss ich jetzt den Richter dazu überreden, dass er mich die Wohnungen der drei durchsuchen lässt. Ihren eigenen Aussagen zufolge kannten nur die vier sämtliche Details des Spiels, haben nur die vier es bisher je gespielt. Die drei anderen kannten also das Programm, den Level und das Resultat des letzten Spiels, deshalb sind sie die Einzigen, die dieses Wissen nutzen konnten, um ihn umzubringen.«

»Auch wenn ich es hasse, dass du recht hast, kann ich mir jetzt auch nicht mehr vorstellen, dass es jemand anderes war. Ich bin vor allem angepisst, weil mich meine Urteilskraft derart im Stich gelassen hat. Ich hätte nie geglaubt, dass es tatsächlich einer von Barts Partnern war.«

»Du hast sie bei weitem nicht so gut gekannt wie Bart, und wahrscheinlich hätte auch er selber nie gedacht, dass einer seiner Partner jemals in der Lage wäre, so etwas zu tun. Aber viele Menschen haben irgendwelche widerlichen Seiten, von denen ihre Umwelt nicht mal etwas ahnt. Du hast das Spiel gespeichert, oder?«

»Ja.« Jetzt huschte ein Lächeln über sein Gesicht. »Du warst wirklich beeindruckend. Wir sollten auch im wahren Leben irgendwann mal reiten gehen.«

»Ich glaube nicht.« Auch wenn das Gefühl von Schnelligkeit und Kraft wie ein Rausch für sie gewesen war. »Oder vielleicht doch. Wie dem auch sei, ich will das Spiel sehen und es genau analysieren. Auch Bart hatte das Spiel bestimmt gespeichert, um es sich im Anschluss anzusehen und zu gucken, welche Fehler es in Zukunft zu vermeiden galt.«

»Auf jeden Fall.«

»Nur dass die Diskette, die er an dem Tag verwendet hat, nicht mehr zu gebrauchen ist.«

»Ein paar winzige Details konnten wir retten.«

Nickend rief sie nach dem Lift. »Vielleicht war das die Diskette, auf der seine anderen Versuche auf dem Level abgespeichert waren. Aber vielleicht auch nicht. Denn schließlich war das Ding nicht ausgeloggt, vielleicht also hat der Mörder die Diskette mitgebracht. Nach dem Motto: *Hallo, Bart, ich habe noch ein paar Kleinigkeiten opti-*

mier, oder wie auch immer ihr Computerfuzzis dazu sagt. *Hier, probier's mal aus.*«

»Wenn es so gewesen wäre, müsste irgendwo noch Barts Diskette sein. Aber falls der Killer nicht ganz blöd ist, hat er die bestimmt zerstört.«

»Vielleicht. Manchmal heben Leute allerdings die seltsamsten Dinge auf.«

Nachts träumte sie von Blut und Kampf, von Burgen und von Königen. Eingehüllt in den Gestank des Todes stand sie etwas abseits und beobachtete das Geschehen. Tödlich verwundete, stöhnende Männer lagen auf dem Schlachtfeld verteilt.

Die Männer, die sie ansahen, kannte sie. Opfer, unzählige Opfer, unzählige Tote, die in ihrem Herzen lebten, weil sie deren Ende eingehend studiert, evaluiert, rekonstruiert hatte, weil das ihr Job gewesen war.

Auch einige der Kämpfer, die mit Schwertern und mit Äxten auf die Gegner eindroschen, erkannte sie. Weil sie ihretwegen hinter Schloss und Riegel saßen. Obwohl sie in ihrem Traum wieder in Freiheit waren. Und in den Streichen, die das Hirn ihr während ihrer Träume spielte, brächten sie auch weiter Menschen um.

Aber nur in ihren Träumen, rief sie sich erschaudernd in Erinnerung, als sie plötzlich in die irren Augen ihres Vaters sah.

Nur in ihren Träumen.

Mitleidig und resigniert verfolgte sie den Kampf von Bart, der niemals zu gewinnen war. Schwerter, Hexerei, Spiele, Träume. Leben. Tod.

Sie verfolgte, wie er starb. Studierte und evaluierte, während sie in die weit aufgerissenen Augen seines abgetrennten Kopfes sah.

Der Schwarze Ritter wendete sein Pferd und blickte sie mit einem irren Grinsen an. Als er auf sie zugeritten kam, griff sie nach ihrer Waffe, hatte aber nur ein kleines Messer, dessen Klinge bereits rot vom Blut des eigenen Vaters war.

Es war alles nur ein Traum, sagte sie sich, war aber trotzdem starr vor Angst, als er unbarmherzig immer näher kam.

14

Panisch fuhr sie aus dem Schlaf hoch und riss die Augen auf. Während eines Augenblicks, nur einen Herzschlag lang, hätte sie schwören können, dass die Klinge seines Schwerts an ihrer Kehle lag.

Sie griff sich zitternd an den Hals und rechnete halb damit, die warme Nässe ihres eigenen Bluts zu spüren.

»Pst«, vernahm sie dicht an ihrem Ohr. »Du bist in Sicherheit.«

Sofort waren seine Arme da, zogen sie an seine Brust und bildeten einen Schild um ihren Leib. Mit noch immer wild klopfendem Herzen schmiegte sie sich an ihn.

»Es war nur ein Traum. Du bist zu Hause. Ich bin hier.«

»Ich bin okay.« Es gab kein Blut und keinen Tod. »Ich hatte keinen Alptraum. Oder wenigstens nicht so wie sonst. Ich wusste, dass ich träume, aber alles war so realistisch.« Sie holte zweimal tief und langsam Luft. »Wie in dem Spiel. Man verliert völlig den Überblick über das, was echt ist und was nicht.«

Er legte eine Hand unter ihr Kinn und sah ihr im durch das Oberlicht fallenden Licht des Mondes und der Sterne ins Gesicht. »Wir beide sind auf alle Fälle echt.« Wie um es zu beweisen, küsste er sie zärtlich auf den Mund. »Worum ging es in dem Traum?«

»Um das Schlachtfeld aus dem letzten Spiel.« Barts, aber nicht ihrem letzten Spiel. »Ich habe nicht gespielt, sondern nur beobachtet. Mir die Einzelheiten eingeprägt.« Sie fuhr sich mit den Händen durchs Gesicht und stieß einen Seufzer aus. »Es war alles furchtbar unheimlich, wie es in Träumen häufig ist.«

»Inwiefern?«

»Die Toten und die Sterbenden, ihre Gesichter. Alle diese Menschen, die ich immer erst kennenlerne, nachdem sie gestorben sind.«

In seinen blauen Augen leuchtete Verständnis auf. »Deine Opfer.«

»Ja.« Dass ihr Herz so schwer war, war die Folge tiefen Mitleids und noch tieferer Resignation. »Ich kann sie nicht retten, kann nicht wirklich etwas für sie tun. Ihre Mörder laufen frei herum und bringen weiter Menschen um. Es ist ein einziges Gemetzel.« Die Hitze, die sie spürte, rührte von dem Zorn, der ihr auch deutlich anzuhören war. »Wir sperren sie ein, aber das beendet diese Dinge nicht. Das ist uns allen klar. Weil es immer wieder neue Mörder gibt. Er war auch da. Ich hätte mir denken sollen, dass er dort erscheint.«

»Dein Vater.«

»Der aber inzwischen nur noch einer von vielen ist.«

Da sie immer noch leicht zitterte, rubbelte er ihre Arme warm.

»Ich habe nichts damit zu tun. Ich spiele gar nicht mit. Ich bin keiner von ihnen. Weder eine von den Toten oder Sterbenden noch eine von den Mördern. Ich beobachte das alles nur.«

»So hältst du die Mörder auf«, stellte er mit ruhiger Stimme fest. »So rettest du die Menschen, die du retten kannst.«

Ihr wurde ein wenig leichter ums Herz. »Wahrscheinlich hast du recht. Ich habe Bart beim Kämpfen zugesehen. Ich weiß, wie der Kampf enden wird, aber trotzdem muss ich hingucken, um kein Detail zu übersehen. Vielleicht fällt mir dabei ja was Neues auf. Aber es läuft ganz genauso ab, wie wir uns schon gedacht haben. Und dann dreht sich der Schwarze Ritter plötzlich zu mir um. Sieht mir ins Gesicht. Es ist nur ein Traum, trotzdem greife ich nach meiner Waffe, weil er immer näher kommt. Ich spüre, wie die Erde bebt, und den kalten Wind. Aber alles, was ich gegen das verdammte Schwert aufbieten kann, ist das kleine Messer, das mir auch als Kind in diesem fürchterlichen Raum in Dallas zur Verfügung stand.«

Sie warf einen Blick auf ihre leere Hand. »Das ist alles, was ich habe, und ich weiß, dass es in diesem Fall nicht reichen wird. Das Schwert saust auf mich herunter, und ich spüre, wie es mich berührt. Dann bin ich wach geworden.«

Sie atmete vernehmlich aus. »Manchmal kommen sie mir zu nahe.«

»Ja, ich weiß.«

»Die Mörder und die Opfer. Sie sind irgendwie die ganze Zeit in meinem Kopf und gehen niemals völlig weg.« Sie umfasste sein Gesicht. »Du hast sie ebenfalls im Kopf, weil du nicht wegsehen kannst, während ich meinen Job mache. Weil du genauso wenig nur Beobachter sein kannst wie ich. Ich bin bei dem Spiel dabei, ich spiele immer mit. Und das tust du jetzt auch.«

»Denkst du etwa, dass mir das leidtut?«

»Eines Tages tut's dir vielleicht leid. Was ich dir nicht verdenken könnte.«

»Ich wusste schon in dem Moment, als ich dich zum ersten Mal gesehen habe, dass du Polizistin bist. Und ich wusste instinktiv, dass mein Leben sich durch dich verändern würde. Diesen Augenblick und jeden anderen Moment, den ich mit dir erlebt habe, werde ich niemals bereuen.« Er schüttelte sie leicht, was mindestens so tröstlich wie der Kuss auf ihre Lippen für sie war. »Du musst endlich verstehen, dass du, seit wir uns kennen, nicht mehr allein auf diesem Schlachtfeld stehst. Genauso wenig wie ich.«

»Früher dachte ich, ich wäre besser dran, wenn ich alleine bin. Vielleicht hat das damals auch gestimmt. Aber diese Zeiten sind vorbei.«

Sie küsste ihn auf beide Wangen und fügte hinzu: »Endgültig vorbei.«

Dann küsste sie ihn warm und zärtlich auf den Mund.

Was sie einander gaben, schloss den Rest des Universums aus. Weil jede noch so flüchtige Berührung die Erneuerung eines Versprechens war.

Wieder zog er sie an seine Brust. Denn er wusste, dass sie es jetzt mehr als alles andere brauchte, dass er sie in seinen Armen hielt. Seine sanften, warmen Hände waren ein heilender Kontrast zu all dem Blut und der Brutalität aus ihrem Traum. Seine Lippen, die sie federleicht berührten, füllten sie mit Frieden, Trost und Liebe an.

Die Leidenschaft würde nicht lange auf sich warten lassen, wusste sie. Denn dieses Feuer erlosch nie. Aber jetzt gab er ihr etwas, was sie mindestens genauso brauchte und was er ihr allzeit bot. Er spendete ihr Trost.

Ob sie auch nur ahnte, was es ihm bedeutete, wenn sie sich ihm auf diese Weise anvertraute? Sie, die gegenüber allen anderen Menschen voller Misstrauen war?

Er zollte ihr Respekt für ihre Kraft, den Mut sowie die eiserne Entschlossenheit, für die Menschen einzutreten, die sich selber nicht mehr wehren konnten, aber die Momente, in denen sie ihn auch ihre Zweifel, ihre Ängste und ihre Verletzlichkeit erleben ließ, zogen ihn noch mehr in ihren Bann. Denn in diesen Augenblicken konnte er ihr zeigen, dass er nicht nur Eve, der Kriegerin, sondern der ganzen Frau verfallen war. Den dunklen und den hellen Seiten, die sie in sich barg.

Vorsichtig, als wäre sie verwundet, strich er über ihre Haut und lockerte die Muskeln, die der anstrengende Tag und dann der Traum verhärtet hatten. Als sie leise seufzte, presste er die Lippen auf das Herz.

Das für ihn schlug.

Im blauen Licht des Mondes reckte sie sich ihm entgegen, seufzte abermals und gab sich ihm vollkommen hin.

Ihre Finger glitten durch sein Haar, über seinen Rücken und wieder daran herauf. In einem leichten, gleichmäßigen Rhythmus, während gleichzeitig ihr Atem immer schneller wurde und ihr Seufzen in ein dumpfes Stöhnen überging, erregten sie einander.

Vollkommen verloren in der stillen Freude zog sie ihn so

dicht an sich heran, dass sein Leib an ihrem Leib und sein Mund an ihren Lippen lag, und erfreute sich an seinem köstlichen Gewicht und seiner prächtigen Gestalt. Gleichzeitig sog sie seinen Geruch so tief wie möglich in sich ein, öffnete sich ihm und nahm ihn in sich auf.

Sie bewegten sich im selben Takt sanft, langsam und geschmeidig, und als die Gefühle, die er in ihr weckte, noch den letzten Winkel ihres Innersten erhellten, rahmte sie im Dunkeln mit den Händen sein Gesicht.

Nicht jegliche Magie war eine Fantasie, erkannte sie. Weil das, was sie in diesem Augenblick erlebte und wovon die Wärme ihres Körpers, ihres Hirns und ihres Herzens sprach, der reinste Zauber war.

»Oh Roarke, ich liebe dich. Ich liebe dich.«

Es war einfach ein Wunder, dachte sie, als sie verfolgte, wie sein Herz in seine Augen stieg.

»A ghrá.« Meine Geliebte. Mit diesem einen Wort holte er sie heim.

Am nächsten Vormittag trank sie die erste Hälfte ihrer ersten Tasse Kaffee derart konzentriert, als hinge nicht nur ihre Munterkeit, sondern ihr Leben davon ab. Sie seufzte fast so wohlig wie während des nächtlichen Zusammenseins mit Roarke.

Keine Frage, gab sie unumwunden zu und stellte ihren Becher auf dem Weg unter die Dusche auf dem Waschtisch ab. Inzwischen war sie hoffnungslos verwöhnt.

Wie hatte sie es nur geschafft, morgens in Schwung zu kommen, bevor sie Roarke und seinem echten, schwarzen, starken, herrlich duftenden Kaffee begegnet war? Auch der Strahl der Dusche ihrer damaligen Wohnung war einfach jämmerlich gewesen und etwas völlig anderes als der kochend heiße Wasserfall, der ihr inzwischen aus diversen Düsen auf den Kopf und Rücken trommelte , und ihr Körper war damals statt durch einen warmen, rein duftenden Luftstrom durch kräftiges Rubbeln mit einem brettharten Handtuch abgetrocknet worden.

Bevor sie Roarke begegnet war, hatte sie diese angenehmen Dinge nicht gekannt. Doch inzwischen war sie sie derart gewohnt, dass sie sie fast selbstverständlich nahm.

Als sie aus der Trockenkabine stieg, hing ein Morgenmantel an der Tür. Kurz, weich, leuchtend rot und höchstwahrscheinlich nagelneu. Auch wenn sie sich nicht völlig sicher war, weil Roarke die Angewohnheit hatte, hübsche, nette Kleinigkeiten für sie zu erstehen, ohne dass er je darüber sprach.

Sie zog den Morgenmantel an, griff nach ihrem Kaffeebecher und kehrte ins Schlafzimmer zurück.

Die morgendliche Szene war typisch für sie beide, dachte sie. Roarke saß auf dem weichen Sofa, nippte vorsichtig an seinem eigenen Kaffee und streichelte den fetten Galahad, während er im Fernsehen die Berichte von der Börse sah. Er war bereits angezogen und hatte wahrscheinlich schon ein Holo-Treffen oder eine Videokonferenz geführt, bevor sie wach geworden war.

Er würde sie zwingen, etwas zu essen, wenn sie nicht von selbst darauf käme, und ihr zu verstehen geben, dass die Jacke, die sie anziehen wollte, ein völliges No-Go zu der von ihr ausgewählten Hose war.

Auch das waren nette Kleinigkeiten.

Ihre gemeinsamen Kleinigkeiten.

Doch obwohl sie die Routine ihrer Vormittage durchaus schätzte, täte eine kleine Unterbrechung sicher auch einmal gut.

»Worauf hast du Appetit?«, erkundigte sie sich.

»Wie bitte?« Er lenkte seinen Blick vom Fernseher auf sie.

»Ich habe dich gefragt, was du zum Frühstück willst.«

Er zog überrascht die Brauen hoch. »Hast du meine Frau gesehen? Vor einer Minute war sie noch da.«

»Für diese Bemerkung wirst du essen, was du vorgesetzt bekommst.«

»Das klingt schon eher nach der Frau, die wir kennen und lieben«, sagte er zu Galahad. »Aber trotzdem ...« Er stand auf, trat auf sie zu, beugte sich über sie und gab ihr einen Kuss, der sie eher an eine schwüle Sommernacht als an einen sonnenhellen Sommermorgen denken ließ.

»Du bist es doch. Ich kenne diesen Mund.«

»Wenn du so weitermachst, ist dieser Mund das Einzige, was du heute Morgen kosten kannst.«

»Damit könnte ich leben.«

Sie schob ihn ein Stückchen von sich fort. »Ich habe keine Zeit für irgendwelche Balgereien. Weil ich einen Richter dazu bringen muss, dass er mich drei Wohnungen durchsuchen lässt, Verdächtige in die Zange nehmen und vor allem einen Mörder fangen muss.«

Sie trat vor den AutoChef und bestellte Waffeln, frische Beeren, frischen Kaffee, und auch wenn sie davon ausging, dass der Kater längst etwas von Roarke bekommen hatte, zusätzlich ein Schälchen Milch.

Gierig stürzte sich der Kater auf den Napf.

»Jetzt lässt er uns in Ruhe«, stellte Eve zufrieden fest und nahm Roarke gegenüber Platz.

»Es ist einfach unglaublich nett, dass die ganze kleine Familie einmal zusammen frühstücken kann.« Er nahm eine fette Brombeere von seinem Teller und steckte sie seiner Liebsten in den Mund. »Du siehst ausgeschlafen aus. Dann hast du also nicht wieder geträumt?«

»Nein. Irgendetwas hat mich so entspannt, dass die Träume keine Chance mehr hatten.« Sie schob eine Himbeere in seinen Mund. »Aber ich habe darüber nachgedacht. Weil Träume schließlich unbewusste Dinger sind.«

»Ein wenig bekannter psychologischer Fachausdruck.«

»Was auch immer. Den größten Teil des Traums kann ich mir selbst erklären. Aber ich habe einen Hauptverdächtigen im Kopf, warum also hat diese Fantasiefigur Bart in meinem Traum ermordet? Lag das vielleicht daran, dass mein Unterbewusstsein noch dem Spiel verhaftet war, oder wollte mir mein Unterbewusstsein damit sagen, dass mein Hauptverdächtiger gar nicht der Täter ist?«

»Danach solltest du vielleicht Mira fragen.«

»Ja, vielleicht. Falls ich die Zeit finde. Wenn ich die Durchsuchungsbefehle kriege, wird die Durchsuchung der drei Wohnungen wahrscheinlich eine ganze Weile dauern. Und außer Zeit brauche ich dafür zusätzliches Personal.«

»Vielleicht unterstützt ja Mira deinen Antrag, dass man dich die Wohnungen durchsuchen lässt.«

»Wenn ich allein nicht weiterkomme, rufe ich sie vielleicht an. Der Killer kannte Barts Routine, hat ihn also wirklich gut gekannt. Es war wie zwischen dir und mir«, erklärte sie und zeigte mit dem Finger erst auf Roarke und dann auf sich. »Ich wusste, dass du hier sitzen würdest, als ich aus der Dusche kam. Wusste, dass du Kaffee trinken, den Kater streicheln und die Börsenberichte im Fernsehen

sehen würdest. Weil du das fast jeden Morgen machst. Natürlich weichst du ab und zu von der Routine ab, aber die Wahrscheinlichkeit ist groß, dass du, wenn ich morgens aus dem Badezimmer komme, genau diese Dinge tust.«

»Mmm.« Roarke biss ein Stück von einer Waffel ab. »Und der Mörder hat darauf gesetzt, dass Bart genau die Dinge tut, die er an allen Nachmittagen getan hat.«

»Schließlich war die Chance, dass es so wäre, ziemlich groß. Genau wie die Chance groß ist, dass sein Mörder langfristig die Leitung von U-Play übernehmen will. Barts Tod reißt eine Lücke, und einer der Gründe für den Mord war sicher der, dass sein Mörder diese Lücke schließen will.«

»Dann gehst du also inzwischen davon aus, dass es ein Einzeltäter war.«

»Natürlich ist nicht ausgeschlossen, dass auch noch ein zweiter Partner oder alle drei daran beteiligt waren, aber die Ermordung eines Freundes, eines Partners ist ein absoluter Vertrauensbruch.«

Er nickte zustimmend. »Jemand, der dazu fähig ist, würde selbst nicht einfach jemand anderem vertrauen.«

Sie fuhr mit ihrer Gabel durch die Luft. »Genau. Diese Menschen leben davon, dass sie Szenarien kreieren und sämtliche Schritte sorgfältig berechnen. Sie bestimmen, was passiert, wenn man dieses oder jenes macht, und wie es danach weitergeht. Meiner Meinung nach hat unser Mörder ebenfalls genauestens abgewogen, was dafür und was dagegen spricht, jemand anderen in die Sache einzubeziehen.«

»Wenn der andere schwach wird, einen Fehler macht oder ihm mit irgendetwas droht, ist das ein zusätzliches

Problem. Und es wäre ziemlich schwierig, noch einen der Partner umzubringen«, meinte Roarke. »Denn dadurch würden die verbliebenen beiden Partner noch verdächtiger. Trotzdem …« Roarke kannte Eve genauso wie sie ihn. Ihre Routine und ihre Gedankengänge waren ihm inzwischen hinlänglich vertraut. »… hast du Angst, dass das vielleicht passiert.«

»Kommt drauf an, was sich durch einen zweiten Mord gewinnen lässt und wie befriedigend der erste Mord für unseren Täter war. Denn es ist immer hochgefährlich, wenn sich jemand einbildet, dass er im Recht und cleverer und talentierter ist als alle anderen, und das auf diese Art beweisen will.«

Als Erstes riefe sie die Staatsanwältin an. Weil Cher Reo nicht nur eine Freundin, sondern auch beruflich stets auf ihrer Seite war. *Ich bringe diese Bastarde zur Strecke, und du sperrst sie weg.*

Sie kämpfte sich durch den Berufsverkehr auf das Revier, und als sie die Staatsanwaltschaft kontaktierte, wurde ihr gesagt, dass Reo bereits wegen eines Pizza-Mordes auf der Wache sei.

Das ging aber schnell, fand Eve und ließ den Broadway, auf dem Tag und Nacht gefeiert wurde, hinter sich.

Ob die Pizza nun die Rohrzange ans Messer liefern würde oder umgekehrt, einer von den beiden ließe sich auf jeden Fall auf einen Deal mit Reo ein, und der andere würde dafür bezahlen.

Das müsste genügen, denn was anderes war nicht drin.

Sie sprach Reo auf die Mailbox und bat um ein Treffen, wenn der Deal mit Mafiatorte oder Werkzeug abgeschlossen wäre, stellte dann aber zu ihrer Überraschung fest, dass Reo schon mit einer Tasse Kaffee auf dem Stuhl vor ihrem Schreibtisch saß.

»Ich dachte, es würde länger dauern.«

»Um kurz nach zwei vergangener Nacht haben Ihre Jungs beschlossen, dass das junge Glück genug gekuschelt hat.« Reo ließ die müden Schultern kreisen und fuhr gähnend fort: »Nachdem sie gegen acht zu ihm gegangen war, gingen gegen Mitternacht in seinem Studio die Lichter aus. Trotzdem haben Ihre Jungs auch weiter alles mitbekommen.«

Mit gespreizten Fingern bauschte sie sich ihre blonden Haare auf. »Die beiden waren ziemlich nachlässig. Haben nicht mal dran gedacht, die Jalousien runterzulassen, und ihren Beschattern ziemlich was geboten, nachdem die Lichter ausgegangen waren.«

»Ich wette, dass die Frau den Kerl verpfiffen hat.«

»Sie hat gesungen wie ein Vögelchen. Aber vorher hat sie alle erdenklichen Standardausreden gebracht. Nach dem Verlust des Mannes hat sie Trost gebraucht.« Reo riss die Augen auf und klapperte mit ihren Wimpern. »›Oh mein Gott, er hat meinen Mann ermordet!‹ Schock, Unglauben, Tränen, das ganze Programm. Aber wie dem auch sei«, fuhr Reo achselzuckend fort. »Sie haben ausführliche Geständnisse von beiden, das hat dem Steuerzahler jede Menge Geld erspart. Sie wird für viele Jahre hinter Gitter wandern, und der Kerl noch mal so lang.«

Als Eve etwas sagen wollte, hob sie einen Finger in die Luft. »Ja, wahrscheinlich hätten wir die zwei auch lebenslänglich hinter Gitter bringen können, aber wenigstens haben wir alle beide drangekriegt. Was nicht schlecht ist dafür, dass mein Tag um zwei Uhr nachts begonnen hat.«

Der Form halber hätte Eve Reo widersprechen können, aber da sie etwas von ihr wollte, verkniff sie sich einen bösen Kommentar. »Ich brauche drei Durchsuchungsbefehle.«

»Und wofür?«

Eve holte sich ihren eigenen Kaffee, nahm der Staatsanwältin gegenüber Platz und erklärte ihr, worum es ging.

Reo runzelte die Stirn und klopfte mit dem Finger auf den Rand von ihrem Becher. »Und bisher gibt es nicht einen einzigen Beweis gegen einen von den dreien?«

»Deshalb muss ich ja in ihre Wohnungen. Weil ich nur dort Beweise finden kann.«

»Und Sie haben keine Ahnung, was genau Sie suchen.«

»Was ich suche, werde ich erst wissen, wenn ich es entdecke. Jeder von den dreien hätte ein Motiv, das Mittel und die Möglichkeit zu diesem Mord gehabt. Sie alle kennen sich hervorragend mit Elektronik, mit dem Domizil des Opfers, mit dessen Gewohnheiten und der Security in dessen Wohnung aus, und ihren eigenen Aussagen zufolge waren alle drei umfänglich mit diesem Spiel vertraut.«

»Sie haben alle drei ein Alibi.«

Eve schüttelte den Kopf. »Die Alibis sind weich. So weich, dass sie schon richtiggehend schwabblig sind. Sie haben die Firma nicht gesehen, aber ich war bereits mehrmals dort. Dort herrscht ein Treiben wie in einem Bienenstock, und überall schwirren die Bienen herum. Jeder von den dreien hätte völlig unbemerkt für eine Stunde aus dem Laden abhauen können. Deshalb hätte unser Killer ihrer Meinung nach sicher ein anderes Alibi parat gehabt. Sie denken immer in Kategorien wie Ursache und Wirkung oder Aktion und Reaktion. Was durch Miras Profil noch untermauert wird. Außerdem hat Bart seinen Mörder eindeutig gekannt.«

Reo blies die Backen auf. »Mit diesen Argumenten kriege ich den Richter sicher rum. Sie sagen, dass die drei bisher kooperativ gewesen sind?«

»Auf jeden Fall.«

»Dann könnte man sie doch ganz einfach fragen, ob man sich die Wohnungen mal ansehen kann, und gucken, wie sie darauf reagieren.«

»Dadurch bekämen sie genügend Zeit, um verschwinden zu lassen, was es dort vielleicht zu finden gibt.«

»In Ordnung, ich besorge Ihnen die Papiere«, sagte ihr die Staatsanwältin zu. »Aber ich kann nur hoffen, dass die Suche irgendetwas ergibt.« Damit stand sie auf. »Wissen Sie, wie unbequem der Stuhl vor Ihrem Schreibtisch ist?«

»Oh ja.«

Lachend rieb sie sich die müden, blauen Augen. »Trotzdem wäre ich bestimmt im Sitzen eingeschlafen, wenn Sie zehn Minuten später durch die Tür gekommen wären. Deshalb brauche ich jetzt unbedingt ein kurzes Nickerchen. Wir sehen uns doch bestimmt auf Nadines Party, oder?«

»Ich komme auf jeden Fall.«

»Wahrscheinlich brauche ich mein ganzes Repertoire an Schminke, um auf dieser Fete auch nur halbwegs menschlich auszusehen. Ich werde Ihnen die Durchsuchungsbefehle besorgen«, fügte Reo beim Verlassen des Büros hinzu.

»Danke.«

Das wäre erledigt, dachte Eve, als sie sich ebenfalls wieder erhob und vor Peabodys Schreibtisch trat. »Lassen Sie uns noch mal mit CeeCee reden.«

Auf dem Weg zum Gleitband entdeckte sie Reineke, der vor einem der Süßwarenautomaten stand. »Gute Arbeit, Detective«, lobte sie.

»Danke, Lieutenant. Jenkinson schafft die beiden gerade runter in den Zellentrakt.« Er zog ein traurig aussehendes Teilchen aus dem Schlitz. »Wissen Sie, am Schluss hat sich herausgestellt, dass die beiden total dämlich waren. Er hatte noch das Handy, von dem aus er bei ihr angerufen hat, bevor er losgezogen ist und auf ihren Gatten eingedroschen hat, und sogar die Pizzaschachtel stand noch in der Wohnung herum. Und sie? Hat sich noch in derselben Nacht, als man sie darüber informiert hat, dass ihr Mann ermordet worden ist, ein paar sexy Dessous im Internet bestellt. Allein für diese Dummheit hätten sie erheblich mehr als zehn und zwanzig Jahre Kahn verdient.«

»Ich wette, dass sie dort nicht klüger werden. Gute Arbeit«, wiederholte sie. »Auch wenn ich nur hoffen kann, dass die Bilder von den beiden in dem Studio heute Nacht nicht die Runde unter den Kollegen machen.«

»Schade. Weil die beiden vielleicht dumm wie Brot, dafür aber ungemein gelenkig sind.«

Sie grinste erst, als Reineke sie nicht mehr sah.

»Sie denken doch wohl nicht, dass es die Freundin war? Diese CeeCee?«, fragte Peabody.

»Nein. Es war einer seiner Partner, aber vielleicht weiß sie noch irgendwas, was ihr bei unserem Gespräch nicht eingefallen ist. Inzwischen hatte sie Zeit, um nachzudenken, und ich würde gern ihre Erinnerung ein bisschen auffrischen und wissen, was sie von Barts Partnern hielt.«

Sie trafen CeeCee in dem winzigen Apartment an, in

dem außer ihr nur noch ein Trio Goldfische zu Hause war.

Eve fragte sich, weshalb sich Menschen Fische hielten. Sahen sie ihnen vielleicht gerne dabei zu, wie sie Kreise durch das Wasser zogen, ohne dabei je auch nur nach links oder nach rechts zu sehen? Was zum Teufel hatte man davon?

»Ich habe ein paar Tage freigenommen.« CeeCee saß in einem hochlehnigen Schwingsessel. Sie hatte sich das Haar zu einem Pferdeschwanz gebunden, war vollkommen ungeschminkt und sah blass und müde aus. »Ich kann einfach nicht so tun, als wäre nichts geschehen. Dann hätte ich das Gefühl, als wäre mir Bart zu unwichtig gewesen, um daheim zu bleiben und um ihn zu trauern. Aber ich habe ihn geliebt.«

»Haben Sie schon einen Psychologen kontaktiert?«

»Nein, ich schätze, irgendwie bin ich noch nicht bereit, mich besser zu fühlen. Auch wenn das wahrscheinlich dämlich klingt.«

»Das tut es überhaupt nicht«, widersprach ihr Peabody.

»Ich weiß nicht, ob aus uns auf Dauer was geworden wäre. Ich meine, zwischen uns lief es echt gut, und ich nehme an, vielleicht ... aber ich weiß es einfach nicht genau, und jetzt denke ich pausenlos darüber nach. Ob wir vielleicht irgendwann zusammengezogen wären oder vielleicht sogar geheiratet und Kinder bekommen hätten oder so. Ich weiß es einfach nicht.«

»Haben Sie jemals darüber gesprochen?«, fragte Eve. »Darüber, ob Sie zusammenziehen sollen?«

CeeCee blickte sie mit einem unglücklichen Lächeln an. »Irgendwie haben wir immer drum herumgeredet. Ich glaube nicht, dass einer von uns schon für diesen Schritt bereit war. Aber in ein paar Monaten hätten wir sicher ernsthaft drüber nachgedacht. Wissen Sie, wir hatten es nicht eilig. Schließlich dachten wir, wir hätten jede Menge Zeit.«

»Und jeder von Ihnen hatte seine eigenen Interessen«, fügte Eve hinzu. »Seine eigene Routine, seinen eigenen Freundeskreis.«

»Das stimmt. Ich hatte einmal einen Freund, der hat mich furchtbar eingeengt. Meinte, ich würde ihn nicht wirklich lieben, wenn ich nicht rund um die Uhr mit ihm zusammen bin. Aber mit Bart war es ganz anders. Wir haben viel zusammen unternommen, und er hatte meine Freunde und ich hatte seine Freunde gern. Aber trotzdem mussten wir nicht pausenlos zusammen sein.«

»Sie kamen gut mit seinen Partnern, seinen engsten Freunden aus.«

»Sicher. Sie sind wirklich toll. Und das war gut«, meinte sie mit einem Lächeln, das man auch in ihren müden Augen sah. »Denn ich glaube nicht, dass aus uns beiden was geworden wäre, wenn nicht auch die drei und ich gut miteinander klargekommen wären.«

»Ach nein?«

»Nun, sie sind wie eine Familie. Manche Menschen haben ein Problem mit der Familie. Zum Beispiel komme auch ich selbst nicht unbedingt mit meiner Schwester aus«, räumte sie augenrollend ein, und Eve entdeckte etwas von dem Charme und von der grenzenlosen Energie, der Bart verfallen war. »Aber ich schätze, ach, ich weiß nicht – irgendwie ist es vielleicht was anderes, wenn man sich seine Familie selbst aussucht. Weil man sich dann zwar genauso streitet oder ab und zu verschiedener Meinung ist, aber trotzdem immer füreinander da ist oder so. Ich nehme an, das trifft sogar auf mich und meine Schwester zu, selbst wenn ich mal wieder sauer auf sie bin.«

»Es war also vollkommen normal, wenn Bart mal wütend auf die anderen war.«

»Es wäre vollkommen normal gewesen, nur dass er nie wirklich wütend auf sie war. Er hat höchstens mal den Kopf geschüttelt und gesagt: *Mein Gott, was denkt sich Cill dabei?* Oder: *Warum macht Benny so was?* Oder: *Jetzt dreht Var anscheinend vollends durch.*«

»Er hat also mit Ihnen über sie geredet.«

»Klar. Weil er bei mir Dampf ablassen konnte, wenn's mal etwas schwierig war. Ich weiß, sie haben furchtbar hart an diesem neuen Projekt gearbeitet. Haben jede Menge Überstunden und Testreihen eingelegt. Vielleicht haben sie sich manchmal auch etwas gestritten, wie man es bei der Arbeit eben macht, vor allem, wenn man es so übertreibt.«

»Ging es bei den Streits um etwas Spezielles? Jedes Detail könnte uns weiterhelfen«, fügte Eve hinzu, als sich CeeCee auf die Lippe biss. »Eins kann zum anderen führen, bis wir am Ende das Gesamtbild sehen.«

»Tja. Nun. Ich weiß, dass er vor zwei Wochen sauer auf Cill war. Es war keine große Sache, aber er war sauer, weil die Werbekampagne, die sie vorgeschlagen hatte, viel zu teuer war. Und sie war mindestens genauso sauer, denn sie hatte jede Menge Zeit und Arbeit in den Vorschlag investiert und fand, die Extraausgabe für die Kampagne hätte sich auf jeden Fall gelohnt. Was er aber anders sah. Sie geht schneller in die Luft als er. Oder eher ging.«

Sie stieß einen Seufzer aus, schüttelte die Wehmut aber wieder ab.

»Er hat mir erzählt, dass sie sich angeschrien hätten, aber weil er eigentlich niemals schreit – oder geschrien hat –, geh ich davon aus, dass sie geschrien hat. Wie immer haben sie sich schon nach kurzer Zeit wieder versöhnt. Er hat ihr sogar Blumen mitgebracht. Er hat gern Blumen verschenkt. Er und Var lagen sich auch mal wegen diesem neuen Spiel in den Haaren. Dabei ging es um ein technisches Detail, deshalb hat mir Bart nichts Genaueres erzählt. Nur, dass sie nicht von ihrer Firmenphilosophie abweichen sollten, und dass man nicht alles machen soll, was möglich ist. Seltsam, finden Sie nicht auch?«

»Allerdings. Was hat er damit gemeint?«

»Das weiß ich nicht. Sonst hat er nur noch gesagt, dass es U-Play ums Spielen geht und weiter nichts. Manchmal war er ziemlich stur. Allerdings nicht wirklich oft, und vor allem war es irgendwie niedlich, wenn er mal stur war.«

»Was war mit Bart und Benny? Gab es zwischen ihnen irgendwelche Spannungen?«

»Die beiden kannten sich schon ewig und haben sich ständig aufgezogen, wie es unter guten Kumpels üblich ist. Beispielsweise letzte Woche, als ich dort war, weil wir nach der Arbeit noch ins Kino wollten. Er und Benny haben eins der Spiele ausprobiert, und nachdem Bart Benny über den Tisch gezogen hatte, hat er sich noch über ihn lustig gemacht. Das war zwischen den beiden ganz normal, aber ich schätze, all die Arbeit hatte ihre Spuren hinterlassen, denn urplötzlich hat sich Benny furchtbar aufgeregt. Er meinte, dass Bart gucken soll, dass er ihm nicht auch im wahren Leben irgendwann mal an die Gurgel geht, und ist davongestapft. Bart hat darüber nur gelacht, aber als wir gegangen sind, habe ich zu ihm gesagt, er hätte Benny wehgetan.«

Mit einem gleichmütigen Schulterzucken fügte sie hinzu: »Das war einfach irgendwelcher Jungenkram. Lächerlicher Jungenkram.«

»Sie ist eine nette Frau«, bemerkte Peabody, als sie wieder im Wagen saßen. »Obwohl es völlig sinnlos ist zu spekulieren, denke ich, dass aus den beiden dauerhaft etwas geworden wäre. Weil seine Geschichte zeigt, dass er, wenn er einmal jemanden ins Herz geschlossen hatte, treu zur Fahne stand.«

»Das stimmt. Aber gleichzeitig kommt er mir jetzt etwas normaler vor. Weil er auch ab und zu auf seine Freunde sauer war und mit ihnen gestritten hat.«

»Wobei kein echter Mörderstreit dabei gewesen ist.«

»Zumindest nicht aus seiner Sicht. Wie die anderen das gesehen haben, können wir nicht sicher sagen. Cill war wahrscheinlich ziemlich angepisst, weil er ihre Autorität und Kreativität angezweifelt hat; Var war sicher nicht erfreut, dass Bart einfach eine Idee von ihm zurückgewiesen hat; und Benny war wahrscheinlich ganz schön angefressen, weil ihn Bart vor seiner Freundin aufgezogen hat. Das sagt uns, dass Bart ein ganz normaler Mensch gewesen ist, dass zwei von seinen Partnern etwas wollten, womit er nicht einverstanden war, und der dritte vor CeeCee als Zeugin vernichtend bei einem Spiel geschlagen und dann noch verhohnepipelt worden ist. Ich halte es für unwahrscheinlich, dass es solche Streitereien nicht auch vorher schon gegeben hat, wobei meiner Meinung nach das Fass für einen von den dreien durch eine dieser letzten Auseinandersetzungen übergelaufen ist.«

»Wir beide streiten auch, und außerdem ziehen Sie mich ständig auf. Aber trotzdem hatte ich bisher nicht vor, Sie umzubringen. Die Betonung liegt auf bisher.«

»Aber Sie haben doch bestimmt schon oft davon geträumt, mir einen Arschtritt zu verpassen, oder nicht?«

Peabody blickte auf. »Träume sind schließlich erlaubt.«

»Genau das meine ich. Man muss ein bestimmter Typ sein, oder es muss etwas ganz Besonderes passieren, damit jemand nicht mehr nur von solchen Dingen träumt.« Sie trommelte mit ihren Fingern auf das Lenkrad und ging die Geschichte noch einmal in Gedanken durch. »Meiner Meinung nach passt Miras Profil auf alle drei. Und sie alle drei versuchen jeden Tag, Träume in etwas zu verwandeln, was praktisch der Wirklichkeit entspricht. Deshalb fehlt nur noch ein Schritt, bis etwas wirklich real ist.«

Sie warf einen Blick auf das Display des Autotelefons und lächelte, als sie die Nachricht las. »Reo hat es tatsächlich geschafft. Stellen Sie drei Teams zusammen, Peabody.«

»Ich?«

»Heißt hier sonst noch jemand so?«

»Nein, aber ...«

»Und schicken Sie jeweils einen elektronischen Ermittler mit. Wir beide klappern die drei Buden nacheinander ab. Unsere Leute sollen alle Waffen konfiszieren, selbst die unechten. Außerdem sollen sie sämtliche Disketten, Computer und Kommunikationsanlagen in den Wohnungen durchsehen.« Sie zählte weiter Arbeitsanweisungen auf, und Peabody gab ihre Liste in den Handcomputer ein.

»Falls irgendetwas auffällt, sollen sie es mitbringen und im Labor untersuchen. Dazu sollen sie alle Waschbecken, Wannen und Duschen auf Blutspuren untersuchen und vor allem sämtliche Droiden in den Wohnungen genauestens überprüfen, um zu sehen, ob einer für den Mord in Frage kommt.«

»Okay.« Peabody musste schlucken, nickte aber trotzdem brav. »Verstehe.«

»Gut. Dann sorgen Sie dafür, dass alles geregelt ist. Sie und ich fahren zu U-Play, um die drei zu informieren. Sagen Sie den leitenden Beamten der drei Teams, dass sie den Durchsuchungsbefehl für die jeweilige Wohnung mitnehmen sollen.«

»Wird erledigt. Aber glauben Sie tatsächlich, dass einer der drei Beweise für die Tat in seiner Wohnung liegen lassen würde, falls er diesen Mord begangen hat?«

Eve dachte an eine simple Pizzaschachtel. »So etwas kommt vor.«

15

Während Peabody nach ihrem Handy griff und die Teams zusammenstellte, kontaktierte Eve den Commander und brachte ihn auf den neuesten Stand.

»Gehen Sie davon aus, dass alle drei Partner gemeinschaftlich Minnock ermordet haben?«

»Nein, Sir. Denn ich glaube weder, dass sie diesen Mord gemeinsam hätten durchziehen können, noch kann ich mir vorstellen, dass sie alle drei das Opfer hätten ermorden können oder wollen. Möglich wäre es natürlich, genauso möglich wäre, dass sich zwei der drei verschworen haben, da auch Mira sich vorstellen kann, dass sie zu zweit gewesen sind. Aber …«

Es war alles andere als leicht, ihren Standpunkt zu erklären.

»Trotzdem kann ich mir einfach nicht vorstellen, dass es eine Verschwörung war. Denn das hätte alles aus dem Gleichgewicht gebracht. Wenn sich zwei der vier verschworen hätten, hätten das die anderen beiden bestimmt bemerkt. Ich glaube, wegen diesem neuen Spiel standen sie alle ziemlich unter Druck, und das hat irgendwann zu Spannungen geführt. Aber für die Planung eines solchen Mordes muss man sehr viel nachdenken, braucht jede Menge Zeit, und vor allem muss die Reibung zwischen den Freunden und Partnern tiefer gehen, als von außen sichtbar ist. Vielleicht war ein bestimmter Streit der Auslöser und Vorwand für die Tat, aber der Hass war auch schon vorher da.«

»Wen der drei haben Sie im Visier?«

Sie zögerte. »Das kann ich nach der Durchsuchung der Apartments sagen. Weil unser Eindringen in die Privatsphäre der drei den Druck natürlich noch erhöht. Ich will sehen, wie sie darauf reagieren.«

»Sie wollen also den Druck erhöhen, um zu gucken, welcher von den dreien explodiert?«

»Etwas in der Art.«

Nach Ende des Berichts bemerkte Eve den bösen Blick von ihrer Partnerin. »Was ist?«

»Das wissen Sie genau.«

»Was weiß ich genau?«

»Welcher von den dreien es ist.«

Eve schüttelte den Kopf. »Bisher habe ich nur einen Verdacht.«

»Und gegen wen richtet der sich?«

»Sagen Sie es mir.«

»Das ist nicht fair.« Peabody verzog beleidigt das Gesicht. »Wir sind Partnerinnen. Deshalb sollten Sie mir sagen, wenn Sie etwas wissen, worauf ich noch nicht gekommen bin.«

»Sie sind Polizistin. Polizisten finden selber Dinge raus.«

»Also gut. Okay. Das, was Sie darüber gesagt haben, dass zwei Täter das Gleichgewicht der Gruppe empfindlich gestört hätten, kann ich verstehen. Aber trotzdem denke ich, dass sie zu zweit gewesen sind. Nicht nur weil Mira das vermutet, sondern auch weil es von der Logistik her viel einfacher gewesen wäre, wenn sich einer fortgeschlichen hätte, um die Sache durchzuziehen, während der andere in der Firma bleibt und ihm ein Alibi verschafft.«

»Sie haben recht. Das wäre einfacher gewesen.«

»Trotzdem denken Sie, dass es nur einer war?«

»Oh ja. Sie bilden einen festen Kreis, ein Viereck, wie sie selber sagen. Eine Gruppe, die seit Jahren zusammenhält. Und mit einem Mal schwenkt einer aus. Dieses Individuum hat seinen Ärger, seinen Neid, seinen Hass oder vielleicht auch Ehrgeiz gut versteckt. Hatte immer irgendeine Ausrede parat. Schlechte Laune, Überarbeitung, Konzentrationsmangel oder so. Und jetzt stellen Sie sich vor, dass dieses Individuum sich einen Partner sucht. Das heißt, er hätte jemand anderem vollkommen vertrauen müssen, um mit einem solchen Vorschlag auf ihn zuzugehen.«

Das hätte alles aus dem Gleichgewicht gebracht. Hätte einer Hälfte dieses Vierecks viel zu viel Gewicht verliehen.

»Danach hätten Sie's mit zwei Leuten zu tun gehabt, die versuchen, vor den anderen beiden zu verbergen, dass sie einem aus der Gruppe an den Kragen wollen«, fuhr sie fort. »Dabei sind die Menschen im Großen und Ganzen nicht besonders gut darin, Gefühle zu verbergen, wenn sie derart übermächtig sind. Nachdem die Tat vollbracht ist, müssten diese beiden Leute Schock und Trauer heucheln, und zwar nicht nur gegenüber uns, sondern auch oder vor allem dem letzten Mitglied ihrer Gruppe gegenüber, das an dieser Sache nicht beteiligt war.«

»Und wenn sich alle drei verschworen haben?«

»Hätte Bart nicht einmal ahnen dürfen, was da zwischen seinen Partnern läuft. Aber das kann ich mir nicht vorstellen, vor allem nicht nach dem, was seine Freundin uns erzählt hat. Denn, so wie sie ihn beschrieben hat, war er durchaus empfindsam und hat seine Freunde gut durchschaut. Außerdem gibt es ganz einfach kein Motiv, aus dem heraus das Trio ihn hätte ermorden sollen. Weil sie schließlich, ganz egal, worum es ging, immer in der Mehrheit waren. Deshalb hätten sie ihn einfach überstimmen oder aus der Firma werfen können, wenn sie irgendwas von ihm gewollt hätten oder ihn einfach leid gewesen wären.«

Der Mord und die Methode wiesen auf erheblich mehr als eine Auseinandersetzung bei der Arbeit hin. Und der Mörder wollte sicher mehr als nur ein größeres Stück vom Kuchen haben.

»Dem Partnerschaftsvertrag zufolge werden alle Dinge mehrheitlich beschlossen. Dabei hatte Bart nicht mehr zu sagen als die anderen. Dass er letztendlich doch mehr Einfluss auf den Laden hatte, lag einfach daran, dass seine

Partner damit einverstanden waren. Weil er das am besten konnte und weil es auf diese Art am besten lief.«

»Okay, verstehe«, meinte Peabody. »Aber plötzlich hatte einer von den anderen die Nase davon voll, dass Bart mehr zu sagen hatte. Und weil er damit alleine stand, hat er ihn einfach umgebracht und das Problem auf diese Art gelöst.«

»Das ist Teil seines Motivs. Aber es kann nicht alles sein, denn die Art, wie er ihn ermordet hat, zeugt davon, dass der Täter einen fürchterlichen Hass auf Bart geschoben und ein übergroßes Ego hat. Wobei sich dieser Hass vielleicht erst im Verlauf der Zeit gebildet hat. Bart stand immer ganz allein im Rampenlicht, worum es auch ging, bei U-Play haben sich immer alle an ihn gewandt, und wenn er etwas entschieden hat, sind ihm alle anderen blind gefolgt.«

»Und die Lücke, die sein Tod gerissen hat, muss jemand füllen.«

»Ganz genau.«

»Nach ihrem Hintergrund, ihren Fähigkeiten und ihren Persönlichkeiten zu urteilen, kämen dafür alle drei in Frage.«

»In Bezug auf die Persönlichkeiten glaube ich das nur bedingt.« Eve hielt vor der alten Lagerhalle an. »Jetzt gehen wir erst mal rein und vermiesen allen dreien den Tag.«

Es herrschte deutlich mehr Treiben als einen Tag zuvor. Das Piepsen und das Surren der zahllosen Computer machte einen taub, die Formen und die Farben auf den vielen Monitoren machten einen blind, und vor lauter Menschen, die zum Zeichen ihrer Trauer schwarze Binden um die nackten Arme oder Ärmel ihrer bunten Oberteile trugen, kam man kaum voran.

Während sie sich einen Weg durch das Gedränge bahnte, merkte Eve, dass Cill in einem der gläsernen Fahrstühle nach oben fuhr. Zu dem zu einem ordentlichen Zopf gebundenen langen, schwarzen Haar trug sie ein schwarzes Kostüm und flache, schwarze Pumps.

Als Zeichen des Respekts.

Die Garderobe wirkte praktisch, elegant und nagelneu.

Neugierig tippte Eve einen der Leute an, die an ihr vorüberliefen. »Wo finde ich Cill?«

»Hm. In ihrem Büro? Sie war den ganzen Morgen dort.«

»Danke.«

Sie warf einen Blick auf Peabody und nickte Richtung Treppe. »Die meisten Leute hier leben in ihren eigenen Seifenblasen, die sie nur dann platzen lassen, wenn sie irgendetwas brauchen oder wenn man ihnen sagt, dass sie sie platzen lassen sollen. Weshalb die Alibis nicht ernst zu nehmen sind.«

Statt in ihrem Büro fanden sie Cill im Pausenraum, wo sie ganz allein vor einem Energiedrink saß und sich die linke Schläfe rieb. Als sie den Raum betraten, hob sie ruckartig den Kopf und umklammerte so fest die Dose, dass man ihre Knöchel sah.

»Sie sind wieder da. Heißt das …«

»Nein. Noch nicht.«

Sie sackte wieder in sich zusammen. »Ich weiß nicht, weshalb mir das so wichtig ist. Denn wenn Sie herausfinden, wer Bart ermordet hat, bleibt er trotzdem weiter tot. Ich weiß also wirklich nicht, weshalb mir das so wichtig ist.«

»Interessiert es Sie denn nicht, wer ihn ermordet hat?«

»Doch. Natürlich, grundsätzlich schon. Aber jetzt, im

Augenblick ist mir das vollkommen egal. Tut mir leid.« Sie winkte ab. »Ich fürchte, ich bin einfach durch den Wind. Haben Sie noch irgendwelche Fragen?«

»Eigentlich sind wir nur hier, um Ihnen zu sagen, dass wir Durchsuchungsbefehle für die Wohnungen von Ihnen dreien haben, und dass unsere Kollegen auf dem Weg zu den Apartments sind.«

»Ich verstehe nicht. Sie wollen meine Wohnung auf den Kopf stellen?«

»Das ist korrekt.«

»Aber warum? Was soll das bringen?«

Eve nahm die Veränderung in ihrer Miene wahr. Cills wache, grüne Augen fingen an zu blitzen, während ihr zugleich die Zornesröte in die Wangen stieg. »Sie denken, ich hätte Bart das angetan? Ausgerechnet *Bart?* Sind Sie noch ganz dicht? Es heißt, Sie wären ein Ass in Ihrem Job, aber Sie denken, ich hätte Bart Minnock umgebracht?«

»Das hat niemand behauptet. Wir gehen einfach allen Spuren nach.«

»Das ist ja wohl totaler Schwachsinn. Sie kommen nicht voran, deshalb belästigen Sie uns. Sie vergeuden Ihre Zeit mit uns, während, wer auch immer unseren Freund ermordet hat, seine letzten Spuren verwischt.« Während eines Augenblicks funkelten in ihren Augen Tränen, doch die Hitze ihres Zorns troknete sie sofort.

»Ich dachte, es wäre egal, wer Bart ermordet hat.«

»Nehmen Sie mir gegenüber niemals wieder auch nur seinen Namen in den Mund.« Ihre Stimme wurde schrill, und sie ballte ihre Fäuste. »Ich will nicht, dass Sie in meinen Sachen wühlen.«

»Wir haben einen Durchsuchungsbefehl und der wird

ausgeführt. Sie haben das Recht, bei der Durchsuchung anwesend zu sein und einen Rechtsbeistand hinzuzuziehen.«

»Du widerliche Hexe. Ich habe ihn *geliebt*. Er war meine Familie. Wir – oh Gott – wir halten hier heute Nachmittag eine Gedenkfeier für ihn ab. Seine Eltern kommen auch. Ich habe mich um sämtliche Details gekümmert, und jetzt kommen Sie mit so was an? Bilden Sie sich etwa allen Ernstes ein, ich könnte jetzt einfach hier verschwinden, um Ihren Kollegen dabei zuzusehen, wie sie in meiner Privatsphäre herumschnüffeln?«

»Sie dürfen, müssen dabei aber nicht zugegen sein.«

»Was ist hier los?« Dicht gefolgt von Benny kam Var durch die Tür des Pausenraums gestürzt. »Cilly, man hört dich im ganzen Haus. Was ist passiert?«

»Ruft Felicity an. Ihr müsst sie sofort anrufen. Diese jämmerliche Polizistin denkt, wir hätten Bart ermordet.«

»Was? Also bitte. Das tut sie ganz sicher nicht.«

Var erreichte sie als Erster, drückte ihren Arm, und wieder folgte Benny ihm.

Drei Punkte eines Dreiecks, dachte Eve.

»Was geht hier vor sich, Lieutenant?«, fragte Var.

»Sie wird unsere Wohnungen durchsuchen. Und zwar jetzt sofort.«

»Warum denn das?« Benny starrte Eve mit großen Augen an, während er den Arm um Cills bebende Schultern schlang.

»Ist das legal?« Var blickte von Eve zu Peabody und dann wieder zu Eve. »Ich meine, müssen Sie uns nicht zumindest um Erlaubnis bitten oder einen Durchsuchungsbefehl erwirken oder so?«

»Die Durchsuchungsbefehle haben wir, und es war reine Höflichkeit, dass wir vorbeigekommen sind, um Sie darüber zu informieren, dass man Ihre Wohnungen durchsuchen wird. Keiner von Ihnen ist Beschuldigter. Wir gehen bei den Ermittlungen nur allen Spuren nach.«

»Sie hätten uns nur zu fragen brauchen.« Benny zog Cill näher an sich heran und wandte ihr seinen langen, dürren Körper zu. »Wir würden Ihnen alles sagen, was Sie wissen wollen. Das haben wir schließlich bereits die ganze Zeit gemacht. Es ist nicht richtig, was Sie tun. Es ist nicht richtig, dass Sie Cill so aus der Fassung bringen, ausgerechnet an einem solchen Tag.«

»Heute ist die Gedenkfeier für Bart.« Var presste die Lippen aufeinander. »Hätten Sie nicht wenigstens bis morgen warten können? Einen Tag? Seine Eltern kommen auch, wenn sie von dieser Sache hören, wird es für sie bestimmt noch schwerer. Dabei ist es bereits so schon schwer genug.« Er wandte sich ab und stützte sich mit seinen Händen auf den Tisch. »Wir versuchen, das Richtige für Bart zu tun. Das, was er gewollt hätte.«

»Das tue ich auch.«

»Er hätte sicher nicht gewollt, dass Sie Cill so aufregen«, warf Benny ein. »Er hätte sicher nicht gewollt, dass Sie uns das Gefühl geben, Sie würden uns verdächtigen.«

»Für Ihre Gefühle bin ich nicht verantwortlich«, gab Eve absichtlich harsch zurück. »Ich bin für die Ermittlungen zuständig, sonst nichts. Sie haben das Recht, bei den Durchsuchungen der Wohnungen anwesend zu sein und einen Rechtsbeistand hinzuzuziehen.«

»Ich will Felicity«, erklärte Cill.

»Ich werde dafür sorgen, dass sie kommt«, bot Benny

an. »Mach dir keine Gedanken, ja? Wir können hier nicht alle weg.« Er wandte sich an Var. »Besonders heute können wir unmöglich alle weg. Aber du kannst gehen, Cill, wenn du dich dann besser fühlst.«

»Oh nein, das kann ich nicht. Ich muss noch jede Menge Dinge für die Feier vorbereiten. Ich habe noch alle Hände voll zu tun.«

»Das kann ich doch übernehmen.«

»Nein.« Sie lehnte ihren Kopf kurz gegen Bennys Brust. »Ich muss hier bleiben und diese Dinge selber machen.«

»Geh doch einfach du, Benny«, wandte Var sich seufzend seinem Partner zu. »Einer von uns sollte auf alle Fälle mitgehen. Cill und ich können die Dinge hier regeln. Ich nehme an, dass diese Polizistin einfach ihre Arbeit macht. Dass sie das machen muss.«

»Dann ist es also nichts *Persönliches?«,* fuhr Cill ihn an und klappte unglücklich die Augen zu. »Tut mir leid. Oh, Var, es tut mir leid.«

»Schon gut.« Ein Ausdruck der Erschöpfung lag auf seinem freundlichen Gesicht. »Wir sind alle etwas aus dem Gleichgewicht. Am besten bringen wir es deshalb einfach hinter uns. Benny, vielleicht könntest du ja in allen drei Apartments nach dem Rechten sehen.«

»Natürlich kann ich das. Zuerst gehe ich in deine Wohnung«, sagte er zu Cill. »Ich werde dabei sein, wenn sie mit der Durchsuchung anfangen. Mach dir keine Sorgen.«

»In meiner Wohnung sieht es furchtbar aus.«

Er sah sie lächelnd an. »Was ja wohl nichts Neues ist.«

»Es spielt keine Rolle, oder?« Sie ergriff die Hand von Var, und wieder waren sie alle drei vereint.

»Es ist einfach Teil von ihrem Job«, antwortete Var.

»Aber ich werde bei Felicity anrufen. Weil sie wissen sollte, was passiert.«

»In Ordnung.« Cill reckte das Kinn. »Wenn das alles ist, Lieutenant, hätten wir jetzt gerne, dass Sie gehen. Weil wir Sie hier nicht länger haben wollen.«

»Ihre Anwältin kann gerne bei mir anrufen, falls sie Kopien der Durchsuchungsbefehle haben will.« Eve wandte sich zum Gehen und schüttelte den Kopf, damit Peabody nichts sagte, während sie noch im Gebäude waren.

»Na, was hatten Sie für einen Eindruck?«, fragte sie, als sie wieder im Wagen saßen.

»Nun, die gute Cill kann ganz schön temperamentvoll sein. Sie hat jede Menge Feuer.«

»Sie ist leidenschaftlich und verteidigt ihr Revier.«

»Ja. Und Benny hat ihr gegenüber den Beschützer rausgekehrt. Er war genauso angepisst wie sie, hat sich aber zusammengerissen und versucht, Cill zu beruhigen.«

»Er ist hoffnungslos in sie verknallt.«

»Auf jeden Fall«, pflichtete Peabody mit einem Nicken bei. »Und da nichts darauf hinweist, dass was zwischen ihnen läuft, gehe ich davon aus, dass er seine Gefühle mannhaft unterdrückt. Var kam mir zu Anfang richtiggehend erschrocken vor, aber er hat sich schnell erholt. Obwohl er wie die beiden anderen ziemlich angefressen war. Trotzdem brauchte er einen Moment, bis er sich wieder unter Kontrolle hatte. In erster Linie kamen die drei mir irgendwie beleidigt vor. Aber so reagieren viele Leute, wenn die Polizei ihre Wohnungen durchsuchen will. Jeder von den dreien hatte eine ganz bestimmte Rolle, aber keiner von ihnen hat die Führung übernommen und gesagt, in Ordnung, du machst dies, und du machst das, und ich erledige den Rest. Weil es bisher anscheinend keinen neuen Führer gibt.«

»Oh doch, nur nimmt man das bisher nicht richtig wahr«, widersprach ihr Eve mit einem gleichmütigen Achselzucken. »Aber vielleicht suche ich auch nur nach Anzeichen dafür, obwohl es keine gibt.«

»Mir ist noch etwas anderes aufgefallen. Sie waren beleidigt und genervt, aber keiner von den dreien wirkte irgendwie besorgt, dass wir vielleicht etwas finden könnten, was die Polizei nicht finden soll.«

»Wie gesagt, der Täter ist detailorientiert und hat seine Spuren gut verwischt. Nur, dass niemand seine Spuren je so gut verwischt, wie er sich einbildet. Wir marschieren ganz sicher nicht in eins der drei Apartments und finden die Mordwaffe im Schrank oder ein elektronisches Tagebuch, in dem der Tathergang beschrieben ist. Aber ganz egal, was wir dort finden, wird es sicher interessant. Wir fangen in Cills Apartment an.«

Sie parkte ihr Gefährt vor einem unscheinbaren, dreistöckigen Haus. »Wissen Sie, sie alle leben in Gehweite zur Arbeit und den anderen. Bart in einem mehrstöckigen Penthouse mit Portier in einem Haus, das einen wirklich schicken Eindruck macht, und Cill in einem eher unkonventionellen Loft in einem Haus, in dem außer ihr nur eine Handvoll Leute lebt.«

»Aber die Security ist wirklich gut«, bemerkte Peabody.

»Dabei hatte sie bestimmt die Hand im Spiel. Wen haben Sie auf ihre Wohnung angesetzt?«

»Jenkinson und Reineke. Nachdem der Pizza-Fall gelöst

ist, sind sie gerade frei. Als elektronischen Ermittler habe ich McNab hierher bestellt. Am besten rufe ich kurz bei ihm an und frage, wann er kommt.«

»Tun Sie das«, gestattete ihr Eve, während sie ihr eigenes Handy aus der Tasche zog und mit hochgezogenen Brauen auf den kleinen Bildschirm sah. »Das ging aber schnell«, bemerkte sie. »Es ist die Anwältin. Dallas«, ging sie an den Apparat.

Sie vollführte den gewohnten Tanz und signalisierte ihrer Partnerin, schon mal ins Haus zu gehen, als das Trio von der Wache kam. Noch bevor das Telefongespräch beendet war, kam Benny den Bürgersteig herabgejoggt.

Er hatte andere Schuhe an, bemerkte sie. Genau wie seine Partner hatte er im Pausenraum die passenden Schuhe zu seinem schwarzen Anzug angehabt. Als er aber jetzt die kurze Treppe Richtung Eingang lief, fielen ihr die ausgelatschten Joggingschuhe auf, die er unter der schwarzen Hose trug.

Während sie ihr Handy wieder in die Tasche schob, ließ er sich selbst ins Haus.

Er hatte sie gar nicht bemerkt. Denn anscheinend war er ganz auf die Mission konzentriert, die er erfüllen sollte.

Sie ging ebenfalls ins Haus und nahm dort einen Lift, der den alten Käfigfahrstühlen nachempfunden war, wie man sie im Jahr 2060 kaum noch sah. Technisch aber war er ganz eindeutig auf dem allerneuesten Stand. Eve drückte auf die Drei, nannte wie erbeten ihren Namen und den Anlass des Besuchs und wies sich mit ihrer Marke aus.

Die Kollegen hatten bereits mit der Arbeit angefangen, als sie wenig später einen großen, offenen Wohnbereich betrat. Benny stand mit den Händen, oder eher mit den Fäusten, in den Taschen da und sah spinnewütend aus.

»Sie legt großen Wert auf ihre Privatsphäre«, erklärte er. »Weshalb ihr die Durchsuchung ungemein zu schaffen macht. Sie ist sowieso schon ziemlich fertig, da hat das hier gerade noch gefehlt.«

»Wir alle tun, was wir tun müssen«, antwortete Eve und fügte mit einem Blick auf die bunt gestrichenen Wände, gerahmte Computerkunst, drei riesige Bildschirme und vier bequeme Sitzmöbel hinzu: »Sie hat hier wirklich jede Menge Platz.«

»Was ja wohl kein Verbrechen ist.«

»Das habe ich auch nicht gesagt. Regen Sie sich ab, Benny. Es wird noch ein langer Tag.«

Sie wanderte gemächlich durch den Loft und sah sich die Küche an, in der offenbar tatsächlich gekocht wurde. In der Spüle sowie auf der Anrichte war schmutziges Geschirr verteilt, im Kühlschrank aber fanden sich nur ein paar Flaschen Bier, ein paar Dosen Limo, Energiedrinks, Wasser, abgelaufene Milch und ein welker Salatkopf.

Cills letzter Einkauf war anscheinend bereits eine ganze Weile her.

»Bilden Sie sich etwa ein, Sie würden einen Hinweis in dem blöden Kühlschrank finden?«, fragte Benny sie erbost.

Eve schloss die Kühlschranktür, drehte sich zu Benny um und sah in sein Gesicht, das fast so rot wie seine Dreadlocks war. »Es wird für Sie noch schwieriger, wenn Sie sich mit mir anlegen. Ich habe kein Problem damit zu streiten, aber Sie werden verlieren und am Ende auf der Wache landen, weil Sie uns bei der Arbeit stören.«

Damit ließ sie ihn stehen und sah sich weiter um. Cill

hatte wirklich jede Menge Platz, aber zugleich verströmte der riesige Raum echte Behaglichkeit. Obwohl Eve nirgends irgendwelchen Schnickschnack stehen sah, war es eindeutig die Wohnung einer Frau. In der es jede Menge Spielkonsolen und Spiele gab.

Das Büro sah auf den ersten Blick wie das Arbeitszimmer eines schlecht organisierten Teenies aus, doch nach einem Augenblick sah Eve, dass es eine gewisse Ordnung in dem allgemeinen Durcheinander gab. Sie ginge jede Wette ein, dass Cill genauestens wusste, wo was lag. Dem Schreibtisch gegenüber hing ein großer Bildschirm an der Wand, unter dem wie schon im Wohnbereich eine Reihe Spielkonsolen stand.

Sie konnte hier also an etwas arbeiten und es an Ort und Stelle ausprobieren. Testen und optimieren.

Es gab kein Gästezimmer, merkte Eve. Das hieß, dass Cill nicht sonderlich gesellig war.

Und die zerwühlten Laken auf dem ungemachten Bett in ihrem Schlafzimmer wiesen auf unruhige Nächte hin.

»Die Sachen, die sie heute anhat, hat sie gerade erst gekauft«, erklärte Peabody aus Richtung Schrank. »Die Tüten und die Quittungen liegen noch hier herum. Sie hat sich die Sachen gestern zugelegt. Was irgendwie traurig ist. Sonst hängen hier keine schwarzen Sachen, deshalb hat sie offenbar gedacht, dass sie was Passendes für diesen Anlass braucht.«

»Ein ziemlich großer Schrank für eine Frau, die bis gestern nicht mal ein schwarzes Kostüm besessen hat.«

»Dafür aber jede Menge Fantasiekostüme, Zeug für irgendwelche Cons, und Klamotten, wie sie für die Branche typisch sind. Sie hat ein paar förmlichere Kleidungsstücke und zwei Cocktailkleider, aber hauptsächlich bequeme Sachen für die Freizeit und den Job.«

Nickend zog Eve eine Schublade des Nachttischs auf, in der sie die üblichen Sex-Spielsachen von alleinstehenden Frauen, ein elektronisches Tagebuch und eine Reihe unbenutzter Memowürfel fand.

»Sie hat Tagebuch geführt.«

»Das ist privat.« Zornbebend trat Benny durch die Tür. »Falls sie etwas darin geschrieben hat, ist das privat.«

»Es gibt hier keine Privatheit mehr. Ihre privaten Gedanken sind mir vollkommen egal, solange sie nicht unsere Ermittlungen berühren. Aber so, wie Sie sich aufführen, gehe ich sicher davon aus, dass sie irgendetwas notiert hat, was mit unserem Fall zusammenhängt.«

»Nie im Leben. Sie haben ja keine Ahnung, was sie für ein Mensch ist. Sie würde niemals etwas tun, was jemand anderen verletzt.«

»Dann braucht sie sich auch keine Gedanken zu machen.« Dann wandte sich Eve erneut an ihre Partnerin. »Tüten Sie das Buch ein, Detective, und sorgen Sie dafür, dass es mit den anderen elektronischen Geräten auf die Wache kommt.«

»Zu Befehl.« Peabody nahm das Tagebuch und marschierte aus dem Raum.

»Wollen Sie sich mit mir anlegen, Benny?«, fragte Eve in ruhigem Ton. »Sie sind ziemlich gut in Form, es würde also sicherlich ein interessanter Kampf. Bevor ich Sie wegen Angriffs auf eine Polizeibeamtin, Behinderung der Justiz und Störung einer offiziellen Durchsuchung belange und vorläufig einsperre. Dann verbrächten Sie den Rest des Tages statt auf der Gedenkfeier für Bart im Kahn.«

»Das werde ich Ihnen nie vergessen. Nie.« Er machte auf dem Absatz kehrt und stapfte aus dem Raum.

»Davon bin ich überzeugt«, murmelte Eve.

Auch sie verließ das Schlafzimmer und ging quer durch den Loft in Cills privaten Holo-Raum. Dort versuchte sie, den Holographen einzuschalten. Was ihr ohne Passwort jedoch nicht gelang.

»Ich will das Holo-Protokoll, sobald Sie drankommen«, wandte sie sich an McNab. »Ich will wissen, wann und vor allem wofür sie das Gerät zum letzten Mal benutzt hat.«

»Kein Problem. Tolle Wohnung.« Er stieß einen leisen Pfiff aus. »Diese Leute wissen, wie man lebt.«

»Zumindest bis zu ihrem Tod. Peabody«, rief sie. »Auf geht's.«

Sie beschlossen, zu Fuß zu gehen, und obwohl es bis zu Bennys Wohnung nur ein halber Block war, liefen sie als Erstes die drei Blocks bis zur Wohnung von Var.

»Wer guckt sich diese Bude an?«

»Carmichael, Foster, Callendar. Es soll heute Abend noch ein Gewitter geben. Glauben Sie, dass es noch ein Gewitter gibt?«

»Woher soll ich das wissen? Sehe ich wie eine Meteorologin aus?«

»Ich habe diese tollen neuen Schuhe, die ich auf Nadines Party anziehen will, aber wenn es regnet und wir nicht sofort ein Taxi kriegen oder bis zur U-Bahn laufen müssen, sind sie ruiniert.« Peabody suchte den Himmel nach Antworten auf ihre Fragen ab. »Wenn es also ein Gewitter gibt, muss ich diese Stiefeletten anziehen, die zwar auch schick sind, aber eben nicht neu. Vor allem sehe ich in meinen neuen Schuhen wie die eleganten, reichen Tussis aus der Vorstadt aus.«

»Peabody? Ihr Schuhwerk ist mir vollkommen egal, aber im Augenblick geht es mir etwas auf den Keks.«

»Wenn es Ihnen noch nicht richtig auf den Keks geht, lassen Sie mich weiterreden, ja? Außerdem habe ich mir auch noch ein neues Outfit zugelegt. Nadines Buch und diese tolle Fete sind ein guter Grund dafür. Schließlich haben wir den Icove-Fall gelöst. Also wird mein Name in dem Buch erwähnt und so. Deshalb will ich möglichst gut aussehen. Was ziehen Sie denn an?«

»Keine Ahnung. Mir egal.«

»Sie müssen sich unbedingt in Schale werfen.« Zur Betonung ihrer Worte pikste Peabody Eve einen Finger in den Arm. »Schließlich sind Sie praktisch der Star des Buchs.«

»Ich bin ganz sicher nicht der Star des Buchs.« Ein erschreckender Gedanke, dachte Eve. »Es geht darin schließlich nicht um mich, sondern um den Fall.«

»Und wer war dafür zuständig?«

»Gleich können Sie aus nächster Nähe sehen, was für Schuhe ich jetzt gerade trage. Und zwar, wenn die Spitze meines Stiefels ihre Nase trifft.«

»Normalerweise treten Sie mir immer in den Hintern, das wäre also eine nette Abwechslung.« Sie blieb stehen, schob sich ihre Sonnenbrille auf die Nase und sah sich statt des Schuhwerks ihrer Chefin Vars Haus genauer an. »Eins von diesen Ungetümen, die sie nach den Innerstädtischen Revolten hochgezogen haben und die eigentlich als Provisorien gedacht waren. Aber in ziemlich guter Verfassung. Und genauso gut gesichert wie das Haus von Cill.

Er bewohnt die obersten zwei Etagen und hat von dort Zugang zum Dach. Ich wette, dass die Aussicht von dort oben super ist.«

Sie betraten das Foyer, stiegen in den Lift und fuhren in den zehnten Stock hinauf.

»Ich wette, Sie und Roarke nehmen heute Abend eine Limousine«, stellte Peabody ein wenig neidisch fest.

»Keine Ahnung. Mir egal.«

»Sie haben leicht reden. Schließlich müssen Sie nur mit den Fingern schnipsen und schon steht bei Ihnen eine Limousine vor der Tür.«

Eve stieß einen Seufzer aus. Wahrscheinlich war es so. »Hören Sie, wenn ich Ihnen und McNab eine Limousine schicke, hören Sie denn endlich auf zu jammern und mir von Ihren bekloppten Schuhen oder sonst was zu erzählen, was mit diesem blöden Fest zusammenhängt?«

Peabody stieß einen wenig copmäßigen Juchzer aus und fiel Eve, bevor die es verhindern konnte, um den Hals. »Ja natürlich! Klar! Wow. Danke, Dallas. Tausend Dank. Dann kann ich meine neuen ... dann brauche ich mir keine Gedanken mehr darüber zu machen, ob es vielleicht regnen wird.«

Eve machte sich entschlossen von ihr los, bevor sie möglichst würdevoll dem Lift entstieg.

Var bewohnte nicht den ganzen zehnten Stock, sondern nur die Westhälfte.

Und hatte eine Vorliebe für eher gedämpfte Farben, merkte Eve. Seine Wohnung wirkte maskuliner und sah nicht so kindlich bunt wie Barts und Cills Apartments aus. Seine Möbel wirkten elegant und modern, sie wiesen sanfte Rundungen und scharfe Kanten auf.

Alles wirkte stilvoll, ordentlich und derart sauber, dass es beinahe schon steril erschien. Im Gegensatz zu Cill vermied Var jede Unordnung, teilte aber ihre Vorliebe für riesengroße Monitore, teure Spielkonsolen, leistungsfähige Computer und elektronisches Spielzeug jeder Art.

In einer Vitrine machte Eve eine Waffensammlung aus. Doch es waren lauter Requisiten, weiteres Spielzeug. Echte Waffen waren nicht dabei.

In der Küche sah sie sich den Inhalt seines Kühlschranks an, der ausschließlich aus Limo, Energiedrinks, Wein und Bier bestand. Der AutoChef jedoch war gut bestückt. Wie bei Bart mit Pizza, Burgern, Tacos, Süßigkeiten, Steaks, Pommes frites.

Männeressen, dachte sie.

»Seine Wohnung sieht viel ordentlicher aus als die von Cill«, bemerkte Peabody. »Schicker und besser organisiert.«

»Sie hat ihre eigene Ordnung, aber tatsächlich sieht's hier aufgeräumter aus«, stimmte Eve ihr zu und ging weiter in Vars Arbeitszimmer, in dem Callendar bereits vor den Computern saß. Die elektronische Ermittlerin begrüßte sie mit einem knappen »Yo«.

»Nette Gerätschaften.«

»Nett? Diese Kisten sind der Hit. Man kommt sich hier wie in einer Kommandozentrale vor. Vom Hauptcomputer aus kann er alle Monitore und Geräte in der ganzen Wohnung kontrollieren. Natürlich kann er multitasken, kein Problem, aber trotzdem hat er auch noch eine Reihe Hilfsgeräte aufgestellt und sogar einen Smart-Screen in den Schreibtisch eingebaut. Oh, und falls er Hunger hat, kann er den AutoChef von hier und allen anderen Räumen aus bedienen, und einen der Droiden dazu anweisen, dass er ihm die gewünschten Sachen bringt.«

»Wie viele Droiden hat er denn?«

»Drei. Aber keine menschlichen Repliken, sondern Dinger, die wie die Maschinen aussehen, die sie schließlich sind. Ich habe mir die Teile noch nicht näher angesehen, aber ich gehe davon aus, dass sie zum Putzen, zum Servieren, für die Sicherung der Wohnung und solche Dinge vorgesehen sind.«

»Finden Sie bezüglich der Geräte alles für mich raus, was es herauszufinden gibt.«

Mit einem gleichmütigen Schulterzucken meinte Callendar: »Nur gut, dass es mir nichts ausmacht, einen ganzen Tag hier zu sitzen.«

Eve trat wieder in den Flur hinaus.

»Hier wird deutlich, warum sie Freunde sind«, erklärte Peabody mit einem Wink in Richtung Kleiderschrank. »Jede Menge Kostüme und jede Menge Arbeitssachen. Obwohl seine Klamotten sicher teurer sind als die von Cill, unterscheiden sie sich kaum. Genau wie sie und Bart hat auch er sein Schlafzimmer so eingerichtet, dass er darin spielen kann. Nicht die Art von Spielen, die man in Schlafzimmern normalerweise spielt, sondern Spiele, die …«

»Verstehe, Peabody.«

Das breite Bett mit dem gepolsterten Kopfteil, einer guten Decke sowie einer Reihe dicker Kopfkissen war ordentlich gemacht.

»Kein Sexspielzeug«, erklärte Eve nach einem Blick in seine Nachttischschublade. »Unbenutzte Memowürfel, eine Handvoll Spiele und ein leichtes Schlafmittel.«

»Das Badezimmer ist einfach der Wahnsinn«, juchzte Peabody. »Whirlpool, Multi-Jet-Dusche, Saunakabine, eingebaute Stereoanlage, Bildschirm, Virtual-Reality-Gerät, Trockenkabine und alles, wovon man sonst noch träumt.«

»Gucken Sie nach Medikamenten oder Drogen.«

Sie selbst sah sich den Rest der Wohnung an. Das zweite Schlafzimmer war wie die anderen Räume hauptsächlich zum Spielen vorgesehen, es gab ein kleines, aber feines Fitnessstudio und – wie nicht anders zu erwarten – einen Holo-Raum.

Sie gab Callendar dieselben Anweisungen wie zuvor McNab, winkte Peabody herbei und stapfte los, um sich auch noch die dritte Wohnung anzusehen.

»Baxter, Trueheart, Feeney«, meinte Peabody, bevor sie fragen konnte. »Feeney hat darauf bestanden, mit von der Partie zu sein.«

»Er will doch nur das Spielzeug ausprobieren. Was haben Sie bisher für einen Eindruck?«

»Dass sie arbeiten und leben, wie sie wollen, und dass ihre Arbeit offenbar ihr Leben ist. Cill ist viel beschäftigt, hat gerne verschiedene Dinge gleichzeitig am Laufen, und das Durcheinander in dem Arbeitszimmer deutet darauf hin, dass sie nicht unbedingt eine Sache beendet haben muss, bevor sie mit der nächsten beginnt. Sie kocht gelegentlich, und da sie es nicht muss, macht es ihr anscheinend Spaß. Dass sie keine Droiden hat, kommt mir bei ihr als Technikfreak ein bisschen seltsam vor. Aber vielleicht möchte sie, wenn sie in ihrer Wohnung ist, tatsächlich vollkommen alleine sein. Var ist weniger chaotisch und legt größeren Wert auf Stil. Sein zweites Schlafzimmer wird hauptsächlich als Spielzimmer genutzt, aber für den Fall der Fälle hat er einen Schlafsessel dort aufgestellt.«

»In Ordnung. Da ist wieder unser Schatten.« Eve wies mit dem Kinn auf Benny, der vor seiner Haustür stand und ihnen entgegensah. Als sie sich ihm näherten, schob er die Hände in die Hosentasche, zog die Schultern an und marschierte los.

»Er ist wütend, aber gleichzeitig auch traurig. Wenigstens kommt's mir so vor«, fügte Peabody hinzu.

»Man kann auch einen Mord begehen und danach wütend und gleichzeitig traurig sein.«

Benny wohnte ebenfalls in einem Loft. Allerdings erstreckte er sich anders als der seiner Freundin über zwei Etagen und man blickte durch die Fenster nicht nach vorne auf die Straße, sondern in den Hof.

Peabody klappte die Kinnlade herunter, als sie durch die Tür der Wohnung trat. »Wow. Hier ist es wie im Hauptquartier von Commander Black.«

»Wer zum Teufel ist Commander Black?«

»Commander Black aus *Star Quest.* Genauso sehen seine Räume an Bord der *Intrepid* aus.« Peabody glitt mit der Hand über die geschwungene Lehne eines braunen Sofas. »Es hat sogar den Brandfleck von Blacks Schusswechsel mit Voltar. Da drüben steht der alte Schreibtisch seines Urgroßvaters, der der erste Kommandant des Raumschiffs war.«

»Er lebt also in einer Filmkulisse?«

»Film und Spiel. Die Kulisse ist echt toll. Er hat an sämtliche Details gedacht. Und sogar ein paar Details hinzugefügt, die es im Film nicht gibt.« Sie zeigte auf ein Paar getragener, weißer Socken, eine offene Tüte Sojachips und zwei leere Bierflaschen. »Trotzdem ist er ordentlicher als die Frau.«

Auch hier sah Eve sich nacheinander alle Räume an und sog die Atmosphäre in sich auf.

Ja, ging es ihr durch den Kopf, sie konnte verstehen, weshalb sie Freunde waren. Obwohl jeder eigene Vorlieben hatte, ging es ihnen allen hauptsächlich um Spaß, um Spiele und um Fantasie.

Genau wie Bart hatte auch Benny als Droiden die Replik einer bekannten Filmfigur.

»Das ist Alfred«, stellte Feeney ihn ihr vor. »Der Butler von Bruce Wayne und Vertrauter des Schwarzen Ritters.«

Eilig drehte Eve sich zu ihm um. »Wie? Des Schwarzen Ritters?«

»Batman, Mädchen. Sicher weißt selbst du, wer Batman ist.«

»Ja, ja, der Beschützer mit psychotischen Tendenzen, der sich immer ein bescheuertes Fledermauskostüm anzieht. Tagsüber ein reicher Playboy, richtig?« Stirnrunzelnd drehte sie sich zu dem Droiden um. »Hm.«

»Der Schwarze Ritter ist eine Ikone.« Feeneys in die Luft gereckter Zeigefinger passte zu seinem gekränkten Ton. »Und er setzt seine *psychotischen* Tendenzen immer nur für gute Zwecke ein. Aber wie dem auch sei, war der gute Alfred hier in den letzten Tagen abgestellt. Grundsätzlich ist er aufs Putzen, das Servieren von Mahlzeiten und die Begrüßung von Gästen programmiert. Ich werde mir sein Memo-Board natürlich noch genauer ansehen, aber auf den ersten Blick kam mir an ihm nichts seltsam vor.«

Eve zog die Tür des Kühlschranks auf. »Er hat kein Bier mehr.«

»Hast du Durst?«

»Er hat Bier getrunken. Hat in seinem Fantasiequartier gesessen und zwei Bier gezischt.«

»Das täte ich jetzt auch gerne. Übrigens war er eben hier.«

»Ja, ich habe ihn gesehen, als er gegangen ist.«

»Er hat versucht, was aus dem Haus zu schmuggeln.«

»Was?«

»Ein Bild. Hatte es in seinem Schlafzimmer, in der Schublade des Nachtschränkchens. Trueheart hat ihn dabei erwischt. Der Junge hat es einfach drauf. Er ist gerade oben.«

Eve ging dorthin, wo der Junge, der es draufhatte, noch immer mit dem Schlafzimmer beschäftigt war. Auf dem Nachttisch standen zwei weitere leere Bierflaschen, das Bett war halbherzig gemacht und auf dem Boden lagen Schmutzwäsche, Spiele und Zeitschriften herum.

»Lieutenant.« In seiner Uniform sah der junge, stattliche und scheue Trueheart frischer als der Frühling aus.

Eve blickte auf einen großen Gegenstand, über dem eine bunte Decke hing.

»Das ist Mongo«, klärte Trueheart sie mit einem schiefen Grinsen auf. »Ein Papagei. Der Bewohner dieser Wohnung hat den Käfig abgedeckt, denn sonst hätte sich der Vogel furchtbar aufgeregt.«

Neugierig hob Eve die Decke an, unter der ein riesengroßer Vogel mit zerzausten Federn saß.

»Hi! Wie geht's? Willst du spielen? Lass mich raus. Willst du spielen?«

»Mein Gott«, murmelte Eve.

»Ben-nyyy!«, rief der Papagei, worauf Eve die Decke eilig wieder fallen ließ.

»Verdammt«, schimpfte das Tier im Ton größter Verbitterung.

Eve wandte sich ab und sah, dass Trueheart grinste.

»Als ich raufkam, hat er das die ganze Zeit gemacht. Irgendwie cool. Er wollte sogar wissen, wie ich heiße. Benny meinte, er wäre um die fünfunddreißig Jahre alt und …« Verlegen brach er ab und fuhr nach kurzem Räuspern fort. »Ich war damit einverstanden, dass der Käfig abgedeckt wird, denn sonst hätte sich der Vogel wirklich furchtbar aufgeregt, und das hätte mich von meiner Arbeit abgelenkt. Wenn ich fertig bin, soll ich die Decke wieder abnehmen, weil der Vogel gern im Hellen sitzt.«

»Okay. Und wo ist das Foto, das er aus dem Zimmer schmuggeln wollte?«

»Hier.« Trueheart öffnete die Schublade des Nachttischs und hielt ihr das Foto hin. »Ich habe es mir angesehen. Es ist ein ganz normales Bild in einem ganz normalen Rahmen. Als ich ihn damit erwischt habe, kam er mir weniger sauer als verlegen vor.«

Auf dem Foto sah man das Profil einer lachenden Cill.

Es gab noch andere Fotos in dem Raum, der Wohnung und Bennys Büro. Auf denen man jedoch stets mehrere von ihnen sah. Diese Aufnahme war nur von Cill. Eine ganz persönliche Erinnerung oder vielleicht auch Fantasie.

»Soll ich das Foto einpacken, Ma'am?«

»Nein.« Sie drückte es ihm wieder in die Hand. »Lassen Sie es hier.«

Sie beendete den Rundgang durch den Loft und speicherte die Eindrücke, die sie gewonnen hatte, ab.

Benny war kein Eigenbrötler. Denn sonst hätte er keinen Droiden in Gestalt einer bekannten Filmfigur und kein sprechendes Haustier gehabt. Solche Dinge hatte nur jemand, dem etwas an Gesellschaft und Gesprächen lag. Er war nicht so ordentlich wie Var und Bart. Und die vier leeren Bierflaschen verrieten ihr, dass er ein Grübler war.

Bevor sie ging, trat sie an eins der Fenster, von dem aus das Haus von Cill zu sehen war.

Was war das wohl für ein Gefühl, fragte sie sich. Und was machte es aus einem Mann, wenn er hier stehen und Nacht für Nacht die Frau betrachten konnte, der er offenkundig hoffnungslos verfallen war?

Wie hatte Peabody gesagt? Benny hatte nicht nur wütend, sondern auch oder vor allem traurig ausgesehen. Damit hatte sie sicher recht.

16

Eve schickte Peabody zurück in die Wohnung von Cill, um den Ermittlern dort zur Hand zu gehen, während sie selbst ihren Kollegen in den beiden anderen Apartments half.

Ihrer Meinung nach war das, wonach sie suchten und was sie zu finden hofften, irgendwo in einem elektronischen Gerät vergraben. Was eindeutig ein Problem war.

»Wenn es was zu finden gibt«, erklärte Feeney, »werden wir es früher oder später finden.«

»Später ist zu spät.«

»Du hast einfach kein Vertrauen in mich und meine Jungs.«

»Ganz im Gegenteil. Ich baue voll und ganz auf dich und deine Jungs.« In Bennys Arbeitszimmer stemmte sie die Hände in die Hüften und drehte sich einmal um sich selbst. »Diese drei leben in ihrer eigenen Elektronik-Welt. Ganz egal, worum es geht, sie wenden auf alles ihr Computerwissen an. Und Roarke zufolge sind sie wirklich gut.«

»Aber Hacker sind sie nicht.«

Sie pikste Feeney mit dem Zeigefinger an. »Und warum nicht? Wenn man so gut ist wie die drei, ist die Vorstellung, sich in die Dateien fremder Leute einzuklinken, doch wahrscheinlich ungemein verführerisch. Das wäre ein aufregendes Spiel, du willst doch sicher nicht behaupten, dass du selbst nicht auch schon ab und zu in den Dateien anderer Leute rumgeschnüffelt hast.«

Er sah sie mit einem breiten Lächeln an. »Ich bin ein Beamter der New Yorker Polizei. Hacking ist ein Straftatbestand. Aber hypothetisch, theoretisch und auch wenn ich dich als Lügnerin bezeichnen würde, falls du je behaupten würdest, dass ich selbst so etwas je getan habe, ist es natürlich so, dass man in Übung bleibt, wenn man ab und zu versuchsweise ein bisschen hackt.«

»Drei hochtalentierte Computerfreaks, die Tag und Nacht vor ihren Kisten hängen, experimentieren sicher gerne ab und zu. Und wenn einer oder mehrere von ihnen noch ein bisschen weiter gehen wollten, um zum Beispiel auszuspionieren, was die Konkurrenz so treibt, wäre ein Gerät, das nirgends registriert ist, dafür äußerst praktisch, oder nicht?«

»Dadurch würde die Sicherheit enorm erhöht«, stimmte ihr Feeney zu. »Natürlich wäre so etwas nicht gerade billig, aber leisten könnten sie es sich auf jeden Fall. Verdammt, wahrscheinlich könnten sie sich mit den entsprechenden Einzelteilen selbst so eine Kiste bauen. Aber die

Geräte hier und in der Firma sind alle ordnungsgemäß registriert.«

»Ja, auch die beiden anderen Wohnungen wurden inzwischen auf den Kopf gestellt. Falls einer von den dreien irgendwo noch ein verstecktes Zimmer hat, liegt das wahrscheinlich außerhalb der Wohnung, aber trotzdem in der Nähe.« Wieder drehte sie sich einmal um sich selbst. »Denn sie bewegen sich in einem ziemlich kleinen Radius.«

»Falls einer oder mehrere von ihnen irgendwo eine nicht registrierte Kiste stehen haben, hackt er sich bestimmt von dort in andere Computer ein.«

»Und entwickelte dort auch das Szenarium für einen solchen Mord.«

Auch dieser Spur müsste sie nachgehen, dachte sie. Aber erst fuhr sie zurück zu U-Play und ging auf die Gedenkfeier für Bart.

Das Haus war voll, bemerkte sie und blickte auf die Bildschirme, auf denen ein ums andere Mal ein kurzer Film über Barts Leben lief. Über die Stimmen all der Trauernden hinweg drang seine Stimme an ihr Ohr. Man sah und hörte ihn bei Interviews mit Journalisten, als Leiter verschiedener Seminare auf diversen Cons, im Urlaub und auf Partys. Größere und kleinere Momente seines Lebens liefen wie in einer Endlosschleife auf den Monitoren ab.

Das Essen und die Blumen, die neben den Filmen mit dem Toten ein fester Bestandteil derartiger Feiern waren, waren ansprechend im Raum verteilt. Die Speisen und die Sträuße waren schlicht, bemerkte Eve, genau wie die diversen Tresen, an denen es Limonade für die Trauergäste gab.

Schluchzen, aber auch Gelächter drangen an ihr Ohr, als sie sich einen Weg durch das Gedränge bahnte, bis sie vor Barts Eltern stand.

»Mr und Mrs Minnock, ich bin Lieutenant Dallas«, stellte sie sich vor. »Mein tief empfundenes Beileid zu Ihrem Verlust.«

»Lieutenant Dallas.« Die ältere Frau, die ihre Hand umklammerte, hatte dieselben Augen und dieselben vollen Lippen wie ihr Sohn. »Danke, dass Sie gekommen sind. Haben Sie … dies ist sicher nicht der rechte Zeitpunkt, um zu fragen, ob …«

»Die New Yorker Polizei wird alles unternehmen, damit seinem Mörder die gerechte Strafe widerfährt.«

»Er stand erst am Anfang seines Lebens«, warf Barts Vater ein.

»Ich habe ihn in den letzten Tagen sehr gut kennengelernt, und meiner Meinung nach hat er die Zeit, die ihm vergönnt war, gut genutzt.«

»Danke, dass Sie das sagen. Danke, Lieutenant.«

Nickend wandte sie sich wieder ab, schob sich erneut durch das Gedränge, überflog die zahlreichen Gesichter, lauschte den Gesprächen. Und blickte sich suchend nach Barts Partnern um.

Sie entdeckte die Familie Sing, deren wunderhübsche Söhne in den dunklen Anzügen wie winzige Erwachsene aussahen. Susan Sing hatte den Arm um CeeCees Schultern gelegt, sodass die fünf eine geschlossene Einheit bildeten. Die im Leben und im Tod des jungen Mannes, den sie alle gern gehabt hatten, begründet war.

Ehe Eve die fünf jedoch erreichte, wurde sie von Cill entdeckt und mit einem hasserfüllten Blick bedacht. Um ihr zuvorzukommen, wechselte Eve kurzerhand die Richtung und zwang Cill auf diese Weise, ihr zu folgen, bis sie etwas abseits von der Menge stand.

»Sie sind hier nicht willkommen«, fauchte Cill sie zornig an. »Bilden Sie sich etwa allen Ernstes ein, Sie könnten *jetzt* hier auftauchen? Könnten ein paar Stücke Pizza essen, eine Limo trinken und uns sogar auf der Gedenkfeier für unseren toten Freund und Partner hinterherschnüffeln?«

»Sie wollen doch sicher keine Szene machen, Cill. Denn dies ist nicht der rechte Augenblick dafür.«

»Dies ist unser Laden. Es war der Laden von Bart und Sie …«

»Cill.« Roarke legte eine Hand auf ihre Schulter. »Sie lenken Ihren Zorn auf die falsche Person.«

»Es geht Sie nichts an, auf wen ich wütend bin.« Sie schüttelte die Hand von ihrer Schulter ab. »Bart ist tot. Er ist tot, und sie stellt es so dar, als hätten wir ihn umgebracht. Wie kommt sie dazu? Wer weiß, vielleicht denkt sie ja, die Gelegenheit ist günstig, Ihnen Informationen über unser Unternehmen zu beschaffen.«

»Vorsicht«, warnte Eve gefährlich ruhig. »Ganz vorsichtig.«

Cill reckte herausfordernd das Kinn und funkelte sie zornig an. »Was wollen Sie machen? Mich verhaften?«

»Lassen Sie uns rausgehen«, meinte Roarke. »Nur Sie und ich. Und dann machen Sie Ihrem Herzen Luft. Aber nicht hier drinnen. Denn sonst regen Sie Barts Eltern auf.«

»Meinetwegen. Aber bilden Sie sich ja nicht ein, Ihnen gegenüber nähme ich ein Blatt vor den Mund.«

Während Roarke mit Cill nach draußen ging, bahnte

sich Benny mit den Ellenbogen einen Weg durch das Gedränge, bis er direkt vor ihr stand.

»Was ist los? Was haben Sie zu ihr gesagt?«

»Nicht viel. Sie muss einfach Dampf ablassen. Und das tut sie besser draußen, denn da regt sie niemand anderen auf.«

»Gott.« Er fuhr sich mit den Händen durchs Gesicht, verfolgte durch die Glastür, wie die Freundin auf und ab lief und die Hände in die Luft warf, während Roarke ihr völlig reglos gegenüberstand, schließlich stellte er fest: »Es ist besser, wenn sie wütend ist. Es ist mir lieber, wenn sie Gift und Galle spuckt, als wenn sie so schrecklich traurig ist.«

»Weiß sie, dass Sie in sie verliebt sind?«

Er erstarrte. »Wir sind Freunde.«

»Es ist bestimmt nicht leicht, täglich so eng mit jemandem zusammenzuarbeiten und sich nicht anmerken zu lassen, dass man mehr für ihn empfindet«, stellte Eve mit ruhiger Stimme fest.

»Wir sind Freunde«, wiederholte er. »Alles andere geht Sie nichts an.«

»Lieutenant Dallas.« Jetzt erschien auch Var und stieß mit gepresster Stimme aus: »So geht das nicht. Sie können nicht auf dieser Feier auftauchen und uns verhören. Hier geht es um Bart. Seine Eltern haben es verdient … Was macht Cill denn da draußen mit Roarke?«

»Sie lässt Dampf ab«, klärte Benny seinen Partner auf. »Und jetzt komm.« Als Var ebenfalls nach draußen gehen wollte, hielt er ihn am Arm zurück. »Nein, lass sie. Es ist besser, wenn sie sich Luft machen kann. Lass uns diese Sache später ausfechten, okay? Dies ist nicht der rechte Ort und rechte Augenblick dafür.«

»Du hast recht. In Ordnung, du hast recht.« Var klappte die Augen zu, fuhr sich mit den Händen durch das kurzgeschorene Haar und wandte sich an Eve. »Hören Sie, können Sie uns nicht wenigstens heute Nachmittag in Ruhe lassen? Wenigstens, bis die Gedenkfeier vorüber ist? Schließlich laufen wir bestimmt nicht weg.«

»Ich bin überhaupt nicht Ihretwegen hier. Ich bin hier, weil ich Barts Eltern mein Beileid aussprechen wollte. Schließlich musste ich ihnen am Telefon beibringen, dass er nicht mehr lebt.«

»Oh verdammt.« Benny seufzte abgrundtief. »Tut mir leid. Ich schätze ... tut mir leid.«

»Wir drei sind es, die jetzt für seine Eltern und auch füreinander da sein müssen. Uns ist klar, dass Sie nur Ihre Arbeit machen. Das heißt, mir und Benny ist das klar«, verbesserte sich Var mit einem neuerlichen Blick durch die gläserne Tür. »Cill wird noch ein bisschen brauchen, bis sie das versteht. Weil sie Barts Tod persönlich nimmt. Während so etwas für Sie Routine ist.«

»Mord ist nie Routine.« Eve sah über ihre Schulter auf einen der Monitore, auf denen Bart Minnock quicklebendig war. »Ich nehme jeden Mord persönlich, deshalb bin ich für Bart jetzt genauso zuständig wie Sie. Sie können mir glauben, wenn ich sage, dass ich seinen Mörder finden werde. Und dass ich dazu alles unternehmen werde, was ich unternehmen muss.«

Die Saat war ausgebracht, jetzt würde sie sehen, wie lange es dauerte, bis das erste Pflänzchen aus der Erde brach.

Zufrieden ging sie aus dem Haus, lehnte sich an ihren Wagen und beobachtete Roarke und Cill. Inzwischen hatte er das Reden übernommen. Wenigstens zum größten

Teil. Kopfschüttelnd wandte Cill sich ab und zerrte beidhändig an ihrem ordentlichen Zopf, bis er völlig zerzaust aussah.

Trotzdem schien sie sich allmählich abzuregen, und einen Augenblick später zog Roarke die laut schluchzende junge Frau an seine Brust.

Eve sehnte sich nach einem Kaffee und beschloss, sich damit abzulenken, dass sie nach einem Gebäude suchte, das nicht allzu weit von U-Play und den vier Apartments entfernt lag.

Erst als Roarke in ihre Richtung kam, sah sie von ihrem Handcomputer auf.

»Na, wie war dein Tag bisher?«

»Er hatte seine Höhen und Tiefen. Übrigens denkt Cill noch immer, dass du eine Hexe bist. Aber wenigstens hat sie beschlossen, dass ich kein herzloses Arschloch bin, das Barts Tod zu seinem Vorteil nutzen will.«

»Nur gut, dass es mich stolz macht, dass ich eine Hexe bin. Ich weiß nicht, wie oft sie derart explodiert, aber wenn es passiert, kann man nur jedem raten, dass er möglichst umgehend in Deckung geht.«

»Das stimmt. Vielleicht sollte ich dir sagen, dass ich es für richtig hielt, ihr zu erklären, dass bei uns ein ähnliches Projekt wie ihr *Fantastical* kurz vor der Fertigstellung steht.«

»Wovon sie sicher rundherum begeistert war.«

»Bisher dachte ich immer, beim Fluchen macht dir niemand etwas vor, aber ich glaube, dass sie tatsächlich noch einfallsreicher ist als du.« Er blickte wie Eve auf das Gebäude und betrachtete die Formen und Bewegungen hinter dem Glas. »Sie hat mir erst zugehört, als ihr die Luft ausging, aber dann habe ich ihr ein paar Details erzählt. Die du nicht verstehen würdest«, fügte er hinzu. »Denn es war lauter Technik-Kram.«

»Und Computerfreakisch habe ich bisher noch nicht gelernt. Aber warum? Warum zum Teufel hast du ihr Details erzählt?«

»Als ich noch gestohlen habe, hat es mich nicht gestört, wenn man mich als Dieb bezeichnet hat. Aber diese Zeiten sind vorbei. Und vor allem haben meine Leute wirklich hart an dem Projekt gearbeitet und es ganz einfach nicht verdient, dass irgendwer behauptet, irgendein Bestandteil dieses neuen Spiels wäre geklaut. Sie ist eine hochintelligente Frau und die Details, die ich verraten habe, haben ihr gezeigt, dass wir nicht nur zeitlich, sondern auch entwicklungstechnisch bereits weiter sind als sie. Was ihr Projekt und ihre Arbeit allerdings nicht schmälert. Denn ich habe schlicht und einfach bessere Ressourcen und vor allem viel mehr Techniker als sie. Das ist ihr bewusst. Und genauso ist ihr klar, dass ich U-Play längst hätte schlucken können, hätte ich das je gewollt.«

»Außerdem ist sie intelligent genug, um sich daran zu erinnern, wen Bart ab und zu um Rat gebeten hat und von wem sie das Gebäude haben«, fügte Eve hinzu.

»Konkurrenz gehört einfach zum Spiel dazu. Mit ihr macht es mehr Spaß und wird bedeutsamer, als wenn man ganz alleine auf dem Spielfeld steht. In ein paar Jahren geht der Konkurrenzkampf zwischen uns wahrscheinlich erst richtig los.« Er glitt mit einem Finger über die Vertiefung in der Mitte ihres Kinns. »Und was hattest du bisher für einen Tag?«

»Die Durchsuchungen der Wohnungen sind noch nicht

abgeschlossen. Denn sie sind mit Elektronik vollgestopft. Trotzdem fahre ich selber erst mal wieder aufs Revier und gehe einer anderen Sache nach. Denn auch wenn sie alle spinnewütend über die Durchsuchung waren, hat keiner von den dreien versucht, sie zu verzögern oder uns aktiv daran zu hindern, in die Wohnungen zu gehen.«

»Dann hat also Barts Mörder bereits sämtliche Beweise aus dem Haus geschafft.«

»Oder bildet sich zumindest ein, dass er das hat.« Bewegungen hinter Glas, ging es ihr durch den Kopf, stimmten nicht immer mit Bewegungen im Dunkeln überein. »Vielleicht hat er die Beweise an irgendeinen anderen Ort geschafft, von dem uns bisher niemand was verraten hat. Einen Ort, an dem er ungestört ist, an dem er sich in andere Computer hacken und sein Vorgehen hätte planen können, ohne dass es irgendjemand merkt.«

»Einen Ort, an dem vielleicht auch ein Computer steht, den er nicht angemeldet hat. Der Gedanke ging mir auch schon durch den Kopf. Wobei manche Menschen wirklich völlig ehrlich sind.«

»Wir beide ausgenommen.«

Lächelnd meinte er: »Ein Mord ist die größte, vorstellbare Lüge, nicht wahr? Deswegen wäre es durchaus möglich, dass auch noch ein Ort neben den Apartments und der Firma existiert. Ich wünsche dir Waidmannsheil bei deiner Jagd.« Jetzt legte er die Hand unter ihr Kinn und küsste sie zärtlich auf den Mund. »Ich habe selber auch noch ein paar Dinge zu erledigen. Vergiss Nadines Party nicht«, fügte er hinzu, während er bereits zu seinem eigenen Wagen ging.

»Ich kann mir mehr als eine Sache merken.«

Lächelnd öffnete er seine Wagentür. »Wann fängt die Party an?«

»Heute Abend.«

»Man erwartet uns um acht. Wir treffen uns vorher zu Hause, ja?«

»Warte. Mist. Ich habe Peabody versprochen, dass sie eine Limousine kriegt, wenn sie mich dafür nicht mehr mit ihren Schuhen nervt.«

»Kein Problem. Ich schicke sie rechtzeitig los.«

»Das ist deine eigene Schuld«, rief sie ihm hinterher. »Du machst es mir einfach zu leicht.«

»Es gibt bereits genügend Härte auf der Welt, geliebte Eve.«

Das stimmte, dachte Eve, als sie noch einmal auf die Firma sah, die augenblicklich voller Blumen, Essen und vor allem Tränen war. Es gab bereits genügend Härte auf der Welt.

Während sie nach einem möglichen Versteck suchte, wobei sie mit anderen Namen, versteckten Bedeutungen und Anagrammen spielte, meldete sich Peabody bei ihr.

»Die Durchsuchungen der Wohnungen sind abgeschlossen, und die elektronischen Geräte werden ins Labor gebracht.«

»Ich will dieses Tagebuch.«

»Das guckt McNab sich gerade an. Er hat es sich persönlich zur Aufgabe gemacht, den Zugangscode zu knacken. Wenn es für Sie in Ordnung ist, fahren wir von hier aus heim. Denn es wird auch so schon ziemlich knapp für uns.«

»Was wird knapp für Sie?«

»Die Vorbereitungszeit für Nadines Fete. Oh, und danke noch mal für die Limousine!«, fügte Peabody hinzu, während Eve nur dachte: *Scheiße, Mist, verdammt.* »Summerset hat bei mir angerufen und Bescheid gegeben, wann sie kommt. Wir sehen uns dann also auf dem Fest.«

»Ja, okay.« Eve legte auf, speicherte alle Daten ab, schickte Kopien an ihr heimisches Gerät.

Und flüchtete aus dem Büro.

Sie war auf keinen Fall zu spät, sagte sie sich, als sie vor ihrer Haustür auf die Bremse trat. Sie hatte noch jede Menge Zeit, denn schließlich brachte sie nicht Stunden vor einem verdammten Spiegel zu. Außerdem tauchte auf solchen Festen niemand jemals pünktlich auf.

Was ihrer Meinung nach nicht den geringsten Sinn ergab. Denn weshalb nannte man den Menschen eine Zeit, wenn sich niemand daran hielt?

Gesellschaftliche Anlässe gleich welcher Art waren unpraktisch und seltsam, und die Regeln, die dort galten, waren noch unpraktischer und noch seltsamer.

Sie stürmte durch die Tür, wollte wie gewohnt die Zähne blecken, als sie Summerset erblickte, blieb dann aber stehen und starrte ihn mit großen Augen an. Er trug wie immer Schwarz, sah aber trotzdem irgendwie verändert aus. Denn er steckte nicht in seiner Butleruniform, sondern in einem eleganten Frack und einem blütenweißen Hemd, das mindestens so steif wie seine Haltung war.

»Heben Sie sich die Entschuldigung für Ihr Zu-Spät-Kommen einfach für morgen auf«, setzte er an. »Denn Sie brauchen jede Sekunde, die Ihnen noch bleibt, um dafür zu sorgen, dass Sie auf der Feier wie ein Mensch aussehen.«

»Warum haben Sie diesen Affenanzug an?«

»Weil ich zu einer offiziellen Feier eingeladen bin.«

»Sie gehen auch auf Nadines Fest?«

Er nickte knapp. »Und da ich im Gegensatz zu Ihnen pünktlich dort erscheinen werde, werde ich es übernehmen, Ihrer Freundin zu erklären, was der Grund für Ihre abermalige Verspätung ist. Sie warten schon auf Sie.«

»Bin ja schon unterwegs.« Sie rannte Richtung Treppe, wiederholte »Sie?«, bekam aber keine Antwort, da der Majordomus ihres Mannes schon verschwunden war.

»Er kann einfach kein Mensch sein«, knurrte sie und sprintete in Richtung Schlafzimmer.

»Ich komme nicht zu spät, denn auf solchen Festen kommen alle später, was ja wohl ein guter Grund ist, um ...« Entgeistert brach sie ab. »Was macht sie hier?«

Trina schüttelte ihr wirres, rotes Haar, sah sie aus zusammengekniffenen Augen an und hob ein Champagnerglas an ihren Mund.

»Falls Sie sich einbilden, dass Sie mit dieser grässlichen Frisur auf Nadines Party gehen, haben Sie einen Schuss aus Ihrem eigenen Stunner abgekriegt. Also kommen Sie mit in den Palast, der nach Aussage von Roarke Ihr Badezimmer ist.«

»Ich habe keine Zeit. Wenn Sie noch an mir rumfummeln, komme ich garantiert zu spät.«

Trina setzte ein Lächeln auf, das Eve erschaudern ließ. »Auf solchen Partys kommen alle später«, wiederholte sie, was Eve vor zwei Minuten selber durch den Kopf gegangen war. »Ich werde höchstens zwanzig Minuten brauchen, denn ich bin einfach genial.« Ehe Eve etwas erwidern konnte, pikste Trina sie mit einem Silberfingernagel an. »Ich habe einen eigenen Salon und einen Ruf zu wahren. Ich mache Nadines Haare für *Now* und habe sie auch heute Nachmittag frisiert. Trotzdem kommen jede Menge Leute auf das Fest, die wissen, dass auch Sie eine Kundin von mir sind.«

»Die mit ihren Haaren rundherum zufrieden ist«, erklärte Eve.

»Sie sind mir schon entwischt, als ich Sie für die Hochzeit von Louise frisieren wollte – angeblich, weil Sie einem Mörder auf den Fersen waren. Und jetzt sehen Ihre Haare aus, als hätte jemand sich mit einem Eispickel darüber hergemacht. Wollen Sie etwa mit dem schönsten Mann des Universums auf dem Fest des Jahres auftauchen und selbst aussehen, als hätten Sie mit einem wilden Stier gekämpft?«

»Ich dachte, dass jemand mit einem Eispickel über mich hergefallen ist.«

»Ein wilder Stier mit einem Eispickel. Sehen Sie besser aus, wenn ich Sie hergerichtet habe, oder nicht?«

Eve öffnete den Mund, lenkte ihren Blick auf Roarke und … sah ihn reglos an.

»Er ist nicht nur der schönste Mann des Universums, sondern obendrein auch hochintelligent«, stellte Trina anerkennend fest. »Sie haben das große Los gezogen, Dallas. Also schwingen Sie jetzt endlich Ihren Allerwertesten ins Bad.«

Auf zwölf Zentimeter hohen Absätzen, die wie das Herz geformt waren, das sie aus Sicht von Eve gar nicht besaß, stolzierte Trina vor ihr her.

»Verräter«, zischte Eve.

»Ich habe nichts damit zu tun. Wenn du dafür unbedingt

jemandem an die Gurgel gehen willst, wende dich bitte an Summerset. Weil der sie nämlich reingelassen hat.«

»Dallas! Wollen Sie, dass ich noch mal rauskomme?«, rief Trina drohend durch die offene Badezimmertür.

Eve ließ die Schultern hängen. »Du bist noch längst nicht aus dem Schneider«, flüsterte sie ihrem Gatten mindestens genauso drohend zu, setzte sich dann aber in Bewegung, da es keinen Ausweg für sie gab. »Machen Sie bloß schnell«, fauchte sie Trina an. »Und ...«

»Erkläre ich Ihnen vielleicht, wie Sie Ihre Mörder fangen sollen?«

»Verdammt.« Eve ließ sich auf den Frisierstuhl sinken, den ihre Frisörin nie allein ins Badezimmer hätte wuchten können. Irgendjemand hatte ihr dabei geholfen. Und er würde dafür zahlen, schwor sie sich.

»Dies ist ein großer Abend für Nadine.« Trina hüllte Eve in einen Plastikumhang. »Dank meines Einsatzes sieht sie fantastisch aus. Und das werden Sie auch.« Sie zog eine von Eves Strähnen glatt. »Frisch gewaschen. Gut.«

Sie klemmte die Strähne fest und kippte den Stuhl nach hinten, bis Eve vor ihr lag.

»Einen Augenblick«, rief Eve, als Trina irgendeinen Schaum aus einer Flasche zwischen ihren Handflächen verrieb. »Sie haben von meinem Haar gesprochen.«

»Das sitzt auf Ihrem Kopf, nicht wahr? Und Ihr Gesicht ist Teil von Ihrem Kopf. Aber Sie bekommen nur eine blitzschnelle Maske. Weil für mehr die Zeit leider nicht reicht.«

»Stimmt was nicht mit meiner Haut?«

»Ihre Haut ist wunderbar, und wir sorgen dafür, dass sie es bleibt. Jetzt halten Sie den Mund und machen Ihre Augen zu, damit es schneller geht.«

Eve saß in der Falle und kniff resigniert die Augen zu. Sie hätte nicht erklären können, was daran so unheimlich und so befremdlich war, wenn jemand anderes als Roarke mit seinen Händen über ihre Wangen strich. Und er rieb sie nie mit irgendwelcher Pampe ein, wenn er das tat.

»Sie werden Augen machen, wenn Sie Mavis sehen. Leonardo hat ein mörderisches Kleid für sie entworfen. Ich war heute Nachmittag bei ihnen und habe noch kurz mit Bella-Schatz gespielt. Ich hätte beinahe Lust, mir selbst ein Baby zuzulegen, denn sie ist einfach unglaublich süß. Das tollste Baby, das es gibt. Mavis hilft übrigens Peabody mit ihrem Haar, denn ich bin schließlich hier.«

Während Trinas Monolog an ihr vorbeirauschte, gab sich Eve die größte Mühe, nicht darüber nachzudenken, was für eine Pampe sie in ihr Gesicht und in ihr Haar geklatscht bekam.

Durch die leichte Vibration des Sessels wurden Muskeln aufgelockert, die erschöpft und angespannt gewesen waren, und als Trina ihren Stuhl wieder in die Vertikale schnellen ließ, fuhr Eve erschrocken aus dem Dämmerzustand, in dem sie versunken war.

Dann fing Trina mit dem Schnippeln, Zupfen, Kämmen, Kleistern an. Es schien recht schnell zu gehen, obwohl sich Eve nicht sicher war, da ihre Armbanduhr unter dem Umhang lag und sie nicht wagte, sich zu rühren, während Trina ihr erschreckend scharfes Werkzeug in den Händen hielt.

Schließlich aber machte Trina einen Schritt zurück und trank den Rest ihres Champagners aus. »Okay. Sie sehen super aus. Nicht aufgetakelt, sondern rundweg elegant.« Endlich legte sie die Schere fort und nahm

Eve auch den Umhang wieder ab. »Hoch mit Ihnen. Ich muss wieder los.«

Sie stellte ihre Kisten auf den Stuhl, von dem Eve aufgestanden war. »Wir sehen uns dann auf dem Fest«, erklärte sie und rollte den Frisierstuhl aus dem Bad.

Vorsichtig wandte sich Eve dem Spiegel zu.

Statt stumpfem, wild zerzaustem, hatte sie urplötzlich seidig weiches, glattes Haar, und was auch immer sie von Trina auf den Kopf geklatscht bekommen hatte, betonte die helleren Strähnen vorteilhaft. Sie strich mit ihrer Hand über ihr Haupt und atmete erleichtert auf, denn es fühlte sich wie immer an.

Ihre Augen sahen größer aus, aber schließlich hatte Trina auch auf ihren Lidern und den Wimpern jede Menge Glibberzeug verteilt. Ihre Wangenknochen wirkten etwas schärfer, und die Ränder ihrer Lippen traten deutlicher hervor.

»Aber hinter all dem Zeug stecke noch immer ich«, murmelte sie. »Es ist nur eine Illusion. Oder ein Kostüm.«

»Ich gehe davon aus, dass Trina dich nicht erst bewusstlos schlagen musste, um …« Roarke blieb in der Tür des Badezimmers stehen, trat dann aber vor Eve und sah sie sich genauer an. »Sie ist wirklich gut in ihrem Job. Du siehst verändert aus, aber durchaus reizend und sogar ein bisschen elegant. Was hervorragend zu diesem Anlass passt. Hier, ich dachte, dass du das hier nach der Qual gebrauchen kannst.«

Jetzt hielt er auch ihr ein Glas Champagner hin.

»Ich nehme an, jetzt habe ich den schönsten Mann des Universums auch verdient.«

»Ich fühle mich zum Lustobjekt herabgesetzt.«

»Du hast ihre Worte geradezu begierig in dich aufgesogen.« Eve nahm einen Schluck aus ihrem Glas, und als er lachte, gab sie widerstrebend zu: »Aber du siehst wirklich super aus. Und da du schon umgezogen bist, sollte ich wohl langsam meinen Hintern schwingen.«

»Deinen wunderschönen Hintern«, korrigierte er, verließ neben ihr das Bad und zeigte auf das Bett. »Falls dir das Kleid nicht zusagt, such einfach was anderes aus.«

Sie hätte es als gelb bezeichnet, doch das traf nicht wirklich zu. Weil der Farbton dunkler und vor allem voller war. Es war auch kein Braun, denn so dunkel war es auch wieder nicht. Also vielleicht lohfarben. Auch wenn es irgendwie zu leuchten schien. Es glitzerte und glänzte nicht, verströmte aber trotzdem eine wunderbare Helligkeit. Es hatte auch keine Rüschen oder anderes Gedöns. Das Kleid war seidig weich und glatt wie ihre Haare, und als sie den Stoff berührte, kam er ihr so flüssig und so kühl wie frisches Wasser vor.

»Ich wäre dumm, wenn es mir nicht gefallen würde. Und ich bin nicht dumm. Außerdem ist mir durchaus bewusst, was für ein Glück ich habe, jemanden zu kennen, der für mich an solche Dinge denkt.«

»Dir ist so etwas egal, aber ich habe Spaß an schönen Sachen. Außerdem ist Leonardo einfach ein fantastischer Designer, der die Maße deines Körpers, deinen Stil und deine Vorlieben genauestens kennt.«

Eve konnte ihm schwerlich widersprechen, denn als sie das Kleid über den Kopf zog, glitt der Stoff so leicht wie Luft an ihr herab, ließ ihre Schultern frei und betonte ihre ihrer Meinung nach nicht wirklich sehenswerte Brust.

Die versteckten Taschen in den Seiten aber lenkten sie

sofort von diesem kleinen Manko ab. Weil sich in ihnen mühelos nicht nur die Dienstmarke, sondern auch der Reservestunner unterbringen ließ.

Mehr brauchte sie nicht.

»Hier.« Roarke hielt ihr diamantene Ohrringe in Tropfenform und einen mit gelben Diamanten übersäten weißgoldenen Armreif hin. Die Kette – einen Riesendiamanten, den sie an dem Tag von ihm bekommen hatte, als er ihr erklärt hatte, dass er sie liebte – hängte sie sich selber um.

»Du bist wunderschön.«

Ihrer Meinung nach trug sie einfach ein funkelndes und schimmerndes Kostüm. Aber schließlich waren die meisten Menschen ständig auf die eine oder andere Weise kostümiert.

»Es wäre auch ein bisschen schwierig, mit all diesen Sachen nicht gut auszusehen.« Sie glitt mit der Hand über das Kleid. »Was ist das für eine Farbe? Diesen Mischmasch habe ich noch nie gesehen.«

»Du siehst ihn sogar jeden Tag, sobald du in den Spiegel blickst.« Er trat hinter sie und legte seine Hände sanft auf ihren Schultern ab. »Weil es deine Augenfarbe ist.« Während sie die Stirn in Falten legte, schmiegte er sich kurz an ihre Wange an. »Wir sollten langsam fahren, sonst ist unsere Verspätung nicht mehr schick.«

»Gibt es denn schicke Verspätungen?«

»Auf jeden Fall. Dabei kommt man gerade spät genug, um den Eindruck zu erwecken, dass man derart viel zu tun hat, dass man ganz unmöglich pünktlich kommen kann.«

»Ha. Wer hätte das gedacht? Dann bin ich also meistens schick.«

Sie reichte ihm die Hand. »Na, dann komm, du schönster Mann des Universums. Lassen wir es rocken.«

Musik stieg von dem Dachgarten ins Halbdunkel des Abendhimmels auf. Glitzernde und funkelnde Gestalten schoben sich durch das Gedränge, teilten Wangenküsse aus, nippten an Champagnergläsern und verbreiteten den neusten Tratsch.

Die Kerzen flackerten im auffrischenden Wind. Es würde also sicher ein Gewitter geben, ehe dieses Fest vorüber war.

»Vielleicht sollten sie langsam die Kuppel schließen«, sagte Eve zu Roarke.

»Am besten kosten wir die milde Abendluft noch etwas aus. Und vor allem gehst du vielleicht erst mal zu Nadine und gratulierst ihr zu dem Buch.«

»Sie steht gerade in einem Riesenpulk von Leuten«, meinte Eve. Trina hatte recht gehabt. In ihrem feuerroten Kleid und mit den Glitzernadeln, die das letzte Licht der Sonne fingen, mit dem künstlerisch zerzausten Haar sah Nadine fantastisch aus. »Ich warte einfach, bis sie wieder Luft bekommt.«

»Endlich sind Sie da!« Hand in Hand mit ihrem Liebsten kam Peabody auf ihren berühmten neuen Schuhen angestürzt. Sie waren silberfarben, hatten Löcher in Höhe der zartrosa lackierten Zehen, dünne Bändchen, die sich mehrfach um die Knöchel schlangen, und glitzerten mindestens genauso wie die Nadeln in den Haaren von Nadine.

»Ist das nicht der totale Hit? Alle sind gekommen, und Nadine sieht total glücklich aus. Die Musik ist superheiß und Mavis hat gesagt, dass sie nachher noch singt. Gott«, fuhr sie nach einer kurzen Atempause fort. »Sie beide sehen fantastisch aus. Wirklich.«

»Sie sehen selbst bezaubernd aus.« Roarke nahm ihre Hand und küsste sie. »Sie haben wirklich Glück, Ian.«

Der elektronische Ermittler strahlte wie ein Honigkuchenpferd. »Auf jeden Fall, und wenn alles nach Plan verläuft, macht sie mich nachher sogar noch glücklicher.«

Kichernd rammte Peabody ihm ihren Ellenbogen in die Seite.

Während gleichzeitig ein lautes Juchzen Eve über die Schulter blicken ließ. Denn ein derartiges Juchzen bekam niemand anderes als Mavis Freestone hin. Ihr sommerblondes und zuckerwatte-pinkfarbenes Haar ergoss sich über den Rücken, als sie auf zwei Zahnstochern, die nur mit dünnen Riemchen an den Füßen festgehalten wurden, auf Eve zugeschossen kam. Ihr pinkfarbenes Kleid, das eine riesengroße strassbesetzte Nadel ungefähr in Hüfthöhe zusammenhielt, hatte an der rechten Seite einen derart langen Schlitz, dass nichts von ihrem hübschen Bein verborgen blieb.

»Ich wusste, dass du in dem Kleid phänomenal aussehen würdest!«, tänzelnd warf sie sich Eve an die Brust und tippelte bereits im selben Augenblick wieder ein paar Schritte zurück. »Eine super Party, und sieh uns nur an! Wir sind noch viel toller als das Fest. Mondkuchen! Komm her und sieh dir an, was dein Kleid aus Dallas macht.«

Mondkuchen – oder Leonardo – kam gemächlich anspaziert. Er trug seine eigene Version von einem Frack, einen langen Rock in einem matten Silberton, der seine kupferrote Haut und seine riesige Gestalt vorteilhaft zur Geltung kommen ließ. Durch den seidig weichen, kupferroten Lockenschopf, der sein breites, faszinierendes Gesicht betonte, hatte er ein Band gewoben, das denselben Silberton wie sein Gewand aufwies.

»Du meinst, was Dallas aus dem Kleid macht. Hoffentlich gefällt es Ihnen.«

»Wie könnte es anders sein? Es ist einfach genial. Danke für die Taschen.«

Lächelnd beugte er sich vor und gab ihr einen Wangenkuss. »Ich dachte mir, die können Sie bestimmt gebrauchen. Und jetzt hole ich uns allen erst einmal was zu trinken.«

»Warten Sie, ich komme mit«, erbot sich Roarke.

Wieder rammte Peabody McNab den Ellenbogen in die Seite, und während auch er sich in Bewegung setzte, sagte sie zu Eve und Mavis: »Da ist Trina. Ich bin sofort wieder da. Ich muss sie etwas wegen meiner Haare fragen.«

»Natürlich hast du mir Trina auf den Hals gehetzt, nicht wahr?«

Mavis blickte Eve aus kugelrunden, dunkelblauen Augen an. »Musst du mich nicht erst über meine Rechte aufklären, bevor du mich verhörst?«

»Haha. Das habe ich ja wohl schon oft genug getan.«

»Ja, damals, als du mich wegen meiner Trickbetrügereien hochgenommen hast. Aber sieh nur, was aus mir geworden ist. Ich bin eine verheiratete Frau und Mami, die ganz nebenbei noch Karriere macht. Und ich habe weder meinen Mann noch mein Bella-Schätzchen noch meinen Erfolg in der Musikbranche geklaut. Manchmal kann das Leben wirklich nett sein.«

»Auf jeden Fall. Ich bin mit dir länger befreundet als mit irgendjemand anderem.«

»Und ich mit dir.«

»Wir sind also ziemlich dicke, und wir kennen uns so gut, wie man sich nur kennen kann. Vielleicht lieben wir uns sogar, auf eine nichtlesbische Art.«

»Wenn wir allzu lange ohne Männer leben müssten, könnten wir das ruhig mal ausprobieren. Wenn wir beispielsweise irgendwo auf einer menschenleeren Insel stranden würden oder …«

»Dann wärst du auf jeden Fall die Erste, über die ich herfallen würde«, fiel ihr Eve ins Wort, fuhr aber, während Mavis fröhlich kicherte, mit ernster Stimme fort. »Was ich mich frage, ist, was ich anstellen müsste, damit du mich töten willst. Ich meine wirklich töten, nicht das Übliche: ›Dafür könnte ich die blöde Dallas umbringen.‹«

»Das kann ich dir sagen. Wenn ich dich dabei erwischen würde, wie du irgendwo mit meinem Honigbären herumturtelst, würde ich dir den ersten spitzen Gegenstand, den ich erwische, ins Herz und ihm in seine Eier rammen. Was mir hinterher wahrscheinlich furchtbar leidtäte, aber dann wäre es zu spät.«

»Das ist alles? Sex mit Leonardo wäre der einzige Grund, aus dem du mich ermorden würdest? Denk noch mal darüber nach«, bat Eve. »Was, wenn ich dich bestehlen, dich beleidigen oder mich regelmäßig über dich lustig machen würde?«

»Also gut.« Mavis wiegte nachdenklich den Kopf. »Wenn du mich beklauen würdest, bräuchtest du das Zeug, was du mir klaust, ganz dringend. Wenn du mich beleidigen würdest, wäre ich sauer und würde dich auch beleidigen. Und wenn du dich über mich lustig machen würdest, würdest du dadurch meine Gefühle verletzen, und ich würde dir sagen, dass du damit aufhören sollst.«

»Der einzige Grund, aus dem du mir ein Messer in die Brust rammen würdest …«

»Oder eine wirklich spitze Nagelfeile. Oder einen Kebabspieß. Das wäre zumindest originell. Wenn du mit meinem Mausebären in der Küche knutschen würdest, würde ich mir einfach irgendetwas schnappen, was dort gerade liegt. Würde dich also mit einem Kebabspieß ermorden und käme als vorübergehend unzurechnungsfähig nicht mal in den Knast.«

Mavis machte ein wütendes Gesicht und zielte mit einer Faust auf die linke Seite von Eves Brust.

»Das wäre wirklich gut. Der einzige Grund, aus dem du mich mit einem Kebabspieß durchbohren würdest, wäre also die blinde Leidenschaft des Augenblicks?«

»Ja. Deshalb vergisst du besser nie, dass ich dir einen Kababspieß in deinen hübschen Hintern rammen würde, falls du je auf den Gedanken kommen solltest, mal zu testen, ob mein Babydoll so gut ist wie dein eigener Kerl.«

»Kapiert.«

Mavis strahlte sie mit ihrem breiten Grinsen an. »Apropos Babys. Du musst dir unbedingt den kurzen Film von Bellamia angucken.« Mavis klappte eine winzig kleine Tasche in demselben Rosaton wie ihre Haare und in Form einer erblühten Tulpe auf.

Eve legte eine Hand auf ihren Arm. »Du würdest mich nicht mal dann ermorden. Wolltest es wahrscheinlich, würdest eingehend darüber nachdenken und mich dann bis an mein Lebensende hassen, aber trotzdem würdest du mir nicht wirklich ans Leder gehen.«

»Ich würde es echt wollen, aber nein. Und du würdest dich auch nie an meinen Mann heranmachen, denn du würdest mich nie derart verletzen und vor allem Roarke niemals betrügen. Echte Freunde, echte Partner tun einander einen solchen Scheiß nicht an. Nicht, wenn sie echte Freunde oder Partner sind.«

»Genau. Da hast du völlig recht. Okay. Jetzt zeig mir den Film.«

17

Eve wusste nicht, ob Bella tatsächlich das tollste aller Babys war, denn sie kannte sich nicht wirklich gut mit Babys aus. Doch auf jeden Fall war ihre Patentochter wirklich süß, vor allem, wenn man den dünnen Spuckefaden, der von ihrer Lippe tropfte, übersah.

Trotzdem war sie dankbar, dass es ihr erspart blieb, Bella nach der ersten Runde noch einmal dabei zuzusehen, wie sie brabbelnd in die dicken Patschhändchen klatschte oder fröhlich Kusshände verteilte, denn in diesem Augenblick kamen die Männer mit den Drinks zurück. Während jetzt Roarke die große Freude hatte, zusehen zu dürfen, wie die Kleine kichernd Babyspucke-Kusshändchen in Richtung ihres Vaters warf, wandte sie sich leise an McNab.

»Wie weit sind Sie mit dem Tagebuch?«

»Das ist eine kniffelige Angelegenheit. Den ersten Level habe ich geknackt, aber sie hat noch einen zweiten Level draufgepackt. Ziemlich paranoid, aber echt gut.«

»Ich könnte wahrscheinlich einen Richter dazu bringen, dass er sie zum Öffnen der Dateien zwingt.«

»Und mir dadurch den Spaß verderben? Geben Sie mir noch ein bisschen Zeit.«

»Wenn Sie den Code nicht spätestens bis morgen früh um elf geknackt haben, schalte ich Cher Reo ein. Weil eine Frau, die ganz allein in einem gut gesicherten Apartment lebt und ihr Tagebuch trotzdem so übertrieben schützt, eindeutig irgendetwas zu verbergen hat.«

»In ihrer Wohnung ist alles doppelt gesichert, selbst das hausinterne Link. Das ist total paranoid. Callendar und Feeney haben mir erzählt, auch die beiden anderen hätten ihre Elektronik gut geschützt, aber in der Wohnung dieser Frau kommt man sich wie beim Geheimdienst vor.«

»Wir halten morgen früh um elf ein Briefing ab. Dadurch bekommen Sie und die anderen elektronischen Ermittler noch ein bisschen Zeit, um alles durchzukämmen, während Peabody und ich uns die anderen Sachen ansehen, die von unseren Leuten beschlagnahmt worden sind.«

»Dann feiern wir am besten jetzt, denn schließlich müssen wir morgen früh raus. Da ist Baxter. Sieht schon ziemlich knülle aus.«

»Baxter?« Eve blickte sich um, bis sie Baxter und noch ein paar andere Kollegen sah. »Hat Nadine etwa die ganze Wache eingeladen?«

»Sieht so aus. Der Chief steht drüben an der Bar. Ich schätze, um die Einladung an Tibble kam sie einfach nicht herum. Aber er wirkte total gut gelaunt.«

»Dann lassen Sie uns diesen Fall zum Abschluss bringen, damit es so bleibt.«

Im selben Augenblick erschien Nadine, legte McNab und Eve die Arme um die Taillen und fragte in strengem Ton: »Sie reden doch wohl nicht über die Arbeit? Dies ist schließlich eine Party. Auf der alle meine Lieblingsfreunde sind.«

»Wie es aussieht, haben Sie recht viele Lieblingsfreunde«, meinte Eve. »Von denen eine ganze Reihe Polizisten sind.«

»Als Polizeireporterin freundet man sich automatisch auch mit Polizisten an, weil man sich sonst schnell einen neuen Job suchen kann.«

»Tolle Party«, stellte Ian anerkennend fest. »Die Musik ist einfach gigantisch. Am besten schnappe ich mir Peabody und zeige Ihren Gästen, wie man richtig tanzt. Bis dann.«

»Er ist ein Schatz.« Nadine sah dem Ermittler strahlend hinterher. »Aber einen Mann in einem orangefarbenen Smoking habe ich heute zum ersten Mal gesehen.«

»Wobei mir die Krawatte, die im Dunkeln leuchtet, noch besser gefällt.«

»Sie verleiht ihm ein gewisses weltmännisches Flair«, fügte Nadine lachend hinzu. »Ich bin total glücklich. Meine Aufregung hat sich völlig gelegt. Was bestimmt an dieser Party und der Nähe meiner hundert besten Freunde liegt.«

»Gratuliere«, sagte Roarke und gab der Journalistin einen Wangenkuss. »Dies ist eine wundervolle Party, und Sie sind der wundervolle Mittelpunkt.«

»Danke. Ihnen beiden. Ich bin einfach …«

»Überglücklich«, beendete Eve den Satz für sie. »Sie ist total glücklich.«

»Mir ist richtiggehend schwindelig vor lauter Glück.« Sie prostete den anderen zu und nahm einen tiefen Schluck aus ihrem Glas. »Woran dieses Zeug natürlich nicht ganz unbeteiligt ist. Ich müsste Dallas kurz entführen.« Sie berührte Roarke am Arm. »Aber keine Angst, ich bringe sie sofort zurück.«

»Sie stellen mich doch wohl nicht einem Haufen Leute vor, mit denen ich mich unterhalten soll, denn das ist mein Problem mit Festen dieser Art. Erst muss ich mich aufbrezeln und dann muss ich mit irgendwelchen Leuten reden, die ich wahrscheinlich nie wieder sehen werde und deren Meinungen und Lebensgeschichten mir völlig schnuppe sind.«

»Sie sind einfach die geborene Salonlöwin, Dallas. Ich verstehe wirklich nicht, wie Sie es schaffen, nebenher auch noch zu arbeiten.« Mit einer Hand auf ihrem Arm führte Nadine sie durch die Menge.

Wie bei einem Tanz. Natürlich nicht vergleichbar mit den seltsamen Verrenkungen, die ihre Partnerin und deren Liebster auf der Tanzfläche vollführten, sondern eher wie beim Ballett. Eine Pause hier, um ein Wort mit jemandem zu wechseln, eine Geste da, um jemanden zu grüßen, eine Drehung oder ein fröhliches Lachen, während man sich, wie es aussah, ohne jede Eile durch das furchtbare Gedränge schob.

Sie kamen an einem riesigen Plakat des Buchumschlags vorbei. Vor einem eisblauen Hintergrund starrten einen überlappende Gesichter an. Die alle vollkommen identisch waren: weiblich, wunderschön und mit einem leisen und geheimnisvollen Lächeln im Gesicht.

Sie hoben sich schimmernd vor dem Blau des Hintergrundes ab, während in den Augen irgendein inneres Leben zu glühen schien.

»Unheimlich, aber zugleich auch fesselnd«, beschloss Eve.

»Genauso soll es sein.«

»Sie haben auf dem Cover weder Avril noch eine von ihren Klonen abgebildet.«

»Nein. Das erschien mir irgendwie nicht fair. Weil ein paar von ihnen zu der Zeit schließlich noch Kinder waren. Und sie haben es verdient, dass man sie in Ruhe lässt. Diana, das Mädchen aus der Schule, haben Sie entwischen lassen.«

»Sie ist bei dem allgemeinen Durcheinander abgetaucht.«

»So habe ich es auch geschrieben. Obwohl es so ganz bestimmt nicht war. Ich hoffe nur, ich hätte in dem Moment gehandelt wie Sie.« Sie glitt mit ihrer Hand an Eves Unterarm herab und drückte ihr die Hand. »Als ich das Buch geschrieben habe, habe ich oft gehofft, dass ich ebenfalls so menschlich gehandelt hätte, hätte ich mit ihr zu tun gehabt. Hier drinnen ist ein Zimmer für mich reserviert«, erklärte sie, als sie vor Eve durch eine Glastür trat. »Für Interviews und falls ich zwischendurch einmal zu Atem kommen muss.«

Sie öffnete die Tür zu einer kleinen Lounge. Außer unzähligen Blumensträußen stand ein Eiskübel mit einer Flasche teuersten Champagners neben einer Obstschale für sie bereit.

»Hübsch«, bemerkte Eve.

»Den Champagner und die Blumen haben mir Louise und Charles geschickt. Und meine Verleger gehen mit mir um, als wäre ich ein Star. Ich hoffe nur, dass ich keine Enttäuschung für sie werde.«

»Weswegen sollten Sie?«

»Das Buch ist gut, Sie haben recht, es ist echt gut. Und mit Werbung kenne ich mich aus. Trotzdem weiß man nie, ob ein Buch der Öffentlichkeit auch gefällt. Aber warten wir es einfach ab. Denn auf alle Fälle habe ich etwas geschafft, worauf ich stolz sein kann. Deshalb …«

Sie nahm eine gebundene Ausgabe des Buchs vom Tisch. »Die ist für Sie. Sie haben schließlich eine echte Bibliothek im Haus, deshalb habe ich für Sie statt eines E-Books das hier ausgesucht.«

»Das ist gut. Denn ich kann im Moment nichts Elektronisches mehr sehen.«

»Das kann ich mir vorstellen. Aber vor allem dachte ich, ich schleiche mich auf diese Art in eins der Regale bei Ihnen zu Hause ein.«

»Auf jeden Fall. Danke. Freut mich wirklich.«

»Trotzdem brauchen Sie das Buch nicht den ganzen Abend mit sich rumzuschleppen. Ich werde es Ihnen schicken lassen, wollte es aber erst persönlich überreichen. Und das habe ich hiermit getan.«

Eve drehte das Buch herum und betrachtete das Foto von Nadine vor der Skyline von New York.

»Sexy und professionell. Auf dem Foto sehen Sie aus, als würde Ihnen hier in dieser Stadt nie etwas entgehen.«

»Das ist auch die Absicht«, gab Nadine mit einem leisen Lachen zu. »Übrigens, nachdem Sie mein Buch Korrektur gelesen hatten, habe ich noch etwas hinzugefügt.« Sie griff nach dem Buch und schlug die Seite mit der Widmung auf. »Hier.«

Für Lieutenant Eve Dallas,
eine couragierte, unermüdliche, verständnisvolle Polizistin,
die sich täglich für die Lebenden und Toten engagiert
und der Marke, die sie trägt, die größte Ehre macht.

»Aber hallo. Wow.« Verwirrt, gerührt und leicht verlegen wandte Eve sich an Nadine. »Ich … danke. Dabei mache ich im Grunde doch nur meinen Job.«

»Genau wie ich. Und wir beide machen unsere Sache nicht nur deshalb verdammt gut, weil wir alle notwendigen Fähigkeiten dazu haben, sondern weil uns unsere Arbeit wichtig ist. Und zwar Tag für Tag. Was die Icoves verbrochen haben, ist obszön, und ich finde, dass die Menschen wissen müssen, was da abgelaufen ist. Weshalb mir dieses Buch beinahe genauso wichtig ist wie Ihnen dieser Fall. Schließlich haben Sie Ihr Leben für die Klone riskiert.«

»Das haben andere auch getan. Ich habe diese Kerle schließlich nicht alleine zur Strecke gebracht.«

»Diese anderen werden auf der Seite mit den Danksagungen am Ende des Buchs erwähnt. Lesen Sie sie, wenn Sie wollen«, schlug Nadine Eve lächelnd vor. »Nehmen Sie das Buch und die Gefühle an, die für mich damit verbunden sind.«

»Das werde ich. Das tue ich.« Plötzlich aber blickte Eve die Journalistin aus zusammengekniffenen Augen an. »Das ist doch wohl nicht dasselbe, wie wenn Sie mit einer Schachtel voller Cookies auf die Wache kommen, oder?«

Nadine klapperte fröhlich mit den Wimpern und fragte mit einem neuerlichen Lachen: »Ich würde niemals auch nur denken, dass jemand wie Sie bestechlich ist. Hier.« Sie füllte zwei Champagnerflöten und hielt Eve eine der Flöten hin. »Auf zwei fähige, verführerische Frauen, die für die Ordnung in New York zuständig sind und ihre Sache ausgezeichnet machen.«

»Darauf kann ich trinken.« Eve stieß mit ihr an, nippte

vorsichtig an ihrem Glas, und Nadine legte das Buch mit einem leisen Lächeln auf den Tisch zurück.

»Ich lasse es Ihnen schicken.«

»Aber bitte mit Autogramm.«

Ihr Lächeln wurde breiter. »Ja, mit Autogramm. Und jetzt gehen wir besser wieder zu den anderen raus. Schließlich ist es meine Aufgabe, mich unters Volk zu mischen, und Ihre, sich zu amüsieren, deshalb stelle ich Sie nicht noch einem Haufen fremder Leute vor.«

»Das ist noch besser als die Schachtel Cookies, die es sonst von Ihnen gibt.«

Als sie wieder auf die Dachterrasse traten, wurde dort das erste Donnergrollen laut, und der erste Blitz zuckte am dunklen Firmament. »Verdammt, am besten machen wir das Dach so schnell wie möglich zu.«

»Auf jeden Fall.« Eve sah zum Himmel auf. »Obwohl das bestimmt ein tolles Schauspiel wird.«

Beim ersten Blitz schloss Cill die Tür ihres Apartments auf. Sie wäre fast nicht heimgekommen. Das Bewusstsein, dass die Polizei ihre Privatsphäre missachtet hatte und all ihre Sachen durchgegangen war, hatte ihre Füße auf dem Weg bleischwer gemacht.

Denn genau das hatten ihre Mutter und ihr Stiefvater mit grauenhafter Regelmäßigkeit in ihrer Kindheit getan. Sie hatten stets nach irgendetwas gesucht, was einen Vorwand für eine erboste Predigt, Vorhaltungen, Scham, Bestrafung bot. Nichts war je privat gewesen, nichts hatte je *ihr* gehört, bis sie endlich ausgezogen war.

Und jetzt hatte erneut jemand ihre Privatsphäre missachtet und ihre Besitztümer durchwühlt.

Aber wohin hätte sie gehen sollen, wenn nicht heim? Sie hätte es nicht über sich gebracht, alleine im Büro zu bleiben, nicht mit all den Blumen und den Echos all der Leute, die auf der Gedenkfeier für Bart erschienen waren.

Auch er selbst war irgendwie noch dort. Doch in ihrer eigenen Wohnung fühlte sie sich plötzlich auch nicht mehr wohl.

Vielleicht sollte sie umziehen. Oder einfach mit den Dingen fertig werden, die geschehen waren.

Var und Benny hatten recht. Es war einfach Routine, nichts Persönliches. Nur dass es für sie persönlich war, das war das Problem.

Sie konnte sofort sehen, dass sie ein paar Sachen von ihr mitgenommen hatten. Ihrer Anwältin zufolge war die Polizei befugt, Dinge zu beschlagnahmen und sich genauer anzusehen. Aber warum wurden ihre eigenen Rechte durch das Recht der Polizei dermaßen beschnitten? War sie nicht schon unglücklich genug, ohne dass auch noch die Polizei in ihre Wohnung eingedrungen war?

Sie ging in die Küche, wo sie einen Energiedrink aus dem Kühlschrank nahm. Sie hatte während der Gedenkfeier nichts essen können, doch auch jetzt hatte sie weder Appetit noch genügend Energie, um sich für etwas Essbares zu interessieren.

Sie nahm die Dose mit ans Fenster, um dem Tanz der Blitze zuzusehen, trank einen kleinen Schluck und stellte sie dann fort. Denn der Drink war viel zu kalt. Im Augenblick war einfach alles viel zu kalt.

Statt Regen und Kälte wünschte sie sich Sonnenschein und Hitze. Wollte schwitzen. Oder kämpfen, bis sie vor Erschöpfung einschliefe, ohne an Bart zu denken, ohne sich die Fremden vorzustellen, die in ihre Wohnung eingedrungen waren, ihre Sachen angefasst und sie beurteilt hatten. Ihre Sachen und sie selbst.

Aber sie hatte versprochen, sich das Spiel noch einmal anzusehen. Sie wusste nicht, ob ihre Partner sie dazu gedrängt hatten, um sie aus ihrer Lethargie zu reißen, oder weil es wirklich noch ein paar Details zu optimieren galt. So oder so, würde sie ihr Versprechen halten, denn wahrscheinlich ginge es ihr wirklich besser, wenn sie irgendwie beschäftigt war.

Sie zog die Diskette, die sie aus der Firma mitgenommen hatte, aus ihrem BH. Wahrscheinlich war ihr Büstenhalter ein total bescheuerter und übertrieben mädchenhafter Aufbewahrungsort, doch man müsste sie schon töten, um an die Diskette zu gelangen, die die Zukunft ihres Unternehmens war.

Sie stieg aus ihren neuen Schuhen und tappte auf schmerzenden Füßen in den Holo-Raum.

Sie liebte diesen Raum. Denn in ihm bereiste sie die ganze Welt und jede Menge Welten, die es nur in ihrer Fantasie und diesem Zimmer gab. Benny war wirklich gut beim Recherchieren. Sie war auf dem Piccadilly Circus auf und ab spaziert, hatte zähneklappernd einen See in Schottland inspiziert und den Amazonas und die Dschungel Südamerikas erforscht.

Dafür hatte sie sich nicht in irgendwelche überfüllten Flieger quetschen, die Durchsuchung ihrer Koffer durch korrupte Zollbeamte über sich ergehen lassen und in irgendwelchen Betten schlafen müssen, die bereits von unzähligen anderen Menschen durchgelegen worden waren. Ihr Holo-Raum hatte genügt.

Ihre Stimmung hellte sich schon auf, als sie die Diskette in den Schlitz des Holographen schob.

Sie wählte das Programm, atmete tief durch und wurde einen Moment später in die schwere, feuchte Hitze eines Dschungels gehüllt. Statt des schwarzen Kostüms, das sie nie wieder tragen wollte, trug sie einen dünnen, braunen Baumwollanzug, dicke Stiefel und hatte den schief sitzenden Hut mit aufgerollter Krempe einer Schatzsucherin auf dem Kopf.

Sie liebte dieses Spiel wegen des Rätsels, das es einem aufgab, der klugen Strategien, die man brauchte, der überraschenden Wendungen, die es mit jedem Level nahm, und auch oder vor allem der Kämpfe, die es auszutragen galt, sobald ihr jemand auf der Suche nach dem Ei des Drachen in die Quere kam.

Sie fing mit dem ersten Level an, das hieß mit der Ankunft in dem alten Dorf Mozana. Sie würde Stunden brauchen, um das ganze Spiel zu spielen, doch das kam ihr gerade recht. Denn am liebsten hätte sie bis an ihr Lebensende nie wieder an irgendetwas außerhalb des Holo-Raums gedacht.

Sie unternahm die ersten Schritte, lernte ein paar Dorfbewohner kennen, handelte die besten Preise für die Vorräte, die sie während der Suche bräuchte, aus.

In einem Teil ihres Gehirns war sie jetzt Cill, die gnadenlose, couragierte und gewiefte Jägerin des Dracheneis, im anderen jedoch blieb sie auch weiter Cill, die Programmiererin, der auf der Suche nach möglichen Fehlern nicht einmal das winzigste Detail der Bilder, der Bewegungen, der Audiofunktion verborgen blieb.

Sie marschierte durch die Hitze und beobachtete eine

Schlange, die sich zischend vor ihr aufrichtete und verschwand. Watete durch Flüsse, stürzte durch den Eingang einer Höhle, als ein Erdbeben den Grund erschütterte.

Wo der Strahl aus ihrer Taschenlampe auf die Malereien an den Wänden traf. Wie schon unzählige Male während der Entwicklungsphase übertrug sie all die Bilder sorgfältig von Hand in ihr Notizbuch und fotografierte sie mit ihrer Kamera.

Die Spieler würden durch die Einfachheit des ersten Levels in den Bann des Spiels gezogen, dacht sie. Denn in der Erwartung größerer Herausforderungen würden sie so schnell wie möglich weitermachen wollen. Das wollte sie auch.

Sie sammelte Hinweise und Punkte, wischte sich den Schweiß aus dem Gesicht und befeuchtete die Kehle mit dem Wasser, das sie in einem Kanister bei sich trug.

Das Salz von ihrem Schweiß brannte in ihren Augen, doch das Wasser schmeckte süß und klar.

Bisher war es perfekt, fand sie.

Bei Level drei schoss urplötzlich ein Pfeil an ihrem Kopf vorbei. Doch sie wusste, welchen Weg sie nehmen musste, und obwohl das unter Umständen etwas geschummelt war, hatte sie jede Menge Spaß.

Keuchend hastete sie einen steilen Pfad hinauf. Ein starkes Unwetter hatte den Boden glitschig werden lassen, deswegen rutschte sie aus, stützte sich mit den Händen ab und spürte, wie der warme, feuchte Schlamm durch ihre Finger rann.

Sie rappelte sich eilig wieder auf und die Memory-Funktion der Muskeln ließ sie einen Haken erst nach links und dann zur anderen Seite schlagen.

Na, nun komm schon, dachte sie, *versuch dein Glück bei mir!* Während sie gleichzeitig nach ihrer Waffe griff.

Delancy Queeg, wie sie ihren Gegner nannte, stand plötzlich mit kampfbereit gezücktem Messer mitten auf dem Weg.

»Die Schergen, die du angeheuert hast, brauchen mehr Kondition«, erklärte sie.

»Sie haben dich genau dorthin gescheucht, wo ich dich haben will. Kehr um, wenn ich dich leben lassen soll.«

»Hast du das auch zu meinem Dad gesagt, bevor du ihm die Kehle durchgeschnitten hast, du Schwein?«

Er sah sie mit einem kalten Lächeln an. Ein gebräunter, attraktiver, mörderischer Schweinehund. »Dein Vater war ein Narr, und das bist du anscheinend auch. Das Ei des Drachen gehört mir. Es hat schon immer mir gehört.« Er winkte mit der Hand, und sie sah sich lange genug um, um fünf nacktbrüstige Eingeborene mit schussbereit gespannten Bögen hinter sich zu sehen.

»Bist du etwa nicht Manns genug, um es alleine mit mir aufzunehmen?«, fragte sie.

»Geht«, wies er die Eingeborenen an. »Ihr habt getan, wofür ich euch bezahlt habe.«

Obwohl sie sich zurückzogen, war ihr bewusst, dass er ein Lügner war. Sie würden auch weiter im Hintergrund lauern, deshalb müsste sie so schnell wie möglich sein.

Sie nahm ihr Messer in die andere Hand, und dann umkreisten sie sich auf dem schmalen, schlammbedeckten Pfad.

Stießen zu, täuschten an und stießen wieder zu. Perfekt, ging es ihr durch den Kopf, es konnte alles bleiben, wie es war. Sie roch das Blut, das aus der Wunde tropfte, die der Bastard Queeg direkt über dem Handgelenk davongetragen hatte.

Doch den nächsten Treffer würde nicht sie selbst, sondern ihr Gegner landen, wusste sie. Denn sie kannte das Programm genau. Er würde die Schnittwunde an ihrer Schulter sehen und gehässig lächeln, weil er dächte, dass er jetzt im Vorteil war.

Doch sie würde ihm ihr Messer in die Seite rammen und dann von der Klippe in die Fluten eines Flusses stürzen, während ihr die Pfeile um den Schädel surrten.

Sie erwog, Queegs Messer auszuweichen, da sie wusste, wie er sie angreifen würde, aber es war besser, noch einmal alle Einzelheiten durchzugehen und zu gucken, ob es irgendwelche Fehler gab.

Die Spitze seines Messers drang durch die Baumwolle des Anzugs und durch ihr Fleisch. Doch statt eines leichten Schlags spürte sie einen stechend heißen Schmerz.

Sie stolperte rückwärts, ließ ihr eigenes Messer fallen, hob die Hand an ihre Schulter und spürte das Blut, das feucht und warm war wie der Schlamm. Ungläubig starrte sie das blutgetränkte Messer an.

Es war echt, schoss es ihr durch den Kopf. Das war kein Holo-Blut, sondern echtes Blut.

Queeg verzog den Mund zu einem bösartigen Grinsen, und noch während er das Messer abermals auf sie heruntersausen ließ, rutschte sie auf dem nassen Boden aus und stürzte mit einem abgerissenen Schrei in den tosenden Fluss.

Am nächsten Morgen stapfte Benny vor Vars Schreibtisch auf und ab. »Ich werde es noch einmal bei ihr versuchen.«

»Das hast du doch erst vor fünf Minuten getan.« Var stand an seinem Fenster und sah in die Richtung, in der Cills Apartment lag. »Sie geht nicht ans Telefon.« Er fuhr sich mit den Händen durch das Haar. »Antwortet auf keine SMS und keine E-Mail, nichts.«

Er drehte sich frustriert zu Benny um. »Bist du sicher, dass sie nichts davon gesagt hat, dass sie heute nicht zur Arbeit kommt?«

»Nein, im Gegenteil. Sie hat gesagt, sie würde heute früher kommen. Weil sie nicht länger als nötig in ihrem Apartment bleiben will. Ich habe ihr gesagt, dass sie in meiner Wohnung übernachten kann. Aber du weißt ja, wie sie mit ihren Sachen und mit ihrer Wohnung ist.«

»Das hat sie mir erzählt. Und sie hat auch zu mir gesagt, wenn sie nicht sofort nach Hause geht und in ihrer eigenen Wohnung schläft, geht sie wahrscheinlich nie wieder dorthin zurück. Verdammt.« Er sah auf seine Uhr. »Wahrscheinlich hat sie nur verschlafen, das ist alles. Vielleicht hat sie ja ein Schlafmittel genommen …«

»Oder vielleicht gleich die ganze Packung.«

»Himmel. Lass uns zu ihr rübergehen. Lass uns rübergehen und nach ihr sehen. Einfach für den Fall, dass … Höchstwahrscheinlich hat sie sich einfach für eine Weile ausgeklinkt, aber wir sollten trotzdem nach ihr sehen.«

»Am besten jetzt sofort. Wir können uns sowieso nicht auf die Arbeit konzentrieren, solange wir nicht wissen, wie es ihr geht. Sie hat ihre *Fantastical*-Diskette ausgeloggt«, fügte Benny auf dem Weg zum Lift hinzu.

»Ach ja? Na, das ist gut. Das ist echt gut. Weil ihr die Arbeit sicher hilft. Wahrscheinlich hat sie deswegen nicht reagiert. Na klar. Sie hat heute Nacht bestimmt noch eine halbe Ewigkeit gespielt und dann ein Schlafmittel genommen. Weil sie erst bei Morgengrauen ins Bett gegangen ist.«

»Wahrscheinlich hast du recht. Ja, wahrscheinlich hast du recht, nur dass augenblicklich alles total durcheinander ist.«

Er blickte auf die Blumen und dachte an Bart.

»Ich weiß.« Var legte eine Hand auf Bennys Schulter. »Ich sage Stick nur schnell, dass wir kurz abhauen.«

Sie traten vor die Tür und liefen eilig los. »Wahrscheinlich wird sie total sauer sein, wenn wir sie wecken«, stellte Var mit einem leicht gezwungenen Lächeln fest.

»Auf jeden Fall. Ich kann sie bereits hören. Gottverdammt! Könnt ihr mich nicht einmal in Ruhe schlafen lassen? Vielleicht nehmen wir ihr besser einen Kaffee mit. Um sie zu besänftigen.«

»Gute Idee. Es hat letzte Nacht ganz schön gewittert, was?«

»Der Himmel sah aus wie beim Kampf der Raubvögel im *Dritten Planeten.* Und der Wind hat derart an den Fenstern gerüttelt, dass ich fast nicht eingeschlafen bin. Aber wenigstens hat das Gewitter eine leichte Abkühlung gebracht.«

»Ja.« Inzwischen hatten sie das Haus erreicht, und Var klingelte bei Cill.

Die Hände in den Taschen, warteten die beiden Männer ab. Bis einen Moment später der Computer gleichmütig verkündete, es wäre niemand da.

Var wollte noch einmal klingeln, aber Benny schüttelte den Kopf.

»Lass uns einfach reingehen.« Er schob eine Schlüsselkarte, die ihm Cill für Notfälle gegeben hatte, durch den Schlitz und gab den Zugangscode für ihre Wohnung ein.

»Sie hat die Klingel einfach abgestellt«, erklärte Var mit angehaltenem Atem, während sie zu ihrer Wohnung liefen. »Das ist alles. Sicher hat sie nur die Klingel abgestellt.«

Benny trommelte mit seiner Faust gegen die Tür.

»Meine Güte, Ben.«

»Ich warte ganz bestimmt nicht, bis sie aufmacht.« Abermals nutzte er seine Schlüsselkarte, und nach Eingabe von zwei verschiedenen Codes schob er die Tür ein Stück weit auf und rief nach ihr.

»Cill! He, Cill! Wir sind's. Benny und Var.«

»Ja genau. Ziel also bitte nicht mit deinem Pfefferspray auf uns!«

»Cill?« Benny schob die Tür ganz auf, zögerte einen Moment und sah sich suchend um. Als er ihre Tasche neben den neuen Schuhen liegen sah, sagte er zu Var: »Sie ist auf alle Fälle hier. Denn sie geht ohne diesen Sack voll Zeugs nicht aus dem Haus. Ich werfe mal einen Blick ins Schlafzimmer.«

»Und ich sehe in ihrem Arbeitszimmer nach.«

Die beiden Männer trennten sich, doch einen Moment später tauchte Benny bereits wieder auf. »Dort ist sie nicht. Und da sie ihr Bett nie macht, habe ich keine Ahnung, ob sie drin gelegen hat.«

»Sie ist auch nicht in ihrem Büro, dem Gästezimmer und der Küche. Also bleibt nur noch …«

»Der Holo-Raum!« Benny machte auf dem Absatz kehrt und stürzte los.

Noch während er den Zugangscode eingeben wollte,

meinte Var: »Es ist gar nicht abgeschlossen, Mann« und zeigte auf das grüne Licht über der Tür.

Er machte auf, und Benny schoss an ihm vorbei. »Meine Güte! Oh Gott, Cill!« Er stürzte dorthin, wo die junge Frau seltsam verrenkt, blutüberströmt und völlig reglos auf dem Boden lag.

»Ruf einen Krankenwagen!«, brüllte er. »Beeil dich. Schnell.«

Var riss sein Handy aus der Tasche und betätigte den Notrufknopf. »Lebt sie noch? Benny, Benny, sag mir bitte, dass sie noch am Leben ist.«

»Ich weiß es nicht.« Er nahm ihre Hand, strich ihr sanft über die Wange, und während die Stimme seines Partners wie durch einen langen, dunklen Tunnel bis an seine Ohren drang, nahm er seinen ganzen Mut zusammen und tastete vorsichtig nach ihrem Puls.

In ihrem Büro bereitete sich Eve auf das morgendliche Briefing vor, zu dem auch Mira von ihr eingeladen worden war. Weil sie wissen musste, ob die Schlüsse, die sie aus der Analyse der diversen Wohnungen gezogen hatte, richtig waren. Mit ein bisschen Glück würden ihr die elektronischen Ermittler irgendetwas geben, womit diese Schlüsse sich belegen ließen. Irgendetwas, was rechtfertigte, dass sie die Person, die Bart ihrer Ansicht nach auf dem Gewissen hatte, zur Vernehmung holte.

Sie hob den Kopf, als der Geliebte ihrer Partnerin mit stolzgeschwellter Brust den Raum betrat.

»Sie ist gut«, erklärte er und reichte Eve Cills Tagebuch. »Aber ich bin besser. Ich dachte, dass Sie sofort lesen wollen, was sie geschrieben hat.«

»Da haben Sie richtig gedacht. Haben Sie selbst es schon gelesen?«

»Dazu bin ich nicht befugt ... vielleicht die eine oder andere Seite«, gab er unter Eves durchdringendem Blick verlegen zu. »Aber das ist alles nur ... das, was ich gelesen habe, ist lauter banales Zeug. Irgendwelcher Alltagskram, Zeug, bei dem es um die Arbeit geht und so. Vielleicht hat sie auch etwas über den Kerl geschrieben, mit dem sie bis vor ein paar Monaten zusammen war. Aber dann hat sie beschlossen, dass er der totale Loser war. Und damit hat sie eindeutig recht gehabt.«

»Und das stand alles auf der einen oder andern Seite, die Sie überflogen haben?«

»Ja, genau. Ich musste schließlich sichergehen, dass nicht nur ein Teil des Tagebuchs geöffnet worden ist.«

»Das lasse ich Ihnen nur deshalb ausnahmsweise durchgehen, weil ich Cill jetzt nicht mehr zwingen muss, mir den Zugangscode zu nennen. Bis zum Briefing haben Sie noch über eine Stunde Zeit. Verschwinden Sie, aber gehen Sie meiner Partnerin nicht auf den Geist.«

»Ich würde ihr nie auf den Geist gehen«, fing er an, glitt aber, als ihr Handy schrillte, eilig aus dem Raum.

»Dallas.«

Zentrale, Lieutenant Eve Dallas. Begeben Sie sich umgehend zur Spring Street 431, Wohnung 3.

»Das ist Cill Allens Wohnung. Ist sie tot?«

Nein. Obwohl sie mehrfach verletzt und ihr Zustand kritisch ist. Sie wurde mit einem Krankenwagen in das St. Ignatius Hospital gebracht. Melden Sie sich bei den Beamten vor Ort und sichern das Apartment.

»Verstanden. Dallas out.«

Auf dem Weg hinaus ging sie am Schreibtisch ihrer Partnerin vorbei. McNab, der Peabody vielleicht nicht auf den Geist ging, sie aber von ihrer Arbeit abhielt, wandte sich ihr grinsend zu. Sah ihr Gesicht und legte kurz die Hand auf Peabodys Schulter. »Verdammt.«

»Cill wurde ins St. Ignatius gebracht. Ihr Zustand ist kritisch. Gehen wir.«

»Was ist passiert?« Peabody stand eilig auf und lief ihr hinterher.

»Das werden wir gleich rausfinden.« Sie schüttelte den Kopf, als Peabody noch etwas sagen wollte, und fuhr fort: »Rufen Sie bei U-Play an. Ich will wissen, ob die beiden anderen Partner dort sind. Wenn man Ihnen das bestätigt, überprüfen Sie die Aussage, indem Sie mit den beiden sprechen, ja?«

Peabody rief auf dem Weg in die Garage in der Firma an. »Sie sind nicht da. Sie sind beide zusammen vor circa einer halben Stunde abgehauen.«

»Zusammen«, murmelte Eve. »Das ist natürlich unglaublich geschickt. Ich will, dass sie bewacht wird – auf der Intensivstation, im OP, der Notaufnahme oder wo auch immer sie jetzt ist. Und zwar ab sofort und rund um die Uhr. Und fragen Sie nach den Verletzungen und in welchem Zustand sie jetzt ist. Mehrfach verletzt und kritischer Zustand reichen nicht. Ich brauche, verdammt noch mal, Details.«

»Zu Befehl, Ma'am.« Peabody sah Dallas von der Seite an, während sie in den Wagen sprang.

Und hielt furchtsam den Atem an, als ihre Partnerin in Hochgeschwindigkeit aus der Garage auf die Straße schoss.

18

Statt auf den Retro-Lift zu warten, rannte Eve durchs Treppenhaus. »Was ist passiert?«, herrschte sie den Beamten vor der Wohnung an, während sie bereits ein Polizeisiegel aus ihrem Untersuchungsbeutel riss.

»Ma'am. Der Notruf ging um neun Uhr sechsundfünfzig bei uns ein. Ein gewisser Levar Hoyt hatte ihn über sein Handy aus diesem Apartment abgesetzt. Mein Partner und ich sind gleichzeitig mit einem Krankenwagen losgefahren und kamen vielleicht zwei Minuten vor der Ambulanz um zehn Uhr zwei hier an.«

Sie waren wirklich schnell gewesen, dachte Eve und nickte anerkennend mit dem Kopf.

»Wir wurden an der Tür von Mr Hoyt empfangen und direkt in den Holo-Raum am östlichen Wohnungsende geführt. Das Opfer, die hier wohnhafte Ms Cilla Allen, lag bewusstlos und anscheinend schwer verletzt dort auf dem Fußboden. Ein gewisser Benny Leman kniete neben ihr. Er hat ausgesagt, er hätte das Opfer aus Angst, ihre Verletzungen dadurch möglicherweise zu verschlimmern, nicht bewegt, aber nach ihrem Puls getastet und versucht herauszufinden, wie schwer ihre Verletzungen sind. Er war ziemlich durcheinander, deshalb haben mein Partner und ich die beiden Männer aus dem Zimmer in den angrenzenden Beobachtungsraum geführt, Officer Uttica blieb mit ihnen dort. Sie wurden immer aufgeregter und haben darauf bestanden, bei dem Opfer zu bleiben, das ihrer Aussage zufolge ihre Geschäftspartnerin ist.

Ich bin in den Holo-Raum zurückgegangen, um mich

bei den Sanitätern nach den Verletzungen des Opfers zu erkundigen. Sie haben gesagt, Ms Allens Zustand wäre kritisch und sie hätte einen Schädelbruch, einen zertrümmerten Ellbogen, ein gebrochenes Bein, mindestens zwei gebrochene Rippen sowie zahlreiche Abschürfungen und Prellungen. Gegen zehn Uhr fünfzehn sind sie abgefahren und haben sie ins St. Ignatius Hospital gebracht.«

»Ein ausgezeichneter Bericht, Officer Kobel.«

»Ich bin gerne gründlich.«

»Bleiben Sie hier an der Tür.«

»Zu Befehl, Ma'am.«

Sie selbst ging direkt in den Holo-Raum und sah sich die Blutflecke auf dem Boden an.

»Lassen Sie uns Proben davon nehmen. Schließlich wollen wir ganz sichergehen, dass das alles ihr Blut ist.«

Dann trat sie vor den Holographen. »Hier drin ist eine Diskette, und ich wette, Cill hat genau wie Bart *Fantastical* gespielt.«

»Es ist dasselbe Szenario wie bei ihm«, bemerkte Peabody. »Nur dass der Killer diesmal offenbar beschlossen hat, sein Opfer nicht zu köpfen, sondern totzuschlagen.«

»Warum lebt sie dann noch? Sie lag am Boden, konnte sich nicht rühren und war ohnmächtig. Warum hat er sich all diese Umstände gemacht und sie am Schluss dann doch nicht umgebracht?«

»Vielleicht hat er plötzlich Angst gekriegt oder dachte, sie wäre schon tot.«

Nein, dachte Eve. So konnte es ganz einfach nicht gewesen sein. »Er ist zu clever, um sie nicht zu töten. Weil das eindeutig ein Riesenfehler wäre.«

»Nicht, wenn sie nicht durchkommt.«

Eve schüttelte den Kopf. »Rufen Sie die Spurensicherung und die elektronischen Ermittler an, und lassen Sie uns sehen, ob ihre Partner wussten, wie man in die Wohnung und in dieses Zimmer kommt. Vielleicht kriegen wir ja die Diskette dieses Mal aus dem Gerät, ohne dass sie durchschmort. Denn ich möchte wissen, wann sie mit dem Spiel begonnen und wie lange sie gespielt hat.«

»Wird sofort erledigt. Soll ich einen von den beiden holen und seine Aussage entgegennehmen?«

»Nein. Am besten knöpfen wir sie uns zusammen vor. Wollen wir doch mal sehen, wie sie die Sache angehen. Wenn Sie hier fertig sind, kommen Sie rüber, unterbrechen mich, nehmen mich beiseite und erzählen mir irgendwas. Sprechen Sie mit leiser Stimme, aber so, dass die Worte *elektronische Ermittler, Durchbruch, Wiederherstellung von Daten* zu verstehen sind.«

»Weil das für unseren oder unsere Täter eine schlechte Nachricht ist.«

»Ja, genau. Manchmal muss man Samen wässern, damit etwas daraus erwächst.«

»Wie bitte?«

»Schon gut.« Sie ging hinüber zu den beiden Männern in den angrenzenden Raum.

Als sie durch die Tür trat, sprangen beide auf und fingen gleichzeitig an zu reden.

»Ruhe. Officer, gehen Sie bitte zu Ihrem Partner vor die Tür und sichern Sie den Tatort. Die Spurensicherung und die elektronischen Ermittler sind verständigt. Aber sonst kommt niemand rein.«

Dann wandte sie sich abermals den beiden Männern zu. »Setzen Sie sich wieder hin.«

»Sie haben uns nicht erlaubt, mit ihr ins Krankenhaus zu fahren. Sie erlauben uns nicht mal, dort anzurufen, um zu fragen, wie es um sie steht. Bitte. Bitte, Lieutenant.« Bennys Stimme zitterte und seine Augen waren tränennass.

Sie zog ihr Handy aus der Tasche und gab eine Nummer ein. »Hier spricht Lieutenant Dallas«, fing sie an und fügte die Nummer ihrer Dienstmarke hinzu. »Ich muss wissen, wie es einer Patientin, einer Cill Allen geht, die eben bei Ihnen eingeliefert worden ist.« Ehe einer von den beiden Männern etwas sagen konnte, hob sie abwehrend die Hand und zog sich ans andere Raumende zurück. Sie hörte zu, murmelte eine Antwort, schob ihr Handy wieder in die Hosentasche und kehrte zu Benny und Var zurück.

»Sie versuchen, sie zu stabilisieren, damit sie sie operieren können.«

»Operieren? Sie muss operiert werden?«, erkundigte sich Var erschrocken, Benny starrte Eve einfach mit großen Augen an.

»Sie tun alles, was in ihrer Macht steht, aber sie ist schwer verletzt und ihr Zustand kritisch. Sie müssen sich also auf das Schlimmste gefasst machen.«

»Sie wird nicht sterben. Wird nicht sterben. Wird nicht sterben«, wiederholte Benny wie ein Mantra und wiegte sich vor und zurück, bis Var den Arm um seine Schultern legte und ihn eng an seine Seite zog.

»Also bitte, Benny. Bitte, Mann. Unsere Cilly ist sehr zäh und furchtbar stark. Wir müssen zu ihr«, fügte er an Eve gewandt hinzu.

»Erst brauche ich noch Ihre Aussagen. Ich werde mich so kurz wie möglich fassen und Sie anschließend von einem der Beamten, die zuerst hier waren, in die Klinik fahren lassen. Aber vorher muss ich wissen, was geschehen ist.«

»Wir haben keine Ahnung.« Benny schüttelte den Kopf. »Woher sollen wir das wissen? Sie ... als wir in ihre Wohnung kamen, lag sie dort.«

»Um wie viel Uhr waren Sie hier?«

Benny schüttelte erneut den Kopf und warf sich die Hände vors Gesicht.

»So gegen zehn, vielleicht auch etwas früher. Genauer kann ich es nicht sagen«, meinte Var. »Wir haben uns Sorgen gemacht, als Cill nicht im Büro erschien, nicht ans Telefon gegangen ist und auch keine Reaktion von ihr auf unsere E-Mails kam. Wir hätten früher kommen sollen. Hätten früher nach ihr sehen sollen, dann wäre sie vielleicht ...«

»Ich hätte sie gestern Abend nicht allein nach Hause gehen lassen sollen.« Benny fuhr sich mit den Fingern durch das leuchtend rote Haar. »Ich hätte sie dazu zwingen sollen, mit zu mir nach Hause zu kommen.«

»Wann ist sie gestern heimgegangen?«, fragte Eve.

»Nicht allzu spät. Vielleicht gegen neun oder halb zehn. Wir haben noch darüber gesprochen, ob wir irgendwo was essen oder uns einfach betrinken sollen. Aber uns war irgendwie nicht danach.«

»Hat sie eine Diskette aus der Firma ausgeloggt? *Fantastical?*«

»Ja. Ja. Das haben wir heute Morgen festgestellt. Warum passieren diese Dinge?«, fragte Benny. »Irgendjemand hat versucht, sie zu ermorden. Nachdem bereits irgendjemand Bart ermordet hat. Aber warum?«

»Wir geben uns alle Mühe, das herauszufinden.« Eve

drehte den Kopf, als Peabody den Raum betrat und sie zu sich heranwinkte. »Einen Moment.«

Dann ging sie zu ihrer Partnerin und die raunte ihr zu: »Die Party gestern Abend war einfach der Hit. Mein *elektronischer Ermittler* hat mal wieder wie ein Gott getanzt. Und für mich war es ein echter *Durchbruch,* dass ich ihm dabei nicht ständig auf den Füßen stand. Vor allem bin ich total stolz auf meinen Schatz, weil ihm trotz der langen Nacht die *Wiederherstellung der Daten* aus dem Tagebuch gelungen ist.«

»Freut mich, dass er neben all der Feierei die Arbeit nicht vergessen hat«, raunte Eve zurück. »Jetzt nicken Sie, als hätte ich Ihnen einen Befehl erteilt, und ziehen Sie Ihr Handy aus der Tasche, wenn Sie gehen. Dann warten Sie ein paar Minuten, kommen wieder rein, nicken mir zu und bleiben bis zum Ende des Gesprächs im Raum.«

Peabody nickte, sagte laut und deutlich »Zu Befehl, Ma'am«, zog ihr Handy aus der Tasche und trat in den Flur hinaus.

»Ging es um Cill?«, erkundigte sich Benny. »Gibt es irgendeine Neuigkeit von Cill?«

»Nein.« Eve wandte sich an Var. »Sie haben Cill also zum letzten Mal gestern Abend gegen halb zehn gesehen?«

»So in etwa, ja.«

»Und wie ging es ihr, als sie gegangen ist?«

»Was glauben Sie, wie es ihr ging?« Zornig ballte Benny seine Fäuste auf den Knien. »Sie war total fertig. Wie wir beiden auch. Es war schon hart für sie, als sie die Feier vorbereitet, den Film geschnitten und die Pizza und den Blumenschmuck bestellt hat. Aber wenigstens war sie dadurch beschäftigt, wenigstens hatten wir alle dadurch etwas zu tun. Wohingegen jetzt ...«

»Wir waren hundemüde.« Var stieß einen Seufzer aus. »Wir waren alle einfach hundemüde.«

»Wo sind Sie nach der Feier hingegangen?«

»Nach Hause«, klärte Var sie achselzuckend auf. »Wir sind alle einfach heimgegangen.«

»Haben Sie sich alle gleichzeitig oder jeder alleine auf den Weg gemacht?«

»Alle gleichzeitig. Wir sind zusammen bis zu Cill gelaufen, von dort aus bin ich zu mir gegangen und Benny zu sich.«

»Ist Ihnen in der Nähe von Cills Wohnung irgendjemand aufgefallen, der dort rumgehangen hat?«

Eve drehte abermals den Kopf, als Peabody zum zweiten Mal den Raum betrat, ihr zunickte und Position neben der Tür bezog.

»Ich habe gewartet, bis sie in der Wohnung war«, erklärte Benny. »Wir haben uns sogar noch etwas unterhalten, und ich wäre sicher nicht gegangen, wenn ich das Gefühl gehabt hätte, dass irgendetwas nicht in Ordnung ist. Ich habe noch gewartet, bis sie drinnen war, bevor ich selber heimgegangen bin. Als ich nach Hause kam, konnte ich durchs Fenster sehen, dass bei ihr Licht brannte. Dass sie gut oben angekommen war.«

»Kümmern Sie sich auch sonst so intensiv um sie?«

Er rutschte leicht auf seinem Stuhl herum. »Wenn wir gleichzeitig Feierabend machen, gucke ich normalerweise immer, dass sie gut nach Hause kommt. Sie kann durchaus selbst auf sich aufpassen, aber irgendwie habe ich mir das angewöhnt.«

»Haben Sie nach neun Uhr dreißig noch mit irgendwem geredet, irgendjemanden gesehen, hatten noch zu irgendwem Kontakt?«

»Gott.« Var rieb sich die Augen. »Ich habe mir was zu essen geholt und versucht, ein bisschen fernzusehen. Aber ich konnte mich nicht konzentrieren, deshalb war ich noch ein paar Stunden im Internet. Auf ein paar Spieleseiten. Habe ein paar Turniere bei *World Domination* mitgemacht. Sie wissen schon, Turniere, bei denen es darum geht, wer in die nächste Runde kommt. Vielleicht bis gegen zwei. Weggegangen bin ich nicht noch mal. Ich wollte einfach nicht mehr vor die Tür.«

»Benny?«

»Ich habe mit niemandem geredet. Schließlich hatte ich das schon den ganzen Tag über getan. Ich habe ein paar private E-Mails verschickt und dann ein paar Recherchen in Zusammenhang mit laufenden Projekten durchgeführt. So gegen Mitternacht bin ich ins Bett gegangen. Da hat bei ihr noch Licht gebrannt. Das habe ich zufällig gesehen. Fast hätte ich noch bei ihr angerufen, um zu fragen, ob sie noch etwas Gesellschaft braucht oder einfach reden will, aber dann habe ich's gelassen. Denn ich dachte, dass sie ihre Ruhe haben will. Ich hätte zu ihr rübergehen sollen.« Wieder fing seine Stimme an zu zittern. »Gott, ich hätte einfach zu ihr rübergehen sollen.«

»Hör auf.« Var legte eine Hand auf seine Schulter. »Hör um Himmels willen auf. Es ist nicht deine Schuld. Wir müssen jetzt zu Cill«, sagte er zu Eve.

»Gleich haben Sie's geschafft. Wie sind Sie in das Haus und in die Wohnung hier gekommen?«

»Ich habe eine Schlüsselkarte und die Zugangscodes«,

erklärte Benny. »Weil ich in der Nähe wohne und die Blumen gieße, wenn sie mal verreisen muss. Sie hat ein paar wirklich hübsche Blumen. Außerdem gucke ich regelmäßig nach, ob alles in Ordnung ist. Es ist Cill nämlich sehr wichtig, dass hier niemand reinkommt, ohne dass sie etwas davon weiß.«

»Und warum?«, erkundigte sich Eve. »Warum liegt ihr so ungeheuer viel an ihrer Privatsphäre?«

»Ich …« Hilfesuchend wandte Benny sich an Var.

»Los, erzähl es ihr. Vielleicht hilft es ja.«

»Es ist einfach so, dass ihre Mutter und ihr Stiefvater sie früher nicht in Ruhe lassen konnten. Sie haben ihr Zimmer fast jeden Tag durchsucht und ihre Nasen selbst in die privatesten Dinge von ihr gesteckt. Einmal haben sie sogar eine Kamera auf ihrem Schrank installiert, um ihr hinterherzuspionieren, wenn sie alleine war. Als ob sie eine verdammte Kriminelle wäre oder so. Deshalb … sie will einfach ihre Ruhe haben. Das ist alles. Deshalb hat sie sich auch so über die Durchsuchung aufgeregt. Ich nehme an …«

Er stieß einen abgrundtiefen Seufzer aus. »Ich schätze, dass auch ich deshalb so sauer war. Ich wusste, wie sie sich deswegen fühlen würde, deshalb habe ich mich fast genauso aufgeregt.«

»Okay. War ihre Wohnung abgesperrt, als Sie vorhin hier ankamen?«

»Ja.« Var nickte bestätigend, während er Benny aufmunternd die Schulter rieb. »Wir dachten, sie hätte vielleicht einfach eine Schlaftablette eingeworfen und würde uns deswegen nicht hören. Wir haben in ihrem Schlafzimmer und im Büro nach ihr gesehen, danach sind wir rüber in den Holo-Raum gegangen und haben sie entdeckt. Wir ... ich ... habe sofort die Polizei benachrichtigt.«

»Und nach ihrem Puls getastet.«

»Das war ich.« Benny presste seine Lippen aufeinander. »Erst konnte ich ihn nicht finden, aber dann habe ich ihn gespürt. Wenn auch nur ganz leicht. Sie hat diverse Schnittwunden und Abschürfungen. Ihre Kleider sind zerrissen und überall war Blut. Um Himmels willen. Können Sie nicht wenigstens noch einmal fragen, wie's ihr geht?«

»Peabody, rufen Sie in der Klinik an. Wir sind fast fertig. War die Tür des Holo-Raums von innen abgesperrt?«

Benny runzelte die Stirn. »Nein. Sie war nicht abgesperrt. Wir haben hier oft gespielt, und ich glaube, dass die Tür gewöhnlich immer offen stand. Das ist bei mir nicht anders. Bart war der Einzige, der immer abgeschlossen hat. Superspion Minnock«, murmelte er, bevor er seine Augen fest zusammenkniff.

»Okay. Wie ich bereits sagte, ist eine Diskette in dem Holographen. Kriegen Sie die unbeschadet raus?«

Benny schüttelte den Kopf. »Dafür habe ich weder den Code noch die passende Sequenz.«

»Ich auch nicht«, meinte Var. »Wir könnten natürlich unser Glück versuchen, aber wenn es schiefgeht, wird dadurch die Selbstzerstörung der Diskette aktiviert.«

»Also gut. Dann kümmern wir uns selbst darum.«

»Sie ist inzwischen im OP«, verkündete Peabody. »Dort kommt sie frühestens in ein paar Stunden wieder raus.«

»Hat sie Verwandte, die wir informieren sollten?«, fragte Eve.

»Nur ihre Mutter.« Müde fuhr sich Var mit der Hand durch das Gesicht. »Wie Sie sich wahrscheinlich denken können, stehen die zwei einander nicht besonders nahe, aber ich nehme an, man sollte ihr Bescheid geben.«

»Wir sind ihre Familie«, stellte Benny leidenschaftlich klar.

»Ich lasse Sie jetzt von den Beamten in die Klinik fahren. Detective Peabody und ich kommen so schnell wie möglich nach.«

Sie erteilte den Beamten Anweisung und schloss die Tür der Wohnung ab. »Wir müssen die beiden beschatten lassen. Von Kollegen in Zivil.«

»Ihre Alibis kann man problemlos überprüfen. Die elektronischen Ermittler können einfach gucken, ob die beiden online waren. Falls die beiden Bart und Cill auf dem Gewissen haben, sind sie wirklich gute Schauspieler, aber es würde mit Miras Theorie von den zwei Tätern übereinstimmen.«

»Wie ist es Ihrer Meinung nach gelaufen, falls es beide waren?«

»Sie haben sie, wie sie behauptet haben, bis zu ihrer Tür begleitet, waren aber noch mit oben und haben sie dazu überredet, noch ein Holo-Spiel zu spielen. Das wäre zwar übervorsichtig, denn der Rest der Wohnung ist genauso schallgeschützt, aber trotzdem konnten sie im Holo-Raum vollkommen sicher sein, dass niemand etwas mitbekommt. Und vor allem wäre sie dort abgelenkt. Sie greifen sie also an, oder einer greift sie an, während der andere Schmiere steht. Als sie denken, dass sie tot ist, gehen sie beide heim, und heute Morgen in der Firma spielen sie die besorgten Freunde, denn auf diese Art können sie noch einmal in die Wohnung gehen und die Polizei verständigen. Als unschuldige Zeugen geraten sie nicht so schnell unter Verdacht.«

»Aber sie hat noch gelebt. Warum also haben sie ihr nicht den Rest gegeben?«

»Dann hätte der Todeszeitpunkt mit ihrem Erscheinen in der Wohnung übereingestimmt. Also müssen sie sich schnell was überlegen, beschließen, uns anzurufen und so schnell es geht zu ihr ins Krankenhaus zu fahren. Sie ist in einem schlimmen Zustand, Dallas. Ihre Chancen stehen alles andere als gut. Deshalb könnte einer von den beiden sie problemlos dort erledigen. Oder hätte es gekonnt, wenn Sie sie nicht unter Bewachung hätten stellen lassen.«

»Keine schlechte Theorie. Stellen Sie trotzdem noch ein paar Wahrscheinlichkeitsberechnungen zu Ihrer Hypothese an.«

»Weil sie Ihnen nicht gefällt.«

»Sie gehört nicht unbedingt zu meinen Lieblingstheorien, nein.« Sie zeigte auf die Dose mit dem Energiedrink. »Die stand gestern noch nicht hier, und Cill kam erst gestern Abend heim.«

»Meinetwegen. Und?«

»Wenn sie noch Gesellschaft hatte, weshalb hat sie dann nur eine Dose aufgemacht und selbst die kaum angerührt? Natürlich werden wir noch ihre Vorräte und den Recycler überprüfen, aber meiner Meinung nach war dies das einzige Getränk, das Sie gestern geöffnet hat. Sie hat damit hier am Fenster gestanden und gemerkt, dass sie im Grunde gar nichts trinken will. Genauso hat sie es gemacht, als sie die Nachricht von Barts Tod vernommen hat. Hat eine Dose aufgemacht und weggestellt.«

»Die Gedenkfeier hatte sie aufgewühlt«, stimmte Peabody ihr widerstrebend zu. »Ja, so könnte es gewesen sein.«

Eve wies auf die Schuhe. »Was tun Sie, wenn Sie nach Hause kommen und Ihnen die Füße von den neuen Schuhen wehtun?«

»Ich ziehe die Schuhe aus.«

»Aber wenn Sie nicht alleine sind, lassen Sie die Schuhe doch wahrscheinlich nicht mitten im Zimmer stehen, wo jeder drüber stolpern kann.« Schulterzuckend fügte sie hinzu: »Das muss alles nichts bedeuten, aber aufgrund dieser Kleinigkeiten sehe ich ein anderes Bild als Sie.«

»Sie hat den Holo-Raum nicht abgesperrt, sie könnten also gekommen sein, als sie am Spielen war.«

»Und woher wussten sie, dass sie am Spielen war?«

»Weil einer oder beide wussten, dass sie die Diskette mitgenommen hat.«

»Ja, genau.« Eve nickte zustimmend. »Und jetzt lassen Sie mich weiterspekulieren, ja? Einer von den beiden hat sie dazu überredet, dass sie die Diskette mit nach Hause nimmt. Weil sich in dem Spiel die Mordwaffe verbirgt. Was dem Mörder gut gefällt.«

Sie öffnete den Leuten von der Spurensicherung die Tür, führte sie in den Holo-Raum und erklärte, was geschehen war.

Dann kehrte sie zu Peabody zurück, die in Gedanken die verschiedenen Theorien noch einmal durchgegangen war.

»Sie geben ihr Zeit, um raufzukommen«, meinte ihre Partnerin. »Zeit, um sich ein bisschen zu beruhigen und hinüber in den Holo-Raum zu gehen. Dann tauchen sie auf. Sie ist abgelenkt und völlig in das Spiel vertieft. Wie es danach weitergeht, habe ich schon erzählt.«

»Auch eine Möglichkeit. Am besten gehen Sie alle Varianten durch.«

»Aber warum ist das überhaupt passiert? Warum Cill und warum jetzt? Nach dem Mord an Bart ist ja wohl logisch, dass wir uns die letzten beiden Partner, die noch unversehrt sind, ganz genau ansehen. Wurde sie vielleicht gefährlich? Hat sie irgendetwas herausgefunden? Die falschen Fragen gestellt?«

»Das könnte durchaus sein. Denn gestern hat ihr Roarke erzählt, dass seine Leute schon seit Monaten mit einem ganz ähnlichen Spiel beschäftigt sind.«

»Das hat sie wahrscheinlich nicht gerade gefreut.«

»Ganz sicher nicht. Sie hat es ganz bestimmt sofort den anderen erzählt. Deswegen war irgendwer vielleicht erbost genug, dass er auf die Überbringerin der schlechten Nachricht losgegangen ist. Aber das bleibt unter uns. Ich will nicht, dass Roarke etwas von dieser Möglichkeit erfährt.«

»Verstehe.«

»Wobei es meiner Meinung nach sowieso um etwas anderes gegangen ist. Man spielt ein Spiel, man trifft Entscheidungen und eine Sache führt zur nächsten. Dabei muss man immer wieder neue Hindernisse überwinden und sich immer neuen Gegnern stellen. Dann ist es eine gute Strategie, wenn man einen aktuellen Gegner vor neue Probleme stellt.«

»Und dieser Gegner wären wir. Dann ist der Überfall auf sie also nur Mittel zum Zweck? Dann wurde sie also halb totgeschlagen und läuft immer noch Gefahr, den Folgen dieses Angriffs zu erliegen, weil man uns ablenken will?«

»Der Einsatz wurde dadurch jedenfalls erhöht. Und ja, natürlich sehen wir uns die beiden letzten Partner jetzt genauer an. Ist das nicht furchtbar aufregend? Vor allem, wenn der Täter sich für derart clever und für so viel besser als alle anderen hält. Und jetzt? Gibt es einen Menschen weniger, der seit einer Ewigkeit mit ihm vertraut ist und sich einbildet, dass er ihn wirklich kennt. Weshalb der Überfall auf Cill ein kalkuliertes Risiko, aber ein durchaus intelligenter Schachzug ist.«

»Aber sie wird ihn identifizieren, wenn sie wieder zu sich kommt.«

»Genau das ist die Schwachstelle des Plans. Und dort setze ich an.« Abermals ging sie zur Tür und machte dieses Mal McNab und Feeney auf.

»Holo-Raum. Ich brauche alles, was ihr finden könnt. Aber bevor ihr anfangt, möchte ich noch kurz mit euch über die Falle sprechen, die ich unserem Täter stellen will.«

Als Eve und Peabody das Krankenhaus erreichten, wurde Cill noch immer operiert. »Gucken Sie nach ihren Partnern. Seien Sie möglichst mitfühlend und fangen ein Gespräch mit ihnen an.«

Eve suchte die Stationsschwester und wies sich aus. »Ich ermittle im Fall Cilla Allen. Sagen Sie mir alles, was Sie wissen, oder finden Sie so viel wie möglich für mich raus.«

»Ich kann Ihnen nur sagen, dass wir sie gleich nach der Ankunft hier wiederbeleben mussten und dass sie totales Glück hat, weil die diensthabende Neurologin Dr. Pruit ist. Die Kopfverletzungen sind schwer und haben Vorrang, aber auch die anderen Verletzungen sind ziemlich schlimm. Die Operation wird also noch eine ganze Weile dauern.«

»Wie stehen ihre Chancen?«

»Das kann ich Ihnen nicht sagen.«

»Was vermuten Sie?«

»Sie hat Glück, dass sie es überhaupt so weit geschafft hat. Sie sieht aus, als hätte jemand sie eine Klippe runtergestürzt.«

Als die Schwester sich zum Gehen wenden wollte, hielt Eve sie am Arm zurück. »Sie wurde also nicht geschlagen, sondern ist gestürzt?«

»Das kann nur sie selber sagen, falls sie noch einmal zu sich kommt.«

Eve runzelte die Stirn, während die Schwester eilig weiterlief. Und dieses Stirnrunzeln vertiefte sich, als Roarke den Gang herunterkam.

»Als ich hörte, was passiert ist, dachte ich, ich komme besser her.«

»Sitzen ihre Partner noch im Warteraum?«

»Ja. Peabody kümmert sich um sie.«

»Was hattest du für einen Eindruck von den beiden?«

»Sie sind verängstigt und geschockt. Was ja wohl zu erwarten war. Und es sieht so aus, als gäben sie sich gegenseitig Halt.« Eve zögerte.

»Hat einer der beiden dich nach diesem Spiel gefragt, das ihr im Augenblick entwickelt?«, fragte sie schließlich.

»Nein. Ich nehme an, sie haben augenblicklich anderes im Kopf.«

Eve blickte auf die Tür des Warteraums. »Einer von den beiden ganz bestimmt.«

»Du glaubst, einer der zwei hätte das Mädel derart übel zugerichtet?«

»Davon bin ich zwischenzeitlich sogar überzeugt. Jetzt geht es nur noch darum, wie ich das dem Schweinehund beweisen kann. Er hat ein bisschen Zeit gewonnen, unseren Blick auf etwas anderes gelenkt und mimt jetzt den

Gebrochenen. Sie war die kurze Seite des Dreiecks, heißblütig, impulsiv, die Schwachstelle. Das logische Opfer in dem Spiel. Sie …«

»Meine Güte, Eve. Dem Mädchen wurden praktisch sämtliche Knochen gebrochen, sie wird höchstens durch ein Wunder wieder gesund. Und du stehst hier und faselst von einem verdammten Spiel?«

Auf sein Feuer reagierte sie mit Eis. »Es ist besser, wenn man mit dem Hirn als mit dem Herzen denkt.«

»Zumindest habe ich im Gegensatz zu manchen anderen ein Herz«, fuhr er sie an. »Und mir liegt nicht so viel an einem Sieg bei irgendeinem blöden *Spiel,* dass ich eine junge Frau als logisches Opfer betrachte. Außerdem ist sie noch nicht tot, Lieutenant. Noch bist du nicht für sie zuständig.«

»Warum gehst du nicht wieder in den Warteraum? Dann könnt ihr euch alle bei den Händen nehmen und vielleicht zusammen beten oder so. Auch wenn sich die Person, die dafür gesorgt hat, dass ihr um das Leben dieses Mädchens bangen müsst, darüber bestimmt ins Fäustchen lacht. Ich habe Besseres zu tun.«

Sie wappnete ihr Herz und ihren Bauch gegen den Schmerz und marschierte breitbeinig den Flur hinauf. Denn nicht nur der Körper eines Menschen konnte brechen. Und es waren nicht nur Fäuste, Rohrzangen und Knüppel, deren Wucht einen zerbrechen ließ.

Sie suchte die Toilette, lehnte sich gegen die Wand, atmete tief durch und rief erst bei Feeney, dann bei Whitney und zu guter Letzt auch noch bei Dr. Mira an.

Nur so funktionierten diese Dinge. Nur so funktionierte *sie*. Dadurch, dass sie irgendwo herumsaß und versuchte, andere zu trösten, half sie niemandem. Denn dadurch würde weder Cill gerettet noch Barts Mörder überführt.

Und sie würde Roarke bestimmt nicht dafür um Verzeihung bitten, dass sie ihre Arbeit machte, wie sie ihrer Meinung nach zu machen war.

Nach einem letzten tiefen Atemzug suchte sie eine andere Schwester, bat um eine Tasse Kaffee und um einen Platz, von dem aus sie verfolgen konnte, wie die Ärzte um Cills Leben kämpften. Dann sah sie reglos zu, wie das Chirurgenteam wieder zusammensetzte, was zerschlagen worden war.

Doch selbst wenn sie überleben würde, dachte Eve, würden diese Einzelteile niemals wieder das ergeben, was einmal gewesen war.

Sie war noch nicht für dieses Mädchen zuständig? Verdammt. Natürlich war sie das. Und zwar seit dem Moment, in dem Cill Opfer dieses grauenhaften Überfalls geworden war.

Als die Tür geöffnet wurde, drehte sie den Kopf, sah, dass Roarke den Raum betrat, und lenkte ihren Blick zurück auf die OP.

»Ich habe keine Entschuldigung«, setzte er an. »Keinerlei Entschuldigung für das, was ich gesagt habe. Es tut mir unaussprechlich leid.«

»Vergiss es.«

»Nein, das kann und werde ich nicht tun.« Er trat neben sie, behielt aber einen kleinen Abstand zu ihr bei. »Trotzdem hoffe ich, dass du mir irgendwie verzeihen kannst.«

»Wir haben ein paar anstrengende Tage hinter uns.«

»Das ist keine Entschuldigung. Das ist nicht mal ein Grund.«

»Also gut. Dann nenn mir einen Grund.«

»Sie hat gestern an meiner Brust geschluchzt. Mir war klar, dass sie für dich verdächtig war, und noch während sie in meinem Armen lag und weinte, hat ein Teil von mir gefragt, ob sie vielleicht an dem, was Bart passiert ist, irgendwie beteiligt war. Nach allem, was ich jetzt weiß, lag sie letzte Nacht alleine, schwer verletzt und blutend auf dem Boden ihres Holo-Raums, während wir in einem Dachgarten Schampus getrunken haben.«

»Du lässt das alles viel zu nah an dich heran.«

»Das stimmt. Auch wenn ich nicht einmal mir selbst genau erklären kann, weshalb. Irgendwie kann ich nicht auf Distanz zu dieser Sache gehen. Das sind vielleicht Gründe, aber immer noch keine Entschuldigungen dafür, dass ich dich so rüde angegangen habe, nur weil mir bewusst war, dass du viel einstecken kannst.«

»Du hast mich verletzt.«

»Oh Gott. Ich weiß.« Jetzt berührte er sie leicht am Arm. »Du kennst mich und vielleicht ist es dir ja eine Genugtuung zu wissen, dass ich deshalb leide wie ein Schwein.«

»Du hattest nicht vollkommen unrecht.«

»Doch, das hatte ich.«

»Nein. Aber was auch immer ich von dieser Sache halte ...«, sie wies auf die Scheibe, hinter der die junge Frau zu sehen war. »... muss ich mich bemühen, sie aus seiner Sicht zu sehen. Für mich ist das bestimmt kein Spiel, aber für ihn. Und ich muss mich in ihn hineinversetzen, damit ich ihn stoppen kann.«

»Ich weiß, wie du so etwas angehst, und genauso weiß ich, wie sehr jedes Opfer dir am Herzen liegt. Deshalb kann ich nur wiederholen, es tut mir leid.«

Sie sah ihm ins Gesicht, und ein Teil der Übelkeit, die sie gequält hatte, verflog. »Ich habe auch schon gezielt Dinge gesagt, um dich zu verletzen. Du hast mir jedes Mal verziehen.«

»Ja, das habe ich. Und das werde ich bestimmt auch wieder tun.«

»Also lass uns die Sache vergessen, ja? Du kriegst einen dicken Arschlochpunkt von mir, und damit ist das Thema abgehakt.«

Er küsste sie lächelnd auf die Stirn. »Wie ist der aktuelle Arschloch-Punktestand?«

»Sieht ziemlich ausgeglichen aus.«

»Da guckst du aber besser noch mal nach. Weil du meiner Meinung nach auf jeden Fall in Führung bist.«

»Willst du vielleicht noch einen zweiten Punkt?«

»Auf keinen Fall.« Er zog sie an seine Brust und atmete erleichtert auf, als sie die Stirn auf seine Schulter sinken ließ. »So ist's besser.«

Sie drehte leicht den Kopf, und sie blickten gemeinsam auf die schwer verletzte junge Frau.

»Warum hat er sie ins Visier genommen?«, fragte Roarke.

»Weil aus seiner Sicht nur er alleine unersetzlich ist. Ab jetzt wird er den Laden schmeißen, denn es ist niemand mehr da, der ihm wie Bart die Führung streitig machen kann. Wahrscheinlich ist es ein gutes Gefühl für ihn, dass ihm alle Welt ihr Mitleid wegen Bart, der sein Opfer ist, ausgesprochen hat, und bestimmt findet er es furchtbar aufregend, dass er ins Visier der Polizei geraten ist. Das ist Teil des Spiels, und bisher macht er jede Menge Punkte, denn er sieht immer genau voraus, wie's weitergeht.«

Sie wandte sich an Roarke. »So geht er diese Dinge an.«

»Ja, ich weiß. Du hast vollkommen recht.«

»Er ist ein Spieler, deshalb hat er sich genau mit allen Mitspielern, mit den Szenarien und den verschiedenen Optionen, die er hat, befasst. Cill war wütend, deprimiert und hat es zumindest äußerlich schwerer als die anderen genommen. Das hat sie verletzlicher gemacht. Meiner Meinung nach hat sie den besten Draht zu ihren Angestellten. Und hätte sich als nächstes Aushängeschild von U-Play angeboten, denn sie ist eine ausnehmend attraktive Frau. Aber er möchte das Unternehmen selbst repräsentieren. Vor allem, nachdem er durch den Wirbel um Barts Tod richtig auf den Geschmack gekommen ist. Was nur allzu menschlich ist.«

Sie trat einen Schritt zurück. »Ich habe ein paar technische Fragen, die wahrscheinlich vollkommen bescheuert sind, aber …« Als die Ärzte plötzlich hektisch wurden, brach sie ab. »Etwas ist anscheinend schiefgelaufen. Irgendwas muss schiefgelaufen sein.«

Roarke blickte auf die Monitore, an die die Patientin angeschlossen war. »Ihr Blutdruck ist stark abgefallen. Guck auf den Monitor. Er fällt immer weiter ab. Sie verlieren sie.«

»Verdammt, verdammt, verdammt. Sie muss kämpfen! Will sie überleben oder nicht?«

Schweigend sahen sie mit an, wie Cill zwischen Tod und Leben hing.

19

Als Eve in das Wartezimmer kam, sprangen die beiden jungen Männer auf, ließen sich bei ihrem Anblick aber resigniert wieder auf die Stühle fallen.

»Wir warten auf den Arzt, auf einen der Chirurgen.« Var warf einen Blick auf seine Uhr. »Sie ist jetzt schon ewig im OP.«

»Sie haben gesagt, sie würden uns auf dem Laufenden halten. Aber uns hat schon seit über einer Stunde niemand mehr ein Wort gesagt.«

»Ich habe die Operation beobachtet.« Eve hob abwehrend die Hand, als die beiden wieder aufsprangen und gleichzeitig anfingen zu reden. »Warten Sie. Die Ärzte unternehmen alles, was in ihrer Macht steht. Trotzdem gab es ein Problem. Ruhe!«, wies sie Var und Benny an, statt auf ihre Fragen einzugehen. »Auch wenn ich selber keine Ärztin bin, kann ich auf jeden Fall sehen, dass sie nichts unversucht lassen.«

»Sie haben sie gesehen?«, fragte Benny. »Wo? Wir wollen auch sehen, was passiert. Das wäre besser, als hier rumzusitzen und darauf zu warten, dass uns irgendjemand etwas sagt.«

»Der Observationsraum ist für Mitglieder des Personals, der Polizei und Verwandte reserviert.«

»Aber wir …«

»Sie sind nicht mit Cill verwandt«, fiel Eve Benny ins Wort.

»Zumindest nicht vor dem Gesetz«, fügte Peabody besänftigend hinzu. »Ich verstehe, was Sie damit meinen, wenn Sie sagen, dass Sie Cills Familie sind. Ich habe auch Freunde und Freundinnen, die für mich Familie sind. Aber vor dem Gesetz sind Sie trotz allem nicht mit ihr verwandt, und Sie wissen genauso gut wie ich, dass man gegen Vorschriften in Krankenhäusern machtlos ist. Es sieht aus, als würde es noch eine ganze Weile dauern«, fuhr sie fort. »Vielleicht sollten Sie erst mal ein bisschen frische Luft schnappen, was essen oder vor dem Haus spazieren gehen. Dann geht die Zeit wahrscheinlich etwas schneller rum.«

»Und wenn währenddessen was passiert?«

»Ich habe Ihre Handynummern. Falls etwas passiert, falls Cills Zustand sich verändert, rufe ich Sie sofort an.«

»Vielleicht täte uns ein bisschen frische Luft tatsächlich gut. Und wahrscheinlich gibt's hier auch eine Kapelle oder einen andern Raum, in dem wir ...« Var errötete und warf hilflos die Hände in die Luft. »Na, du weißt schon.«

»Du hast recht. Wahrscheinlich sollten wir das tun. Nur ein paar Minuten. Falls sich irgendwas ergibt ...«

»... rufe ich Sie sofort an.« Während Peabody den beiden hinterhersah, klappte sie bereits ihr Handy auf.

»Sagen Sie den Kollegen, dass sie Abstand zu den beiden halten sollen. Sie sollen noch nicht merken, dass wir sie beschatten lassen«, meinte Eve und wandte sich an Roarke. »Hör zu, ich weiß, du würdest lieber hier bleiben, aber wenn du nicht zurück in deine eigene Firma fahren willst, um die nördliche Hemisphäre aufzukaufen, glaube ich, dass Feeney dich gebrauchen kann.«

»Soll er mich etwa ablenken?«

»Das auch. Peabody und ich bleiben im Krankenhaus, verfolgen weiter, wie es der Patientin geht, und behalten ihre Partner im Visier. Vielleicht findet sich ja irgendwo ein Raum, in dem ich gleichzeitig ein bisschen arbeiten kann.«

»Lass mich nach einem Zimmer für dich suchen, ja? Und dann frage ich Feeney, ob er mich gebrauchen kann.«

»Okay.«

»Du hast vorhin gesagt, dass du technische Fragen hast.«

»Allerdings, die habe ich.« Doch dies war nicht der rechte Ort und Augenblick dafür. »Aber bisher weiß ich noch nicht ganz genau, wie ich sie formulieren soll.«

»In Ordnung.« Er nahm flüchtig ihre Hand. »Halt mich auf dem Laufenden, okay?«

»Auf jeden Fall.« Damit wandte sie sich abermals an ihre Partnerin. »Ist in der letzten Stunde irgendetwas passiert, das ich wissen sollte?«

»Nein. Die zwei benehmen sich genauso, wie man es unter den Umständen erwarten würde, und ich könnte schwören, dass sie beide wirklich total fertig sind.«

»Falls ich nicht mehr da bin, wenn die beiden wiederkommen, möchte ich, dass Sie sie dazu bringen, den Kollegen zu gestatten, sich zur Überprüfung ihrer Alibis noch einmal in den Apartments umzusehen. Einfach, damit das erledigt ist und wir uns ganz auf Cill und darauf konzentrieren können, wie es zu ihren Verletzungen gekommen ist. Sie wissen schon, wie Sie es anstellen müssen.«

»Kein Problem.«

»Lassen Sie sich schriftlich geben, dass die zwei auch mit der Überprüfung ihrer elektronischen Geräte einverstanden sind. Und dann schicken Sie in jede Wohnung einen elektronischen Ermittler, der sich aber nicht nur die Computer ansehen, sondern auch die Räumlichkeiten filmen soll, damit wir gucken können, ob sich dort seit gestern irgendwas verändert hat.«

»In Ordnung. Wie schlimm war es, als Sie sie eben gesehen haben? Können Sie mir sagen, wie die Chancen stehen?«

»Meine Güte, Peabody, sie wirkt, als hätte eine Dampfwalze sie überrollt.« Eve stopfte ihre Hände in die Hosentaschen und dachte bedrückt an ihren Traum.

Du konntest nicht alle retten. Nein.

»Der Hirnchirurg wühlt ihr im Kopf herum und ein anderer Arzt sieht gleichzeitig nach ihrem Arm. Der offenbar in einem wirklich schlimmen Zustand ist, wenn sie mit ihm angefangen haben statt mit ihrem Bein. Das in einem sterilen Käfig liegt oder wie auch immer man so etwas nennt. Ihr Gesicht sieht aus, als hätte jemand sich mit einem Baseballschläger drüber hergemacht. Dazu kommen noch die inneren Verletzungen und Blutungen, die sie erst einmal stillen müssen, auch wenn ich natürlich keine Ahnung habe, wie man so was macht. Für mich sah es so aus, als wäre keine Stelle ihres Körpers auch nur ansatzweise unversehrt.«

Sie stapfte durch den Raum. »Ich habe schon oft Leute gesehen, die zusammengeschlagen worden sind. Aber irgendwie haben die immer anders ausgesehen.«

»Und wie sollte es sonst zu all diesen Verletzungen gekommen sein?«

Eve schüttelte den Kopf. »Um das zu sagen, müssen wir die Krankenakte lesen, mit den Ärzten sprechen und sie uns noch mal genau ansehen.«

»Ich habe den Bericht der Spurensicherung. Das Blut stammt ausschließlich von ihr.«

»Das hatte ich mir schon gedacht.«

»Lieutenant Dallas?« Die Stationsschwester trat durch die Tür. »Wir haben einen Raum für Sie.«

»Wie geht es meinem Opfer?«

»Es gab ein paar Komplikationen, aber bisher hält sie sich gut.«

»Wir werden uns hier abwechseln«, sagte Eve zu Peabody. »Ich löse Sie nachher ab.«

Sie ging hinter der Schwester erst den einen und dann einen anderen langen Korridor hinab. »Ich habe sie vorhin gesehen. Sie sieht tatsächlich aus, als hätte jemand sie von einem Felsvorsprung gestürzt.«

»Das habe ich nur zur Verdeutlichung gesagt.«

»Vielleicht. Sie haben Aufnahmen von ihr gemacht. Von ihren Knochen, ihrem ganzen Körper, und sie eingehend geröntgt. Diese Bilder würde ich gern sehen.«

»Ich bin nicht befugt, Ihnen diese Aufnahmen zu zeigen.«

»Sie können sich die Erlaubnis holen. Und vor allem haben Sie sie selbst gesehen.«

»Ja, das habe ich.«

»Die Ärzte hier lassen nichts unversucht, um diese junge Frau zu retten, und ich selber tue alles, um den Hurensohn zu finden, der sie derart übel zugerichtet hat. Sie heißt Cilla Allen, aber sie wird meistens Cill genannt. Vor sechs Wochen wurde sie neunundzwanzig. Vor ein paar Tagen wurde einer ihrer engsten Freunde umgebracht, und gestern hat sie das Essen und die Blumen für die Gedenkfeier für ihn bestellt. Sie hat um ihn geweint. Und gestern Abend oder heute früh hat der Mensch, der diesen Freund ermordet hat, versucht, auch sie zu töten. Je eher ich weiß, wie es zu den Verletzungen gekommen ist, umso eher finde ich den Schweinehund, der auf sie losgegangen ist, und kann dafür sorgen, dass er niemals wieder einem anderen wehtun kann.«

Die Schwester führte sie in einen Raum. »Ich werde Ihnen die Bilder holen. Dieser Raum ist für gewöhnlich für Verwandte von Patienten, die wir gerade operieren, reserviert. Sämtliche Geräte stehen Ihnen zur freien Verfügung.«

»Vielen Dank.«

Der Raum war klein, aber erheblich größer als ihr eigenes Büro. Er wies einen Kühlschrank, einen AutoChef, einen Schlafsessel und einen Schreibtisch mit Computer, Telefon und einer kleinen Vase voller gelber Blumen auf, und die Jalousien vor den Fenstern filterten das helle Sommerlicht, sodass man ohne Mühe alles sah, was auf dem an der Wand hängenden Bildschirm abgebildet war.

Eve bestellte sich die nächste Tasse grauenhaften Krankenhaus-Kaffees und nahm hinter dem Schreibtisch Platz.

Wahrscheinlich war ihr Vorhaben total verrückt. Das hieß, es war auf jeden Fall verrückt, verbesserte sie sich, als sie die Suche auf den unzähligen Untergrund-Spiel-Webseiten in Angriff nahm.

Je verrückter, umso besser, dachte sie und klinkte sich in Chatrooms, die McNab ihr übermittelt hatte, ein.

Noch immer streckte Razor seine Fühler nach der Waffe aus, doch wie es aussah, hatte er dabei bisher keinen Erfolg gehabt.

Kurzerhand rief Eve bei Mira an, und als deren Sekretärin im gewohnten unterkühlten Ton erklärte, dass die Psychologin gerade nicht zu sprechen wäre, bat sie knapp um einen schnellstmöglichen Rückruf und legte mit einem leisen Seufzer wieder auf.

Als es klopfre, rief sie: »Ja, herein«, denn sie ging davon aus, dass es die Schwester mit der Krankenakte wäre. Doch zu ihrer Überraschung trat ein Kellner mit einem Tablett an ihren Tisch.

»Ihr Mittagessen.«

»Oh, ich habe nichts bestellt. Sie sind im falschen Raum. Hauen Sie ab.«

»Zimmer 880, Ostflügel. Sie sind doch Dallas, oder nicht?«

Sie nickte stirnrunzelnd und sah sich das Tablett genauer an.

»Für Sie und für eine Ms Peabody im Warteraum des Ostflügels wurde eine Bestellung aufgegeben.«

»Und von wem?«

»Von Roarke.«

»Das hätte ich mir denken sollen. Also gut, was haben Sie mir mitgebracht?«

Er stellte das Tablett auf ihrem Schreibtisch ab und hob die Glocke an. »Einen echten Rindfleisch-Burger, Pommes, einen kleinen Beilagensalat und einen doppelten, schwarzen Kaffee.«

»Er hat den Bogen einfach raus.« Eve wühlte in ihrer Tasche und drückte dem Mann ein großzügiges Trinkgeld in die Hand. »Danke.«

»Guten Appetit.«

»Den habe ich bestimmt«, murmelte sie, während der Kellner wieder ging, schob sich eine der Fritten in den Mund und rief bei Feeney an. »Hast du was für mich?«

»Bisher haben wir noch nicht versucht, die Diskette aus

dem Holographen rauszuholen, sondern spielen erst mal ein paar andere Ideen durch. Den zeitlichen Rahmen haben wir. Das Opfer hat den Holo-Raum … erzähl mir bitte nicht, dass das ein echter Burger ist.«

»Nein, das ist ein Fanghandschuh. Also bitte, wonach sieht es für dich aus?«

»Nach einem superduper Hamburger. Das ist doch wohl kein echtes Rind?«

»Mmm.« Grinsend schlug sie ihre Zähne in das Fleisch.

»So herzlos kann ein Mensch doch gar nicht sein«, stellte er mit unglücklicher Stimme fest.

»Wenn du die Diskette aus dem Kasten kriegst, ohne dass sie explodiert, kriegst du fünf Kilo feinstes Rinderhack von mir. Aber zurück zum Thema. Wie lange hat Cill gespielt?«

»Von vier vor zehn bis acht vor zwölf.«

»Fast zwei Stunden. Länger als ihr toter Freund.«

»Sie hat genau wie er allein gespielt. Aber im Gegensatz zu ihm ganz vorne angefangen.«

»Hat also egal welches Szenarium von Anfang an gespielt. Entweder, weil es für sie neu war – eine Möglichkeit, die mir nicht unbedingt gefällt –, oder weil's ihr weniger ums Spielen als um die Arbeit ging. Weil sich ihre Trauer so am ehesten verdrängen ließ. Sie wollte das Programm noch einmal überprüfen, gucken, ob es irgendwo noch hakt oder ob sie sonst irgendwas verbessern kann. Weißt du, wie weit sie gekommen ist?«

»Sie hat Level drei fast durchgespielt.«

»Fast?«

»Zu neunundneunzig Prozent. Ganz bis zum Schluss hat sie's nicht mehr geschafft.«

»Stell dir vor, du spielst ein Spiel. Was würde dich dazu bringen, so kurz vor dem Ende eines Levels aufzuhören?«

»Dass ich es vermassele und rausgeschmissen werde.«

»Dass du es verbockst, okay. Und was sonst? Wenn du unterbrochen würdest?«

»So kurz vor dem Erreichen eines neuen Levels würde ich mich höchstens unterbrechen lassen, wenn jemand in Flammen stehen würde, kurz vor dem Verbluten wäre oder so. Und selbst dann müsste der Mensch mir wirklich nahestehen.«

Wieder klopfte es an ihrer Tür, und sie hob einen Finger in die Luft, als die Stationsschwester erschien. »Kannst du mir sagen, ob sie es vermasselt hat und rausgeschmissen worden ist?«

»Das zeigt das Programm nicht an, aber ihrer Spielzeit nach hatte sie ihre Sache bis zu dem Moment echt gut gemacht. Ich habe mir die Spieldurchgänge angesehen, die sie vorher aufgezeichnet hat. Sie kam immer völlig mühelos bis Level zehn, zwölf, vierzehn rauf.«

»Wobei wir nicht wissen, ob auch das Szenarium von gestern Abend vorher bereits abgespeichert war.«

»Das kann ich dir erst sagen, wenn ich die Diskette habe und du mir die zehn Pfund Rinderhack geliefert hast.«

»Aber bei ihrem Talent und ihrer Übung ist es eher unwahrscheinlich, dass sie so schnell rausgeflogen ist. Oder freiwillig so kurz vor dem Erreichen eines neuen Levels aufgegeben hat. Kapiert. Ich rufe dich nachher noch einmal an.«

Damit legte sie auf und wandte sich der Schwester zu.

»Ich durfte alles, was wir haben, für Sie auf eine Diskette überspielen. Sie müssten bitte nur noch unterschreiben, dass sie Ihnen von mir ausgehändigt worden ist.«

»Danke.« Eve schrieb ihren Namen auf das Formular und dabei fiel ihr auf, dass die Schwester sehnsüchtig auf ihren Burger sah. »Wollen Sie die Hälfte haben?«, bot sie freundlich an.

Ein Lächeln huschte über das Gesicht der jungen Frau. »Ich bin gerade auf Diät. Aber trotzdem vielen Dank. Das ist ein nettes Angebot. Ich habe mich noch schnell erkundigt, wie es um sie steht. Sie hält sich tapfer, aber es ist noch ein langer Weg.«

Sie wandte sich zum Gehen, blieb dann aber noch einmal stehen. »In unseren Berufen sehen wir ziemlich viele schlimme Dinge.«

»Ja.«

»Ich hoffe, sie kommt durch.«

»Ich auch«, murmelte Eve, als sie wieder alleine war, rief die Dateien von der Diskette auf dem Bildschirm auf und glich sie mit den ersten Aufnahmen der Streifenpolizisten aus der Wohnung ab.

Auf dem Boden ihres Holo-Raums lag Cill wie eine Porzellanpuppe, die missmutig von einem Kind gegen die Wand geworfen worden war. Sie lag in einem Meer aus Blut, einer ihrer Arme und ein Bein standen schief von ihrem Körper ab. Kompliziert gebrochene Knochen stachen durch die Haut an ihrem Schienbein, und diverse Körperstellen einschließlich der Schulter wiesen glatte Schnitte auf. Eve ignorierte die Bewegungen der Polizisten und die Stimmen, die mit aufgenommen waren, sah sich die Hämatome an den Augen und die Abschürfungen an den Schläfen ihres Opfers an und rief die Röntgenbilder auf.

Cill hatte diverse innere Verletzungen und Quetschungen davongetragen, doch die Schürfwunden und blauen Flecken …

Eve sah sich noch einmal den geschundenen Körper an, während sie Salat, Pommes frites und ihren Burger aß.

Dann klingelte mit einem Mal ihr Handy, sie zog es aus der Tasche und warf einen Blick auf das Display.

»Dr. Mira.«

»Eve. Ich habe gehört, dass Cilla Allen überfallen worden ist. Wie geht es ihr?«

»Sie ist noch im OP. Ich sehe mir gerade alle Aufnahmen und Röntgenbilder an. Es steht sehr schlecht um sie. Wie auch schon bei Bart hat der Täter den Holo-Raum des Opfers und dasselbe Spiel – *Fantastical* - benutzt. Allerdings sieht es so aus, als hätte sie es selber vor dem Heimgehen aus der Firma ausgeloggt. Auch bei ihr sieht es so aus, als hätte sie allein gespielt. Wobei die Angriffsmethode eine andere war. Warum?«

»Das Spiel mit Barts Szenarium hat er schon gewonnen. Deshalb hat er jetzt etwas anderes ausprobiert. Wahrscheinlich ein Szenarium, das dieser Gegnerin besonders lag. Weil die Herausforderung so noch größer war.«

»Das glaube ich auch. Außerdem war dieser Überfall noch viel gemeiner als der Überfall auf Bart. Ihn hat er mit einem sauberen Schlag enthauptet, aber ihr hat er Verletzungen am ganzen Körper zugefügt. Vielleicht eskaliert die Sache, vielleicht hat er so den Kick verstärkt. Außer … könnten Sie sich wohl die Aufnahmen der Streifenpolizisten aus der Wohnung einmal ansehen?«

»Selbstverständlich.«

»Einen Augenblick.« Eve schickte ihr den Film. »Die

beiden verbleibenden Partner haben sie heute früh entdeckt. Beide haben ausgesagt, sie hätten sich Sorgen um Cill gemacht, als sie am Morgen nicht zur Arbeit kam, und deshalb nach ihr sehen wollen. Der Notruf ging tatsächlich, kurz nachdem sie in der Wohnung waren, bei uns ein.«

»Sie hat ein schweres Schädeltrauma«, stellte Mira tonlos fest. »Starker Blutverlust. Das Bein ... so, wie es aussieht, hat er sehr viel Zeit und Zorn in seine Schläge investiert. Nur ihr Gesicht hat er halbwegs verschont. Was ziemlich überraschend ist.«

»Sehen die Verletzungen für Sie nach Schlägen aus?«

Mira zog verwundert ihre Brauen hoch. »Wonach denn sonst?«

»Vielleicht nach einem Sturz?«

»Nach einem Sturz? Gehen Sie etwa davon aus, dass sie woanders überfallen und dann in den Holo-Raum verfrachtet worden ist?«

Eve zögerte. Denn irgendwie war sie noch nicht bereit, der Psychologin zu enthüllen, wie es ihrer Meinung nach gewesen war. »Ich kann bisher nichts ausschließen.«

»Ich bin keine Expertin auf diesem Gebiet und ich ziehe auch nur ungern irgendwelche voreiligen Schlüsse, aber trotzdem könnte ich mir durchaus vorstellen, dass diese Verletzungen die Folge eines Sturzes sind. Was sagen ihre Ärzte?«

»Bisher hatten sie noch keine Zeit für mich. Denn sie haben mit dem Opfer alle Hände voll zu tun.«

»Ich kann versuchen, mir nachher ein bisschen Zeit zu nehmen und ins Krankenhaus zu kommen, um mit den Ärzten zu sprechen und mir ihre Krankenakte anzusehen.«

»Nein, das ist nicht nötig. Mein Anruf hatte einen anderen Grund. Warum ist sie noch am Leben? Das ist meiner Meinung nach der Knackpunkt bei dem Überfall auf sie. Warum hat er sie nicht umgebracht?«

»Vielleicht dachte er, sie wäre tot, auch wenn ich mir nicht vorstellen kann, dass ihm ein solcher Fehler unterlaufen ist. Vielleicht wollte er das Spiel einfach in die Länge ziehen. Vielleicht macht ihm das ja Spaß.«

»Wenn sie überlebt, könnte es sein, dass er das Spiel verliert, weil sie uns seinen Namen nennt.«

»Vielleicht macht es das erst richtig aufregend für ihn. Es passt nicht zu seinem bisherigen Vorgehen, aber schließlich gehen Verbrecher auch nicht immer logisch vor. Trotzdem ...« Mira runzelte die Stirn und schüttelte nachdenklich den Kopf. »Er hat das Spiel vorzeitig abgebrochen, was ein Fehler war.«

»Denn jetzt hängt er in diesem Level fest und kommt nur weiter, falls sie stirbt.«

»Ich bin sicher, dass Sie sie sehr gut beschützen.«

»Ja. Sie wird rund um die Uhr bewacht.«

»Ich würde gerne noch ein bisschen über diese Sache nachdenken und mir meine Notizen und die neuen Informationen noch einmal genauer ansehen.«

»Danke. Das ist nett. Ich melde mich dann einfach später noch einmal.«

Sie legte auf und kontaktierte einen Mann, der ein Experte für einige ihrer noch offenen Fragen war.

Bis er käme, stellte sie eine Wahrscheinlichkeitsberechnung an, deren Resultat ihr deutlich machte, dass sie aus der Warte des Computers nicht mehr ganz bei Sinnen war.

»Ich hatte mir bereits gedacht, dass du das sagen würdest«, stimmte sie der Kiste unumwunden zu.

Da sie keine Tafel hatte, stellte sie die Tatortfotos auf dem Wandbildschirm zusammen, lehnte sich auf ihrem Stuhl zurück und hob ihren Kaffeebecher an den Mund.

»Eine vollkommen absurde Theorie«, murmelte sie. »Total abwegig. Aber haben wir nicht gestern Abend erst ein Buch gefeiert, in dem eine Handvoll durchgeknallter Wissenschaftler heimlich mehrere Generationen menschlicher Klone erschaffen hat? Das ist ja wohl ebenfalls total absurd.«

Sie ordnete ihre beiden Opfer dicht nebeneinander auf dem Bildschirm an.

Partner, dachte sie. Freunde. Wobei eine Partner- oder Freundschaft für verschiedene Menschen etwas ganz Verschiedenes war.

Bei einer Partner- oder Freundschaft hatte man eine gemeinsame Vergangenheit, gemeinsame Interessen und begegnete sich mit Vertrauen, Emotionen, Leidenschaft.

Führte wie im Fall von Bart und Cill zusammen ein Geschäft und teilte sich die Arbeit, die Risiken und auch oder vor allem den Profit.

Beide waren beim Spielen in ihren eigenen, gut gesicherten Apartments überfallen worden. Bart war tot und Cill nur deshalb noch am Leben, weil die Ärzte ihre ganze Kunst aufboten. Vielleicht auch, weil sie noch nicht zum Sterben bereit war.

Keine Waffen, nicht der allerkleinste Hinweis darauf, dass jemand gewaltsam in die Wohnungen der beiden eingedrungen war, in keinem von den beiden Holo-Räumen irgendeine Spur von einer anderen Person.

Und das Timing, ja, das Timing war hervorragend gewählt.

Menschen fanden immer wieder neue Möglichkeiten, etwas zu erschaffen oder zu zerstören, oder nicht? Es war einfach Teil ihrer Natur. Wobei die Technik nur ein Werkzeug oder eine Waffe für sie war.

Als es klopfte, ging sie an die Tür. »Danke, dass Sie vorbeikommen, Morris.«

»Ich komme manchmal gerne ein bisschen raus.«

Er trug Schwarz wie immer, seit Coltraine gestorben war. Den rot schimmernden Schlips nahm Eve jedoch als hoffnungsvolles Zeichen dafür, dass die größte Trauer zwischenzeitlich überwunden war.

»Bitte sehen Sie sich diese Bilder und die Krankenakte an und sagen mir, was Ihrer Meinung nach diese Verletzungen verursacht hat.«

»Das wäre einfacher, wenn ich den Leichnam vor mir hätte.«

»Bisher lebt sie noch.«

»Das ist ein Glück für sie. Vielleicht dürfte ich anmerken, dass Sie sich hier in einem Krankenhaus befinden, in dem es wahrscheinlich jede Menge Ärztinnen und Ärzte gibt, deren Aufgabe die Wiederherstellung und die Begutachtung noch lebender Menschen ist.«

»Nur haben die Ärzte, die sich um sie kümmern, gerade alle Hände voll zu tun. Und vor allem kenne ich die nicht.« Vertrauen war die Basis jeder Freundschaft, dachte sie erneut. »Ich würde gerne wissen, wie die junge Frau aus Ihrer Sicht zu diesen Verletzungen gekommen ist.«

Abermals rief sie das Bild der schwer verletzten Cill auf dem Bildschirm auf.

»Tja, nun. Aua. Und Sie sagen, dass sie noch lebt?«

»Bisher.«

Er schob sich dichter vor den Monitor und legte seinen Kopf ein wenig schräg. »Falls sie überlebt, kann ich nur hoffen, dass sich ein erfahrener Orthopäde dieses Beines angenommen hat. Vergrößern Sie das Bein bitte für mich. Noch ein bisschen. Hmm. Und jetzt runter zum Knöchel. Immer noch dasselbe Bein«, bat er nach einem Augenblick.

»Sie können das Bild selbst verändern. Lassen Sie sich Zeit.«

Während er den Körper Stück für Stück, das hieß Verletzung für Verletzung eingehend unter die Lupe nahm, warf sie die Münzen für zwei Dosen Pepsi in den Schlitz des Getränkeautomaten.

Er knurrte einen kurzen Dank und fuhr mit der Betrachtung der Aufnahme fort. »Haben Sie auch die Röntgenbilder?«

»Ja.« Eve rief sie auf dem Bildschirm auf, nahm auf der Kante ihres Schreibtischs Platz und sah Morris bei der Arbeit zu.

»Sie wird den Gott der Neurologen brauchen«, murmelte er vor sich hin. »Selbst dann bleibt die Gefahr bestehen, dass sie am Schluss bei mir landet. Denn sie hat fürchterlich was abgekriegt, wobei die Kopfverletzungen am schlimmsten sind. Wenn sie die auf wundersame Weise überlebt, wird sie früher oder später eine neue Milz und Leber und dazu noch einen super Physiotherapeuten brauchen, damit sie das Bein, den Arm und diese Schulter irgendwann wieder bewegen kann. Sie hat jede Menge Arbeit vor sich. Wobei auch ein Hirnschaden nicht ausgeschlossen ist. Weswegen es nicht unbedingt ein Segen ist, falls sie diese Sache überlebt. Trotzdem grenzt es an ein Wunder, dass bei einem solchen Sturz nicht ihre Wirbelsäule durchgebrochen ist.«

Beinahe hätte Eve vor lauter Freude einen Satz gemacht. »Sie wurde also nicht geschlagen, sondern ist gestürzt.«

»Auf jeden Fall.« Der Pathologe nickte nachdrücklich. »Die Prellungen, die Brüche und die Schürfwunden – das alles weist auf einen Sturz und nicht auf Schläge hin. Sie ist hauptsächlich auf dem Rücken aufgekommen und hat sich beim Aufprall so den Ellenbogen und das Bein verrenkt, dass sie gebrochen sind. Die Verletzungen deuten auf eine harte, unebene Oberfläche hin. Aufgerissener Beton, Felsen, irgendetwas in der Art.«

Er wandte sich an Eve. »Tut mir leid. Wo wurde sie noch mal gefunden?«

»Hier.« Eve holte die Aufnahme aus Cills Apartment auf den Monitor zurück, und Morris runzelte die Stirn.

»Eine glatte Oberfläche. Bei einem Sturz auf einen solchen Untergrund trägt man keine derartigen Verletzungen davon.«

»Könnte sie bewegt und dort abgeladen worden sein?«

Er schüttelte den Kopf. »Das hätte sie bestimmt nicht überlebt. Sehen Sie die Blutlache, in der sie liegt? Sie muss bereits beim Aufprall jede Menge Blut verloren haben, eine Bewegung ihres Körpers hätte den Blutverlust natürlich noch verstärkt. Aber davon abgesehen kann ich mir nicht vorstellen, wie ein Mensch in einem solchen Raum derart schlimm stürzen sollte.«

Er hob seine Pepsi-Dose an den Mund und runzelte erneut die Stirn. »Tut mir leid. Ich habe das Gefühl, als hätte ich Sie irgendwie im Stich gelassen. Lassen Sie mich ihre Krankenakte und die Röntgenbilder noch einmal in Ruhe durchgehen.«

»Nicht nötig«, meinte Eve. »Denn Ihre Überlegungen stimmen mit meinen überein.«

»Ach ja?« Er wandte sich vom Bildschirm ab, trank den nächsten Schluck von seiner Pepsi und bedachte Eve mit einem durchdringenden Blick. »Und wie erklären wir uns, dass diese junge Frau bei einem Sturz auf eine glatte Oberfläche so gravierende Verletzungen davongetragen hat wie jemand, der aus mindestens sechs Metern Höhe kopfüber auf irgendwelche Felsen kracht?«

»Gar nicht. Das wird jemand anderes tun.«

»Nun, ich liebe Rätsel. Aber trotzdem hoffe ich, sie überlebt und kann Ihnen dann selbst erzählen, was geschehen ist. Es kommt selten bis eher gar nicht vor, dass wir zwei uns über einen Menschen unterhalten, der noch einen Puls hat. Also sagen Sie mir, wer sie ist.«

»Eine der Partnerinnen meines letzten Opfers.«

»Des geköpften jungen Mannes aus dem Holo-Raum.« Er zeigte auf den Monitor. »Ich nehme an, auch das hier ist ein Holo-Raum.«

»Genau. Ihr Holo-Raum. In ihrer Wohnung, die genau wie sein Apartment gut gesichert war. Bisher deutet alles darauf hin, dass sie dasselbe Spiel wie er gespielt hat, wenn auch unter Umständen ein anderes Szenarium.«

»Wobei Übereinstimmungen für uns oft von Vorteil sind. Weisen ihre Wunden auch Verbrennungsspuren auf?«

»Das kann ich noch nicht sagen.«

»Zeigen Sie noch mal die Röntgenbilder. Wenn wir sie vergrößern, kann ich darauf vielleicht etwas in der Richtung sehen. Bisher habe ich schließlich nicht danach gesucht.«

»Stellen Sie die Bilder einfach selber ein. Früher musste man alles per Hand in den Computer eingeben, nicht wahr? Über die Tastatur. Weil es keine Stimmbefehle und noch keine Smart-Screens gab.«

»Als ich an der Uni war, haben wir fast alles eingetippt und Handscanner erst ganz allmählich bei der Diagnose eingesetzt. Die Holographie galt damals noch als wenig zuverlässig und als wenig kosteneffizient. Ich weiß noch, als Kinder haben wir ... ah, sehen Sie hier. Erkennen Sie etwas?«

Sie schob sich dichter vor den Monitor. »Vielleicht, wenn Sie mir sagen, was zum Teufel ich erkennen soll.«

»Die kleinen Schatten um die Beinfraktur herum? Im Grunde sehen sie eher wie winzig kleine Punkte aus. Kaum zu erkennen, aber trotzdem da.«

»Verbrennungen.«

»Sieht auf jeden Fall so aus. Sehen Sie, ja, sehen Sie, sie hat diese Punkte überall. An allen Wundrändern, wobei sie schwer zu trennen sind, weil beinahe keine Stelle ihres Körpers unbeschadet ist. Die hier, ja, genau, hier an der Schulterwunde treten sie ein bisschen deutlicher hervor.«

»Dort, wo er sie geschnitten hat.«

»Sieht durchaus wie eine Messerwunde aus. Oder vielleicht hat er, wie bei Ihrem ersten Opfer, auch ein Schwert benutzt. Ich würde mir diese Verletzungen gern in natura ansehen, sie vermessen und genau analysieren, aber auf den ersten Blick hat man sie ihr mit einer scharfen Klinge zugefügt. Und die Verbrennungen ... all diese winzig kleinen schwarzen Punkte. Wirklich faszinierend.«

»Sie war sicher ebenfalls bewaffnet. Nur war ihr das offenbar nicht klar.«

»Wie bitte? Wie soll ihr das nicht klar gewesen sein?«

Ohne ihren Blick vom Monitor zu lösen, räumte Eve mit einem gleichmütigen Schulterzucken ein: »Ist nur so eine irre Theorie von mir.«

Abermals trat jemand durch die Tür. »Dallas. Oh, hi, Morris. Ah, Sie sind etwas zu früh dran«, fügte Peabody an ihn gewandt hinzu. »Sie haben Cill nämlich soeben auf die Intensivstation verlegt, gleich kommt auch der Arzt, um uns zu sagen, wie es um sie steht.«

»Ich muss noch schnell die Kiste runterfahren, dann komme ich.«

»Ich interessiere mich für Ihre irre Theorie«, erklärte Morris, nachdem Peabody wieder gegangen war. »Falls Sie bereit sind, sie mit jemandem zu teilen.«

»Vorher muss ich noch mit einem anderen Experten reden. Aber dank meines Gesprächs mit Ihnen kommt sie mir schon nicht mehr ganz so irre vor.«

»Ich helfe immer gern.« Ehe Eve die Bilder löschen konnte, blickte er noch einmal auf den Monitor. »Ich hoffe, das Vergnügen einer näheren Bekanntschaft mit der jungen Frau bleibt mir erspart.«

»Der menschliche Körper bleibt im Großen und Ganzen immer unverändert, oder? Ganz egal, wie groß die Fortschritte der Wissenschaft und Technik sind. Diese junge Frau ist zäh, aber trotzdem ist es jetzt an der Wissenschaft und Technik, ihr dabei zu helfen, dass sie diese Sache überlebt.«

»Wobei nicht nur der Körper, sondern auch oder vor allem der Geist des Menschen eine große Rolle spielt. Weil er stärker ist als jede Technik oder Wissenschaft. Vielleicht erweist ihr Geist sich ja als stark genug, um sie daran zu hindern, dass sie jetzt schon stirbt.«

20

Inzwischen stapften beide Partner unruhig in dem Wartezimmer auf und ab. Sie sahen vollkommen erledigt aus, als klammerten sie sich mit letzter Kraft an Hoffnung, Glaube und Verzweiflung fest.

»Setzen Sie sich lieber wieder hin«, bat Eve. Sie wollte die Gesichter, Körper, Hände beider Männer möglichst dicht nebeneinander sehen. Als die beiden ihre Bitte einfach ignorierten, sagte sie noch einmal im Befehlston: »Setzen Sie sich hin. Wir werden noch früh genug etwas von den Ärzten hören. Außerdem sollten Sie wissen, dass auch wir nicht untätig gewesen sind. Wir haben ein paar Dinge rausgefunden, über die ich Ihnen aber jetzt noch nichts Genaues sagen kann. Trotzdem dachte ich, dass Sie sich über diese positive Nachricht freuen.«

»Die Ermittlungen sind mir im Augenblick total egal.« Benny blickte Richtung Tür. »Das Einzige, woran ich denken kann, ist Cill.«

»Wir konzentrieren uns erst einmal ganz auf sie. Ich weiß, dass das idiotisch klingt, aber wir haben das Gefühl, als ob sich so etwas von unserer Energie auf unsere Freundin übertragen lässt.« Achselzuckend fügte Var hinzu: »Dann haben wir zumindest das Gefühl, irgendetwas für sie zu tun.«

»Da haben Sie vollkommen recht.« Peabody setzte ein verständnisvolles Lächeln auf. »Ich glaube auch, dass so etwas funktioniert.«

»Hippies«, stellte Eve verächtlich fest und machte einen Schritt zur Seite, als die Tür geöffnet wurde und eine Person im Arztkittel den Raum betrat.

Eine kleine, aber breitschultrige Frau mit rabenschwarzem, kurz geschnittenem Haar blickte sich suchend um und sah dann Eve aus ihren dunklen Mandelaugen an.

»Sind Sie die Ermittlungsleiterin?«

»Ich bin Lieutenant Dallas.«

»Dr. Pruit.«

»Bitte.« Flehend streckte Var die Hand in ihre Richtung aus, bevor er sie müde wieder sinken ließ. »Kommt sie durch? Ist Cill okay?«

Auf Eves Nicken nahm die Ärztin den beiden Männern gegenüber Platz. »Sie hat den Eingriff überstanden. Sind Sie mit der Frau verwandt?«

»Ja«, erklärte Benny, ehe Var etwas erwidern konnte. »Ja, wir sind mit ihr verwandt.«

»Ihre Verletzungen sind sehr gravierend.«

»Aber trotzdem haben Sie sie wieder hingekriegt.«

»Wir haben sie mit einem ganzen Team von Ärzten mehrfach operiert. Sie hat ein massives Schädeltrauma, das sich nur mit einem komplizierten Eingriff in den Griff bekommen ließ.«

Während Dr. Pruit die Verletzung, den erforderlichen Eingriff und die Heilungschancen ausführlich beschrieb, beobachtete Eve die beiden Männer und nahm dabei in einem Augenpaar ein kurzes Blitzen wahr.

»Ich verstehe nicht, was sie uns damit sagen will.« Benny wandte sich an Var. »Verstehst du etwas davon? Kannst du mir sagen, was das heißen soll?«

»Cill liegt im Koma«, fuhr die Ärztin fort. »Was zu erwarten war und ihrem Körper eine Chance gibt zu heilen.«

»Aber vielleicht wacht sie auch nie wieder auf«, fügte Var im Ton größter Verbitterung hinzu. »Das wollen Sie uns doch damit sagen, oder nicht?«

»Ja. Wir haben alles in unserer Macht Stehende für sie getan, und jetzt wird sie genauestens überwacht. Sie hat den Eingriff überlebt, was Anlass zu Hoffnung gibt. Aber trotzdem müssen Sie darauf gefasst sein, dass sie vielleicht nicht noch einmal zu sich kommt. Ihr Zustand ist nach wie vor kritisch, und selbst wenn sie wieder aus dem Koma aufwacht, ist nicht auszuschließen, dass sie irgendwelche Hirnschäden davongetragen hat.«

»Gott. Oh Gott.«

»Denk nicht darüber nach.« Var drückte Bennys Hand. »Darüber darfst du jetzt nicht nachdenken.«

»Sicher wollen Sie auch noch mit den anderen Ärzten sprechen, die sie operiert haben. Aber die grundlegenden Dinge kann ich Ihnen sagen. Eine ihrer Nieren ist so stark beschädigt, dass sie nicht zu retten war. Außerdem haben wir ihre Milz ersetzt, falls sie wieder zu sich kommt und eine zweite Niere haben will, bekommt sie die auch noch eingesetzt. Ihr Bein wurde bisher nur notdürftig geflickt, müsste also später noch einmal operiert werden. Denn einen derart komplizierten Eingriff zum jetzigen Zeitpunkt hätte sie in ihrem Zustand wohl nicht überlebt.«

Var atmete zitternd ein. »Wollen Sie damit sagen, dass es keine Hoffnung für sie gibt?«

»Es gibt immer Hoffnung. Wenn sie auf der Intensivstation an sämtliche Geräte angeschlossen ist, dürfen Sie kurz zu ihr. Aber wie gesagt, nur kurz. Seien Sie versichert, dass sie hier in unserer Klinik in den denkbar besten Händen ist. Wir lassen ihr bestmögliche Pflege angedeihen.« Damit stand Dr. Pruit wieder auf. »Wenn Sie zu ihr dürfen, wird jemand Sie holen kommen. Falls Sie in der Zwischenzeit noch irgendwelche Fragen haben, wird mich jemand anpiepsen. Sie können auch noch mit ihren anderen Ärzten sprechen, wenn Sie wollen.«

Eve folgte Dr. Pruit in den Korridor. »Sagen Sie mir bitte ehrlich, wie die Chancen stehen.«

»Fifty-fifty wäre großzügig geschätzt, aber als man sie in den OP geschoben hat, hätte ich nicht einmal gedacht, dass sie den Eingriff überlebt. Sie ist eine junge, starke Frau, die offenbar auch einen starken Überlebenswillen hat. Sie haben einen Beamten zu uns in den OP geschickt.«

»Das stimmt, ab jetzt sitzt ständig ein Beamter neben ihrem Bett. Nicht nur vor der Tür des Zimmers, sondern direkt neben ihrem Bett. Denn genau wie Sie tue ich alles dafür, dass sie diese Sache überlebt.«

»Sie haben Angst um ihre Sicherheit und fürchten, dass ihr noch einmal jemand ans Leder gehen wird?«

»Nicht, solange ein Beamter bei ihr ist.«

»Da haben Sie wahrscheinlich recht. Wenn sie die nächsten vierundzwanzig Stunden übersteht, kann ich mit Bestimmtheit sagen, dass die Chancen fifty-fifty stehen. Doch bis dahin kann minütlich etwas passieren.«

»Geben Sie mir bitte umgehend Bescheid, falls sich irgendwas an ihrem Zustand ändert, ja?«

»Ich werde dafür sorgen, dass die Intensivstation Sie sofort informiert.«

»Ich würde die Patientin selber gern noch einmal sehen, bevor Sie die beiden zu ihr lassen.«

»Also gut, fahren Sie rauf. Ich melde Sie dort an.«

Auf dem Weg zur Intensivstation prägte Eve sich die Bewegungen des Personals und die grundlegenden Sicherheitsvorkehrungen der Klinik ein. Sie waren durchaus anständig, erkannte sie, aber trotzdem gab es immer Möglichkeiten, die Security gleich welchen Hauses zu umgehen.

Am Empfang der Intensivstation wies sie sich aus und freute sich, als der zuständige Pfleger nicht nur einen kurzen Blick auf ihre Marke warf, sondern sie eingehend überprüfte, ehe er die fremde Frau an sich vorüber ließ.

Wie bei U-Play waren auch hier die Wände durchgehend aus Glas. Die Patienten hatten keinerlei Privatsphäre, erkannte Eve. Was Cill ganz sicher nicht gefallen würde, aber für sie selbst in diesem Fall durchaus in Ordnung war. Zusätzlich wurde jeder Raum und dadurch auch Patient von einer Kamera und Monitoren überwacht. Zwar ging Eve nicht davon aus, dass das Personal besonders häufig auf die Kamerabildschirme sah, aber wenn ein Monitor auf eine noch so winzige Veränderung im Zustand eines der Patienten hinwies, stürzten sie wahrscheinlich sofort los.

Trotzdem war sie froh, dass ein Beamter mit dem Gesicht in Richtung Tür auf einem Stuhl neben dem Bett ihrer Patientin saß. Er stand auf, als sie den Raum betrat, und sie nickte ihm zu.

»Machen Sie fünf Minuten Pause.«

»Zu Befehl, Ma'am.«

Eve trat ans Fußende des Betts. Das verletzte Bein und

der frisch operierte Arm lagen jeweils in einer Art von Käfig, deshalb kam ihr die Patientin wie eine im Bau befindliche Droidin vor. Die Glieder in den Käfigen wiesen das dunkle Rot und Violett gravierender Verletzungen und frisch vernähter Wunden auf. Schläuche und diverse Kabel schlängelten sich von der jungen Frau in Richtung einer Reihe Monitore, deren leises, gleichmäßiges Summen oder Piepsen irgendwie beruhigend war. Die dunklen Hämatome um die Augen hoben sich wie schwarze Flecken von der kreidig weißen Haut der Wangen und den Verbänden ab.

Sie hatten ihr die Haare abrasiert, bemerkte Eve, und ihren Kopf zur Linderung des Drucks auf ein Gelkissen gelegt. Der Verlust all ihres wunderbaren Haars wäre für sie wahrscheinlich mindestens ein solcher Schock wie die gläsernen Wände und die Kameras.

Falls sie wieder zu sich käme.

»Ich habe schon öfter ziemlich übel ausgesehen, aber ich muss sagen, du hast mich auf jeden Fall getoppt. Dich von diesem Eingriff zu erholen, ist wahrscheinlich fast so schwierig wie der Moment, in dem du all diese Verletzungen davongetragen hast. Wir werden sehen, wie zäh du bist.«

Sie trat neben das Bett und beugte sich zu Cill herab. »Gib jetzt, verdammt noch mal, nicht auf. Ich weiß, wer Bart ermordet und dich derart zugerichtet hat. Jetzt mache ich Jagd auf diesen Kerl und werde ihn zur Strecke bringen. Damit er für seine Taten büßt. Merk dir das und gib, verdammt noch mal, nicht auf. Denn wir werden ihn gemeinsam schlagen. Du, indem du wieder zu dir kommst, und ich, indem ich dafür sorge, dass er bis ans Ende seines Lebens hinter Gitter kommt.« Sie richtete sich wieder auf. »Er war übrigens nie dein Freund. Merk dir das gefälligst auch.«

Sie hielt bei der Patientin Wache, bis der andere Beamte wiederkam.

Und als ihre Partner zu ihr gingen, stand sie vor dem Monitor der Kamera und wachte noch ein wenig länger über sie.

»Glauben Sie, dass sie es schaffen wird?«, fragte Peabody, als Eve sich stirnrunzelnd hinter das Lenkrad ihres Wagens schwang.

»Sie ist nicht der Typ, der einfach aufgibt. Was ihr sicher helfen wird. Reservieren Sie einen Konferenzraum, und beraumen Sie ein Briefing mit den elektronischen Ermittlern an. In einer halben, nein, in einer Stunde.« Während Peabody mit dem Revier telefonierte, nutzte sie das Link in ihrem Armaturenbrett.

»Lieutenant«, grüßte Roarke.

»Sie liegt jetzt auf der Intensivstation und hält sich bisher ziemlich wacker.«

»Das höre ich gern. Und was sagt die Chirurgin?«

»Dass sie alles in ihrer Macht Stehende tun. Und das tun wir jetzt auch. Kannst du in zwanzig Minuten auf der Wache sein?«

»Auf jeden Fall.«

»Ich hoffe, dass du Neuem gegenüber aufgeschlossen bist.«

Er verzog den Mund zu einem leichten Lächeln. »Bin ich das nicht immer?«

»Hoffen wir, dass deine Aufgeschlossenheit nicht gleich an ihre Grenzen stößt.«

»Alles klar«, erklärte Peabody. »Raum B. Sie haben was herausgefunden. Irgendetwas Neues.«

»Was ich habe, sind ein toter Junge ohne Kopf und eine komatöse Frau, deren Verletzungen die Folge eines schweren Sturzes sind, obwohl man sie in einem Holo-Raum gefunden hat. Keine Waffen, keine Spuren und keine Sabotage der Security, die sich von den elektronischen Ermittlern aufspüren lässt. Erklären Sie mir, wie das möglich ist.«

»Die Waffen hat der Täter wieder mitgenommen, und wenn er von Kopf bis Fuß versiegelt war, ist es kein Wunder, dass er keine Spuren hinterlassen hat. Außerdem haben die Opfer ihn gekannt und ihm vertraut, falls er trotzdem die Security in den Apartments überlistet hat, werden unsere Leute früher oder später feststellen, wie er dabei vorgegangen ist.«

»Falls es diesbezüglich irgendetwas festzustellen gibt. Bei dem Überfall auf Cill hat er sich verrechnet. Denn ihr Sturz war ganz eindeutig nicht geplant.«

»Was für ein Sturz?«

»Das ist die große Frage, auf die wir möglicherweise niemals eine Antwort kriegen werden, wenn sie nicht wieder erwacht und es uns selbst erzählt. Bis dahin müssen wir, soweit es geht, über den Tellerrand hinaussehen. Oder besser noch, wir schmeißen den verdammten Teller einfach weg.«

Sie bog in die Garage des Reviers. »Bringen Sie alles, was wir haben, einschließlich der Röntgenbilder und der Akte aus dem Krankenhaus, zu der Besprechung mit.«

»In Ordnung, aber …«

»Statt weiterzureden, schwingen Sie die Hufe, ja?«

Eve selbst stürmte in ihr Büro und bereitete sich auf das

Briefing vor. Sie blickte stirnrunzelnd auf den Computer, der auf ihrem Schreibtisch stand, und wünschte sich, sie wäre technisch keine solche Null. Denn bei ihrem Gespräch mit Roarke hätte sie gern zumindest ein Gerüst für ihre Theorie gehabt.

»Okay, du Bastard, lass es uns probieren.« Entschlossen nahm sie hinter ihrem Schreibtisch Platz und spielte unter Einbeziehung von Cills Krankenakte das Geschehen nach.

Halbwegs zufrieden nickte sie in Richtung Monitor, als Roarke den Raum betrat.

»Willst du erst die guten oder erst die schlechten Nachrichten?«, erkundigte er sich.

»Erst die schlechten. Weil es dann am Ende etwas Positives gibt.«

»Wir haben Cills und Barts Security-Systeme unter Einbeziehung aller Tests, Ideen und Methoden, die es gibt, auf Herz und Nieren überprüft und nicht die allerkleinste Abweichung entdeckt. Ich würde meinen und auch deinen Ruf darauf verwetten, dass nach den Opfern niemand mehr in deren Wohnungen gekommen ist.«

»Gut.«

Ein Ausdruck der Verärgerung huschte über sein fein gemeißeltes Gesicht. »Schön, dass du dich freust, weil wir unzählige Hirnzellen darauf vergeudet haben, etwas rauszufinden, was dir offenbar schon länger klar ist.«

»Es ist also eine Tatsache, dass niemand nach den Opfern in die Wohnungen gekommen ist. Tatsachen sind immer gut. Was wolltest du mir sonst noch sagen?«

»Dass wir bei der Wiederherstellung von Barts Diskette ein bisschen vorangekommen sind. Es ist ein schmerzlicher Prozess, bei dem man immer höchstens einen

Nanochip zusammenkriegt, aber trotzdem kommen wir voran.«

»Was sogar noch besser als die erste Nachricht ist.«

»Du bist heute wirklich ungewöhnlich gut gelaunt.« Er trat vor ihren AutoChef und holte sich einen Kaffee.

»Ich weiß, wer es getan hat, und inzwischen kann ich mir auch denken, wie er vorgegangen ist.«

»Also gut, wer war es?«

»Var.«

»Die Chance, dass er es war, betrug seit heute früh fünfzig Prozent, aber so, wie ich dich kenne, kannst du zwischenzeitlich ausschließen, dass es der andere Partner war.«

»Es ist schön, dass du mir so vertraust.«

Er winkte ab. »Du würdest nicht behaupten, dass es Var war, wenn du dir nicht völlig sicher wärst. Also muss er es gewesen sein. Aber warum?«

»Weil es zwar ein Viererbund war, er aber trotzdem bis zum Schluss immer das fünfte Rad am Wagen war. Weil die anderen sich bereits seit ihrer Kindheit kannten und er deshalb stets der Neuling war. Was ihm ganz sicher nicht gefallen hat. Nur war es eben einfach so, dass er erst auf dem College zu dem bereits etablierten Dreierbund dazugestoßen ist. Bis dahin war er immer Klassenbester, ganz egal, ob es um Elektronik, Mathe, um Computerwissenschaften oder bloße Theorie gegangen ist.«

»Er war also der Star der Schule«, meinte Roarke.

»So sieht's zumindest aus. Auf dem College tut er sich dann mit diesen dreien zusammen. Cill und Benny sind genauso gut wie er und Bart sogar noch besser und vor allem überall beliebt. Ein beliebter Freak, wenn du so willst. Der

Oberzauberer des Spiele-Clubs. Wie kommen diese Typen nur auf solche Titel? Hat ein paar Semester lang als Hiwi Geld verdient, war Leiter seines Wohnheims, immer gut gelaunt, verantwortungsbewusst, talentiert, brillant, und irgendwie hat man ihn automatisch gern gehabt.«

Roarke setzte sich auf den Besucherstuhl. »Das ist dein Motiv?«

»Es ist die Wurzel allen Übels, ja. Zu wem bist du gegangen, als du überlegt hast, ob du diese Gruppe rekrutieren sollst?«

»Zu Bart. Na klar, zu Bart. Weil er von Anfang an der Anführer der Gruppe war. Sprich weiter.«

»Aber er hat dir erklärt, dass er eine eigene Firma gründen will. Nach allem, was wir wissen, war es sein Konzept, er hat den Inhalt und den zeitlichen Rahmen festgelegt. Obwohl sie gleichberechtigte Partner in dem Unternehmen waren, war Bart der Kopf und hat U-Play auch nach außen präsentiert.«

»Das stimmt, aber so gesehen waren die anderen beiden schon viel länger seine Konkurrenten. Benny zum Beispiel hat die ganze Zeit stets nur den Handlanger für ihn gespielt.«

»Daran habe ich ebenfalls gedacht. Vor allem in dem Augenblick bei der Durchsuchung seiner Wohnung, als ich den Droiden sah. Den Schwarzen Ritter.«

Roarke stellte verwundert seinen Kaffeebecher auf den Tisch. »Was hat denn Batman mit dem Fall zu tun?«

»Woher weißt du das?« Ihrerseits verwundert, warf sie ihre Hände in die Luft. »Wie kommst du gleich auf Batman, wenn ich *Schwarzer Ritter* sage? Woher weißt du all dieses Zeug?«

»Die Frage ist eher die, weshalb du nichts von diesen Dingen weißt. Weil Batman schließlich schon seit über hundert Jahren zu unserer Kultur gehört.«

»Egal. Es ist einfach seltsam. Ich …« Sie sah ihren Gatten aus zusammengekniffenen Augen an. »Wer hat in einem Zeitraum von drei Jahren sechzehn männliche Prostituierte im Alter zwischen achtzehn und dreiundzwanzig umgebracht und ihre Überreste an seine preisgekrönten Hausschweine verfüttert?«

»Meine Güte.« Trotz des grauenhaften Bildes musste Roarke ganz einfach lachen. »Freut mich wirklich, dass ich das nicht weiß.«

»Hanson J. Flick, 2012 bis 2015.« Sie sah ihn mit einem selbstzufriedenen Grinsen an. »Dann weißt du also doch nicht alles.«

»Wobei das Gebiet, auf dem du dich so ausgezeichnet auskennst, manchmal ziemlich eklig ist.«

»Zumindest weiß ich was, was du nicht weißt. Aber um auf unseren Fall zurückzukommen: Benny ist total in Cill verliebt. Das könnte ein Motiv für den Mord an Bart gewesen sein, nur dass zwischen ihm und Cill nie was gelaufen ist. Und vor allem kommt mir Benny in seinem Job rundherum zufrieden vor. Er ist gerne Rechercheur. In Cills Wohnung herrscht totales Chaos, auch wenn sie wahrscheinlich irgendein System in diesem Chaos hat. Auch Bennys Wohnung sieht man an, dass dort jemand lebt, und wenn er sich nach Gesellschaft sehnt, wendet er sich einfach Mongo oder Alfred zu. Sein Leben ist also auf eine wenn auch etwas abgedrehte Art durchaus gesund.«

»Wer ist Mongo?«

»Bennys Pagagei. Der redet wie ein Wasserfall. Und wer Alfred ist, ist dir egal?«

»Benny, Schwarzer Ritter ... also dürfte Alfred wohl der Butler sein.«

Eve atmete vernehmlich ein. »In Ordnung. Bennys Wohnung ist eher einfach eingerichtet, und ich konnte Hinweise auf Trauer sehen. Wohingegen die Wohnung von Var blitzsauber war. Als hätte er Besuch erwartet. Tatsächlich war ihm klar, dass wir uns die Apartments ansehen würden. Er hat jeden Schritt des Spiels vorausgesehen und war deshalb auf das Auftauchen der Polizei vorbereitet. Er liebt teuren Wein und schickes Essen und gibt jede Menge Geld für Kleidung und für Möbel aus. Außerdem hat er Cills Tür geöffnet, als die Streifenpolizisten auf den Notruf hin kamen.«

»Und deshalb denkst du ... ah. Benny war also allein mit ihr und hätte ihr einfach die Luft abdrücken können, bis sein Kumpel wiederkam. Dazu hätte er kaum Kraft und wenig Zeit gebraucht.«

»Er hat sie gefunden und blieb bei ihr, bis die Sanitäter kamen. Var war davon ausgegangen, dass sie nicht mehr leben würde, es muss ein Schock für ihn gewesen sein, als Benny ihren Puls gefunden hat. Doch er konnte nichts dagegen tun, ihm blieb nur zu hoffen, dass sie die Operation nicht überlebt. Er war überrascht und angefressen, als er hörte, dass Cill auch den schweren Eingriff überstanden hat. Das habe ich ihm ganz kurz angesehen. Trotzdem ist er ein wirklich guter Schauspieler. Das sind die meisten Soziopathen, und auch er hat seine Rolle schließlich über Jahre mit Erfolg gespielt.«

»Du glaubst, er hat den Freund und Partner all die Jahre immer nur gemimt?«

»Vielleicht hat ihm diese Rolle hin und wieder durchaus zugesagt. Weil das Unternehmen schließlich läuft und er gut daran verdient. Nur hat ihm das, was er verdient, offenbar auf Dauer nicht gereicht oder ihm zumindest als Entschuldigung dafür gedient, gegen seinen Konkurrenten vorzugehen. Das und die Tatsache, dass Bart immer bestimmt hat, wie es läuft. Jetzt bereitet er sich selbst auf diese Rolle vor. Indem er Cill aus dem Verkehr zieht, wird die Führungsposition, die er sich wünscht, für ihn erreichbar. Weil Benny keinerlei Interesse daran hat. Er will einfach weitermachen, was er all die Zeit gemacht hat, deshalb wäre es für Var durchaus von Vorteil, wenn er bei der Stange bleibt. Aber wenn ihm Cill die Führungsrolle streitig machen würde, wäre Benny ganz bestimmt auf ihrer Seite. Deshalb musste er auch sie noch ausschalten, damit er völlig freie Bahn bekommt.«

»In Ordnung, sagen wir, du hast mich überzeugt. Aber wie hat er es angestellt? Er hätte es problemlos arrangieren können, zusammen mit Bart in dessen Wohnung zu gelangen, aber bei Cill wäre das nicht so leicht gewesen, weil der gute Benny extra noch gewartet hat, bis sie im Haus verschwunden war, während Var schon weiterging. Natürlich hätte er noch einmal umdrehen, das Haus durch eine Hintertür betreten und Cill vor der Wohnungstür abpassen können, aber …«

»Er war weder bei Bart, als der ermordet wurde, noch bei Cill, als sie gefallen ist.«

»Aber wie hat er es dann gemacht? Vielleicht per Fernbedienung?«

»So in etwa. Jetzt kannst du beweisen, dass du wirklich aufgeschlossen bist, denn aus meiner Sicht hat es das Hologramm getan.«

»Eve, selbst bei einem Fehler im System, auf den wir bisher nicht gestoßen sind, könnte ein Spieler unmöglich den Kopf verlieren.«

»Es war nicht das System, sondern das Hologramm. Bart wurde der Kopf vom Schwarzen Ritter abgeschlagen, und Cill wurde egal in welchem Szenarium von einem gegnerischen Hologramm in die Tiefe gestürzt.«

Zweifelnd nippte Roarke an seinem Kaffee. »Dass ich dich richtig verstehe. Du behauptest, dass ein Hologramm, das hauptsächlich aus Licht und Dunkelheit besteht, einen Mord und ein anderes einen Mordversuch begangen hat.«

»Ein Hologramm ist nicht nur Licht und Schatten. Die Neuro- und die Nanotechnik haben zwischenzeitlich große Fortschritte gemacht und die Bilder, die in Holo-Spiele eingegeben werden, agieren und reagieren nach Vorgabe des Spiels. Sie wirken dreidimensional, sehen aus, als hätten sie Substanz und sprechen die Sinne der Spieler an.«

»Das ist alles eine Illusion.«

»Richtig. Aber eine ungewöhnlich klare Illusion. Und manche Leute sind der Ansicht, dass man diese Wellenfront noch stärker machen, die Kraft der Strahlen noch vergrößern und durch die Verbindung mit komplexen Virtual-Reality-Strukturen ...«

»... das System zusammenbrechen lassen kann«, beendete Roarke den Satz. »Man kann Hologrammen einfach keine wirkliche Substanz verleihen. Sie reproduzieren Bilder, weiter nichts.«

»Das bräuchte man auch nicht. Aber wenn man eine Möglichkeit gefunden hätte, den Systemzusammenbruch auf irgendeine Weise zu umgehen, die Wellenfront noch zu verbessern, die Kraft der Strahlen zu vergrößern und die neue Kraft zu bündeln, würde dadurch vielleicht auch die Stromkraft dieses Lichts verstärkt. Eine Art von Strom, der zwar keine wirkliche Substanz hat, aber die Substanz kopiert. Wie bei einem Laserstrahl.«

»Das ist … hm.« Er stellte seinen Becher wieder fort, stand auf und lehnte sich an ihrem Schreibtisch an. »Interessant.«

»Die Stromschläge, die du beim Spielen kriegst. Verbunden mit der Illusion einer Berührung, wie man sie bei einem Schwertkampf beispielsweise mit dem Schwarzen Ritter hat. Falls du eine Möglichkeit gefunden hast, die von mir beschriebenen Verbeserungen vorzunehmen und dann auch noch einen Sprung auf dem Trampolin der Technik wagst, wäre es durchaus vorstellbar, dass dieses Schwert den Gegner schneidet oder ihm sogar den Kopf abtrennt. Oder dass der Energiefluss, oder wie zum Teufel man so etwas nennt, wie im Fall von Cill denselben Schaden anrichtet wie den, der bei dem Spiel, das sie gespielt hat, illusorisch vorgesehen war.«

Als er stumm blieb, rutschte sie nervös auf ihrem Stuhl herum. »Hör zu, Laserskalpelle schneiden. Laserwaffen schießen. Warum also kann man nicht auch Licht manipulieren, damit es jemandem den Kopf abtrennt oder ihn auf irgendwelche Felsen prallen lässt?«

»Der Holograph würde so heiß laufen, dass das System zusammenbräche. Oder eher regelrecht verschmoren würde. Aber …«

»Weshalb haben all die tollen Hechte, die in deinem Auftrag forschen, nicht schon längst an so etwas gedacht?«

»Oh, wir haben durchaus schon mit so etwas herumgespielt. Nur ist es einfach so, dass sich so ein Produkt schwer vermarkten lässt. Denn wer kauft schon ein Spiel, bei dem die Spieler sich tatsächlich an die Gurgeln gehen? Die Behörden würden meinen Laden auf der Stelle dichtmachen und nach den ersten Klagen irgendwelcher Opfer meines Spiels wäre ich wahrscheinlich ruiniert.«

Sie sah ihn aus zusammengekniffenen Augen an. »Warum spielt ihr dann damit herum?«

»Schließlich weiß man nie, worauf man stößt, wenn man nach irgendetwas ungezielt sucht, nicht wahr?«, stellte er mit einem unbeschwerten Lächeln fest. »Für das Militär könnte so eine Technologie durchaus nützlich sein. Aber wie dem auch sei, es ist – oder es war – bisher nur eine Spielerei. Die aber in deinem Fall ...«

»... sehr viel erklären würde. Und zugleich die einzig denkbare Erklärung ist. Weil alles andere ausgeschlossen ist. Wenn alles andere ausgeschlossen ist, muss das, was übrig bleibt, die Wahrheit sein.«

»Ja«, murmelte Roarke. »Das wäre auf jeden Fall logisch. Bisher weist nichts auf den Computern oder in den Unterlagen dieser Firma oder ihrer Partner auf so etwas hin. Er hat also bestimmt noch diesen anderen Raum, nach dem du suchst. Es kann einfach nicht anders sein.«

»In dem er all das ausgetüftelt hat. So muss es sein. Wir werden den Raum finden, und ich glaube, dass dort deutlich mehr als nur ein Spiel auf dem Computer ist.« Sie warf einen Blick auf ihre Uhr. »Verdammt. Ich habe mich viel länger mit dir unterhalten, als ich wollte. Du musst die beiden Überfälle unter Einbeziehung meiner Theorie bitte am Computer wiederholen, damit ich das bei unserem Briefing zeigen kann.«

»Kein Problem. Ich springe einfach auf das Techniktrampolin und die Sache ist geritzt.«

»Erspar mir den Sarkasmus, ja? Ich habe schon mal angefangen. Du musst nur noch gucken, was vielleicht zu verbessern ist.«

»Trotzdem ist das etwas anderes als eine Flasche Ketchup aufzumachen, nachdem du den Deckel schon einmal gelockert hast.«

»Ist das vielleicht zu viel für dich?«, forderte Eve ihn kess heraus. »Kein Problem. Dann rufe ich einfach McNab.«

»Das war gemein. Wo hast du das Programm?«

»Hier auf meiner Kiste. Ich bin ungefähr bis …«

»Los, verschwinde.« Er nahm hinter ihrem Schreibtisch Platz. »Und zwar jetzt sofort.«

»Okay. Aber nestel nicht die nächsten hundert Jahre an meinem Programm herum. Es muss nur klar genug sein, um …«

»Mach die Tür hinter dir zu«, fuhr er sie an.

»Es gibt keinen Grund, so schlecht gelaunt zu sein«, murmelte sie und zog die Tür mit einem lauten Knall ins Schloss.

Da sie vergessen hatte, ihren Kaffee mitzunehmen, als man sie aus ihrem eigenen Büro geworfen hatte, blieb sie knurrend vor einem Getränkeautomaten stehen. Dabei kam sie selbst in besten Zeiten nicht mit diesen Dingern klar. Sie zog ein paar lose Münzen aus der Tasche und dachte kurz über ihre Möglichkeiten nach.

»Hi, Dallas«, grüßte McNab. »Zwei Doofe, ein Gedanke, was?« Er gab seinen Code in die Maschine ein und bestellte eine Mango-Clementinen-Limonade, deren bloßer Anblick bereits reichte, damit sich Eves Bauch zusammenzog. Trotzdem drückte sie ihm ihre Münzen in die Hand. »Hier, bestellen Sie mir eine Pepsi.«

»Kein Problem.«

»Hat die Überwachung der Computer schon etwas gebracht?«

»Nein, noch nicht. Aber ich habe einen Laptop mitgebracht, damit mir auch während des Briefings nichts entgeht. Falls irgendwer versucht, sich in unsere Dateien reinzuhacken, kriege ich es mit. Bitte.« Er warf ihr die Pepsi-Dose zu. »Peabody sagt, dass sich Cill Allen bisher tapfer hält. Sie hofft, dass sie es schafft, aber ich muss sagen, dass ich es einfach entsetzlich fände, wenn sie nach der ganzen Mühe, die wir uns hier machen, plötzlich wieder zu sich käme und erzählen würde, dass der böse Oberst Senf sie in der Bibliothek mit einem Kerzenständer angegriffen hat.«

»Wer in aller Welt ist Oberst Senf?«

»Na, Sie wissen schon, der Typ aus *Clue*. Das sollten Sie unbedingt mal spielen. Es macht einen Mordsspaß.«

»Von Mordsspäßen habe ich genug.« Sie machte ihre Dose auf und bedachte ihn mit einem nachdenklichen Blick. Er war jung und spielte einfach für sein Leben gern. Außerdem war er ein Cop, weshalb Gewalt für ihn ein Teil des Lebens war. »Würden Sie das wollen? Würden Sie ein Spiel spielen wollen, in dem man echte Prüfungen bestehen muss?«

»Und bei dem der Sieger echtes Geld bezahlt bekommt? Verdammt, auf jeden Fall.«

»Nein. Oder meinetwegen.« Denn wenn diese Sache je vermarktet würde, fände sicher jemand einen Weg, auf dem sich echtes Geld dabei gewinnen ließ. »Aber um zu siegen oder überhaupt die erste Runde zu bestehen, müssten Sie gegen Gegner mit echten Waffen antreten. Auch das Blut, die Schmerzen und vielleicht Ihr Ende wären echt.«

»Ich würde also riskieren, für Geld oder für Ruhm verhauen, verstümmelt oder umgebracht zu werden? Trotzdem würde ich es tun.« Er lächelte und stellte schulterzuckend fest: »Denn es bliebe immer noch ein Spiel. Und beim Spielen vergisst man während eines Augenblicks die Wirklichkeit.«

»Das stimmt. Sie sind gar nicht so dämlich, wie Sie aussehen.«

»Danke.« Als sie sich zum Gehen wandte, prostete er ihr zum Abschied kurz mit seiner Limo-Dose zu, lief ihr dann aber hinterher. »He, warten Sie.«

Sie marschierte durch die Tür des Konferenzraums, nickte, als die effiziente Peabody die letzten Vorbereitungen für die Besprechung traf, und wies auf die verschiedenen Geräte auf dem Tisch. »Ist das der Laptop mit den unechten Dateien?«

»Ja. Falls irgendwer versucht, sich einzuklinken, um die Fallberichte einzusehen, zu kopieren oder zu infizieren, wird seine Spur von unseren elektronischen Ermittlern bis zu ihm zurückverfolgt. Ich behalte den Monitor nur so lange im Blick, bis McNab mit seiner Limo wiederkommt. Die anderen sind unterwegs.«

»Roarke kommt vielleicht etwas später. Weil er mir noch kurz einen Gefallen tut.«

»Ich hätte nichts dagegen, dass er mir auch mal einen *Gefallen* tut.«

»Wie bitte?«

»Oh, ich habe einfach mit mir selbst gesprochen«, stotterte Eves Partnerin. »Sie wissen ja, wie so was ist.«

Eve trat hinter sie und schlug ihr mit der flachen Hand gegen den Kopf.

»Aua.«

»Tut mir leid, das habe ich nicht absichtlich gemacht. War nur so ein Reflex. Sie wissen ja, wie so was ist.« Dann nahm sie das Passfoto von Var und hängte es mitten an der Tafel auf.

»Er?«

»Ja, er.«

»Gut. Denn ich hatte mit mir selbst um einen Fünfziger gewettet, dass es ganz bestimmt nicht Benny ist.«

»Wie wettet man denn mit sich selbst?«

»Ich habe mir selber fünfzig Dollar ausgelobt, falls Var der Täter ist. Die kommen jetzt in meinen Aktien-Topf. Und wenn der Topf gefüllt ist, kriegt Roarke die Kohle, damit er sie in meinem Namen investiert.«

»Und wenn Sie verloren hätten?«

»Hätte ich genauso einen Fuffi in den Aktien-Topf gesteckt, mich aber weniger gefreut.«

»Okay. Auch wenn ich nicht verstehe, was das … ach, vergessen Sie's. Warum haben Sie auf Var getippt?«

»Aus verschiedenen Gründen. Seine Wohnung sah die beiden Male, als wir dort waren, picobello aus. Zwar gibt es jede Menge ordentlicher Leute, aber er wäre der erste Spieler, den ich kenne, der nicht irgendwo ein paar Disketten oder irgendwelche Krümel von dem letzten Snack am Bildschirm auf dem Schreibtisch oder Boden liegen hat. Dabei hat er ausgesagt, er hätte in der Nacht des Überfalls auf Cill gespielt. Vielleicht wollte ich auch einfach nicht, dass es der nette Benny war, weil er sie wirklich liebt und es einfach deprimierend wäre, wenn er sie so übel zugerichtet hätte. Und wer ist schon gerne deprimiert?«

»Dichter«, antwortete Eve. »Denn sonst schrieben sie bestimmt nicht derart schwermütiges Zeug.«

»In Ordnung, abgesehen von Dichtern. Außerdem kommt Benny mir wie der geborene Gefolgsmann vor. Aber um diese Sache durchzuziehen, muss man meiner Meinung nach eher eigenständig sein. Wenn es also einer von den beiden war, tippe ich eher auf Var.«

»Gleich breche ich vor lauter Stolz in Tränen aus.«

Doch noch ehe Peabody ein Taschentuch für sie aus ihrer Tasche ziehen konnte, traten Feeney und die anderen elektronischen Ermittler durch die Tür. »Also gut. Fangen wir an. Roarke erledigt gerade noch etwas für mich, also warten wir am besten nicht extra auf ihn. Außerdem weiß er bereits über alles Bescheid.«

Während sich die Leute setzten, rief sie schon die ersten Fotos auf dem Bildschirm auf. »Opfer Nummer eins, Bart Minnock, wurde bei einem Spiel namens *Fantastical* in seinem privaten, abgeschlossenen Holo-Raum geköpft. Bisher gibt es keinen Hinweis darauf, dass noch jemand anderes auf seine Einladung oder auch gegen seinen Willen in der Wohnung war.«

»Dabei haben wir uns alles gründlich angesehen«, führte Feeney aus. »Wir müssen also davon ausgehen, dass der Mörder gleichzeitig mit Bart in dessen Wohnung kam oder dass die gute Leia ihn aus irgendeinem Grund nicht aufgenommen hat. Wir werden sie noch einmal auseinandernehmen, um zu gucken, ob möglicherweise ein Defekt oder eine Manipulation von uns übersehen worden ist.«

»Wahrscheinlich nicht.« Doch ohne näher darauf einzugehen, setzte Eve die Ausführungen zum Geschehen fort. »Das Opfer hat bei Level vier begonnen und alleine eine gute halbe Stunde lang gespielt. Ein Spiel namens KGSR, das unserer Meinung nach ein Szenarium aus Usurpator ist. Auf die Einzelheiten des Szenariums kommen wir nachher noch mal zurück.« Sie hielt inne.

»Opfer Nummer zwei«, fuhr sie schließlich mit ruhiger Stimme fort. »Cilla Allen, wurde überfallen und lebensgefährlich verletzt, während sie ebenfalls in ihrem eigenen Holo-Raum in ihrer abgeschlossenen Wohnung war. Sie hat ein Szenarium desselben Spiels gespielt. Auch in dem Fall gibt es keinen Hinweis darauf, dass jemand in ihre Wohnung eingeladen war oder dort gewaltsam eingedrungen ist, bis ihre Partner, Hoyt und Leman, heute Morgen zu ihr gingen, während sie bereits bewusstlos auf dem Boden lag. Bei der Befragung gaben ihre Partner an, am liebsten hätte sie *Das Ei des Drachen,* darin geht es um eine Schatzsuche, gespielt. Auch auf die Details dieses Szenariums gehen wir nachher noch ein.«

Sie warf einen Blick auf ihre Uhr. Ob Roarke wohl jemals fertig würde?

»Opfer Nummer zwei hat bei Level eins begonnen und zwei Stunden lang gespielt. Kurz vor Beendigung des dritten Levels brach das Spiel dann plötzlich ab. Aufgrund der Art ihrer Verletzungen ist davon auszugehen, dass sie aus einer Höhe von sechs Metern auf einen harten, unebenen Untergrund gefallen ist.«

»Das kann nicht sein«, fiel Feeney ihr ins Wort und

schob sich einen Streifen Kaugummi, den ihm Peabodys Liebster angeboten hatte, in den Mund. »Der zeitlichen Abfolge und auch dem Fundort nach kann das einfach nicht sein. Weil sie schließlich in dem Raum, in dem man sie gefunden hat, überfallen worden ist.«

»Das stimmt.« Eve trat neben den Wandbildschirm, damit ihr Team die Aufnahmen des Tatorts besser sah. »Wie also kann eine Frau Verletzungen davongetragen haben, wie man sie bei einem tiefen Fall auf einen harten, unebenen Untergrund bekommt, obwohl sie auf dem glatten, flachen Boden ihres Holo-Raums gelandet ist? Und wie hat es ein Mann geschafft, sich den Kopf abschneiden zu lassen, während er allein in einem Zimmer war? Die einzig logische Erklärung ist, dass Bart und Cill von ihren jeweiligen Gegenspielern angegriffen worden sind.«

»Nur, dass sie keine verdammten Gegenspieler hatten, wenn sie bei dem Spiel alleine waren.«

Eve sah Feeney an. »Sie hatten jeder einen Gegenspieler, den sie schlagen mussten, um das nächste Level zu erreichen. Bart den Schwarzen Ritter und Cill den anderen Schatzsucher.«

»Willst du damit etwa andeuten, irgendein Hologramm hätte sich plötzlich selbstständig gemacht und Bart enthauptet?« Feeney schüttelte sein eigenes Haupt. »Du hast zu viel gearbeitet, Mädchen.«

»Was ich sagen will, ist, dass der Mörder dieses Spiel genutzt hat«, korrigierte Eve. »Er hat eine neue Technologie genutzt und als Waffe erst in Barts und dann in Cills Szenarium eingefügt. Verstärkte Wellenfronten, kräftigere Strahlen und Sensoren, eine Umlenkung der Laserwinkel und des Lichts, Elektronen und Lichtquellen in der Form der vorgegebenen Bilder zur Reproduktion der sichtbaren Substanz.«

Callendar riss die Augen auf. »Wahnsinn. Das ist total abgefahren und echt unheimlich.«

21

»Das ist Science-Fiction-Mist.«

»Es ist nur so lange Fiktion, bis die Wissenschaft sie wirklich werden lässt.« Eve wippte auf den Fersen. »Feeney, du hast Tag für Tag mit Wissenschaft zu tun. Denk einmal an deine Anfangszeiten zurück und vergleich sie dann mit dem, was heute alles möglich ist. Dies ist nicht mein Fachgebiet, deshalb kann ich mir vielleicht leichter vorstellen, was alles machbar ist. Aber anders kann es nicht gewesen sein. Und wenn man die Beweise, den zeitlichen Ablauf, die Umstände, Persönlichkeiten und Interessen dieser Leute nimmt? Passt es wie die Faust aufs Auge, oder nicht?«

»Auf den Untergrund-Webseiten spekulieren sie immer wieder über diese Möglichkeit.« Das Funkeln in den Augen von McNab war aus Sicht von Eve das etwas irre Funkeln des Computerfreaks. »Aber bisher sind das lauter abwegige Theorien.«

»Es gibt auch Webseiten, auf denen die Leute erzählen, sie hätten den Yeti oder kleine grüne Männchen irgendwo gesehen«, konterte Feeney, runzelte aber zugleich auf eine Art die Stirn, die Eve deutlich machte, dass ihm ihre Theorie vielleicht doch nicht vollkommen absurd erschien.

»Beide Opfer hatten rund um die Verletzungen winzige Verbrennungen, und wir suchen schon die ganze Zeit nach einem elektrisch aufgeladenen Schwert. Deshalb sind wir meiner Meinung nach auf der richtigen Spur. Diese neue Technik gibt es nur in dem Programm. Ich glaube, Levar Hoyt hat das Programm derart verändert, dass es Bart getötet hat und auch Cill umbringen sollte. Nur, dass dabei irgendetwas schiefgegangen ist. Am besten sehen wir uns Var erst mal genauer an.« Sie schaltete entschlossen einen Gang herunter und erklärte, weshalb ihrer Meinung nach nur Var für die Taten in Frage kam.

»Wahrscheinlich hast du recht«, stimmte ihr Feeney zu. »Du hast einen ziemlich großen Haufen von Indizien gegen diesen Kerl. Aber selbst wenn ich deiner Meinung wäre, dass er das Programm verändert hat, wie zum Teufel sollen wir das beweisen?«

»Er wird es mir erzählen. Weil er es erzählen will.« Sie legte eine kurze Pause ein, als Roarke den Raum betrat. »Hast du es geschafft?«

»Es ist noch nicht ganz ausgefeilt, denn schließlich hatte ich kaum Zeit und dein Equipment ist nicht unbedingt der letzte Schrei – aber ja, ich habe es geschafft.«

»Dann hol die Datei bitte auf Bildschirm zwei«, bat sie und wandte sich wieder den anderen zu. »Was wir gleich sehen werden, ist eine Rekonstruktion beider Verbrechen unter Verwendung sämtlicher Informationen, Bilder sowie medizinischer Berichte, die uns zur Verfügung stehen, und unter Einbeziehung meiner Theorie. Die Zeit ist unten rechts im Bild zu sehen. In beiden Fällen haben wir die Spielmuster der Opfer an die Aufnahmen vorheriger, gespeicherter Spielrunden angepasst.«

Roarke rief das Programm auf dem Bildschirm auf.

»Bart Minnock kommt in seine Wohnung«, fuhr sie fort, als das Computerbild des Mannes auf dem Monitor erschien. »Spricht mit seiner Droidin, trinkt die Limo, die sie ihm serviert, sagt ihr, dass sie Feierabend machen soll. Er stellt das leere Glas auf den Wohnzimmertisch, geht in den zweiten Stock, tritt durch die Tür des Holo-Raums und schließt hinter sich ab.«

Sie verfolgte das Geschehen und blickte ein ums andere Mal auf die in der Bildschirmecke angegebene Zeit. Es passte, dachte sie erneut. Das Bild tat haargenau dasselbe wie Bart Minnock kurz vor seinem Tod, und falls irgendein Detail leicht verändert war, war das egal. Am Ende war, wie auch jetzt im Film, die Gestalt des Schwarzen Ritters aufgetaucht.

Schwerter prallten aufeinander, Pferde bäumten sich mit lautem Wiehern auf, dichter Rauch hing in der Luft. Dann bohrte sich die Schwertspitze des Gegenspielers in Barts Arm und trennte mit einem zweiten Schlag Barts Kopf von seinem Rumpf.

»Die Position, die Größe und die Reichweite des Opfers und des Hologramms wurden so ausgewählt, dass der Körper und der Kopf des Opfers nach dem Schlag genau dort landen, wo sie nach der wirklichen Enthauptung aufgefunden worden sind. Beim zweiten Opfer überspringen wir den Anfang und fangen direkt beim dritten Level an.«

»Aber ich habe jede Menge Zeit und Arbeit in den Anfang investiert«, jammerte Roarke.

»Was ich durchaus zu schätzen weiß und was für die Staatsanwaltschaft sicher von Bedeutung ist. Aber jetzt sparen wir lieber etwas Zeit. Die Schatzsucherin, die sie spielt, muss eine Reihe Hindernisse überwinden, Rätsel lösen, Gegenspieler ausschalten. Sie muss diese Anhöhe hinaufgehen und den Eingang einer Höhle finden, wenn sie weiterkommen will. Besonders zu erwähnen wäre, dass der Pfad sehr schlammig ist.«

Pfeile flogen durch die Luft, doch Cills Computerbild wich ihnen aus. Sie geriet ins Rutschen, rappelte sich aber wieder auf, bevor plötzlich ihr Gegenspieler auf der Bildfläche erschien.

»Ihrer durchschnittlichen Geschwindigkeit und ihren Bewegungen zufolge muss sie diesem Kerl hier auf dem Pfad begegnet sein. Der Untergrund ist schlammig und zu ihrer Rechten fallen die Felsen scharf in Richtung eines Flusses ab. Da. Programmpause«, bat Eve.

Auf dem Standbild sah man, wie das Messer ihren Arm aufschnitt.

»Diese Verletzung wurde ihr nach Aussage von Morris mit einem glatten, scharfen Gegenstand, das heißt mit einem Schwert oder mit einem Messer zugefügt. Sie ist schockiert, verletzt, verliert das Gleichgewicht und stürzt, bevor ihr Gegenspieler noch einmal zustechen kann. Vielleicht hat der Kerl sie auch geschubst. Auf alle Fälle stürzt sie von der Klippe, prallt auf irgendeinem Felsen auf und wird ohnmächtig. Spielende. Nachdem sie bewusstlos ist, kann das Programm sie nicht mehr erkennen und schaltet sich deshalb automatisch ab.«

Sie wandte sich vom Bildschirm ab. »Währenddessen sitzt der Schweinehund, der das alles arrangiert hat, gemütlich zu Hause, hat die Füße hochgelegt, vergnügt sich selbst mit einem Spiel, verschafft sich so ein Alibi und studiert wahrscheinlich eine Trauermiene ein. Er räumt zwei seiner Partner aus dem Weg, ohne dass er sich dabei auch nur die Hände schmutzig macht.«

Feeney kratzte sich am Kinn. »Ich gebe zu, das Timing passt, und ich kann auch Morris schwerlich widersprechen, wenn er sagt, dass die Verletzungen des Mädchens Folge eines Sturzes sind. Aber falls der Bastard rausgefunden hat, wie er ein Hologramm in diesem Maß verändern kann, würde ich ihm wirklich gern mal in den Schädel sehen. Denn ich kann einfach nicht verstehen, wie so was gehen soll, ohne dass der Holograph durchschmort.«

»Vielleicht schmort er nicht sofort beim ersten Mal durch«, warf Roarke nachdenklich ein. »Vielleicht hat er eine Möglichkeit gefunden, ihn kurzfristig abzuschirmen. Meiner Meinung nach hielte ein normaler Holograph eine Wiederholung dieses Vorgangs ganz bestimmt nicht aus.«

»Es musste ja nur einmal funktionieren«, meinte Eve.

»Genau das ist so unheimlich an der Diskette, die wir wiederherstellen sollen«, sagte McNab zu Callendar. »Das gebündelte Licht ist ungewöhnlich intensiv und die Konzentration der Nanos ungewöhnlich hoch.«

»Vielleicht hat er ja Tri-Gees eingesetzt, damit die Kiste nicht anfängt zu kochen.«

»Ich würde eher Bluetone nehmen.«

»Dadurch würde das Ganze schon bei sechs KWH verkleben.«

»Nicht, wenn man einen Wellenfilter zwischenschalten würde«, mischte sich auch Feeney in das Fachgeplänkel ein, und Eve wandte sich wieder ihrer Tafel zu.

Peabody trat neben sie. »Ich spreche ein bisschen Fachchinesisch, aber von dem, was sie da reden, verstehe ich kein Wort. Deshalb schließe ich mich Callendars erster

Bemerkung an. Es ist total abgefahren und echt unheimlich.«

»Das ist reine Wissenschaft. Und die Menschen haben sich der Wissenschaft bedient, um einander umzubringen, seit der erste Höhlenbewohner irgendeinem armen Schwein die Haare abgefackelt hat.«

Sie blickte auf das Bild der schwer verletzten Cill auf dem Fußboden des Holo-Raums.

»Die Grundidee bleibt immer gleich, nur die Methoden ändern sich. Er ist ein egoistischer, eiskalter Hurensohn. Er hat die Freundschaft, Partnerschaft, Beziehung, das Vertrauen und die Zuneigung, die sich im Verlauf der Zeit entwickelt haben, ausgenutzt, um einen Menschen zu ermorden, der ihm nie auch nur ein Haar gekrümmt hat. Und er hat eine Freundin lebensgefährlich verletzt, danach mit angesehen, wie ein anderer Freund deswegen leidet, und schließlich darauf gewartet, dass sie den Kampf um ihr Leben verliert. Was er rundherum genießt. Ebenso genießt er es, dass die Polizei ihn ins Visier genommen hat, weil er der festen Überzeugung ist, dass er uns schlagen wird. Doch genau das ist sein Untergang. Denn wir kriegen ihn mit seinem eigenen Ego, seinem unbedingten Wunsch zu siegen.«

Als der Monitor anfing zu piepsen, drehte sie den Kopf und riss mit einem wenig freundlichen »McNab!« den elektronischen Ermittler aus dem Streitgespräch über die Vorzüge von hartem gegenüber weichem Licht.

»Ma'am.«

Als sie wortlos auf den Laptop wies, sprang er eilig auf und stürzte Richtung Tisch. »Die äußere Schutzschicht wurde geknackt. Er probiert gerade, wie weit er kommt.«

»Verfolgen Sie das Signal zurück.«

»Schon dabei. Er hat selbst Schutzschilde errichtet und die Fühler ausgestreckt. Sehen Sie? Sehen Sie?«

Eve sah einen Haufen Lichter sowie ein paar wirre Linien.

»Dieses Spiel können wir auch zu zweit spielen«, murmelte McNab.

»Oder zu dritt.« Callendar setzte ein Headset auf, schnipste mit den Fingern und wackelte fröhlich mit den Hüften. »Er hat sich bewegt.«

»Ja, ja, er ist wirklich vorsichtig. Da, das ist ... nein, das ist eine falsche Spur.«

»Ich gehe ihr trotzdem nach. Vielleicht kehrt er ja noch einmal dorthin zurück.«

»Versuchen Sie mal, von der Seite reinzugehen, Ian«, meinte Roarke. »Und dann tauchen Sie ab. Weil er gerade dicht unter der Oberfläche treibt.«

»Lassen Sie ihn einfach ziehen«, empfahl Feeney Callendar. »Das ist ... da, sehen Sie, da, er hat einen Geist geschickt. Machen Sie sich auf die Jagd.«

Eve drehte eine Runde nach der anderen durch den Raum, und die elektronischen Ermittler gingen eine gute Viertelstunde lang unzähligen Schnörkeln, Schleifen, Blitzen, Explosionen nach.

»Jetzt hat er den nächsten Schild geknackt«, erklärte Roarke. »Er lässt sich ganz schön Zeit.«

»Vielleicht haben wir es ihm zu leicht gemacht.« Feeney blies unglücklich die Backen auf. »Vielleicht schrecken wir ihn dadurch ab.«

»Es ist mir egal, wie viele Schutzschilde er knackt. Weil das, was er finden wird, totaler Schwachsinn ist. Ich will nur wissen, wo er ist.«

McNab drehte sich zu ihr um. »Er ist wie ein Gummiball auf Zeus, Dallas. Er springt hin und her, schaltet sich ab und taucht dann plötzlich wieder auf. Das Schwein ist wirklich gut.«

»Besser als Sie?«

»Das habe ich nicht gesagt. Wir haben jede Menge Echos, Abbiegungen, Kreuzungen, er ist also wahrscheinlich in New York.«

»Ich weiß, dass er hier ist.«

»Ich wollte nur ganz sichergehen«, gab der elektronische Ermittler schlecht gelaunt zurück.

Roarke legte beschwichtigend eine Hand auf seine Schulter. »Ich bezweifle, dass wir dir genau erklären können, was hier gerade abgeht, Lieutenant. Aber stell dir vor, du bist zu Fuß hinter einem Verdächtigen her, der jederzeit einfach zehn Häuserblöcke überspringen, bis nach London fliegen oder einen kurzen Zwischenstopp in der Ukraine machen und danach direkt in deinem Rücken landen kann. Es würde sicher eine Weile dauern, bis du diesen Kerl erwischt hättest.«

»In Ordnung, alles klar. Wie lange wird es dauern?«

»Wenn der Typ in diesem Tempo weitermacht und wir es schaffen, diese Echos aufzuspüren und die Kreuzungen zu finden, vielleicht gut zwei Stunden. Höchstens drei.«

Sie fluchte nicht. Denn vielleicht sprang Var wie ein Verrückter durch den Cyberspace, doch solange er vor seiner Kiste saß, blieb er in der Realität an einem Ort.

Sie wandte sich an Roarke. »Könntest du die Spur auch parallel von zu Hause aus verfolgen?«

»Ja, das könnte ich.«

Sie blickte Feeney an. »Wäre das für dich okay?«

Er nickte knapp. »Wenn wir diesen Schweinehund von zwei Seiten zugleich angehen, wird es wahrscheinlich eng für ihn.«

»Also gut, dann fahren wir jetzt heim und suchen ihn von dort aus. Allerdings muss ich es so anstellen, dass mir Whitney nicht den Kopf abreißt, wenn ich morgen Bericht erstatte. Ihr erspart mir jede Menge Schwierigkeiten, wenn ihr diesen mörderischen Schweinehund selbst ausfindig macht.«

»Wenn er lange genug weiterhackt, erwischen wir ihn garantiert. Ja, ja, er ist auf alle Fälle in New York. Sehen Sie hier? Allmählich kratzt er die Sektoren an.«

»Ich werde hier bleiben und euch etwas zu trinken holen«, bot Peabody McNab und den Kollegen an. »Sonst verdurstet ihr uns noch.«

»Macht euch schon mal für den Zugriff heute Abend bereit.« Eve sah ihre Leute an. Auch ihnen gegenüber ging es um Vertrauen. Wenn sie sagten, dass sie ihn erwischen würden, täten sie das auch.

»Vielleicht gehen wir besser nur in mein Büro«, überlegte Eve, als sie mit Roarke den Raum verließ.

»Feeney hat recht damit, dass wir ihn möglichst in die Zange nehmen sollen. Das kann ich von zu Hause aus erheblich besser, und vor allem sind auch die Geräte dort erheblich besser als die Kiste, die du hier stehen hast. Außerdem würde ich endlich gerne selbst mitspielen, hier würde ich nur Ian auf die Füße treten.«

»Also gut. Dann nimm du zu Hause die Verfolgung dieses Typen auf, während ich mir überlege, wie ich alle diese Dinge dem Commander beibringe, ohne dass er gleich die Männer mit den weißen Jacken ruft.«

»Auf mich und auf die andern hast du eben vollkommen normal gewirkt. Du solltest es möglichst wissenschaftlich formulieren.« Als sie vernehmlich stöhnte, fügte er hinzu: »Wobei ich dir gerne helfen kann. Wir werden den Commander einfach mit deinen profunden Kenntnissen auf dem Gebiet der Holonetik blenden.«

»Oh, hör auf. Mein Schädel dröhnt bereits genug.«

»Also bitte.« Während sie in die Garage gingen, küsste er sie zärtlich auf den Kopf.

»So oder so, wird er mir morgen in einem Verhörraum gegenübersitzen. Dort genieße ich den Heimvorteil und dann werden wir ja sehen, wer ... verdammt, *verdammt,* sollte es tatsächlich so einfach sein?«

»Könnte was so einfach sein?«

»Die Sache mit dem Heimvorteil.« Sie dachte zum dritten Mal *verdammt* und blieb abrupt vor ihrem Wagen stehen. »Sein Schlupfwinkel liegt ganz bestimmt in der Nähe seiner Wohnung, seiner Partner und des Unternehmens. Er ist praktisch, vorsichtig und pingelig. Weshalb sollte er das Wagnis eingehen, dass ihn jemand – womöglich sogar einer seiner sogenannten Freunde – beobachtet, wie er ein anderes Haus betritt?«

Roarke öffnete die Wagentüren und beugte sich über das Dach. »Sein eigenes Haus. Er will seine besonderen Geräte in der Nähe haben, stimmt's? Weil sie dort einfacher zu sichern, leichter zu bewachen und bequemer zu erreichen sind.«

»Nicht in seiner eigenen Wohnung. Dort haben wir nichts entdeckt. Aber in dem Haus gibt es noch andere Wohnungen. Unter anderem die auf der anderen Seite der Etage, in der seine eigene Wohnung liegt.«

»Sehen wir uns dort doch einfach mal ein bisschen um.«

»Auf jeden Fall. Während du fährst, gucke ich nach, wem die andere Etagenhälfte gehört oder wer sie gemietet hat.«

»Wie sieht es mit Verstärkung aus?«, erkundigte sich Roarke, während er sich hinter das Lenkrad schwang.

»Ich gebe den anderen Bescheid, dass wir noch einen Umweg machen, will aber nicht die Pferde scheu machen, solange ich nicht weiß, dass dort tatsächlich etwas ist. Vor allem glaube ich, dass wir mit einem Cyberfreak, der nur mit Hilfe seiner Fernbedienung tötet, auch alleine fertig werden. Weil er zwar gewieft, aber zugleich ein Feigling ist. So, da haben wir sie: Stuben, Harry und Tilda, sechsundachtzig beziehungsweise fünfundachtzig Jahre alt. Ihnen gehört die andere Hälfte der Etage, und sie wohnen schon seit achtzehn Jahren dort. Drei Kinder, fünf Enkel, zwei Urenkel.«

»Könnte eine Tarnung sein.«

»Ja.« Sie trommelte sich mit den Fingern auf den Oberschenkel. »Die Wohnung ist sehr gut gesichert. Zwei Türen mit Monitoren, Kameras und Handscannern. Die Aufteilung der Zimmer dürfte spiegelbildlich zu der Aufteilung in seiner Wohnung sein. Es schadet sicher nicht, dort kurz zu klopfen. Auf dem Weg dorthin sehe ich nach, was mit den anderen Wohneinheiten ist. Vielleicht hat er sein Schlupfloch ja in einem anderen Stock, aber irgendwie wäre die Wohnung direkt nebenan am günstigsten für ihn.«

Während Roarke den Wagen parkte, meldete sich Eve bei ihrer Partnerin. »Peabody, wir schauen noch kurz bei Vars direkten Nachbarn rein. Ich habe bei den Leuten irgendwie ein seltsames Gefühl.«

»Soll ich Sie dort treffen?«

»Nein. Wir gehen nur kurz dort vorbei. Wenn ich mich in einer Viertelstunde nicht wieder gemeldet habe, schicken Sie Verstärkung.«

»Verstanden. Direkt neben seiner eigenen Wohnung. Jetzt, wo ich darüber nachdenke, erscheint mir das alles andere als dumm. Warum lassen Sie nicht einfach Ihr Handy an, Dallas? Dann kriege ich von hier aus alles mit und kann die Meute sofort in Bewegung setzen, falls es irgendwelche Schwierigkeiten gibt.«

»Also gut. Aber während Sie den Babysitter für uns spielen, überprüfen Sie auch noch die anderen Bewohner des Gebäudes. Und stellen Sie Ihr Handy bloß auf stumm. Denn ich will nicht, dass man plötzlich aus Richtung von meinem Hintern Ihre Stimme hört.« Während ihr Gatte fröhlich grinste, steckte sie ihr eigenes Handy wieder ein.

»Am besten machen wir es offiziell. Rekorder an. Lieutenant Eve Dallas und der zivile Berater Roarke betreten das Wohnhaus von Var Hoyt, um mit den Nachbarn des Verdächtigen zu sprechen.«

Sie zog ihren Generalschlüssel hervor und schloss die Haustür auf.

»Weißt du, ich an seiner Stelle hätte ein Alarmsystem für den Fall, dass sich jemand Unbefugtes Zutritt zu dem Haus verschafft.«

»Vielleicht. Aber dann müsste er in einer Wohnung den Computer runterfahren, alles sichern, schnellstmöglich zurück zur anderen Wohnung laufen, aufsperren, reingehen, absperren. Und das wäre dann auf den Kameras im Flur zu sehen. Vielleicht stören wir ja bloß ein altes Ehepaar, das sich einen ruhigen Abend machen will.«

»Vielleicht sind die beiden auch unterwegs, tanzen Tango und kippen Tequila in sich rein«, schlug Roarke mit einem neuerlichen Grinsen vor. »So, wie wir es machen werden, wenn wir irgendwann in ihrem Alter sind. Und danach werden wir heimkommen und wilden Sex haben.«

»Um Gottes willen. Das wird alles aufgenommen.«

»Ja, ich weiß.« Sie stiegen in Vars Etage aus dem Lift. »Ich möchte schließlich auch, dass es einen Beleg für unsere Zukunftspläne gibt.«

Sie bedachte ihn mit einem bitterbösen Blick, während sie vor die Tür der Hoyt'schen Nachbarwohnung trat. »Siehst du das rote Licht über den Türen? Er hat drüben abgesperrt. Und das haben diese Leute auch.«

Sie legte eine Hand an ihre Waffe, klopfte, wartete und wollte gerade noch einmal klopfen, als der Lautsprecher anging.

»Hallo?«, fragte eine etwas argwöhnische Frauenstimme.

»Mrs Stuben?«

»Ja. Und wer sind Sie?«

»Lieutenant Dallas von der New Yorker Polizei.« Sie hielt ihre Marke vor die Kamera. »Wir würden gern mit Ihnen sprechen.«

»Gibt es ein Problem? Ist etwas passiert? Oh, mein Gott. Geht es um eins der Kinder?«

»Nein, Ma'am«, erklärte Eve, während die Tür geöffnet wurde und das grüne Licht ansprang. »Nein, Ma'am«, wiederholte sie und blickte durch die zwischenzeitlich offene Tür. »Dies ist nur eine Routinebefragung im Zusammenhang mit laufenden Ermittlungen.«

»Laufenden Ermittlungen?« Die kleine, schlanke Frau

trug eine weite Hose unter einem bunt geblümten Hemd. Ihr aschblondes, ordentlich frisiertes Haar lag wie ein Helm um ihren Kopf. »Harry! Harry! Die Polizei ist an der Tür. Ich nehme an, Sie möchten reinkommen.«

Sie machte einen Schritt zurück, und Eve sah in ein großes, komfortables Wohnzimmer, das voller Staubfänger und hübsch gerahmter Fotos war. Die klimatisierte Luft wurde von einem süßlichen Lavendelduft erfrischt.

»Tut mir leid, ich wollte nicht unhöflich erscheinen. Ich bin einfach etwas durcheinander.« Sie griff sich ans Herz. »Aber kommen Sie doch rein und setzen sich. Ich wollte gerade Tee für mich und Harry kochen. Eine feine Kanne Tee, während wir unsere Sendungen im Fernsehen sehen. Harry!«, rief sie abermals und stieß einen Seufzer aus. »Er hat den Fernseher so laut gestellt, dass er mich nicht hören kann. Ich muss ihn wohl holen gehen. Nehmen Sie doch einfach Platz, und ich hole Harry, ja?«

»Mrs Stuben, kennen Sie Ihren direkten Nachbarn? Levar Hoyt?«

»Var? Natürlich. Ein unglaublich netter junger Mann«, erklärte sie und wandte sich der Treppe zu. »Und hochintelligent. Wir könnten uns keinen besseren Nachbarn wünschen. Harry!«

»Tee und Blumen«, raunte Eve Roarke zu. »Es ist so gemütlich, dass man fast daran erstickt.«

»Was es für dich erst recht verdächtig macht. Aber es gibt tatsächlich Leute …« Er sah sich im Zimmer um und sagte plötzlich: »Eve.« Während gleichzeitig die Tür verriegelt wurde und die Einrichtung des Raums anfing zu flirren und verschwand.

»Ein gottverdammtes Hologramm!« Als Eve nach ihrem Stunner griff, zückte sie ein Schwert. »Ach, leck mich doch!«

»Was noch ein wenig warten müssen wird. Links von dir.«

Sie hatte kaum genügend Zeit, um sich zu drehen und die Klinge abzuwehren, die auf sie herunterfuhr. Gleichzeitig starrte ein von Tätowierungen und Narben verunziertes Gesicht sie an. Es riss das Maul zu einem breiten Grinsen auf, und zwei rote Sonnen tauchten den Himmel in die Farbe frischen Bluts.

Sie riss ihren linken Ellenbogen hoch und rammte ihn dem Monster an den Hals. Während es benommen rückwärts taumelte, warf sie einen kurzen Blick auf Roarke. Er kämpfte gegen einen Berg von einem Mann mit nacktem Oberkörper, der mit einem Schwert und einem Dolch bewaffnet war.

Im Observationskreis hinter ihm stand Var.

Er ist verängstigt, dachte sie und wehrte gleichzeitig den nächsten Schlag des Monsters ab. Verängstigt und verzweifelt, aber gleichzeitig auch aufgeregt.

»Die Verstärkung ist bereits im Anmarsch, Var!«, rief sie. »Beenden Sie das Spiel.«

»Sie müssen es zu Ende spielen.«

Sie spürte, dass der Boden sumpfig war, und nahm beiläufig die schwere, feuchte Hitze, das Schreien von Vögeln und das unglaubliche, wilde Grün des dichten Waldes wahr. Die Schwerter klirrten wie tödliche Zimbeln, und sie kämpfte tapfer weiter gegen ihren unwirklichen Gegner an.

Um das Spiel zu spielen, musste man die Regeln kennen, dachte sie.

»Worum zum Teufel kämpfen wir?« Sie machte einen Satz zurück, als das gegnerische Schwert in Richtung ihrer Knie sauste, und schlug ihrem Widersacher auf den Arm. »Wir haben euch nichts getan.«

»Ihr seid hier eingedrungen, um uns zu versklaven. Deshalb bekämpfen wir euch bis zu unserem letzten Atemzug.«

»Ich habe kein Interesse an euch oder eurer verdammten Welt.« Sie wirbelte herum und trat ihm in die Seite, doch bevor sie ihm den Todesstoß versetzen konnte, täuschte er kurz an und zog mit seinem Schwert eine Linie des Schmerzes über ihre Hüfte und ihr linkes Bein.

Abermals machte sie einen Satz zurück. »Ich bin eine New Yorker Polizistin, du verdammter Hurensohn. Und ich werde dich plattmachen.«

Erfüllt von glühend heißem Zorn, ließ sie ihr Schwert nach allen Seiten fliegen, durchbrach seine Verteidigung, riss ihm die Seite auf und ließ die Faust so fest auf seine Nase krachen, dass das Blut in Strömen floss.

»So machen wir es in New York!«

Seine Augen funkelten erbost, aber als er sich schreiend auf sie stürzte, rammte sie die Klinge ihres Schwerts in seinen Bauch, riss sie, während er zu Boden ging, wieder heraus und wirbelte zu Roarke herum.

Die schwarze Rüstung, die er trug, und die glänzende Brust von seinem Gegner waren rot vom Blut. Neben ihnen kreisten Vögel mit drei Flügeln über einem wilden, unheimlichen, schlammig roten Fluss.

Das Pochen ihres Herzens hörte sich wie laute Trommelschläge an, atemlos rannte sie auf ihn zu.

»Ich komme auch alleine klar«, fuhr er sie an.

»Oh, um Himmels willen.« Doch noch während sie ihr Schwert nach oben riss, um ebenfalls den Fleischkoloss zu attackieren, schnitt ihm Roarke mit einem Schlag die Kehle durch.

»Ich habe doch gesagt, ich komme auch alleine klar.«

»Na super. Das gibt einen Extrapunkt für dich. Und jetzt …«

Sie drehte sich um, um Var die Spitze ihrer Waffe an den Hals zu drücken. Als sie sich urplötzlich einer ganzen Schar von Kriegern gegenübersah.

Männer, Frauen, tätowiert und schwer bewaffnet. Jetzt rührten die Trommelschläge von den Knochen her, mit denen die Horde rhythmisch gegen die Stämme der Mammutbäume schlug.

»Gegen eine solche Überzahl haben wir keine Chance«, murmelte Eve und automatisch wandten sie und Roarke einander schützend die Rücken zu.

»Nein.« Er griff hinter sich und drückte ihre freie Hand. »Aber wir werden ganz bestimmt nicht kampflos untergehen.«

»Wir können sie hinhalten.« Während sich die erste Gruppe ihnen langsam näherte, drehten sie und Roarke sich gleichmäßig im Kreis. »Bis die Verstärkung kommt. Falls du an den Holographen kommst, falls du die verdammte Kiste findest, kannst du dann das Spiel beenden?«

»Ja, wahrscheinlich. Vielleicht nimmst du dir währenddessen diesen kleinen Schweinehund da drüben vor.«

»Sie haben ihn sorgfältig abgeschirmt. Und ein verdammtes Schwert genügt ganz sicher nicht … warte, einen Augenblick. Einen verdammten Augenblick.«

Es war alles nicht echt, ging es ihr durch den Kopf. Todbringend und mörderisch, aber trotzdem nicht real. Ihre Waffe aber war real. Sie konnte sie nicht sehen und wegen des Programms nicht spüren, aber trotzdem war sie *da.*

Die Erinnerung der Muskeln, die Gewohnheit, den Instinkt hatte sie doch ganz bestimmt nicht völlig verloren. Sie nahm das Schwert in ihre linke Hand, atmete tief durch, schlug sich mit der Rechten auf das Bein und tatsächlich fiel es ihren Fingern wieder ein. Das kühle Metall, die Form und das Gewicht.

Sie drückte ab und sah, wie der getroffene Angreifer in sich zusammenfiel.

Weil das Strahlenbündel, das ihn ausmachte, in sich zusammenbrach.

Sie zielte noch ein zweites und ein drittes Mal und zerstreute so das Feld.

»Reservestunner. Rechter Knöchel. Kommst du dran?«

»Keine Zeit.« Roarke wirbelte herum und wehrte einen Kerl zu ihrer Linken ab. »Ziel auf das Gerät. Jag die verdammte Kiste in die Luft.«

»Wo zum Teufel steht das Ding?«

Sie zog den nächsten Angreifer aus dem Verkehr, bevor er mit der Spitze seines Schwerts in Roarkes ungeschützte Seite stach.

»Rechts neben der Tür!«, schrie er und schnappte sich das Schwert eines gefallenen Kriegers. »Ungefähr in Brusthöhe.«

»Wo ist die verfluchte Tür?«, schrie sie zurück, während sie weiter um sich schoss. Schreie durchschnitten die Luft, die gespenstisch grünen Bäume sandten dichte Rauchwolken zum Himmel auf, und sie sah sich verzweifelt um.

Der Strom der Angreifer verebbte einfach nicht, erkannte sie, während sie in dem verzweifelten Bemühen, sie von ihrem Liebsten fernzuhalten, immer weiter feuerte.

Var hatte das Spiel so manipuliert, dass nur ein bestimmter Sieger übrig bleiben konnte.

»Vergiss es!«, brüllte sie.

Östlich von ihr, auf der anderen Seite des verdammten Flusses, dachte sie, lenkte ihre Waffe dort auf einen Punkt in Brusthöhe und drückte ab.

Gleichzeitig nahm sie eine Bewegung aus dem Augenwinkel wahr, wirbelte herum und riss ihr Schwert nach oben, während sie weiter schoss.

Roarke trat zwischen sie und einen angreifenden Krieger, damit dessen Schwerthieb sie nicht traf, und sie riss entsetzt die Augen auf, als der Krieger Roarke den Dolch, mit dem er ebenfalls bewaffnet war, unsanft in die Seite stieß.

Im selben Augenblick züngelten wilde Flammen durch den Raum, man hörte das Knistern durchschmorender Kabel und die Bilder lösten sich flirrend in Wohlgefallen auf.

Als Roarke schwankte, streckte sie die Hände aus und fing ihn auf. »Halt durch. Halt bitte durch.«

»Sie haben geschummelt.« Mit einem Ausdruck der Empörung im Gesicht stürzte Var in Richtung Tür.

Wortlos streckte Eve ihn mit dem Stunner nieder, und noch während er anfing zu zucken, ließ sie Roarke vorsichtig auf den Boden gleiten und knöpfte seine ruinierte Jacke auf.

»Lass mich gucken. Lass mich gucken.«

»So schlimm ist es gar nicht.« Er atmete mühsam aus und ein. »Außerdem hast du selber ein paar Treffer abgekriegt.«

»Sei still.« Sie riss an seinem Hemd. »Warum hast du immer so viel an?«

Sie weiß gar nicht, dass sie weint, dachte er. Seine Polizistin, seine kaltblütige Kriegerin. Als sie ihre eigene Jacke auszog und den Ärmel abriss, zuckte er zusammen. »Diese Jacke war richtig hübsch.«

Sie faltete den Ärmel sorgfältig zusammen und presste das Stoffkissen auf seine Wunde.

»Es ist wirklich nicht so schlimm.« Nun, zumindest wollte er das hoffen, er konzentrierte sich auf ihr Gesicht. Auf Eves Gesicht. Auf Eve. »Brennt wie Feuer, aber ist bestimmt nicht weiter schlimm. Ich habe schon öfter irgendwelche Stichverletzungen gehabt.«

»Halt die Klappe, halt einfach die Klappe.« Eilig zerrte sie ihr Handy aus der Tasche. »Ein Kollege ist verletzt. Ein Kollege ist verletzt.«

»Jetzt bin ich also auch noch ein Kollege? Als wäre es nicht bereits schlimm genug, dass ich verwundet bin.«

Während sie noch die Adresse in ihr Handy schrie, hörte er schnelle Schritte aus dem Flur. »Ah, da ist ja die Verstärkung. Wisch dir lieber das Gesicht ab, Baby. Schließlich sollen die anderen dich nicht weinen sehen.«

»Ach, vergiss es.« Trotzdem fuhr sie sich mit einem blutverschmierten Handrücken durch das Gesicht und drückte seine Hand auf den provisorischen Verband. »Halt das fest. Kannst du das festhalten?« Sie riss den zweiten Ärmel ihrer Jacke ab. »Du wirst mich nicht verlassen.«

»Meine geliebte Eve, ich gehe nirgends hin.« Ihr Gesicht, dachte er gerührt, während er innerlich vor Schmerzen schrie. »Ich habe schon mit zwölf erheblich Schlimmeres erlebt.«

Sie drückte auch den zweiten Ärmel auf die Blutung und hielt ihn gemeinsam mit ihm fest. »Du bist okay. Du wirst wieder gesund.«

»Das sage ich doch schon die ganze Zeit«, erklärte er.

Im selben Augenblick wurde die Tür des Zimmers aufgerissen, und das ganze Team stürzte auf einmal auf sie zu.

»Wir brauchen einen Sanitäter«, brüllte Eve. »Holt einen verdammten Sanitäter her. Wir haben ihn erwischt. Wir haben dieses Schwein erwischt.«

»Durchsucht die ganze Wohnung und nehmt dieses Arschloch fest«, befahl Peabody den anderen, während sie sich neben Eve auf die Knie fallen ließ. »Der Arzt ist unterwegs. Wie schlimm ist es?«, fragte sie und strich Roarke die Haare aus der Stirn.

»Stichwunde in der Seite. Er hat Blut verloren. Wir haben es geschafft, die Blutung zu verlangsamen, aber ...«

»Lass mich sehen.« Jetzt hockte sich auch Feeney neben Eve. »Rutsch ein bisschen rüber, Dallas. Los, Mädchen, mach Platz.« Feeney stieß sie mit dem Ellenbogen an und lugte vorsichtig unter den Druckverband. »Da haben Sie aber ein wirklich anständiges Loch.« Er sah Roarke ins Gesicht. »Trotzdem haben Sie bestimmt schon Schlimmeres erlebt.«

»Auf jeden Fall. Sie hat ebenfalls was abgekriegt.«

»Dann sieht der Sanitäter sie sich auch noch an.«

»Die Wohnung ist sauber.« Ian steckte seine Waffe wieder ein, kniete sich neben Peabody und wandte sich an Roarke. »Wie geht es Ihnen?«

»Es ging mir schon besser, aber, verflucht, wir haben gewonnen.«

»Das ist das Einzige, was zählt. Callendar ist schnell

rüber ins Bad gelaufen und holt dort ein paar Handtücher. Wir kriegen Sie auf alle Fälle wieder hin.«

»Davon bin ich überzeugt.« Roarke wollte sich aufrichten, doch Eve drückte ihn auf den Fußboden zurück.

»Bleib ruhig liegen, denn sonst fängst du wieder an zu bluten. Warte, bis ...«

»Ach, halt die Klappe«, gab er das, was sie zuvor gesagt hatte, zurück, zog sie zu sich herab und presste seine Lippen fest auf ihren Mund.

22

Eve saß mit ihren Leuten, dem Commander, Mira und Cher Reo im Besprechungsraum.

Sie sah sich zusammen mit den anderen zum zweiten Mal die Aufnahmen aus der Wohnung an und versuchte, nicht darauf zu achten, dass sie in einem schwarzen Catsuit und mit Kupferbrustschild um ihr Leben rang.

Es wäre vollkommen absurd gewesen, hätte sie nicht immer noch Roarkes Blut an ihren Händen gesehen und die Schmerzen und Verbrennungen an ihrem eigenen Leib gespürt.

Sie sah, wie Roarke sich schützend vor sie stellte, während sie aus ihrem Stunner immer wieder auf die Hologramme schoss. Warum hatte sie nicht eher das Gerät zerstört? Warum hatte sie es nicht eher entdeckt? Nur ein paar Sekunden früher, dann wäre ihrem Liebsten nichts geschehen. Nur ein paar Sekunden.

Sie sah erneut, wie es passierte, wie er eine Drehung

machte und sich schützend vor sie warf. Wie der Dolch in seine eigene ungeschützte Seite drang.

Dann änderte sich die Szene so abrupt, als hätte sie beim Fernsehen einen anderen Kanal gewählt, und sie stand in dichten Rauch eingehüllt in einem von ihren Schüssen vollkommen zerstörten Raum, während aus dem zerfetzten Holographen leuchtend rote Flammen züngelten und Roarke blutend auf dem Boden lag.

»Seltsam«, murmelte die Staatsanwältin. »Ich sehe den Film jetzt schon zum zweiten Mal, habe Ihren Bericht gehört und kann es trotzdem irgendwie nicht glauben.«

»Wir müssen so viele Details wie möglich aus den Medien raushalten.« Whitney sah die anderen an. »Am besten bleibt diese Geschichte unter uns. Die Aufnahmen, die er gemacht hat, und seine Geräte wurden konfisziert?«

»Es ist alles hier auf dem Revier«, bestätigte ihm Eve. »Vielleicht hat er noch ein anderes Versteck, aber das halte ich für unwahrscheinlich. Weil kein anderer Raum so praktisch und so nah ist wie die Wohnung direkt nebenan. Wir fangen gleich mit der Vernehmung an.« Sie wandte sich der Psychologin zu. »Ego, Konkurrenzdenken, Stolz auf seine eigene Leistung?«

»Damit kriegen Sie ihn sicher dran. Denn er war nicht nur süchtig nach dem Spiel, sondern hat eine Zeitlang ganz darin gelebt. Es war eine aufregendere Wirklichkeit für ihn, in der er alles unter Kontrolle hatte und zugleich über den Dingen stand. Er hat nicht in persona gegen Sie gespielt.«

»Weil er ein Feigling ist.«

»Ja, aber zugleich denkt er, dass er uns allen überlegen ist. Sie haben nur gesiegt, weil Sie geschummelt haben. Davon ist er überzeugt.«

»Das Spiel war die Waffe, und er hat es kontrolliert. Wie steht es mit der Anklage wegen dem Mord an Minnock?«, wollte Eve von Reo wissen.

»Das könnte recht schwierig werden. Schließlich könnte er einfach behaupten, dass er gegen Minnock spielen wollte und dass der das Spiel durchaus hätte gewinnen können. Außerdem können wir nicht beweisen, dass das Opfer sich bei Spielbeginn über die angewandte Technik nicht im Klaren war.«

»Das ist totaler Schwachsinn.«

»Das sehe ich genauso, aber trotzdem kann ich vor Gericht nicht eindeutig beweisen, dass es nicht so war. Im Fall Minnock wäre fahrlässige Tötung, im Fall Allen und bei Roarke und Ihnen fahrlässige Körperverletzung drin. Dazu kämen noch Angriff auf eine Polizeibeamtin, Computerkriminalität, die nicht angemeldeten Geräte, Falschaussage sowie jede Menge anderer Kleinkram. Deshalb kriegen wir ihn dran, Dallas, machen einen Deal und vermeiden ein Verfahren, das sich ewig hinziehen könnte, und verhindern vor allem, dass die von ihm entwickelte Technologie und seine Verbrechen in den Medien ausgeschlachtet werden. Er wandert für gute fünfzig Jahre ins Gefängnis, wo er als Computerkrimineller keinen Zugang zu seinem geliebten Elektronik-Spielzeug hat. Was hart, aber ausnehmend passend ist.«

»Verdammt, ich will, dass gegen den Kerl Anklage wegen versuchten Mordes erst an Cill und dann an Roarke erhoben wird.« Dann aber riss sie sich zusammen und fuhr ruhiger fort. »Und im Fall Bart Minnock wegen Mordes. Wenn Sie sich herunterhandeln lassen, werde ich das akzeptieren, aber ich will, dass diese Anklagen gegen den Kerl erhoben werden, weil er dann bei diesem Deal nicht allzu viel erreichen kann.«

Roarke studierte Eves Gesicht. Was auch immer sie in seiner Miene sah, bewog sie dazu, einen Gang zurückzuschalten, und so fügte sie hinzu: »Lassen Sie uns sehen, was beim Verhör passiert. Dann können Sie immer noch entscheiden, wie Sie vorgehen wollen.«

»Dann holen wir den Kerl am besten jetzt in den Vernehmungsraum.«

Whitney zog sie kurz beiseite. »Lassen Sie ihn ruhig noch etwas schwitzen und erholen sich erst einmal.«

»Ich bin in Ordnung, Sir.« Sie würde sich den Typen jetzt vorknöpfen, während sie noch spinnewütend war. »Er hatte schon zwei Stunden Zeit, um sich eine Strategie zurechtzulegen. Noch mehr Zeit will ich dem Schweinehund nicht geben.«

»Wie Sie meinen. Aber, Dallas? Nehmen Sie die Sache nicht persönlich.«

»Nein, Sir«, stimmte sie ihm zu.

Was eindeutig gelogen war. Weil sie die Geschichte ausnehmend persönlich nahm.

Sie ging zu ihrem Mann, der ein Hemd aus Baxters Spind über der frischen, rohen Wunde trug. Er hatte wieder Farbe im Gesicht und einen klaren Blick. War längst nicht mehr so bleich wie noch vor wenigen Stunden, als sein Blut durch ihre Finger auf den Fußboden geflossen war.

»Ich weiß, du möchtest wissen, was der Dreckskerl sagt. Das kann ich verstehen. Deshalb werde ich dafür sorgen, dass du dir die Aufnahme seiner Vernehmung ansehen kannst. Aber jetzt musst du nach Hause fahren, dich von

Summerset verarzten lassen und diese verdammten Pillen nehmen, die du bisher verweigert hast.«

»Nur, wenn du mitkommst.«

»Roarke.«

»Eve. Wir verstehen uns, oder nicht? Lass uns die Sache zu Ende bringen, dann fahren wir heim.«

»Im Observationsraum steht ein Stuhl. Setz dich also wenigstens hin.«

Damit ließ sie ihn stehen und wandte sich der Psychologin zu. »Könnten Sie mir wohl einen Gefallen tun und Roarke im Blick behalten? Wenn er so aussieht, als würde er es brauchen, könnten Sie ihm eine Spritze mit einem Beruhigungsmittel setzen. Die Verantwortung dafür übernehme ich natürlich.«

»Machen Sie sich keine Sorgen.« Mira legte einen Arm um ihre Taille. »Denn wir anderen sind in der Überzahl.«

Eve nickte kurz und zwang sich dann, ihre Sorge abzuschütteln. Einfach abzuschütteln und sich wieder ganz auf ihren Job zu konzentrieren.

»Peabody.« Sie blieb kurz stehen und fuhr sich mit der Hand durchs Haar. »Sie sind mitfühlend und ein bisschen beeindruckt. Aber nicht allzu weich, denn das würde er Ihnen ganz bestimmt nicht abkaufen. Aber Sie sind jünger als er, und er wird denken, Sie wären einfach etwas naiv. Falls er, wovon ich überzeugt bin, recherchiert hat, wer wir sind, weiß er auch, dass Ihr Freund ein elektronischer Ermittler ist.«

»Verstehe. Dürfte ich vielleicht noch einen Vorschlag machen? Ich an Ihrer Stelle würde meine Jacke ausziehen und mit nackten Armen zu ihm gehen, damit er Ihre blauen Flecken sieht. Denn das verschafft ihm sicher einen Kick.«

»Gute Idee.« Eilig zog sich Eve die Jacke aus und knirschte mit den Zähnen, denn ihr linker Arm tat höllisch weh. Dann warf sie die Jacke Ian zu. »Halten Sie die fest.«

Schließlich nickte sie Peabody zu und öffnete die Tür von Verhörraum A.

Er saß auf einem Stuhl, hatte seine Hände auf der Tischplatte gefaltet und den Kopf gesenkt. Als sie den Raum betraten, sah er auf und bedachte Eve mit einem unglücklichen Blick. »Ich weiß nicht, was passiert ist. Ich …«

»Ruhe«, schnauzte sie ihn an. »Rekorder an. Vernehmende Beamtinnen: Lieutenant Eve Dallas und Detective Delia Peabody. Zu Vernehmender: Levar Hoyt. Mr Hoyt, hat man Sie über Ihre Rechte aufgeklärt?«

»Ja, als man …«

»Haben Sie verstanden, welche Rechte und Pflichten Sie haben?«

»Ja, okay, aber die Sache ist die …«

»Hör zu, du Arschloch, ich vergeude ganz bestimmt nicht meine Zeit mit deinen lahmen Ausreden und anderem Quatsch. Denn falls du dich erinnerst, war ich selbst dabei. Konnte dein krankes Spiel also aus nächster Nähe sehen.«

»Genau darum geht es ja.« Seine Fesseln klirrten, als er seine Hände von der Platte nahm. »Die ganze Sache ist mir irgendwie über den Kopf gewachsen. In das Spiel hat sich irgendein Fehler eingeschlichen, und als ich versucht habe, ihn zu beheben, kamen plötzlich …«

Sie schlug mit beiden Händen auf den Tisch, und er zuckte zusammen. Gleichzeitig jedoch wanderte sein Blick an ihrem verletzten Arm hinauf. »Du Schweinehund hast einfach dagestanden und mit angesehen, wie die bösartige Welt, die du erschaffen hast, über uns hergefallen ist. Du hast einfach dagestanden und tatenlos zugeschaut.«

»Ich habe versucht, das Spiel zu stoppen, aber …«

»Du hast einfach dagestanden und beobachtet, wie uns die Meute überfällt. Weil du zu feige bist, um selbst zu spielen.« Jetzt packte sie den Kragen seines Hemds. »Bist du vielleicht zu schwach, um es mit mir aufzunehmen?«

»Also bitte, Dallas, regen Sie sich ab.« Peabody legte warnend eine Hand auf ihre Schulter. »Der Typ hat etwas ganz Unglaubliches erschaffen. Er ist Wissenschaftler und treibt sicher keinen Sport.«

»Doch, natürlich treibe ich Sport.«

Mit einem erbosten Schnauben wandte Eve sich ab.

»Meinetwegen.« Peabody nahm ihm gegenüber Platz. »Alles, was ich sagen will, ist, dass Sie gegenüber einer derart durchtrainierten Frau wie Dallas oder einem Kerl wie Roarke körperlich im Nachteil wären. Als Elektroniker hingegen macht Ihnen wahrscheinlich niemand etwas vor.«

»Vielleicht wären Sie beide ja gern einen Moment allein«, bot Eve mit kalter Stimme an.

»Also bitte, Dallas, Ehre, wem Ehre gebührt. Wie lange haben Sie für die Entwicklung des Programms gebraucht? Die Technologie ist echt der Wahnsinn. Ich kapiere einfach nicht, wie jemand so was Geniales hinbekommt.«

»Es ist eine völlig neue Ebene. Ich habe Jahre dafür gebraucht, aber schließlich konnte ich auch immer nur begrenzte Zeit auf das Programm verwenden. Es eröffnet uns eine vollkommen neue Welt, und zwar nicht nur zum Spielen, sondern auch, tja, für die Ausbildung von Leuten wie Ihnen und das Militär. Lauter Sachen dieser Art.« Begeistert beugte er sich vor. »Ich wollte etwas völlig Neues schaffen, etwas Einzigartiges, was ich der Menschheit geben kann. Ich habe Dutzende von Theorien, Anwendungen und Programmen ausprobiert, bis ich endlich so weit war. Der Realismus dieses Spiels bietet dem Spieler echte Risiken und Belohnungen. Und das …«, er lehnte sich wieder zurück, als wäre ihm mit einem Mal bewusst geworden, dass er im Begriff war, sich sein eigenes Grab zu schaufeln. Dann wiegelte er plötzlich ab.

»Ich hätte nie erwartet, dass einem bei dem Programm tatsächlich etwas passieren kann. Deshalb habe ich ja versucht, es abzuändern und denselben Realismus anzubieten, ohne dass die Gefahr besteht, dass irgendwer dadurch zu Schaden kommt.«

»Sie wussten, dass jemand verletzt oder sogar getötet werden konnte.« Peabody sah ihn mit großen Augen an. »Deshalb haben Sie versucht, den Fehler zu beheben.«

»Ja, genau. Ich wollte nie, dass irgendwer durch mein Programm verletzt wird oder so.«

»Und warum haben Sie Bart Minnock nichts von dieser Möglichkeit erzählt? Warum haben Sie ihm nicht gesagt, dass das Programm einen letalen Fehler hat?«

»Ich … ich wusste nicht, dass er diese Diskette mitgenommen hat. Er hatte sie nicht ausgeloggt und nichts davon erzählt.«

»Aber was hat die Diskette überhaupt in der Firma gemacht, wenn Sie nur außerhalb daran gearbeitet haben?«

»Ich wollte sie ihm zeigen und ihn fragen, ob er eine Lösung weiß, aber anscheinend hat er die Diskette mitgenommen, um sie selbst zu testen und zu sehen, was man machen kann.« Var ließ seinen Kopf wieder zwischen die Hände sinken und fügte erstickt hinzu: »Ich weiß wirklich nicht, warum er das gemacht hat. Warum er ein solches Wagnis eingegangen ist.«

»Sie sagen also aus, Sie hätten Bart von dem Projekt, von dem Programm und seinen Risiken erzählt?«

»Na klar.«

»Nur Bart?«

»Genau. Mir war nicht klar, dass er diese Diskette an dem Abend mitgenommen hatte, bis ...«

»Warum liegt Cill dann im Krankenhaus?«, hakte Peabody unbarmherzig nach. »Wie ist sie an eine zweite Diskette mit dem Spiel gekommen, wenn nur Bart eine von Ihnen bekommen hat?«

»Nach der Sache mit Bart habe ich ihr davon erzählt.« Er riss unschuldig die Augen auf. »Weil ich es einfach einem Menschen sagen musste.«

»Und da kam sie urplötzlich auf die Idee, Barts Fehler zu wiederholen und einfach selbst zu gucken, was bei dem Programm im Argen liegt?«

Mit zusammengebissenen Zähnen lehnte sich der Kerl erneut auf seinem Stuhl zurück. »So muss es gewesen sein. Aber sie hat uns nichts davon erzählt. Da können Sie Benny fragen.«

»Wir werden sie einfach selber fragen. Denn sie ist inzwischen aus dem Koma aufgewacht«, log Eve und wandte sich ihm wieder zu. »Die Ärzte sagen, dass sie sich vollständig erholen wird und morgen mit uns sprechen kann.« Sie warf einen Blick auf ihre Uhr. »Oder vielleicht sogar heute noch.«

»Gott sei Dank. Gott sei Dank. Aber Sie müssen verstehen, dass sie total sauer auf mich ist. Dass sie total fertig ist wegen der Sache mit Bart und dass sie denkt, ich wäre schuld an seinem Tod.«

»Wer hätte das gedacht? Aber Sie können sich sicher denken, wem wir glauben werden, wenn sie uns erzählt, dass Sie ihr die Diskette gegeben und gesagt haben, dass sie das Spiel noch einmal testen soll.«

»Das habe ich ganz sicher nicht getan. Das werden Sie niemals beweisen können. Dann steht mein Wort gegen das von Cill, und sie hatte gerade eine komplizierte Hirn-OP. Vielleicht sollte ich einen Anwalt anrufen. Ich wette, dass der Ihnen genau dasselbe sagen würde.«

»Sie wollen einen Anwalt? Schön. Dann beenden wir jetzt die Vernehmung, und Sie rufen einen Anwalt an. Und während Sie das tun, werden unsere elektronischen Ermittler Ihr fantastisches Programm, Ihre Speicher, Ihre Aufnahmen und Ihre nicht registrierte Kiste auseinandernehmen und zerstören.«

»Warten Sie! Einen Moment!« Wieder rasselten die Fesseln, die er trug, denn vor Entsetzen sprang er halb von seinem Stuhl. »Das können Sie nicht machen. Das ist meine Arbeit. Mein Eigentum. Sie haben nicht das Recht, diese Dinge zu zerstören.«

»Sagen Sie das Ihrem Anwalt.«

»Lassen Sie uns mit dem Anwalt warten. Lassen Sie uns damit einfach warten, ja?«

»Sie wollen also zum jetzigen Zeitpunkt keinen Rechtsbeistand?«

»Nein. Lassen Sie uns einfach weiterreden.« Er faltete seine Hände wieder auf dem Tisch, doch diesmal, merkte Eve, war das Weiß der Knöchel durch die straff gespannte Haut hindurch zu sehen. »Diese Arbeit ist sehr wertvoll und vor allem hochkomplex. Ihre elektronischen Ermittler werden sie gar nicht verstehen. Ich habe jahrelang an dem Programm getüftelt, und es ist mein Eigentum.«

»Ihr Eigentum? Nicht das von U-Play?«, fragte Eve. »Sie haben einen Vertrag, und in dem steht, dass alles, was einer von Ihnen entwickelt, Ihnen allen gemeinsam gehört.«

»Was mir nicht unbedingt gerecht erscheint«, fügte Peabody hinzu. »Nicht, wenn Sie dieses Programm tatsächlich ganz allein entwickelt haben. Denn etwas derart Brillantes hätte sonst wahrscheinlich niemand hingekriegt.«

»Ich hätte ja geteilt, aber Bart … hören Sie, ich habe das alles ausführlich mit Bart besprochen, aber er wollte daran nicht beteiligt werden. Deswegen gehört dieses Programm nur mir allein.«

»Sie haben also Bart von der Arbeit und dem Konzept erzählt?«

»Schließlich war er das Marketing-Genie. Wir hätten den gesamten Spiele-Markt revolutioniert.«

»Aber er war zu kurzsichtig, um das zu sehen.«

»Er stand eben auf dem Standpunkt, dass wir dabei bleiben sollten, Spiele zu entwickeln, und sonst nichts. Er konnte sich nicht vorstellen, das Unternehmen breiter aufzustellen, hat die Chancen, die uns das geboten hätte, nicht erkannt. Er hat einfach das Risiko gescheut. Deshalb gehört dieses Programm nur mir. Ich habe die ganze Arbeit und vor allem fast meine gesamte Freizeit in seine Entwicklung investiert.«

»Und dabei auf das Konzept und die Technologie von *Fantastical* zurückgegriffen«, beendete Eve den Satz. »Und die gehören ganz eindeutig nicht Ihnen allein.« Sie streckte ihren Zeigefinger vorwurfsvoll in seine Richtung aus. »Sie haben geschummelt.«

»Das habe ich nicht!« Auf seinen Wangen zeichneten sich leuchtend rote Flecken ab. »Hören Sie, er konnte sich entscheiden, und das hat er getan. Ein Spieler entscheidet immer, was er machen will, und folgt dann dem einmal eingeschlagenen Weg.«

»Wobei Bart ein besserer Spieler war als Sie.«

»Schwachsinn.«

»Er hatte einen Blick fürs Ganze und hat immer langfristig geplant. Sie sind eher der Mann für die Details, weshalb Ihnen das Gesamtbild oft verborgen bleibt.«

»Er ist derjenige, der tot ist«, schnauzte Var.

»Da haben Sie natürlich recht. Sie haben ihn in die Falle gelockt und dann erledigt.«

»Fakten.« Var klopfte mit einem Finger auf den Tisch. »Bart hat die Diskette mitgenommen. Bart hat sie in das Gerät gesteckt. Bart hat das Spiel gespielt. Ich war nicht dabei. Niemand hat ihn gezwungen, das zu tun. Das Spiel ist schlecht für ihn gelaufen und am Ende gab es einen fürchterlichen Unfall, aber ich kann nichts dafür. Ich habe das Programm entworfen und die Technologie dafür entwickelt, aber wenn ich deshalb schuld am Tod von meinem Kumpel bin, könnte man ebenso gut sagen, dass der Mensch, der Ihre Waffe gebaut hat, schuld ist, wenn Sie damit jemanden erschießen.«

»Da hat er recht.« Peabody nickte zustimmend. »Sie waren einfach das Gehirn im Hintergrund.«

»Genau.«

»Ich nehme an, dass Sie der Cleverste von Ihnen allen

sind. Weil keiner von den anderen jemals ein Programm geschrieben hat, das dem, was Sie entwickelt haben, auch nur ansatzweise das Wasser reichen kann.«

»Sie blicken einfach nie über den Tellerrand hinaus.« Er zog vier verbundene Linien in der Luft. »Sie stecken in dem Viereck fest, das wir all die Zeit gebildet haben.«

»Was für Sie bestimmt frustrierend war. Denn schließlich haben Sie sehr weit über den Tellerrand hinausgeschaut.« Peabody stieß einen mitfühlenden Seufzer aus. »Warum sind Sie nie auf die Idee gekommen, auszuscheren und sich einfach etwas Eigenes aufzubauen? Sie hätten die anderen doch gar nicht gebraucht.«

Er zuckte mit den Schultern.

»Oder vielleicht doch«, fuhr Peabody mit ruhiger Stimme fort. »Ich meine, einem klugen Mann ist schließlich klar, dass er andere benutzen, sich ihrer Ideen bedienen und sie einen Teil der Arbeit machen lassen muss, damit er sich ganz auf das Wesentliche konzentrieren kann. Sie kannten die drei anderen schon seit einer halben Ewigkeit, haben jahrelang mit ihnen zusammengearbeitet, wussten also ganz genau, was ihre Stärken oder Schwächen waren und wie man die – Sie wissen schon – für das Gesamtbild nutzen kann.«

»Irgendwie musste ich schließlich was verdienen, denn sonst hätte ich kein Geld für mein Projekt gehabt.«

»Das stimmt. Und dieses Geld haben Sie mit den anderen verdient. Verstehe. Und als Sie Bart die Diskette überlassen haben, war das in Wahrheit nur ein Experiment. Sie mussten sehen, was passiert. Mussten sehen, was passiert, wenn ein menschlicher Spieler spielt.«

»Genau. Er hat sich wirklich gut gehalten. Auch wenn

ich gedacht hätte, er hielte noch ein bisschen länger … schließlich konnte ich nicht wissen, was passieren würde«, ruderte er schnell zurück. »Schließlich war ich nicht dabei.«

»Und Sie konnten auch nicht wissen, was passieren würde, als Sie Cill diese Diskette überlassen haben«, stimmte Peabody ihm zu. »Sie konnten nicht wissen, dass sie stolpern würde. Und vor allem waren ihre und Barts Waffen ebenso gefährlich wie die Waffen ihrer Gegenspieler. Schließlich haben Sie die zwei nicht unbewaffnet in den Kampf geschickt.«

»Es sollte natürlich fair zugehen.« Var beugte sich wieder vor und konzentrierte sich jetzt ganz auf Peabody. »Hören Sie, Bart hatte dieses Szenarium schon unzählige Male durchgespielt. Wenn er immer noch nicht wusste, wie er mit dem Schwarzen Ritter fertig wird, ist das nicht meine Schuld.«

»Wie könnte es das sein? Und wenn Sie den beiden gesagt hätten, dass Ihr eigenes Programm, Ihre neue Technik auf diesen Disketten ist, wäre es kein richtiges Experiment mehr gewesen. Vor allem soll ein echter Spieler schließlich immer denken, dass alles, was er während eines Spiel erlebt, real ist, nicht wahr?«

»Genau.« Er schlug einmal kraftvoll auf den Tisch. »Sonst hätte das Spiel gar keinen Sinn.«

»Deshalb waren Sie auch nicht verpflichtet, den beiden etwas von Ihrem Programm zu sagen, als Sie ihnen die Disketten überlassen haben.«

»Nein, das war ich nicht. Was danach passiert ist, haben sich die beiden selber zuzuschreiben.«

Eve wollte ihm widersprechen, steckte dann aber die

Daumen in die Taschen ihrer Jeans und überließ auch weiter ihrer Partnerin das Wort.

»Sie haben doch bestimmt auch vorher schon mit dieser neuen Technologie experimentiert. Ein gründlicher und engagierter Wissenschaftler wie Sie. Sie haben das Spiel doch sicher vorher auch schon selbst einmal gespielt.«

»Nachdem die Technik stand, habe ich Droiden eingesetzt. Alle diese Probespiele sind gespeichert. Es ist alles genauestens dokumentiert. Ich habe nichts falsch gemacht. Es ist nicht meine Schuld, dass dabei jemand zu Schaden kam.«

»Droiden gegen Hologramme.« Peabody stieß einen leisen Pfiff aus und schüttelte bewundernd ihren Kopf. »Man, das hätte ich echt gerne gesehen.«

»In achtundneunzig Komma zwei Prozent der Fälle haben die Holos gesiegt. Sie haben meistens stundenlang gekämpft. Das war echt oberaffengeil.«

»Sie wussten also, dass die beiden keine Chance haben würden«, murmelte Eve. »Als Sie Ihre *Freunde,* Ihre *Partner* haben spielen lassen, wussten Sie, sie hätten praktisch keine Chance, den Holo-Raum noch einmal lebend zu verlassen.«

»Oh, das konnte ich nicht wissen.« Lächelnd verschränkte er die Arme vor der Brust.

»Das stimmt.« Eve nickte knapp. »Die beiden haben schließlich freiwillig gespielt. Sie waren nicht dabei, haben sie also nicht gezwungen, das zu tun.«

Pfeilschnell schoss sein Zeigefinger vor. »Genau.«

»Und es ist auch kein Verbrechen, dass Sie Bart loswerden wollten. Denn das wollten Sie, nicht wahr? Weil Sie mit den anderen fertig waren. Sie hatten endlich das, wofür Sie jahrelang geschuftet hatten, und dann hat Bart, der nicht mal annähernd so smart, innovativ und visionär gewesen ist wie Sie, einfach nicht mitgespielt. All die Ressourcen einer Firma, die dank Ihrer Mithilfe erst groß geworden war, all das Werkzeug, das Ihnen durch die Firma zur Verfügung gestanden hätte, und Bart hat einfach nein gesagt. Was gab ihm das Recht, Ihnen seine Hilfe einfach zu verwehren?«

»Er hatte nicht das Recht dazu. Weil ich genau wie er ein Teil von U-Play war. Weil ich genauso wichtig war. Aber wenn Bart etwas nicht wollte, haben immer alle anderen gekuscht.«

»Was natürlich wirklich ätzend war. Aber seit Bart nicht mehr da ist, hören die anderen auf Sie. Seitdem haben Sie die Macht und die Kontrolle, jetzt bestimmen endlich Sie.«

»Wie gesagt, es ist nicht strafbar, einen Menschen loswerden zu wollen.«

»Und Sie hatten eine Möglichkeit, ihn loszuwerden, ohne verantwortlich dafür zu sein. Das ist echt brillant.«

»Das ist einfach Teil von meinem Job. Ich entwerfe das Szenarium, entwickele die erforderliche Technik, und der Spieler entscheidet, was er damit macht. Wobei er gewinnen, aber eben auch verlieren kann.«

»Bei diesem Spiel ist klar, wer der Verlierer und wer der Gewinner ist.« Eve wippte gemächlich auf den Fersen und betrachtete sein selbstzufriedenes Gesicht. »Sie haben es so arrangiert, dass uns die Hände gebunden sind. Sie haben die ganze Zeit gewusst, dass wir Sie ganz unmöglich wegen Mordes drankriegen können, selbst wenn wir dahinterkommen, wie es abgelaufen ist.«

»Ich muss zugeben, ich hätte nicht gedacht, dass Sie überhaupt dahinterkommen würden. Oder wenigstens nicht derart schnell, noch bevor dieses Programm auch nur auf den Markt gekommen ist. Ich habe dabei übrigens ans Militär und die Security-Branche gedacht. Für Kinder ist das nichts. Sie können in meinen Aufzeichnungen sehen, dass ich nie die Absicht hatte, mit diesem Programm auf den freien Markt zu gehen. Sie kriegen mich also auch nicht in dieser Hinsicht dran.«

»Sie haben den beiden die Disketten überlassen, ohne sie darauf hinzuweisen, dass das Risiko beim Spiel deutlich gestiegen war.«

»Ich habe ihnen die Disketten überlassen. Und? Bart hätte spätestens nach fünf Minuten merken müssen, dass das Spiel verändert war. Offenbar hat er nicht aufgepasst. Aber ich habe ihn schließlich nicht *gezwungen,* dieses Spiel zu spielen.«

»Cilla Allen hatte keine Ahnung von der neuen Technologie. Sie wusste nichts davon.«

Achselzuckend fragte er: »Na und? Sie hätte auch gleich merken müssen, dass da was nicht stimmt. Weil sie schließlich ein verdammter Schlaukopf ist. Benny redet schon davon, dass sie jetzt an Barts Stelle zu Terminen gehen und mit Journalisten reden soll.«

»Dann hätte die Firma immer noch nicht Ihr Gesicht.« Eve nickte verständnisvoll. »Zu bedauerlich, dass sie gestürzt ist, bevor sie das Messer in den Leib gerammt bekommen hat.«

»Das Programm schaltet sich ab, wenn der Spieler bewusstlos wird. Das wurde mir erst klar, als es passierte. Das ist das Problem, wenn man Droiden nimmt. Aber nun, da ich es weiß, kann ich das Programm weiterentwickeln. Oh, ich wollte übrigens noch sagen, Sie waren vorhin echt gut. Sie und Roarke haben sich wirklich super angestellt. Nur die Benutzung einer anderen Waffe war nicht fair. Wie gesagt, ich habe versucht, das Spiel zu stoppen, aber das hat irgendwie nicht funktioniert. So etwas kommt eben manchmal vor.« Er lächelte erneut. »Ich habe gesehen, wie Roarke den letzten Treffer abbekommen hat. Ich hoffe doch, er ist okay.«

Sie beugte sich über den Tisch. »Ach, fick dich doch ins Knie.«

»Es gibt keinen Grund sich aufzuregen.« Jetzt grinste er breit. »Sie sind zufällig dazugekommen, als ich mit einem Spiel experimentiert habe, was genau wie alles andere, was ich getan habe, nicht verboten ist. Hören Sie, Sie können mich vielleicht wegen des nicht angemeldeten Computers drankriegen. Dafür zahle ich eine Strafe, leiste gemeinnützige Arbeit oder sonst was. Ich werde Sie nicht einmal dafür verklagen, dass in meiner eigenen Wohnung hinterrücks auf mich geschossen worden ist. Doch jetzt sollte ich wirklich ins Krankenhaus und gucken, wie es meiner Freundin geht. Ich wage nicht einmal, mir vorzustellen, wie durcheinander sie nach allem, was sie durchgemacht hat, ist. Kann ich jetzt also gehen?«

»Ja, ja, Sie können gehen. Und zwar in eine Zelle. Weil Sie festgenommen sind.«

»Festgenommen?«, fragte er und rollte mit den Augen. »Also bitte, das haben wir doch schon alles durchgekaut.«

»Genau, und Sie haben zugegeben, dass Sie das Programm entwickelt und dann Bart und Cilla die Disketten überlassen haben, ohne sie darüber aufzuklären, dass die Risiken des Spiels gestiegen sind.«

»Ich habe sie nicht zum Spielen *gezwungen*. Ich …«

»Reden Sie ruhig weiter«, meinte Eve. »Aber nützen wird Ihnen das nichts. Es wird der Staatsanwaltschaft ein Fest sein, die Anklageschrift zu formulieren. Und zwar wegen der Ermordung von Bart Minnock, dem Angriff auf eine Polizeibeamtin und einen zivilen Berater der New Yorker Polizei, versuchten Mordes an Cill und Computerkriminalität im großen Stil.«

»Ich habe niemanden umgebracht!«, schrie er. »Sie haben das Spiel verloren.«

»Ihr Spiel«, erklärte Eve. »Das nach Ihren Regeln lief. Ihr Spiel. Sie werden ein sehr, sehr alter Mann sein, falls Sie je wieder aus Ihrer Zelle herauskommen, in der Ihnen die Benutzung elektronischer Geräte übrigens nicht gestattet ist. Du Arschloch hast ein für alle Male ausgespielt.«

»Das ist totaler Blödsinn.« Hilfesuchend blickte er auf Peabody. »Sie wissen, dass das alles vollkommener Blödsinn ist. Sie verstehen mich.«

»Natürlich, ich verstehe Sie. Aber um die Worte meiner Partnerin ein wenig abzuwandeln: Das Spiel ist vorbei, du Arsch. Du hast verloren.«

Mit ausdrucksloser Miene stand sie auf. »Ich bringe ihn runter in die Zelle, Dallas. Das machen McNab und ich.«

»Okay.« Plötzlich vollkommen erschöpft, setzte sich Eve auf einen Stuhl. »Okay. Übrigens, Peabody? Das haben Sie echt gut gemacht.«

»Das ist nicht fair«, jammerte Var. »Sie haben schon wieder falsch gespielt. Sie können mich dafür nicht einlochen«, fuhr er mit quengeliger Stimme fort, während ihn Peabody auf die Füße zog. »Ich habe nichts *getan.* Ich war noch nicht mal dort. Es war alles ihre eigene Schuld.«

Als er in den Flur geschoben wurde und die tränenfeuchte Stimme immer leiser wurde, klappte Eve die Augen zu.

Das glaubt er tatsächlich, dachte sie, irgendwie in einem winzig kleinen Teil seines Gehirns. Er hatte dieses Spiel nur zur Verfügung gestellt, war also nicht verantwortlich für das, was bei der Anwendung geschehen war. Und vielleicht würden seine Anwälte, wenn er sie kontaktierte, ebenfalls versuchen, es so darzustellen, als hätte er nicht aktiv irgendetwas getan, aber sie hatte Vertrauen in Reo und in das System.

Weil ihr gar nichts anderes übrig blieb.

Sie schlug die Augen wieder auf, als Roarke den Raum betrat und die Tür hinter sich schloss. Er nahm ihr gegenüber Platz und sah sie aus seinen wilden, blauen Augen an.

»Ist schon eine ganze Weile her, seit ich zum letzten Mal mit einem Cop in einem Verhörraum saß.«

»Soll ich dich über deine Rechte aufklären?«

»Darauf verzichte ich. Du hast ihn von Peabody nach unten bringen lassen. Sie hat ihre Sache wirklich gut gemacht.«

»Er glaubt tatsächlich einen Teil des Blödsinns, den er uns erzählt hat. Hat sich allen Ernstes eingeredet, Bart und Cilla wären selber schuld daran, dass er tot ist und dass sie im Koma liegt.« Ihr Herz zog sich zusammen, als sie weitersprach. »Wenn dieses Messer nur fünf Zentimeter tiefer in dich eingedrungen wäre, hättest wahrscheinlich auch du selbst Schuld daran gehabt.«

»Dann wäre es im Umkehrschluss mein eigenes Verdienst, dass ich jetzt hier sitze und dich ansehen kann. Du bist müde, Lieutenant, traurig, und vor allem sehe ich dir an, dass du ebenfalls ganz schön was abbekommen hast.«

»Ich wollte sauer auf den Bastard sein und Befriedigung empfinden, wenn er endlich festgenommen werden kann. Das kommt wahrscheinlich noch. Sie dachten, sie wären Freunde. Dabei hat er sie nur ausgenutzt, sich von ihnen genommen, was er haben wollte, und nur das zurückgegeben, was er ihnen geben wollte, weil es für ihn selber nützlich war. In all den Jahren, die sie sich kannten und zusammengearbeitet haben, haben sie ihm nie wirklich etwas bedeutet.«

Sie atmete tief ein und wieder aus. »Oder, schlimmer noch, waren sie für ihn nur Mittel zum Zweck, nichts anderes als irgendwelche Hilfsmittel bei einem verdammten Spiel, die man benutzen muss, wenn man gewinnen will. Ich habe darüber nachgedacht, worum es in Freundschaften, in Partnerschaften, in Beziehungen im Allgemeinen geht. Ich könnte versuchen, eine bessere Freundin oder Partnerin zu sein, doch wahrscheinlich würde ich das gleich wieder vergessen, und dann wäre niemandem gedient.«

»Ich finde, du machst deine Sache bereits ziemlich gut, aber wenn du willst, kann ich dich gelegentlich gern daran erinnern, dass du dich noch etwas mehr bemühen willst.«

»Roarke.« Sie griff über den Tisch nach seinen Händen. »Nachdem Coltraine gestorben war, dachte ich, mir wäre klar geworden, was du meiner Arbeit wegen Tag für Tag aushalten musst. Aber ich habe mich geirrt. Und heute Abend ... Es ging alles derart schnell. Ich habe diesen verdammten Holo-Raum praktisch kurz und klein geschossen, bis ich endlich den verdammten Holographen ausgeschaltet hatte. Was mir zwar gelungen ist, aber Sekunden zu spät. Und in den Sekunden musste ich mit ansehen, wie du abgestochen wurdest, und die Welt blieb für mich stehen. Sie blieb einfach stehen.«

»Aber jetzt dreht sie sich wieder«, meinte er mit einem festen Händedruck. »Und wir beide drehen uns mit.«

»Bevor ich dir begegnet bin, kam ich durchaus allein zurecht. Ich hatte kein Problem damit. Genau wie du, weiß Gott, auch ohne mich hervorragend zurechtgekommen bist.«

»Trotzdem würde mir das heute nicht mehr reichen. Dir vielleicht?«

Sie schüttelte den Kopf. »Ich meine, mein Leben war okay. Wenn man nicht weiß, was einem fehlt, kommt man auch ohne diese Sache aus. Aber inzwischen ist mir klar, was mir gefehlt hat, und ich glaube, ohne dich käme ich einfach nicht mehr klar. Mein Leben wäre ohne dich vorbei. Ich verstehe wirklich nicht, wie jemand den Verlust des liebsten Menschen, den er hat, auch nur ansatzweise überstehen kann. All die Hinterbliebenen, denen ich in die Augen sehen und erklären muss, dass ein Mensch, der ihnen wichtig ist, nie wiederkommen wird. Ich weiß wirklich nicht, wie ihnen überhaupt der nächste Atemzug gelingt.«

»Ist das nicht der Grund, aus dem du diese Arbeit machst? Aus dem du die bist, die du bist?«

»Vielleicht. Ich darf nicht darüber nachdenken, sonst werde ich verrückt. Oder traurig und erschöpft.« Sie klappte ihre Augen noch einmal kurz zu, schlug sie wieder auf und sah ihm ins Gesicht. »Als wir beide in der Wohnung waren und ich das Gefühl hatte, dass wir dort nie wieder herauskämen, kam ich damit zurecht. Weil ... ich weiß, dass das total bescheuert ist.«

»Weil wir gemeinsam gestorben wären«, beendete er ihren Satz.

Sie stieß ein halbes Lachen aus, denn dass jemand sie so gut verstand, war seltsam, doch vor allem wunderbar. »Was wahrscheinlich krank, egostisch sowie eine ganze Reihe anderer blödsinniger Dinge ist, für die Mira einen Namen hätte. Aber ja. Es wäre traurig, gleichzeitig mit dir zu sterben. Aber ohne dich den nächsten Atemzug zu tun? Das ginge einfach nicht. Nur ist es einfach so, dass du im Gegensatz zu mir täglich damit rechnen musst, dass etwas passiert, und ich wünschte mir …«

»Hör auf«, wies er sie scharf zurecht. »Sitz jetzt bloß nicht hier und sag, dass du dir wünschen würdest, dass es anders wäre. Dass du eine andere wärst. Denn das will ich nicht. Ich habe mich in einen Cop verliebt, nicht wahr? Habe einen Cop geheiratet, obwohl der alles unternommen hat, um mir das auszureden. Weil wir beide ziemlich stur und alles andere als einfach sind.«

»Stimmt.«

Er zog die Brauen hoch. »Willst du, dass ich mich ändere?«

»Nein. Verdammt, auf keinen Fall. Ich will dich genau so, wie du bist.«

»Dann haben wir echt Glück, weil jeder von uns das hat, was er will.«

»Auf jeden Fall. Und jetzt sollten wir nach Hause fahren …« Sie atmete vernehmlich aus und fügte, als sie Roarke beim Aufstehen zusammenzucken sah, hinzu: »… dich von Summerset verarzten lassen und dann sofort schlafen gehen.«

»Mich braucht niemand zu verarzten. Diese kleine Wunde heilt auch von allein.«

Vielleicht war es gemein von ihr, aber irgendwie war dieser ungewohnte Rollentausch durchaus befriedigend, vor allem aber eine riesige Erleichterung für sie.

»Der Sanitäter hat gesagt, dass du dich noch in der Klinik untersuchen lassen sollst«, rief sie ihm in Erinnerung. »Ich fahre dich also entweder ins Krankenhaus oder der Totenschädel sieht nach dir.«

»Es ist kaum mehr als eine Fleischwunde, dieser blöde Dolch hat nur meine Muskulatur erwischt.«

»Deine Muskeln, Kumpel, weshalb es auch meine Muskeln sind. Weshalb du dich von Summerset verarzten, eine Pille nehmen und dich schlafen legen wirst. Und bevor du widersprichst, erinner dich daran, wie oft du mich ins Krankenhaus verfrachtet oder mich gezwungen hast, gegen meinen Willen irgendwelche blöden Schmerzmittel zu nehmen. Und da ich ein Cop und du nur ein Berater bist, habe ich das Sagen. Weil du schließlich während deiner Tätigkeit für mich verwundet worden bist.«

»Das macht dir Spaß«, stellte er grimmig fest.

»Vielleicht ein bisschen. Und vielleicht noch etwas mehr, wenn wir nach Hause kommen und du deinem schlecht gelaunten Schoßhund ausgeliefert bist.« Sie blickte zu ihm auf, während sie seinen rechten Arm um ihre Taille schlang. »Aber stütz dich erst mal auf mir ab. Ich weiß nämlich, wie weh so eine Wunde tut.«

»Das tut sie wirklich«, gab er zu und stützte sich, als sie den Raum verließen, wirklich leicht auf seine Frau.

Epilog

Eve blickte durch die Scheibe auf Cills Bett, neben dem der treue Benny saß. Er bewegte seine Lippen und las ihr wahrscheinlich irgendeinen Text von seinem Handcomputer vor. Trotzdem wanderte sein Blick ein ums andere Mal in Richtung ihres Gesichts.

Sie hatte ihre Augen seit dem Überfall nicht einmal aufgemacht.

»Ich habe gehört, er säße jeden Tag bis abends hier«, sagte sie zu Roarke. »Manchmal sogar noch die halbe oder auch die ganze Nacht, wenn die Schwestern ihn gewähren lassen.«

»Bisher hat sich ihr Zustand nicht verändert.«

»Nein.« Sie betrat den Raum und Benny brach seine Lektüre ab.

»Wir lesen gerade die neueste Ausgabe von *Wirbelwind.*« Trotzdem legte er den Handcomputer beiseite und wandte sich an Cill. »Sieh nur, wir haben Besuch.«

»Wir können uns ein bisschen zu ihr setzen, falls Sie selbst mal an die frische Luft wollen«, bot Roarke ihm freundlich an.

»Danke, aber nein.«

»Ich wollte Sie wissen lassen«, begann Eve, »dass Vars Anwälte und die Staatsanwaltschaft sich verständigt haben. Wenn Sie wollen, kann ich genau erklären, was ausgehandelt wurde, aber die Kurzversion ist die, dass er für fünfzig Jahre ohne Chance auf eine vorzeitige Entlassung hinter Gitter wandern wird.«

»Das spielt keine Rolle. Es spielt keine Rolle, was mit ihm passiert. Cill ist das Einzige, was mir wichtig ist. Sie hält jetzt schon drei Tage durch. Die Ärzte sagen, jeder Tag, den sie ... sie sagen, jeder Tag ist gut. Sie könnte in fünf Minuten aus dem Koma aufwachen. Oder in fünf Jahren. Oder nie.«

»Sie glauben, dass sie wieder zu sich kommen wird.« Roarke legte eine Hand auf Bennys Schulter.

»Und ich glaube, wenn sie wieder wach wird, wird ihr wichtig sein, dass Var bezahlen muss. Für das, was er ihr, Bart und Ihnen allen angetan hat«, fügte Eve hinzu.

»Wir dachten, er wäre einer von uns, aber das war er nicht. Dass wir ein festgefügtes Viereck bilden, hat nie gestimmt. Ich kann es einfach nicht verstehen. Kann es einfach nicht verstehen. Wir waren alle diese Jahre Tag für Tag zusammen. Haben zusammen gearbeitet, gelernt, gespielt, gegessen, gelacht, geweint. Ich verstehe einfach nicht, wie er so etwas tun konnte. Ich werde es wahrscheinlich nie verstehen, deshalb ist er mir inzwischen vollkommen egal. Und das wird auch so bleiben.«

Trotzdem atmete er krächzend ein. »Warum hat er nicht versucht, mich statt Cill aus dem Verkehr zu ziehen? Warum hat er mich verschont?«

»Wollen Sie die Wahrheit wissen, oder wollen Sie es leicht haben?«

Er sah Eve reglos an. »Ich will die Wahrheit wissen.«

»Sie waren ihm nützlich, während sie ihm eher gefährlich war. Aus seiner Sicht, entsprechend seinem Plan. Sie ist eher eine Führernatur, während Sie zurückhaltender sind.

Und vor allem sind Sie ein guter Rechercheur. Sie hätte er gebrauchen können, aber wenn Sie Ihre Funktion erfüllt hätten oder er einfach wieder Lust gehabt hätte, sich selber seine Macht zu demonstrieren, hätte er auch Sie in die Falle gelockt.«

»Wenn ich noch mit ihr raufgegangen wäre. Wenn ich mit ihr raufgegangen wäre …«

»Ohne Sie wäre sie tot«, fiel ihm Roarke ins Wort. »Er wollte sie umbringen, Benny, und wenn Sie nicht da gewesen wären und bis zum Eintreffen der Polizei pausenlos neben ihr gesessen hätten, hätte er das auch geschafft. Sie haben ihr das Leben gerettet.«

Er zog sich einen Stuhl heran und nahm neben Benny Platz. »Was werden Sie jetzt mit U-Play machen?«

»Der Laden ist mir vollkommen egal.«

»Ihr wird er sicher nicht egal sein, wenn sie wieder zu sich kommt. Denn sie hat ihn genau wie Sie und Bart selbst aufgebaut.«

»Wenn wir das nicht getan hätten, wäre Bart jetzt noch am Leben. Und dann läge sie jetzt nicht hier.«

»Dafür ist Var verantwortlich«, korrigierte Eve. »Weder irgendeine Firma noch irgendein Spiel noch irgendeine Technik. Sondern er allein. Er hat dafür gesorgt, dass sie hier liegt.«

»Das ist mir klar.« Benny fuhr sich müde mit den Händen durchs Gesicht. »Das ist mir klar, aber … Sie könnten die Firma kaufen«, sagte er zu Roarke. »Wir haben gute Leute und …«

»Das könnte, doch das werde ich nicht tun. Denn das hätte weder Bart gewollt, noch würde Cill das gutheißen.«

»Sie fände den Gedanken sicher fürchterlich. Aber sie

ist so schwer verletzt. Und falls, nein wenn … selbst wenn sie wieder zu sich kommt, muss sie noch sehr viel durchmachen.«

»Aber nicht allein«, murmelte Roarke.

»Nein, nicht allein.« Benny strich mit seinem Daumen über ihren Handrücken und lenkte seinen Blick zurück auf ihr Gesicht. »Während ich hier sitze, denke ich die ganze Zeit an die unzähligen Male, an denen ich ihr hätte sagen können, wie sehr ich sie liebe. Ich habe sie schon als Kind geliebt, hatte aber nie den Mumm, es ihr zu sagen. Denn ich hatte Angst, dadurch ginge das, was wir hatten, irgendwie kaputt. Und jetzt …«

»Werden Sie keine unnötige Zeit mit Grübeleien dieser Art verlieren, wenn sie wieder zu sich kommt«, beendete Roarke den Satz.

»Sie verstehen nicht.«

»Ach nein?« Roarke blickte auf Eve. »Ich kenne mich mit Liebe aus und weiß genau, was sie aus einem Menschen machen kann. Ich weiß, dass aus Freundschaft Liebe und aus Liebe Freundschaft werden kann. Was beides kostbar ist. Und wenn man diese beiden Dinge hat, gibt es kaum etwas, was man nicht schaffen kann.«

»Sie müssen aufhören, sich selber leidzutun«, empfahl ihm Eve. »Und anfangen, alles zu tun, was möglich ist.«

Bennys Augen blitzten zornig auf, bevor der Zorn genauso schnell wieder erstarb. »Sie haben recht. Ich bin ihr keine Hilfe, wenn ich nur darüber nachdenke, was ich nicht machen möchte oder kann. Dieser verfluchte Var. Wir werden ihn nicht gewinnen lassen. Verdammt, Cill, wir können nicht zulassen, dass er gewinnt. Fünfzig Jahre? Denk doch nur, was *wir* in fünfzig Jahren alles tun können. Weil wir schließlich erst ganz am Anfang stehen.«

Er wollte ihre Hand an seine Wange heben, hielt dann aber plötzlich inne. »Ihre Finger haben sich bewegt.« Seine Stimme zitterte, und er drückte ihre Hand. »Sie bewegen sich.« Er stand auf und streichelte sanft ihr Gesicht. »Cill. Cill. Komm wieder zu dir, Cill, ich *bitte* dich.«

»Reden Sie weiter mit ihr«, befahl Eve, als sie Cills Lider flattern sah.

»Wach auf. Bitte, Cilly, wach auf, und sieh mich an. Kannst du mich nicht einfach ansehen? Du musst aufwachen. Ich brauche dich so sehr.« Er küsste sie erst auf die Wange und dann zärtlich auf den Mund. »Wach auf, Cill.«

»Benny.« Die Stimme klang rau und schwach, und die Augen wirkten trüb, suchten aber sein Gesicht. »Benny.«

Roarke stand auf und nickte Eve kurz zu. »Ich sage draußen Bescheid, dass sie den Doktor rufen sollen.«

»Hallo, Cill.« Bennys Tränen tropften auf ihr kreidiges Gesicht. »Hallo.«

»Oh, Benny. Ich hatte einen fürchterlichen Traum. Kannst du bei mir bleiben?«

»Auf jeden Fall.« Er schob das Gitter an der Bettkante herunter und nahm neben ihr Platz. »Ich bin hier und gehe nirgends hin.«

Eve trat in den Flur, sie machte einen Schritt zur Seite, als eine der Schwestern eilig in das Zimmer lief, und gesellte sich zu Roarke. »Am besten geben wir den beiden erst einmal etwas Zeit. Peabody und ich kommen dann morgen her und nehmen ihre Aussage auf.« Sie sah noch einmal auf die Tür, hinter der Benny auf dem Bett der Liebsten saß. »Sie hat noch jede Menge Arbeit vor sich.«

»Aber sie wird's schaffen. Sie werden es schaffen.«

»Das glaube ich auch.«

Vielleicht würde es ja funktionieren, dass ihre Freundschaft sich in Liebe verwandelte.

Andersherum als bei ihr und Roarke, sagte sie sich, während sie neben ihm den Lift bestieg. Sie hatten sich zunächst geliebt und waren inzwischen auch die allerbesten Freunde.

Was hervorragend funktionierte.